In de Schaduw van de Prins

In de Schaduw van de Prins

Piet Vander Cruyssen

Schrijver: Piet Vander Cruyssen
Coverontwerp: Sam Wall
Eerste Druk
ISBN: 978-90-828163-0-3 (Papier)
ISBN: 978-90-828163-1-0 (ePub)
Uitgever: IngramSpark
Reeks: De Gentse Trilogie

INLEIDING

Zaterdag 31 augustus 1957

Als jongeman van tweeëntwintig stond ik te midden van honderdduizend andere Gentenaren verweesd te kijken naar de voorbijtrekkende kist van prins Johannes de Vissermans. Het weer was in geen jaren zo slecht geweest; ik was drijfnat door de striemende regen en door het water dat vantussen de losliggende stoeptegels opspoot telkens ik erop stapte. Niemand praatte, riep of applaudisseerde. Het contrast tussen de grootte van de menigte en de stilte waarin enkel de kloppende hoeven van twee paarden te horen waren, was beklijvend. Elke toeschouwer voelde enkel de behoefte om stil zijn respect te betuigen en terug te denken aan de tragedie van 1923.

Tot dat jaar immers waren Johannes en zijn zoon Jan succesvolle industriëlen geweest; door hen was Gent zelfs de belangrijkste textielstad ter wereld geworden. Johannes en Jan hadden voor tienduizenden arbeiders woningen, hospitalen en scholen gebouwd. Toen Johannes ook burgemeester werd, had hij ziekenkassen opgericht, was Gent de koploper in elektrisch tramverkeer geworden en had het massaal in rioleringswerken geïnvesteerd. In 1913 had Johannes het bedrijf de Vissermans aan zijn zoon Jan overgelaten en zijn politieke loopbaan afgesloten met de schitterende wereldtentoonstelling van Gent. Daarna had hij zich diepgaand in filantropische en sociale projecten geëngageerd. Wanneer een jaar later de Eerste Wereldoorlog uitbrak, had Jan dankzij veel diplomatie de bedrijven draaiende gehouden en samen met zijn vader de Gentse bevolking door de hongerperiode geholpen. Na de oorlog ten slotte had Jan de fabrieken gemoderniseerd en had hij de vele initiatieven van zijn vader gesteund.

In 1923 vond dus de grote catastrofe plaats: er was een belangrijke technologische doorbraak in de weefsector, maar Jan greep naast het patent. Op een jaar tijd veroverden kleinere concurrenten de markten met veel snellere weefgetouwen. Voor Jan kon dit op geen slechter moment gebeuren; hij had immers veel moeten lenen na de oorlog en had niet de middelen om gepast te reageren. Hij ging failliet en het gros van de Gentse aristocratie verloor veel geld aan hem. Uiteindelijk verliet prins Jan de Vissermans, gebukt onder grote schulden en schaamte, het land om nooit meer weer te keren.

Vader Johannes van zijn kant bleef in Gent, maar ook hij had alles verloren. Hij kreeg een kamertje in een klooster, dat voortaan zijn thuis werd en vanwaar hij onversaagd verder werkte aan alle sociale dossiers van de stad. Hij werd aanzien als een heilige; wie in nood was, ging om raad bij Johannes, die werkte en onderhandelde tot het probleem opgelost was.

Niets was echter als voorheen. Omdat de textielindustrie in een hevige concurrentiestrijd verwikkeld was, was er voor filantropie geen financiële ruimte meer. Vele schooltjes en culturele centra werden opgedoekt, terwijl de resterende elk jaar bikkelhard knokten voor subsidies. Er was een gevoel van verval in Gent; niet enkel de stoeptegels lagen los, maar alles in de stad hing met haken en ogen aan elkaar. En nu werd ook Prins Johannes de Vissermans begraven. In alle bedroefde ogen die zijn kist voorbij zagen trekken, was dezelfde vraag te lezen: komt de glorietijd ooit nog weer?

De Gentenaren beseften niet dat die vraag tijdens het komende jaar beantwoord zou worden.

Zondag 1 september 1957

Prins Johannes de Vissermans richtte lang geleden de textielschool op, om van haar het technologische speerpunt van de textielindustrie te maken. Zij vormde niet enkel uitstekende ingenieurs, maar was ook de wieg voor nieuwe uitvindingen. Ideeën die uit de industrie ontsproten waren, werden als eindwerk gegeven aan jonge afstuderende ingenieurs. De school kreeg daar een fikse vergoeding voor. Indien het idee een succes werd, werd de student beloond met aandelenopties van de sponsor in kwestie, en werd hij ingeschakeld in de exploitatie van zijn uitvinding. Het was een win-win-win verhouding tussen de student, de sponsor en de school.

Althans, zo was het tot het beruchte jaar 1923. Nadat prins Jan de Vissermans failliet ging, leefde de Gentse textielindustrie in een patentenoorlog waar elke goede verstandhouding zoek was; er werd gespioneerd, geprocedeerd en gestolen dat het een lieve lust was. De school stond daarbij in het middelpunt van de intriges, en had moeite haar graantje mee te pikken wanneer er al eens een student een belangrijke uitvinding deed. Daardoor was de vermaarde school, net zoals vele andere in Gent, na verloop van tijd aangewezen op gemeentesubsidies en een jaarlijkse bedeltocht om sponsorgeld.

Mijn vader, die ik voortaan mijnheer Forel of kortweg Forel zal noemen, was de directeur van die school. Deze zondag, de dag vlak voor het nieuwe schooljaar, vond er zoals elk jaar een belangrijk moment voor hem plaats: hij zou te horen krijgen van de heer Pennycent van de firma Gandaweave hoeveel sponsorgeld hij zou krijgen voor het nieuwe schooljaar.

-"Ik hoop dat je deze keer een stuk assertiever bent!" kijfde mijn moeder, die ik voortaan mevrouw Forel zal noemen.

-"Ik weet het, ik weet …," zei Forel.

-"Je hebt je vorig jaar met een kluitje in het riet laten sturen door die Pennycent, en de jaren daarvoor ook al. Je ziet toch dat het zo niet meer verder kan! Afbladderende verf, missende gordijnen, kapotte radiatoren…, en dat in élk lokaal!"

-"Ik weet het, ik weet het …," zei Forel tijdens de litanie. Hij moest het lijstje week na week aanhoren, en het werd steeds langer. En mevrouw Forel was nog niet eens op de hoogte van het ergste: de school had dringend een nieuw dak nodig. Telkens het dak dreigde door te zakken, werd het inderhaast versterkt door een aantal planken op de verrotte structuur te timmeren, maar die planken voorkwamen niet dat een imminente instorting van het dak ons als het zwaard van Damocles boven het hoofd hing.

-"Laat jouw 'goede vriend' Pennycent eindelijk eens bewijzen dat hij een goede vriend is!" zei mevrouw Forel nog.

-"Hij doet zijn best, maar je weet dat hij veel minder in de pap te brokken heeft bij Gandaweave dan hij wil laten uitschijnen."

-"Omdat hij een nietsnut is, en niet te vertrouwen is! Waarom zoek je geen andere sponsors?!"

-"We hebben andere sponsors, maar die geven ons nog veel minder dan Pennycent!" repliceerde Forel.

Dat niemand stond te springen om Forels school te redden, had hij aan zichzelf te danken. In 1923, toen hij al directeur van de school was en Pennycent nog een medewerker van de Vissermans, ontwikkelde een briljante student een revolutionaire technologie op de school. Maar beide heren zorgden ervoor dat prins Jan de Vissermans niets te weten kwam tot de uitvinding gepatenteerd en verkocht was. De naïeve student van zijn kant kreeg nooit een cent voor zijn uitvinding; hij kon enkel met lede ogen toezien hoe zijn uitvinding eerst de Vissermans ontwrichtte en vervolgens de hele stad.

-"Je had je beter nooit met die valsaard van een Pennycent ingelaten," zei mevrouw Forel. "Ik had je in 1923 nog zó gezegd dat je eerst met de Vissermans moest gaan praten!"

-"Dat zeg je nu, maar je was toen wel heel blij!" repliceerde Forel.

Want door het patenteren en verkopen van de uitvinding werden Pennycent en Forel plots schatrijk. Natúúrlijk was mevrouw Forel toen heel tevreden! Maar hun geluk, en het mijne, veronderstel ik, was van korte duur: in 1928 verloren Pennycent en Forel hun fortuin als gevolg van de beurscrash. Forel werkte daarna gewoon verder als directeur van de school, alsof er tijdens die vijf jaar niets gebeurd was.

-"Dat Gandaweave die idiote Pennycent aangeworven heeft na de crash, is onbegrijpelijk," zei mevrouw Forel.

-"Ja, maar stel je in hun plaats: dankzij het faillissement van de Vissermans was Gandaweave plots de grootste, samen met Looms International. Pennycent was hun held!"

-"Een held? Het paard van Troje hebben ze daar binnengehaald. Ze zullen nog wel zien!"

Pennycent werd dus een medewerker van Gandaweave. Sindsdien complotteerden Forel en Pennycent jaar na jaar om nog eens een grote slag te slaan, om nog eens hun hand op een patent te leggen. Zij screenden zorgvuldig studenten en hielden hen nauwlettend in de gaten. Toen tijdens het vorige schooljaar een student ideeën begon te patenteren, hebben ze hem zo gedwarsboomd dat de radeloze jongen uiteindelijk zelfmoord pleegde.

-"Ze hadden het bij Gandaweave trouwens al láng moeten inzien. En wij ook!" vervolgde mevrouw Forel. "Kijk maar naar wat er gebeurd is na de zelfmoord vorig jaar!"

Het gebeuren had veel ophef gemaakt: er was niet alleen de begrafenis van de jongen in aanwezigheid van de voltallige aristocratie, maar ook veel media-aandacht en een politieonderzoek. Hoewel intriges rond patenten dagelijkse kost waren in Gent, werden de namen van Pennycent, Forel en Gandaweave gedurende weken door het slijk gehaald. Het nam echter allemaal niet weg dat de arglistige Pennycent nog steeds voor Gandaweave werkte, waar de goedgelovige hertog Bernard Martin hem een hand boven het hoofd hield.

-"Zou je niet beter rechtstreeks met de hertog spreken?" suggereerde mevrouw Forel zoals ze dat elk jaar deed. "Hij is naar het schijnt een zeer minzame man."

-"Ik heb je het probleem van Pennycent en de hertog al honderd keer uitgelegd," zuchtte Forel.

Want hoewel hertog Martin voorzitter van de raad van bestuur van Gandaweave was, had hij niet veel meer te zeggen; hij was door zijn familie op een zijspoor geschoven omdat hij onbekwaam was. Dat hij de doortrapte Pennycent tewerkstelde om te spioneren, werd door de rest van de familie Martin met argusogen bekeken.

~

Na het ontbijt ging Forel Pennycent opzoeken.

-"We zullen voorzichtiger moeten zijn dit jaar," zuchtte Pennycent. "Sinds die verduivelde zelfmoord op jouw school krijg ik van de hertogin geen meter vrijheid meer."

-"En van de hertog?" vroeg Forel. "Voor zover die nog iets te zeggen heeft," voegde hij daaraan toe.

-"Hij laat me voorlopig doen, maar hoopt vooral dat we geen golven meer maken. Hij wil op geen enkele manier nog een confrontatie met zijn familie."

-"Aandoenlijk hoe hij zich aan de kant heeft laten schuiven," merkte Forel op. "Ik heb gehoord dat in adellijke kringen de spot met hem gedreven wordt."

-"Des te meer hoopt de hertog een gouden patent te vinden, een technologische doorbraak waarmee hij aan zijn familie kan bewijzen dat hij al die jaren wist waarmee hij bezig was."

Grinnikend dronken ze een borrel, en een tweede en een derde. Beide heren waren zestigers maar waren voor het overige erg verschillend: Pennycent was de onvermoeibare opportunist, die een voet tussen elke deur stak en overal een klein profijtje trachtte mee te scharrelen. Hij was mager en klein, met een scherp gezicht als van een mug, steeds gekleed in een driedelig zwart maatpak met wit hemd en korte zwarte das, en had een puntige zwarte baard. Het was een spichtig persoon, die elke conversatie hoorde en er zich onvermijdelijk tussenwrong op zoek naar een zaakje.

Forel daarentegen was een in grijs geklede, gezapige schooldirecteur met een heel regelmatig leven. De enige passie waarmee hij de sleur van zijn leven probeerde te doorbreken, was zijn continue poging om nogmaals een baanbrekend patent te bemachtigen; wat in 1923 kon, moest nog eens kunnen. Het was in het jagen op patenten dat beide heren elkaar gevonden hadden.

-"Laat eens zien wat je voor mij hebt dit jaar!" zei Pennycent.

-"Wel, ik heb zoals elk jaar zestien studenten geselecteerd die hun eindwerk zullen maken."

-"Waaronder jouw zoon."

-"Waaronder Didier, inderdaad. Het is de bedoeling dat hij me opvolgt volgend jaar."

-"Dat is vroeg! Ik had gehoopt dat jij en ik nog een aantal jaar zouden samenwerken."

-"Daar zal ik volgend jaar des te meer tijd voor hebben," stelde Forel Pennycent gerust. "De studenten blijf ik sowieso in het oog houden, maar daarnaast hoop ik eindelijk eens alle oud-studenten een bezoekje te brengen, om te kijken waar zij mee bezig zijn."

-"Excellent. Je maakte me even bang. Maar laten we beginnen met van dit jaar het beste te maken. Zijn er beloftevolle profielen?"

-"Wel, gezien de schaarse budgetten..."

-"Zeur daar niet steeds over! Je weet dat Gandaweave niet veel meer wil investeren in de school, en zeker nu niet meer."

Het slechte nieuws was een schok voor Forel, maar hij wist dat protest de gang van zaken niet zou keren. Want hoewel Pennycent steeds insinueerde dat hij iets te zeggen had inzake budgetten, wist Forel beter: het was gemeengoed dat het de hertogin was die het bedrijf stevig in de hand had, en dat Pennycent het moest stellen met een klein budget, dat hij gelukkig elk jaar volledig aan onze school gaf.

Forel zuchtte, maar vervolgde:

-"Wegens de beperkte middelen dus... hebben we veertien studenten uit de families van de textielbaronnen aanvaard," ging Forel verder. "Dat zijn doorgaans goede studenten, die bovendien voor zichzelf betalen en indirect sponsorgeld binnenbrengen."

-"Maar ze zijn niet creatief! Ze zijn gewoon van te doen wat van hen gevraagd wordt. Voor een uitvinding hebben we een rebel nodig!"

-"Wel, dit jaar heb ik er één: Robert Fischer, zoon van een Belgische Amerikaan of een Amerikaanse Belg. Heeft heel de wereld rondgereisd. Weinig academisch maar uitermate technisch: kan alles in elkaar steken en repareren."

-"Ideaal profiel inderdaad: een jongen die veel gezien heeft, met hopelijk veel ideeën. En een knutselaar als ik het goed begrijp?"

-"Zijn tante heeft me een maand geleden een pakket schoolresultaten, diploma's, certificaten en attesten van stages bezorgd. Ik heb vastgesteld dat Robert houdt van oplossingen bedenken en werken met zijn handen."

-"Nu enkel hopen dat er iets uitkomt!" zei Pennycent.

-"Dat is inderdaad ons grootste probleem; meestal zijn de studenten zo geboeid door hun eindwerk, dat ze niets origineels proberen."

Terwijl Pennycent zwijgend nadacht, bestelde Forel nog twee borrels. Dertig jaar lang hadden ze jacht gemaakt op een gouden idee: dat kon het plotse inzicht zijn van een rot in het vak of een uitvinding ontsproten aan een onbevooroordeeld brein. De pijnlijke waarheid was dat je kandidaat-uitvinders weinig zag proberen; de kloof tussen denken en doen was heel groot. Je mocht al tevreden zijn als mensen over hun idee praatten. Daarna was het echter volledig aan Forel en Pennycent om iets met dat idee te doen: mensen en budgetten vinden om het geesteskind stiekem te ontwikkelen en te testen. Je kon dat op de school proberen door het idee als eindwerk aan een student te geven. Dat hadden Pennycent en Forel al verschillende keren geprobeerd, maar het resultaat was frustrerend: ofwel liepen andere sponsors met het idee weg, ofwel begon de student het idee zelf te patenteren, ofwel was de student te onbeholpen om het idee te ontwikkelen, ofwel, en nog het vaakst van al, was het idee gewoon slecht. De inspanningen hadden al die jaren geen vruchten afgeworpen.

-"We moeten het over een totaal andere boeg gooien," zei Pennycent ten slotte, "en aangezien jij volgend jaar niet meer beslist wat er gebeurt op de school, moet het dit jaar gebeuren."

-"Waaraan had je dan gedacht?"

-"Heel eenvoudig: we geven Robert het saaist mogelijk eindwerk, een waarbij hij bovendien weinig omhanden heeft."

- Forel begreep het en grinnikte: "En dan begint hij uit verveling te knutselen!"

~

-"Wel, hoe ging het?" wou mevrouw Forel onmiddellijk weten van zodra mijnheer Forel thuiskwam.

-"We hebben goede plannen," zei Forel terwijl hij zich aan tafel zette en zich bediende van soep.

-"Goede plannen? Die hebben jullie elk jaar! Ik bedoelde: voor hoeveel sponsort Gandaweave ons dit jaar?"

-"Voor ongeveer evenveel als vorig jaar," antwoordde Forel. "Na wat er gebeurd is vorig jaar, is dat niet slecht."

-"Niet slecht?! We houden het geen jaar meer uit! We overleven de winter niet!" Ze begon te huilen. Over de jaren heen had ze steeds meer werk zelf moeten doen. Ze behartigde op haar eentje het kleine internaat: wassen, poetsen en herstellingen uitvoeren. Maar ze werd ouder en het werk nam enkel toe. Ze was radeloos.

De enige die haar werk verlichtte, was ik. Ze had me sinds mijn kinderjaren leren koken, zodat ik nu alle warme maaltijden bereidde. Daarnaast was ik in het weekend regelmatig hulpkok op feesten in de prachtige kastelen en huizen in en rondom de stad. Op die manier droeg ook ik mijn financieel steentje bij.

Forel antwoordde niet meer. Hij at zijn bord leeg en ging naar zijn bureau.

~

Hij en ik troffen in de namiddag de laatste voorbereidingen voor het nieuwe schooljaar. Eindelijk was het daar! De grote vakantie was zoals elk jaar immers een doodse periode van eenzame karweitjes. Lang op voorhand had ik de curricula bekeken van de nieuwe studenten die we zouden krijgen, en dit jaar was ik bijzonder benieuwd naar wat Robert Fischer zou brengen. Hij was geboren in New York, had heel zijn leven met zijn ouders rondgereisd, en had de laatste twee jaren in het Braziliaanse Santos doorgebracht. Hij was jarenlang coach geweest in het jeugdvoetbal, en had ook ijshockey gespeeld. Ijshockey! Het was een spel waar geen enkele Belg ooit iets van gezien had, buiten de kleine speeltafeltjes in de cafés, waar je met vier handgrepen de respectievelijke spelertjes om hun as kon laten draaien. Maar het bestond dus echt, en Robert zou daar alles over kunnen vertellen!

Net zoals ik zou hij dit jaar zijn eindwerk maken voor het diploma van textielingenieur. Het ontbrak hem in zekere mate aan kennis van wiskunde, fysica en textiel. Eigenlijk was ik verwonderd, maar tezelfdertijd ook heel blij, dat Forel hem aanvaard had. Anderzijds bleek uit zijn curriculum dat hij een uitstekend technicus was, net iets waarin ik tekort schoot. Misschien konden we wel samenwerken!

~

Ik werd uit mijn dagdroom geschud door herrie aan de schoolpoort. Forel haastte zich om die open te zetten voor... baron Grandgenre!

Ik zuchtte en lachte tezelfdertijd bij het zien van deze tragikomische figuur. De baron kwam uit de rijkste familie van het land en was de patroonheilige van de fils-à-papas. Op zijn twintigste had hij zonder diploma's reeds een directeursfunctie gekregen bij Looms International, de grootste producent van weefgetouwen en uiteraard de grootste concurrent van Gandaweave. Zijn functie beperkte zich tot het sponsoren van allerlei organisaties in het Gentse waarmee Looms goede banden wou onderhouden. Daarvoor kreeg hij een schappelijk budget, dat hij uitsmeerde over zoveel mogelijk instellingen, kwestie van zich op zoveel mogelijk plaatsen als een koning te kunnen laten ontvangen. Hij eiste dat men overal de poort wijd voor hem openzette, zodat hij zijn Ferrari met veel gedonder in het midden van de koer kon ploffen.

Haastig haalde ik wat afval uit de weg. Nauwelijks had ik de grootste lege kartonnen dozen aan de kant geduwd, toen Grandgenre met veel omhaal zijn wagen rakelings langs mij parkeerde. Daarbij drukte hij nog eens extra op het gaspedaal vooraleer hij de motor stilzette. Van zodra hij uit de wagen was, trok hij stevig zijn broek op en controleerde hij in de zijspiegel van zijn auto of zijn das en haar goed zaten.

-"Goedemiddag, mijnheer de baron, en welkom," zei Forel.

-"Hard bezig met het nieuwe schooljaar, zie ik! Wel, ik zal u niet te lang bezighouden, want ik moet straks nog naar..." Vervolgens kregen wij een uitgebreid overzicht van het feest waar hij naartoe ging die avond, inclusief de namen, titels en functies van alle belangrijke gasten.

We namen de baron mee naar ons schamel vergaderlokaaltje.

-"Zoals u ziet, kunnen wij uw hulp weer ruimschoots gebruiken dit jaar," zei Forel, die wist hoe hij met sponsors moest onderhandelen. "Ik zeg steeds aan iedereen: baron Grandgenre is de belangrijkste steunpilaar van onze school; op hem kan ik steeds rekenen!"

-"Dat is zo, dat is zo," kuchte Grandgenre. Maar ook Grandgenre had geleerd hoe hij moest omgaan met de bedelende handen in vervallen instellingen. En vooral hoe hij moest omgaan met zijn beperkt budget! "Maar u moet alles in een groter, macro-economisch perspectief bekijken. Hebt u ooit gehoord van Roosevelts New Deal? Wel, het heeft jaren geduurd..." En zo ging het dus bij elk bezoek van Grandgenre: veel wereldse wijsheden om te tonen hoe slim en ruimdenkend hij was, en hoe kleinburgerlijk wij waren met onze probleempjes. Protesteren was geen goed idee; we mochten blij zijn dat we een van de vele instellingen waren waar hij elk jaar passeerde. Met veel onderdanigheid namen wij de magere cheque, die hij op voorhand geschreven had, in ontvangst.

Hoewel hij naar eigen zeggen weinig tijd had, liet hij zich nog eens rondleiden door de school, waarbij hij commentaar gaf alsof het allemaal van hem was, in de stijl van: "Jullie moeten dit en jullie moeten dat." Pas daarna verliet hij met een brullende motor en gierende banden de school, waarbij hij een lang zwart bandenspoor achterliet. Hij was nu helemaal voldaan!

~

Toen wij 's avonds aan tafel zaten, was mevrouw Forel verrassend rustig. We waren smakelijk onze soep aan het eten, toen ze echter haar lepel ostentatief neerlegde, me strak aankeek en zei: "Didier, jij moet zo snel mogelijk trouwen!" Nog voor ik het woord 'waarom' uit de mond kreeg, was het antwoord daarop voor iedereen reeds duidelijk: mevrouw Forel wou dat mijn toekomstige het werk op het internaat zou overnemen wanneer ik volgend jaar directeur van de school zou worden.

In plaats van 'waarom' stelde ik de meer pertinente vraag: "Met wie?" Weliswaar ontmoette ik meisjes wanneer ik in het weekend hulpkok speelde in een der mooie huizen of kastelen, maar die jongedames, gekleed als prinsessen, en ik keken naast elkaar heen; mevrouw Forel had me immers geleerd niet in hun ogen te kijken, om mezelf gewis liefdesverdriet te besparen. Want de adel trouwde met de adel, en de nieuwe rijken met de nieuwe rijken. Verarmde adel trouwde al eens met een nieuwe rijke, maar dat werd als een blamage voor de adellijke familie in kwestie aanzien. Dat iemand van mijn afkomst met iemand uit een der bovengenoemde klassen zou trouwen, was enkel voer voor sprookjes. Mijn moeder moest dus aan iemand anders denken. "Ik zal je helpen zoeken," antwoordde ze glunderend.

Tot voor kort koesterde ik me in het feit dat mijn leven gepland was van wieg tot graf, maar ik keek na deze bewogen zondag met een ongerust hart naar het komende schooljaar.

ROBERT

Maandagvoormiddag 2 september 1957

Vanop de tweede trede van het trapje naar Forels kantoor observeerde ik het begin van de eerste schooldag. Achter mij luisterde Forel naar de radio om zijn uurwerk juist te zetten. Daarna liep hij van de ene klok naar de andere in de school om ze met een grote zwaai van zijn rechterarm gelijk te zetten met zijn uurwerk.

Zoals elk jaar keek ik geamuseerd naar ouders die nog een pak advies meegaven aan hun kinderen, naar leerlingen die dolblij waren elkaar weer te zien, naar wijzende vingertjes op de uithangende papieren met de klasindelingen, en naar leraren die op de dringendste vragen een kort antwoord gaven. Maar uiteraard wou ik zo snel mogelijk Robert Fischer ontmoeten!

Ik had geen enkele moeite om hem te vinden. Hij viel op door zijn ontspannen houding: in tegenstelling tot de braafheid waarmee nieuwe studenten de eerste week probeerden te overleven, was het alsof Robert toekwam op zijn jaarlijkse vakantiebestemming. Hij gaf spontaan de hand aan de mensen rondom zich, lachte breed en observeerde gezapig de koer en de drukte van de eerste schooldag.

Hij was ook anders gekleed. In onze school kwam de helft van de studenten uit de families van de 'textielbaronnen'. Zij waren gekleed volgens de laatste snit en hun kleren waren gemaakt uit dure stoffen. De talentvolle jongens die van een studiebeurs genoten, probeerden zich zo goed mogelijk volgens dezelfde conventies te kleden. Roberts kledij daarentegen verried geen enkel referentiepunt; je kon er geen status of jaartal op kleven. Hij had een amalgaam van kleren meegebracht uit verre landen of uit de kasten van overleden nonkels.

Zijn lichtbruin haar lag verward op zijn hoofd. Hier en daar zat er een kleine krul in. Hij was groot, mager en breedgeschouderd en viel van ver op door de overdadige bewegingen waarmee hij zich verplaatste. Zoals bij een bokser die zich zo groot mogelijk wou tonen in de ring, bewogen zijn armen en benen alsof ze niet aan hetzelfde lichaam hingen.

Ik stapte naar hem toe om me voor te stellen, maar hij was me voor. Reikhalzend en breed glimlachend strekte hij de hand uit:

-"Aangename kennismaking, ik ben Robert Fischer."

-"Aangename kennismaking," zei ik, "ik ben Didier Forel, de zoon van de directeur. Ik zou u graag de school tonen deze morgen. Volgt u mij?" Heel content glimlachte hij naar mij. Zijn grote handen grepen de koffers, die op de trap naar boven zo heftig slingerden als zijn lichaam.

-"Dit is uw kamer," zei ik. Normaal bestudeerden nieuwkomers hun kamer: ze staarden naar de kale muren, de eenvoudige kleerkast, het eenpersoonsbed en het piepkleine wasbakje. Maar Robert keek enkel met een blije blik naar zijn bed, kieperde daar al zijn spullen op, en volgde mij zonder verdere aandacht voor zijn kamer. Hij was de enige intern die die avond moeite had om zijn kamer terug te vinden.

Ik toonde hem de klaslokalen, de refter en de ateliers. Hij leek het allemaal even fantastisch te vinden zonder vragen te stellen. Op twintig minuten was ik met hem rond. Toen ik hem een uur later weerzag, was hij druk in gesprek met een zevental andere studenten, die hij aan het uithoren was. Lachend en knikkend leefde hij met alles mee wat ze te vertellen hadden. Hijzelf sprak niet spontaan over zijn vorige jaren, maar als je aandrong, vertelde hij over huizen die onder de sneeuw verdwenen waren, over scholen waar klassen elkaar met mest bekogelden, of over een dorp waar iedereen een vliegtuigje in de garage staan had.

Hij trok mensen aan. Je voelde je steeds welkom in zijn gezelschap, hij kende steeds een mop of een ongelooflijk verhaal, en hij haalde trucjes uit: zo liet hij een volledig ei in een fles verdwijnen, opende hij een fles wijn zonder de kurk aan te raken en maakte hij een magnetisch kanon. De eerste middag reeds bouwde hij een 'muziekinstrument' in de refter, bestaande uit gedeeltelijk gevulde glazen. Iedereen moest op het gepaste moment met een mes op zijn glas, ofte zijn "noot", kloppen tot het melodietje klopte. De resulterende kakofonie en ambiance werkten op de zenuwen van Forel, maar die liet begaan.

Robert gaf ons denkraadseltjes en schaakte tegen meerdere tegenstanders tegelijk zonder naar het schaakbord te kijken. Moppen tappen was zijn tweede natuur en hij lachte steeds luid mee met zijn eigen grappen. Hij had bovendien de unieke gewoonte om een verlegen lachje door te zetten tot een geamuseerde bulderende lach. Je moest je eigenlijk nooit afvragen waar Robert was; je hoorde hem gewoon!

Via zijn snel geïmproviseerd netwerk slaagde hij er de eerste dagen reeds in om met allerlei curieuze voorwerpen voor de dag te komen. Zo bracht hij op de derde dag honkbalattributen mee. Hij legde snel de principes van het spel uit, en na vijf minuten werd er reeds druk naar de bal gezwaaid. Niets of niemand was nog veilig voor het projectiel.

Dankzij Robert gingen alle studenten vanaf de eerste dag opgewekt slapen, om de volgende dag met blijde verwachting tegemoet te zien.

Dinsdag 3 september 1957

Eens elke student zijn klas gevonden had, elke intern zijn kamer ingericht had en alle formulieren ondertekend waren, kon het echte schooljaar beginnen. De eerste lessen gingen voornamelijk over de laatste stand der technologie in de textielindustrie, wat uiteraard een uitstekende voorbereiding was op ons eindwerk. Ik had ooit aan Forel gesuggereerd om daar bovenop een cursus contract- en patentrecht te geven, maar hij keek me streng aan: "Contracten en patenten zijn de láátste dingen waar je eindwerkstudenten attent mag op maken! Alles wat ze uitvinden, is gewoonweg eigendom van de school. Je wilt niet hebben dat ze met wetteksten beginnen zwaaien!"

We kregen ook een aantal motivatiespeeches vanwege de sponsors. Robert zag meteen het grappige: "Die twee spreken elkaar volstrekt tegen!"

Vooreerst was er immers de imposante heer Bombardon, die werkte als technologisch verkenner, als spion zeg maar, voor Looms International. Dagelijks in de weer met het te vriend maken van alle belangrijke mensen in de textielindustrie, was Bombardon op de duur te vinden in elke organisatie van de stad. Zo zat hij in het bestuur van de voetbalclub Gantoise en had hij zelfs de ambitie om volgend jaar burgemeester te worden. Hij droeg een driedelig donkerblauw pak met wit hemd en blauwe das over zijn heel zwaar lijf. Het geheel werd opgetooid met zijn reusachtige witte snor en met een gouden uurwerk, dat in zijn vestzak stak aan een kettinkje.

Bombardon kwam ons vertellen dat de toekomst van de Gentse textielindustrie afhing van onze verbeelding:

-"Het is niet het gepruts in de marge dat onze industrie rijk gemaakt heeft, maar wel de grote technologische doorbraken. Net zoals de auto niet ontstaan is door te sleutelen aan paardenkoetsen, net zoals de gloeilamp niet ontstaan is door te vijlen aan kaarsen, en net zoals het vliegtuig niet ontstaan is door een motor aan een luchtballon te hangen, zal het toekomstige weefgetouw niet ontstaan door te knutselen aan het huidige. En de sleutel ligt bij elk van jullie: vraag niet aan ons wat we willen. Ontdek het zelf! Had Henri Ford ooit aan de mensen gevraagd wat hij moest maken, dan zouden ze enkel geantwoord hebben: 'Snellere paarden'!"

Maar Forels vriend Pennycent vertelde namens Gandaweave exact het tegenovergestelde:

-"Studenten, vooruitgang wordt geboekt millimeter na millimeter. Voor elke millimeter moet hard geknokt worden. U maakt een millimeter vooruitgang (wijzend naar mij), u maakt een millimeter vooruitgang (wijzend naar Robert), en elk van u maakt een millimeter vooruitgang. Al die millimeters bij elkaar opgeteld zullen ons land uiteindelijk meters voorsprong geven. Dus, jongeheren, ga ervoor, ga voor uw millimeter in uw eindwerk!"

-"Wie van de twee zou er gelijk hebben?" vroeg iemand aan Robert.

-"In vino veritas!" antwoordde Robert, en hij trok met de hele klas de stad in om al drinkend en discussiërend de grote waarheid te achterhalen.

Wanneer wij een café binnengingen, waren wij zoals Jezus en de twaalf apostelen. Eender waar Robert zich neerzette, werd hij het middelpunt van een kring van mensen die aan zijn lippen hingen. Binnen de kortste keren had hij ook de aandacht van mensen aan andere tafeltjes, die hij meteen betrok door ze aan te spreken, vragen te stellen of te trakteren. Bewust of onbewust wisselde hij regelmatig van onderwerp, zodat elkeen de kans kreeg zijn zegje te doen. Iedereen was echter voornamelijk geïnteresseerd in voetbal. Robert stelde vast dat Gentenaren gek waren van hun voetbalclub Gantoise en bezeten van de frustratie dat die nog nooit landskampioen werd. Zij van hun kant waren verwonderd dat de Amerikaan Robert de hele geschiedenis van de club kende en ook al een paar wedstrijden gezien had. Maar voetbal zat in Roberts bloed. Hij vertelde onder meer dat hij als trainer bevriend geweest was met een zekere Edson, een van de jeugdspelers van Santos:

-"Brazilië wordt volgend jaar wereldkampioen, met Edson als sterspeler!" stelde hij met grote zekerheid. Voor het eerst twijfelden de toehoorders aan een van Roberts straffe verhalen:

-"Brazilië is nog nooit wereldkampioen geweest en van Edson hebben we zelfs nog nooit gehoord. Hoe oud is hij?"

-"Zestien. Wordt nog zeventien dit jaar," antwoordde Robert.

-"Zestien, zeventien, en die knul moet het doen? Loop je niet wat hard van stapel?" vroegen ze. Robert glimlachte enkel.

Over politiek werd nauwelijks gepraat, behalve dat een paar idealisten in de groep hoopten dat Nieuw Gent volgende zomer de gemeenteraadsverkiezingen zou winnen.

-"Waarom?" vroeg Robert.

-"Omdat Gent de vernieuwing nodig heeft die die partij voorstelt. We zitten al dertig jaar in een sukkelstraatje, sinds de tijd van de Vissermans," antwoordde een van hen.

-"Maar vooral omdat baron Anthony De Hoedemaecker, de voorzitter van Nieuw Gent, steeds omringd is met de drie mooiste meisjes ter wereld!" zei iemand anders. Iedereen lachte geamuseerd en vooral instemmend.

-"Van België, bedoel je," lachte Robert hoofdschuddend. "In Brazilië…"

-"Niets Brazilië!" protesteerden ze. "Als je een van die drie ooit te zien krijgt, val je op je knieën en begin je te bidden, te stamelen of te schreien."

-"Het is waar wat ze vertellen," bevestigde ik aan Robert.

-"Van die meisjes?" vroeg hij. Ik bevestigde, maar hij was niet onder de indruk:

-"Ik vermoed dat jullie niet veel gewoon zijn," grinnikte hij.

-"Wel, we hebben geprobeerd je te waarschuwen!" antwoordde iemand lachend.

Woensdag 4 september 1957

De school kreeg het bezoek van nog een financier: de schepen van Sport en Onderwijs. Hij had in de politiek zijn vader opgevolgd en was nu de jongste schepen in de geschiedenis van de stad. Voor ik me aan hem kon voorstellen, stond hij met een grote glimlach op van zijn stoel:

-"Mijnheer Didier Forel, mag ik de eer me voor te stellen: Anthony de Hoedemaecker, schepen van..."

-"De eer is geheel voor mij, mijnheer de baron, en uiteraard weet ik wie u bent!" zei ik verlegen. Ik vertelde er niet bij dat we het daags tevoren nog over hem en over de drie meisjes gehad hadden.

-"Mooi, dan zijn wij alvast uitstekend van wal gestoken!" antwoordde hij. "En noem me maar gewoon 'Anthony'." Als politicus wist hij mensen meteen op hun gemak te stellen. Omdat mijn vader niet meteen kwam opdagen, besloot ik met de schepen het rondje van de school te maken. In elk lokaal keek hij beteuterd naar de slechte staat. Verschillende kraantjes waren afgekoppeld wegens lekkende leidingen, plaaster was van de zolderingen gekomen, elektriciteitsdraden hingen los, de gordijnen waren helemaal vervaald en tegels lagen los of waren missende. Het lijstje van problemen was eindeloos. Het dak was er het ergste aan toe: het hout was zwaar aangetast door houtwormen en vochtigheid. Ondanks de geïmproviseerde versterkingen was het al een beetje doorgezakt.

-"Dit weerstaat geen grote storm meer," zei Anthony peinzend.

Overal waar de schepen van Sport en Onderwijs op bezoek ging, kreeg hij een gelijkaardig beeld van verval. Vele instellingen hadden de deuren al moeten sluiten. Het was de tendens van de laatste dertig jaar, sinds de macht, het mecenaat en de filantropie van de Vissermans plaats had moeten ruimen voor de bikkelharde concurrentie in de textielsector.

Toen we terug waren van de rondleiding, zei Anthony:

-"Jullie kunnen uiteraard op dezelfde steun van de stad rekenen als vorig jaar. Maar we moeten een oplossing vinden voor deze school; ze is een schim van zichzelf geworden. Voorlopig kan ik niets extra doen, buiten het weghouden van de inspecteurs."

-"Dat is alvast veel beter dan niets!" zei ik dankbaar.

-"Ik kan niets beloven, maar kom me zeker opzoeken wanneer je een probleem hebt."

-"Dat is heel vriendelijk; het is een hart onder de riem!"

Forel kwam toe nadat Anthony reeds vertrokken was. Ik deed het relaas.

-"Goede zaak dat die inspecteurs wegblijven!" besloot hij.

-"Enkel uitstel van executie," antwoordde ik piekerend. "De boel stort hier vroeg of laat in."

-"Eén dag tegelijk!" maande Forel.

~

Intussen was mevrouw Forel, in haar zoektocht naar een meisje voor mij, niet verder geraakt dan de dochter van de bakker. Blijkbaar was die laatste al op de hoogte van de plannen van mevrouw Forel, want toen ik haar in de straat kruiste, produceerde ze een glimlach waar je een brood kon inschuiven. Ik beantwoordde die met een droge erkentelijke knik. Ik moest dringend met mevrouw Forel praten; in de huidige financieel precaire situatie was ik immers niet van plan de vlucht naar voren te nemen en me in een huwelijk te storten. En zeker niet met de dochter van de bakker!

Donderdag 5 september 1957

-"Vandaag krijgen we allemaal ons eindwerk toegewezen," wist ik aan Robert te vertellen.

-"Ik ben benieuwd. Enig idee wat ik krijg?" vroeg hij.

-"Wel, vreemd genoeg ben jij de enige wiens eindwerk ik niet ken."

-"Hoezo? En alle andere wel?"

-"Wel, Forel heeft een eindeloos lijstje van ideeën die hij uitgeprobeerd wil zien door studenten. Hij definieert eindwerken en wijst die aan studenten toe naarmate hij de inschrijvingen binnenkrijgt. Maar achter jouw naam bleef het blanco. Ik ben nooit echt te weten gekomen wat hij voor jou in petto had."

-"Hij heeft toch iets voor mij?" vroeg Robert verschrikt.

-"Natuurlijk," stelde ik hem gerust. "Forel is goed georganiseerd. Ik weet dat jouw eindwerk gesponsord wordt door Pennycent van Gandaweave. Forel is daar zondag nog geweest; ze zullen het er vast over gehad hebben."

-"Zijn de eindwerken doorgaans interessant?" vroeg Robert.

-"Het mijne in elk geval wel; ik heb het zelf mogen kiezen. Ik heb het zelfs al grotendeels afgewerkt in de grote vakantie om heel eerlijk te zijn."

-"Wat ga jij dan doen tijdens het schooljaar?" vroeg Robert verbaasd.

-"Ik zie wel; het is een luxeprobleem. Veel plezier maken hoop ik!" We lachten. Maar het lachen zou Robert die dag snel vergaan.

De onderwerpen voor de eindwerken werden bepaald door de sponsors, die vooral interesse hadden in het sneller maken van de weefgetouwen.

Het principe van het weven was zo eenvoudig in onze schooltijd als het in de middeleeuwen was. Bij het weven spande men een aantal draden, de 'schering', parallel op het weefgetouw. Vervolgens werden een voor een andere draden, de 'inslag', haaks hierop, tussen de schering door, ingevoerd. De scheringdraden werden afwisselend omhoog en omlaag gehouden om ruimte, de 'sprong', te maken voor het invoeren van de inslag. Bij de oude weefgetouwen werd de inslagdraad met een schietspoel door de sprong geschoten. Bij de moderne weefgetouwen werden twee grijpers gebruikt. De eerste grijper nam de inslagdraad en bracht deze naar het midden van de sprong, waar de tweede grijper de draad overnam en naar de andere kant van het getouw bracht.

De hele concurrentie in de productie van weefgetouwen draaide voornamelijk om de snelheid waarmee inslagdraden konden worden ingelegd; van zodra een weefgetouw vijftien procent trager was dan een ander, was het al waardeloos. De evolutie van die snelheid was in de decennia voordien gestaag geweest, eerst dankzij het gebruik van elektriciteit, en vervolgens dankzij het vervangen van de schietspoelen door grijpers. Op het moment dat wij aan ons eindwerk begonnen, brachten de grijpers de inslagdraad honderdtwintig keer per minuut door de sprong. De fabrikanten van weefgetouwen wilden uiteraard nog snellere getouwen, maar hogere snelheden konden niet meer komen van technologische revoluties. In plaats daarvan moest de vooruitgang, zoals de heer Pennycent in de les gezegd had "millimeter na millimeter gemaakt worden." Of zo dacht men.

Tijdens het laatste uur van de dag stapte Forel binnen met de lijst der eindwerken en overhandigde aan elke student een korte beschrijving van diens eindwerk. Robert las snel door het formulier en schrok. "Moet je nu eens zien!" riep hij gedegouteerd. Iedereen kwam rond hem staan. "Ik moet de oorzaken en verbanden zoeken voor de slijtage van de grijpers, om vervolgens voorstellen te formuleren ter vermindering van die slijtage!"

-"Wat een rotklus! Hoe begin je in hemelsnaam aan zoiets?" vroeg iemand.

-"Wel," zei Robert verontwaardigd, "hier staat: 'doorlopend grijpers verslijten op een weefgetouw, en statistieken maken van de slijtage'. Dat wil zeggen dat ik 95% van mijn tijd moet doorbrengen met het kijken op een lawaaierig weefgetouw dat bezig is grijpers te verslijten. Wat een onzin! Ben ik daarvoor van Brazilië gekomen? Ik was beter met mijn ouders teruggekeerd naar Amerika!" Forel had het gesprek overhoord.

-"Er is niets aan te doen," zei die. "Uw eindwerk wordt gesponsord door de heer Pennycent van Gandaweave, en dát is wat hij u opdraagt." Hij kuchte even en liep weg. Hij wist dat de arme Robert, die met een beetje geld naar België gekomen was om het diploma van textielingenieur te halen, geen keuze had; Robert was verplicht dag in, dag uit passief op het getouw te kijken, weg te dromen, en uiteindelijk op een of ander baanbrekend idee te komen. Althans, dat was wat Pennycent en Forel verhoopten.

Vrijdag 6 september 1957

Voor Robert zat er niet veel anders op dan aan het eindwerk te beginnen. Hij begon met het weefgetouw te onderzoeken waarop hij zou experimenteren, en met het inventariseren van de verschillende soorten grijpers waarop hij slijtagetesten kon uitvoeren.

Maar nog voor hij zijn getouw voor de eerste keer startte, gebeurde er iets wonderlijks: door een open venster waaide een tocht die Robert als een welgekomen verfrissing ervoer. Een paar metalen gereedschappen die aan nagels ophingen, botsten tegen elkaar en rammelden als koebellen. Omdat zijn documenten van de tafel waaiden, sloot hij snel het venster. Toen hij naar het getouw terugkeerde, lag er wat los garen in de sprong. Waar het precies vandaan kwam, was niet duidelijk, maar de wind had het daar in elk geval geblazen. Zijn eerste reactie was gedreven door de afkeer voor zijn eindwerk: 'Zie je nu, garen in de sprong zónder die dekselse grijpers!' dacht hij bij zichzelf. 'Dat ware nog eens iets, als je dat inslaggaren er zomaar kon doorblazen.' Hij probeerde uit nieuwsgierigheid een bobijntje garen te ontrollen door het garen over een tafel te blazen. Dat gaf niet veel resultaat. Vervolgens legde hij wat garen op de tafel, hield het garen aan één uiteinde vast en blies erop. Het garen rechtte zich vanzelf zoals hij verwacht had. Hij begon te spelen met het idee: 'Wat zou er nodig zijn om het garen door de sprong te blazen? Het zou heel snel moeten gaan, want anders valt het inslaggaren en raakt het klem in de garens van de schering. En als het heel snel ging...'

's Avonds sprak hij er met mij over. Ik vond het een gek idee, maar tezelfdertijd een leuk intellectueel experiment. Ik hield wel van rare hersenspinsels zoals ik er de voorbije jaren al van meerdere gehoord had vanwege freewheelende medestudenten. Ze hielden me bezig tot ik de vinger kon leggen op de precieze reden waarom ze niet werkten.

Robert had een plankje, wat nagels en garen meegebracht, en begon te blazen. Het garen slingerde alle kanten uit. Robert lachte terwijl hij bezig was. We verzetten nageltjes, hielden het plankje schuin en beeldden ons in dat we vooruitgang maakten. Maar eigenlijk was het zijn zoveelste klucht. Of zo leek het voorlopig toch.

Zaterdag 7 september 1957

Nu alle inkomsten van de school bekend waren, en die waren heel mager, kon Forel nadenken over een financiële planning. Hij kon niet anders dan ervan uit te gaan dat de school geen enkele zware herstelling of vervanging nodig zou hebben dit jaar. Zuchtend tekende hij een rooster op het schoolbord, vulde hij cijfers in en rekende. Vervolgens veegde hij met pijn in het hart kosten weg tot de rekening klopte. Hij nam wat afstand van het bord en liet het gehele plaatje tot zich doordringen. Het was verbijsterend; hij zou armer moeten leven dan ooit tevoren. Hij liet de cijfers op het bord staan en ging slapen.

Zondag 8 september 1957

Een slapeloze nacht had Forel doen inzien dat hij moest handelen naar wat er op het bord stond: hij zou 's anderendaags zijn telefoon afsluiten en zijn wagen verkopen. Aan mevrouw Forel gaf hij de opdracht zo weinig mogelijk kolen te verbruiken in de keukenstoof:

-"Maak gerechten klaar die snel opwarmen of niet gekookt moeten zijn." Ze was moedeloos.

Om haar op te beuren, vertelde ik haar dat ik het leuk vond dat ze met de dochter van de bakker gesproken had.

-"En ze kan heel goed koken, poetsen en wassen!" vertelde ze me enthousiast.

-"Ik hou ze zeker in het oog!" beloofde ik haar. Wat een doffe ellende!

Maandag 9 september tot dinsdag 1 oktober 1957

Robert was niet de kerel die een saai eindwerk te lang aan zijn hart liet komen. Hij besloot integendeel maximaal te genieten van zijn leven buiten de schooluren. Ik stelde voor hem eens rond te leiden in de stad.

-"Schitterend idee!" zei hij met een brede glimlach, en tot mijn verwondering stouwde hij een tas vol met allerlei sleutels, tangen, elektriciteitsdraden, zekeringen, lampen, een pomp en tal van ander gereedschap. Toen ik hem vroeg waarom hij dat wilde meezeulen, antwoordde hij met een geamuseerde lach:

-"Je zal wel zien!"

De tas woog een ton! Wanneer ik ze droeg, moest ik om de haverklap van hand wisselen.

-"Daar staat er al een!" riep hij plots.

Hoewel auto's al tientallen jaren bestonden, waren ze nauwelijks berekenbaar; een automobilist was al heel tevreden wanneer zijn wagen gedurende langer dan twee jaar niet in panne viel. Dat een doorsnee Gentenaar bovendien op een tweedehandswagen aangewezen was, zorgde ervoor dat het deel uitmaakte van het straatbeeld dat een of andere chauffeur onder zijn motorkap stond te kijken. Maar voor Robert betekende al die miserie een mooi meegenomen cent.

Hij wees naar een wagen honderd meter verderop met een open motorkap. Een man van middelbare leeftijd stond gebogen over de motor te wachten op een goddelijke ingeving.

-"Wat scheelt eraan?" vroeg Robert aan de automobilist.

-"Ik weet het niet. Hij wil niet meer starten." Routinematig controleerde Robert de zekeringendoos, en zowel het probleem als de oplossing waren meteen duidelijk.

-"Ik los dat op voor vijf frank," stelde Robert voor. De man knikte instemmend.

-"Deze is voor jou!" zei Robert tegen mij. In twee minuten verving ik de kapotte zekering door een reserve. De chauffeur betaalde Robert en die gaf mij het geld.

-"Dat kost je een pintje!" voegde hij daar breed lachend aan toe.

We verdienden gedurende die weken 'ons dagelijks brood', zoals we het gekscherend noemden, door tijdens elke ochtend- en avondspits een paar uurtjes door de stad te trekken op zoek naar defecte auto's. In de meeste gevallen lukte het ons de wagens daadwerkelijk te herstellen. Meestal ging het dan om losgekomen kabels, kapotte ontstekingskaarsen of een lekke band. In andere gevallen zorgden we ervoor dat de chauffeur met zijn wagen tot aan een garage geraakte. Zo hingen we regelmatig doorgeroeste uitlaatpijpen op met een touwtje, of vulden we lekkende radiatoren. In de gevallen dat we de wagen niet zelf aan de praat kregen, vonden we een takelwagen. Ook voor die dienst betaalden de chauffeurs ons graag.

Robert sprak niet altijd de prijs op voorhand af. Als het over een dure auto ging, liet hij de klant zelf bepalen hoeveel fooi die wilde geven, omdat dat merkwaardig genoeg meer opbracht. Regelmatig betaalden onze klanten met cheques en in sommige gevallen vroegen ze zelfs om de fooi bij hen thuis te komen ophalen. Dat laatste was echter niet zo handig, omdat Robert er niet aan toekwam om al die fooien te gaan innen.

Hoewel we op die drie uurtjes per dag meer verdienden dan wat wij waarschijnlijk van een gewone job mochten verwachten, besloten we om ons eindwerk af te werken en ons diploma te behalen zoals het hoorde. Dat weerhield Robert echter niet om het groots op te vatten en een bakfiets te kopen. Op een lange avond verbouwden wij die vervolgens tot een tandem, zodat we hem met ons tweeën de heuvel van Gent konden opduwen. Aangezien we met de bakfiets meer kilometers aflegden dan te voet, vonden we bovendien meer klanten. We herstelden auto's, motorfietsen, fietsen en vrachtwagens. Wanhopige mensen probeerden zelfs hun geluk bij ons met toestellen zoals kapotte schrijfmachines. Bij elke herstelling maakten we plezier. Als de klanten ons zagen komen, waren ze al gekalmeerd nog voor we de wagen onderzocht hadden.

We werden ook snel bekend. Regelmatig verwezen mensen ons door naar een klant een paar straten verder. De meisjes zwaaiden en lachten wanneer we voorbijreden. Zelfs op de terrasjes waar we verpoosden, werden we regelmatig aangeklampt voor defecte auto's. Maar even regelmatig schaarde een groep mensen zich rondom ons om grappen te maken of om over de belabberde prestaties van Gantoise te klagen.

Wanneer we alleen waren, gingen mijn gesprekken met Robert over van alles en nog wat, want Robert was een oneindig diep vat van ervaringen. Maar het vaakst van al hadden we het over techniek, en dan vooral over zijn gek "luchtsysteem."

-"Baas, mogen we een paar bierviltjes?" placht Robert dan te vragen.

-"Die komen onder een paar pintjes, hé jongens!" antwoordde de krenterige man dan gewoonlijk. Van zodra we onze kartonnetjes hadden, mét de pintjes, tekenden we ruwe schetsen van het luchtsysteem, half ernstig, half grappend. We deden dat enkel voor het plezier dat we eraan hadden, omdat we toen nooit vermoedden dat het idee een stapje verder kon gaan. Gewoon filosoferen was goedkoop, en dat kwam ons bijzonder goed uit op dat moment!

~

Gent had een aantal straten en pleinen vol drukke cafés, waar vooral mensen naartoe trokken die hoopten vrienden tegen het lijf te lopen. Het was vanaf de eerste avond duidelijk dat dit Roberts natuurlijke habitat was. Hij trok van café tot café alsof hij ze allemaal wilde gedaan hebben op één avond. In elk café was hij, nog voor hij goed en wel op een barkruk zat, reeds aan de praat met zijn toevallige buur over de laatste of de volgende voetbalwedstrijd.

-"Wat gaan ze doen dit weekend?" was zijn klassieke openingszin. Van zodra de man daar op antwoordde, bestelde Robert hem een pintje.

-"Pfff...," was meestal het antwoord. Het ging immers slecht met de ploeg. Het objectief was jaar na jaar van niet te degraderen.

-"Weet je hoe ze de vorige wedstrijd hadden kunnen winnen? Wel, ..." Robert deed vervolgens zo'n gepassioneerde uitleg, waarbij hij zich alle spelfases kon herinneren, dat hij binnen de paar minuten omringd was door omstaanders die aandachtig luisterden en kritische vragen stelden. Robert kreeg van overal bierviltjes aangereikt waarop hij zijn theorie illustreerde met concrete spelfases.

Hij kon het bijzonder goed uitleggen, onder meer omdat hij wedstrijden had bijgewoond van alle topclubs ter wereld, en ook coach geweest was van de jeugdploegen van Santos. Daar had hij met heel talentvolle jonge spelers gewerkt, en had hij geëxperimenteerd met de modernste ideeën. Als zoon van een diplomaat had hij bovendien alle kranten ter beschikking gehad en alle voetbalartikels gelezen gedurende jaren. Hij was een 'expert' geworden van het Belgische voetbal zonder ooit een Belgische speler aan het werk gezien te hebben.

~

Forel zag ons komen en gaan en wist niet hoe te reageren. Enerzijds wou hij Robert niet dwingen om voltijds aan zijn eindwerk te werken, maar anderzijds hadden Forel en Pennycent gehoopt dat Robert met een vernuftig idee voor de dag zou komen, in plaats van zich gewoon te amuseren in zijn vrije tijd.

~

Ik beleefde de tijd van mijn leven met Robert, maar het schooljaar kreeg een eerste venijnige wending toen het op 1 oktober voor de eerste keer fris werd.

-"Wanneer zet je nu eindelijk de verwarming aan dit jaar?" klaagde mevrouw Forel.

-"Wel, het is vroeger koud dan andere jaren; het gaat wel voorbij. Volgende week wordt het zeker beter," stelde Forel haar gerust. Uiteraard was er financieel geen sprake van dat hij nu reeds de verwarming zou opstarten!

-"De jongens gaan bevriezen!" protesteerde ze.

-"Welnee, we gaan aan iedereen vragen een extra warme trui aan te trekken."

-"Goed, maar niet langer dan een week! Ik zal voor de internen alvast extra dekens van de zolder halen."

Toen ik die dekens voor haar naar de kamers bracht, drukte ik haar terloops op het hart dat Robert en ik heel veel meisjes in de stad zagen.

-"En de dochter van de bakker?" vroeg ze ongerust.

-"Mama, je moet begrijpen dat het niet met iedereen onmiddellijk klikt. Ik moet toch eerst een paar meisjes leren kennen hebben!" Voor mevrouw Forel was dit een stap achteruit, maar ze moest toegeven dat ik gelijk had. Ze had er bovendien vertrouwen in dat het me in het gezelschap van Robert wel zou lukken om een meisje te vinden.

-"Goed dat je iemand hebt leren kennen die je eens mee naar buiten neemt, zodat je eindelijk eens wat mensen leert kennen!" besloot ze.

KIKKI

Robert ging elke woensdagnamiddag naar de textielbibliotheek, op een honderdtal stappen van de school. De bibliotheek was gevestigd in een paar rechttoe, rechtaan klaslokaaltjes van een school die opgedoekt was kort na het faillissement van de Vissermans. De boeken stonden in en op een amalgaam van kastjes die nooit voor een bibliotheek bedoeld waren.

In tegenstelling tot de majestatische politieke huizen in de stad, die een bezoeker overtuigden van hun heerlijke toekomstbeelden, of tot de kerken, die de gelovigen een voorsmaakje van de hemel gaven, gaf een bezoek aan deze aftandse bibliotheek een ontluisterend gevoel. Het voelde als binnenkomen bij een arme, oude professor, die alles al gezien en gehoord had, die droogweg op je vragen antwoordde, maar die je nooit het gevoel gaf dat er voor jou nog iets te ontdekken was.

Toch raakte Robert steeds gecharmeerd door de liefde waarmee zovele boeken en artikelen geschreven waren over een of ander onderdeel van een machine, over alle garens en hun eigenschappen, over de inrichting van ateliers, en over elk denkbaar detail van de textielnijverheid. Onderwerpen waar hij vroeger nooit bij stilgestaan had, bleken na het snuisteren in een boekje met een weelde van denkwerk bemoederd te zijn. De textielindustrie had een zeer roemrijke geschiedenis gekend, vooral in Vlaanderen. De mooiste en machtigste gebouwen van het land, zoals de stadhuizen en de vele kastelen rond de steden, hadden hun bestaan aan haar te danken. Ook daar vond hij boeken over.

Na een lange evolutie leek de industrie op een eindpunt gekomen te zijn van mogelijke verfijning en efficiëntie. De weefgetouwen verschilden enkel nog van elkaar op vlak van het prachtige smeedwerk waarmee zij versierd waren, alsof het getouw een pronkstuk in de woonkamer moest worden. Elke auteur prees heel zelfzeker de beste oplossing aan voor elk probleem. Nergens vond Robert een boekje over de toekomst of over wat men nog niet wist. Voor een jonge ingenieur die zijn leven moest maken van nieuwe vondsten, was een bezoek aan deze bibliotheek met ultieme waarheden telkens een confrontatie: je kwam er binnen met vragen over techniek, je ging er buiten met vragen over je toekomst.

Over de bestaande grijpers vond hij zoveel informatie als hij maar wou: dikke boeken met prestatietabellen, met prijzen, met onderhoudsaanbevelingen, met types van grijpers, enzoverder. Over zijn idee om het inslaggaren door de sprong te blazen daarentegen, vond hij helemaal niets. 'Is dat een goed teken of een slecht?' vroeg hij zich af. Was het omdat niemand er ooit aan gedacht had, of omdat het idee nooit de eerste fase van de beoordeling overleefd had?

Gewoonlijk stond hij al lezend aan te schuiven tot het zijn beurt was om de geleende boeken op zijn kaart te laten zetten. Maar op die woensdagnamiddag stond hij achter een meisje dat wel erg veel tijd nodig had aan de balie. Ze trok onmiddellijk zijn aandacht door haar mooie elegante kleding. Een dunne, strakke, grijze kasjmieren trui zette haar slanke en sportieve figuur in de verf. Ze was op het randje van wat je groot zou noemen. Dik zwart-donkerbruin haar tot op schouderhoogte volgde gezwind de bewegingen van haar hoofd. Haar gebaren waren sober maar zelfverzekerd. Het tijdschrift dat ze wou lenen, was economisch van aard en was blijkbaar heel belangrijk voor haar. In een taal die aristocratisch klonk, maakte ze duidelijk dat ze haar bibliotheekkaart niet bij zich had, maar dat ze absoluut het tijdschrift nodig had, en het desnoods wou kopen.

Robert, nog voor hij erover nagedacht had, schoof zijn eigen kaart over de balie en zei:

-"Zet dat tijdschrift maar op mijn kaart," gevolgd door zijn luide geamuseerde lach. Het meisje zette een stap achteruit en liet gewoon begaan.

De man achter de balie was formeel:

-"Mijnheer, u begrijpt dat u verantwoordelijk bent voor het terugbrengen van dit tijdschrift? Jullie kennen elkaar?"

-"Ja, mijnheer, en u krijgt het tijdschrift zeker terug," zei Robert, hoewel hij het meisje nog nooit eerder gezien had.

Van zodra hij zijn eigen boeken ook op de kaart laten zetten had, draaide hij zich om om het tijdschrift aan het meisje te geven. Als door een blikseminslag werd hij getroffen door de verblindende pracht van haar gelaat, in een lokaal waar hij een dergelijke gratie nooit verwacht had. Zelfs in zijn dromen had hij niet kunnen verzinnen dat prinsessen zo mooi als zij in paleizen rondliepen. Ze had een vierkant aangezicht met dunne prominente kaakbeenderen als was zij een operazangers die voor een hele zaal moest kunnen glimlachen. Haar hoge, uitgesproken jukbeenderen en ietwat bolle kaken gaven haar een ondeugende indruk, alsof ze hem op elk moment uit zijn lood kon slaan met een gevatte opmerking. Haar natuurlijke, egale en ietwat zuiderse tint gaf haar een indruk van onkwetsbaarheid. Het mooiste evenwel waren haar grote diepliggende blauwe ogen, die altijd onderzoekend en geïntrigeerd leken te kijken. Ze had het snoetje van iemand die elke seconde intens leek te leven, steeds klaarwakker en klaar om zich op iets anders te storten. De schok van deze schoonheid op zo'n onverwacht moment had het beeld van het meisje voor eeuwig op Roberts netvlies gegrift.

-"Alstublieft," zei Robert, het tijdschrift overhandigend. Hij wou op zijn knieën vallen maar wist zijn gevoelens te verbergen achter zijn ontwapenende glimlach.

-"Oh, duizendmaal dank," antwoordde ze, Robert belonend met een secondelange blik recht in de ogen. Putjes verschenen in haar kaken toen ze lachte. "Dit tijdschrift is heel belangrijk voor mij. Ik breng het zeker terug. Ik zal u mijn telefoonnummer geven."

-"Dat hoeft niet," zei Robert. "Ik weet zeker dat u het tijdschrift terugbrengt." Een intense, oprechte glimlach van het meisje drukte nog eens haar dank uit, en met een gezwindheid die hij intussen van haar verwacht had, draaide ze zich om en verliet ze met snelle schreden het gebouw.

Robert stopte de uitgeleende boeken in zijn tas. Terwijl hij door de gang naar buiten stapte, stelde hij vast dat alles er anders uitzag dan voorheen. De muren leken verder uit elkaar te staan, de gang leek korter, en het voetpad leek geen grijze amorfe massa meer, maar een wemeling van levende individuele tegels. Hij was verliefd; die schoonheid en die warme blik hadden hem volledig in hun greep.

Woensdag 2 oktober tot donderdag 10 oktober 1957

Die woensdag in de vooravond was het duidelijk dat er iets aan de hand was met Robert. Hij was lusteloos, kon zijn gedachten niet focussen tijdens een spelletje kaarten, en leek in een knoop met zichzelf te liggen. Hij had weinig aanmoediging nodig om alles over de korte ontmoeting met het meisje te vertellen.

-"Zeg je nu nog dat de meisjes in Brazilië mooier zijn dan die van Gent?" lachte ik hem uit.

-"Ah, vergeet dat ik dat ooit gezegd heb!"

-"En van dat kaliber lopen er hier nóg rond, en wellicht nog mooiere!" zei ik als fiere Gentenaar. "Je hebt immers de vriendinnen van baron Anthony de Hoedemaecker nog niet gezien!"

-"Volstrekt onmogelijk dat die nóg mooier zijn!" zei hij.

-"Goed. Maar ze komt dus uit de aristocratie als ik het goed begrepen heb."

-"Duidelijk," antwoordde hij, "haar taal, haar kledij, haar kapsel, de soberheid van haar bewegingen, haar opgeheven hoofd, …"

-"Je hebt het me al verteld," onderbrak ik hem, "maar als ze uit de aristocratie komt, maak je weinig kans."

-"Ik besef het. Mijn moeder heeft me dat honderd keer ingeprent. In het kader van mijn vaders werk ontvingen wij immers veel adel, van schildknapen tot hertogen, prinsen en zelfs koningen. Al die mensen waren heel vriendelijk zolang ik niet met hun dochters aanpapte; die zouden maar eens verliefd moeten worden op een gewone burgerjongen als mij! Je moet me dus niet vertellen dat ik geen kans maak; dat weet ik al. Ik probeer de ontmoeting enkel te verwerken. Het betert wel."

Maar het beterde níet. Hij kon enkel nog werken op basis van de plannen die hij voordien opgesteld had, zonder na te denken of zich te concentreren. We herkenden de Robert niet meer die alle dagen iedereen op sleeptouw nam. Zijn gedachten waren in de bibliotheek, zijn enig aanknopingspunt met het meisje. Hij ging er regelmatig naartoe en studeerde aan een van de tafeltjes. Telkens hij de deur hoorde opengaan, keek hij op, om telkens weer teleurgesteld te worden. Hij had al berekend dat hij gedurende vijftig procent van de openingsuren in de bibliotheek was, en dat hij dus één kans op twee maakte om haar het tijdschrift terug te zien geven. Ook had hij de plaats in de bibliotheek al bezocht waar de economische tijdschriften lagen, maar ook dat bracht hem geen antwoord of hoop; na een aantal tijdschriften bekeken te hebben, begon hij zelfs te twijfelen over hoe het tijdschrift er precies had uitgezien.

Zijn grootste hoop was dat ze er de volgende woensdagnamiddag op hetzelfde tijdstip weer zou zijn. Maar ook dat moment verstreek in stilte. Met lood in de schoenen stapte hij ten slotte naar de man achter de balie, toonde hij zijn bibliotheekkaart en vroeg hij of hij nog boeken of tijdschriften moest terugbrengen. De man liet zijn vingers routinematig door de fiches lopen die in een houten bakje zaten. Eén fiche werd er uitgehaald, dat nog eens vergeleken werd met zijn bibliotheekkaart. "U hebt enkel nog een boek in leen, mijnheer Fischer, maar geen tijdschriften. Voor de rest is alles in orde."

Het was een grote deuk in Roberts reeds magere hoop. Hij keerde terug naar de school, zichzelf oppeppend met de kleine troost dat het meisje het tijdschrift zo snel mogelijk had teruggebracht, indachtig dus dat hij anders een boete kreeg.

Ik voelde dat de tijd slechts langzaam beterschap zou brengen. Robert overwoog nu om aan de bibliothecaris te vragen om een studie te mogen maken van de steekkaartjes. Aan de hand van die kaartjes wou hij uitvissen wie er op het moment van de teruggave van het tijdschrift een nieuw boek had geleend of een ander boek had teruggebracht. Via een logische redenering zou hij dan kunnen bepalen wie de grootste kans maakte om het mysterieuze meisje te zijn. Eén moeilijkheid echter was het feit dat de stempeltjes op de steekkaartjes enkel een datum vermeldden, maar geen tijdstip. Maar de grootste moeilijkheid, die Robert niet onder ogen wou zien, was dat de bibliothecaris nooit zijn bak met steekkaartjes zou overhandigen!

Ik moest iets doen: de vlucht naar voren. Ik maakte een lijst van alle mogelijke scholen waar zij kon studeren. Hoewel Robert niet zeker was van haar leeftijd, gaf ik voorrang aan het hoger onderwijs. Ik moest voorzichtig zijn met de scholen die ik uitsloot, want economie komt overal wel eens aan bod. Het aspect textielindustrie was ook belangrijk; ik mocht de mogelijkheid van bijvoorbeeld kledingontwerpster niet uitsluiten. Ik betrok Robert niet bij het maken van die lijst; mijn hoop was dat als ik autoritair met een plan zou afkomen, hij zou volgen.

-"Fantastisch!" riep hij toen hij het schema zag dat bepaalde op welke dag we aan welke schoolpoort zouden staan. Hij bekeek het kritisch en stelde me een waslijst vragen. Uiteindelijk zei hij resoluut: "Een waterdicht plan. Morgen beginnen we eraan!" Hij was in zijn nopjes. Maar waterdicht was het plan allerminst natuurlijk!

We begonnen met de faculteit economie, die drie dagen van onze aandacht kreeg, drie uur per dag. We kozen het plaatsje vanwaar we zoveel mogelijk studenten zagen binnenkomen, en stelden ons onverhuld op; we maakten er geen geheim van dat we iemand zochten.

-"Ze zal ons niet ontsnappen," zei een zelfzekere Robert terwijl wij – of liever Robert, want ik wist niet naar wie ik moest uitkijken – de langgerekte zwerm studenten bestudeerden.

-"Je moet me wel één ding beloven," zei ik. "In het vervolg kijk je niet meer in de ogen van veel te hoog gegrepen meisjes!"

-"Beloofd!" zei Robert. "Zij was de enige en de laatste!" De manier waarop hij dat zei, stelde me geenszins gerust.

Hoewel we het meisje nog niet gevonden hadden, had ons plan alvast één positieve kant: Robert was weer zichzelf, zorgde weer voor een zonnige dag voor iedereen en dacht weer na over het luchtsysteem. Op de school bestudeerde hij nu de verschillende bestaande systemen om het inslaggaren te voeden aan het getouw. Daar waren verschillen tussen, die onder meer te maken hadden met de kleurpatronen van de te weven stof. Hij zocht manieren om daar een luchtblazer tussen te krijgen.

Op onze dagelijkse uitstap naar een of andere school namen we de bakfiets mee en herstelden we weer auto's. We amuseerden ons. Ongeacht het resultaat van de speurtocht naar het meisje zouden we hier jaren later met plezier aan terugdenken. Althans dat hoopte ik, want telkens een mogelijke kandidate zich in de verte presenteerde, was er geen plaats voor een grap. Robert verloor het meisje geen fractie van een seconde uit het oog, tot het zeker was dat zij het niet was. En dat was gewoonlijk al vanop een afstand van meer dan honderd meter! Het leek surreëel; hoe kon hij vanop die afstand een gezicht herkennen dat hij voorheen slechts enkele seconden gezien had?

-"Ik hoop dat we haar ooit vinden," zei ik.

-"Het plan is onfeilbaar!" antwoordde Robert terwijl hij naar een auto met open motorkap stapte.

-"Hoe bedoel je 'onfeilbaar'?" protesteerde ik. Maar Robert was al in drukke onderhandeling met een automobilist die op zoek was naar de aanzwengelstaaf onder de motorkap. Robert liet de man betalen voor een nieuwe drijfriem, zodat de wagen weer gewoon met de startmotor kon starten.

-"Hoe bedoel je 'onfeilbaar'?" herhaalde ik mijn vraag.

-"Kan het meisje in de kleine stad van Gent onopgemerkt blijven voor twee paar ogen die elke dag gedurende drie uur zoeken?" vroeg hij.

-"Eigenlijk niet," moest ik toegeven. Maar ik dacht regelmatig aan wat uiteindelijk de magere trofee van onze speurtocht zou zijn: haar nog éénmaal gezien te hebben.

-"En als het ons lukt," vroeg ik, "wat daarna?"

-"Wat daarna?" lachte hij. "Dan stopt de tijd. Er is geen 'daarna'!"

Vrijdag 11 oktober 1957

Ondertussen was de school in nauwe schoentjes geraakt. Verschillende internen hadden er bij hun ouders over geklaagd dat Forel na een ijskoude week nog steeds de verwarming niet aangezet had. Forel negeerde echter de brieven van de ouders. Hij bedacht ook hoe handig het was geen telefoon meer te hebben: zo hoefde hij de klachten over koude lokalen of over onbetaalde facturen niet te beantwoorden.

Hij wimpelde bezoekende ouders af met beloftes. Pas toen een vader aanbelde, vergezeld van een deurwaarder die de temperatuur in alle kamers formeel noteerde, bond Forel in: met een groot gebaar zette hij de centrale verwarming aan… maar die weigerde dienst! Ook dat noteerde de deurwaarder. De vader dreigde na het weekend terug te komen.

Forel zat met de handen in het haar; hij had geen idee van wat er fout kon zijn met de verwarming. Hij klopte aan bij een lokale specialist. De man beloofde een uur aan de verwarming te werken voor het bedrag dat Forel ervoor wou betalen. Na een uur lagen alle onderdelen uitgespreid op de grond, maar had de specialist de oplossing nog niet gevonden. Tenminste, hij beweerde van wel maar wou niet zeggen hoeveel het nog zou kosten. Forel was ten einde raad.

Zaterdag 12 oktober 1957

Pennycent mocht dan wel Forels beste vriend zijn, de kip der vriendschap had tot dusver weinig eieren gelegd. Het was dus eerder met de moed der wanhoop dat Forel naar Pennycent trok om hem de precaire situatie uit te leggen.

-"Wat wil je dat ik daaraan doe?" vroeg Pennycent, een beetje tijd winnend om na te denken.

Forel ergerde zich reeds maar bleef kalm:

-"We hebben dringend geld nodig voor de herstelling." Daarmee had hij Pennycent in het nauw gedreven; als Pennycent nu niets deed, dan gaf die impliciet toe dat hij slechts een kleine garnaal was, die niets te zeggen had binnen Gandaweave. Pennycent koos daarom voor de vlucht vooruit:

-"Bewijs eerst eens dat je iets hebt voor mij!" In het beste geval bedoelde Pennycent daarmee: 'Ik probeer enkel je school te redden als de kans bestaat dat een of andere laatstejaarsstudent iets fantastisch uitvindt.' Maar Forel vermoedde veeleer dat Pennycent gewoon geen frank extra kreeg van de hertog, en nog minder van de hertogin.

Ze namen afscheid. Forel was teleurgesteld in zijn vriend. Het minste dat hij van Pennycent verwacht had, was dat die eerlijk zou geweest zijn over zijn onmacht binnen Gandaweave.

~

Ik wist op dat moment nog niet dat de school met een groot en acuut probleem zat; eerlijk gezegd had ik sinds de komst van Robert nauwelijks stilgestaan bij de financiële perikelen van mijnheer en mevrouw Forel. Voor mij was het leven integendeel een feest geworden zoals nooit tevoren. Die dag schreef ik Robert en mezelf in voor het schaaktoernooi dat de kranten jaarlijks organiseerden.

Toen het schaakspel in de negentiende eeuw populair werd, sprongen de prinsen de Vissermans meteen op de kar en maakten zij van Gent de schaakhoofdstad van België. Tijdens de laatste decennia had het schaken die positie enkel versterkt in het economisch slabakkende Gent, vooral omdat het spel een goedkoop tijdverdrijf was. Jaar na jaar kwamen meer huis-, tuin-, en keukenschakers opdagen voor het tornooi, dat intussen zó groot geworden was dat de duizenden partijen overheen de verschillende gebouwen van de Gentse kloostergordel moesten verspreid worden. Robert had aanvankelijk geen zin om zich met dit niveau te meten, maar toen ik hem vertelde over de traditie en de grootschaligheid, besloot hij uiteindelijk gewoon deel te nemen voor de sfeer.

De vrolijke massa gegadigden werd stil wanneer zij binnenkwam in de lange kloosterzaal, waarin zeshonderd schaakborden opgesteld stonden. Het competitieve beestje in elkeen stak de kop op. Terwijl de oudere kinderen hun tactieken aan het bespreken waren, probeerden de volwassenen de schijn hoog te houden dat ze er enkel voor het plezier waren. Ik wist wel beter: in het schaken was er geen scheidsrechter die het spel beïnvloedde, geen teerling, geen wispelturige bal, of geen andere externe factor die je als excuus kon gebruiken. Een overwinning voelde aan als een triomf van de intelligentie, en de winnaar van het tornooi werd even aanzien als de slimste mens van de stad.

Langzaam werd het stiller. De babbeltjes werden korter en formalistischer. Elkeen zocht op tegen wie hij of zij zou spelen. Aan vrienden en kennissen vroeg men wat zij over de geafficheerde tegenstander konden vertellen.

Een oorverdovende kakofonie van schuivende stoelen ging gepaard met het plaatsnemen achter de borden. Als je je tegenstander niet kende en hij twee minuten te laat was, was het gespannen wachten tot je wist tegen welk type persoon je zou spelen: een driftig jong kereltje of een wijze oude man. Het eerste type speelde meestal onsamenhangend en was weinig onder de indruk van de algemene geplogenheden van het schaakspel. Je kon moeilijk een plan bedenken tegen hun stellingen, maar als je je in slaap liet wiegen, vonden zij plots een vernietigende tactische wending. De oudere deelnemers van hun kant speelden zeer conservatieve zetten en waren weinig aanvallend. Hun 'teveel' aan kennis van het schaakspel ontmoedigde hen om risico's te nemen. Als ze verloren, waren ze er steeds als de kippen bij om aan te tonen waarom dat eigenlijk onterecht was.

Aangezien het voor hem toch allemaal geen belang had, speelde Robert onder een pseudoniem. 'Robert Fischer' was immers ook de naam van het grootste schaaktalent op aarde, en hij wilde geen honderd keer dezelfde vraag beantwoorden met: 'Neen, ik heb geen enkele band met Robert James Fischer.'

Aan elk bord stond een dubbele klok die aftelde. Wanneer je over je eerste zet aan het nadenken was, telde jouw klok de resterende tijd af tot wanneer je je zet gedaan had. Op dat moment mocht je op een knop duwen, die maakte dat jouw klok stopte en die van jouw tegenstander begon af te tellen.

Op het sein van de tornooileider werden alle klokken gestart. Twaalfhonderd schakers zaten nu aan enge tafeltjes na te denken onder het getik van zeshonderd klokken. Die werden enkel overstemd door de onregelmatige plof van een stuk op een bord, of door de klik van een klok die werd ingedrukt.

Ik probeerde mijn schaakpartij goed onder controle te houden tegen een oude man met een bril en een grijze baard. Mijn rustig speltempo en conservatieve stijl leken hem te behagen; als onkruid overwoekerden zijn stukken langzaam mijn stelling. De man vond de kers op de taart en zette mij op een mooie manier schaakmat. Hij was in zijn nopjes en wou me onmiddellijk uitleggen wat ik allemaal verkeerd gedaan had. Ik wimpelde de mans aanbod af om op zoek te gaan naar Robert in het aanpalende gebouw. Zijn tafel was al helemaal opgeruimd. Ik vond hem aan de tapkast met zijn tegenstander, druk pratend over… voetbal.

-"Wat heb je gedaan?" vroeg ik hem.

-"Achttien seconden," antwoordde hij. "Eén seconde per zet!"

Volgens het Zwitserse systeem mocht hij nu tegen een andere winnaar spelen en ik tegen een andere verliezer.

Robert had Robert niet geweest als er bij de zesde partij geen twintig man rond zijn bord stond wanneer hij speelde, en nog meer wanneer hij het aan het uitleggen was nadien.

Zondag 13 oktober 1957

Forel wachtte tot wij naar het schaaktornooi vertrokken waren, vooraleer hij op zoek ging tussen Roberts spullen naar 'iets' voor Pennycent, en voorwaar, hij vond het: tussen de papieren van Robert lagen schetsen van mechanische componenten. Die waren zo vreemd dat Forel er kop noch staart kon aan krijgen. Maar dat maakte ze precies interessant! Hij stak ze zorgvuldig in een kaft voor Pennycent.

~

Intussen was Robert een van de tweeëndertig spelers die 'achter de touwtjes' mochten spelen; de beste spelers werden immers afgescheiden van het publiek door dikke, feestelijke rode koorden, die doorhingen tussen lage mobiele paaltjes. De grote eer had evenwel geen enkel effect op Robert, die gezwind aan een tempo van één seconde per zet bleef spelen en spectaculaire offers deed. Wegens de grote belangstelling werd zijn partij gekopieerd op een groot verticaal schaakbord met magnetische stukken.

Tijdens zijn tweede partij van de dag gebeurde er echter iets ongewoons: Robert keek op en spurtte naar buiten. Ik heb hem tot de middag niet meer teruggezien. Hij liet een puinhoop achter: zijn tegenstander moest een kleine twintig minuten wachten tot Roberts resterende tijd op was. Normaal had Robert de partij verloren, maar de arme tegenstander had enkel nog een koning en een paard op het bord staan. Er ontstond een heftige discussie over of de uitslag nu een nederlaag voor Robert of een gelijkspel moest zijn. De tornooileider en hoofd-tornooileider waren niet zeker, waardoor er naar Brussel gebeld moest worden. Ondertussen waren een dozijn handen aan het demonstreren dat Robert nog onmogelijk mat gezet kon worden. En een ander dozijn handen het tegenovergestelde.

's Middags trof ik hem aan op de school en vroeg ik meteen wat er scheelde.

-"Ik heb ze tijdens mijn partij gezien door het venster, en alles gedaan om ze te vinden. Maar ze was spoorloos."

-"Je hebt 'ze' duidelijk herkend?"

-"Ik heb duidelijk haar stap herkend."

-"Haar stap?? Hemel, Robert, laat je daarvoor een tornooi schieten?"

-"Luister, Didier, het was zij!"

We hadden beiden geen zin meer om naar de tornooizaal terug te keren. Ik deed dat enkel nog om forfait te geven voor de resterende partijen. Hoe ellendig!

~

Omdat er nog een groot stuk dag overschoot, stelde ik aan Robert voor om naar de lancering van de verkiezingscampagne van Nieuw Gent te gaan, de partij opgericht door de vader van schepen Anthony De Hoedemaecker. De partij had de ambitie om de stad weer op het goede spoor te krijgen, enerzijds door ondernemerschap aan te moedigen, en anderzijds door via een integratie van overheid, liefdadigheidsorganisaties en serviceclubs meer middelen los te weken voor scholen, sport en cultuur. De partij was echter nog te klein om haar stempel te kunnen drukken op het bestuur. Anthony had in deze legislatuur het geluk gehad dat Nieuw Gent nodig was geweest om een meerderheid te vormen in het stadsbestuur.

De bijeenkomst vond doelbewust plaats in een school die een jaar eerder ter ziele was gegaan. Er waren een paar honderd aanwezigen, waarvan ik er vele herkende. Net zoals Forel en ikzelf waren het mensen die er dringend nood aan hadden dat er iets veranderde in de stad.

-"Kijk daar eens, wat een ongelooflijk mooi meisje!" Robert probeerde nauwelijks zijn enthousiasme te onderdrukken. Verschillende omstaanders keken glimlachend naar hem. Het meisje was de organisatrice van de bijeenkomst. Ze had een notitieboek in de hand en was druk in de weer met het geven van instructies aan helpers. Ze had lang goudgeel haar, dat gedeeltelijk over de zachte egale huid van haar rond aangezicht viel. Net zoals het meisje dat Robert in de bibliotheek gezien had, had ze een groot atletisch lichaam, dat veel zelfzekerheid uitstraalde.

-"Dat is een van de drie vriendinnen van Anthony. Is ze niet mooier dan het meisje dat jij gezien hebt?" vroeg ik hoopvol.

-"Die andere is met niemand te vergelijken, maar ok, als ik objectief ben, is ze ongeveer even mooi."

-"Kijk nu niet in déze haar ogen!" waarschuwde ik hem. Robert gaf mij een stamp op de bovenarm.

Anthony klom als een ware redenaar op twee tegen elkaar geschoven lessenaars. Na de obligate dankwoorden kwam hij tot de essentie van zijn betoog:

-"De politici van de florerende klassieke partijen waartegen Nieuw Gent opbokst, laten zich vet betalen om te zetelen in bestuursraden van bedrijven, die vervolgens bevoordeeld worden ten nadele van de gewone burger. Een direct gevolg is dat jullie meer betalen voor gas, elektriciteit en water dan eender wie in het buitenland. Een ander gevolg is dat als je succes hebt, je tegengewerkt wordt door een kluwen van administratieve pesterijen tot ook jij de politieke postjespakkers bedient."

Zijn betoog oogstte een eerste applausje; vele mensen herkenden de situatie.

Anthony ging verder:

-"Dat nefast mechanisme, beste toehoorders, is vergelijkbaar en even verwerpelijk als het samenspannen van de strijdende en biddende klassen in het feodale systeem, dat achthonderd jaar standgehouden heeft. Het is een rem op de economie en een rechtstreekse oorzaak van het verval van de stad. Elk jaar verliezen we daardoor kostbare troeven, zoals vorig jaar deze school."

Weer kreeg hij een goedkeurend applausje.

-"Waarom, vraagt u zich af, stemmen niet meer mensen voor Nieuw Gent? Welnu, het probleem voor een vernieuwende partij is dat het dagelijks leven van een kiezer de stempel draagt van zijn politieke kleur: als je als een blauwe bent geboren, ga je naar een blauwe school, kies je voor de blauwe sociale zekerheid, trouw je met een blauwe – uiteraard niet voor de kerk – , maak je deel uit van blauwe sportieve en culturele organisaties, en kies je uiteraard voor de blauwe partij. De kleur maakt deel uit van de identiteit van jou en jouw familie; van kleur veranderen staat daardoor gelijk met een vrijwillige sociale verbanning. Om die reden moet Nieuw Gent vissen in de vijver van een kleine groep ongekleurde kiezers, die elke verkiezing zwalpt van de ene partij naar de andere. Alle partijen die zoals Nieuw Gent een verfrissende invalshoek geprobeerd hebben, lopen uiteindelijk te pletter tegen het plafond van het beperkte aantal van die ongekleurde kiezers."

De toehoorders waren stil. Anthony had het probleem herkend. Kende hij ook de oplossing?

-"Momenteel kijken blauwe, rode en katholieke kiezers naar elkaar. Niemand durft de partij van zijn kleur te verzwakken, tenminste niet tot hij ziet dat de kiezers van een andere kleur dat ook doen. Maar de onvrede is er, de grote politieke energie om er iets aan te doen, is er. De problemen zijn gekend en de mensen praten openlijk over het wanbeheer."

De toehoorders wisten dat dat waar was: de mensen wilden wel hun kleur afvallen, maar niet als eersten.

-"Maar, beste Gentenaren, ik verzeker jullie dat de politieke evenwichten labiel geworden zijn. We hebben enkel een politiek kantelpunt nodig, een sentimenteel ogenblik waarop de kiezers van alle politieke kleuren plotseling hetzelfde voelen, diep in elkaars ogen kijken en voor de verandering gaan. Wat dat kantelpunt zal zijn en wanneer het komt, weet ik niet. Maar we moeten verder ons werk doen. Want het ogenblik, beste mensen, komt!"

Anthony had weinig concreets beloofd, maar wat hij zei, klopte. Hij kreeg een klein applaus, dat aanzwol naarmate de toehoorders beseften dat het moment niet veraf meer kon zijn. En wat hún werk was, was duidelijk: praten met de mensen van de drie kleuren, ze samenbrengen en ze laten voelen dat er een vierde weg was. Zoals steeds zou het betoog van Nieuw Gent bij die andere mensen ontvangen worden op stille goedkeuring en grote aarzeling. Maar vooral dat eerste was belangrijk nu: de Gentse burgers laten voelen dat iederéén er zo over dacht!

-"Weet je, dat mooi meisje van daarnet heeft volgens mij een zus, mogelijks een tweelingzus," zei ik aan Robert toen we terug naar de school wandelden.

-"Hoezo?"

-"Tijdens de keren dat ik in het weekend ergens hulpkok speelde, heb ik die zus regelmatig aan tafel zien zitten met baron Grandgenre, de paljas die ons sponsort vanwege Looms International."

-"Die heb je dan blijkbaar goed in het oog gehouden!" plaagde Robert.

-"Grandgenre heb ik in elk geval goed in het oog gehouden," ketste ik de bal af. "Daar was steeds iets mee aan de hand: ofwel had hij als enige kurk geroken in de wijn, ofwel werd de chef-kok aan de tafel geroepen omdat Grandgenre een culinaire monoloog wou afsteken."

-"Moet een nachtmerrie zijn om mee aan tafel te zitten!"

-"Nog erger om als gast te hebben. Hij kwam met zijn verloofde, of zijn vrouw, of wat ze ook was, elke keer in de keuken alsof het allemaal van hem was."

-"Hoe vreselijk!"

-"Wie ik ook regelmatig op feesten zag," vertelde ik verder, "was Anthony, ook steeds vergezeld van eenzelfde meisje."

-"Die organisatrice van daarnet?"

-"Neen, ze had donkerbruin haar. Maar ze was even mooi."

-"Nóg één?! Dat kan niet!"

-"Je hebt toch gehoord dat er drie van dergelijke beautés in de entourage van Anthony verkeren? Wel, dat zijn ze: de eerste is de organisatrice, de tweede het meisje van Grandgenre, en de derde het meisje van Anthony zelf. Tel daar de jouwe bij en Gent kan nu al prat gaan op vier onovertroffen schoonheden!"

-"De mijne," zei Robert met zelfmedelijden.

Maandag 14 oktober 1957

Met Roberts schetsen onder de arm trok Forel naar Pennycent. Die kon zijn enthousiasme nauwelijks onderdrukken:

-"Dit is wat we zoeken: rare componenten, creativiteit!"

-"Wat zou het zijn?"

-"Ik weet het ook niet. Geen enkele component is thuis te brengen."

-"Maar het gaat over textiel, denk je?"

-"Daarvoor staan er voldoende garens bijgetekend!" antwoordde Pennycent bevestigend.

-"Betekent dit dat je me kan helpen?" probeerde Forel.

Maar Pennycent reageerde als een mossel:

-"Ik zal aan mijn ingenieurs vragen wat dit zou kunnen zijn." Forel was verbolgen. 'Mijn' ingenieurs, wat een pretentie! Maar hij antwoordde enkel:

-"Ik hoop dat je beseft hoe slecht wij er voorstaan."

-"Je vindt wel iets, je vindt altijd wel iets," antwoordde Pennycent.

Niets was minder waar en beiden wisten het. Forel had immers nog nooit een groot probleem moeten oplossen; daarvoor had hij alles té goed gepland en voor alles té perfecte procedures gemaakt en nageleefd. Maar nu had het verval van de stad hem ingehaald. Omdat hij besefte dat je uit een baksteen geen water kon wringen, besloot hij echter niet te protesteren.

Dinsdag 15 oktober 1957

In afwachting van de komst van de ouder en de deurwaarder had Forel het een goede strategie gevonden om de boiler er ontmanteld te laten bijliggen; hij wou bewijzen dat hij met het probleem bezig geweest was. Dat de ouder een dag later kwam dan voorzien, bracht geen soelaas, integendeel: de ouder kwam deze keer immers niet met een deurwaarder maar met een bevriende inspecteur! Die stelde een ultimatum: 's anderendaags moest de verwarming werken of de school ging dicht. Het was een blikseminslag die ons bestaan doorkliefde.

De ouder en de inspecteur waren nauwelijks vertrokken toen Forel zich in een stoel zette. Hij was verlamd van angst en kon enkel nog piekeren. Hij had de feiten gedurende jaren verdrongen, maar nu was het zover: de school zou het einde van het schooljaar niet halen, laat staan dat ze voor hem een thuis zou blijven tijdens zijn oude dag. Hij lichtte me in. Ook voor mij stond alles nu op instorten: geen diploma, geen inkomen en geen perspectieven. Paniek maakte zich van Forel en mij meester. We gingen op de grond rond de onderdelen zitten, en probeerden gedurende drie uur te begrijpen hoe ze in elkaar pasten.

Intussen was ook Robert op zoek naar Forel, om eens te praten over de aanhoudende kilte. Hij was wat wantoestanden gewoon geweest in zijn leven, maar deze school leek alle records te willen breken. Mevrouw Forel, die vermoedde dat er iets grondig fout zat maar niet wou weten wat precies, stuurde Robert in vage bewoordingen onze richting uit. Hij stond plots achter ons. Ik durfde hem niet te vertellen wat er met de verwarming aan de hand was, en nog minder dat de school op het punt stond te sluiten. Hij besefte het nog niet, maar dit was ook voor hem een dramatisch moment; zijn ouders hadden het duidelijk niet breed en hadden alles ingezet op zijn diploma van textielingenieur. Zouden wij moeten leven van het rondrijden met een bakfiets? En wat met mijnheer en mevrouw Forel? Ik deed de zoveelste verwoede poging om iets van dat verwarmingstoestel te begrijpen.

-"Kijk," zei Robert terwijl hij een stuk opnam, "zie je dit dunne kanaaltje hier?" Hij sprak op een rustige, geamuseerde toon alsof het over speelgoed ging.

-"Ja," antwoordde ik, niet geïnteresseerd.

-"Wel, als dit kanaaltje verstopt zit door de kalk, en het ís blijkbaar verstopt ...," hij onderbrak zijn zin om gedurende een minuut het kanaaltje kalkvrij te koteren, "... wel dan komt er geen water tot in de manometer, en denkt het systeem dat er onvoldoende druk is. En dan slaat het af."

-"Hm?" mompelde Forel met vertwijfelde ogen. Robert zette uiteen hoe die toestellen gewoonlijk werkten, monteerde alles tijdens zijn uitleg, en stak de verwarming aan.

-"Groot toestel," zei hij goedkeurend. "De school moet vroeger veel groter geweest zijn."

-"Inderdaad," zei ik, nog niet goed vattende wat er gebeurd was.

-"Binnen een half uur hebben we het eindelijk warm boven," zei Robert nog. Hij wreef met beide handen hard over zijn borst en armen en ging naar zijn kamer.

Forel en ik keken hem achterna alsof hij niet echt was. En toen keken we naar de werkende verwarmingscentrale. Die was in elk geval wél echt. We waren goed weggekomen deze keer!

Woensdag 16 oktober 1957

Het feit dat Robert haar tijdens het schaaktornooi opgemerkt had, of meende opgemerkt te hebben, had de vlam hoger doen oplaaien dan ooit:

-"Ze bezocht een bibliotheek, ze was aanwezig op een schaaktornooi, we moeten ze vroeg of laat nog eens tegenkomen!" zei hij.

-"Je had gezegd: 'nog één keer'!" protesteerde ik.
-"Ja, waarom?" vroeg hij verwonderd.
-"Welnu, je hebt ze op het schaaktornooi nog eens gezien," argumenteerde ik.
-"Dat telt niet!" Waarom niet, was me niet duidelijk, maar ik vergezelde hem alle dagen op zijn verwoede zoektocht naar het meisje.

~

In een zoveelste poging om haar te vinden, waren we op weg naar de faculteit van de rechten, toen Robert plots riep:
-"Dat is ze!"
Een meisje liep twintig meter voor ons uit. Ondanks haar gezwinde stap behield ze een grote fluïditeit van bewegingen; haar lichaam was nauwelijks onder de indruk van het feit dat ze regelmatig andere voetgangers moest ontwijken. Haar haren wiegden een heel klein beetje mee met haar lichaam, maar haar strak mantelpakje gaf geen krimp. Het had iets oogstrelends, alsof je naar een ballerina keek. Robert en ikzelf sprongen van de bakfiets en probeerden haar in te halen. We bewogen ons met horten en stoten voort, soms iemand ontwijkend, dan weer versnellend, alsof we onbeholpen schooljongens waren die schrik hadden om te laat te komen. We zagen hoe de gracieuze figuur in één ononderbroken beweging, alsof ze de grond niet raakte, een trapje opgleed en verdween in taverne 'Lambda'.
Ik riep Robert tot de orde:
-"Hoe kan je haar in hemelsnaam langs achter herkend hebben? Droeg ze dezelfde jas?"
-"Ik weet het niet," antwoordde hij. "Ik heb geen oog voor kledij." Duidelijk niet; hij had een witzwart-gespikkelde blazer op een vloeren jagersbroek aan. Als het meisje hem zo zou zien, zou hij geen punten scoren. Anderzijds paste zijn outfit perfect bij zijn nonchalante lichaamshouding en excentrieke persoonlijkheid. Ik besloot hem te volgen in zijn overtuiging dat zij het meisje was dat hij, intussen twee weken geleden, in de bibliotheek ontmoet had.
Taverne Lambda had nooit eerder mijn aandacht getrokken, waarschijnlijk omdat mijn ogen automatisch de handelszaken wegfilterden waar ik toch nooit zou komen. Het was een prachtig ogend etablissement, sierlijk met zijn grote ramen in zacht glooiende raamkaders, met bovenraampjes in geel en rood geruit glas. Binnen gaven de donkere eikenhouten panelen een gevoel van degelijkheid en traditie. Maar bovenal was de taverne in een feeërieke sfeer gehuld door het vele smeedwerk en de lichtvoetige ijzeren constructies, die sinds het begin van de eeuw erg in voege waren. Het was duidelijk dat de taverne een aristocratisch publiek had, dat achter een tas koffie de problemen van de wereld oploste. In onze kledij zouden wij in de Lambda evenveel aandacht trekken als een koe op een dansvloer. Maar dat hield Robert niet tegen.
-"Blijf ik hier of ga ik met je mee?" vroeg ik hem.
-"Kom me halen binnen twee minuten!"
Robert stapte de trapjes op en ging de taverne binnen. Zonder enige terughoudendheid liep hij door de taverne, duidelijk iemand zoekend. Dat hij het meisje niet onmiddellijk vond, deed hem geenszins twijfelen aan het feit dat hij de juiste persoon gezien had. En toen gebeurde het: hij controleerde een tafeltje tegen de achtermuur, zag dat ze daar ook niet zat, draaide zich een kwartslag naar links en stond plots oog in oog met haar! Ze was haar handen gaan wassen en was net teruggekomen. Hoewel hij verwacht had haar hier aan te treffen, stond zijn hart stil van het schrikken. Tegen de koninklijke achtergrond van de taverne zag ze er zo mooi uit als een prinses in haar kasteel.
Robert had nu bereikt wat hij zocht, maar hij had geen enkel plan. Door de schok liet ook zijn creativiteit hem volledig in de steek. Hij had er eigenlijk op gerekend haar te zien zonder dat zij hem zag, of ten minste zonder dat ze verplicht was toe te geven dat ze hem gezien had. Hij had gehoopt dat hij zijn blik zou kunnen afwenden net voordat zij hem zag, zodat het initiatief bij haar lag. Maar van een subtiel weerzien was nu helemaal geen sprake meer; hier stond hij nu vlak voor haar, bijna alsof hij haar opzettelijk de weg versperde! Tijdens een seconde die een eeuwigheid leek te duren, voelde het alsof een molensteen op zijn voeten lag en een kasseisteen zijn mond vulde.

Maar alsof het een gewoon toevallig treffen was, wees het meisje met een lach naar Robert, en zei:

-"Jij bent de jongen van de bibliotheek!" Robert was nu door de moeilijkste seconden heen, vooral dankzij haar ontwapenende spontaneïteit.

-"Ik ben Robert Fischer, inderdaad," zei hij op een vriendelijke toon.

-"Mijn vrienden noemen me Kikki," zei ze. "Doe me alsjeblieft het plezier om een kop koffie met ons te drinken, als je de tijd hebt tenminste."

Voor Robert was dit te veel onverwachte informatie om onmiddellijk te verwerken, maar gelukkig viel hij in de plooi van een gewone sociale gebeurtenis. Hij antwoordde met een innemende glimlach:

-"Met veel plezier, dankjewel!"

Kikki knikte nog eens, hem recht aankijkend om haar blijdschap te tonen met de bevestiging. Ze nam hem bij de arm en begeleidde hem naar de tafel. Het was een tafeltje voor vier personen met zitbanken aan weerskanten. Die waren ingewerkt in de met marmer en smeedijzer versierde tussenschotten tussen de tafeltjes. Robert herkende meteen de jongeman op de rechtse bank tegen de grote barokke wandspiegel: dat was baron Anthony de Hoedemaecker, schepen van Sport en Onderwijs. Met zijn ontwapende lach sprak Robert Anthony aan, schudde hem de hand en stelde zichzelf voor. Links naast Anthony zat een prachtig meisje, met een rond, bruingetint gelaat onder dik, lang, geelblond haar met een froufrou. Ze droeg een strakke pull in gebroken wit met een rolkraag. Tegenover haar zat duidelijk haar zus, die Robert herkende als de organisatrice van de verkiezingsbijeenkomst van de jongste zondag. Kikki stelde die laatste voor als Hélène, en diens zus als Laetitia.

Dat maakte dat enkel de plaats van Kikki, tegenover Anthony dus, nog vrij was. Robert keek onbeholpen rond of er geen losstaande stoel stond, quod non; hij kon nergens zitten. In de spiegel zag hij zichzelf naast Kikki staan, als een kofferdrager naast een prinses. Hij vroeg zich af of hij met zichzelf moest lachen of medelijden hebben.

Kikki echter vroeg Hélène helemaal door te schuiven tot tegen de spiegel, liet Robert vervolgens plaatsnemen in het midden, en ging zelf aan zijn rechterhand zitten. Hélène kreeg de koffie doorgeschoven die ze reeds begonnen was. Kikki gaf haar koffie aan Robert en bestelde voor zichzelf een nieuwe. De oudere dame die aan het tafeltje schuin tegenover zat, sloeg de studentikoze bedoening afkeurend gade.

Robert zat tegen Kikki aangedrukt en was zich nu bewust van de kleinste beweging van haar arm of been. Zijn hersenen waren veranderd in een waardeloze wolk; hij die normaal de koning van de sociale interactie was, moest nu zijn best doen om deel te nemen aan een leuke conversatie met de drie meisjes en Anthony.

Intussen was ook ik in de taverne toegekomen, en stelde ik andermaal vast dat Robert van aanpakken wist: hij zat aan tafel met vier mensen die hem niet kenden. Ik herkende de organisatrice van de verkiezingsmeeting, haar zus, die ik met Grandgenre gezien had, alsook Anthony en diens mogelijke verloofde. De vier waren blijkbaar goede vrienden: ze luisterden heel aandachtig naar elkaar en hun kopjes knikten en lachten op hetzelfde moment. Bovenal was ik onder de indruk dat ze zonder terughoudendheid een invitee van elkaar aanvaardden, in casu Robert, en er vlot mee omgingen zonder zich vragen te stellen.

Hoewel de twee minuten intussen ruimschoots om waren, besloot ik Robert pas te 'redden' van zodra hij niet meer betrokken zou zijn in de conversatie. Een ober vroeg me waarmee hij me kon helpen. Omdat ik echter niet van plan was hier een dure koffie te drinken, antwoordde ik dat ik gewoon iemand kwam ophalen. Daarna deed ik alsof ik iemand aan het zoeken was. De ober had het te druk om zich nog vragen over mij te stellen.

Intussen had Kikki aan de anderen uitgelegd dat ze Robert in de bibliotheek ontmoet had toen die zijn kaart liet gebruiken, en dat ze elkaar sindsdien niet meer teruggezien hadden. Het meisje tegenover haar, Laetitia, keek glimlachend en met pretoogjes naar Kikki, om in te stemmen met de ondeugende daad: een volslagen onbekende gentleman op een kop koffie uitnodigen! De drie jongedames hadden ook al aan Robert verteld dat ze rechten studeerden en dat Anthony dikwijls chauffeur speelde voor Kikki. Robert kwam ook te weten dat Anthony en diens vader een zaak hadden in compressoren, wat Robert spontaan deed denken aan zijn luchtidee.

Toen de vier aan Robert vroegen wat hij deed, voelde hij aan dat hij met iets beters moest afkomen dan met zijn officieel eindwerk. Hij vertelde dat hij zijn eindwerk aan het maken was voor zijn diploma van textielingenieur, en dat hij op een nieuw idee gekomen was waarvan hij wilde weten of het bruikbaar was. Dit wekte de nieuwsgierigheid op van de vier, maar net toen hij het luchtidee met veel geestdrift wou gaan uitleggen, keek Kikki een klein beetje glimlachend maar vooral ernstig naar hem, en legde ze haar vinger op zijn lippen om hem het zwijgen op te leggen:

-"Luister goed naar wat ik je ga vertellen, Robert: vele jonge ingenieurs komen er te laat achter hoe de bedrijfswereld werkt. Ze werken met veel enthousiasme aan een idee en denken dat ze hun verdiende deel wel zullen krijgen. Maar zo werkt het niet. Je komt terecht in een wereld waar regelmatig uitvindingen worden gedaan, zeker in de textielindustrie, en waar iedereen aast op het stelen van een belangrijk nieuw idee. De ergste dieven in jouw geval zijn dikwijls de scholen zelf. Menig student gaat eraan onderdoor. Het belangrijkste is van te zwijgen tot jouw idee volledig vorm heeft. Daarna patenteer je het zorgvuldig. Denk er maar eens goed over na. En lees zorgvuldig jouw contract met de school." Heel die tijd had ze recht in zijn ogen gekeken, terwijl haar vinger op zijn lippen lag. Dat had gemaakt dat Roberts hersenen kortgesloten waren, en nauwelijks een paar van haar woorden hadden kunnen absorberen.

Vanop afstand sloeg ik het gebeuren gade. Ze leken nu wat ernstiger te babbelen met z'n vijven. Plots viel er een pauze in het gesprek. Dit was het moment om Robert op een waardige manier afscheid te laten nemen. Ik stapte haastig naar de tafel toe, Robert wenkend. Hij ging mee in mijn initiatief, ook al had hij het daar nog een poosje langer kunnen uithouden. Hij introduceerde me aan het viertal:

-"U moet me excuseren, maar ik moet jammer genoeg vertrekken. Dit is mijn vriend Didier Forel. Didier, mag ik u voorstellen aan Kikki, Hélène, Laetitia en Anthony." Ik schudde de hand zonder de mooie jongedames in de ogen te kijken. Terwijl Kikki Robert uit de bank liet stappen, wisselde ik een paar korte woordjes met Anthony, die andermaal zijn bezorgdheid over de school uitte.

Ze zwaaiden ons achterna tot we volledig uit het zicht verdwenen waren. Robert wou de volgende taverne binnenstappen om rustig zijn emoties te verwerken, maar ik maakte hem duidelijk dat hij beter consequent handelde en deed wat hij aan het viertal verteld had: we moesten dringend ergens heen, eender waar; de school dan maar. In onze haast waren we bijna onze bakfiets vergeten.

-"Was Kikki, het meisje met het bruine haar dat naast mij zat, diegene die je op de feesten naast Anthony zien zitten hebt?" vroeg Robert van zodra we achter de eerste bocht waren.

-"Ja, dat was ze. Dit zijn de drie vriendinnen van Anthony, de drie mooiste meisjes van de wereld. Was zij het meisje dat je in de bibliotheek gezien hebt?"

-"Ja. Ik vraag me af hoever ze staan." Nu kreeg ik het pas op mijn heupen!

-"Luister, Robert, ten eerste heb je gezegd dat dit de laatste keer zou zijn dat je ze zou zien. Ten tweede is het zo dat als een jongen en een meisje uit aristocratische kringen regelmatig samen aan tafel gezet worden, er nog weinig aan te doen is. Maar ten derde, en nog veel belangrijker, Robert, is Anthony een belangrijke broodheer voor de school. Ik wil geen enkel probleem met hem!"

-"Neen, zeker niet," verontschuldigde Robert zich. "Anthony is trouwens een bovenste beste kerel. Hij heeft daarnet op geen enkel moment aanstoot genomen aan het feit dat Kikki me uitnodigde voor een kop koffie, en heeft ook niet geprobeerd me te overtroeven in de conversatie."

-"Laetitia ten slotte is het meisje dat regelmatig aan tafel zit naast Grandgenre, ook al een sponsor van de school. Ik zou die meisjes dus zo snel mogelijk vergeten. In elk geval, of we ze nu vergeten of niet, het resultaat zal op hetzelfde neerkomen: jij hebt haar geholpen in de bibliotheek, zij heeft je uitgenodigd op een kop koffie, einde van het verhaal."

Donderdag 17 oktober 1957

Pennycent bekeek voor de honderdste keer de gestolen schetsen met de rare componenten. Hij zag wel hoe een en ander in elkaar paste, maar had geen idee waarvoor de vreemde constructie moest dienen. Niettemin had hij eindelijk eens iets waarmee hij zijn broodheer kon imponeren. Hij toonde de tekeningen aan de hertog, die er evenmin een snars van begreep. Maar het geheimzinnige deed hem glunderen:

-"Wordt dit iets?" vroeg hij hoopvol.

-"Wel, Robert Fischer is iets aan het proberen dat uiterst origineel is, dat is zeker."

-"Zou iets origineels echt kunnen? Soms heb ik het gevoel dat alles al uitgevonden is."

-"En daarom zoeken we ook niet meer. En daarom worden dingen soms uitgevonden door een naïeve beginneling!"

-"En nu?"

-"Hopelijk brengen de ingenieurs me op een spoor."

De hertog keek verschrikt:

-"De ingenieurs? Let op dat de hertogin niets te weten komt!"

-"Ik let wel op, wees gerust."

Pennycent zocht de ingenieurs op tijdens hun middagmaal. De hertogin hield hen normaal ver weg van Pennycent, maar samen een hapje eten als collega's onder elkaar, daar kon ze toch geen probleem mee hebben?!

Uiteraard hield hij het risico zo klein mogelijk. Hij maakte de ingenieurs wijs dat hij de tekeningen 'in een pak oud papier gevonden had'. Hij wachtte tot ze goed doordrongen waren van het verhaal vooraleer hij de schetsen overhandigde.

-"Dat zijn wel héél vreemde schetsen, mijnheer Pennycent," zei de eerste ingenieur die ze bekeek. "Volgens mij wat losse hersenspinsels en niet meer dan dat." Een tweede ingenieur wierp er enkel een vluchtige blik op terwijl hij zijn soep verder oplepelde. Pennycent gooide het over een andere boeg:

-"Wel, ik ben blij dat jullie het ook niet vinden," zei hij. "Ik heb er al dagen op gezocht, maar nu ben ik tenminste zeker dat het onmogelijk is te vinden waar dit over gaat." Hij wist dat ingenieurs tot het uiterste gaan als je ze eerst vertelt dat je het zelf niet gevonden hebt.

-"Mogen we de tekeningen meenemen, mijnheer Pennycent?" vroeg een van hen. Pennycent knikte minzaam.

Vrijdag 18 oktober 1957

De eerste dagen na de ontmoeting in de taverne waren stil. Robert en ik werkten zoals gewoonlijk in elkaars buurt, maar er werd weinig gezegd. Uiteraard zaten we beiden met onze gedachten bij de drie meisjes.

We gingen minder de stad in omdat Robert weer volop aandacht aan zijn werk schonk. Hij had met Kikki over het luchtsysteem gesproken, of tenminste willen spreken, en vond het nu vreemd genoeg aan haar verplicht om dat systeem een kans te geven. Hij besloot het eigenlijke eindwerk, de slijtage van de grijpers dus, *spoor A* te noemen, en het luchtsysteem *spoor B*. Hij zou voortaan op een evenwichtige manier aan beide sporen werken.

-"Zolang je maar beseft dat enkel spoor A goed is voor jouw diploma!" waarschuwde ik hem.

Maar toen Robert zijn schetsen over spoor B wou raadplegen, vond hij ze niet.

-"Ik vind mijn tekeningen over spoor B niet meer! Ik weet zeker dat ze hiertussen staken."

-"Wie zoekt, die vindt," antwoordde ik onverschillig. "Wie zou ze immers weggenomen hebben?"

Robert dacht aan hoe Kikki hem gewaarschuwd had voor spionage en werd ongerust:

-"Misschien ben ik paranoïde, maar ..."

-"Je denkt aan spionage. Als iemand iets vermoedt, zou dat heel goed kunnen," antwoordde ik. Ik wist immers wat er in het verleden zoal gebeurd was, en zeker op deze school: die had op dat vlak met het faillissement van de Vissermans in 1923 en met de zelfmoord van de student in het vorige schooljaar al twee hoofdvogels afgeschoten.

-"Heb je aan iemand iets verteld?" vroeg ik.

-"Aan niemand... behalve aan het viertal in de Lambda," zei Robert, plotseling ongerust.
-"Dat was onvoorzichtig. Zijn zij de enigen? Denk na!"
-"Zij zijn de enigen."
-"Wat heb je verteld?"
-"Niets eigenlijk. Kikki legde me onmiddellijk het zwijgen op en waarschuwde me voor spionage."
-"Als ze een spionne geweest was, zou ze je gewoon uitgevraagd hebben in plaats van je het zwijgen op te leggen. Wat stond er in die schetsen?"
-"Losse componenten."
-"Tekst? Afmetingen? Eenheden, van druk bijvoorbeeld?"
-"Ik denk het niet; ik was eerder vormen in elkaar aan het puzzelen."
-"Laat ons hopen dat er geen belangrijke aanknopingspunten in stonden. Berg vanaf nu alles op in mijn kluis. Zelfs Forel heeft daar geen sleutel van."
-"Je zegt dat alsof je hem niet vertrouwt."
-"Hij is de laatste die ik zou vertrouwen. Hem en Pennycent van Gandaweave…, en Bombardon van Looms. Niemand is eigenlijk te vertrouwen in Gent. De stad is zoals een zinkend schip waar iedereen een sloep wil. Een patent is de reddingssloep van Gent."

Zaterdag 19 oktober 1957

Omdat wij geen telefoon meer hadden, had Pennycent naar een buurman van de school gebeld om Forel uit te nodigen naar het kleine, nette kasteeltje waar de hertog zijn kantoren had. De hertog en zijn medewerkers verzorgden daar de public relations van Gandaweave, een taak die zij echter zó ruim interpreteerden dat daar ook industriële spionage onder viel.

-"Heb je de schetsen ontcijferd?" was het eerste wat Forel aan Pennycent vroeg toen hij toekwam.

-"Neen, mijn ingenieurs zijn ze nog aan het onderzoeken, maar ik denk dat we er sneller gaan komen als jij Robert uithoort. Ik denk dat …"

Plots hoorden ze herrie in de brede buizen die overal langs de zolderingen liepen. Het kasteeltje was ontsierd met die lelijke polyesterbuizen omdat de hertog zich ooit een systeem had laten aansmeren om 'de processen sneller te laten verlopen'. In plaats van documenten met de interne post te versturen, konden de medewerkers ze in een cilinder steken, die onder luchtdruk van de ene kamer naar de andere geschoten werd. Het systeem werd eigenlijk nooit gebruikt, omdat de hertog en zijn staf vooral veel vergaderden en quasi nooit tijd-kritische informatie naar elkaar doorspeelden.

Op het wonderlijke geluid van een capsule die bliksemsnel door de buizen zoefde, volgde een lawaaierige donder toen diezelfde capsule in een metalen bak viel vlak naast Pennycent, die zich een ongeluk schrok. Een rood licht knipperde om de tijding aan te kondigen.

Pennycent herstelde zijn houding van man die alles onder controle had, zocht stuntelig, maar vond uiteindelijk de knop om het knipperlicht te doven, raapte de capsule uit de bak en prutste er een volle minuut aan tot hij ze open kreeg. De inhoud bevatte de schetsen van Robert en een kort briefje. Pennycent werd lijkbleek: "De hertogin!" De ingenieurs hadden haar op de hoogte gebracht van de vreemde tekeningen, waarmee zij onmiddellijk naar de hertog gegaan was om hem de mantel uit te vegen: 'Besef jij hoe diep de reputatie van Gandaweave gezonken is?! Kon de zelfmoord van die student vorig jaar niet volstaan?!' Vanop zijn bureau had ze de documenten naar Pennycent geschoten met de opdracht 'deze onmiddellijk terug te bezorgen aan de eigenaar!' Pennycent hield het kort: "Geef ze terug aan Robert en hoor hem uit." Hij begeleidde Forel naar buiten.

Zondag 20 oktober 1957

Forel geraakte er niet uit over hoe hij enerzijds de documenten van Robert kon terugleggen en anderzijds hem kon vragen waarvoor ze dienden. Uiteindelijk koos hij ervoor Robert uit te nodigen voor een 'ernstig gesprek'.

Ik vertrouwde het voor geen haar en ging mee met Robert naar Forel. Die laatste was ontstemd over mijn aanwezigheid, maar ik zei dat aangezien ik de school overnam volgend jaar, ik ook alles wou weten over 'ernstige gesprekken'.

Ik zat naast Forel, in een kamertje dat net groot genoeg was voor een tafel met vier stoelen. Zoals overal in de school was de verf van de hoge zoldering gebladderd. Toen Robert plaatsnam, had ik niet het gevoel in een respectabele school te zitten, maar eerder in een obscuur kwartier van de Stasi.

-"Ik heb volgende tekeningen van u gevonden," stak Forel kordaat van wal.

-"Dank u wel. Hoe hebt u ze gevonden? Waar lagen ze? Ik zocht ernaar," antwoordde Robert. Dat laatste had hij niet mogen zeggen.

-"Hahá! En waaróm zocht u ernaar?" vroeg Forel zonder Roberts vragen te beantwoorden.

Door mijn ogen open te trekken, gaf ik Robert teken dat hij moest opletten. Robert dacht even na en begon te lachen.

-"Waaróm zocht u ernaar?" herhaalde Forel.

-"Om te gebruiken als kladpapier."

-"En waarover gaan die tekeningen?" drong Forel verder aan.

Robert onderzocht de tekeningen en zei: "Ik weet het niet; ze zijn van vroeger."

-"U hebt kladpapier meegebracht uit Amerika?"

-"Neenee, uit Brazilië!" corrigeerde Robert lachend.

Roberts lach was normaal ontwapenend, maar in deze omstandigheden was het de verkeerde tactiek; Forel geloofde gewoon niets van zijn verhaal.

-"Luister, mijnheer Fischer, als u zich met iets anders bezighoudt dan uw eindwerk, moet u daar verantwoording over afleggen."

-"Ik ben bezig met mijn eindwerk," zei Robert, "en met niets anders. Juist, Didier?"

-"Heel juist," loog ik.

Forel bekeek me met een ontstemde blik maar liet ons gaan. Het was duidelijk dat de degens getrokken waren. Robert had zich perfect verdacht gemaakt, en Forel had te kennen gegeven dat hij iets op het spoor was. We zouden voor de rest van het schooljaar moeten opletten!

Maandag 21 oktober 1957

Door spoor B was gewone lucht verworden tot een substantie die met een pak wiskunde aan elkaar hing, zoals samendrukbaarheid, massa, temperatuur, dispersie en andere. Robert wandelde daarom regelmatig naar diverse bibliotheken om boeken over pneumatiek te vinden. Onderweg speurden zijn ogen zorgvuldig door alle zijstraten. Hij hoopte met veel geluk Kikki nog eens te zien, ook al zou het in zo'n geval waarschijnlijk bij een zwaai van ver blijven.

De boeken die hij vond, gingen voornamelijk over het persen en opslaan van lucht, om die geperste lucht vervolgens gereedschap te laten aandrijven. Hij vond niet veel nuttige informatie, behalve over hoe hij aan geperste lucht moest komen, en over hoeveel energie het persen van lucht kostte.

Al het denkwerk over spoor B liet hij echter niet ten koste gaan van spoor A. Tijdens de dag was hij zeer zichtbaar bezig met de grijpers; dat het getouw continu draaide, maakte aan Forel duidelijk dat Robert aan zijn eindwerk werkte. Onder het kabaal van het getouw onderzocht hij testresultaten van voorgangers. Op basis daarvan formuleerde hij nieuwe hypotheses en testte hij verder. Maar er resteerde hem veel tijd om te piekeren, over hoe hij de hemel had gezien en over hoe zijn huidige activiteiten hem daar helemaal niet zouden brengen. Als hij zijn leven in handen wilde nemen, moest hij iets ondernemen, maar wat?

~

Af en toe kwamen er technische experts uit de industrie in ons atelier. Vanwege het sponsorgeld geschonken door Grandgenre namens Looms International, mocht Bombardon regelmatig komen kijken naar de experimenten. In zijn driedelig pak met veel kentekens gedroeg hij zich als de keizer in het rijk der weefgetouwen. Hij maakte een gezapige wandeling door alle werkplaatsen. Hoewel je de indruk had dat hij over alles heen keek, bespiedden zijn ogen hier en daar heel vluchtig een of ander detail van het werk. Hij keek daarna telkens even naar boven, nadenkend, en zette vervolgens zijn wandeling verder.

Bombardon liep langs Roberts werkplaats. Hoewel die laatste sterk betwijfelde dat zijn experimenten met grijpers enige interesse konden opwekken, bleef Bombardon plots staan. Zijn oog was op iets gevallen. Robert keek even in dezelfde richting maar kon niet onmiddellijk zien wat Bombardon had kunnen boeien. Toch bleef die laatste veel langer kijken dan gewoonlijk. Hij sloeg zijn ogen naar boven en dacht diep na. Na een tiental seconden liep hij verder zonder iets te zeggen of Robert aan te blikken.

Die laatste keek nog eens naar de plaats die Bombardon had geboeid: een werktafeltje met wat vijzen, rivetten, een busje olie, en... zijn boek over pneumatiek! Roberts adem stokte. In paniek dacht hij heel snel na. Bombardon was duidelijk door dat boek geboeid geweest, maar wat had hij daarvan gemaakt? Op zijn werkpost lagen geen pneumatische onderdelen; Bombardon had dus geen verder aanknopingspunt gehad. Hij hoopte dat Bombardon aan een klassieke toepassing van de pneumatiek gedacht had en na overpeinzing het idee verworpen had. Hij had het in elk geval niet de moeite gevonden om Robert erover aan te spreken. Desondanks besloot Robert voorzichtiger te worden; zijn boeken over pneumatiek verborg hij voortaan uit het zicht.

Ook Pennycent van Gandaweave kwam langs en deed ongeveer hetzelfde als Bombardon, alleen op een hectische manier. Hij liep een werkpost voorbij, keerde op zijn stappen weer, ging vervolgens nog verder terug en stelde hier en daar vragen aan studenten, wijzend naar wat hij gezien had.

-"Zo, mijnheer Fischer, hoe gaat het met ons eindwerk?" vroeg Pennycent. Met 'ons eindwerk' wou hij duidelijk te verstaan geven dat Gandaweave de sponsor van Roberts eindwerk was, en dat die laatste dus wel degelijk verantwoording af te leggen had.

-"Wel, ik heb enkel de hypotheses van mijn voorgangers kunnen bevestigen," zei Robert, "maar geen enkele van mijn eigen hypotheses bleef overeind na de testen. Ik blijf verder proberen."

-"U beseft dat u iets móet vinden?!" vroeg Pennycent.

-"Wel," antwoordde Robert stout, "de interessantste resultaten verkreeg ik toen het hier ijskoud was omdat de chauffage niet werkte."

-"U impliceert toch niet dat weverijen voortaan in de vrieskou moeten werken?!" repliceerde Pennycent nors.

Voor Robert was de komst van Pennycent telkens een moreel dieptepunt; hij kon immers nooit interessante conclusies betreffende de slijtage van grijpers voorleggen, waardoor hij steeds een stevige uitbrander kreeg.

Althans, dat was hoe Robert het gebeuren percipieerde. In werkelijkheid waren Pennycent en Forel er enkel op uit om Robert zó diep in de hoek te drijven, dat hij op een dag Forel zou opzoeken en zeggen: 'Weet u, mijnheer Forel, ik heb een interessanter idee voor een eindwerk', en dat hij vervolgens zou uitleggen waarvoor al die mysterieuze schetsen dienden. Tijdens de eindeloze, frustrerende dagen waarop hij grijpers versleet zonder enige interessante hypothese te kunnen formuleren, had hij al dikwijls op het punt gestaan naar Forel te stappen en precies dát te vertellen waarop Pennycent en Forel zaten te wachten. Quod non; het advies van Kikki indachtig zweeg hij over spoor B, en werkte hij tegen wil en dank verder aan spoor A.

Wat waren de kansen dat hij zijn eindwerk met succes zou afronden en zijn diploma behalen? Hij mocht er niet aan denken. Maar ook spoor B had geen toekomst, eenvoudigweg omdat hij er niet openlijk bezig mee kon zijn: hij kon tekeningen en berekeningen maken zoveel hij wou, maar er was geen enkele mogelijkheid om het luchtsysteem te bouwen of te testen zonder dat Forel dit te weten kwam.

Dinsdag 22 oktober 1957

Robert en ik schoven samen aan voor het ontbijt. In tegenstelling tot voorgaande schooljaren hield Forel het gebeuren nauwlettend in de gaten. Het was de bedoeling dat iedereen koos tussen een bord met vier speculaasjes of een met twee kaasjes. Daar mochten we dan maximaal vier sneetjes brood bij nemen. Op elke tafel voor vier stond enkel een inox koffiekan, een klein inox melkkannetje en vier koppen. Het ontbijt was een kakofonie van bestek dat tegen de harde tafels smakte en van veel te veel stemmen in de kale ruimte.

Te midden de drukte probeerde Forel zoveel mogelijk ongebruikte speculaasjes, kaasjes en sneetjes brood te recupereren. Vooral de jongere studenten kregen een snelcursus in assertiviteit; als ze niet op tijd "neen" zeiden tegen Forel, werd hun bord leeggeraapt en gingen ze met honger van tafel. Tenzij Robert ingreep; telkens hij opmerkte dat Forel eten weghaalde bij een verschrikte jonge intern, stond hij recht en liep hij op Forel af:

-"Die jongen heeft nog honger!" zei hij dan.

-"Hij heeft niets gezegd," probeerde Forel. Robert bleef echter vóór Forel staan, tot die hem de kaas of de speculaasjes gaf, en bracht die vervolgens terug naar de onthutste jongen.

Hij was ook hún held. Ze konden steeds bij hem terecht wanneer ze zich verveelden, wanneer ze moesten getroost worden, wanneer ze iets te vertellen hadden, of wanneer ze een paar goede moppen wilden horen. Robert vergat al zijn zorgen, was meteen goedgezind en nam alle tijd telkens een 'kleine' zich in het atelier meldde. Ze konden nooit voorspellen waarmee Robert voor de dag zou komen; hij leerde hen de leukste spelletjes van de halve aardbol.

~

Die ochtend had Forel een brief voor Robert. Deze keer kwam die niet uit Brazilië of uit de Verenigde Staten, waar Roberts ouders intussen weer woonden. Het was een brief vanwege Pennycent.

-"Hij kon zich de moeite besparen en me gewoon zeggen wat hij te zeggen heeft," gromde Robert. "Hij loopt hier toch voldoende rond!"

Forel hield vanop afstand Roberts reactie in de gaten terwijl die laatste de brief las.

-"Moet je nu zien, ik krijg een coach!"

-"Dat meen je niet," zei ik. "Laat me zien. Zijn dochter! Zijn dochter gaat jouw werk nauwlettend opvolgen. Je hebt een wekelijkse afspraak met haar. Het goede nieuws is dat ze je inviteert op restaurant. Zo krijg je tenminste één keer per week een gastronomisch diner!" lachte ik.

-"Terwijl ze me uithoort. Leuk diner!"

Het schooljaar leek na een kleine twee maand in een definitieve plooi gevallen te zijn. Spoor A was zuivere routine geworden; Robert had op een cynische manier een lijstje van lukrake hypotheses geformuleerd, die hem tot het einde van het schooljaar zouden dicteren welke testen hij moest uitvoeren. Bij die testen zou hij nog nauwelijks moeten nadenken; hooguit zou hij onderweg een aantal hypotheses moeten bijsturen. Hij hoopte dat een der hypotheses zowel bevestigd zou worden door de testen als praktisch nut zou opleveren. Pennycent zou dan de millimeter vooruitgang krijgen die hij zocht, waardoor Robert zou slagen voor zijn eindwerk.

De testen bestonden uit het laten verslijten van grijpers, door het weefgetouw dag in dag uit te laten draaien. De herrie van het getouw dat uit Roberts atelier kwam, was in het begin een steen des aanstoots voor iedereen die zich overdag probeerde te concentreren of 's nachts probeerde te slapen. Dat gold niet enkel voor iedereen op de school, maar ook voor de buren. Maar net zoals de vele gonzende fabrieken in de stad, werd Roberts kabaal deel van het achtergrondgeluid dat je gewend werd.

Terwijl het getouw draaide, deed Robert waarin hij zin had. Hij spendeerde het meeste van zijn tijd aan plezier maken en aan het ontwikkelen van concepten voor spoor B. Zijn map met potloodtekeningen wist hij vliegensvlug te verbergen telkens er iemand in het atelier kwam. Aangezien mijn werkpost tussen hem en de deur stond, kon ik hem daarbij helpen: telkens Forel of een sponsor binnenkwam, sloeg ik met een hamer op een potscherf. Die knal oversteeg het geluid van Roberts getouw en trok onmiddellijk zijn aandacht. Tezelfdertijd werd de argeloze bezoeker voldoende lang afgeleid om Robert de kans te geven zijn tekeningen te verstoppen. Als ik vragen over mijn potscherven kreeg, verzon ik een uitleg die te maken had met mozaïektegels voor de tuin; ik kon me echt wel alles permitteren op de school!

~

Ik was blij dat Robert weer zijn drie uurtjes per dag in de stad passeerde om auto's te herstellen. Zonder aan elkaar toe te geven dat we Kikki of haar vriendinnen nog eens wilden weerzien, circuleerden we met de bakfiets rond de faculteit van de rechten.

Roberts meest heroïsche klus bestond uit het herstellen van een paarse Rolls-Royce die over een paaltje gereden was. Het paaltje had de benzineleiding doorgescheurd, de ventilator stuk gemaakt en diverse andere componenten geraakt. Robert vroeg de chauffeur en de eigenares van de wagen of hij de tijd kreeg om de schade te herstellen, wat ze heel dankbaar goed vonden. Robert lag een kleine twee uur onder de wagen, heftig slagend met een hamer en druk in de weer met plakband en touwen. Toen de chauffeur en de eigenares twee uur later uit taverne Lambda kwamen, was de wagen wonderwel rijklaar.

-"U kan met de wagen nog heel even rijden," zei Robert. "Woont mevrouw hier ver vandaan?"

-"De hooggeboren vrouwe woont op tien kilometer van hier," antwoordde de chauffeur. Robert had automatisch een protocollaire reflex: 'Hooggeboren vrouwe', herinnerde Robert zich, betekende dat de dame een adellijke titel had ergens tussen burggravin en hertogin. Maar dat was niet belangrijk nu, dacht hij.

-"U kan de hooggeboren vrouwe bij haar thuis afzetten, even de radiator bijvullen en vervolgens naar een garage rijden," zei Robert. De chauffeur ging op de buik liggen om de onderkant van de wagen te inspecteren. Hij glimlachte toen hij weer recht stond.

-"Wel, hartelijk dank, mijnheer …"

-"Fischer. Robert Fischer."

-"...Robert Fischer," zei de chauffeur. "U mag een grote fooi komen afhalen op dit adres." Hij gaf een kaartje aan Robert.

-"Zal ik zeker doen!" zei Robert terwijl hij naar het adres keek. De chauffeur wou hem de hand schudden.

-"Dat doet u beter niet!" zei Robert, zijn besmeurde handen tonend. Ze lachten. De dame werd ongeduldig en ze namen afscheid.

-"Tot binnenkort!" riep de chauffeur nog vanuit het venster.

Robert stelde het bezoek eindeloos uit omdat hij opzag tegen de lange tramrit. Maar vooral omdat hij niet wist wie de dame precies was.

Donderdag 31 oktober 1957

Onze uitstapjes brachten ons ook naar diverse winkels met gereedschap, en die dag ook naar een winkel van pneumatische onderdelen. Wij waren daar net luchtcompressoren aan het bekijken, toen we een blitse gele Engelse sportwagen zagen wegrijden van de aanpalende koer, met Anthony aan het stuur! Roberts lichaam bevroor, eerst van de schok en daarna van het snelle denkwerk over wat dit voor hem kon betekenen.

-"Hoe komt het dat we daar niet eerder aan dachten!" riep Robert.

-"Aan wat?" vroeg ik.

-"Anthony's auto! We hadden al vroeger te weten kunnen komen met welke auto hij reed!"

-"En waar is dat goed voor?"

-"Anthony brengt Kikki naar school en …" maar ik onderbrak hem:

-"We hadden afgesproken dat dát verhaal ten einde was!"

-"Och kom, Didier, er is niets aan gelegen. We observeren gewoon de schoolpoort vanop grote afstand."

-"Wel, goed dan. Ik moet trouwens toegeven dat ik ook nieuwsgierig ben!"

Maandag 4 november 1957

Het directe gevolg was dat we bij onze eerstvolgende uitstap de bakfiets achterwege lieten, en naar de faculteit van de rechten trokken op zoek naar de gele sportwagen.

Aangezien zo'n wagen van ver herkenbaar was, konden we onze observatie vanop een zekere afstand doen. Dat was belangrijk omdat we deze keer absoluut niet gezien wilden worden door de meisjes of Anthony.

Vanachter het venster van een café tuurden we die ochtend gedurende anderhalf uur naar de school. Maar tussen de wemelende studenten die langzaam leken opgezogen te worden door de schoolpoort, was er geen gele sportwagen te bespeuren.

~

Die avond werd Robert voor een eerste keer door Pennycents dochter uitgenodigd voor een 'coachinggesprek' in een trendy Italiaans restaurant. Hij had tegen de hele avond opgezien, maar toen hij in het heerlijk ruikende restaurant binnenkwam, besloot hij van de nood een deugd te maken: hij bestelde een dubbele portie pasta met zalm en charmeerde het meisje met zijn reisverhalen. Ze was zo ingenomen dat ze met haar officiële opdracht wachtte tot ze beiden gescheiden waren door twee reusachtige dame-blanches en twee koffies.

Ze kuchte even en vroeg aan Robert hoe het ging.

-"Niet goed zoals de ploeg nu speelt," zei Robert laconiek. Hij had gehoopt dat er van heel die coaching niets meer in huis zou komen. Nu die grote ijscrème voor zijn neus stond, had hij trouwens minder zin dan ooit om over zijn eindwerk te praten.

-"Welke ploeg?"

-"Gantoise."

-"Inderdaad. Maar ik bedoelde: hoe gaat het met jouw eindwerk?"

-"Wel, ik heb al honderd hypotheses getest, …" Robert dikte zijn werk op spoor A zoveel mogelijk aan, zodat het leek alsof hij er heel druk mee bezig was.

-"Doe je het werk graag?" vroeg ze daarop.

-"Waarom vraag je dat?"

-"Je loopt veel in de stad rond." 'Goed om weten', dacht Robert. 'Ik moet blijkbaar ook buiten de school voorzichtig zijn!'

-"Natuurlijk," antwoordde Robert, "ik ga veel naar de bibliotheek."

Ze wist dat dat niet klopte, maar als ze nu alles zou vertellen over wat ze geobserveerd had, zou ze Robert wantrouwig maken. In plaats daarvan betaalde ze de rekening en bracht ze hem terug naar de school. Ze spraken af voor een volgend coachinggesprek.

Dinsdag 5 november tot maandag 18 november 1957

Na de vruchteloze poging van de vorige ochtend om Kikki uit de gele sportwagen te zien stappen, vonden we het niet meer nodig om de faculteit van de rechten in het oog te houden vanachter het venster van een café. We stonden deze keer gewoon aan de overkant van het pleintje, leunend tegen een muur, om hetzelfde spektakel te bekijken als dat van de voorgaande dag: honderden studenten die slenterend, sommige slechts half wakker, andere druk pratend, de school binnenwandelden.

"Dáár, Anthony's auto!" riep ik plots. Robert schrok. Hij concentreerde zich echter ogenblikkelijk, om te observeren hoe de wagen voorzichtig tot voor de poort reed en halthield. Heel even gebeurde er niets, maar toen gleed Kikki's figuur in één energieke beweging de wagen uit en de schoolpoort binnen. Het was een betoverend schouwspel. Het was alsof zij het enige object was dat bewoog in het tafereel. Nog voor we beseften wat we zagen, was het allemaal voorbij.

Vreemd genoeg spraken we er niet meer over. Robert wou niet zeggen dat hij hetzelfde spektakel nog eens wou zien, terwijl ik niet wou zeggen dat we nu maar eens moesten stoppen met dit zielige gedoe. Want we waren beiden gehypnotiseerd. De volgende dagen stonden we er gewoon weer. Uiteindelijk bleek het dat Kikki naar school ging elke dinsdag- en donderdagochtend.

~

Het nieuwe ritueel maakte voor het overige geen verschil in ons leven: Robert werkte goed door aan spoor A, was opnieuw de bron van amusement zoals we hem in het begin van het schooljaar gekend hadden, repareerde met mij auto's in de stad, en was het centrum van belangstelling in de cafés.

Hoewel iedereen twijfelde aan de straffe verhalen over zijn Braziliaanse vriend Edson, stelde ik vast dat Robert na twee maand erkend werd als groot voetbalexpert. In de cafés werd veel gewed en gegokt op voetbaluitslagen, op de samenstelling der ploegen, kortom op alles wat maar mogelijk was. Daarbij werd Robert steevast opgezocht voor advies, en kreeg hij regelmatig van de gelukkige winnaars een aandeel in de winst. Heel de stad leefde bovendien toe naar de topwedstrijd tegen Antwerp. Die wedstrijd, die een aantal weken later zou plaatsvinden, wou Robert voor geen geld missen.

-"En voor Kikki?" grapte ik, maar hij weigerde op een dergelijke hypothetische vraag een antwoord te geven.

~

Hij verfijnde zijn ideeën voor spoor B. Hij maakte zelfs plannen om bepaalde componenten reeds te kopen en andere zelf te fabriceren.

-"Waarom doe je zelfs de moeite, Robert?" placht ik hem te vragen. "Je kan nooit onder Forels neus eender wat van spoor B in elkaar steken!"

-"Ik heb aan Kikki gezegd dat ik aan een uitvinding bezig was."

-"En je bent het nu aan haar verplicht?? Ze zal je nooit meer zien! Hou toch op met die onzin; daar komen enkel problemen van!"

~

Het was duidelijk dat Pennycent en Forel niet opgaven. We stelden immers vast dat Forel regelmatig door Roberts spullen ging, terwijl de dochter van Pennycent Robert nog eens uitnam voor een coachinggesprek. Waar kwam hun overtuiging vandaan dat Robert met iets bezig was? Waren ze hem gevolgd naar de bibliotheek over pneumatiek? Had Forel toch iets gevonden? Gelukkig kon Forel niet in mijn kluis, want die was mijn klein stukje oninneembaar privéleven in een gebouw waar iedereen vrij binnen- en buitenliep.

Dinsdag 19 november 1957

Robert en ik stonden weer op het plekje vanwaar we Kikki uit de gele sportwagen konden zien stappen, toen het noodlot toesloeg: de gele sportwagen kwam uit een andere richting dan gewoonlijk en reed vlak voorbij onze uitkijkplaats. Voor hij het besefte, hadden Robert en Kikki een fractie van een seconde in elkaars ogen gekeken. We schrokken ons te pletter. De auto reed gewoon door. Robert en ik maakten ons zonder nadenken zo snel mogelijk uit de voeten. We doken het eerste het beste cafétje binnen.

-"Hoe was dat mogelijk? Vanwaar kwamen ze? Heeft ze ons gezien?" vroeg hij in shock.

-"Ja, Robert, ze heeft ons gezien. Enfin, daarmee heb je ze nu al vier keer gezien."

-"God, wat moeten we een zielige indruk gemaakt hebben!"

-"Het is minder erg dan je denkt, Robert; mensen, Kikki in dit geval, proberen immers abnormaliteiten te rationaliseren. Ze zoeken vanzelf een logische verklaring. Je bent niet noodzakelijk door dit ene gebeuren verbrand."

-"Ok, misschien komt mijn imago er heelhuids uit, maar…"

-"… het mag niet meer gebeuren, Robert. Ze mag ons niet meer zien spieden."

-"Ik ben nog nooit zo verliefd geweest, Didier. Verdorie dit doet pijn!"

-"Verzet je zinnen, Robert. Doe wat je normaal doet: werk, repareer auto's, ga op café over voetbal praten, of kom met mij koken volgend weekend."

In alle huizen waar ik kwam als hulpkok, maakte de keuken deel uit van het personeelskwartier. De dame des huizes en haar familieleden konden namelijk niet koken. Zij maakten hun wensen aan de kok kenbaar door het gerecht te beschrijven zoals zij dat bij vrienden of in het buitenland leren kennen hadden. Het was vervolgens de taak van de kok om uit te zoeken hoe het gerecht klaargemaakt moest worden. Chef-koks wisselden veel kennis onder elkaar uit, en huurden dikwijls hulpkoks in die bepaalde gerechten goed kenden. Zo was ik bijvoorbeeld een hulpkok voor visgerechten.

-"Ok, behalve dat koken," lachte hij – hij lachte weer! – "Ik heb immers niet de minste belangstelling voor alles wat met gastronomie te maken heeft. Ik heb het als diplomatenkind allemaal wel eens gegeten of gedronken, maar niets daarvan is me bijgebleven. Ik kan geen drie soorten wijn opnoemen. Alle eten is voor mij goed, zolang ik niet eindeloos moet koteren aan beentjes of schelpen."

-"Ok, dan blijf jij beter uit de keuken. Die feesten zijn trouwens veel te gevaarlijk voor jou."

-"Gevaarlijk?"

-"Al die adellijke meisjes waar je direct verliefd op wordt!"

-"Waaronder..."

-"Inderdaad. Ik ben zeker dat ik Kikki en de twee andere meisjes nog een of twee keer zie dit jaar." Hij twijfelde even.

-"Toch niet; het lijkt me geen goed idee dat ik meega. Weet me gewoon alles te vertellen wat je gezien hebt, wat ze gedaan heeft, of wat ze gezegd heeft."

-"Beloofd; je mist geen seconde!"

Ik wou het voor mezelf nog niet toegeven, maar Robert was niet de enige die verlangde de drie meisjes nog eens terug te zien.

Dinsdag 26 november 1957

Aangezien spoor A Roberts sleutel tot het diploma van textielingenieur was, bleef hij het de nodige aandacht schenken. Zijn zoektocht naar informatie over de slijtage van grijpers bracht hem naar de nieuwe bibliotheek van de Rijksuniversiteit Gent, een rank hoog gebouw, waarvan de bovenste verdiepingen uit glas en staal bestonden. De bibliotheek stond als een vuurtoren op de heuvel van Gent, als ware het om de stad met haar wijsheid te verlichten. Ook Robert ontsnapte niet aan de aantrekkingskracht van de autoritaire toren, die al zijn vragen leek te zullen beantwoorden.

Terwijl hij wachtte om zich in te schrijven, knoopte hij een gesprek aan met een Congolese student. De jongeman vertelde dat hij nog een beetje verloren liep, waarop Robert zei dat ze nu tenminste met twee waren. Hij vroeg de Congolees naar een aantal personen die hij gekend had in Leopoldstad. Ze hadden een eindeloos gesprek, want iedereen kende iedereen in de Congolese hoofdstad. Druk gebarend en luid lachend trokken zij de aandacht van alle bedrukte of verveelde gezichten rondom hen.

Toen Robert met een paar boeken de bibliotheek uitliep, dacht hij even terug aan het leven in Leopoldstad. Daar waren weinig sociale barrières geweest; hij had zelfs eens gegolfd met een lid van de koninklijke familie. Hier in België daarentegen was hij de zoon van een obscure diplomaat; hij moest zijn plaatsje zien te vinden in een of andere sociale klasse. Maar hij voelde dat hijzelf ook tekortschoot; hij had de jongeman niet eens naar diens voornaam gevraagd. Robert besefte dat hij door de vele migraties in zijn leven oppervlakkiger geworden was. Hij bedacht bijvoorbeeld dat hij Kikki's echte naam niet eens kende.

Zodoende dacht hij heel even terug aan Kikki: iemand die net zo vlot contact zocht en converseerde als hijzelf, en waarschijnlijk net zo oppervlakkig was als hijzelf. Zij was hem wellicht reeds helemaal vergeten, maar die gedachte kon uitzonderlijk zijn stemming niet drukken; het zonnetje tussen de laatste herfstblaadjes leek hem immers nieuwe perspectieven te beloven.

Woensdag 27 november 1957

Toen Robert na de middag een boek naar de textielbibliotheek terugbracht, maakte hij zich onderweg de bedenking dat dit het boek betrof dat hij uitgeleend had tijdens zijn eerste ontmoeting met Kikki. Hij probeerde zijn sentimentaliteit te overwinnen, wat snel lukte toen hij er zich rekenschap van gaf dat hij het boek al veel te lang in zijn bezit had. Nu maakte hij zich zorgen over de boete die hij zou moeten betalen. Hij stapte de bibliotheek binnen terwijl hij zich iets over uitleentermijnen en boetes probeerde te herinneren.

-"Hallo, Robert!" zei een stem op twee meter achter hem. Een zwaard kliefde door zijn hart. Hij draaide zich om en keek recht in de ogen van het meisje wiens stem hij herkend had. De spieren in zijn nek spanden zich volledig op. Zijn hersenen waren zo geschokt dat ze stopten met denken.

Automatisch en met een geforceerd lachje zei hij:

-"Dag Kikki, wat een toeval!"

-"Dit is helemaal geen toeval," zei ze glimlachend. "Ik kom hier af en toe werken in de hoop je te treffen."

Het was niet alsof dat goed nieuws Roberts toestand verbeterde. Zijn hersenen kregen nu informatie te verwerken die nergens te plaatsen viel; de eer was te groot om reëel te zijn. Hij bleef stokstijf staan. Ze leek even aan te sturen op een kus op de wang, maar hij kon niet bewegen.

-"Ik heb je gezien vanuit de auto aan de school," zei ze vervolgens.

Alsof het allemaal nog niet erg genoeg was, werd Robert nu geconfronteerd met zijn detectiveactiviteiten. Hij probeerde zijn lichaam te rechten, maar het bewoog zo stroef als een oude kraan in de haven. Hij wist niet wat dat spioneren voor haar betekend had, en nog minder wat hij nu moest zeggen:

-"Ach ja," stamelde hij voorzichtig.

-"Ik moest even nadenken waarom je daar stond," gaf ze toe, "maar toen wist ik het: je maakt je zorgen om het schoolcontract dat je getekend hebt, en je wilt mijn advies."

Nog vooraleer Robert dat nieuwe gegeven verwerkt had, voegde ze eraan toe: "Ik heb nog omgekeken, maar je was al verdwenen. Ik had gehoopt dat je een van de volgende dagen weer aan mijn school had gestaan, maar niet dus. Toen heb ik besloten af en toe naar hier te komen."

Robert moest onmiddellijk denken aan mijn woorden: 'Mensen rationaliseren altijd wat ze zien.' Ze had dus zelf een onschuldige uitleg voor zijn aanwezigheid aan haar school bedacht. Zijn eer was tenminste helemaal gered; in haar ogen had hij niets onredelijks gedaan. Nu moest hij enkel nog liegen:

-"Ja, dat klopt. Heel hartelijk dank voor zoveel moeite!" Er was geen redelijk alternatief voor die leugen; hij kon toch niet zeggen dat hij smoorverliefd op haar was, en haar als een broekjongen bespied had!

-"Laat ons iets gaan drinken," zei ze.

-"Goed idee," antwoordde Robert, al een beetje meer op zijn gemak. Hij stapte naar buiten.

-"Kwam jij geen boek terugbrengen?" plaagde ze hem al lachend. Robert stapte onhandig terug naar de balie, betaalde de boete zonder zich nadien ooit te herinneren hoeveel die geweest was, en stapte met Kikki naar buiten. 'Een verstrooide professor!', grapte ze lustig verder.

Robert was nauwelijks weer op zijn voeten beland toen het volgende probleem zich opdrong: welk café? Maar Kikki liep hem voor en toonde de weg. Op geen minuut zaten ze met een kop koffie in een taverne zo mooi als de Lambda.

-"Nu is het aan mij om te trakteren!" zei Robert kordaat.

-"Ik zal je waar voor jouw koffie geven!" beloofde Kikki met haar ondeugend snoetje.

Robert had ondertussen nagedacht over wat hij zou zeggen. Hij wou niet wachten op het vervelende moment waarop ze zou zeggen: 'Vertel me eens waarom je me zocht', want dan moest hij een tweede keer liegen. Dus begon hij ietwat onhandig met:

-"Eigenlijk heb je me vorige keer gezegd dat ik niets mocht zeggen."

-"Dat is nu anders," zei Kikki. "Ik ben nu jouw juridisch adviseur; ik mag geen vertrouwelijke informatie verspreiden." Ze trok even speels een gewichtige blik. "Tenzij je reeds een andere juridisch adviseur hebt," voegde ze er plagend aan toe.

-"Neenee," zei Robert, die enkel nog de logica van Kikki kon ondergaan. Hij was blij dat wat hij te vertellen had, reeds beschouwd werd als belangrijk. Hij kon nu gewichtig doen over spoor A en spoor B zonder dat het pretentieus overkwam. Hij legde ook uit dat hij spoor B niet kon ontwikkelen op de school.

-"De inslag door de sprong blazen," zei ze nadenkend. "Denk je dat zoiets lukt?"

Robert gaf daar geen ja of neen antwoord op, maar een typisch ingenieursantwoord, waarin de details van het mechanisme werden uitgelegd, samen met een aantal alternatieve scenario's. Kikki stelde tussendoor een aantal vragen. Toen hij uitverteld was, maakte hij zich de bedenking dat Kikki meer dan een beetje wist over weefgetouwen.

-"Dus je zit helemaal klem; je hebt geen enkele kans om het te bouwen!" constateerde ze. Robert vond dat hij nu behoorlijk voor aap stond: waarom kwam hij haar advies vragen als hij toch niet vooruit kon?

-"Heb je jouw contract betreffende jouw eindwerk?" vroeg ze.

-"Wel, ik heb eens iets moeten ondertekenen," antwoordde hij, "de eerste dag van het schooljaar." Robert keek beschaamd in zijn koffie; hij wist niet welke documenten hij in het begin van het schooljaar ondertekend had, en nog minder waar die zich momenteel bevonden.

-"In hoeveel kopieën?" vroeg ze.

-"Ik denk één kopie," antwoordde hij beteuterd.

-"Ben je zeker dat het geen twee kopieën waren?" vroeg ze weer.

-"Eén kopie is toch genoeg?" antwoordde Robert, in zijn hoop aanknoping te krijgen met de situatie.

-"Helemaal niet," repliceerde Kikki. "Elke betrokken partij moet een kopie krijgen." En alvorens Robert kon vragen wat een betrokken partij was, verduidelijkte ze: "Jij en de school dus. Denk nog eens goed na."

Robert wist het nu helemaal niet meer.

-"Herinner je je nog dat je een kopie van het contract gekregen hebt?" vroeg ze.

-"Ik zal het eens nakijken," beloofde hij.

Kikki zag zijn gegeneerde uitdrukking en zei glimlachend:

-"Niet aantrekken; alle ingenieurs zijn hulpeloos als het niet over techniek gaat. Ik ben dat gewoon. Zoek eens wat je hebt en breng dat volgende keer mee."

Hij voelde zich al een stuk beter:

-"Ik zal eens met Didier spreken," beloofde hij. "Die kent de school immers vanbinnen en vanbuiten."

-"Heel goed," zei ze. "En nu, wat heb je nodig voor spoor B?"

-"Minstens een weefgetouw," zei Robert, "maar ik verwacht natuurlijk niet van mijn juridisch adviseur dat zij daar kan voor zorgen. Ik ben met Didier aan het zoeken," zei hij nog voorzichtig.

-"Wel, goed idee. Zoek met Didier naar een weefgetouw. Maar vergeet niet dat sommige juridisch adviseurs beter zijn dan andere!" voegde ze daar enigmatisch aan toe.

Robert werd nu heel onwennig:

-"Wat gaat jouw advies me kosten? Ik heb wel wat geld."

-"Ik maak van dit dossier mijn eindwerk dit jaar. Niets dus," glimlachte ze met een zuinig mondje.

Robert genoot al van het vooruitzicht van een heel jaar met Kikki samen te werken, en antwoordde automatisch:

-"Oh, heel hartelijk dank! En als er iets is dat ik voor jou kan doen, …"

-"Wel, zorg dat je spoor B afwerkt," zei ze met een blik die veel vertrouwen in hem uitstraalde.

Toen ze aanstalten maakten om de taverne te verlaten, herinnerde ze hem aan het feit dat hij de koffies zou betalen. En weer moest hij klungelig terug naar de balie.

Eens buiten de deur sprak Kikki af voor de volgende ontmoeting:

-"Kom volgende week samen met Didier naar het huis van Hélène en Laetitia, de twee zusjes die je in de taverne ontmoet hebt. Zij wonen in de stad. Hier is het adres. Didier zal ons goed kunnen helpen met zijn kennis van de school."

Robert stond weer met beide voeten op de grond. Ze wou hem duidelijk niet meer alleen ontmoeten. Dit was gewoon haar eindwerk.

-"Prachtig, we zullen er zijn. En een heel grote dank op voorhand!"

-"Geen dank," zei ze met een oprechte glimlach. Ze gaf hem nog een kus op de wang bij het afscheid. Op haar gezwinde manier stapte ze weg.

Na die kus was Robert weer niet meer zeker van waar hij stond. Deze jongedame bezat hem volledig: elk woord en elk gebaar gooide zijn gemoedstoestand van het ene uiterste in het andere. Ten slotte drukte hij het papiertje met het adres tegen zijn hart; hij was weer hopeloos verliefd.

~

Maar nu had hij twee grote bekommernissen: hij wist niets van een contract, en hij wist nog minder hoe hij aan een getouw moest geraken. Hij stond nergens, terwijl voor Kikki alles gesneden koek was. Gespannen keek hij de volgende zeven dagen tegemoet.

Van zodra hij terug op de school was, dook Robert het atelier binnen en stopte zijn getouw. Voor een uitzonderlijke keer was het stil. Hij kwam naar mijn werkpost en deed het hele verhaal.

Zijn ogen keken paniekerig toen hij vroeg:

-"Weet jij iets van contracten?" Het leek me iets dat ik zou moeten weten, aangezien Forel me al behoorlijk in de administratie van de school had opgeleid, maar het zei me niets.

-"Ik ben 99% zeker dat er geen contracten zijn," zei ik. Maar Robert drong aan:

-"We moeten niet 99% zeker zijn, maar 100%!"

-"Ik stel voor dat we het aan de andere studenten vragen."

Donderdag 28 november 1957

Geen enkele andere student vond een contract tussen het schoolreglement, de cursusbeschrijvingen, de attesten of tal van andere documenten die ze op de eerste schooldag gekregen hadden. Sommigen herinnerden zich wel dat ze iets ondertekend hadden, maar niemand kon precies vertellen wat.

De verlossing uit de netelige kwestie bleek gelukkig eenvoudig: ik vond de twee kopieën van Roberts contract gewoon in het mapje waarin Forel alle andere informatie over Robert bewaarde.

Vrijdag 29 november 1957

Mijn triomf was echter van heel korte duur, want opnieuw stond de school voor een reuzegroot probleem: de leverancier van stookolie weigerde te leveren zolang de factuur van een jaar eerder niet betaald was. Bovendien wou de man voortaan op voorhand betaald worden. Dat was tweemaal onmogelijk.

Ik liep naar de stookolietank en trok de knop van de oliepeilmeter nog eens naar beneden. Het was iets dat ik als klein kind honderden malen gedaan had uit verveling, zonder ooit te begrijpen waar het voor diende. Nu bepaalde dit stuk 'speelgoed' mijn lot. Angstig keek ik naar de stijgende vloeistof in het buisje. Alsof met tegenzin kroop het slechts een paar streepjes omhoog. Voor hoelang hadden we nog: twee weken? Een maand? Deze keer hadden we een probleem waar zelfs Roberts handigheid geen soelaas kon brengen.

Met vragende ogen vervoegde ik Forel. Hij zat er verslagen bij.

-"Pennycent is onze laatste hoop," zei hij.

-"Die heeft nog nooit iets extra's gedaan," antwoordde ik. Forels aangezicht was expressieloos.

-"Deze keer zal hij wél iets doen," zei hij, "omdat het niet anders kan!"

Zaterdag 30 november 1957

Het kwam Forel dus heel goed uit dat Pennycent hem 's ochtends uitgenodigd had voor een gesprek. Het was geen verrassing dat het weer eens over Robert ging en diens al dan niet vermeende research. Het meisje dat Robert moest 'coachen', bracht verslag uit:

-"Ik ben dus met Robert een paar keer gaan dineren."

-"Waar?" vroeg Pennycent aan zijn dochter.

-"In het Italiaanse restaurant."

-"Stijlvol en sfeervol!" zei Forel goedkeurend. "Zo komen ze sneller los. En heeft hij een stevig glas wijn gedronken?"

-"Hij kan er weg mee; ik moest opletten dat ik zelf niet tipsy werd!"

-"Ik weet niet of dat Italiaanse restaurant wel de goede keuze was," zei Pennycent nadenkend. "Daar komt immers te veel volk van Gandaweave. We mogen blij zijn dat de hertogin er nog niet van gehoord heeft."

-"En heeft Robert iets gelost?" vroeg Forel.

-"Ja en neen," zei het meisje. "Ik bleef subtiel over het feit praten dat hij toch wel heel veel vrije tijd had, omdat zijn eindwerk tenslotte enkel een kwestie was van een getouw te laten draaien. Hij gaf dat grif toe. Toen ik hem echter op allerlei activiteiten uitnodigde, beweerde hij geen tijd te hebben. Omdat ik heel teleurgesteld keek, vertelde hij op een wazige manier dat hij met allerlei dingen bezig was. Ik keek naar hem alsof ik hem wel wou geloven als hij mij voldoende details gaf. Maar meer dan een vage uitleg over boeken en tekeningen loste hij niet."

-"Van die tekeningen heb ik nog niets gevonden," zei Forel, "en ik heb goed gezocht!"

-"En de tekeningen die je van de hertogin aan Robert moest teruggeven?" vroeg Pennycent.

-"Hij beweerde dat het kladpapier was, maar het is spoorloos verdwenen. Elke avond controleer ik zijn bureau en de vuilnisbak."

-"Ik heb hem ook een winkel van luchtcompressoren zien binnengaan," zei het meisje.

-"Luchtcompressoren?!" zei Pennycent argwanend.

-"Te gek," zei Forel. "Ofwel weet Robert niet wat hij doet, ofwel is hij met het meest onwaarschijnlijke idee bezig."

-"Zeg wel; perslucht heeft zoveel met een getouw te maken als een schaap," mompelde Pennycent.

-"Wel, getouwen weven wol, en wol komt van schapen," zei het meisje. Ze lachte.

-"Het is in elk geval verdacht," zei Pennycent. Vervolgens gaf hij gaf aan zijn dochter de opdracht om Robert te verleiden.

-"Opnieuw? Nadat die jongen vorig jaar zelfmoord pleegde toen hij vernam dat ik een spionne was, en helemaal niet van hem hield?"

Daar werden ze niet graag aan herinnerd. Voor Pennycent had die zelfmoord een zware domper op zijn carrière betekend, en voor Forel een grote terugval van de steun die hij van de andere sponsors kreeg.

-"Doe je plicht!" gebood echter Pennycent aan zijn dochter.

Ze had weinig keuze; ze was goed in dit soort dingen, en het was tezelfdertijd het enige wat ze kon. Van jongs af had Pennycent haar in al zijn intriges ingeschakeld; van studeren was helemaal niets in huis gekomen.

Er viel een kleine stilte alvorens Forel het probleem van de verwarmingsfacturen aanhaalde.

-"Ik denk niet dat ik daar iets kan aan doen," zei Pennycent onmiddellijk.

-"Als de school dichtgaat, komen we ook niet te weten waar Robert mee bezig is," probeerde Forel wanhopig.

-"Dat is juist, maar Robert blijft een vogel in de lucht. En die facturen gaan over een pak geld dat hier en nu moet uitgegeven worden," repliceerde Pennycent.

-"Probeer het op zijn minst eens," drong Forel aan.

-"Goed, ik doe het nu, voor eens en voor altijd!!" riep Pennycent, geërgerd door deze tegenslag en zijn onmacht. "Ik stap naar de hertogin en vraag haar het geld. Binnen vijf minuten krijg je het volledige, definitieve antwoord!" Hij stapte kwaad naar buiten, maar twijfelde vervolgens even; hij wist niet waar hij het lef vandaan zou halen om bij de hertogin binnen te stappen. Met knikkende knieën stapte hij verder. Toen hij voor haar deur stond, voelde hij zich zoals toen hij als bange kleine jongen niet bij de tandarts durfde binnen te gaan. Net zoals toen echter was er geen weg terug. Hij klopte op de deur.

Intussen wachtte Forel gespannen af. "Dat wordt dus niets," zei het meisje, dat bij hem was blijven zitten. Forel antwoordde niet. Hij dacht na over alternatieven. Een andere leverancier zoeken en die vervolgens ook niet betalen? Hoelang kon hij overleven onder het zwaard van Damocles? Hij keek rond in het droevige lokaal met zijn koude pseudo-natuurstenen tegeltjes, gele muren en lichtbruin geverniste raamkaders. Zoals een gestrafte jongen bleef hij stil zitten, wachtend tot er iets zou gebeuren. Verderop in de gang hoorde hij voetstappen van mensen die beziger en gelukkiger waren dan hij. Was ook voor hen het geluk tijdelijk? Zou Gandaweave ooit een spookfabriek worden zoals zovele textielbedrijven sinds het vertrek van Jan de Vissermans? Moeilijk om zeggen. Sinds de hertog een stapje opzij had moeten zetten, ging alles beter met Gandaweave. Dat bracht zijn gedachten bij de hertogin. Zijn lot was op dit eigenste moment in haar handen. Ze was hem niet genegen, dat was zeker; die zelfmoord had immers een zware blamage voor Gandaweave betekend.

Forel werd uit zijn diep gepeins opgeschrikt door een haastig binnenstappende Pennycent:

-"Hier is je cheque!" Forel keek met ongeloof naar het stukje papier en het bedrag dat erop stond:

-"Dat... dat is nog veel meer dan ik gevraagd heb!" stamelde hij.

-"Ik moest in ruil de naam van de auteur van de schetsen prijsgeven," zei Pennycent.

-"Oh, maar dan zet ik onmiddellijk een punt achter mijn activiteiten met Robert Fischer," besloot de dochter wijselijk.

Pennycent dacht lang na:

-"De hertogin zal nu haar eigen mensen op Robert afsturen. We moeten ze voorblijven, want anders grijpen wij er volledig naast."

-"Je wilt niet dat ik desondanks toch...," protesteerde de dochter.

-"Ja, en liefst zo snel mogelijk. En ga niet meer naar het Italiaanse restaurant!"

~

Een triomfantelijke Forel kwam thuis met de cheque die avond. Mevrouw Forel hoorde voor het eerst van zowel het probleem als van de oplossing. Maar dat was geen geruststelling, integendeel. 'Hoeveel onbetaalde facturen zijn er nog?' vroeg ze zich af.

Toen ik aan Forel vroeg hoe Pennycent die cheque bekomen had, antwoordde hij niet. Dat Robert nu op de radar van de machtige hertogin stond, wou hij niet verklappen.

Zondagnamiddag 1 december 1957

Robert was, ongelooflijk maar waar, afwezig op de belangrijke voetbalwedstrijd tegen Antwerp. Na de match klampten de supporters mij aan in de cafés: "Waar is Robert? Hij leeft toch nog?" Ze wilden hem allemaal vertellen dat hij het verloop van de wedstrijd correct voorspeld had: het middenveld van Gantoise werd totaal overspeeld. Ik verklapte hen niet dat hij de wedstrijd totaal uit het oog verloren was.

En toch was het zo. Robert wou tegen de volgende woensdag aan Kikki een samenhangend verhaal kunnen brengen over spoor B. Het zou slechts een verhaal op papier zijn, zonder de mogelijkheid om het getouw te bouwen, een soort poging om Kikki's interesse te behouden. Toen hij reeds lang naar de wedstrijd had moeten vertrokken zijn, was hij kleine componenten aan het tekenen, die precies op elkaar pasten.

Mevrouw Forel meldde mij ongerust dat Robert niet komen eten was. Toen ik hem opzocht in het atelier, vertelde hij mij meteen over zijn laatste vondsten en over al het werk dat hem nog resteerde tegen woensdag. Ik moest hem kalmeren: "Kikki heeft daar niet om gevraagd, Robert; we hebben enkel de contracten nodig!" Maar dat drong niet tot hem door.

Toen ik over de voetbalwedstrijd begon, keek hij me verdwaasd aan; zijn hersenen hadden een minuut nodig om van de wereld van spoor B naar de wereld van het voetbal te verhuizen. Hij kon niet geloven dat hij de wedstrijd gemist had. En dat hij niet gegeten had. Mevrouw Forel was gelukkig niet in de buurt toen hij haar kasten plunderde. Terwijl ik hem vertelde over hoe de wedstrijd verliep zoals hij voorspeld had, schudde hij het hoofd. "We hadden beter gekund", mijmerde hij.

Maandag 2 december en dinsdag 3 december 1957

Die maandag en dinsdag gunde Robert me geen ogenblik rust; ik moest zoeken naar een getouw voor spoor B. Hij kwam bij me zitten en inventariseerde alle getouwen die ik wist staan. En dat waren er veel, want na het faillissement van de Vissermans waren alle verouderde getouwen verkocht geweest aan duizenden textielgekke Gentenaren. Daardoor kon je overal getouwen vinden in kelders en op zolders van particulieren. Vele waren onbruikbaar voor spoor B wegens te traag, terwijl andere onbruikbaar waren wegens aangedreven met riemen. Uiteindelijk kwam ik uit bij het getouw van een vroegere leraar van de school. Ik probeerde maandag en dinsdag de leraar te contacteren, maar hij was niet thuis.

Woensdag 4 december 1957

Hoewel Robert Kikki voor de vierde maal zou ontmoeten die namiddag, voelde hij zich nog minder op zijn gemak dan de vorige keren, vooral omdat hij spoor B veel te rooskleurig had voorgesteld. Hij vreesde dat Kikki zijn verhaal nu op elk moment kon doorprikken. Hij had weliswaar het goede nieuws dat hij beide exemplaren van het contract had bemachtigd, maar ook dat stelde hem niet gerust; Kikki zou immers meteen zien dat hij zich had laten ringeloren zoals een kind, omdat het contract niet ondertekend was door Forel en omdat Robert nooit een kopie gekregen of gevraagd had.

Wat hij echter nog problematischer vond, was het feit dat hij nog steeds geen weefgetouw kon voorleggen waarop hij in het geheim kon werken. Het was duidelijk zíjn taak om een weefgetouw te vinden, te lenen of wat dan ook. Hij kon wat dat betreft moeilijk met lege handen bij Kikki toekomen. Hij klampte zich vast aan de strohalm die ik hem bood: ik kende een gepensioneerde leraar die een getouw had.

~

Hoewel het slechts een wandelafstand van een paar straten was naar het huis van de zusjes Laetitia en Hélène, had Robert toch een veiligheidsmarge van vijf minuten voorzien. Hij zou met mij nog wat babbelen aan de voordeur tot de klok van de kerk twee uur sloeg. Dan pas zou hij aanbellen; hij zou in elk geval beginnen met niet te laat te komen, en ook niet te vroeg.

Laetitia en Hélène woonden in een imposant huis in de Gentse variant van de barokstijl, met negen vensters op elk van de verdiepingen. Ook typisch voor Gent was dat op het gelijkvloers het meest rechtse venster plaats gemaakt had voor een poort, waar je kon doorrijden naar de achterliggende koer. In die poort kon je links aanbellen en het huis binnengaan.

We arriveerden dus vijf minuten te vroeg. We waren volop doende onze hemden en broeken strak te trekken, toen de drie meisjes proestend van het lachen de deur openden: "We stonden op de uitkijk," zei Kikki terwijl ze Robert met haar pretoogjes aankeek. "Ik had gewed met Laetitia en Hélène dat jullie te vroeg zouden zijn; typisch voor ingenieurs!" Voor zover de arme Robert enige hoop gehad had de namiddag onder controle te krijgen, mocht hij die hoop alvast opbergen.

Het interieur was als van een barok paleis. De dominante kleuren van stukwerk, structuurelementen, wand- en plafondschilderijen waren wit, goud, rood en groen. De meubelen waren ingewerkt in het donkere hout dat ook voor de balken in de zoldering gebruikt werd. Drie reusachtige kristallen lusters op een rij verlichtten het salon. In tegenstelling tot de kille en oncomfortabele barokke paleizen die ik ooit met mijnheer en mevrouw Forel bezocht had, was elk hoekje van dit salon knus, uitnodigend en op mensenmaat gemaakt.

We moesten niet meer aan elkaar voorgesteld worden. Anthony was ook aanwezig, waardoor we met dezelfde zes waren als destijds in taverne Lambda. Robert en ik stonden klaar met ons verhaal over de contracten, maar dat moest even wachten omdat een butler eerst taart en koffie bracht.

Gelukkig hadden Robert en ik ervaring met etiquette, want alhoewel de vier jonge mensen los met ons en met elkaar leken om te gaan, hadden wij snel door dat ze onbewust de kleinste details van de etiquette respecteerden: de niet getrouwde jongedame liep rechts van de heer, de heer ging eerst de trap op en af, de dame ging eerst ergens naar binnen tenzij in een publieke plaats, enzoverder. Aan tafel was de etiquette nog een stuk moeilijker. Ik kende ze vanuit mijn ervaring als hulpkok, terwijl Robert als diplomatenkind een strikte opleiding van zijn moeder gekregen had; op vlak van etiquette hadden we alvast geen punten verloren. Ik hoopte dat we op alle andere fronten ook konden standhouden.

-"Hoe gaat het met jouw ouders en de school?" vroeg Anthony bezorgd. Het was gênant om met deze rijke mensen over onze miserie te praten. Hier ging ik alvast geen punten scoren. Ik probeerde het positief uit te drukken:

-"Wel, we hebben geluk gehad de laatste weken. Eerst wist Robert net op tijd de verwarming te repareren, en dan kwam Pennycent plots met een grote cheque voor de stookolie."

-"Pennycent?"

-"Oh, excuseer me, jullie kennen hem natuurlijk niet. Pennycent werkt voor Gandaweave; hij ..."

-"Sinds de zelfmoord van de student op de school kent iedereen Pennycent," onderbrak Anthony, "en ik ken hem persoonlijk al langer; hij klampt me aan telkens we elkaar tegenkomen."

-"En hij komt steeds met een plan af, veronderstel ik?" vroeg ik glimlachend.

-"Dat of een of ander weinig betrouwbaar gerucht," antwoordde Anthony. "Hij heeft al verschillende onervaren politici in een wespennest gestuurd. Die dachten bijvoorbeeld dat ze Pennycent konden helpen om werkgelegenheid te creëren door hem een bouwvergunning te bezorgen. Maar eens Pennycent de vergunning had, kwam op de locatie in kwestie een stort voor een van zijn relaties!"

-"Ik denk dat er geen schandaal in de stad is, of Pennycent zit ertussen," voegde Hélène daaraan toe, "maar zijn naam staat nooit op een document; ze zullen hem niet snel vangen!"

-"En hij stuurt zijn dochter op mij af!" zei Robert, die vervolgens het hele verhaal moest vertellen. De vier stelden vast dat Pennycent nog eens hetzelfde probeerde als een jaar eerder. Het verhaal had in het lang en het breed in alle kranten gestaan, over hoe de student in kwestie zelfmoord pleegde, omdat hij op dezelfde dag zowel zijn patent als zijn 'vriendin', Pennycents dochter, kwijtgespeeld was.

-"Zorg dat ze je niet om haar vinger windt!" waarschuwde Kikki.

-"Wees gerust, Robert gaat niet zo gemakkelijk door de knieën," merkte ik sarcastisch op. Kikki moest eens weten!

-"Vertel eens hoe Pennycent aan die grote cheque kwam," zei Anthony.

Ik vertelde het verhaal zoals ik het van Forel gehoord had, tot grote hilariteit van de vier. "Vreemd toch dat ze dat zó grappig vonden," zei Robert me achteraf. Het was het eerste van de vele kleine mysteries die rond het viertal hingen. Anthony kwam terug op het onderwerp:

-"Dus de school kan weer even voort?"

-"Zo kan je het stellen," antwoordde ik. Ik wou niet klagen over het feit dat we geen auto of telefoon meer hadden, en dat ons dak met spuug aan elkaar hing.

-"Wel, gelukkig heeft Kikki je gezien vanuit de wagen," zei Anthony tegen Robert. "Ze zou eigenlijk alleen naar school kunnen gaan, maar ze kan me meestal overtuigen haar te voeren en weer af te halen. Hoewel we al lang de beste vrienden zijn, raken we nooit uitverteld."

Het woord 'vrienden' had aanvankelijk als 'vrienden, geen levenspartners' geklonken in de oren van Robert. Maar toen Laetitia haar ogen even ondeugend samenkneep bij het horen van Anthony's relaas, besefte Robert dat er meer aan de hand was tussen Anthony en Kikki. Hoewel hij zoiets vermoed had, moest hij nu toch even slikken.

~

-"We zijn naar de lancering van jullie verkiezingscampagne geweest," zei ik om van onderwerp te veranderen. Het werd echter geen rustig gesprek over politiek, want Robert kwam nu verrassend uit de hoek:

-"En ik weet waarom jullie nooit gaan winnen." Het klonk brutaal, maar Hélène en Anthony verwelkomden steeds een spontane uiting van wat mensen voelden.

-"Omdat de mensen vasthouden aan hun zuilen?" probeerde Hélène. Dat was de analyse van de partij. Ze was niet verkeerd, maar er was veel meer aan de hand.

-"Mag ik even jouw krant?" vroeg Robert, wijzend naar De Gazet van Gent, die aan het andere eind van de tafel lag.

Geïntrigeerd schoof Hélène hem de krant door.

-"Kijk hier op bladzijde drie: een paginagrote reclame voor de elektriciteitsmaatschappij van Gent. Bladzijde zeven: een paginagrote reclame voor Looms International. Bladzijde dertien: een paginagrote advertentie voor een holding. Moet ik doorgaan? Dáárom verliezen jullie de verkiezingen."

Anthony en Hélène probeerden heel snel na te denken. Robert had er een raadseltje van gemaakt, een pedagogische techniek waarbij je de conclusie langer onthield. Er moest iets heel abnormaals zijn aan die advertenties. Maar wat? Het was Kikki die het raadde:

-"Absurde reclames. Waarom maakt Looms reclame voor weefgetouwen in een Gentse krant? Dat doen ze nu al jaren. Daar hebben ze nog geen enkel getouw extra door verkocht. En waarom reclame voor de elektriciteitsmaatschappij? Alsof je als consument de keuze hebt!"

-"En die holding," ging Hélène verder, "voor die paar aandelen die op de beurs circuleren!"

-"Nutteloze reclames," mompelde Anthony. "De enige die erbij wint, is... de krant."

-"Tenzij de krant iets voor die adverteerders doet," repliceerde Kikki, die duidelijk een economische kijk op de zaken had, "maar kranten kunnen niet echt iets voor bedrijven doen; de enigen die iets voor bedrijven kunnen doen... zijn politici!" Toen hadden ze het allemaal plots begrepen: het bedrijf steunde de pers met advertenties, de pers steunde de politicus in haar commentaren, en de politicus hielp het adverterend bedrijf met vergunningen. Hélène en Anthony hadden plots het gevoel dat hun partij Nieuw Gent tegen een draak met zeven koppen vocht. Hoe kon je dit monster in hemelsnaam verslaan?

-"En dit systeem is uiterst stabiel, zo stabiel als het feodaal stelsel dat achthonderd jaar standgehouden heeft, als ik Anthony's vergelijking mag gebruiken," voegde Robert daaraan toe. "Wie uit de band springt, krijgt het hele systeem over zich heen: de eigenzinnige journalist mag niet meer over politiek schrijven, de eigenzinnige politicus krijgt geen steun in de pers, en het eigenzinnige bedrijf geraakt aan geen vergunningen. Wie geen deel wil uitmaken van dit systeem, blijft dus een kleine garnaal."

-"Looms International, dat is natuurlijk... Bombardon, die burgemeester wil worden," zei Hélène. "Dát is dus de reden waarom die zo bewierookt wordt in de pers!"

-"Bombardon die onrechtstreeks journalisten omkoopt!" zei Anthony verontwaardigd. "En dat terwijl hij zich altijd uitgeeft als de integriteit in persoon, als een soort nieuwe prins Jan de Vissermans die de stad er weer bovenop gaat helpen. Wat een hypocriet!"

-"De prins moest eens weten!" zei ik.

Anthony overdacht het hele gegeven rustig, vooraleer hij besloot:

-"Zoals ik al zei tijdens de verkiezingsmeeting: we hebben een wonder nodig, een gebeurtenis die alle Gentenaren verenigt, een sentiment waartegen de pers niet in durft te gaan." Maar dat klonk al even vaag als utopisch. Voorlopig toch.

~

Op het moment dat Robert zowaar vergeten was waarom hij gekomen was, splitste de groep zich in twee: Kikki nodigde Robert en mij uit om bij haar aan tafel te blijven zitten, terwijl Anthony, Laetitia en Hélène hun gesprek in de tegenoverliggende hoek van het salon verderzetten. Hun koffies werden netjes verhuisd.

Voor Robert was dit een belangrijk moment: hij wou een goede indruk op Kikki maken, ongeacht het feit dat zijn kansen om haar te veroveren, exact nul waren. Spontaan opende hij zijn map met de tekeningen en met de twee exemplaren van het contract. Kikki begon met het vele werk te appreciëren dat Robert in de schetsen gestopt had. Geduldig liet ze hem het volledige concept uitleggen en uitte ze regelmatig oprechte bewondering. Toen Robert opmerkte dat ze toch wel heel veel wist over weefgetouwen, antwoordde ze met een raadselachtige glimlach:

-"Ik zei het je toch vorige week al: sommige juridisch adviseurs zijn beter dan andere." Met die uitleg moest hij het stellen. Hij durfde in elk geval niet aan te dringen.

Ik was fier dat een paar van mijn ideeën geïncorporeerd waren in zijn tekeningen. Robert gaf me het verdiende krediet en Kikki een waarderende glimlach. Het was de mooiste en warmste glimlach die ik ooit gekregen had. Ik begreep meteen waarom Robert volledig in haar greep was.

-"En, heb je de contracten?" vroeg Kikki van zodra Robert klaar was. Ik overhandigde haar de twee exemplaren.

-"Enkel door Robert ondertekend," stelde ze vast. "In elk geval is dit waardeloos papier. Jullie hebben geen kopie gekregen vóór het begin van het eindwerk, en daarvan hebben we voldoende getuigen. Maar we moeten opletten: Forel zal, wanneer puntje bij paaltje komt, beide exemplaren snel ondertekenen en één daarvan aan Robert geven. Daarna zitten we in een lang juridisch getouwtrek."

Vervolgens begon ze het contract te lezen. Na twee regels draaide ze heel zenuwachtig het blad om en slaakte ze een onderdrukte gil. Ze was duidelijk aangedaan en snikte zelfs even. Anthony kwam onmiddellijk naar onze tafel en nam haar mee bij de hand naar de aanpalende kamer. Door de deuropening zagen we dat ze diep geëmotioneerd fluisterde tegen Anthony. Hij luisterde aandachtig, hield haar beide handen vast en keek haar diep in de ogen. Toen ze uitgepraat was, omhelsde hij haar tot ze gekalmeerd was. Met vochtige ogen kwam ze weer aan tafel, terwijl Anthony weer bij Hélène en Laetitia ging zitten. Wat in hemelsnaam had dat allemaal te betekenen?? Robert en ik hadden geen flauw idee.

-"Excuseer me," zei ze zonder ons verdere uitleg te geven. "Ik herschrijf dit contract helemaal vanaf nul." Ze scheurde boos Forels exemplaar kapot en stak Roberts exemplaar in haar tas. Nu was ik diegene die de kluts kwijt was; hoe zou ik het missende contract aan Forel uitleggen?! Kikki straalde echter zo'n autoriteit uit, dat ik geen opmerking durfde te maken. "Ik zal enkel het contract van Robert herschrijven," vervolgde ze. "We kunnen de andere studenten hier niet in betrekken, want anders lekt het uit en beginnen de problemen pas. Maar als een van de andere studenten in moeilijkheden komt, moeten we hem helpen met onze getuigenissen. Wat denken jullie?" Voor mij was dit een even plotselinge als moeilijke beslissing, omdat Forel tenslotte mijn vader was. Maar ik stemde in, net zoals Robert.

-"Wanneer kan ik de nieuwe contracten terugplaatsen?" vroeg ik zenuwachtig.

-"Ik hoop dat jullie volgende week weer naar hier kunnen komen." Dat konden we zeker en met heel veel plezier! Robert stemde in met een luide, dankbare lach. Met een knik en een glimlach bevestigde ze nog eens onze afspraak voor volgende week.

Anthony, Laetitia en Hélène dartelden intussen als tieners in de zetel. Rechts van Anthony zat Laetitia. Ze had haar schoenen uitgedaan en zat in de zetel bovenop haar voeten. Haar geplooide knieën wezen in zijn richting. Aan zijn linkerkant zat Hélène met haar schouder tegen de zijne. Er werd regelmatig geduwd, getrokken en gekieteld. Kikki vroeg op een gespeeld vermanende manier of het niet een beetje stiller kon. De drie lachten verlegen zoals betrapte kinderen, maar bleven lustig doorgaan, zij het een klein beetje stiller.

-"En nu het weefgetouw," zei Kikki strak. Het was duidelijk dat deze jongedame recht op haar doel afging. Als Robert of ik gehoopt hadden nog een weekje te winnen om een getouw te vinden, dan was die hoop er nu aan. Ik deed mijn verhaal over een mogelijk getouw bij een gepensioneerde leraar.

-"Dat is dan heel goed," antwoordde ze kort. "Hopelijk heb je tegen volgende week meer nieuws." Ze nam haar kop koffie en wenkte ons om plaats te nemen bij de drie anderen.

Ik opende de conversatie door me af te vragen of ik ooit in dit huis geweest was, en vertelde meteen over mijn opdrachten als hulpkok.

-"Kan jij koken?" vroeg Laetitia met grote bewonderende ogen. Ik knikte:

-"Mevrouw Forel, mijn moeder, heeft me dat geleerd van kinds af. Ik vind het wel leuk."

Laetitia sprong uit de zetel, deed snel haar schoenen aan, pakte mijn hand en stapte door het personeelskwartier naar de keuken. Die was groot en gerieflijk, maar nauwelijks voorzien van decoratie; de familie van de heer des huizes kwam hier duidelijk niet vaker dan nodig.

De twee koks vroegen onmiddellijk wat ze konden doen voor haar. Toen ze vertelde dat ik haar zou leren koken, wisten ze niet wat hen te doen stond; zoiets was immers nog nooit gebeurd. Ze besloten op een afstand te gaan staan, klaar om ons te helpen.

Het bleek dat ik nog nooit in die keuken geweest was, maar ik was gewoon om met de kok des huizes te overleggen. Daar ze alle ingrediënten op voorraad hadden, stelde ik aan Laetitia voor om samen île flottante te maken, iets wat me leuk leek om aan een beginnende kokkin aan te leren.

Ik probeerde haar het recept rustig uit te leggen, maar ze was als een dol kind dat naar alle schuiven tegelijk sprong telkens er iets nodig was. Gelukkig kwamen de koks haar regelmatig helpen, want ze wist nauwelijks wat ze aan het zoeken was. Haar ogen fonkelden toen ze van eiwit schuim maakte. Ze liet een stukje schuim aan haar neus kleven, me uitdagend om het eraf te nemen, of te likken; ik wist niet wat ik moest doen en lachte enkel. Ik was nooit zo gelukkig in een keuken als toen. De onovertrefbaar mooie Laetitia volgde met betoverde ogen mijn elke beweging en probeerde ze te kopiëren. Ze leunde tegen mij aan telkens ik haar iets toonde en verplaatste zich als een danseres op de tippen van haar tenen. Het ene moment was ik toeschouwer van een ballet, het andere moment voelde ik haar rustige, intieme nabijheid. Zoals ik me had voorgenomen, keek ik niet in haar ogen. Elke minuut herinnerde ik mezelf eraan dat ik van dit moment moest zien te genieten zonder een melancholisch wrak zoals Robert te worden. Zo slim was ik wel. Dacht ik.

~

In het salon moest Kikki er plots vandoor: "Ik moet naar een vertaalbureau; ik moet kredietbrieven laten vertalen uit het Portugees. Maar als het goed is voor jullie, mogen Robert en Didier hier blijven uiteraard."

-"Voor mij is het goed," zei Hélène, "en ik ben er heel zeker van dat het voor Laetitia ook goed is!"

-"Ik heb ook de indruk," lachte Anthony. "Zal ik je voeren, Kikki?"

-"Heel graag, dank je," antwoordde ze.

Robert schoot eindelijk wakker. Hij kende toch Portugees?!

-"Mag ik eens kijken of ik dat niet kan vertalen?" vroeg hij. Zijn woorden waren nog niet koud, of Kikki haalde een stapel Portugese documenten uit haar tas en zette hem aan het werk.

-"Voor je studies?" vroeg Robert.

-"Studentenjob," antwoordde ze met een kuchje. Anthony draaide zijn hoofd weg; hij kon nauwelijks een lach onderdrukken.

-"Dat betekent dat we nog heel de avond samen kunnen doorbrengen," zei Hélène. Ze liep naar de keuken om het goede nieuws aan te kondigen. Laetitia was op dat moment voor de eerste maal in haar leven chocolade aan het raspen, terwijl ik er angstvallig over waakte dat ze haar delicate vingertjes niet meeraspte.

-"Kunnen jullie het avondeten maken ook?" grapte Hélène, ervan uitgaand dat we intussen onze bekomst in de keuken wel gehad hadden. Laetitia keek echter met grote verwachting naar mij, suggererend 'ja' knikkend.

-"Laat mij eens zien," zei ik. Ik overlegde met de twee koks. Na een korte discussie zei ik: "Komt in orde!" Laetitia sprong dolblij in mijn armen.

-"Zolang mama maar niet te weten komt dat jij in de keuken gewerkt hebt, en dan nog wel heel de namiddag!" waarschuwde Hélène haar zus. Laetitia legde haar vinger over de lippen, de koks aanmanend om zeker niets te verklappen aan de dame des huizes.

~

Het ontging Robert dat hij vertaalwerk in normale omstandigheden een absolute rotklus gevonden zou hebben. Gedurende twee uur koesterde hij zich echter in de nabijheid van Kikki, die haar haar tegen zijn kaak gooide telkens zij zich naar hem toedraaide. Ze noteerde sneller dan hij praatte; haar handschrift was een onontwarbaar gekribbel.

~

Ik vertelde Laetitia over mijn signatuursmaakje.

-"Wat is een signatuursmaakje?" vroeg ze.

-"Wel, dat is een heel uniek smaakje dat dient als handtekening van de kok. Hij brengt het smaakje in elk van zijn menu's ergens in om aan te geven dat hij de kok was."

-"Dat is me nog nooit opgevallen!" zei Laetitia.

-"Dat is normaal. Ik denk dat de kok meer plezier aan het idee beleeft dan de gasten. Je moet al een gastronomisch expert zijn om het signatuursmaakje telkens te vinden en te herkennen."

-"Je gaat je signatuursmaakje hier toch gebruiken?! Mag ik het maken?" vroeg ze retorisch. Dat signatuursmaakje maken was veel ingewikkelder dan ze vermoed had, maar na vijf pogingen en veel proeven slaagde ze er uiteindelijk in. Ze schreef het recept zorgvuldig op. Ik protesteerde lachend:

-"Dit is wel míjn signatuursmaakje; jij moet je eigen signatuursmaakje uitvinden!"

-"Ik gebruik het jouwe, tot ik er één voor mezelf gevonden heb!" zei ze beslist.

~

Robert en ik ontdekten een nieuwe bijzondere ruimte in het huis toen we aan tafel geroepen werden. We waren nog met open mond de speelse goudwitte rococo-ornamenten aan het bewonderen, toen Laetitia's kreeftensoep opgediend werd. Naar dit moment had ze uitgekeken. Fier keek ze rond terwijl iedereen proefde. Van zodra ze een compliment kreeg van Kikki, sloeg ze haar beide armen rond mij en gaf ze me een grote kus op de wang. 'Háár mag mevrouw Forel gerust als mijn toekomstige voorstellen!' dacht ik. Het was de ultieme fantasie.

Na het hoofdgerecht, bereid door de kok des huizes, kwam Laetitia's île flottante. Ze was zo gefascineerd door het resultaat van haar werk, dat het leek alsof ze dit voor het eerst in haar leven op haar bord kreeg; testend en twijfelend stak ze verschillende keren het puntje van haar lepel in de vanillecrème en het zoete eiwitschuim.

Het laatste bord was nog niet afgediend of Laetitia nam mij onmiddellijk weer mee naar de keuken. Uit medelijden met mij kwam Hélène echter tussen: "Hebben jullie geen zin om een spel te spelen?" Laetitia begreep de boodschap.

Hélène haalde een spel boven dat haar vader gekocht had toen de hele familie een rondreis in de Verenigde Staten maakte. Het noemde 'Monopoly' en was nog niet uitgepakt. Niemand van hun vrienden had reeds van dit spel gehoord en de Engelse spelregels vormden een extra obstakel. Robert daarentegen speelde een thuiswedstrijd; hij kende de spelregels op zijn duimpje en legde die geestdriftig uit. Hij voelde zich voor het eerst op zijn gemak in dit gezelschap en gaf uitgebreid strategisch advies. Omdat wij toevallig zo rond de tafel zaten, speelden we met drie ploegen: Kikki en Anthony speelden samen, Hélène en Laetitia vormden de tweede ploeg, terwijl Robert en ik de derde.

Robert en ik vonden elkaar onmiddellijk. We berekenden kansen uit ons hoofd, wogen de risico's af van het te veel of te weinig aanhouden van baar geld, en zetten een onderhandelingsstrategie op. Die zouden we toepassen op het moment dat alle eigendommen een eigenaar hadden. Hélène en Laetitia van hun kant verzamelden stationnetjes en waren bereid er andere eigendommen voor te ruilen. Die zouden een gemakkelijke hap worden!

Alhoewel zij het spel voor de eerste maal speelden, verstonden Anthony en Kikki elkaar alsof dit dagelijkse kost was. Ze gaven ons een gele eigendom in ruil voor een rode, en kochten meteen van ons een optie op een volgende rode mochten wij die ooit in bezit krijgen. Het leek ons statistisch zinloos, maar ze pasten dezelfde strategie om de haverklap toe. Op een bepaald moment begonnen ze de opties, die ze genoteerd hadden op stukjes papier, zelf te verhandelen! Toen onze ogen opengingen, was het spel eigenlijk afgelopen. We kregen geen enkele volledige straat in handen, en verloren zelfs van Hélène en Laetitia. Anthony en Kikki keken met stil medelijden naar ons, niet begrijpend waarom wij gehoopt hadden met onze aanpak enige kans te maken.

Bij het afscheid wuifden de vier ons uit. Robert en ik hadden weer veel te verwerken.

Donderdag 5 december 1957

50

Forel wist niet of hij goed of slecht nieuws mocht verwachten toen hij opnieuw uitgenodigd werd door Pennycent. Na de gulle cheque hoopte hij stilletjes op nog meer goed nieuws. Hij kwam op ongeveer hetzelfde moment in het muffe vergaderzaaltje toe als Pennycent en diens dochter, die hij beiden uit het kantoor van de hertog zien komen had.

Pennycent viel met de deur in huis:

-"Er is een einde gekomen aan mijn spionageactiviteiten op Robert," zei hij met een zucht. "De hertog heeft me dat strikt verboden."

-"De hertogin dus," verduidelijkte Forel. Pennycent knikte.

-"Heeft iemand me met Robert in het Italiaanse restaurant gezien?" vroeg de dochter. Pennycent haalde de schouders op:

-"Waarschijnlijk. Waarom ben je er ook naartoe gegaan? Je wist dat je daar kon gespot worden door iemand van Gandaweave."

-"En je schikt je naar het verbod?" vroeg Forel. Pennycent had immers niet de gewoonte om binnen de lijntjes te kleuren.

-"De hertogin kan me stante pede ontslaan; te gevaarlijk. Ik vermoed dat ze haar eigen mensen op Robert zal zetten. Ze heeft een tijdje geleden ook zijn tekeningen gezien. Misschien weet ze intussen waarover die gaan."

-"En nu?" vroeg Forel, "Robert is duidelijk met iets bezig."

-"Als hij met iets bezig is, weten we er verdomd weinig van," gromde Pennycent.

-"Volgens mij werkt hij in het geniep. Hij moet argwaan hebben, maar waarom?" vroeg Forel zich af. "Ik heb niets gedaan om hem te verontrusten."

-"Behalve zijn tekeningen weggenomen. De hertogin had gelijk," repliceerde Pennycent. "We hadden dat niet mogen doen."

-"Of hij wordt gewaarschuwd door Didier," zei de dochter. "Die weet intussen hoe alles jaar na jaar in zijn werk gaat."

-"Misschien wel, maar Didier weet dat hij in dat geval in zijn eigen vingers snijdt," zei Forel. "Want vanaf volgend jaar zal hij, net zoals ik, ook op zoek moeten gaan naar manieren om zijn graantje mee te pikken."

-"En nu, ik probeer niets meer met Robert?" vroeg de dochter. "Hij is anders een toffe gast!"

-"Dat zou er nog moeten bijkomen: dat jij verliefd wordt op Robert! Neen, jij doet niets meer," besliste Pennycent, "en ik doe niets meer. Het gewicht ligt nu volledig op jouw schouders, Forel. Jij komt te weten waar Robert mee bezig is." Forel zag echter niet veel heil in die grote verantwoordelijkheid:

-"Ik zal Robert in de gaten houden, maar dat doe ik al sinds september."

-"Op een bepaald moment zal hij meer proberen dan op papiertjes kribbelen. Jouw tijd komt nog wel," repliceerde Pennycent.

-"Misschien. Laat ons hopen," zuchtte Forel.

~

Zoals na de vorige ontmoeting met het viertal, waren Robert en ik stil de eerste paar dagen. We hadden veel om over na te denken. Er waren om te beginnen een paar bizarre zaken rond Kikki: haar emotionele reactie bij het zien van het contract, haar kennis van weefgetouwen, en haar zogenaamde studentenjob. Was zij toch een spionne? Het idee verlamde ons.

-"Als ze een spionne is, is de schade onherstelbaar," zei ik.

-"Soms moet je je gevoel vertrouwen," zei Robert. "Wat zegt jouw gevoel?"

-"Dat ze correct is met ons."

-"Zo voel ik het ook."

-"Wanneer zullen we het met zekerheid weten?" vroeg ik.

-"Het is duidelijk dat ze niet alles vertelt. Hopelijk heeft dat zijn goede redenen. Het heeft volgens mij geen zin te hengelen naar wat ze verbergt; ze is te slim om te verklappen wat ze niet kwijt wil."

-"Intussen toch voorzichtig zijn?" vroeg ik.

-"Vooral niet. We gaan voor een optimale samenwerking, zonder achterdocht. We zetten alles op alles; het is erop of eronder, en mét Kikki!"

Dan was er het feit dat ze op geen enkele manier liet blijken dat zij en Anthony een stel vormden. Nochtans was de blik van Laetitia wat dat betrof, niet mis te verstaan. Het maakte Robert melancholisch, maar hij koesterde zich in die melancholie. Hij herhaalde nog eens dat hij het Anthony wel gunde.

Ik vertelde met veel omhaal dat ik niet verliefd op Laetitia geworden was, omdat ik niet in haar ogen gekeken had. Maar ik begon nu te twijfelen of dat wel klopte. Ze spookte in mijn hoofd: elke minuut kwam een van haar woorden of aanrakingen me spontaan voor de geest. Ik probeerde te raden of ze van me hield, en kon niet wachten om de draad opnieuw op te pikken. Achteraan in het atelier vond ik een verrolbaar schoolbord, waarvan ook de achterkant beschreven kon worden. Als een kleine jongen met straf schreef ik op de achterkant van het bord: 'Ik word niet verliefd op Laetitia. Ik word niet verliefd op Laetitia. Ik word niet verliefd op Laetitia…', tot het bord vol was. Daarna wiste ik alles en schreef het nog vijfmaal, voor ik finaal het bord schoonveegde.

Ook de nederlaag in Monopoly lag ons zwaar op de maag.

-"Hoe gingen ze eigenlijk te werk in dat spelletje?" zei Robert. "Wat een afgang!"

-"Wel, ze verhandelden eigendommen vanaf het begin," antwoordde ik.

-"Zinloos!"

-"Het was in elk geval vreemd hoe ze het deden," zei ik. "Ze verkochten ons een eigendom die nuttig was voor ons, in ruil voor een pak opties op eigendommen die we nog niet eens hadden."

-"En die opties werden meer waard naarmate het spel vorderde," zei Robert. "Hoe vreemd."

-"Dat is economie, veronderstel ik."

-"Zou daar een wiskundige logica achter zitten?" vroeg hij.

-"Geen flauw idee; ik versta niets van economie."

-"Ik ook niet," mompelde hij.

Maar we hadden wel gescoord buiten het Monopoly: Kikki was behoorlijk onder de indruk geweest van plan B en van Roberts Portugees, terwijl Laetitia nog nooit zo geboeid geweest was als in mijn kookles. Daar konden we ons aan optrekken. Maar als we wilden dat er nog veel vervolgbezoekjes aan het viertal kwamen, moesten we er nu vooral in slagen om een weefgetouw te vinden. Robert maande me echter aan om voorzichtig te zijn:

-"Die gepensioneerde leraar wiens getouw wij willen gebruiken, mag niets van plan B vermoeden."

-"Dat wordt razend moeilijk; hoe kan je een compressor laten draaien zonder dat iemand het hoort?" vroeg ik. "Hoe kan je vermijden dat die leraar komt kijken terwijl je afwezig bent?"

~

Met lood in de schoenen ging ik de gepensioneerde leraar opzoeken. Onderweg overliep ik de belangrijkste punten die ik moest natrekken: het weefgetouw natuurlijk, de mogelijkheid om daar ongestoord op te werken, de kans dat iemand iets te weten zou komen van wat Robert daar deed... Mijn besluit was snel gemaakt: enkel in het geval dat de leraar bedlegerig zou zijn en afgezonderd van ex-collega's, was het risico van ontdekt te worden, aanvaardbaar.

Maar in plaats van een teruggetrokken, wegkwijnende man, kwam een vitale jong-gepensioneerde de deur voor me openen:

-"Ha, Didier, wat een aangename verrassing!" riep hij. "Kom binnen. Jij lust een biertje, meen ik mij te herinneren? En hoe gaat het nog met jou?" Hij stak een pint in mijn handen.

-"Wel, we moeten ons schrap zetten op de school…," begon ik, maar hij ontbrak me meteen:

-"Ik weet er alles van; je vader en Pennycent zijn hier gisteren nog geweest. Maar mijn vraag was: hoe gaat het met Didier?" Mijn vader?! Pennycent?! Wat een vergissing om naar hier te komen! Ik had er al spijt van dat ik aan de telefoon verklapt had dat ik voor Robert een weefgetouw zocht. Nu loog ik dat Robert een extra getouw nodig had voor de slijtage van de grijpers, voor spoor A dus.

-"Jij zocht een weefgetouw en je wist onmiddellijk dat je bij mij moest zijn. Natúúrlijk heb ik een weefgetouw voor jou. Kom maar eens kijken!" De leraar toonde me een prachtig ingericht atelier, inclusief een getouw dat wonderwel had kunnen dienen voor spoor B. Met spijt in het hart loog ik dat het getouw te traag was voor onze testen. We namen afscheid.

Was er wel een oplossing mogelijk? Bestond er zoiets als een weefgetouw waar we ongestoord konden op werken? Van zodra ik weer op de school was, bracht ik Robert het slechte nieuws. Hij zei niets en staarde langs me heen. Gedurende een minuut wachtte hij op een ingeving. Uiteindelijk sprong een traan in zijn ogen en deed hij verder met datgene waarmee hij bezig was. Ook ik kreeg tranen in de ogen. We stonden nu vlak voor de hoge betonnen muur die we al die tijd niet hadden willen zien. Zonder nog een woord te zeggen, ging ik van hem weg.

Vrijdag 6 december 1957

Forel riep Robert in zijn kantoor en onderwierp hem aan een kruisverhoor:
-"Jij bent op zoek naar een ander weefgetouw. Waarom?"
-"Om nog meer grijpers te verslijten," antwoordde Robert laconiek.
-"Als dat zo zou zijn, waarom heb je het aanbod van de leraar geweigerd?"
-"Hij had nog niets aangeboden," draaide Robert rond de pot.
-"Neen, omdat je het getouw onmiddellijk te traag vond. Waarom? Het was niet te traag!"
-"Didier vond het te traag. Ik was er niet bij."
-"En waarom vond Didier het te traag?" drong Forel aan.
-"Ik had aan Didier 120 inslagen per minuut gevraagd," loog hij.
-"120 per minuut? Jij wou een toptoestel! Waarom?"
-"Om grijpers te verslijten, zoals ik al zei." Forel sloot het kort:
-"Luister, ik wil van alles op de hoogte zijn; je weet wat in jouw contract staat!"
Robert moest nu heel snel nadenken. Het was eigenlijk een domme zin van Forel, want die had er zelf voor gezorgd dat geen enkele student wist wat er in het contract stond. Robert stond nu voor een dilemma: enerzijds mocht hij niet beamen dat hij wist wat er in het contract stond, want dan zou Forel uitzoeken hoe dat kwam, om vervolgens op het missende contract te stoten. Maar anderzijds mocht Robert ook niet zeggen dat hij níet wist wat er in het contract stond, want dan nodigde hij Forel uit om op zoek te gaan naar het intussen door Kikki versnipperde contract. Terwijl Robert over zijn antwoord aan Forel nadacht, kwam die laatste gelukkig tot het inzicht dat hij Roberts aandacht beter niet vestigde op diens contract met de school. Hij besloot: "Hou me voortaan op de hoogte van alles wat je doet!" en zond Robert weg.

Robert liet vanaf dat moment zijn getouw zo luid mogelijk draaien, om Forel ervan te overtuigen dat hij ernstig bezig was met spoor A, zijn officieel eindwerk. Hij zou het juiste moment zoeken om ooit nog eens aan spoor B te werken, tenminste als dat na de volgende ontmoeting met Kikki, toekomende woensdag, niet dood en begraven was.

Ik werkte wel verder aan spoor B, gewoon omdat het me boeide. Robert was al een tijdje tot het inzicht gekomen dat hij de lucht niet via één opening door de sprong moest blazen, maar via holle buisjes zo fijn als injectienaalden, die opgesteld zouden staan in twee rijen. De rijen zouden langs weerskanten van het inslaggaren lopen, van de ene kant van de sprong naar de andere. Elke rij zou voorzien in één naald tussen elke twee draden van de schering. Dat was de enige manier om het inslaggaren niet te laten slingeren ten gevolge van turbulentie. Tezelfdertijd had Robert vastgesteld dat het energieverbruik de kritische succesfactor zou worden. Het was absoluut noodzakelijk geen nutteloze lucht te produceren. Het probleem interesseerde me, en omdat mijn eindwerk toch zo goed als klaar was, besloot ik de vorm van de naalden en de noodzakelijke luchtdruk te bestuderen.

~

Dat we beiden weinig nuttig werk hadden, gaf ons ruimschoots de tijd om de stad te doorkruisen en wagens te herstellen. Robert werd daarbij voortdurend aangeklampt door supporters van Gantoise, overdag tijdens onze reparaties, en 's avonds in de cafés. Omdat hij het verloop van de verloren wedstrijd tegen Antwerp correct voorspeld had, begon hij de reputatie te krijgen de enige te zijn die wist wat er scheelde met de ploeg. Het hek ging helemaal van de dam toen de coach van Gent toevallig in een café kwam waar Robert druk in gesprek was met supporters. Die laatsten grepen de coach bij beide armen en brachten hem onzacht naar de tafel van Robert, die de coach de volledige uitleg moest doen. Daar was hij drie volle uren mee bezig, waarbij hij zich alle wedstrijden die hij gezien had, fase na fase kon herinneren, met zowel de namen van de spelers van Gent als die van de tegenpartij. Daarbij hanteerde hij een Portugees voetbaljargon en haalde hij voorbeelden aan uit de Braziliaanse competitie. De toehoorders staarden naar Robert met een religieuze blik, alsof hij een heilige was die de bijbel aan het voorlezen was in het Latijn. Ze begrepen niets van wat hij vertelde, en luisterden enkel omwille van zijn enorme zelfverzekerdheid en charisma. Op deze zesde december hoopten zij dat hij hun Sinterklaas was. Na een uur had hij de coach overtuigd dat hij hem kon helpen. Na twee uren waren ze in volle discussie over Roberts methode. Na drie uren nodigde de coach hem uit om naar de training van aankomende zondag te komen; er was namelijk geen competitie omdat de nationale ploeg speelde.

Robert liep die avond ook de Congolees tegen het lijf die hij eerder ontmoet had in de bibliotheek van de universiteit. Voor het eerst stelden ze zich aan elkaar voor met naam en toenaam. Hij heette Dieudonné Butu. Het bleek dat de man studeerde voor burgerlijk ingenieur metallurgie en bijzonder geïnteresseerd was in Roberts spoor A-project. De eerste reactie van Robert was: ”Je mag het in mijn plaats doen!” gevolgd door een grote lach. Ze spraken af dat de Congolees eens op onze school zou langskomen.

Zaterdag 7 december 1957

's Avonds speelde ik weer hulpkok op een groot feest. Ik had geen mogelijkheid om de gasten te zien, maar in mijn verbeelding zag ik Laetitia dansen met.... baron Grandgenre! Ik had ooit Laetitia naast Grandgenre aan tafel zien zitten. Hoever zouden zij staan in hun relatie? Waarom stelde ik me zelfs de vraag? Alsof ik een kans maakte! Ik had een grauw gevoel, een brei van verliefdheid en onmacht.

Zondag 8 december 1957

Ik stond weer met beide voeten op de grond toen mevrouw Forel absoluut wou weten of ik reeds een bruid gevonden had. Het was immers al december, terwijl ik tegen de herfst van het volgende jaar getrouwd moest zijn. Zoals steeds loog ik over een nakende relatie. Hoelang nog kon ik mevrouw Forel een rad voor ogen blijven draaien?

~

Na een tramrit van drie kwartier was Robert present op Gantoise. Hij werd vriendelijk ontvangen en voorgesteld aan de spelers, waarvan de meesten hem al ontmoet hadden in een of ander café. Dankzij zijn grote geestdrift wist hij hun vertrouwen te winnen.

De ploeg was na een magere competitiestart vervallen in een systeem waarbij de bal systematisch van de verdedigers naar de aanvallers geschopt werd, in een hoge boog over de middenvelders heen. Men had op de dure aanvallers gerekend om op techniek de bal te bemachtigen en een doelkans te versieren. Die strategie was echter zo zielig als kansloos gebleken. De aanvallers hadden immers te veel tijd verloren in de moeilijke duels; tegen dat ze de bal eindelijk onder controle hadden, had de verdediging van de tegenstander telkens weer op haar plaats gestaan.

Robert ontwierp een systeem waarbij de middenvelders de bal met vertrouwen in eigen rangen konden houden, tot er een kansrijke aanval mogelijk was. Hij maakte oefenschema's om de nieuwe routines in te drillen. Toen de coach hem vroeg of hij woensdagnamiddag ook kon komen, antwoordde hij:

-”Kikki....euh...euh...Ik, ik heb iets anders te doen woensdag, maar ik kom de andere dagen zeker langs.” Hij had nog duidelijk zijn prioriteiten!

Maandag 9 december 1957

Ik had me aan twee stille dagen verwacht tot ons bezoek aan de vier op woensdag, toen de lucht op een paar uur tijd in een kolkende hel veranderde: donkere wolken, grote hagelstenen, striemende rukwinden en een eindeloze serie bliksems, die permanent de hemel verlichtten, zorgden voor een alle hens aan dek in de stad. Terwijl de weerelementen aan de hele stad schudden, werd iedereen en alles in de mate van het mogelijke naar binnen gebracht. We luisterden bang naar het geluid van losse voorwerpen die botsten door de straat, naar de doffe ploffen van luiken die open- en dichtsloegen, en naar het bedreigend gekletter van de grote, harde hagelbollen die op de kasseien en de daken hamerden.

Om tien uur 's avonds donderde een grote antenne op de straat. Forel stak even zijn hoofd door het raam, maar trok dat snel weer naar binnen toen een dakpan naast hem in stukken spatte. Die werd gevolgd door een tweede en daarna door een exponentieel groeiende lawine van neerstortende constructie-elementen. We hoorden brekend glas, wind die met een onheilspellend geloei door onze zolder raasde, en de aanhoudende knallen van projectielen die tegen onze muren vlogen. We keken angstig omhoog. Te midden een serie van de zwaarste donderslagen deed een hele harde bonk het hoofdgebouw van de school op haar grondvesten daveren. We vluchtten naar het atelier. Van daaruit meenden we in het licht van de bliksems te ontwaren dat het dak volledig doorgezakt was. Of weggevlogen; het was niet duidelijk. Mevrouw Forel schreide zonder haar gelaat te verbergen. Ze stond recht met neergebogen hoofd, alsof haar een onvermijdelijke dood te wachten stond. Mijnheer Forels mond viel open. Hij was heel stil voor iemand wiens leven aan flarden aan het vliegen was.

Plots kwam Robert binnengestormd. Hij was drijfnat, had bloed op zijn kleren en had een golfplaat vast. Een seconde verdween hij in de aanpalende kamer, om met een doos in de hand weer te verschijnen.

-"Kom mee, onmiddellijk!" schreeuwde hij naar mij. Ik liep naar het deurgat, waar ik een oorlogszone zag op de plaats die onze koer zou moeten zijn: te midden de hevige stortregen vielen balken als bommen, en spatten pannen uit elkaar als granaten. Robert stak de doos in mijn handen, hield de golfplaat boven onze hoofden, en gebood mij te spurten naar de garage. Nog voor ik kon vragen waarom ik mijn leven moest riskeren, riep hij:

-"Nu!" Ik spurtte alsof mijn leven ervan afhing. Robert spurtte achter mij terwijl hij de golfplaat boven onze hoofden hield. We waren bijna aan de overkant toen we getroffen werden door een projectiel. Hoewel de golfplaat de inslag gebroken had, viel ik hard op de grond. Nog voor ik rechtgekrabbeld was, had Robert in één beweging de doos opgeraapt en mijn hand vastgenomen. Hij sleurde me in de garage.

Ik had geen tijd om te bekomen. Ik had me ernstig bezeerd, maar kon niet onderzoeken waar ik gewond was. Het was stikdonker. Het gehuil van gewonde en angstige kinderen was voor mij de eerste indicatie dat Robert in volle storm alle internen die op de zolderverdieping sliepen, in de garage had ondergebracht, nog vóór het dak instortte. Ik voelde mij oneindig schuldig, want het was pas op dit moment dat ik voor het eerst aan hen gedacht had.

-"Zijn ze voltallig?" riep ik.

-"Alle kamers zijn leeg!" schreeuwde hij terug.

-"Alle gewonden naar hier komen!" riep hij zo hard hij kon. "De anderen naar achter! Plaats maken!"

-"Laat ons een ambulance roepen," stelde ik voor.

-"Vergeet dat! Jullie hebben trouwens geen telefoon meer!" antwoordde hij kort. "Zoek een lang verband in de doos!" De doos die hij uit het atelier gehaald had, bleek een verbandkist te zijn. In het donker liet ik mijn vingers de kist doorzoeken.

-"Heeft iemand moeite om op zijn benen te staan?" schreeuwde hij. Eén kind diende zich aan. Robert zocht zo snel mogelijk de wonde, zijn tong gebruikend om het verschil tussen water en bloed te proeven.

-"Enkel deze arm?" vroeg Robert. Hij moest de vraag herhalen vooraleer het geschokte kind bevestigde. Hij bond de arm af.

In wat de meest hectische nacht van mijn leven werd, bevroegen en onderzochten wij in het donker een na een de gewonde kinderen, en probeerden wij te achterhalen of ze voltallig waren.

Ik had me nog nooit eerder afgevraagd wat er in de verbanddoos van het atelier zat; ik wist niet eens dat die doos bestond! Zenuwachtig en in het stikdonker probeerde ik de volledige inventaris van de doos te maken, terwijl ik tussendoor verbanden, een schaar en ontsmettingsmiddel aanreikte en weer aangereikt kreeg.

Buiten werd het uiteindelijk rustiger. Toen we de poort openzetten om wat schemerlicht op te vangen, vluchtten alle kinderen naar achter, weg van de koude tocht. In de stad hoorden we loeiende ziekenwagens.

Het duurde tot laat in de ochtend tot iedereen weer min of meer op zijn positieven was, verzorgd en droog. Tegen dan waren de eerste bezorgde ouders er al om hun kinderen op te halen, zonder bagage.

Dinsdag 10 december 1957

Schepen van Sport en Onderwijs Anthony had gehoord van de ramp op onze school, en was meteen afgekomen. Hij sprak eerst met de hulpdiensten, de kinderen en hun ouders. Van zodra hij zeker was dat de grootste problemen voor hen opgelost waren, wendde hij zich tot ons:

-"Wel, in het slachthuis gewerkt deze nacht?" vroeg hij gekscherend. Voor het eerst gaven Robert en ik er ons rekenschap van dat wij volledig met bloed besmeurd waren. Voor we konden uitleggen wat er gebeurd was, zei hij:

-"Ze hebben me alles verteld. Fantastisch van jullie!" De journalist die besloten had Anthony op zijn rampenronde te volgen, nam een foto van ons. Hij was reeds begeesterd over het artikel dat hij over de nacht in de garage zou schrijven. Terwijl hij ons uitvroeg en alle details noteerde, was Anthony reeds in gesprek met Forel:

-"Mijnheer de baron, mijnheer de schepen," zei Forel formeel en gelaten, "onze school is aan haar einde gekomen. Wij zijn wel bereid de lessen verder te zetten tot het einde van het schooljaar, indien wij althans lokalen ter beschikking krijgen." Zijn gedachten waren reeds bij een piepklein appartementje, dat hij voor zijn oude dag hoopte te kunnen huren, misschien zelfs in een stad waar niemand hem kende. Voor mij had hij geen plannen meer. Zijn blik stond op oneindig, alsof het hem niet interesseerde wat Anthony daar zou op antwoorden.

Die laatste dacht lang na en zei:

-"Wees niet ongerust; sowieso lossen wij uw probleem op, mijnheer Forel. Stuur voorlopig de leerlingen vervroegd naar huis voor het kerstverlof."

Dat was een straffe belofte! Hoe kon Anthony in hemelsnaam beloven dat hij alles zou oplossen? De stad zou nooit honderdduizend frank of meer uitgeven om één school te redden! Voor Forel klonk het in elk geval te mooi om waar te zijn. Hij liet Anthony's belofte voorbij waaien. Het enige wat hij nog zei, was:

-"Het atelier is niet beschadigd; de laatstejaarsstudenten kunnen blijven."

-"Wel, dat is dan meteen de start!" zei Anthony.

Ze namen afscheid. In de school werd met doeken en zeilen gered wat er te redden viel. Alle leerlingen, behalve de laatstejaarsstudenten, gingen naar huis. Robert en ik konden dus verder werken aan ons eindwerk, wat daar in Roberts geval ook van was.

Gelaten lieten we het woensdag worden. We zouden gewoon eerlijk zijn tegenover Kikki, aan wie Anthony sowieso reeds verteld zou hebben dat we diep in de problemen zaten; ze zou al op de hoogte zijn dat spoor B dood en begraven was...

Woensdag 11 december 1957

Toen Forel de post openmaakte tijdens het ontbijt, vond hij een kort bericht: 'Donderdag 12 december om 10 uur, vergadering op de school i.v.m. mogelijke oplossingen. Gegroet, Anthony De Hoedemaecker, schepen van Sport en Onderwijs.' Forel las het bericht voor en bestudeerde vervolgens de voor- en achterkant van het merkwaardige papiertje. "Mogelijke oplossingen," zei hij zonder verdere commentaar.

Met de moed der wanhoop ruimde ik in de voormiddag het getroffen hoofdgebouw op. Robert maakte intussen een geïmproviseerd dak, dat bestond uit een ruw, houten geraamte en zeilen. Het deed ons duizelen hem bezig te zien. Hij kroop overal op en over alsof hij geen meter boven de grond stond. Een hele voormiddag had hij nagels tussen zijn lippen en timmerde hij erop los, meestal half hangende van een balk of half staande op een ladder. Daarnaast gooide hij vanop de zolderverdieping balken en tapijten naar buiten, die met een ontstellende dreun op de koer vielen.

-"Mooi dak," feliciteerde ik hem toen het klaar was.

-"Een Peruviaans dak," zei hij.

-"Een Peruviaans dak?"

-"Ja, een dak dat goed is zolang je geen dak nodig hebt."

-"Ik durf geen week verder te denken," zei ik.

-"Geen week? Ik durf geen halve dag verder te denken! Deze namiddag al, bij Kikki, gaan we af als een café zonder bier. Geen dak, geen weefgetouw, …"

~

Na de middag raapten we wat resteerde van onze goede moed bijeen en vertrokken we naar onze tweede afspraak ten huize van Hélène en Laetitia.

We vroegen ons af of we weer te vroeg zouden toekomen; ze hadden ons vorige keer immers uitgelachen. Anderzijds, mochten we nu gewoon op tijd komen, zou het een overwinning voor hen betekenen. We waren nog een straat van hen verwijderd en konden nog beslissen wanneer we zouden toekomen. Terwijl we als verlegen jongens aan het dralen waren, sprong een meisje tussen ons en nam ons elk bij de arm.

-"Oef, ben ik blij dat ik niet later ben dan jullie!" Het was Kikki! We volgden haar gezwind tempo. Haar arm was zó sterk en stevig dat ik mijn uiterste best moest doen om gracieus naast haar te stappen. Als ik even niet oplette, hing ik aan haar arm als een natte dweil aan een wasdraad. Ze stapte door de niet gesloten voordeur van Laetitia en Hélène en deponeerde ons in het salon, waarna ze even naar de vestiaire ging. We waren niet op ons gemak; we stonden daar als twee vrijpostige mensen, die zonder aanbellen in een grote burgerswoning binnengewandeld waren.

Het was de mama van Laetitia en Hélène die als eerste binnenkwam.

-"Excuseert u ons, mevrouw," zei Robert, "ik ben Robert Fischer, en dit is Didier Forel. Kikki heeft ons binnengelaten. Wij komen voor Laetitia en Hélène."

-"Welkom," zei de dame met een geforceerde glimlach. "Ik zal Laetitia en Hélène halen." Ze verdween.

Laetitia stormde als eerste binnen en gaf ons elk een blije kus. Hélène volgde haar op de voet en deed hetzelfde.

-"We kunnen deze namiddag niet in de keuken," zei Laetitia teleurgesteld. "Mijn mama is thuis." Zoals overal leefde het personeel strikt gescheiden van de familie des huizes: het had zijn eigen deuren, trappen en vertrekken. In de keuken komen, laat staan werken zoals Laetitia een week eerder gedaan had, was volstrekt uit den boze; haar moeder zou haar daar streng voor terechtwijzen.

-"Wat jammer," zei ik. "Ik had net een leuk receptje." Ze keek als een hondje in de vriesregen. De volledige waarheid was dat ik een hele week gedroomd had van mijn volgende kooksessie met haar, en dat ik wel honderd receptjes had!

Anthony en Kikki verschenen samen. Terwijl Anthony Robert een hand gaf, zei hij:

-"Moet jij niet op de voetbaltraining zijn?"

-"Hoezo?" vroeg Robert.

-"Ik hoor spreken over Robert Fischer, de wonderdokter van Gantoise," ging Anthony verder. Kikki gaf Robert en mij intussen een zoen en onderbrak de conversatie:

-"Mocht Robert nu op Gantoise zitten, ik zou hem daar gaan halen zijn!" Robert lachte even schouderophalend naar Anthony.

Net zoals een week eerder was er eerst een stukje taart. Ik had zin om in stilte Anthony uit te horen over zijn mogelijke oplossingen voor de school, maar er kwam geen moment dat ik met hem alleen was.

Na de taart gingen we, net zoals een week eerder, in twee groepjes zitten. Robert en ik hielden onze adem in, want het zwaard van Damocles hing op dit eigenste moment manifest boven ons hoofd: Kikki zou nú naar het weefgetouw vragen. Maar dat deed ze niet. We waren vergeten dat we in eerste instantie gekomen waren om het herschreven contract op te halen. Ze had het nieuwe contract bij in twee exemplaren, en lichtte het zin voor zin toe. Het eerste belangrijke verschil met het oorspronkelijke contract was dat enkel de intellectuele eigendom van het officieel toegewezen eindwerk naar de school ging. In het oude contract stond dat de intellectuele eigendom van alles wat de student presteerde gedurende de periode van zijn eindwerk, naar de school ging. Volgens het oude contract was de intellectuele eigendom van spoor B dus ook van de school, terwijl in het nieuwe enkel de intellectuele eigendom van spoor A dat was. Het tweede belangrijke verschil was dat de twee betrokken partijen een afzonderlijke handtekening plus datum op beide kopieën moesten zetten voor bevestiging van ontvangst. Kikki liet Robert beide kopieën ondertekenen, maar niet voor ontvangst. "Didier gaat nu beide kopieën terugleggen," zei ze. "Omdat Robert nooit getekend heeft voor ontvangst, zijn deze contracten even ongeldig als de vorige. Het enige verschil is dat wat mijnheer Forel nu ook probeert, hij onmiddellijk verliest." Ze overhandigde me autoritair, maar met een gemeend vriendelijke glimlach, de twee contracten, die ik zorgvuldig opborg.

Ik wou een slok koffie drinken, maar mijn arm versteende bij de gedachte dat dít onvermijdelijk het moment moest zijn waarop Kikki naar het getouw zou vragen. Hopelijk had Anthony haar reeds ingelicht over de ramp op de school, zodat we slechts de resterende waarheid hoefden op te biechten. Roberts aangezicht zag er bedrukter uit dan ooit; na Kikki's vriendschap en moeite was hij liever doodgevallen dan te moeten toegeven dat hij geen getouw had.

Maar ze vroeg niet naar ons weefgetouw. Alsof ze al wist dat wij er toch niets van gebakken hadden, haalde ze er meteen Anthony bij:

-"Anthony, vertel eens over het getouw." Anthony vertelde over het getouw van zijn overleden nonkel:

-"Mijn grootvader had samen met zijn intussen ook al overleden zoon, de man van 'tante Lolo', experimenten gedaan op een getouw. Dat getouw was na mijn grootvaders dood bij tante Lolo in de kelder terechtgekomen, waar mijn nonkel erop verdergewerkt heeft, tot ook hij stierf. Het getouw draaide oorspronkelijk op riemen, maar mijn grootvader heeft het destijds omgebouwd; nu wordt het elektrisch aangedreven."

-"We hebben al met tante Lolo gesproken. Je kan daar verblijven zo dikwijls en zo lang je wilt," voegde Kikki daaraan toe. "Alles wordt voor jou verzorgd: maaltijden, kleren wassen, enzoverder. Ze zal trouwens heel blij zijn met wat gezelschap in huis. Je kan er met de tram naartoe; het is een half uur vanaf de school." Een heel grote glimlach verscheen op Roberts gezicht. Zijn ogen fonkelden. Een weefgetouw waar hij ongestoord zijn zin kon op doen, wat een mirakel! Hij lachte, ik lachte, we konden onze oren niet geloven. Spontaan omhelsde hij Kikki, daarna Anthony en daarna mij.

-"Dankjewel," fluisterde hij tegen Kikki, "duizendmaal dankjewel. Eigenlijk weet ik niet hoe ik je moet danken."

-"Zoals steeds," zei Kikki, "kan je me danken door het voltooien van spoor B." Ze lachte met een klein mondje, dat blijk gaf van honderd procent vertrouwen.

-"Zeker, zeker!" zei Robert, die nog niet goed besefte wat hij aan het beloven was. Hij schudde nog eens het hoofd in ongeloof, keek naar mij en punchte me op de schouder.

-"Auw!" riep ik geschrokken.

-"Zo weet je dat je niet droomt!" lachte hij. Het duurde even vooraleer hij bekomen was. Uiteindelijk vroeg hij:

-"Van wie is tante Lolo nu precies de tante? Jullie noemen haar immers allebei 'tante'."

-"Precies, ze is tante van ons beiden. Ze is de zus van mijn moeder," zei Kikki, "en haar overleden man is de broer van Anthony's vader. Anthony en ik zijn samen opgegroeid bij tante Lolo, omdat zowel de ouders van Anthony als de mijne het heel druk hadden tijdens de vereffening van de bedrijven van prins de Vissermans."

Dat verklaarde waarom Anthony en Kikki zo dicht bij elkaar stonden: ze kenden elkaar al van in de wieg! Het was duidelijk dat niemand ooit een speld tussen die twee zou krijgen.

-"Laat ons volgende woensdag naar tante Lolo rijden," stelde Anthony voor. "Didier, je mag ook meekomen, en je bent daar ook steeds welkom. Je kan daar net zoals Robert overnachten zo vaak je wilt." Wow, als Anthony en Kikki iets organiseerden, deden ze het blijkbaar grondig! Ik was even de kluts kwijt.

-"Wel, dank je," stamelde ik, "dat is heel vriendelijk en ik zal daar vroeg of laat zeker gebruik van maken. Maar momenteel help ik Robert met wiskundige berekeningen. Die doe ik liever op de school, omdat ik boeken moet raadplegen."

-"Heel goed," zei Anthony, "dan gaan we voorlopig met ons drieën: Robert, Kikki, en ikzelf."

Robert was nog steeds in dromen verzonken: een weefgetouw waar hij ongemerkt kon op werken én een logeerkamertje. Spoor B leefde weer volop, of liever: het leefde pas voor het eerst! Maar hij kreeg geen tijd om te bekomen van de magie.

-"En nu jouw huiswerk voor vandaag," zei Kikki. Ze schoof een stapel Spaanse documenten naar hem door.

-"Ik heb enkel gezegd dat ik Portugees ken!" protesteerde hij.

-"Gewoon vertalen," zei Kikki met een flauwe glimlach. Robert bedacht dat als hij geen Spaans gekend had, hij het op commando van Kikki plots wel gekend zou hebben! Hoe kon ze hem zo goed kennen dat het eigenlijk niet meer uitmaakte wat hij haar vertelde? En zo zat hij weer schouder aan schouder naast de onweerstaanbaar mooie Kikki, die heel geconcentreerd alles volgde en opschreef.

Laetitia had duidelijk zin om samen met Hélène als twee vlindertjes rond Anthony, en misschien wel rond mij, te fladderen, maar omdat Anthony dit waarschijnlijk te snel en te veel voor mij vond, suggereerde hij een beetje muziek. We trokken naar de aanpalende muziekkamer. De barok in deze kamer was zo mogelijk nog lichtvoetiger dan die in het salon; alle muurschilderingen beeldden klassieke taferelen over muziek uit.

Laetitia was zoals steeds de meest enthousiaste en zette zich onmiddellijk achter de piano. Ze speelde op een virtuoze manier een paar lijnen Chopin, maar nog voor ik de kans kreeg haar spel te bewonderen, onderbrak ze om te vragen of we niet liever wilden walsen. Ik raapte al mijn moed bijeen en zei dat ik dat wel heel graag wou leren. Laetitia sprong onmiddellijk recht van de piano en eiste het recht op om mij te leren walsen. Hélène nam de piano over en Anthony zette zich naast haar; zij zouden hun beurt moeten afwachten. Laetitia leerde me de pasjes geduldig aan. Ze beloonde me met een glimlach en een knikkend hoofdje telkens het goed ging. Gedurende een uur keek ze me recht in de ogen, terwijl ik de mijne probeerde af te wenden. Op de verkwikkende muziek van Strauss en in de schijn van haar glimlach raakte ik totaal afgesneden van de buitenwereld, van mijn complexen, van mijn verleden, van mijn angsten en van mijn dromen. Ik had mijn vrees voor dansen overwonnen en genoot zoals nooit tevoren.

-"Ga Kikki en Robert halen," zei Laetitia plots tegen mij. Toen ik hen ging vragen of ze wilden dansen, inspecteerde Kikki het resterende stapeltje Spaans, glimlachte ze en zei ze dat het goed was.

-"Tenminste, als jij zin hebt, Robert," voegde ze eraan toe. Hij knikte hevig en lachte luid. Zijn lichaam volgde met zwierige ledematen Kikki naar de muziekkamer.

Op de dansvloer was Robert thuis; het bleek dat hij ongeveer alles in alle landen leren dansen had. Hij danste zoals je dat van hem zou verwachten: met overdadige bewegingen; hij had vier keer zoveel plaats nodig als iemand anders. Maar het ritme en de passen klopten, en hij danste met zo'n gemak dat hij geconcentreerd kon praten met Kikki. In tegenstelling tot wat ik van haar verwacht had, liet ze zich leiden en genoot ze ervan geleid te worden. De autoritaire Kikki was voor een uitzonderlijke keer een lief meisje. Robert was smoorverliefd, en telkens hij er zich rekenschap van gaf dat Kikki nooit van hem zou zijn, sprong er een traan uit zijn ogen. Hij verborg het niet; hij besloot om even zichzelf te zijn.

Eigenaardig genoeg wisselde niemand van partner. Ik durfde nog niet met een andere partner te dansen, terwijl ik het gevoel had dat Laetitia mij sowieso opeiste als háár student. Wanneer Laetitia de piano overnam, dansten Anthony en Hélène. Ze waren de perfecte danspartners, en hielden er op de dansvloer een lange conversatie op na.

Toen de piano even onbezet was, nam Robert plaats achter het klavier, tot groot vermaak van de drie meisjes. Hij vroeg of hij iets ongewoons uit een ver land mocht spelen, waarbij hij iedereen enkel nieuwsgierig maakte. Hoewel we allemaal knikten, beet Robert even op zijn lip. Hij twijfelde of hij dit wel zou durven spelen.

-"Kom op, Robert," zei Laetitia, "nu kan je echt niet meer terug!"

-"Ok," zei Robert. Hij zuchtte even met een gegeneerde glimlach. "Hier gaan we!", zei hij terwijl hij zijn handen optilde tot dertig centimeter boven het klavier. Hij knikte even zijdelings en gooide toen letterlijk zijn handen op de toetsen om van leer te trekken met een snerpende rock 'n roll. De rock was zo wild en zo luid dat ik schrik had dat het pleister van de muren zou komen. Hélène, die vreesde dat haar moeder dit zou horen, keek angstvallig naar de deur, maar er was voor de rest van de avond geen moeder te bekennen. Met een gefascineerde blik keken we toe en wiegden we mee. We hielden er meer van dan we durfden toe te geven.

Laetitia werd gek; dat wilde ze ook kunnen spelen! Terwijl ze de bewegingen van Roberts handen volgde, zag je haar hoofd de kleine knikkende bewegingen maken waarmee ze de patronen memoriseerde. Ze wachtte ongeduldig tot Robert haar de piano gaf, maar hij genoot oneindig en speelde duizend kleine variaties. Hij werd steeds gekker van zijn eigen muziek en de muziek zelf werd steeds gekker.

Omdat hij iedereen meegesleept had, had niemand door dat hij intussen volledig in de jazz terecht gekomen was. Anthony besefte het als eerste. Je zag hem denken: 'Wat in de hemel is dít allemaal? Waarnaar zijn wij bij God aan het luisteren?' Maar de anderen waren nog steeds betoverd. Laetitia had het memoriseren opgegeven en genoot nu gewoon met gesloten ogen. Ook Kikki en Hélène waren volledig meegevoerd. De verdwaasde blik van Anthony keek machteloos naar mij: 'En nu? Waar gaat dit heen? Stopt dit ooit?' Het stopte niet; het ging uren verder. Iedereen zocht iets om tegen te leunen, om op te zitten en ten slotte om op te liggen. Robert viel als laatste in slaap.

Onze zes lichamen lagen als spaghetti door elkaar, in en rond de zetel op de dikke tapijten, als waren wij van de ene seconde op de andere volledig door slaapgas bedwelmd geweest. Handen en hoofden lagen waar niemand ze ooit bewust gelegd zou hebben. Van zodra de eerste wakker werd, werden de anderen snel gewekt, alsof de zonde pas begon op het moment dat je het zag en er niets aan deed.

Niemand had een vermoeden van hoelang de muziek geduurd had of van hoelang we geslapen hadden. Als dieven in de nacht slopen we allemaal naar de keuken om iets te eten. Daarna namen we vermoeid afscheid, met de afspraak dat Robert volgende week met Anthony en Kikki naar tante Lolo zou gaan.

Robert en ik sleepten ons terug naar de school.

-"Dat Spaans is nog niet vertaald," zei Robert.

-"Ze vindt je wel!" was het laatste wat ik zei in het ochtendgloren.

Donderdagochtend 12 december 1957

Robert liep nog even langs het atelier, waar zijn getouw nog volop grijpers aan het verslijten was. Hij zette de machine stil, verving in een geroutineerde beweging de grijpers, en plaatste de versleten grijpers bij de microscoop om ze later te onderzoeken. Hij zette vervolgens het getouw opnieuw in werking en ging naar zijn kamer. Als Forel zou langskomen terwijl Robert diep aan het slapen was, zou hij denken dat er goed gewerkt werd.

In zijn bed probeerde Robert nog even de voorbije dag te verwerken. Het belangrijkste was dat hij nu verder kon met spoor B. Er was nog een lang traject af te leggen. Hij zou beginnen met het getouw bij 'tante Lolo' aan de praat te krijgen. Daarna zou hij vaststellen welke snelheid het getouw aankon. De rest zou moeten volgen. Terwijl hij plannen maakte, zwijmelde hij in slaap.

Ook ik was heel moe, maar ik kon de slaap niet vatten. Om tien uur zou Anthony komen met 'mogelijke oplossingen'. Ik begon te overdenken wat die wel konden zijn. Zou Anthony ons onderbrengen in een of andere leegstaande school, die weliswaar failliet was maar tenminste nog een dak had? Welke school zou dat kunnen zijn? Hoe zouden we de installaties van het atelier verhuisd krijgen? Ik woelde in mijn bed. Ik dacht ook terug aan Laetitia, die me een hele avond aangekeken had tijdens het dansen. 'Je mag niet in hun ogen kijken!' had mevrouw Forel me nochtans gewaarschuwd. Maar dat was precies wat ik urenlang gedaan had!

Ik kon nauwelijks op mijn benen blijven staan toen ik om acht uur opstond. Een koude douche bracht weinig soelaas; ik verliet de badkamer half geschoren en niet gekamd. Het eerste wat ik deed, was niet productiever dan in mijn bed te blijven liggen: ik ging weer achter mijn bord staan en schreef: 'Ik ben niet verliefd op Laetitia, ik ben niet verliefd op Laetitia, ...' Anderhalf bord volstond deze keer niet. Ik bleef schrijven en vegen, schrijven en vegen, vele borden vol, tot ik mezelf overtuigd had dat ik genezen was.

Na dit nutteloze ritueel stak ik de nieuwe contracten in de map van Robert. Forel zou ze op precies dezelfde plaats vinden als waar hij de intussen versnipperde gestoken had. Aan de voorkant van het document was op het eerste gezicht geen verschil te merken, terwijl de achterkant een paar lijntjes langer was. Kikki had blijkbaar een schrijfmachine gevonden met hetzelfde lettertype, en eveneens van carbonpapier gebruik gemaakt om twee exemplaren te bekomen.

~

Ik had nog anderhalf uur om ervoor te zorgen dat we Anthony een beetje deftig konden ontvangen; de koer lag immers nog vol met brokstukken van het weggeblazen dak. Terwijl ik aan het opruimen was, kwam zowaar Dieudonné Butu de school binnen, zoekend naar iemand die hem kon helpen. Hij stapte voorzichtig over alle brokstukken. In een zwart maatpak met wit hemd en rode das kwam hij volledig overeen met hoe Robert hem beschreven had.

-"Dieudonné?" vroeg ik hem. Hij was blij dat ik onmiddellijk wist wie hij was.

-"Inderdaad. Didier, veronderstel ik?" antwoordde hij. We schudden elkaar de hand. Ik nam hem mee in het lawaaierige atelier, en liet hem rondsnuffelen terwijl ik Robert wakker maakte.

Toen ik terugkwam, was de arme Dieudonné gearresteerd door Forel, die hem betichtte van diefstal en spionage. Hij stond er beteuterd bij. Terwijl ik volop het misverstand probeerde uit te klaren, kwam Robert binnen, net zoals ik nog half slapend. Meteen was het Roberts beurt om een volle lading van Forels verwijten te incasseren, waarna die laatste kwaad wegliep. We excuseerden ons bij Dieudonné en lieten hem vervolgens de tussentijdse resultaten van spoor A bekijken. Dat deed hem weer bij zijn positieven komen; ons werk was precies wat hij nodig had voor zijn eindwerk! Terwijl hij en Robert overlegden, ruimde ik verder de koer op.

~

Om vijf voor tien reed een paarse Rolls-Royce de koer op. Ik bedacht hoe vreemd het was dat enkel een Rolls ook in rare kleuren klasse uitstraalde. 'Wow, Anthony komt in stijl!' dacht ik, maar het was Anthony niet. De chauffeur opende de rechterachterdeur en stelde me voor aan hertog Bernard Martin, voorzitter van de raad van bestuur van Gandaweave. Anthony had een wit konijn uit de hoed getoverd!

De hertog was fabelachtig rijk. Dat was alvast een goed begin van 'mogelijke oplossingen'. Gandaweave was het tweede grootste bedrijf van Gent, een van de twee grote bedrijven ontsproten uit het faillissement van Jan de Vissermans in 1923. Het belangrijkste complex van het bedrijf stond langs het kanaal Gent-Terneuzen en was kilometers lang. Het behelsde zowel een metaalgieterij met gigantische gebouwen, hoge schoorstenen en onoverzienbare stapels ertsen, als productiehallen, assemblagefabrieken van spin- en weefgetouwen, een motorenfabriek, en ten slotte een aantal spinnerijen en weverijen. Ik had me amper de bedenking gemaakt dat de aanwezigheid van de hertog zoveel beter was dan die van zijn werknemer Pennycent, toen ik me herinnerde dat de hertog eigenlijk niet veel meer in de pap te brokken had bij Gandaweave. Het was de hertogin die de lakens uitdeelde, en die had ik nog nooit ontmoet... Neen, ik had ze wél al ontmoet, want dit moest de paarse Rolls-Royce zijn die Robert hersteld had een paar maand geleden. Hij had toen een kaartje gekregen met het adres van waar hij zijn fooi kon ophalen. Hadden wij toen geweten hoe belangrijk de eigenares van de wagen was, waren we zeker al eens bij haar langs geweest. Haar zou ik maar al te graag in de meeting van tien uur gehad hebben! Maar goed, de hertog vermocht vandaag misschien meer dan we van Pennycent gewoon waren.

Ik was blij dat ik niet te lang alleen met de hertog en zijn chauffeur op de rommelige koer moest staan; stipt om tien uur kwam Anthony toe. Heel voorzichtig reed hij tussen de brokstukken, die ik gauw uit de weg veegde. Hij en de hertog schudden de hand alsof ze elkaar elke dag zagen. Vervolgens sloeg hij geamuseerd het haar uit mijn ogen. "Jij hebt blijkbaar niet veel geslapen!" Ik prevelde iets terwijl ik hen wenkte om mij te volgen naar ons vergaderlokaaltje. Maar we waren blijkbaar nog niet voltallig.

We hoorden van ver de loeiende motor van een sportwagen die korte, luide acceleraties afwisselde met gierend bochtenwerk. De voorwielen van de Ferrari van Grandgenre botsten vervolgens tegen het korte, steil oplopende stuk van de schoolpoort, waardoor de wagen met een sprong op de koer landde, om daar vervolgens over een aantal brokstukken te rijden. Het spektakel werd afgrond met de botsing tegen een stapel paletten, en met de oorverdovende knal van een band.

Grandgenre stapte uit om met een grauw gelaat akte te nemen van de rommelige koer en van zijn gesprongen band. Dit was geen goed begin; baron Grandgenre vertegenwoordigde immers het gigantische Looms International. Hij was door Anthony uitgenodigd als tweede 'mogelijke oplossing'. Van Looms hadden we echter nooit veel geld gekregen, en na de klapband zag het er niet naar uit dat dit vandaag zou veranderen. Ik beloofde aan Grandgenre dat zijn band tegen het einde van de vergadering vervangen zou zijn. Hij gromde wat en ging vervolgens de hand van de hertog schudden. Die twee moesten niet aan elkaar voorgesteld worden; de wereld van de adel was klein.

Ik meende iemand achter de gefumeerde ruiten van Grandgenres auto te zien zitten, en opende vanzelfsprekend het portier. Ik schrok me een ongeluk; het was Laetitia! In haar cocktailkleedje zag ze eruit als een fris lentebloempje, alsof ze geen uur slaap gemist had. In één beweging veerde ze uit de lage, diepe zetels van de Ferrari, legde ze haar handen op mijn schouders en gaf ze me drie zoenen. "Wat een elegante directeur!" zei ze, terwijl ze mijn haar schikte. Mijn hart sloeg opeens dubbel zo snel; ik was plots klaarwakker! Grandgenres gelaat daarentegen werd zo mogelijk nog grauwer.

De grote afwezige was mevrouw Forel, die buiten alle proporties schuw was van adel. Ze had haar kindertijd doorgebracht in het huis van de rijke familie waarvoor haar moeder werkte. Van zodra ze kon stappen, werd haar ingeprent dat ze zich onzichtbaar en onhoorbaar moest maken voor de familie des huizes. Twintig jaar lang had ze als een bange muis geleefd, die bij het minste onraad in het dichtstbijzijnde hol kroop en zich stilhield. Ze hield er een fobie voor de aristocratie aan over. Of het nu baron Anthony, baron Grandgenre of hertog Bernard Martin betrof, mevrouw Forel zat steeds verstopt in het raamloze washok wanneer een van hen een bezoek bracht.

Forel en ik maakten met onze gasten een korte rondleiding. Waarom was Laetitia met Grandgenre meegekomen? Ik stond er beteuterd bij toen ze de details van de ramp observeerde. Al mijn inspanningen om een goede indruk bij haar te maken, waren in één klap weggeveegd, even volledig als het dak.

Onze laatste stop was het uitgeleefde vergaderlokaal, waar Anthony de vergadering opende. Hij haalde het strategische belang aan van de school voor de Gentse textielnijverheid, alsook het feit dat de financiële malaise de school al jaren in haar greep hield. Zijn lof was op z'n minst een klein beetje overdreven, maar als schepen van Sport en Onderwijs beschouwde hij het als zijn plicht om het onderste uit de kan te halen bij de mogelijke sponsors.

Laetitia knikte heel beamend tijdens de hele toespraak. Grandgenre keek met een geïrriteerde blik naar haar; haar enthousiasme betekende immers dat hij zijn geplande begrafenisspeech op zijn minst zou moeten afzwakken.

Anthony rondde af door te stellen dat de stad niet zou aarzelen om tweehonderdduizend frank voor te schieten, tot een sponsor de kost zou overnemen. Intussen zou de stad eigenaar worden van alle eventuele nieuwe patenten. Forel knikte heel rustig. Hoe kon hij zo rustig blijven? Tweehonderdduizend frank was tweemaal het bedrag dat we nodig hadden voor een nieuw dak! We waren gered! Maar kon Anthony dat wel? Want tweehonderdduizend frank voor een school kon de stad onmogelijk uitgeven. Ik keek rond de tafel. Iedereen knikte verdacht rustig; dit was opgezet spel!

De enige die niet wist wat hij moest denken, was Grandgenre. Omdat hij zich nooit in de textielindustrie of in de politiek verdiept had, betaalde hij nu zijn onwetendheid met baar geld; hij moest immers de situatie beoordelen op basis van de reacties van de mensen rond de tafel. Hij keek schichtig om zich heen, maar zag enkel kalme, instemmende hoofden. Straks zou hij zijn standpunt kenbaar moeten maken. Een kwartier geleden wist hij nog wat hij zou antwoorden: 'njet, no, non'. Hij zou er niet bijverteld hebben dat hij maar een beperkt budget had, want dan zou hij afgaan in de ogen van Laetitia. Hij zou zijn 'neen' verdedigd hebben met het argument van de wet van de sterkste: 'de beste scholen overleven vanzelf'. Maar na Anthony's betoog wist Grandgenre dat hij met zijn Darwinistisch argument een complete imbeciel zou lijken.

Op onbegrip stuiten, of afgaan als een complete imbeciel, raakte normaal de koude kleren van Grandgenre niet, maar nu zat Laetitia erbij. In de ogen van de buitenwereld was zijn relatie met haar al veel verder gevorderd dan die in werkelijkheid was. Hij had er een project van gemaakt om haar zo snel mogelijk definitief voor zich te winnen. Daarom had hij ze meegenomen naar deze vergadering: om uit te pakken met zijn belang, zijn macht en zijn retoriek. Kortom, om indruk op haar te maken. In plaats daarvan zat hij nu gevangen in een vergadering waar Laetitia al bevestigd had dat de school belangrijk was en verdiende gered te worden. Hij wist niet wat te doen. Gelukkig nam de hertog als volgende het woord:

-"U weet dat ik nooit zonder mijn chequeboek kom," grapte de hertog en hij gooide die meteen op de tafel.

-"Wij ook niet!" riposteerde Laetitia. Ze wenkte naar Grandgenre. Die grabbelde onhandig over zijn vest. Had Laetitia 'wij' gezegd? Begon ze te spreken alsof ze een koppel waren? Dat was goed nieuws voor hem! Hijzelf sprak steeds over 'wij', maar Laetitia... niet voor zover hij zich kon herinneren. Dit was misschien een belangrijk moment in hun relatie. Hij mocht niet afgaan nu! Hij haalde de chequeboek uit zijn tas en gooide die met een even zelfzeker gebaar op de tafel. In opstoefen was hij thuis!

Grandgenre verwachtte nu een symbolische geste vanwege de hertog, een klein bedrag, en besloot dat bedrag te evenaren. Het zou zijn budgettaire plannen in elk geval in de war gooien: hij zou een aantal beloftes moeten intrekken bij andere noodlijdende instellingen. Maar van beloftes intrekken had hij nooit een probleem gemaakt. En nu hij indruk op Laetitia kon maken, zeker niet.

-"Iedereen weet dat Gandaweave recentelijk een grote sprong voorwaarts gemaakt heeft," begon de hertog. 'Die durft wel eerlijk te zijn', dacht ik. Het was pas sinds hij op een zijspoor geschoven was ten voordele van de hertogin, dat Gandaweave het goed deed. Door zo zijn toespraak te beginnen, ondermijnde hij meteen zijn eigen geloofwaardigheid bij iedereen rond de tafel, behalve... bij Grandgenre, die zo goed als zeker niets wist van de interne keuken bij Gandaweave. Grandgenre was geïnteresseerd in auto's, restaurants en wijn, maar je hoorde hem nooit over textiel praten. De speech van de hertog was dus blijkbaar bedoeld voor de oren van Grandgenre, net zoals dat met de speech van Anthony het geval geweest was. Dit was inderdaad opgezet spel.

-"Gandaweave investeert voortaan enkel in het neusje van de zalm, enkel in de projecten die daadwerkelijk het verschil maken op korte termijn," vervolgde de hertog. Grandgenre meende de voorbode te horen van het groot excuus waarom Gandaweave niets zou geven. Dat was het ideale scenario voor hem: als Gandaweave niets gaf, zou hij met een klein symbolisch bedrag niet slecht scoren bij Laetitia.

-"Laat mij niet verder rond de pot draaien," zei de hertog. "Wij bieden achthonderdduizend frank bovenop het bedrag van de stad. Wij zullen de stad die tweehonderdduizend later terugbetalen." Iedereen rond de tafel wist dat de hertog nooit zulke bedragen kon rondstrooien zonder goedkeuring van de hertogin. Maar niemand liet daarvan iets blijken. Iedereen dus... behalve Grandgenre. Die werd nu geconfronteerd met het feit dat de belangrijkste concurrent van Looms een groot bedrag aan de school wou geven, en dat iedereen rond de tafel dat de normaalste zaak van de wereld vond. Grandgenre had geen enkel referentiepunt voor de waarde van de school, buiten de bedragen die hier vernoemd werden. En dat terwijl hij binnen een paar minuten zijn standpunt bekend zou moeten maken!

-"Uiteraard," zei de hertog, terwijl hij zijn chequeboek opende en begon te schrijven, "eisen wij exclusief sponsorschap. Niemand anders krijgt nog inzicht in waar de school mee bezig is. Ook de stad niet, en uiteraard geen enkele concurrent."

-"Daar kunnen wij niet mee akkoord gaan," protesteerde Anthony. "Als wij betalen, genieten wij mee van de winst!" Het was geloofwaardig gespeeld. Anthony en de hertog begonnen te onderhandelen, terwijl Grandgenre van de zijlijn toekeek. Laetitia keek Grandgenre boos aan:

-"Doe iets!" Maar Grandgenre stond met zijn mond vol tanden. Laetitia zette zich recht en boog voorover om de chequeboek te nemen die Grandgenre met een groot gebaar in het midden van de tafel gegooid had. Vervolgens vulde ze zelf een cheque in, die ze bij zich hield. Grandgenre zag niet het precieze bedrag, maar stelde wel vast dat Anthony en de hertog de onderhandeling aan het afronden waren.

-"Excuseer me dat ik jullie onderbreek," zei Laetitia, "maar mogen wij ook ons bod uitbrengen?"

Forel keek verveeld:

-"Hoogedele hertog, waarde schepen, ik ben erg beschaamd dat ik jullie moet onderbreken, maar wij zijn een publieke instelling die iedereen de kans moet geven te bieden." Dat was vreselijk bij het haar getrokken, maar weer was Grandgenre de enige die dat geloofde. Om blijk te geven van het feit dat ze Grandgenre niet ernstig namen, onderhandelden de hertog en Anthony met gedempte stem verder. Laetitia wenkte Grandgenre op een urgente manier om recht te staan en zijn bod te doen. Die wist in het geheel niet wat zeggen en mompelde iets over 'overleggen' en 'nadenken', zijn gewoonlijke exit uit een gênante situatie. Laetitia duwde op dat moment echter de cheque in zijn handen en die werd nu plotseling zijn enige tastbare clou over hoe het verder moest. Hoewel hij de cheque nog niet gelezen had, wist hij dat er een bedrag op stond waarmee Laetitia akkoord was. Dat laatste was voor hem voldoende reden om alvast met de cheque te beginnen zwaaien. De hertog, Anthony en Forel werden plotseling muisstil en keken nu met grote belangstelling naar Grandgenre. Die stilte was dodelijk; het dwong hem verder te praten zonder nog te kunnen nadenken, zonder nog naar de cheque te kunnen kijken, en zonder te kunnen inpikken op een ander onderwerp. Hij koos de vlucht naar voren en stelde zich hyper-stoer op; hij zei dat hij het nog korter zou houden dan de hertog en boog zich over de cheque. Laetitia overhandigde hem de pen. Het was pas op het moment dat zijn hand over de cheque zweefde, dat hij het bedrag zag staan: twee miljoen!

Laetitia glimlachte naar hem en zei tegen alle aanwezigen:

-"Voor al diegenen die er ooit aan twijfelden dat baron Grandgenre een spilfiguur is bij Looms International..." Ze zweeg terwijl ze in vol vertrouwen naar zijn hand keek. Grandgenre kreeg het koud. Hij rilde van angst en stress. Het was een gigantisch bedrag voor hem. Hij overwoog of hij de uitgave bij Looms kon verdedigen als zijnde van ogenblikkelijk strategisch belang. Anderzijds kon dit hem evengoed van de kaart vegen in het bedrijf. Hij vocht een strijd uit met zichzelf, maar hij moest zich haasten: seconden gingen voorbij. Hoe meer seconden hij liet voorbijgaan, hoe meer iedereen rond de tafel, en in het bijzonder Laetitia, aan zijn status zou gaan twijfelen. Hij moest nú iets doen. Laetitia keek hem recht in de ogen en glimlachte. Dat gaf de doorslag; hij tekende en legde de pen neer. Hij gaf zichzelf vijf seconden alvorens zijn triomfantelijke en hoogdravende speech in te zetten. Hij was weer zichzelf. Bovendien had hij zoals nooit tevoren ieders belangstelling en bewondering. Op het moment suprême van zijn toespraak overhandigde hij met een grote geste de cheque aan Forel, en gooide hij in mijn richting een gemene blik die boekdelen sprak: 'Dit kan jij niet, stuk onbenul, en laat nu Laetitia met rust!'

Er werd niet meer onderhandeld. De hertog, Forel en Anthony waren met verstomming geslagen. Als een koning verliet Grandgenre het gebouw. Intussen had Robert zijn autoband vervangen en had hij meteen een paar andere kleine euvels aan de Ferrari verholpen. Met zijn vuile handen wees Robert naar de wagen en stak hij de duim op. Laetitia dankte Robert, opende haar beugel, en haalde er een grote brief uit. Grandgenre griste het briefje uit Roberts handen en gaf het aan haar terug; er was geen sprake van dat zijn meisje voor hem zou betalen! Maar Grandgenre kon nu niet anders meer dan eenzelfde grote brief uit zijn eigen portefeuille te halen. De kip werd nu volledig gepluimd.

Toen de Ferrari grollend naar buiten reed, gooide Laetitia me een stevige knipoog, gevolgd door een lieve glimlach. Alsof ik er nog aan getwijfeld had, gaf ze me te kennen dat ze dit allemaal voor mij gedaan had. Ik ging naar boven, legde me op mijn bed, duwde mijn mond in het hoofdkussen en schreide minutenlang luid van de ontlading, het geluk en de ontroering. Na tien minuten kwam Robert langs, intussen met propere handen. Hij lachte me uit:

-"Wel, wat hebben we nu? Heb je in haar ogen gekeken?"

Hij praatte met mij tot ik weer bij mijn positieven was.

-"Zie het voor wat het is," zei hij, "een daad van ware vriendschap."

-"Ik wist niet dat zo'n vriendschap bestond."

-"Ik ook niet," gaf hij toe.

Donderdagnamiddag 12 december 1957

Twee miljoen frank was een gigantisch bedrag. Goed georganiseerd als hij altijd was, had Forel in een mum van tijd een lijstje klaar met alles wat hij daarmee wou doen. Dezelfde dag nog werd de school herschapen in een werf.

~

Nu het duidelijk was dat Roberts spoor B alle kansen zou krijgen bij 'tante Lolo', besloot ik mijn tijd te wijden aan de wiskundige berekeningen die daarvoor nodig zouden zijn. Initieel leek het alsof noch de breedte van de holle naalden, noch de vorm van hun opening, belang hadden, zolang er maar voldoende lucht uitkwam in de goede richting. Maar onze eerste ramingen gaven een energiekost om van te duizelen; we moesten dus alles doen om onnodige luchtcirculatie te elimineren. Ik begon aan het werk met een klein hartje; het gedrag van lucht door en rond obstakels was weliswaar berekenbaar, maar vergde de kennis van heel moeilijke wiskundige technieken. Van zodra ik die onder de knie zou hebben, zou ik nog weken bezig zijn met het uitvoeren van elementaire berekeningen op mijn rekenlat en met het opzoeken van logaritmen in tabellen.

~

Tijdens het avondeten wist Forel ons te melden dat wij 's anderendaags het bezoek zouden krijgen van een delegatie van Looms, amper twee dagen dus nadat het ons de twee miljoen gegeven had. Looms liet duidelijk geen gras groeien over zijn nieuw project met onze school! Wat dat project ook mocht zijn.

Vrijdag 13 december 1957

Het vergaderzaaltje dat wij Looms International aanboden, was eigenlijk te klein voor de ontvangst van hun volledig directiecomité, waar ook Bombardon en Grandgenre deel van uitmaakten. Die laatste was deze keer zonder Laetitia gekomen. Ik vermoedde dat Grandgenre haar niet meegevraagd had op wat mogelijks een uiterst gênante vertoning voor hem zou worden. Bombardon van zijn kant had de pers uitgenodigd en werd zoals steeds op zijn wenken bediend: er was een tienkoppige persdelegatie om uitgebreid verslag te brengen. Wij zetten de vensters open, zodat de reporters vanop de koer het gebeuren konden volgen en fotograferen.

De voorzitter van het directiecomité van Looms stond voor voldongen feiten: twee miljoen was in rook opgegaan. Waar hij ooit gehoopt had dat Grandgenre geen kwaad zou verrichten, was deze onaantastbare fils-à-papa met zijn chequeboek een op hol geslagen paard geworden. Nu moest de voorzitter redden wat er te redden viel.

Hij begon met het paaien van Forel: hij feliciteerde hem met de onmiddellijke start van de herstelwerkzaamheden... maar werd toen abrupt onderbroken door Forel, die hier een staaltje van ijskoude sluwheid ten beste gaf:

-"Dank u, voorzitter. Gelukkig had deze school geen enkele plicht tot openbare aanbesteding, waardoor wij geen enkele reden zagen om één seconde te dralen; we hebben immers onmiddellijk een nieuw dak nodig. Om de school tegen het einde van de kerstvakantie tiptop in orde te krijgen, hebben wij ongeveer alle beschikbare krachten van Gent geëngageerd. Laat mij u alvast danken voor de enorme, onvoorwaardelijke steun die wij eergisteren van Looms mochten ontvangen."

Wat de plannen van de voorzitter die dag ook mochten geweest zijn, Forel had voor de voltallige pers duidelijk gemaakt dat de steun onvoorwaardelijk was, dat het werk gestart was en de engagementen gemaakt; voor Looms was het nu onmogelijk om aan de gift nog onderuit te komen. Tezelfdertijd had Forel onrechtstreeks de verantwoordelijkheid bij Grandgenre gelegd, omdat die de cheque zonder enige afspraken overhandigd had.

De voorzitter borg nu zijn hoop op om zelf het kader van de 'steun' te schetsen. Hij had eigenlijk willen stellen dat Looms nu eigenaar zou worden van alle patenten, zeggenschap in de school zou krijgen, en het recht zou hebben om het resterende geld een bestemming te geven. Had Forel hem laten uitspreken en de voorzitters stelling expliciet of stilzwijgend beaamd, dan had Looms nog de hoop gehad om iets te kunnen recupereren van de twee miljoen. Maar zelfs de aanwezigheid van de vele prominenten had Forel niet weerhouden om de voorzitter te onderbreken met zijn stoute opmerking. Daardoor was de voorzitter in de put gevallen die hij voor Forel gegraven had: nu waren de aanwezige directeurs en journalisten immers de getuigen van Forèl!

De voorzitter zou echter geen voorzitter geweest zijn, als hij niet zou beseft hebben dat hij mislukt was, en geen plan B klaargehad had: de redding van deze school moest nu symbool staan voor de intenties van Bombardon als toekomstig burgemeester. Hij introduceerde Bombardon als een filantroop die om alle grote organisaties van Gent bekommerd was.

Bombardon nam het woord en maakte van het hele gebeuren de geïmproviseerde start van zijn verkiezingscampagne. Hij verwees naar de verwezenlijkingen van de prinsen Johannes en Jan de Vissermans, iets wat in Gent altijd op bijval kon rekenen:

-"Jan de Vissermans zou geen seconde geaarzeld hebben om deze school te redden. Welnu, we hebben het slechts vijf seconden slechter gedaan: ik heb namelijk gehoord dat baron Grandgenre vijf seconden geaarzeld heeft." Iedereen lachte, zelfs Grandgenre, en de ludieke opmerking van Bombardon haalde 's anderendaags de kop van de voorpagina's van de Gentse kranten.

Tegen het einde van de bijeenkomst was ik ervan overtuigd dat Looms het verlies van de twee miljoen frank filosofisch opgenomen had. Quod non; bij het verlaten van het lokaal siste Bombardon in mijn oor: "Dit lappen jullie ons geen tweede keer!"

Zaterdag 14 december 1957

Toen ik de krant opensloeg, stelde ik vast dat Bombardons verkiezingscampagne met veel luister van start gegaan was. Ik vond het heel jammer voor Anthony, wiens belangeloze hulp aan onze school een propagandastunt voor zijn grootste politieke concurrent geworden was.

~

Omdat ik me nog steeds verveeld voelde met hoe Forel een paar dagen eerder Dieudonné Butu aangepakt had, besloot ik die laatste op te zoeken terwijl Robert naar de voetbaltraining was.

-"We zijn in de ban van spionnen," probeerde ik hem uit te leggen. Hij lachte.

-"Ik weet het; het is erg in Gent. Laat ons iets gaan eten," stelde hij voor. Hij nam me mee naar het hippe Italiaanse restaurant, waar de dochter van Pennycent Robert een paar keer geïnviteerd had. Ze was er zowaar! Deze keer zat ze er met een andere van onze laatstejaarsstudenten. Ik wist niet of ze de jongen in kwestie aan het uithoren was over diens eindwerk of over Robert en mezelf, maar in elk geval had ze meer belangstelling voor wat aan onze tafel gebeurde dan voor wat haar invité te vertellen had. Ik maakte Dieudonné attent op het gebeuren. "Ik let wel op voor dat meisje!" besloot hij lachend. Hij lachte te vroeg.

-"We kunnen elkaar helpen," zei hij. "Ik heb een oplossing voor mijn eindwerk nodig. Ik moet legeringen testen. De testen die Robert uitvoert op de grijpers, zijn precies wat ik nodig heb. Laat mij Roberts resultaten analyseren en verbeteringen voorstellen." Dat klonk als muziek in de oren!

-"En hoe kunnen wij jou helpen?" vroeg ik.

-"Je begrijpt het niet. Dat ís de manier waarop jullie mij kunnen helpen! Waarmee kan ik jullie helpen?"

-"We vinden wel iets," beloofde ik lachend.

~

Robert kwam laat thuis en was verheugd toen ik hem het nieuws vertelde:

-"Voortaan zal Dieudonné dicteren welke testen hij nodig heeft. Wij hoeven enkel de testen op het getouw uit te voeren zonder ons vragen te stellen."

-"Niets is eenvoudiger; ik stel me al lang geen vragen meer!" zei Robert laconiek.

Zondagnamiddag 15 december 1957

Om drie uur begon de eerste voetbalwedstrijd waar Robert op de bank zat als assistent-coach. Dat de verkiezingsperiode naderde, viel te merken aan de aanwezigheid van politici: Anthony was zoals gewoonlijk vergezeld van Kikki, en had ook zijn partijgenote Hélène meegebracht. Dat hij met deze twee parels aan zijn armen de aandacht van de pers trok, was als politicus mooi meegenomen. Ook Bombardon was aanwezig; hij nam een prominente plaats in op de hoofdtribune tussen de andere leden van het bestuur.

Uit alle windrichtingen dwarrelden toeschouwers met blauwwitte vlaggen, petjes en sjaals het stadion binnen. Zij waren de trouwe supporters die elke thuismatch aanwezig waren ongeacht de resultaten van de ploeg. Want die modderde sinds het begin van de competitie aan in de middenmoot.

Gantoise speelde voor halfvolle tribunes tegen de voorlaatste in de stand, wat op papier een eenvoudige klus moest zijn. Maar iedereen twijfelde; het voetbal van Gantoise was sinds de competitiestart zo inspiratieloos, dat zelfs een gemakkelijke wedstrijd winnen een helse karwei geworden was.

Een na een hieven de supportersclubs hun deuntjes aan om hun aanwezigheid te melden. Bij de opwarming scandeerden ze de voornaam van elke speler, tot de speler in kwestie zijn hand opstak om te danken. Uitzonderlijk riepen ze nu ook "Bobby, Bobby, ...," hoewel Robert zelf die naam nooit gebruikte. Hij wachtte even om zeker te zijn dat ze hém bedoelden, en wuifde vervolgens op zijn beurt om te danken, luid lachend naar de rest van de staf. Hij was in het geheel niet gespannen, alsof het belang van het voetbal in Gent hem volledig ontging. Het halfvolle stadion met tamme supporters maakte duidelijk geen indruk op hem; met de jeugdploegen van Santos had hij voor veel hetere vuren gestaan.

Anthony schudde het hoofd:

-"Robert weet niet waaraan hij begint; als dit faliekant afloopt, kan hij de stad uitvluchten!"

-"Dat had je hem wel vroeger kunnen zeggen!" zei Kikki. "In elk geval, goed of slecht resultaat, veel tijd voor het voetbal heeft hij niet; we hebben een druk programma!" Hélène lachte:

-"Kikki, heb je met één man niet genoeg?" Kikki blikte terug met een zuinige glimlach.

Niemand begreep hoe Gantoise aan de wedstrijd begon: in plaats van twee middenvelders stonden er nu maar liefst vijf! Die vijf tikten de bal onder elkaar heen en weer tot de twee middenvelders van de tegenstander er dol van werden. Als een aanvaller van de tegenstander zich liet terugzakken naar het middenveld, schoof een Gentse verdediger mee op, waardoor het overwicht bleef. De tegenstander liet uiteindelijk lukraak verdedigers naar het middenveld lopen, maar dat resulteerde in gaten in de verdediging. Steevast sprong een speler van Gantoise in de open ruimte. Telkens die met succes aangespeeld werd, was de hele organisatie in de verdediging van de tegenpartij zoek. Eindelijk, na vele frustrerende zondagen, werden de uitstekende Gentse aanvallers op hun wenken bediend. Na amper zes minuten dartelend voetbal kon een Gentse aanvaller het eerste doelpunt tegen de netten prikken. De supporters juichten en waren benieuwd naar het vervolg. Vijf minuten later scoorde Gent gemakkelijk een tweede doelpunt en nog eens vijf minuten later een derde. De naam van Robert ging over de lippen bij de toeschouwers. Bij de rust was het zes tegen nul voor Gent. Niemand had dit ooit meegemaakt. De supporterskoren zongen een "Merci, Bobby!" Robert stak even de hand op voor hij naar de kleedkamers afdaalde.

Na de rust kregen de spelers nog meer vrijheid: nu mocht ook een middenvelder de vrije ruimte induiken. De middenvelders moesten bovendien hun precieze posities niet houden; een speler van de linkervleugel mocht naar rechts lopen als dat nodig was om vrij te komen. Hun belangrijkste opdracht voor de tweede helft was evenwel dat ze de fysieke inspanning om zich vrij te lopen, aanhielden. En het was ten strengste verboden een bal vanuit de verdediging over de middenvelders heen te trappen.

De wedstrijd eindigde op een legendarische dertien tegen nul. In een nooit geziene euforie stormden de supporters naar Robert en droegen hem over het veld. Vanuit de tribunes werd voor het eerst in de geschiedenis van de club het "You never walk alone" aangeheven. De supportersclubs hadden het clublied van Liverpool tijdens de zomer reeds ingeoefend, maar hadden besloten om het te reserveren voor grote overwinningen. Hoewel de winter nog moest beginnen, was Gantoise uit een lange winterslaap herrezen. Anthony, Hélène en Kikki genoten met volle teugen van het spontane feest op het veld. Met Robert hadden ze blijkbaar het laatste nog niet meegemaakt!

Tijdens de persconferentie zei Robert dat zijn tussenkomst eenmalig was; hij had te veel werk en voetbal was nu zijn prioriteit niet. Hij drukte de hoop uit dat de spelers op dezelfde manier zouden verderspelen. Kikki was tevreden toen ze het hoorde.

Dat was evenwel buiten de waard gerekend: er ontstonden rellen onder de supporters. De politie moest tussenbeide komen om de gemoederen te bedaren. Anthony bemoeide er zich persoonlijk mee: hij beloofde dat hij als schepen van Sport en Onderwijs er zou voor zorgen dat Robert actief bleef als assistent-coach.

-"We redden het wel!" beloofde Anthony daarna aan de niet zo gelukkige Kikki. Ze discussieerden even maar Kikki bond uiteindelijk in: "Mannen en voetbal…!" Hélène keek geamuseerd naar een uitzonderlijk meningsverschil tussen de twee.

Maandag 16 december 1957

Maar Kikki verloor de controle niet. Na de training kwam ze aangewandeld hand in hand met Anthony. Robert, die druk belaagd werd door supporters, zag het koppel vanuit de verte aankomen. Het was de eerste keer dat hij ze hand in hand zag lopen, de eerste keer dat hij het bestaan van het koppel fysiek bevestigd zag. Hoewel hij wist dat dit ooit zou gebeuren, sloeg het bij hem in als een dreun om de oren. Hij moest zich concentreren om op de vragen van de reporters te antwoorden: "Ja, Anthony heeft me gevraagd assistent-coach te blijven. Daar is hij trouwens." De pers overstelpte nu Anthony met vragen, waarbij die nogmaals beloofde dat Robert de ploeg zou blijven helpen. Iedereen zag vervolgens hoe Anthony in de wagen stapte, hoe de voorzetel naar beneden ging om Robert achteraan te laten instappen, en hoe Kikki ondeugend lachend eveneens achteraan instapte. De pers interpreteerde dit als dat het koppel echt zijn best deed om Robert te overtuigen. Anthony leende daarop de pet van de parkeerwachter en poseerde even als chauffeur voor de twee achterin de wagen.

Achteraan in de sportwagen zaten Robert en Kikki zo hard op elkaar geduwd dat Robert zijn arm achter Kikki's hoofd moest leggen. Bovendien zat hij onder het lage dak met het hoofd schuin tegen het hare. Hij kreeg echter geen tijd om van het knusse moment te genieten; Kikki besprak met hem een strakke planning voor zowel spoor B als voor het voetbal. Daarentegen repte ze over spoor A, dat Robert nochtans hard nodig had voor zijn diploma, met geen woord. Voor spoor A moest hij nu voor honderd procent op Dieudonné Butu rekenen. Zijn toekomst hing met plakwerk aan elkaar; hij was nog nooit zo afhankelijk van vrienden geweest.

~

Forels telefoon was opnieuw aangesloten. Hij was blij telkens die rinkelde, omdat hij voor iedereen goed nieuws had: aan de leveranciers kon hij beloven dat ze onmiddellijk betaald zouden worden, en aan de ouders kon hij vertellen wanneer de school weer openging. Deze keer had hij Pennycent aan de lijn.
-"Proficiat met de redding van de school," zei Pennycent droogweg. Hij vroeg zich af of Forel hem nu nog nodig had.
-"Dank je," zei Forel. "Het was een mirakel."
-"Even ter zake: ik lees dat Robert zich nu met voetbal bezighoudt!"
-"Ik weet wat je denkt," zei Forel, "maar maak je geen zorgen; Robert is wel degelijk met een uitvinding bezig. Ik heb hem documenten zien overhandigen aan een zekere Dieudonné Butu, een Congolese student burgerlijk ingenieur metallurgie, die naar Gent gekomen is voor zijn eindwerk."
-"Documenten, waarover?"
-"Heel veel cijfers, maar ik weet niet waarover."
-"Hou ze verder in het oog. Tot binnenkort," was het laatste wat Pennycent zei voor hij inhaakte.

~

Toen Robert 's avonds de krant doorbladerde, stelde hij vast dat Bombardon na de wedstrijd de pers had toegesproken.
-"Wat een leugen!" riep Robert plots.
-"Wat?" vroeg ik benieuwd.
-"Bombardon beweert dat híj het is die mij naar de club gehaald heeft!"
-"Voor een politicus is dat maar een kleine leugen; het is klein bier tegen wat je nog zal lezen tot de verkiezingen."
-"Ik zal die Bombardon eens de mantel uitvegen!"
-"Doe rustig, Robert; die heeft hier vorige week twee miljoen laten liggen!"

Dinsdag 17 december 1957
Aan de ontbijttafel toonde ik Robert de krant. Op de voorpagina stond de foto van Anthony met chauffeurspet, met Robert en Kikki als verkleumde vogels achterin de wagen.
-"Goed voor Anthony; als hij volgende zomer burgemeester wil worden, is elk graantje publiciteit welkom," zei Robert meteen.
-"Was hij niet jaloers dat Kikki haast op je schoot zat achterin?" vroeg ik.
-"Ik heb Anthony nog nooit jaloers gezien," antwoordde Robert.
-"Merkwaardig?"
-"Ik weet het niet."
Hij nam zijn jas en vertrok naar Dieudonné, om gegevens over spoor A uit te wisselen. Ik beloofde dat ik intussen de grijpers zou verwisselen op het getouw.

~

Forel was ondertussen druk in de weer met de heropbouw van de school. Hij plande alles te vervangen behalve de trap en de muren. Allemaal in één maand tijd!

~

Dat Robert de school regelmatig binnen- en buitenwandelde met een boekentas, maakte Forel achterdochtig. Bovendien antwoordde Robert ontwijkend op de vragen die Forel hem daarover stelde; Forel mocht immers niet weten dat Roberts eindwerk nu door Dieudonné

Butu gedaan werd. Het gevolg van die geheimzinnigheid was dat Forel des te meer overtuigd raakte dat Robert ergens in de stad met een parallel project bezig was. Hij belde Pennycent daarover, maar die wou na het laatste dreigement van de hertogin geen enkele actie meer ondernemen. Forel stond er dus alleen voor; hij moest zonder hulp te weten komen waar in de stad Robert actief was, en waarmee.

De wiskundige berekeningen die ik voor spoor B wou maken, waren veel moeilijker dan verwacht. De boeken over de Laplacetransformaties die ik verzameld had, brachten geen soelaas, omdat ze nauwelijks begrijpbaar waren. Bovendien genoot ik niet van de stilte die ik nodig had om me te concentreren; door de regelmatige afwezigheid van Robert moest ik immers in de buurt van het lawaaierige getouw blijven om grijpers te vervangen. En als ik mijn hoofd buitenstak, begon mevrouw Forel te zagen over de dringende noodzaak dat ik snel een vrouw vond, vooral een die grondig schoonmaakte.

TANTE LOLO

Woensdag 18 december 1957

Forel en ik waren op de koer een afvalcontainer aan het plaatsen, toen Robert werd opgehaald door Anthony en Kikki. Ik zag Forel bedenkelijk kijken. Hij had gezien dat Robert met zijn boekentas vertrokken was; dat kon toch niet nodig zijn om voetballers te trainen, of wel?

-"Waar gaat Robert naartoe?" gromde hij.

-"Naar het voetbal," loog ik. Forel dacht nog even na en richtte vervolgens zijn aandacht opnieuw op de container.

~

Robert zat op de achterbank met de voeten aan weerszijden van de bult van de aandrijfas. Hij legde zijn ellenbogen op de ruggen van de voorzetels en leunde voorover tussen Anthony en Kikki.

-"Auto's zouden veiliger zijn met hoofdsteunen," zei hij.

-"Robert, de eeuwige uitvinder!" lachte Kikki.

-"Ik heb dat niet uitgevonden; die dingen zijn trouwens al gepatenteerd," corrigeerde Robert. "In Amerika kan je ze al kopen."

-"Niet erg, Robert; je zou er toch niets aan verdiend hebben," troostte Anthony hem. "Kijk naar de veiligheidsgordels die in sommige auto's zitten: niemand gebruikt ze." Robert drong niet verder meer aan.

Anthony wou eigenlijk praten over de ploeg. Nadat de namen van hem en Robert overvloedig in de kranten hadden gestaan, was het voor Anthony belangrijk om te kunnen antwoorden op de vragen van nieuwsgierige supporters. Robert legde uit dat ze op Anderlecht volgens hetzelfde systeem als afgelopen zondag zouden spelen, maar ook dat hij niet veel vertrouwen had in de fysieke conditie van de spelers:

-"Het zou kunnen dat ze het laatste kwart van de wedstrijd spelen zoals vroeger."

-"Dan hoop ik dat ze tegen dan al véél doelpunten voorstaan," antwoordde Anthony bezorgd.

Kikki zei onderweg niets; ze was een stapel documenten aan het doornemen en aantekeningen aan het maken.

-"Ben je bezig met je studentenjob of je studies?" vroeg Robert nieuwsgierig.

-"Een beetje allebei," antwoordde ze vluchtig, terwijl ze de documenten afschermde. Robert zette zich weer naar achteren; ze had duidelijk iets te verbergen.

~

Tante Lolo woonde een eind buiten Gent. Onderweg stopte Anthony even de wagen:

-"Heb je hier reeds van gehoord?" wijzend naar een groot kasteel tussen de bomen. "Dat kasteel heet 'Fleur-de-Lys' en is het grootste van Gent. Het is nu eigendom van Looms International, maar de bouw werd vijftig jaar geleden aangevat door prins Johannes de Vissermans. De architectuur is razend gecompliceerd: het is gebouwd als een sprookjeskasteel in een mengelmoes van historische stijlen. Het geheel ziet eruit als een inktvis: een imposant centraal gebouw, eerder rond van vorm maar volledig asymmetrisch, met daarrond acht armen, die zich zacht golvend uitstrekken in alle richtingen. Het kasteel heeft honderden grotere en kleinere ruimtes, die op een onoverzichtelijke manier met elkaar verbonden zijn. Het is alsof je bij elke verplaatsing in een ander verhaal terecht komt: elke gang en ruimte heeft zijn unieke stijl, materialen, verlichting, dimensies en ga zo maar verder. Je vindt er verfijnde badkamers in renaissancestijl, hemelse badhuizen in rococo, keukens in art nouveau, … Ik heb er slechts een gedeelte van gezien, maar je lijkt er te leven in een sprookje dat nooit eindigt. Volgens mij ontdekt de bewoner zelfs op het einde van zijn leven nog nieuwe deurtjes en gangetjes! Het kasteel is helaas nog niet af. Looms werkt er met mondjesmaat aan verder."

Robert keek gefascineerd in de richting van het kasteel. Zoveel kon hij er niet van zien, maar enkel al het park dat errond lag, was adembenemend. Anthony vertelde hem dat alle indrukwekkende vijvers die hij zag, eigenlijk reusachtige fonteinen waren, die nu niet spoten. Het hele domein was kilometers lang en breed.

-"Je kan hier rustig komen wandelen," vervolgde Anthony. "Vele mensen doen dat. Het kasteel is niet bewoond; zolang je niet binnengaat of de werken stoort, kan je gerust je gang gaan. In het park vind je voldoende paviljoentjes en serres om je dagenlang bezig te houden. Er is zelfs een taverne."

-"Hij komt hier wel om te werken!" protesteerde Kikki.

-"Sorry, uiteraard!" excuseerde Anthony zich lachend.

~

Tante Lolo woonde in de buurt van het Fleur-de-Lys. Haar huis kon net geen kasteel genoemd worden. Het had een eenvoudige rechthoekige vorm, met op elk van de hoekpunten een torentje. Links van het huis stond een grote schuur en rechts een koetshuis. Het statige, quasi symmetrische geheel was omgeven door een kleine Franse tuin. Een brugje voorzag toegang over de brede gracht.

Anthony en Kikki konden niet wachten om aan te bellen. Net toen Robert hen vervoegd had, kwam tante Lolo opendoen. Ze zag er niet oud uit, maar leek bevangen door de eenzaamheid. Zoals steeds was ze ontzettend verheugd Anthony en Kikki voor haar deur te zien staan; onmiddellijk verscheen de grootste glimlach op haar gezicht, en drukte ze Anthony en Kikki tegen haar wangen:

-"Oh, wat ben ik blij jullie te zien, en vooral samen!"

-"Ach, wij zijn enkel samen als het is om jou te komen bezoeken, tante," plaagde Kikki.

-"Dat is niet wat iedereen me vertelt!" riposteerde tante Lolo.

-"Tante, voor je ons lastige vragen stelt," onderbrak Anthony, "mogen wij u voorstellen aan Robert?"

-"Welgekomen, jongeman," zei ze, zich naar Robert richtend. "Kikki en Anthony hebben, zoals steeds samen – plagerig knipogend naar het koppel – alles over u verteld. U mag hier zo dikwijls en zo lang verblijven als u wilt. En uw compagnon..."

-"Didier," vulde Kikki in.

-"... juist... uw compagnon Didier dus ook."

-"Ik weet niet hoe ik kan hopen u ooit voldoende te kunnen danken," zei Robert.

-"Wel, het gezelschap en het achtergrondgeluid van iemand die, net zoals mijn overleden man destijds, druk in het atelier bezig is, is al een hele grote wederdienst op zich!" antwoordde ze.

Eerst werd er lekker gegeten, vervolgens kreeg Robert zijn kamer te zien, waarvan hij de locatie onmiddellijk weer vergat, en ten slotte daalden ze af naar het atelier.

-"Dat is wel de laatste keer dat jullie in het atelier komen. Daar moeten we jammer genoeg heel streng in zijn," zei Kikki assertief tegen Anthony en tante Lolo.

-"Je hebt het ons heel goed uitgelegd; geen vrees," zei tante Lolo. "De plaats is trouwens versterkt tegen inbraak sinds… je weet wel. Hier zijn de sleutels." Ze overhandigde de twee sleutels aan Kikki, die er één aan Robert gaf en de andere in haar tas stopte. Ze spraken vervolgens over alles, behalve over wat Robert hier juist van plan was.

Tante Lolo had elk voorwerp laten liggen zoals het lag toen haar man gestorven was. In het midden van het atelier stond een oud getouw met grijpers. Roberts eerste bezorgdheid was de snelheid die het getouw kon halen zónder de grijpers; het zou beduidend sneller moeten zijn dan 120 inslagen per minuut als hij met zijn luchtsysteem iets wou bewijzen. Toen hij de rest van het atelier zag, besloot hij dat hij het beste begon met de hele ruimte piekfijn op orde te zetten, en het gereedschap te vervangen of te vervolledigen. Maar alles bijeen zag het er heel goed uit; in dit atelier kon hij spoor B een heel goede kans geven. Hij besloot een luchtcompressor te gaan kopen bij Anthony van zodra hij terug op de school was.

Bij het afscheid van tante Lolo stelde die laatste voor Kerstmis bij haar te vieren, samen met Laetitia, Hélène en mij. Kikki beloofde dat we er allemaal zouden zijn, waardoor ze de uitnodiging ook in mijn plaats accepteerde!

Woensdagavond 18 december 1957

Toen Robert terug was, wist ik hem te vertellen dat de eerste en tweede verdieping van de school volledig leeggemaakt waren. Zijn kamer was voorlopig verhuisd naar het gelijkvloers.

-"Overmorgen beginnen ze aan het dak," zei ik.

-"Ik denk het niet," antwoordde hij. "Heb je het weerbericht nog niet gehoord?"

-"Weer of geen weer, hebben ze beloofd."

Robert lachte hoofdschuddend terwijl hij routinematig grijpers verving.

Zodra hij de machine herstart had, bracht hij mij het grote nieuws:

-"Je bent uitgenodigd om Kerstmis bij tante Lolo te vieren!"

-"Wow! Wij en wie nog?"

-"Anthony en de drie meisjes." Mijn hart klopte sneller, maar ik had nog één bezorgdheid. "En zonder Grandgenre," stelde Robert mij gerust. Ik lachte gegeneerd:

-"Dan is het zéker goed! Nu nog een goede reden vinden waarom ik Kerstmis niet met mijnheer en mevrouw Forel vier."

-"Zeg dat je een vrouw gaat zoeken!" schertste Robert.

Vervolgens begon hij te vertellen: Anthony en Kikki waren als koppel gekend door heel hun omgeving, maar ze waren nog niet verloofd. Toen ik hem zei dat die twee wel heel goed bij elkaar pasten, moest hij toegeven dat hij er eigenlijk ook zo over dacht. Of niet; hij was verliefder dan ooit tevoren.

-"Het zou beter voor jou zijn, mochten die twee zich zo snel mogelijk verloven," besloot ik.

Donderdag 19 december 1957

Robert ging 's morgens een compressor kopen bij Anthony, of bij diens vader; Robert wist niet precies hoe de zaak daar in elkaar zat. Anthony was er in elk geval niet. 'Maar goed ook', dacht Robert, 'straks geven ze me die compressor óók nog cadeau!' De compressor was evenwel een grote investering voor hem; daar had hij veel auto's voor hersteld! Hij liet hem afleveren op het adres van tante Lolo, van barones Lauriane De Hoedemaecker dus.

's Avonds kaartte ik mijn afwezigheid op Kerstmis aan met mevrouw Forel. Ik kon het natuurlijk met geen woord hebben over Robert of over tante Lolo, want de bedoeling was dat niemand iets wist over Roberts geheim atelier.

-"Een leuk meisje heeft me gevraagd eten te gaan koken op Kerstmis voor een eenzame dame op het platteland," zei ik. Die uitleg had ik goed bedacht! Mevrouw Forel was ontroerd:

-"Wat een prachtige gelegenheid om elkaar beter te leren kennen!" antwoordde ze. "En wie is het meisje?"

-"Dat is een verrassing voor later," zei ik. Ik was niet van plan met één woord te reppen over de aristocratische en waarschijnlijk adellijke Laetitia; de schuwe, zich minderwaardig voelende mevrouw Forel zou me dan immers nooit laten vertrekken.

Vrijdag 20 december 1957

Het was de laatste schooldag van de herfst. Omdat heel zware wolken boven de stad hingen, haastte iedereen zich om boodschappen te doen. Robert kocht nog snel gereedschap, dat hij in de twee koffers stopte die hij naar tante Lolo zou meenemen. Daarna gingen hij en ik op zoek naar kerstcadeautjes voor Anthony, tante Lolo en de drie meisjes. Na twee radeloze uren kochten we voor elk van de dames een wintermuts en voor Anthony een jazzplaat. "En nu hopen dat het begint te sneeuwen!" zei Robert, dromerig kijkend naar de warme rode mutsjes.

En het begón te sneeuwen, zoals nooit tevoren zelfs; we zagen de overkant van de koer niet meer. Ik begreep nu waarom Robert voorspeld had dat er vandaag geen nieuw dak zou gelegd worden. Forel beëindigde voortijdig de laatste schooldag van het semester en stuurde de laatstejaarsstudenten snel naar huis.

De voetbaltraining werd afgelast en het verkeer viel langzaam stil. Ik hielp Robert met zijn loodzware koffers tot aan de tramhalte. We wuifden elkaar vaarwel tot kerstavond.

Vrijdagavond 20 december 1957

Voor het eerst legde ik een lijst aan van de vele facetten die ik nog diende te berekenen: welke kracht werd effectief op het garen uitgeoefend in functie van de snelheid en het debiet van de lucht? Wat was de maximale versnelling van het garen vooraleer het brak? Moesten we een soort buffersysteem vinden, om te vermijden dat het garen steeds abrupt moest stoppen en versnellen bij elke slag? Verschillende van die zaken moesten experimenteel bepaald worden, andere konden berekend worden. Er waren testen en berekeningen die ik in de school kon doen, maar er waren er evenveel die bij tante Lolo zouden moeten gebeuren. Bovendien wisten we niet welke snelheid het getouw van tante Lolo aankon. Idem voor het getouw van de school. Beiden waren snel genoeg om met grijpers te experimenteren, maar met lucht?

~

Roberts tramrit naar tante Lolo schoot niet op; de tram werd gehinderd door in de sneeuw vastgeraakte voorliggers, waarvan er verschillende zachtjes door de tram uit de weg geduwd moesten worden. Door het regelmatige plots stoppen, vertrekken en achteruitrijden, sprong bovendien de stroomstang om de haverklap van de bovenleiding. Robert probeerde zoveel mogelijk te helpen, maar het was koud en hij had te weinig gegeten. Hij duizelde reeds van de honger toen de tram na een langdurige rit halt hield ter hoogte van het Fleur-de-Lys, waar hij uitstapte. Nu moest hij enkel een hoek van het park afsnijden om bij tante Lolo te komen. Aangezien hij zijn loodzware koffers niet wou achterlaten, sleepte hij zich voort, meter voor meter, de koffers regelmatig neerzettend. Hij verloor kracht en begon hoop te verliezen. Uiteindelijk nam hij nog gauw een extra trui uit de koffers alvorens die laatste onder de sneeuw te begraven. Nu was het enkel nog licht stappen tot bij tante Lolo. Maar door de honger had hij moeite met zijn evenwicht, en moest hij keer op keer steun zoeken tegen een boom. Nog niet eens halfweg viel hij en geraakte hij slechts moeizaam weer recht, alsof hij dronken was. Hij zakte onmiddellijk daarna in elkaar en begreep dat het voorbij was. Zijn hoofd duizelde alsof het van zijn lijf zou vallen. Hij zette zich met een laatste inspanning rechtop tegen een boom en probeerde niet meer op zijn benen te staan. Nu moest hij hopen dat hij de nacht zou overleven, en dat ze hem zouden vinden 's anderendaags. Met de handen op de knieën viel hij in slaap. Het sneeuwtapijt werd intussen snel dikker.

~

Rond dezelfde tijd keek ik op de klok en zag ik dat het tijd was voor alweer nieuwe grijpers. Ik zette Roberts getouw stil, vulde de eindtijd van het experiment in op het blad van Dieudonné, zocht op welke de volgende set van grijpers was, demonteerde de oude, monteerde de nieuwe, noteerde de nieuwe starttijd, en herstartte ten slotte het getouw. Daarna ging ik slapen.

Zaterdag en zondag 21-22 december 1957

Toen Robert zaterdagochtend rond tien uur wakker werd, herkende hij de kamer die men hem een paar dagen eerder getoond had. Hij voelde zich zaliger dan hij zich ooit gevoeld had. Bovendien had hij minder honger dan hij verwacht had. Hij had geen haast om op te staan; rustig overdacht hij wat er gebeurd kon zijn. Hij herinnerde zich dat hij zijn valiezen onder de sneeuw verborgen had. Dat deed hem heel even panikeren en rechtveren, tot hij zag dat zijn spullen netjes in de kamer stonden. Blijkbaar had iemand hem en zijn koffers gevonden en hierheen gebracht. Nu pas was hij zich bewust van het feit dat hij zijn pyjama aanhad; men had hem dus ook omgekleed, en hem iets laten eten of drinken zonder dat hij echt wakker geworden was. Daarna had hij in elk geval geslapen en gedroomd als nooit tevoren; hij was een nacht in de hemel geweest, of om meer precies te zijn: hij had gedroomd dat hij een nacht de geliefde van Kikki geweest was. Nog steeds in de roes van het ontwaken na een diepe slaap, twijfelde hij zelfs: het was toch een droom geweest? Hij meende zich zo duidelijk de details te herinneren van hoe zij in lepelhouding tegen zijn rug had gelegen, haar rechteram onder zijn hoofd, haar linkerarm over zijn buik, dat hij nu impulsief naar sporen van haar eerdere aanwezigheid zocht. Maar de voorbije nacht zou haar geheimen niet snel prijsgeven.

Hoewel men waarschijnlijk op hem aan het wachten was beneden, nam hij eerst de tijd om de kamer in zich op te nemen: een glimmende donkerbruine parketvloer met tapijtjes her en der, antieke stoelen, een antiek bed, een antieke tafel, kleerkast en boekenkast, een kristallen luster, een houten hobbelpaard, een vijftal expressionistische schilderijtjes, twee grote ramen met onder- en overgordijnen, en zijn eigen badkamer. Wat een verschil met het internaat!

Het was stil, alsof hij alleen in het huis was. Zoals hij dat gewoonlijk deed wanneer hij ten huize van nieuwe kennissen was, onderzocht hij de boeken in de boekenkast; dat zei meer over de mensen dan hun meubelen. Hij vond een mengeling van romantische fictie, geschiedenis en economie. Zou hij de tijd nemen om een bad te nemen? Hij vond dat hij merkwaardig fris was na zijn avontuur, en besloot zich daarom enkel te scheren, zijn gelaat te verfrissen en zijn haar te kammen.

Naast zijn kleren vond hij een mandje met broodjes en een kannetje melk, voor het geval hij 's nachts honger mocht gekregen hebben. Hij kleedde zich aan en ging naar beneden. Van zodra hij het salon binnenkwam, werd zijn ontbijt gebracht. Een butler vroeg of hij nog peperkoek, hesp, kaas, chocolade of iets anders gewenst had, maar hij was reeds volledig bekoord door de eitjes, het brood, de confituur en de koffie.

Het salon was in een zware rustieke stijl, die echter opgevrolijkt werd door vele kleine lichtdecoraties, wandscheidingen, kleine meubeltjes en speelse schilderwerkjes. Toen hij klaar was met eten, voelde hij zich monter en vol energie. Tante Lolo verscheen en verontschuldigde zich meteen dat ze hem niet vervoegd had voor het ontbijt:

-"We zijn al druk aan het voorbereiden voor kerstdag. Gisteravond is het extra personeel toegekomen..., maar zeg eens, hoe voelt u zich?"

-"Ik voel me beter dan ooit!" lachte Robert.

-"Na wat jij meegemaakt hebt, is dat opmerkelijk," zei tante Lolo. "Gelukkig kwamen we vannacht op het idee je te gaan zoeken. Je was er niet goed aan toe: je was verkleumd en had honger."

-"Ik herinner me niets meer," antwoordde Robert.

-"Niets om je te moeten herinneren," zei tante Lolo. "We hebben je omgekleed, te eten gegeven en in bed gestopt." Robert had het gevoel dat tante Lolo niet veel details kwijt wou. Ze veranderde trouwens meteen van onderwerp: "Maar vertel me eens: wat zijn jouw plannen voor vandaag?"

-"Als u het niet erg vindt, zou ik willen verdwijnen in het atelier," antwoordde Robert.

-"Je hebt de sleutel toch bij?" vroeg tante Lolo met een glimlach. Gegeneerd dat tante Lolo niet meer in alle plaatsen van haar eigen huis mocht komen, haalde hij zijn sleutel boven.

-"Niets van aantrekken; als Kikki dat zo wil, dan is daar een heel goede reden voor. Zorg jij nu maar dat je de deur steeds goed sluit!"

Toen Robert beneden kwam, vond hij het atelier helemaal schoongemaakt. Alles lag bovendien op zijn logische plaats. Er was geen enkel onbruikbaar gereedschap of meetinstrument meer; integendeel, een hele reeks nieuwe hadden hun plaats ingenomen. Dat kon hij enkel te danken hebben aan Kikki, die donderdag of vrijdag nog eens langs moest geweest zijn. 'Wat een eerste klas juridisch adviseur!' dacht Robert geamuseerd en verwonderd. Stilletjes hoopte hij dat ze dit uit liefde voor hem gedaan had, maar hij wist wel beter: Kikki wou absoluut dat hij slaagde met spoor B, dat zij nodig had voor haar eindwerk. Zij en hij hadden dus een gemeenschappelijk objectief. Er stond een geïmproviseerd winterboeketje met een kaartje: "Veel goede moed! Kikki." Dat gaf hem dubbel zoveel energie.

De mooiste verrassing moest echter nog komen. Hij vond de compressor die hij besteld had. Die was eigenaardig genoeg verbonden met iets anders dan het stopcontact. De elektriciteitsdraad legde een lange weg af alvorens te verdwijnen in een gaatje door de buitenmuur. Nieuwsgierig ging Robert naar buiten, om onder het afdak een heuse op benzine aangedreven elektriciteitsgenerator te vinden. Er hing een kaartje aan: "Deze mag je gebruiken zolang je hem nodig hebt. De elektriciteitsvoorziening van tante Lolo kan de compressor niet aan. Groetjes, Anthony." Wat een prachtig geschenk! Die Anthony was een opperste beste kerel. Robert durfde zich niet in te beelden dat hij die generator ook had moeten kopen. Maar hij bedacht ook dat Anthony en Kikki dus samen gekomen waren. Hij wou niet jaloers zijn, maar het gevoel was sterker dan hijzelf.

Aanvankelijk had hij gepland de hele zaterdag aan poetsen te besteden, maar dat was dus niet meer nodig. In de plaats daarvan ging hij nu meteen naar zijn planning van zondag over. Hij nam een kwartiertje om zijn mindset helemaal aan te passen. Daarna begon hij met een gedetailleerde studie van het getouw. Dat was in elk geval ouder en trager dan het getouw op de school. Voorlopig zou hij de lat laag leggen, en enkel proberen te bewijzen dat het garen door de sprong geblazen kon worden.

~

Op datzelfde moment was ik alleen met mijnheer en mevrouw Forel op de ingesneeuwde school, nog steeds zonder echt dak. Alle internen waren vrijdag hals over kop vertrokken. We vroegen ons af wie van hen thuis geraakt was en wie onderweg gestrand. Waar ze nu ook waren, ze zouden ter plaatse moeten blijven, net zoals wij.

Ondanks de eenzaamheid verveelde ik me niet, integendeel. Ik had een gouden ingeving voor spoor B en kon niet wachten om er met Robert over te praten. Ik had uitgevonden hoe het inslaggaren aan een gelijkmatige snelheid van de bobijn kon rollen, maar tezelfdertijd toch op een start-stop manier door de sprong kon gaan. Het was immers zo dat wanneer een lengte inslaggaren door de sprong gegaan was, het weefgetouw even de tijd nodig had om de draad aan te drukken en de schering in omgekeerde zin open te zetten. Pas daarna kon een nieuwe lengte inslaggaren door de sprong geblazen worden. Dat stoppen en versnellen was niet enkel dodelijk voor het energieverbruik, maar ook voor de maximaal haalbare snelheid; de versnelling van het garen dreigde immers het garen te breken. Robert en ik hadden dit probleem eerder bekeken. Aanvankelijk hadden we overwogen om tijdens de dode periode van de cyclus het inslaggaren verder van de bobijn te laten aflopen en het overtollige stuk weg te snijden. Maar dat voorstel bleek na onze berekeningen zo verkwistend te zijn, dat we een andere oplossing nodig hadden. Mijn idee was om een buffer te gebruiken: we zouden het inslaggaren langs een omweg laten passeren, waarbij we de totale afstand tussen bobijn en sprong groter konden maken tijdens de dode tijd, en weer verkleinen tijdens de inslag. Door dit principe te vermenigvuldigen, konden we de versnelling zo klein maken als we wilden. Het leek eenvoudig genoeg om het groter en kleiner maken van de buffer te synchroniseren met de cyclus van het getouw. Ik begon alvast aan het ontwerp.

~

Tante Lolo was blij telkens Robert uit zijn atelier kwam. Ze had steeds iets nieuws te vertellen:

-"Weet je al waar je je benzine voor de generator kan halen?" Daar had hij helemaal nog niet aan gedacht! Hij zou veel benzine nodig hebben, en nu zag hij zich al om de haverklap met een jerrycan naar het pompstation gaan.

-"Dat wordt lastig," zei hij met een gegeneerde lach.

-"Helemaal niet!" zei ze. "Wij hebben in het koetshuis een benzinepomp. En die laten we steeds op tijd bijvullen in de winter; je kan maanden verder!"

-"Zoals het nu sneeuwt, is dat een gigantische luxe," zei hij, van zodra hij bekomen was van het zoveelste groot geschenk. "Ik vraag me trouwens af of de vier door de sneeuw komen morgenavond." Nu was het tante Lolo's beurt om te lachen:

-"Je maakt een grapje, jongeman; die vier komen overál door!"

-"Ja, maar de trams rijden al een hele dag niet meer, en ik denk niet dat de vier beschikken over een legertank op rupsbanden."

-"En weet jij zeker dat ze die niet hebben?" vroeg ze. Robert keek met grote ogen. "Wel, als ze die hebben, zal de verrassing even groot voor mij zijn als voor jou, maar komen doen ze!" ging ze verder. Robert ging voor het venster staan en keek met ongeloof naar buiten.

-"Misschien smelt de sneeuw voor hun blikken," kon hij niet laten.

-"Ze zijn mooi hé," zei tante Lolo.

-"De mooiste," antwoordde Robert dromerig.

Maandag 23 december 1957

De lucht was volledig uitgeklaard nadat het drie dagen gesneeuwd had. De stad zag er mooier uit als in een idyllisch plaatje, tot je de mensen door de sneeuw zag strompelen om elkaar te gaan helpen. Het was ook beklijvend stil; het was alsof het lawaaierige industriële Gent plots een spookstad geworden was. Stipt op de middag stond ik met mijn koffer klaar zoals afgesproken. Anthony had me telefonisch laten weten dat het beter was overdag te reizen gezien de sneeuw. Ik had er echter niet veel hoop meer op; trams of auto's hadden in geen achtenveertig uur nog gereden. Ik dacht weemoedig aan de mutsjes in mijn koffer, en aan hoe betoverend zo'n mutsje zou gestaan hebben op het beweeglijke hoofdje van Laetitia.

Mijnheer en mevrouw Forel keken hoofdschuddend naar mijn geduld. Nochtans was het pas vijf minuten na twaalf. In mijn laarzen stapte ik naar de overkant van de straat, en maakte ik zodoende de enige gaatjes in de sneeuw voor zover ik kon zien. Ik staarde door de poort van het prachtige domein: het Hof van Busleyden. Het renaissancegebouw met verschillende overdekte gaanderijen met boogjes en met een fiere toren, stond te midden een Italiaanse tuin. Het mini-sprookjeskasteel lag nu onder een dik sneeuwtapijt. Ik droomde er even bij weg. Vervolgens keek ik nog eens naar links. In de verte zag ik ze komen. Mijn mond viel open van verbazing. Vensters werden overal in de straat opengegooid; alle mensen gaapten naar het surreële gemak waarmee ze zich verplaatsten.

Ze waren nog geen kwartier te laat, maar Anthony excuseerde zich uitvoerig: "We zijn te laat vertrokken," en vervolgens tegen mij fluisterend: "Als moeders zich met koffers bemoeien, …" Ik stapte in en zat meteen tussen de drie droomprinsessen. Ze waren gekleed als tsarina's: Laetitia droeg witte handschoenen en een muts van nerts op een strak militair wit pak met gouden knopen, en met prachtig wit gespikkeld bont langs de kraag en de mouwopeningen. Haar lange blonde haar viel op haar schouders als waren het gouden epauletten. Ze veroorzaakte tumult omdat ze naast mij wou zitten. De stad gaapte ons zwijgend aan terwijl we onze weg voortzetten.

Onderweg kon ik me niet weerhouden om aan Kikki reeds de volledige uitleg te doen van mijn laatste idee voor spoor B. Ze maande me aan om te fluisteren in haar oor en knikte heel geconcentreerd telkens ze iets begrepen had. Ze haalde een schriftje en pen boven en maakte aantekeningen. Ze haalde een ander boekje boven en keek naar cijfers. Ze stelde me vragen, ik antwoordde en ze dacht verder na. Ik voelde me schuldig omdat ik deze mooie rit voor haar aan het vergallen was. Ze raadde mijn bekommernis, legde haar hand op mijn been en zei:

-"Je deed er goed aan mij daarover te spreken. Nooit aarzelen; dit is te belangrijk!" waarna ze verder nadacht en haar boekjes bestudeerde. Toen ze alles verwerkt had, keek ze in mijn ogen en glimlachte ze. Laetitia was blij dat ik opnieuw tijd voor haar had.

-"Wat gaan we deze keer klaarmaken?" vroeg ze. Haar zus wees haar terecht:

-"Als jij je vandaag of morgen in de keuken laat zien, veroorzaak je gegarandeerd een rel. Je weet dat tante Lolo veel personeel heeft laten komen, en dat alles tot in het kleinste detail gepland is." Laetitia keek sip.

-"We zullen beginnen met dansen," zei ik. Bij die gedachte was ze plots weer gelukkig en gaf ze me een kus.

-"Ze spreekt hier al dagen van!" zei Anthony. Laetitia verborg haar grote betrapte glimlach niet.

-"Dit is het paradijs," observeerde ik, genietend van het besneeuwde landschap dat ons gezwind voorbij vloog.

Ik wist dat we bijna bij tante Lolo waren toen we het Fleur-de-Lys naderden. Tussen het witte park en de witte daken zat het kasteel als een felgekleurd glasraam. De mystiek van de intense kleurenbundel maakte ons rustig en stil.

Intussen was Robert buiten aan het wachten. Het dikke sneeuwtapijt had hem cynisch gemaakt: hij zat achterstevoren op de stoel die hij pal in het midden van de weg gezet had, tweehonderd meter voor de oprit, om duidelijk te maken dat hier toch nooit iemand zou passeren. De poten van de stoel en Roberts kuiten zaten volledig in de sneeuw. Mistroostig leunde hij met zijn armen op de rugleuning. Hij trok het zich niet aan dat hij het koud had. 'Een legertank had tante Lolo gesuggereerd', gromde hij. 'Na alle raadsels rond Kikki zou me dat niet eens verbazen: Kikki kolonel-majoor in het leger, met een tankbrigade ter hare beschikking.'

'Oh, maar daar vanachter de bocht komt warempel een leger!' stelde hij vast. 'Geen tanks, maar de hele cavalerie! Neen, op de paarden zitten geen ruiters. Wat ik zie zijn reusachtige feestelijke pluimen, die op de hoofden van de paarden staan. Het is een span van… vier keer twee paarden vóór een heel hoge koets…, een scharlakenrode koets…, met gouden omlijstingen, met twee koetsiers in het zwart…" Maar hij miste iets: de koets had geen wielen…, het was een slee! En wat een snelheid! Robert sprong recht, strompelde met zijn stoel naar de zijkant om de paarden te ontwijken, en viel in een diepe gracht. Hij klauterde recht en sloeg het spektakel gade vanuit kikvorsperspectief. De paarden leken de massa van de slee nauwelijks te voelen; ze werden zelfs ingetoomd opdat ze de lange afstand zouden kunnen overbruggen.

De koetsiers meldden ons dat ze iemand met een stoel de gracht hadden zien induiken, zodat we nu allen gespannen door het venster keken om het bizarre personage van dichtbij te zien.

-"Het is Robert!" riepen we allemaal tegelijk. We gierden het uit van de pret. De slee stopte vijftig meter verder. We sprongen er allemaal uit.

-"Jij wil een abonnement op gered worden uit de sneeuw, geloof ik!" zei Kikki. Robert moest met stoel en al uit de gracht gesleept worden. Zes vrouwenhanden in handschoenen klopten de sneeuw van hem af. Kikki en Hélène namen hem bij de hand en wandelden hem naar de slee, terwijl de anderen te voet verdergingen. Robert kon voor honderdvijftig meter genieten van een keizerlijke rit, met twee keizerinnen die hem bemoederden. Gelukkig had hij de helderheid van geest om Kikki te danken voor de schoonmaak van het atelier.

-"En ik moet ook Anthony nog danken voor de generator," voegde hij daaraan toe.

-"Ik heb hem al bedankt in jouw plaats," zei Kikki, terwijl ze de laatste restjes sneeuw van zijn gelaat veegde.

-"We hebben weer iemand uit de sneeuw gered!" riep Kikki toen tante Lolo de deur opendeed.

-"Dat wordt een warm badje en vroeg in bed!" lachten we allemaal. Robert keek beteuterd: dit was weer eens goed begonnen! Maar zachtjes verscheen een verlegen glimlach op zijn gelaat. Uiteindelijk kon hij nog harder lachen dan de anderen.

Als een volleerde politicus sprak Anthony systematisch mensen aan waar en wanneer hij maar kon. Terwijl de koffers naar de kamers werden gebracht en alle anderen tante Lolo in het salon vervoegden, stond Anthony al te praten met het keukenpersoneel. Hij kreeg grote belangstelling vanwege zijn recente betrokkenheid bij het voetbal, maar vooral omwille van de spectaculaire overwinning in de meest recente wedstrijd, de eerste met Robert als assistent-coach. Toen ze naar Robert vroegen, zorgde Anthony voor de grote verrassing door Robert uit het salon te halen; het personeel had blijkbaar nog niet in de mot gehad wie de recente gast precies was! Binnen de minuut zat Robert aan de keukentafel voetbaltactieken uit te leggen op stukjes papier, met het quasi voltallige personeel als toehoorder.

Ik verwijderde me even van de conversatie tussen de dames om op zoek te gaan naar Robert en Anthony. Toen ik ze aantrof in de keuken, besefte ik plots dat ik hier een half jaar eerder hulpkok geweest was op een feest. Het verwonderde me dat ik het huis niet herkend had, wellicht door de sneeuw. Ik schudde de hand van de mensen die me herkenden, en sprong onmiddellijk bij. De chef-kok was even in de war:

-"Jij kwam toch niet werken deze avond?"

-"Dat was inderdaad niet voorzien," lachte ik, "maar nu ik zie dat iedereen met voetbal bezig is, hebben jullie me heel hard nodig!" Ik deed als een bezetene het dringendste werk van de anderen, die te geboeid waren door Roberts uitleg om me op te merken.

Omdat Laetitia intussen nieuwsgierig geworden was naar waar we bleven, stond ze plots ook in de keuken. Zonder aankondiging deed ze een schort om en vroeg ze me wat ze mocht doen. Ik liet haar garnalen pellen. Dat was grappig, want ze wist niet dat de lekkere garnaaltjes op haar bord uit zo'n lelijke beesten kwamen. Ik toonde haar hoe je een garnaal correct in twee kraakte. Ze schrok even, maar na twee garnalen was ze niet meer te stoppen. Het was een plezier haar bezig te zien. Toen de koks haar zagen werken, voelden ze zich vreselijk schuldig, maar Anthony gebaarde hen aan tafel te blijven zitten tot hij en Robert uitverteld waren.

Vijf minuten later stonden de drie andere dames in het deurgat. Laetitia wenkte tante Lolo om haar te tonen hoe leuk garnalen pellen eigenlijk was. Tante Lolo stapte voorzichtig door de keuken, als door een gevaarlijk bouwwerf; zo te zien was ze nog nooit in haar eigen keuken geweest. Terwijl ik me bezighield met de rest van het menu, waren die twee volledig opgegaan in het pellen van garnalen.

Hélène en Kikki daarentegen maakten geen aanstalten om in de keuken te komen. Terwijl ze soms streng en soms geamuseerd naar het schouwspel in de keuken keken, praatten ze grinnikend met elkaar. Hoe meer Robert uitlegde, hoe meer vragen het keukenpersoneel had, waardoor het er even naar uitzag dat ons avondeten in het gedrang zou komen. Ik delegeerde alles wat ik maar kon aan Laetitia en tante Lolo, die blijkbaar ook het vuilere werk voor één keer wilden doen. Uiteindelijk haalde ik de hoeveelheid werk niet meer en keek ik wanhopig naar Hélène, die onmiddellijk Anthony uit de keuken haalde. Kikki van haar kant greep Robert speels bij zijn oorlel en bracht hem als een stoute jongen mee naar het salon. Laetitia, tante Lolo en ikzelf bleven in de keuken. We hebben de vier anderen niet meer gezien tot het avondeten.

Terwijl Kikki en Hélène minutieus verzorgd en stijlvol gekleed aan tafel kwamen, hadden Laetitia en tante Lolo nauwelijks de tijd gehad om hun schort uit te doen. Aan tafel deed tante Lolo een groot zwijgteken: "Hier praten we nooit met niemand over!"

De avond eindigde met toevallende ogen. Na de gebruikelijke goedenachtkusjes zochten we elk onze kamer op. Anthony, ikzelf en Robert hadden onze kamers op de eerste verdieping. De meisjes en tante Lolo, de officiële chaperonne, hadden hun kamers op de tweede verdieping. Ik keek uit naar de volgende dag.

Dinsdag 24 december 1957

Tijdens de wolkeloze nacht had het zo hard gevroren dat de sneeuw zelfs overdag niet smolt. De blauwe hemel, een stralende zon en een onberispelijk sneeuwtapijt trok ons alle zes naar buiten, terwijl tante Lolo verder het kerstfeest organiseerde.

Eens in de sneeuw echter, veranderde het wandelen snel in ploeteren, althans voor mij. Daarentegen leek de sneeuw voor de laarzen van de drie meisjes weg te stuiven. Hun gezwinde stap werd evenmin gehinderd door het gewicht van hun pelzen, die de indruk gaven enkel een lichte dons te zijn, die in hun luchtstroom meegezogen werd.

Voor de arme Robert, die vergezeld van Hélène achter Kikki en Anthony liep, was het zicht op het hand in hand lopende koppel eens te meer een steek door het hart. Weliswaar had hij het paar in zijn gedachten al duizendmaal verloofd gezien, en was hij ergens blij dat het nu tenminste duidelijk was dat ze een relatie hadden, maar zijn liefde voor Kikki bleef sterker dan hijzelf; de melancholie sloeg keer op keer ongenadig toe.

Laetitia liep schouder aan schouder naast me. "Dank je nog eens voor de redding van de school," was het eerste wat ik zei. Ze keek me recht in de ogen, knikte met een grote glimlach die zei 'graag gedaan', en verzon vervolgens duizend en een andere leuke dingen om over te praten. Ik vroeg me af of ik ooit zou kunnen sterven met haar naast mijn sterfbed; mijn hart zou gewoon blijven slaan en mijn hersenen zouden naar haar blijven luisteren. Ik moest toegeven dat ik er niet beter aan toe was dan Robert; ik rilde bij de gedachte dat Laetitia misschien hand in hand liep met Grandgenre.

Kikki, geheel zoals we intussen van haar gewoon waren, riep plots iedereen tot de orde. Zij en Robert zouden werken, en ze sloeg met hem een verschillend pad in. Ze nam hem meteen bij de hand en liet die niet meer los. Anthony zakte terug tot bij Hélène en nam haar eveneens bij de hand. De twee begonnen al wandelend over de verkiezingscampagne en de stadspolitiek in het algemeen te praten. Met stoute vernauwde ogen keek Hélène even om naar haar zus, die op haar beurt uitnodigend naar mij keek. Het ene deel van mezelf wilde haar dolgraag bij de hand nemen, maar het andere deel blokkeerde volledig. Mijn arm voelde als doodgevroren en was onmachtig te luisteren naar mijn verwarde hersenen. Laetitia lachte even en we zetten de wandeling op dezelfde manier verder als voordien.

Op het moment dat Kikki Roberts hand greep, sloten alle neuronen in zijn hersenen kort. Hand in hand lopen was louter een uiting van vriendschap! Hij zat in een emotionele rollercoaster: keer op keer gaf hij zichzelf de hoop dat Anthony en Kikki misschien tóch geen koppel vormden, om bij de eerstvolgende insinuatie van het tegenovergestelde telkens weer zwaar teleurgesteld te worden. Na wat gepieker besloot hij te proberen te genieten van het moment. Dat zou toch moeten lukken; hij liep tenslotte hand in hand met Kikki door een prachtig sneeuwlandschap!

Maar hij kreeg geen tijd om tot rust te komen; Kikki vertelde hem het verhaal dat ik haar in de slee gedaan had, over het reduceren van de versnelling van het inslaggaren door middel van buffers. Alsof het nog niet gênant genoeg was dat hij van haar te weten moest komen waar ik mee bezig was, wist ze alles op zo'n gedetailleerde manier te vertellen, dat Robert zijn volle concentratie nodig had. En die kon hij in deze omstandigheden nauwelijks opbrengen. Hij was afgeleid door de sneeuw op de heel nette boerderijen, die in het putje van de winter nog verrassend veel frisse kleuren hadden. En hij was zich vooral elke seconde bewust van haar hand in de zijne. Hij moest haar regelmatig vragen om te herhalen wat ze aan het vertellen was, waardoor hij een belabberde indruk maakte. Maar Kikki bleef doorgaan. God, wat wist zij veel over getouwen! Maar het baatte niet om haar daar vragen over te stellen; hij zou gewoon hetzelfde antwoord krijgen als altijd: "Sommige juridisch adviseurs zijn beter dan andere!"

Nadat Kikki mijn idee volledig uitgelegd had, hoopte hij dat er even een rustpunt in de conversatie zou komen. Hij hoopte van nu te kunnen vertellen hoever hij stond met het getouw in de kelder van tante Lolo. Maar Kikki kwam met: "Ik heb Didiers redenering doorgedacht, en er zit een fout in: je kan de versnelling van het garen niet zoveel verkleinen als je wilt; het garen ondergaat veel centrifugaalkrachten rond die buffers. We moeten die allemaal begrijpen, want mijn gevoel zegt dat de maximale versnelling van het garen de theoretische limiet vormt." Voor een juridisch adviseur zei haar gevoel wel héél veel! Robert had nog niet eens nagedacht over de theoretisch maximale snelheid van een getouw op lucht, en moest nu bliksemsnel een intelligent antwoord verzinnen.

Hij was nu zo geconcentreerd, dat hij nauwelijks genoot van de sneeuw op de kleine fruitboompjes, die in een dichte, gelijkmatige rij naast het pad stonden een tweetal meter lager. De weg nam een bocht van negentig graden naar links, maar nog voor hij bij dat punt kwam, was Kikki vooruit gespurt en achter de bocht gesprongen om hem op te wachten. Toen hij daar aankwam, werd de niets vermoedende Robert plots gefusilleerd met sneeuwballen. Het waren er zo veel, en Kikki was zo handig in het ontwijken van Roberts tegenoffensief, dat Robert in een mum van tijd in een weerloze sneeuwman veranderde. Met grote logge stappen stormde hij op haar af en trok hij haar op de grond. Maar ze was leniger dan een kat, zodat het uiteindelijk Robert was die de actie moest ondergaan. Zijn armen, zwaaiend als molenwieken, konden haar niet in hun greep houden. Op een bepaald moment rolden ze in elkaar verstrengeld de dik besneeuwde berm af. Geheel verslagen lag hij nu op zijn rug, Kikki triomfantelijk op hem zittend. Hij had geen schijn van een kans om zich vrij te worstelen; de handen op zijn borst drukten hem hard tegen de grond. Robert lag nu helemaal onder de sneeuw, die zijn weg gevonden had in elk klein spleetje van zijn oude pull en broek. Daarentegen was het alsof de sneeuw geen pak had op Kikki; aan haar mouwen en muts hingen enkel een paar sneeuwvlokjes, alsof die een accessoire waren. Hij keek in haar blik tegen de blauwe hemel. Bij elke kleine beweging die ze maakte, voelde hij in zijn buik de spiertjes van haar bovenbenen en zitvlak. Hij was niet zeker hoe hij zich voelde; hij bedacht dat haar nabijheid een oneindige troost voor zijn oneindig liefdesverdriet was, zoiets als oneindig gedeeld door oneindig: het resultaat kon eender wat zijn.

Zijn handen lagen vlakbij haar benen. Instinctief wou hij zijn rechterhand affectief op haar linkerbovenbeen leggen, maar toen hij haar in de ogen keek, zag hij hoe die een oneindig vertrouwen in hem uitstraalden. Hij liet zijn hand in de sneeuw liggen. Haar triomfantelijke lach werd een lieve. Nadat hij met zijn bewegingsloosheid de nederlaag had toegegeven, haalde ze een zakdoek boven en veegde ze zijn aangezicht schoon. Dankbaar vergaf hij haar de aanval. Hand in hand stapten ze terug.

We zagen Robert en Kikki van ver aankomen.

-"Kijk wie voor de derde keer uit de sneeuw gered moest worden!" schaterde Laetitia het uit, recht naar Robert wijzend.

-"Neen, volgens mij heeft Kikki hem geleerd dat je niet met haar moet vechten!" corrigeerde Anthony.

-"Kom, het is al goed zo; hij heeft al genoeg afgezien," zei Kikki. Ze gaf Robert een troostende zoen. Lachend klopten de drie meisjes de sneeuw van hem af. Hij had moeite om onder het geweld overeind te blijven.

~

Er was geen gemoedelijker moment in het jaar als de namiddag bij de haard voor het kerstavonddiner. Zoals zes neefjes en nichtjes kropen we dicht bij elkaar in de grote, diepe zetel die in een halve cirkel rond de haard gebogen stond. De gesprekken waren intiemer dan ooit. Robert vertelde hoe deze knusse vooravond hem deed denken aan de nachtelijke uitstapjes met paard en huifkar die hij in Amerika gemaakt had. Onderweg naar de barbecue, ergens op een open plek in het bos, had men toen weemoedige of liefdesliedjes gezongen. De feestgangers hadden dromerig naar de sterren gekeken, en waren spontaan beginnen praten over God en het leven. Hij had ook eens deelgenomen aan een gesprek waar iedereen zijn zwakste kant moest bloot leggen.

Dat wekte meteen de nieuwsgierigheid van Laetitia:

-"En wat was jouw zwakste kant?" We keken allen nieuwsgierig naar Robert, maar Anthony zei:

-"Waarom doen wij dat niet eens onder elkaar?!" Iedereen stemde in, Kikki, Hélène en ik weliswaar een beetje aarzelend.

-"Goed," zei Robert met een glimlach, "aangezien ik er destijds dus al over nagedacht heb, zal ik beginnen. Mijn zwakte is dat ik zo diep in gedachten verzonken kan zijn, dat ik vergeet waar ik ben en wat ik zou moeten doen, horen of zeggen."

-"De verstrooide professor!" lachte Hélène. Kikki gaf een resem voorbeelden van de onhandigheden van Robert, tot groot jolijt van de groep en niet in het minst van Robert zelf. Anthony was vrijwilliger om als tweede te gaan, maar de drie meisjes onderbraken hem:

-"Anthony heeft geen zwakke kanten," zeiden ze als één stem. Anthony bloosde een beetje vanwege een zo groot compliment.

-"Het is waar," bevestigde Kikki met een kleine glimlach maar ernstig. "Anthony werkt sinds hij klein is aan alle mogelijke foutjes. Ik heb hem nog nooit egoïstisch, betweterig, jaloers, opvliegend of pocherig gezien, en ik zou die lijst een hele namiddag kunnen aanvullen. Hij is een bovenste beste kerel." Ze gaf hem een complimenterend zoentje. De twee andere meisjes deden hetzelfde. Ook Robert had enkel positieve kanten bij Anthony kunnen vaststellen, maar het feit dat Kikki met mijnheer perfect samen was, deed hem toch even slikken.

Aangezien de twee andere jongens als eersten hun zwakste kant hadden blootgelegd of, in het geval van Anthony, hadden willen blootleggen, kwam ik spontaan als derde:

-"Mijn zwakste kant is dat ik weinig avontuurlijk ben. Ik heb mijn hele leven in de beschermde omgeving van een internaat doorgebracht."

-"De huismus!" riep Laetitia meteen. Hélène kwam als volgende naar voren, en vond dat ze te bedeesd was.

-"Vergeleken met Laetitia misschien," protesteerde Anthony, "maar in politieke vergaderingen sta je er wel!" Hélène glimlachte heel blij naar Anthony om dat mooie compliment. "Le diamant caché!" besloot Robert. Hij werd beloond met de zoetste blik die hij ooit van Hélène gekregen had.

Robert kon zich niet voorstellen dat Kikki een zwakke kant had, maar toen hij zei "en nu Kikki!" hadden Anthony, Laetitia en Hélène dezelfde reactie: hun mond leek te zeggen "Oehhh!" duidelijk makend dat er wel degelijk iets te vertellen viel. Het was Anthony die de uitleg deed:

-"Kikki is uiterst competitief. Als ze zich in iets bekwaamt, wil ze de beste worden. Robert zal dat tijdens zijn eindwerk al ervaren hebben." Robert knikte heel bevestigend, grote ogen trekkend. "Meestal is dat heel positief," ging Anthony verder, "maar ze is ook competitief in spelletjes en sport, véél te competitief." Kikki reageerde op dit alles met zenuwachtige bewegingen. Ik dacht even dat ze op haar nagels zou bijten, maar ze keek er enkel naar. Ze wist wat er nu zou komen. Anthony vervolgde: "Het meest competitief is ze in het s…"

-"Schaken," vervolledigde Kikki. "Ik speel niet in een club, en slechts zelden in een tornooi. Voor meisjes is het niet zo gebruikelijk om in het openbaar te schaken. Maar mijn vader nodigt regelmatig schakers uit bij ons thuis en ik rust niet tot ik beter ben dan elk van hen. Ik heb alle schaakboeken en ben geabonneerd op alle schaaktijdschriften; ik zoek het allemaal uit."

-"De situatie is momenteel onder controle," zei Anthony. "Kikki is nu beter dan de schakers die aan huis komen. Ze wint de tornooitjes waar ze sporadisch aan deelneemt. Ze besteedt ongeveer een uurtje per dag aan schaken, wat binnen de rede blijft. We moeten haar vooral uit de buurt van heel goede schakers houden, om te vermijden dat ze ál haar tijd aan schaken zou besteden."

-"En we doen ons best," zei Hélène. "Jullie zijn toevallig geen topschakers?" vroeg ze lachend aan ons.

-"Neen, ik alvast niet," zei Robert. "Didier en ik spelen wel eens, maar we zijn nooit zeker van de spelregels." Dat was een heel grote leugen, maar ik veronderstelde dat Robert in deze omstandigheden niet anders kon.

-"Ik zal je de regels leren," zei Kikki. Robert schrok; wat moest hij hierop antwoorden? Als hij een schaakbord onder de neus zou krijgen, zou hij niet lang kunnen verbergen dat hij er wel iets van kende; in zijn keuze van slechte zetten zou hij er bijvoorbeeld niet kunnen aan weerstaan om net die zetten te kiezen waarmee Kikki via een mooi stukoffer mat kon geven.

-"Liever niet, echt niet," antwoordde Robert. "Ik krijg al zoveel lesjes van jou." Iedereen lachte, Kikki inclusief. Dat gevaar was voorlopig geweken. Heel voorlopig.

-"Nu moet ík nog mijn zwakste kant bekendmaken," zei Laetitia. We lachten geamuseerd; we wisten wat er zou volgen: "Ik ben te spontaan. Ik ben zoals een kind."

- "Our baby," kon ik niet laten om te zeggen. Het was eerder "my baby" dat op mijn tong lag. Als beloning imiteerde Laetitia onmiddellijk een baby'tje dat tegen mijn borst kwam liggen en om een kusje vroeg. "Op voorwaarde dat je straks je eten opeet," antwoordde ik na een gelukkige ingeving. Ik gaf haar een vaderlijk kusje op het hoofd. Iedereen lachte.

- "Wie niet blijft zoals een kind, zal nooit het rijk der hemelen zien," citeerde Robert uit de bijbel. Zoals steeds was hij de animator van de namiddag.

~

Het was tijd om ons om te kleden. Mevrouw Forel had me een pak en een das meegegeven voor Kerstmis, terwijl Robert een combinatie had meegebracht van een broek en een vest uit twee verschillende tijdperken. Maar onze meegebrachte avondtenues zagen nooit het licht op kerstavond; voor Robert en mezelf hingen immers twee prachtige smokings klaar, inclusief hemd, strikje, gouden manchetknopen met een briljant, de fijnste katoenen kousen en gelakte schoenen. Na een douche kregen wij de hulp van een kapper om ons te scheren en piekfijn uit te dossen.

Toen wij beneden kwamen, liep Anthony in zijn smoking rond alsof hij die alle dagen droeg. Hij was hartelijk met het personeel aan het praten. Robert, die altijd voor een luchtig praatje te vinden was, vervoegde hem snel. Een vijfkoppig kamerorkest speelde intussen muziek op de achtergrond. In deze heerlijke sfeer nam ik de kamer in me op. De grote lichten waren gedempt. Een paar dozijn kleine spots brachten de details van de kerstversiering tot hun recht. Ik vond die tot in de nokken van het dak.

We hadden alle drie net een glas champagne gekregen, toen de muziek iets leek aan te kondigen. De verlichting in de kamer werd gedempt en de trap belicht. Anthony wenkte ons: "Nu gaan jullie iets zien om nooit te vergeten!" Van de grote trap daalden ze alle vier tezelfdertijd af: Hélène arm in arm met Laetitia, en tante Lolo arm in arm met Kikki. Ze waren gekleed als prinsessen op het huwelijk van de keizer. Rivieren van kleine briljanten stroomden van hun oren over hun borsten. Grote diamanten en goud tooiden hun handen en polsen. Maar bovenal zagen de meisjes er jonger en onschuldiger uit dan ooit. Hun gelaat leek te mooi om echt te zijn. 'Hopelijk zijn dit dezelfde drie meisjes als die van daarnet,' dacht ik, 'en dan nog zal het me moed kosten om tegen deze verschijningen te praten.' Het kamerorkest zorgde voor een luider stuk, tijdens hetwelke wij nog niet konden praten en volop de tijd hadden om hen te bewonderen. We werden naar onze plaatsen geleid, waar we nog even achter onze stoelen bleven staan tot er een pauze in de feestelijke muziek kwam. Het was een van de weinige keren dat de dames zich zeer voornaam gedroegen, alsof ze beseften dat die afstandelijkheid hen nog mooier maakte. Toen de muziek even pauzeerde, werden wij geholpen bij het plaatsnemen op onze stoelen.

Robert maakte driemaal aanstalten om iets te zeggen, maar bedacht zich telkens. Nerveus legde hij, net zoals Anthony en ikzelf, zijn handen naast het bord. De dames van hun kant bleven zich heel hoofs gedragen, tot ze uiteindelijk vertederd werden door de onbeholpenheid waarmee wij hun stijl probeerden te imiteren. Maar hun mooiheid wende niet, zeker niet toen we later op de avond, tijdens het walsen, vanop een paar centimeter diep in hun ogen keken. Het voelde alsof ik stilstond en de kamer draaide, en alsof dat moment voor eeuwig was.

Toen er geschenkjes in mooie verpakking op tafel verschenen, liep ik holderdebolder naar boven om de onze te halen. De dames waren dolgelukkig met de wintermutsen die we voor hen gekozen hadden. Laetitia wou haar muts al meteen opzetten, maar we hielden haar tegen; het was nog te vroeg om haar prachtig kapsel te schenden. Anthony van zijn kant was verheugd dat hij zijn eerste jazzplaatje kreeg; sinds het geïmproviseerde jazz-concertje van Robert bij Hélène en Laetitia thuis, was hij er helemaal klaar voor. Hij op zijn beurt had voor Robert, mezelf en elk van de dames een klein schilderijtje gekocht van een zekere Permeke. Hij was er zeker van dat die schilder ooit beroemd zou worden. De werkjes zagen er in elk geval veelbelovend uit!

De verrassing van de avond kwam pas toen de dames ons hún geschenkjes gaven: Anthony, Robert en ikzelf kregen elk eenzelfde automatisch uurwerk, een juweel van witgoud met veel wijzertjes en knopjes, waarvan de fijnste horlogetechniek zich fier toonde achter het opalen glas. We waren totaal van streek. Anthony zat er sprakeloos en bedeesd bij; zelfs voor hem was dit een ongeëvenaard mooi geschenk. Ikzelf liet het uurwerk op de tafel liggen en hield verward beide handen voor het gelaat. Dit kon toch niet waar zijn? Waar hadden wij dit aan te danken? Robert kreeg tranen van ontroering in de ogen en zei impulsief:

-"Neen, dit kan ik niet aannemen." Kikki kwam echter meteen voor hem staan, nam zijn hoofd in haar handen, en keek hem recht in de ogen:

-"In vriendschap is het belangrijker te kunnen krijgen dan te geven," zei ze terwijl ze de versufte Robert het uurwerk omdeed. Hij omhelsde de vier dames lang, een voor een, zichtbaar ondersteboven.

Intussen had Laetitia het uurwerk al om mijn pols gedaan.

-"Kijk eens hoe sjiek dit zal staan op de nieuwe directeur!" zei ze. "Er zit een soort mini-beiaard in, die de mooiste deuntjes speelt." Ik had ooit over zoiets gelezen, maar had het voor onmogelijk gehouden dat dergelijke uurwerken in het bescheiden Gent verkocht werden. Maar zo'n uurwerk had ik nu om de pols. Ook ik deed mijn rondje van dank, weliswaar met sobere kusjes op de kaak. Anthony dankte de dames met twee tegelijk: eerst nam hij Kikki en tante Lolo in de armen, en vervolgens Laetitia en Hélène.

We zaten nog aan tafel toen de klok middernacht sloeg. Kikki gaf Anthony een affectieve zoen op de mond en zei "Zalig Kerstmis!" Het was eindelijk het eerste reële fysieke bewijs dat Kikki en Anthony een stel waren. Maar nog vooraleer Robert de tijd kreeg om die wetenschap te incasseren, gebeurde er iets heel vreemds: haar kus met Anthony was nog niet koud, toen Kikki haar twee benen heel krachtig samenkneep op het linkerbeen van Robert, die recht tegenover haar aan de tafel zat. Robert moest een gil onderdrukken. Ze kwam vervolgens rond de tafel, keek hem liefdevol glimlachend in de ogen, zei "Zalig Kerstmis!" en kuste hem op de wang. Vervolgens ging ze rond bij de anderen. Arme Robert stond weer nergens. Er was weliswaar een groot verschil tussen haar kus aan Anthony en haar kus aan hem, maar wat beduidde die kneep in hemelsnaam?! Hij wentelde in een soep van verliefdheid, hoop, jaloezie en onmacht.

Terwijl iedereen ging slapen in de vrede van Kerstmis, heeft Robert de hele nacht woelend wakker gelegen. Hij stak het licht aan om de blauwe plek op zijn been te zien, staarde naar zijn fluorescerend uurwerk in het donker, hield het tegen zijn oor om de fijne techniek te horen, maakte de hele eerste verdieping wakker toen hij per ongeluk de beiaard liet spelen, maar noch het uurwerk, noch de blauwe plek brachten hem dichter bij een antwoord.

Woensdag 25 december 1957

-"Zelfs op dit wondermooie uurwerk geeft ze haar echte voornaam niet prijs," was het eerste wat Robert me wist te vertellen die ochtend.

-"Hoezo?"

-"Heb je de inscriptie nog niet gezien? 'Aan Robert, vanwege Laetitia, Hélène en Kikki'."

-"Gewoon omdat ze voor ons Kikki heet." Zo eenvoudig was dat. Dacht ik toen.

Op het einde van de voormiddag zette de slee ons alle zeven af voor een wandeling in het park van het Fleur-de-Lys. Het sneeuwtapijt lag er maagdelijk bij. Zowel tante Lolo als de drie meisjes zetten al lachend de rode mutsjes op die ze van ons gekregen hadden. Ze zagen er zo schattig uit als we gehoopt hadden en beseften het; ze lieten de grote bollen die aan hun mutsjes bengelden, gezwind over en weer dansen.

Robert vergat de vermoeidheid van zijn slapeloze nacht toen hij het kasteel zag. Hij deed ons een eerste keer halt houden toen we er nog vijfhonderd meter van verwijderd waren. Uiterst gefascineerd door architectuur als hij was, vertelde hij ons hoe de verschillende historische stijlen op een subtiele manier aan bod kwamen. Van ver leek het kasteel op een grote folie uit het rococo. Het geheel had barokke proporties, maar zelfs de grootste onderdelen, zoals de "octopus-armen," waren manifest asymmetrisch en zeer grillig in hun vormgeving. Wanneer je dichterbij kwam, zag je hoe het centrale gedeelte de vorm had van een groot middeleeuws slot, met kantelen, gotische ramen en ophaalbruggen. Maar van nog dichterbij zag je dat alle onderdelen van het slot in een uitnodigende renaissancestijl uitgewerkt waren, met gaanderijen, vele kleine boogjes en deurtjes op mensenmaat. Eens Robert ons op de details wees, was het duidelijk dat in elk klein onderdeel van de buitenkant een verrassing schuilde.

Eén onderdeel van het hoofdgebouw begreep hij echter niet, omdat het gebouwd was in een stijl die in geen enkele cultuur of in geen enkel tijdperk terug te vinden was. Hij wees ons op het feit dat het hoogste onderdeel van het gebouw bestond uit twee gigantische hoornen. De cirkelvormige openingen van die hoornen 'kleefden' tegen elkaar, alsof je de hoorntjes van twee ijsjes met de opening tegen elkaar zou kleven en vervolgens plat op tafel zou leggen. Van het meest noordelijke tot het meest zuidelijke punt van die twee aan elkaar gekleefde hoornen was er een afstand van wel zestig meter. Merkwaardiger nog was dat de wanden niet in een rechte lijn van de punt van de hoorn naar de cirkelvormige opening liepen, maar in een gebogen lijn. Het was alsof de ijshoorntjes uitgezet waren onder de druk van het ijs. Ik wist aan Robert te vertellen dat die lijn de kromming had van een parabool; ik had dat immers ooit in een artikel over het Fleur-de-Lys gelezen. Robert was nu helemaal verrast; niet enkel waren die hoornen nooit in de architectuur gebruikt geweest, maar evenmin waren parabolen dat. Een parabool had bovendien het nadeel dat de gebogen wand van de ene hoorn niet rimpelloos aansloot op de wand van de andere. Het geheel zag er dus niet uit als een rugbybal, die glad aanvoelde op het midden van de bal; er zat in tegendeel een stevige knik op de overgang tussen de twee hoornen.

Robert liet iedereen raden wat de motivatie van prins de Vissermans geweest kon zijn om die hoornen in zijn kasteel te verwerken. Anthony wist te vertellen dat zich binnen die hoornen allerlei baden bevonden, een beetje zoals Romeinse termen. Laetitia van haar kant zei dat de bouwheer nooit in die mate iets excentrieks zou doen zonder een functioneel doel. Die hoornen en parabolen moesten dus een functie hebben, maar welke? Robert nam zich voor regelmatig terug te komen, tot hij het mysterie opgelost zou hebben. Hij hoopte bovendien meer belangrijke details te zien wanneer de sneeuw weggesmolten zou zijn.

~

Hij bleef achter bij tante Lolo toen iedereen afscheid nam. Kikki zou zaterdag langskomen. Toen ik aan de school uitstapte en de slee uit het zicht verdwenen was, keek ik nog eens naar mijn schitterend uurwerk, om mezelf ervan te vergewissen dat ik dit allemaal echt meegemaakt had. Alles was echt en een sprookje tezelfdertijd: Laetitia was echt, maar een relatie met haar zou een sprookje blijven. Er was geen weerzien gepland. Ik moest zo snel mogelijk met mijn voeten weer op de grond zien terecht te komen. Daarom besloot ik het uurwerk in mijn kluis te steken, net zoals Robert dat een maand later zou doen.

Donderdag en vrijdag 26-27 december 1957

Robert herstelde het getouw in de kelder van tante Lolo met hetzelfde gemak als hij een wagen herstelde. Net zoals bij een wagen moesten er aandrijfriemen vervangen worden en moest er gesmeerd worden. De grijpers waren er het slechtste aan toe, maar die zou hij slechts eenmalig gebruiken, namelijk om te controleren of de synchronisatie van de schering en de inslag nog goed zat. Van een paar componenten borstelde hij het roest af, terwijl andere aan vervanging toe waren. Daar maakte hij ruwe maar gedimensioneerde schetsen van; die zou hij met de hoogste prioriteit vervaardigen van zodra hij weer op de school was. De elektrische motor, die ooit door de grootvader van Anthony gekocht was om het getouw aan te drijven, sloot hij aan op een gewoon stopcontact. Voor hij het getouw liet draaien, trok hij beschermkledij, een helm en een bril aan. Terwijl hij het getouw zachtjes liet versnellen, bestudeerde hij het gedrag van elk onderdeel zorgvuldig: hij zocht naar schokken veroorzaakt door slecht gecentreerde onderdelen, en naar resonanties. Als resultaat van dat onderzoek verving hij een aantal onderdelen en werkte hij andere bij, tot het getouw op een stabiele manier vijfenzeventig inslagen per minuut haalde. Sneller durfde hij niet te gaan in de huidige toestand van de grijpers. Hij noteerde het verbruikte vermogen: net iets meer dan één kilowatt. Vervolgens demonteerde hij de grijpers en liet hij het getouw tot honderdtwintig inslagen per minuut gaan. Dat was even snel als het snelste toestel in de industrie mét grijpers. Hij had nu een getouw waarmee hij de basisprincipes van spoor B kon testen tot, hopelijk, een revolutionaire snelheid. Dat was toch al iets om aan Kikki te tonen zaterdag!

~

Intussen had Forel een aantal bestekken goedgekeurd, zodat er donderdag reeds vijf grote bestelwagens op de koer stonden. Ondanks de vrieskou werd er aan een nieuw dak gewerkt. Zolang dat er nog niet lag, beperkten alle andere activiteiten zich tot de afbraak van alles wat leidingen, kabels en toestellen waren. Enkel in het atelier kon ik relatief ongestoord verderwerken, zij het wel onder het kabaal van Roberts getouw, dat nog steeds grijpers versleet in overeenstemming met Diedonné's planning.

~

De krant blikte vooruit op de gemeenteraadsverkiezingen van volgende zomer en publiceerde de eerste peilingen. Die gaven aan dat Anthony op korte tijd beter bekend geworden was bij de Gentenaren, maar dat vooral het 'marginale' van zijn partij een groot struikelblok bleef voor een definitieve doorbraak.

Zaterdag 28 december 1957

Toen Anthony en Kikki kwamen aangereden bij tante Lolo, zagen ze Robert hard de omwallingen rondschaatsen. Hij was gekleed in een oude wit-zwart gebreide trui en in een zwarte vloeren broek. In tegenstelling tot wanneer hij wandelde, waren zijn armen in perfecte harmonie met zijn lange schaatsbewegingen. Hij ging bijzonder snel en nam de bochten met veel bravoure.

Robert moet heel geconcentreerd geweest zijn, want hij zag Kikki pas voor het eerst wanneer ook zij hard aan het rondschaatsen was. Hij had haar meteen herkend aan de kracht en soberheid van haar bewegingen, en aan haar rood mutsje! Zijn hart klopte meteen sneller. Hij haalde haar met gemak in, sloeg zijn armen om haar, gaf haar een kus en feliciteerde haar met haar schaatstechniek. Ze glimlachte even, keek vervolgens weer ernstig en schaatste des te harder door. Robert bleef in haar buurt, maar aan elk bruggetje dook hij er zo efficiënt onderheen dat hij meteen tien meter voorsprong op haar nam en even moest wachten. Kikki kon haar ogen niet geloven en spurtte om weer voorsprong te nemen. Zelfs toen Robert een conversatie begon tijdens het schaatsen, antwoordde ze niet en weerde ze zich als een bezetene om hem voor te raken. Robert vond het na een paar rondjes welletjes, greep haar vast, bracht haar tot stilstand en klemde haar stevig vast bij de schouders.

-"Kikki, je schaatst echt heel goed, maar het heeft geen zin er een race van te maken; ik dubbel je binnen de vijf ronden."

-"Niemand is sneller dan ik," antwoordde ze met een onzekere stem.

-"Niemand is sneller dan jij, tenzij iemand die al duizend uur ijshockey gespeeld heeft. Dat is toch normaal," probeerde Robert. Ze keek naar hem:

-"Ok, je bent sneller dan ik. Het is niet zo erg." Robert zuchtte:

-"Ik schaats in elk geval niet meer als ik weet dat jij meekomt. Daar komen nog ongelukken van!"

-"Ok," zei Kikki, "tot ik je formeel uitdaag uiteraard!"

-"Daarvoor vriest het veel te weinig in België. Kom, ik weet iets beter: ik ga je ijsacrobatiek aanleren." Ze plooide door haar knieën vol ongeloof:

-"Jij gaat me acrobatie leren?!" Robert lachte:

-"Zou je dat graag leren?" Ze vloog hem zo hard rond de nek dat hij al zijn ervaring met bodychecks uit het ijshockey nodig had om recht te blijven. "Ik veronderstel dat dat een 'ja' is," zei hij. "Kom, ik begin met je rond te slingeren op één schaats." Dankzij haar lenigheid en goed gevoel voor evenwicht had ze het kneepje snel onder de knie; binnen de paar minuten slingerden ze rond elkaar als danspartners. Ze leerde ook opgegooid te worden en te landen, en pirouettes te maken onder zijn hand. Hij had haar nog nooit zo gelukkig gezien. Na een uur was ze in staat een aantal opeenvolgende figuren correct uit te voeren.

-"Als Laetitia dit te weten komt, wil ze je schaken voor een hele dag. Maar jij zal lekker geen tijd hebben!" lachte ze.

-"Vertel het haar dan niet!" zei Robert.

-"Ik heb wel héél veel zin, gewoon om haar jaloers te maken," antwoordde ze. Ze stond nu vlak tegenover hem en keek hem gedurende vijftien seconden dolgelukkig in de ogen. Had zij haar hoofd een millimeter schuin gekanteld, hij zou haar gekust hebben. Maar zij bleef hem zonder beweging aankijken met een heel blije glimlach, als die van een klein dochtertje dat net met haar vader gedanst had. Robert kon zich een klein beetje koesteren in die rol. Misschien zou het helpen als hij de relatie met Kikki als een vader-dochter relatie zou bekijken. Een heel eigenzinnige dochter weliswaar. Maar wat moest hij doen als zij hem wou kussen? Haar ter orde roepen? Haar kussen, om nadien de vriendschap van Anthony te verliezen, en wellicht ook van haar? Hij hoopte dat ze hem de keuze niet deed maken. Terwijl ze elkaar zo aankeken, hoorden ze applaus van Anthony, die hun dansje bewonderd had. Kikki lachte verlegen met de overdreven hulde en drukte haar hoofd even tegen Roberts schouder. Ze keek naar Anthony en riep:

-"Terwijl Robert werkt, ga jij schaatsen met mij deze namiddag!" Toen Anthony dichterbij kwam, zei Robert tegen hem:

-"Ik geef je een goede raad: laat ze niet racen!"

-"Ik weet wat je bedoelt," antwoordde hij. Kikki glimlachte stout.

Ze gingen het huis binnen. Tante Lolo had Anthony al gezien, maar nog niet Kikki, die voorlopig enkel binnen geweest was om snel haar schaatsen aan te doen. Aan een salontafel met een kop thee maakte Kikki dat uitgebreid goed.

Daarna volgde onverbiddelijk het werk. Robert daalde met Kikki af in het atelier, waar hij fier het vlot draaiende weefgetouw toonde. Kikki hield het echter kort; ze haalde een lijst met cijfers boven, en zei:

-"Hier moet het weefgetouw aan voldoen opdat een patent de moeite waard zou zijn: je moet op het weefgetouw van de school, gegeven de relatief geringe breedte, absoluut honderdvijftig inslagen per minuut halen zonder dat het garen breekt. Daarbij mag het energieverbruik niet meer zijn dan gemiddeld vijf kilowatt per honderd inslagen per minuut. Dat wil zeggen dat als je honderdvijftig inslagen per minuut haalt, het verbruik slechts 7,5 kilowatt mag zijn." Robert wist niet eens of dat onredelijk was of niet. Hij was vooral met het mechanisch concept bezig geweest, terwijl hij de prestatieberekeningen en -optimalisaties aan mij overgelaten had.

-"Het getouw van tante Lolo haalt waarschijnlijk honderdvijftig inslagen per minuut," antwoordde Robert. "Dat wordt dus geen blokkerende factor. Wat het energieverbruik betreft, moet Didier een antwoord geven. Ik moet ook het maximaal vermogen van de generator nog nakijken." Kikki antwoordde dat zij hem een generator bezorgd had met meer dan voldoende capaciteit.

-"Ben je zeker?" vroeg Robert. Hij had het antwoord intussen kunnen raden:

-"Zou ik je ooit een generator met onvoldoende capaciteit bezorgen?" Ze ging meteen over naar het volgende punt:

-"Voor elke component wil ik een technische tekening volgens dit voorbeeld." Ze haalde een technische tekening van een tandwiel boven, met bovenaanzicht en zijaanzicht, en uiteraard volledig gedimensioneerd inclusief toleranties. Op het blad stonden eveneens de precieze specificaties van de grondstof en van de nabehandeling van het tandwiel. "Ik wil driehonderd technische tekeningen tegen volgende week zondagavond," vervolgde ze. Robert rekende snel uit:

-"Dat zijn er gemiddeld bijna veertig per etmaal!" protesteerde hij.

-"De meeste zijn eenvoudig genoeg," suste Kikki. "Terwijl jij er alvast aan begint, ga ik nu schaatsen met Anthony." Ze gaf hem een snelle kus en weg was ze.

Robert besefte dat hij geen keuze had. Hij bekeek de bundel met zijn volledig concept. Dat was echter verre van volledig en gebruikte nog niet de buffers voor het voeden van het inslaggaren. Hij besloot echter eerst de tekeningen te maken van de componenten die vervangen moesten worden.

Na drie uur werken was hij tevreden met de vooruitgang. Hij had tien tekeningen gemaakt, weliswaar zonder indicaties van toleranties; die zou hij aan mij overlaten. Plots hoorde hij op de deur kloppen. Hij nam, zoals Kikki hem had ingeprent, de sleutel, opende de deur, stapte naar buiten, sloot de deur achter zich en draaide die op slot. Het was tante Lolo.

-"Jij was coach van sportclubs?" vroeg ze.

-"Van amateurvoetbalclubs," relativeerde Robert.

-"Kan jij massages geven?" vroeg tante Lolo verder.

-"Ja," zei Robert, "ik ben gekwalificeerd voor elementaire sportmassages, maar ik ben geen kinesitherapeut."

-"Kom toch eens kijken," zei ze. "Kikki heeft zich bezeerd in de nek bij het schaatsen." Robert schrok. "Het is niet zo erg," stelde tante Lolo hem gerust. "Gelukkig is ze sterk; ze kan tegen een stootje." Robert spurtte naar de tweede verdieping, waar Kikki in haar kamer lag. De gordijnen lieten enkel wat schemerlicht door. Van ver zag hij haar naakt op haar buik liggen als een dode mus. Anthony zat naast haar op bed en streelde haar hoofd. In een professionele reflex bande Robert het erotische beeld van haar uitgespreide lichaam meteen uit zijn hoofd, liep haar kamer voorbij, haalde een grote handdoek uit de badkamer, en gooide die bij het binnenkomen op haar achterwerk. Anthony keek Robert schuldig aan:

-"Ze racete als een bezetene. Ik had dit niet zien aankomen."

-"Ze wou zo snel leren schaatsen als ik. Ik dacht dat ik het uit haar hoofd gepraat had," biechtte Robert op. Anthony schudde het hoofd:

-"Onthoud dit Robert, je praat zoiets nóóit uit haar hoofd. Hopelijk is het ijs snel weg, want ze zal blijven proberen." Kikki glimlachte verlegen maar niet schuldig. Als ze pijn had, liet ze dat in elk geval niet merken. "Ik zoek iets dat voor massageolie kan doorgaan," zei Anthony en hij verliet de kamer. Robert nam zijn plaats in op het bed.

-"Gooi jij altijd handdoeken op je patiëntes?" vroeg Kikki plagend.

-"Dat hangt ervan af waar ze geblesseerd zijn," antwoordde Robert. "Ik ben blij dat je nog zin voor humor hebt; dat is alvast een goed teken." Hij begon haar nek en rug te betasten op zoek naar het probleem.

-"Het beeld van je naakte lichaam is te waardevol om zomaar weg te schenken," zei Robert met een belerende glimlach. "Hou dat voor je toekomstige verloofde." Het was een poging om haar kleur te doen bekennen. Evenwel met meer succes dan hij gehoopt had:

-"Anthony?" begon Kikki lachend, maar een scherpe pijnscheut in haar nek stopte haar. Hoewel haar mond zich opensperde en tranen uit haar ogen sprongen, sloeg ze geen kreet.

-"Sst," maande Robert. Anthony haar toekomstige verloofde! Robert hapte naar adem. Hij deed nu zijn best om het hartverscheurende nieuws stilletjes te incasseren, en zijn emoties niet de vingertoppen te laten sturen die haar aan het masseren waren. Hij had nu meer pijn dan zij, een andere soort pijn weliswaar, maar veel langduriger; daar was hij zeker van.

-"Anthony ziet me dikwijls naakt," vervolledigde ze haar zin stilletjes, terwijl ze zichtbaar genoot van Roberts opwarming van haar spieren. Voor Robert was dit de klap die niet meer nodig was. Hij vroeg zich enkel af of hij dan nú het blad van zijn liefde voor Kikki zou omslaan. Kikki en Anthony waren uiteindelijk de meest waardevolle vrienden die hij kon hebben; hij moest dankbaar zijn en het daar bij laten.

Een uurtje later vertrokken Kikki en Anthony. Kikki had nog behoorlijk veel pijn in haar nek. Ze maakten geen plannen voor oudejaarsavond. Robert zou als een monnik zestien uur per dag werken aan de driehonderd tekeningen die tegen zondag klaar moesten zijn. Met een loden hart wuifde hij hen uit.

Dinsdag 31 december 1957

Robert had intussen een comfortabele voorsprong op het schema. Na de ontgoocheling in zijn liefde voor Kikki had hij zich op een haast religieuze manier op zijn werk gestort, als was het een bedevaart die alsnog het tij kon doen keren. Hij sliep enkel wanneer hij te moe was om nog na te denken, en ging weer aan de slag van zodra hij weer wakker was. Op een bepaald moment vroeg hij zich af hoeveel uren per etmaal hij sliep, want in zijn kelder had hij alle gevoel voor dag en nacht verloren. Wanneer de beiaard in zijn uurwerk vier uur sloeg, vroeg hij zich af of dat nu vier uur 's middags of vier uur 's nachts was. Het personeel hield permanent alle soorten maaltijden voor hem klaar, en hielp hem de trap op als hij duizelde. Hij deed nog nauwelijks inspanning om zich om te kleden voor het slapengaan, en zich scheren deed hij al helemaal niet meer. Tante Lolo was bezorgd. Ze wou Kikki overtuigen haar planning aan te passen, maar Robert verzekerde tante Lolo dat het niet de schuld van Kikki was: "Kikki heeft gelijk me zo hard aan het werk te zetten."

Na tweeënzeventig uur op die manier geleefd te hebben, had hij elke notie van maand en dag verloren. Hij zou op oudejaarsavond gewoon doorgewerkt hebben, had tante Lolo hem niet gestopt; ze vroeg hem met haar te dineren. Hij nam een uitgebreid stortbad, en doste zich piekfijn uit met de hulp van de kapper. Zoals steeds stond de tafel prinselijk gedekt. In de feestelijke sfeer werd Robert zowaar zijn oude zelf. Tante Lolo vond het een mooi moment om eens over de familie te vertellen:

Over Anthony en Kikki

-"Het is altijd zo leuk om Anthony en Kikki samen te zien. Hun moeders hopen dat ze zich dit jaar verloven, 'eindelijk verloven' volgens hun vrienden." Robert begon te wennen aan het idee.

-"Ze zijn al heel lang samen, heb ik gehoord."

-"Ze zijn al samen sinds ze heel klein waren. Anthony is een paar jaar ouder dan Kikki. Hun respectievelijke ouders hebben ze destijds aan mij toevertrouwd. Ik heb ze opgevoed als waren ze mijn eigen kinderen. Maar hun moeders hopen vooral dat dankzij een huwelijk tussen Anthony en Kikki de twee families het verleden achter zich zouden laten." Eindelijk een aanknopingspunt om wat meer over Kikki te weten te komen!

-"Ik wil niet nieuwsgierig zijn...," probeerde Robert voorzichtig, maar tante Lolo vertelde voluit:

-"Hun beider betovergrootvaders hebben elkaar leren kennen tijdens de Franse Revolutie. De twee waren misnoegde edellieden, die vóór de revolutie aan het kortste eind getrokken hadden binnen hun eigen families. Tijdens de revolutie zweerden beiden hun adellijke titels af, kozen ze de kant van de revolutie, en rekenden ze af met hun familieleden. Zij werden twee van de nieuwe rijken die de Franse driekleur lieten wapperen boven hun kastelen. Toen de revolutie mislukte, zijn ze het land uitgevlucht naar Brussel, waar ze de vele andere 'koningsmoordenaars', want zo noemde men die groep Fransen toen, vervoegden. De koningsmoordenaars, die aan koning Leopold hun vroegere adellijke titels terugvroegen en -kregen, en dikwijls hogere dan de titels die ze vóór de Franse Revolutie hadden gehad, hebben vervolgens de kersverse koning geholpen met het bestendigen van het pas gestichte België. Ze waren in het begin heel actief in de pers en de politiek, maar de grootvaders van Anthony en Kikki kregen bovendien ook voet aan de grond in de snelgroeiende textielindustrie.

Bij het uitbreken van de Eerste Wereldoorlog sloegen de grootvaders van respectievelijk Anthony en Kikki elk een andere richting in: de grootvader van Anthony bleef samen met zijn oudste zoon, mijn overleden man dus en tevens de nonkel van Anthony, in Duits bezet gebied. Zij hebben in België waarschijnlijk meer dan een miljoen levens gered door nauw samen te werken met de prinsen Johannes en Jan de Vissermans, alsook met de Amerikaanse Commission for Relief in Belgium, onder leiding van de latere president Herbert Hoover. Ze importeerden en verdeelden meer dan vijf miljoen ton voedsel onder de bevolking. De grootvader van Kikki van zijn kant zat achter de Ijzer, waar hij adviseur van koning Albert was.

Na de afloop van de oorlog kreeg Anthony's familie grote ruzie met Kikki's familie. Niemand heeft ooit mogen weten waarover die ruzie precies ging. Op een dag werd de grootvader van Anthony doodgereden. Rond het ongeval hing de grootste geheimzinnigheid. We kregen nooit inzage in het proces-verbaal en kregen nooit de rechercheur te zien die met de zaak bezig was.

Hoewel Kikki's vader en grootvader nooit verdacht werden van betrokkenheid in het ongeval, laaide de ruzie nog heviger op tussen mijn man enerzijds en de vader en grootvader van Kikki anderzijds, tot ook mijn man stierf. Hij is dood aangetroffen in het atelier waar jij nu werkt, net nadat er een inbraak had plaatsgevonden. Doorheen heel het huis was alle papier doorsnuffeld of meegenomen."

-"Wat zochten ze?"

-"Geen flauw idee."

-"Uw man, de baron, was aan het knutselen op een weefgetouw?"

-"Net zoals iedereen in Gent."

-"Had hij misschien een belangrijke uitvinding gedaan?"

-"Neen; ik zou dat geweten hebben, want hij kon niet zo goed zwijgen als jij en Kikki!" lachte ze.

-"Hij zweeg anders wel over wat de reden van de ruzie was," opperde Robert.

-"Wat eerder aangeeft hoeveel belangrijker en meer geheim dát onderwerp was!" riposteerde ze.

-"En toen?"

-"Er was voor de rest niets gestolen. Bij de autopsie zijn geen sporen van moord gevonden; mijn man was gestorven aan een hartaanval. Kort nadien heb ik alles laten versterken tegen inbraak; je zit hier dus veilig!" lachte tante Lolo.

-"En geen spoor van de inbrekers?"

-"Toch wel: ze hebben een stuk van een bladzijde van een krant gevonden, met daarop de wegbeschrijving naar hier gekribbeld."

-"Als je het geschrift herkent, ken je de inbreker."

-"Zo is dat, maar de rechercheurs hebben nooit de auteur gevonden. Ze hebben Kikki's vader en grootvader ondervraagd. Ze hadden het gevoel dat Kikki's vader het geschrift herkende, maar ze hebben hem niet kunnen doen zeggen van wie het was."

-"Dat zal de relatie tussen de twee families geen deugd gedaan hebben!"

-"Zeker niet, want toen voor het eerst moeide de vader van Anthony zich ook met de familievete. Sindsdien zit het heel scheef tussen de vader van Anthony en de vader van Kikki."

-"Kikki en Anthony hebben duidelijk geen last van de ruzie tussen hun vaders," polste Robert.

-"Integendeel. Zoals ik al zei, willen hun beider moeders niets liever dan dat hun huwelijk de twee families weer bij elkaar brengt."

En dat was het dan: ze waren niet enkel een koppel omdat ze van kinds af goede vrienden waren, het geheel paste bovendien in een strategisch plaatje. Hij wou nog meer over Kikki te weten te komen, maar tante Lolo zei:

-"Vraag daar niet om. Vertrouw me. Wacht tot Kikki je zelf meer vertelt."

-"Klinkt zeer geheimzinnig."

-"Daar is een goede reden voor, en het is ook in jouw belang. Als het moment gekomen is, zal je dat begrijpen, geloof me."

En zo werden die avond uiteindelijk geen mysteries rond Kikki opgelost, behalve dan waarom zij en Anthony zo voor elkaar bestemd waren.

Over Anthony en Forel

Tante Lolo vertelde daarna over het feit dat wijlen Anthony's grootvader ooit een belangrijke leverancier van prins de Vissermans was, en zwaar te lijden gehad heeft onder het faillissement van die laatste. "Hij had immers, net zoals de meeste anderen uit de Gentse aristocratie, veel geld geleend aan Jan de Vissermans." Robert keek verschrikt. "Ik weet wat je denkt," ging ze verder. "Mijnheer Forel, Didiers vader, was de antagonist in de patententragedie van 1923." Robert was geschokt:

-"En toch wordt Didier zo goed ontvangen door u en Anthony!" zei hij. Tante Lolo antwoordde daar heel streng op:

-"Anthony is de laatste persoon op aarde die Didier aansprakelijk houdt voor de fouten van mijnheer Forel. En ik heb resoluut zijn voorbeeld gevolgd!"

-"Dat is waarlijk bijzonder nobel van jullie. Dat heb ik in mijn leven nog nooit eerder gezien," zei Robert ontroerd.

-"Dank u voor dat mooie compliment," zei tante Lolo glimlachend.

Over Laetitia en Grandgenre

-"En weten Kikki, Hélène en Laetitia wat Didiers vader aan Anthony's familie heeft aangedaan?" vroeg Robert.

-"Die vier weten alles van elkaar," antwoordde ze.

-"Wist u dat Anthony en Laetitia de school gered hebben?" vroeg Robert.

-"Neen, vertel eens!" Robert vertelde het hele verhaal over de cheque van Grandgenre en over de enorme fooi voor het vervangen van de band op de Ferrari. Tante Lolo gierde het uit van het lachen. Toen ze bekomen was, zei ze:

-"Typisch Laetitia; ze krijgt alles van iedereen gedaan."

-"Hoe zit het trouwens tussen Laetitia en Grandgenre?" vroeg Robert nieuwsgierig.

-"Ze worden op alle feesten samen aan tafel gezet. Zo gaat dat in de Gentse aristocratie: als beider ouders vinden dat hun kinderen met elkaar moeten trouwen, zetten ze hen samen aan tafel. Op alle andere feesten worden ze vervolgens ook naast elkaar aan tafel gezet, tot er een verloving aangekondigd wordt." Robert knikte; zijn kennis van de geplogenheid werd enkel bevestigd.

-"Het is huwelijkspolitiek zoals vroeger," merkte Robert op.

-"Maar oneindig veel subtieler," antwoordde tante Lolo. "Het lijkt immers alsof de kinderen zelf kiezen!"

-"Quod non."

-"Inderdaad, want ze hebben geen alternatief, eenvoudigweg omdat iedereen het spel meespeelt. Het is een ongeschreven wet: niemand anders dingt nog naar de hand van het meisje in kwestie, en geen enkel ander meisje gaat nog in op de aanzoeken van een andere jongen."

-"Ziet ze hem graag?" vroeg Robert. Tante Lolo beantwoordde zijn vraag met een vraag:

-"Wat denk je?"

Over Patenten

-"Ik hoop dat Didier nooit te weten komt dat Anthony's familie zo te lijden gehad heeft onder de wanpraktijken van mijnheer Forel; hij kruipt tien meter onder de grond!" zei Robert.

-"We zullen het hem wel vertellen van zodra hij er ooit klaar voor is."

-"Het legt in elk geval uit waarom Kikki zo militant is als het op patenten aankomt," zei Robert.

-"Is dat waar je in het atelier mee bezig bent, Robert?" Hij bloosde; Kikki had hem nog zo gezegd voorzichtig te zijn! "Niet erg, Robert, ik vermoedde al zoiets. En ik wou je een lesje leren!"

-"Lesje geleerd; ik let in het vervolg op mijn woorden!" lachte Robert verlegen.

-"Om verder te vertellen: sinds het faillissement van prins de Vissermans is iedereen in Gent geobsedeerd door patenten. Quasi elke familie in Gent heeft ergens een oud weefgetouw van prins de Vissermans staan, waarop velen aan het knutselen geslagen zijn. Er wordt geheimzinnig gedaan, gespioneerd, gestolen en vervolgd dat het geen naam heeft. Jouw activiteiten in de kelder zijn daar het mooiste voorbeeld van."

Over de campagne van Anthony

-"Anthony doet het wel héél erg goed!" zei Robert. Hij was jaloers op Anthony, hoe hard hij dat ook probeerde te overwinnen.

-"Niemand doet het zo goed als Anthony," antwoordde tante Lolo. "Hij is de jongste schepen die de stad ooit gehad heeft. Natuurlijk heeft hij veel te danken aan de goede naam van zijn vader, en nog veel meer aan Hélène." Robert hoopte stilletjes dat Anthony op Hélène verliefd zou worden, maar de kans dat zij de toekomstige verloofde van Kikki zou inpikken, was nul; zo goed kende hij de meisjes intussen al. "Hélène leidt zijn verkiezingscampagne en is zijn politiek adviseur," ging tante Lolo verder.

-"Ik kan het me al voorstellen," zei Robert. "Ze is waarschijnlijk zijn politiek adviseur zoals Kikki mijn juridisch adviseur is."

-"Ja, en even goed," antwoordde tante Lolo. "Ze zamelt zoveel campagnegeld in, dat het bijna immoreel is, ze verzorgt de public relations... die twee zijn werkelijk een sneltrein in de politiek."

-"Tussen al de boemels," voegde Robert daaraan toe.

-"Dat is precies de reden waarom Nieuw Gent opgericht werd. Het verdwijnen van prins de Vissermans betekende voor Gent een groot verval in het onderwijs, de cultuur, het voetbal, de stadsfinanciën en zovele andere zaken. Nieuw Gent heeft beloofd alles weer in beweging te zetten. Maar Anthony heeft ook hulp van Laetitia: zij heeft haar hele leven alles bekomen wat ze wou, gewoon doordat ze met haar enthousiasme, haar kinderlijke spontaneïteit en haar beeldige schoonheid iedereen rond haar vinger weet te draaien." Robert dacht onmiddellijk aan mij, maar zei:

-"Zoals Grandgenre, toen hij die twee miljoen gaf!" Tante Lolo lachte en vertelde verder:

-"Als Anthony naar een bitsige politieke discussie moet, vraagt hij Laetitia mee. Het probleem is reeds voor de helft opgelost wanneer ze met haar ontwapenende lach binnenkomt, en al helemaal wanneer ze weer naar buiten gaat. Het is net of niemand ooit Laetitia teleur wil stellen."

-"Kikki krijgt anders ook alles gedaan," mompelde Robert.

-"Van jou toch!" schaterde tante Lolo het uit.

Over het getouw in de kelder

-"Ik was zo blij toen je het getouw in de kelder weer opstartte; het was net alsof mijn overleden man weer aan het werk was. Toen hij het getouw in huis haalde, heeft het me initieel gestoord, maar na verloop van tijd hoorde het geluid bij de goede dagelijkse gang van zaken. Het was alsof er iets grondig verkeerd zou zijn als het getouw ooit voor een halve week zou stoppen, zoiets als de klokken die nooit meer zouden luiden. En zo geschiedde toen mijn man stierf."

Het werd snel middernacht. Robert was de hele avond geboeid geweest. Hij en tante Lolo wensten elkaar een gelukkig nieuwjaar en dronken een glas champagne.

-"Het wordt een belangrijk jaar voor mij," zei Robert.

-"Hoezo?" vroeg tante Lolo.

-"Ik moet mijn diploma halen. Het wordt niet evident; mijn eindwerk is een ellende."

-"Houdt Kikki er zich mee bezig?" vroeg tante Lolo.

-"Neen, helemaal niet."

-"Als ze er zich mee bezig zou houden, zou ik zeggen dat alles goedkomt," zei tante Lolo, "maar nu ik weet dat ze er niet mee bezig is, weet ik dat ze dat uiteindelijk het beste voor jou vindt." Robert begreep er niets van, maar hij was te moe om om uitleg te vragen. Hij excuseerde zich voor het feit dat hij op tijd wou gaan slapen; op nieuwjaarsdag wou hij nog een groot aantal tekeningen maken.

~

Ik had dat jaar verwaarloosd plannen te maken voor oudejaarsavond en nieuwjaar omdat er te veel te doen was op de school; Forel had immers de aannemers kunnen overtuigen om door te werken tijdens de feestdagen. Even zag het ernaar uit dat ik oudejaarsavond alleen met mijnheer en mevrouw Forel op de stille school zou moeten doorbrengen, maar ik had geluk: er viel een opdracht voor hulpkok in de bus, en het was warempel in het Fleur-de-Lys! Mevrouw Forel vertelde me dat het kasteel, ooit eigendom van prins de Vissermans, weliswaar nog niet afgewerkt was, maar reeds van de huidige eigenaar, Looms International, kon afgehuurd worden voor feesten. Ik besloot om na het feest te overnachten bij tante Lolo en Robert, om daarna nieuwjaarsdag bij hen te passeren. Meteen zagen de twee dagen er veelbelovend uit!

Door het winterweer was het verkeer nog steeds op de sukkel, maar aangezien ik ruimschoots op tijd vertrokken was met de tram, was ik op tijd aan het park. Omdat de toegangsweg naar het kasteel nog niet sneeuwvrij geborsteld was, moest ik eens te meer ploeteren, maar in het Fleur-de-Lys bracht dat enkel mooie herinneringen naar boven: in hun prachtige pelzen waren de drie meisjes hier een week eerder zoals jonge, speelse sneeuwluipaarden geweest, op het ene moment knuffelachtig, op het andere ons begravend onder de sneeuw. Al dromend kwam ik bij het kasteel. Ik had er nog nooit vlakbij gestaan; nu pas zag ik de wirwar van bruggetjes, gaanderijen en deuren, die je als bezoeker radeloos maakten. Gelukkig wees een portier, die met opstaande kraag en stampende voeten de kou trotseerde, me de weg naar de keuken.

Het was bijzonder aangenaam om in de keuken van het Fleur-de-Lys toe te komen: in tegenstelling tot de keukens in andere huizen en kastelen, hadden decoratie en stijl hier ruime aandacht gekregen. De chef-kok verwelkomde mij en besprak met mij de menugangen waar ik verantwoordelijk voor zou zijn. Routinematig deed ik een controle van alle ingrediënten, toestellen en werktafels. Eens je de weg wist, was het Fleur-de-Lys heel functioneel: koks en kelners vielen hier niet over elkaars voeten, en er waren geen uitingen van frustratie over het gebrek aan werk- of bergplaatsen. Iedereen was opgewekt. Hier had ik de mogelijkheid om mijn gangen extra veel aandacht te geven, en ze nog fijner te maken dan ooit.

Ik had al uren gewerkt, toen de vierhonderd gasten toekwamen en hun eerste aperitiefhapjes kregen. De enige informatie die we over hen kregen, kwam van de kelners, die zoals gewoonlijk hun commentaar beperkten tot 'sjiek volk' en 'mooie vrouwen.' Voor de rest praatten ze vooral over het voetbal, en in het bijzonder over 'de tovenaar' Robert Fischer.

De hele avond verliep uitmuntend, tot de gasten aan de koffie begonnen. Mijn werk was op dat moment achter de rug; ik had mijn werkplek opgeschoond en was een praatje aan het slaan met andere mensen wiens werk erop zat. Maar als een donderslag bij heldere hemel stormde plots de chef-kok naar binnen. Hij was in alle staten:

-"Dit is me nog nooit overkomen!" riep hij. Hij liep naar mij: "Wat in hemelsnaam heb jij met het eten gedaan??" Ik raakte in paniek en probeerde me te herinneren wat ik met het eten gedaan zou kunnen hebben.

-"Niets bijzonders," antwoordde ik, mijn schouders ophalend.

-"Niets bijzonders?? Dit is de eerste keer dat de gasten niet mij persoonlijk willen spreken om iets te melden, maar de hulpkok. De húlpkok stel je voor! Dat is niet enkel een blamage voor mijn eten, maar bovendien een blamage voor mijn gezag over het personeel, begrijp je dat??" Ik sloeg rood aan. "Begrijp jij dat dit het belangrijkste eindejaarsfeest in Gent is?? En weet je wíe u wil zien? De belangrijkste kolomschrijver van de kranten! Besef jij wat dit doet voor mijn reputatie??" ging hij verder.

-"Vergeef me. Wat zou u willen dat ik doe?" vroeg ik onderdanig.

-"Wat denk je dat ik zou willen?? Ze willen u zien aan hun tafel!" Schoorvoetend volgde ik hem naar de tafel in kwestie. Een oudere heer stond me op te wachten. We werden aan elkaar voorgesteld.

-"Bent u de kok van de visgerechten?" vroeg hij mij.

-"Jawel," stamelde ik, "en ik verontschuldig me al op voorhand voor het probleem dat jullie vastgesteld hebben." Ik durfde nauwelijks de ogen op te slaan, en staarde naar mijn schoenen terwijl hij me antwoordde:

-"Probleem? Wie spreekt er over een probleem?" lachte de man innemend. "Er is helemaal geen probleem! Integendeel, heel onze tafel wil u persoonlijk feliciteren; dit waren de lekkerste visgerechten die wij in lange tijd geproefd hebben. U bent waarlijk een groot kok, mijnheer Forel. Proficiat!" Deze hulde werd gevolgd door een klein applausje vanwege zijn tafelgenoten. Nog steeds in shock en nauwelijks beseffende wat er gebeurde, dankte ik met een knikje en keerde ik onder begeleiding van de chef-kok terug. Van zodra ik weer in de keuken was, gaf die laatste me een paar schouderklopjes en liet hij me even alleen.

Ik zette me neer en stopte gedurende tien minuten het hoofd in de handen, overdenkende wat er zonet gebeurd was, tot mijn neerslachtigheid uiteindelijk plaats maakte voor euforie. Ik was in de wolken over dit mooie moment, maar wou zeker zijn dat het geen grap was. Ik vroeg aan de chef-kok of de gasten op de hoogte waren van wie verantwoordelijk was voor welke gangen.

-"Helemaal niet," antwoordde de chef-kok, "om te beginnen zijn de gasten enkel geïnteresseerd in wie de chef-kok is, en heb ik de beslissing over wie wat doet, pas de laatste dag genomen. Niemand van de gasten wist dat jij vandaag voor de visgerechten zou zorgen."

-"In elk geval eind goed, al goed," antwoordde ik.

-"Dat mag je wel zeggen!" lachte de chef-kok opgelucht. Zijn woorden waren nog niet koud, of het scenario herhaalde zich. Deze keer moest ik gaan spreken met niemand minder dan de gastheer van het feest zelf, mijnheer de baron Anthony de Hoedemaecker! Anthony deed alsof hij mij niet kende. Kikki zat rechts van hem, als zijn officiële disgenote, en Hélène links. Beide meisjes keken mij vriendelijk en beleefd aan, alsof het de eerste keer was dat ze me zagen. We hadden de aandacht van de volledige zaal.

Anthony vertelde me dat het gerucht de ronde deed dat ik de beste Gentse kok voor visgerechten was, en wilde me net zoals de kolomschrijver persoonlijk feliciteren. Deze keer applaudisseerden niet enkel de mensen aan zijn tafel maar de volledige zaal! Zowel de dames met de prachtigste avondkleedjes als de prominente heren in smoking stonden spontaan recht om mij uitbundig geluk te wensen. Ik was omgeven door een hemels schilderij van barokke kleuren en lieve mensen, van uitgestrekte armen beladen met fonkelende juwelen, van vrouwen die zo mooi schitterden als de zon. Ik was in een roes, schudde handen zoveel ik kon, en kreeg tranen van geluk in de ogen.

Ik zocht traag de weg uit de zaal. Onderweg gooide ik nog eens een blik naar de tafel van de kolomschrijver, waar de lof begonnen was, en daar zat ze warempel, Laetitia! Ik zag haar in de verte tussen twee nobele jongeheren. Die aan haar linkerhand, dat wil zeggen de jongeheer met wie ze formeel aan tafel zat, was Grandgenre. Welke relatie had ze met hem, was de prangende vraag die ik me eens te meer stelde.

Ze lachte verlegen naar mij, zoals een onschuldig meisje dat oma's mooiste bloempje geplukt had. Mijn hart sloeg een slag over wanneer ik plotseling besefte dat zij hierachter zat! Ik begon te snikken van ontroering en blijdschap; ze had aan mij gedacht op dit prachtige feest, en voor een der mooiste momenten van mijn leven gezorgd. Maar hoe had ze in hemelsnaam geweten dat ik hier was, en dat ik de visgerechten klaargemaakt had?

Ik bleef buiten de keuken en zette me op een trapje met de handen voor het gelaat, het hoofd schuddend in ongeloof.

-"Ik begrijp er ook niets van," zei de chef-kok, "maar wat jij hier meemaakt, is de ultieme fantasie van elke kok. Proficiat, want jouw eer is ook de mijne!"

Terwijl ik nadacht over hoe Laetitia dit voor elkaar gekregen had, en waarom, kwamen verschillende andere koks me feliciteren. Ze gaven me hun namen en adressen op papiertjes, die ik achteloos in mijn broekzak stak.

Ik was moe en een emotioneel wrak toen ik vertrok naar tante Lolo. Iemand van het personeel liet me binnen en gaf me de kamer naast die van Robert.

Ik kon echter de slaap niet vatten. Hoe had Laetitia geweten dat ik hulpkok was op het feest? Zou ze me in of rond de keuken gezien hebben? Dan moet ze in haar prachtig avondkleed rondgeneusd hebben op een plaats waar ze niet hoorde te zijn. Zou ze dat op elk feest gedaan hebben tot ze me vond? Daar zou ze niet mee weggekomen zijn zonder dat iedereen erover sprak. Zou ze systematisch gevraagd hebben of ik er was? Blijkbaar toch niet aan de chef-kok. Maar aan wie dan wél? Of had ze iets opgemerkt dat mijn aanwezigheid verried…?

Mijn signatuursmaakje! Natuurlijk!! Ze had mijn signatuursmaakje in alle visgerechten herkend, en besloten om de hele zaal te manipuleren zoals enkel zij dat kan! Toen ik dat allemaal besefte, ging ik pas echt huilen van ontroering. Ik verstomde het geluid door mijn mond diep in het hoofdkussen te duwen. Ik had geen controle meer over mezelf en schreide eindeloos, tot ik volledig uitgeput in slaap viel.

Woensdag 1 januari 1958

Toen ik vroeg in de ochtend wakker werd van de dorst, was ik nog heel moe en besefte ik nauwelijks waar ik was; het residu van mijn verdampte tranen kleefde mijn ogen dicht. Ik struikelde duizelend uit mijn bed, zocht mijn evenwicht en vond tastend mijn weg naar de badkamer. Na een slok water van de kraan strompelde ik terug naar het ledikant en kroop ik opnieuw in het knusse hol van mijn dekens. Ik hoorde nog net dat het personeel beneden al aan de dag begonnen was, maar zwijmelde snel weer in slaap en droomde verder over het Fleur-de-Lys.

Ik lag in een bolletje als een beer in zijn diepste winterslaap, toen de gordijnen in mijn kamer opengegooid en de waterkranen in mijn douche opengedraaid werden. Ik werd half wakker, maar mijn oogleden wilden niet openslaan. Nog vooraleer ik goed en wel besefte wat er gebeurde, voelde ik een nat washandje over mijn aangezicht.

-"Gelukkig nieuwjaar, Didier! Laat me het jaar beginnen met die slapertjes uit jouw ogen te halen." Het was Laetitia! Ze zat volledig aangekleed en opgesmukt naast mij op bed!

Een cocktail van plots geluk, verlegenheid en ongeloof deed me stotteren. Ze lachte met mijn verwarde reactie:

-"Wat ben jij grappig als je wakker gemaakt wordt! Kom, het is tijd om op te staan!" Ze nam me bij de hand, duwde mij de badkamer binnen en sloot de deur achter mij. In een gelukkige ingeving trok ik de deur nog snel open om haar na te roepen:

-"Gelukkig nieuwjaar, en dank je voor gisteren!"

-"Graag gedaan!" antwoordde ze. Ze gaf me een kus op de kaak. "En nu: wassen!"

Eens onder de douche liet ik de laatste twaalf uren nog eens bezinken, dacht ik terug aan het applaus en kreeg ik weer de tranen in de ogen. Omdat ik me niet kon laten gaan deze keer, zeepte ik me zo snel mogelijk in en spoelde ik me af onder koud water. Ik bedacht dat ik graag de dag bij tante Lolo – en bij Laetitia! – zou doorgebracht hebben, maar ik had enkel mijn vuile kokskleren om aan te doen. Ik moest er absoluut zo snel mogelijk mee verdwijnen en de tram naar huis nemen.

Toen ik de badkamer uitkwam, hing echter een keurig winter-ensemble over de stoelleuning, terwijl mijn kokskleren op de zitting lagen, netjes gewassen en gestreken. Van onmiddellijk naar huis gaan was in elk geval geen sprake meer!

~

Robert was op hetzelfde moment wakker geworden als ik. Toen hij zijn ogen opende, zag hij Kikki naast hem op bed liggen, naar hem kijkend.

-"Gelukkig nieuwjaar," zei ze. Ze gaf hem een kus. Robert kroop onmiddellijk recht, zijn hoofd schuddend om zeker te zijn dat hij niet droomde. Kikki naast hem in bed! Hij keek haar aan met een apathische expressie, alsof ze niet echt was.

Kikki wees naar de handdoek waarin ze gewikkeld was.

-"Is dat deftig genoeg voor meneer de masseur?" lachte ze.

Massage, handdoek, ... Robert reageerde altijd traag op raadsels, vooral 's morgens. Na vijf seconden kon hij lachen:

-"Gelukkig nieuwjaar, en ja, heel flink van jou. Heb je nog steeds last in je nek?"

-"Nog een héél klein beetje" antwoordde ze met een ondeugend snoetje. Robert ging in zijn pyjama naast haar zitten en begon haar rug te ontbloten.

-"Niet verder dan strikt noodzakelijk!" waarschuwde ze hem plagend.

-"Ik had je vandaag nog niet verwacht; mijn tekeningen zijn nog niet klaar," zei hij, terwijl hij het flesje massageolie opende dat ze had meegebracht. De olie geurde heerlijk maar sterk.

-"We waren gisteren in de buurt op een feest. Didier is hier trouwens ook; hij werkte in de keuken."

In het zonlicht dat rechtstreeks op haar rug viel, nam Robert de tijd om de pracht van haar bovenrug en nek te bewonderen terwijl hij haar masseerde. Haar donkere huid was net zoals haar benen, aangezicht, armen en handen volledig gaaf; er was geen vlekje, haartje of litteken op te bespeuren. De brede schouders op haar nauwe taille hadden hem weliswaar reeds laten vermoeden dat ze sterk was, maar toch verwonderde het hem dat de spieren in haar bovenlichaam massiever waren dan die van de voetballers die hij gemasseerd had. Ze had immers haar kracht nooit aangewend, noch tijdens het vechten in de sneeuw, noch op andere dolle momenten. Haar spieren waren ook nooit zichtbaar geweest; haar huid had een vetlaagje dat net dik genoeg was om ze te verbergen.

Nadat hij haar nekspieren voldoende opgewarmd had, ging hij, nog steeds in zijn pyjama, naar het atelier om een puntig voorwerp te halen dat net niet scherp genoeg was om Kikki te verwonden. Met veel kracht duwde hij vervolgens de punt in haar rug en trok hij de weerbarstige spieren los. Ze drukte haar hoofd in het kussen om het niet uit te schreeuwen van de pijn.

Aan de ontbijttafel lieten Robert en Kikki drie kwartier op zich wachten. Hélène wist intussen te vertellen dat ze op het feest driemaal meer fondsen voor de verkiezingscampagne ingezameld had dan ze verwacht had. Ze was in haar nopjes; haar idee om de verkiezingscampagne op oudejaarsavond te lanceren, was een enorm succes geweest. Ze hoopte dat de partij Nieuw Gent voor het eerst in haar tienjarig bestaan meer dan twintig procent van de kiezers kon bekoren. Anthony had zijn huidig schepenambt immers enkel te danken aan een coalitie waarin zijn kleine partij onmisbaar was, maar wou in de toekomst vanuit een sterkere positie kunnen onderhandelen.

-"We hadden Robert op het feest moeten vragen gisteren," zei Anthony. "We hebben tenslotte een stuk van ons succes aan hem te danken." Maar Hélène protesteerde:

-"Dan zou men de hele avond enkel over Gantoise gepraat hebben; iedereen zou de verkiezingen vergeten zijn. Maar misschien kunnen we Robert op onze kieslijst zetten, als lijstduwer."

-"Schitterend idee," antwoordde Anthony, "maar eerst zien wat Kikki daarvan vindt."

-"Je bedoelt 'wat Kikki daarover beslist'," verbeterde Hélène, tot grote hilariteit van de vijf rond de tafel.

-"Heeft ze nog meer te zeggen aan Robert dan aan jou, Anthony?" vroeg tante Lolo.

-"Och, tante, je wilt het echt niet weten. Arme Robert!" Ze waren nog aan het lachen toen Kikki met Robert aan de hand de trap afdaalde. Ze was hem gaan halen in zijn kamer toen zij reeds lang klaar was.

-"Je ruikt zoals een vrouw!" zei Laetitia tegen Robert.

-"Wie heeft die massageolie gekozen?" vroeg Robert. "Ik heb gedurende tien minuten tevergeefs mijn handen gewassen."

-"Onweerstaanbaar," zei Laetitia. "Nu hou ik de hele dag jouw hand vast!"

-"En ik de andere," voegde Hélène daaraan toe.

-"Vooraleer jullie dat gaan doen, moet ik zijn werk controleren, en jullie mogen niet mee naar het atelier," zei Kikki streng.

-"Dan gaan wij wandelen met Anthony en Didier," beslisten de zusjes.

-"Didier komt ook mee met mij," zei Kikki. "Doen jullie maar iets met Anthony; hij mist de tijd dat hij ons alle drie voor zich alleen had." De twee zusjes keken met gespeeld medelijden maar ook gretig naar Anthony.

~

Kikki was bijzonder onder de indruk van de hoeveelheid tekeningen die Robert gemaakt had. Hij vertelde haar meteen dat ik voor de toleranties zou zorgen. Het was echter de eerste keer dat ik daarvan hoorde! Toleranties bepalen is een rotsaaie klus, die bovendien veel concentratie vergt; ik zou voor elke afmeting op de tekeningen moeten berekenen hoeveel de productie mocht afwijken van het ontwerp. Maar ik protesteerde niet.

-"Goed," zei Kikki, "dan blijft Didier hier tot zondagavond."

-"Hoe ga ik dat uitleggen thuis?" protesteerde ik.

-"Verzin maar iets," zei Kikki, "maar uiteraard spreek je noch over ons, noch over tante Lolo, noch over het project." Ik krabde even in mijn haar. Uiteindelijk besloot ik te verzinnen dat ik in de buurt van het Fleur-de-Lys nog een paar opdrachten als hulpkok gekregen had. Kikki liet me een telegram opstellen, dat ze 's anderendaags naar mijnheer en mevrouw Forel zou versturen.

-"Een telegram is handig," zei Robert lachend, "dan kunnen ze je geen vragen stellen." Kikki keek glimlachend en met halftoegeknepen stoute oogjes naar Robert; hij kende blijkbaar ook de trucjes van de foor! Voor ze het telegram in haar tas opborg, zag ik ze nog iets extra aan het bericht toevoegen: 'Ik wens jullie allebei een gelukkig nieuwjaar!'

-"Oei, dat was ik vergeten," gaf ik toe.

Terwijl Kikki gedurende de rest van de voormiddag de tekeningen een voor een zorgvuldig doornam, maakte ze hier en daar aantekeningen. Robert was verondersteld van intussen verder te werken, maar dat zij op die manier zijn werk controleerde, maakte hem behoorlijk zenuwachtig. Telkens hij haar een rode krabbel zag maken, probeerde hij zich de redenering te herinneren die achter de tekening in kwestie zat. Maar omdat hij gewerkt had als een zombie, herinnerde hij zich heel weinig. 'Waarom ben ik eigenlijk zo zenuwachtig?' vroeg hij zich af. 'Kikki is geen ingenieur; ze kan het toch moeilijk beter weten?!' Maar haar ogen gingen met zoveel zelfzekerheid en autoriteit over alle details van de tekeningen, dat hij zich voelde als een soldaat die een geweer probeerde te herladen terwijl er een tank op hem gericht stond. Hij maakte nauwelijks vooruitgang die voormiddag. Hij hoopte even dat zijn hand zonder zijn verstand kon tekenen, quod non. Uiteindelijk besloot hij zijn intellectuele inspanning te beperken tot het maken van een inventaris van alle componenten die hij nog moest ontwerpen.

~

Pas na de middag gaf Kikki haar feedback: de tekeningen waren bruikbaar, buiten het feit dat Robert regelmatig Amerikaanse notaties gebruikte. Robert was blij dat het dát maar was dat ze gezien had. Hij voelde zich plots veel meer op zijn gemak.

Toen Kikki ongeveer klaar was, werd er op de deur geklopt. Ze opende de deur met de sleutel en sloot die weer achter haar rug. Het was Laetitia:

-"We hebben Didier nodig in de keuken; onze crème brûlée lukt niet." Zelfs Kikki kon aan Laetitia niets weigeren; ze opende de deur weer met de sleutel en wenkte mij.

-"En zeg nu nog eens dat ik te streng ben!" zei ze tegen Robert.

-"Ik zou niet durven!" antwoordde hij. Ze gaf hem een veeg over het hoofd. En zo kon ik koken met Laetitia en tante Lolo in plaats van gruwelijke toleranties te berekenen.

-"Nu jij zo een beroemde kok bent, is dit een hele eer!" peperden ze me alle twee geregeld in.

Kikki zette zich terug aan de tafel in het atelier.

-"Ik hou je gezelschap, Robert, echte ploeggeest!" Het was inderdaad onmetelijk veel leuker te werken in het gezelschap van de bloedmooie Kikki, zeker nu ze zijn werk niet meer aan het corrigeren was. Dat hij vreselijk verliefd op haar was, bleek bovendien inspirerend te werken: hij tekende alsof God zijn hand vasthield; om de haverklap had hij een gouden ingeving, die het systeem betrouwbaarder of performanter maakte. Kikki kwam geregeld vanachter zijn schouder meekijken. Het voelen ritselen van haar haar over zijn kaak bracht hem in een ongeëvenaarde productieve roes.

~

Na de thee – en de crème brûlée! – vertrokken Anthony, Kikki en de twee zusjes. We namen met een loden hart afscheid; Robert en ik stonden immers voor een enorme berg werk.

WERK

Donderdag 2 januari 1958

Voor het eerst in veertien dagen werkten Robert en ik weer zij aan zij. Het atelier was ingericht in de kelderruimtes waar het personeel een lange tijd geleden het werk deed dat nu niet meer nodig was, zoals het maken van kaarsen en het brouwen van was- en poetsproducten. De muren, plafonds en vloeren bestonden quasi volledig uit dunne baksteentjes in vele kleuren van zwart tot lichtrood. De kille ruimte had haar beetje charme te danken aan het gewelfd plafond en aan de zichtbare slijtage van drempels en trappen.

Zonder lawaaierig getouw in de buurt, voorlopig althans, hadden we de kans om tijdens het werk een babbeltje te slaan. De meest prangende vraag die we ons stelden, was wat er met die driehonderd tekeningen zou gebeuren. Onafgezien nog van het feit dat het bijzonder moeilijk zou zijn om al die componenten onder de neus van Forel te maken, zouden we daarvoor verschillende maanden nodig hebben.

-"We zijn nu componenten aan het ontwerpen," zei Robert, "waarvan we deden uitschijnen dat we ze konden maken, maar waarvan we maar al te goed weten dat we ze nooit zullen kunnen maken. Hoe zijn we in hemelsnaam in deze situatie beland?!"

-"Ik geloof dat het allemaal begonnen is met jij die een paar maand geleden Kikki absoluut nog één keer wou zien!" antwoordde ik.

-"Ik heb ze nog één keer gezien," mijmerde Robert, "en sindsdien dicteert ze mijn leven..."

-"...zonder dat jij ooit protesteerde," vulde ik aan, "en nu zit je op een dood spoor; je zal immers nooit een werkend prototype kunnen bouwen, en Kikki zal nooit een patentaanvraag kunnen indienen die iets waard is." Robert huiverde bij de gedachte dat, nadat hij zijn officieel eindwerk verwaarloosd had, spoor B nu ook een flop aan het worden was. Hij besefte dat hij te veel van de ene dag op de andere geleefd had de voorbije maanden, en onverantwoordelijk met zijn toekomst geweest was. We piekerden terwijl we verder werkten.

-"Gewoon verder werken," zei Robert na een tijd.

-"Gewoon Kikki's plan volgen," beaamde ik.

We tekenden verder, maar Kiki was nooit ver weg uit Roberts gedachten.

-"Hoe langer ik Kikki ken, hoe raadselachtiger ze wordt. Ik heb ondertussen ook al meer dan een vermoeden dat ze ijzersterk is," zei Robert in het midden van een berekening, "en de twee zusjes waarschijnlijk ook."

-"Ijzersterk?" lachte ik. "Ze dansen als weerloze lammetjes! "

-"Let maar heel goed op," zei Robert, voor één keer mysterieuzer dan anders.

-"Goed," zei ik, om ook eens geheimzinnig uit de hoek te komen, "ik denk dat er iets vreemds is aan de relatie tussen Anthony en Kikki." Dat had meteen zijn volle aandacht:

-"Wat is er dan vreemd?"

-"Die twee gaan met elkaar om alsof ze al vijfentwintig jaar getrouwd zijn," antwoordde ik.

-"Dat is een troost," gromde Robert, "bovenop het feit dat het onafscheidbare vrienden zijn, dat ze zich binnenkort zullen verloven, en dat ze elkaar regelmatig naakt zien, vertel jij mij nu dat ze net al vijfentwintig jaar getrouwd zijn!"

-"Wel, ik probeerde maar," excuseerde ik me.

-"Maar je kan gelijk hebben," zuchtte hij. "Het zou me niet eens verwonderen als ze bij hun geboorte tezelfdertijd gedoopt én getrouwd werden!"

Vrijdag 3 januari 1958

-"Wanneer herbegint de training?" vroeg ik aan Robert tegen het einde van de ochtend. Op vrijdagmiddag vertrok hij immers gewoonlijk naar de voetbaltraining.

-"Als de sneeuw zo blijft smelten, woensdag. Gelukkig heb ik op de school niet veel te doen; jij vervangt wel de grijpers voor Dieudonné wanneer ik er niet ben."
-"Voor Dieudonné? Niet voor jou?" protesteerde ik. Het leek alsof Robert spoor A, en ipso facto zijn eindwerk en diploma, volledig opgegeven had! Robert trok de schouders op:
-"Heel misschien kan ik wat met Dieudonné's bevindingen," zuchtte hij. "Ik zie wel."

~

Tante Lolo praatte tijdens het middagmaal uitvoerig over de meisjes:
-"Ik heb ze dat altijd verboden, maar in de zomer hebben ze de gewoonte om vanuit het raam van de eerste verdieping in de tuin te springen, liever dan van de trappen te nemen." Ik trok grote ogen.
-"En er in omgekeerde richting als paracommando's weer in te kruipen?" lachte Robert.
-"Je begint ze goed te kennen!" antwoordde tante Lolo.
-"Het was eigenlijk als grap bedoeld," zei Robert terwijl hij even in zijn haar krabde.

~

Van zodra we terug in het atelier waren, kon ik het niet laten om te vragen:
-"Hoeveel kans zou ik maken met Laetitia? Ze lijkt me echt te mogen."
-"Laetitia is het probleem niet," zei Robert, "maar haar ouders des te meer. Als zij ooit blijk geeft van enige verliefdheid op jou, sturen haar ouders haar naar de andere kant van het land op internaat, of zelfs naar het buitenland. Het zou de meest hartverscheurende ervaring zijn voor jullie beiden; jullie zouden elkaar nooit meer horen, zien of schrijven." Het idee alleen al deed me sidderen.
-"Idem voor jou en Kikki dan?" vroeg ik.
-"Ja, behalve dat jij meer kans maakt!" antwoordde hij cynisch.

Zaterdag 4 januari 1958

Op de laatste dag voor Kikki's komst deden we alles om de driehonderd tekeningen af te werken. Toen 's avonds laat de laatste toleranties ingevuld waren, feliciteerden we elkaar.
-"Kikki zal gelukkig zijn," zei Robert, tevreden met zichzelf.
-"Háár eindwerk gaat in elk geval goed vooruit!"
-"Hoe bedoel je?" vroeg Robert.
-"Zij hoeft enkel een patentaanvraag in te dienen. En daar heeft ze geen werkend spoor B voor nodig. Enkel een ontwerp."
-"Denk je dat? Ik heb nochtans de indruk dat ze het luchtsysteem echt wil zien werken."
-"In elk geval zullen we snel te weten komen wat ze precies wil!"
Mochten we ooit de getekende componenten kunnen vervaardigen, zouden we een getouw op lucht kunnen bouwen, evenwel zonder de buffers. De kans dat het inslaggaren vroegtijdig brak, zou dus nog groot zijn. Bovendien was het hele pneumatische gedeelte nog niet uitgerekend, wat maakte dat we nog geen inschatting hadden van hoe goed het inslaggaren door de sprong zou gaan, en al evenmin van het energieverbruik.
Robert en ik waren het niet eens over hoe we de holle naalden zouden ontwerpen. Ik stelde voor om dat via de ingewikkelde Laplacetransformaties te doen, terwijl hij een proefondervindelijke methode suggereerde. We beslisten uiteindelijk dat we beide methodes naast elkaar zouden proberen. Met de resterende tijd die we tot zondagavond hadden, zouden we de componenten ontwerpen die nodig waren voor de proefopstelling met één holle naald. Rond die holle naald zouden we in gelijk welke richting en hoogte een "verklikker" kunnen plaatsen, die ons zou vertellen hoeveel lucht er op die plaats passeerde en in welke richting. Robert had in een boek over pneumatiek een eenvoudig concept voor een verklikker gevonden.

Zondag 5 januari 1958

Na de intense arbeid van de voorbije dagen lasten Robert en ik een wandeling naar het Fleur-de-Lys in, samen met tante Lolo. Ze toonde ons de weg doorheen het immense park, dat even complex was als het kasteel zelf. Een wirwar van vijvers, kronkelende weggetjes, brugjes en geboomtes gaf de indruk van een sprookjesbos, waarbij je achter elke hoek een of ander lieflijk tafereeltje ontdekte.

We hielden even halt toen we in de verte het kasteel zagen. Op het dak lag nu geen sneeuw meer, waardoor de eclectische details zichtbaarder waren dan ooit. Wat nu nog meer dan vorige keer onze aandacht trok, waren de twee tegenover elkaar liggende, aaneengesloten paraboloïden op het dak. De constructie was niet versierd; ze lag naakt in het midden van de eclectische korf, alsof ze er als een meteoor ingeploft was.

Toen we dichterbij kwamen, zagen we dat er zelfs op zondagochtend in het Fleur-de-Lys gewerkt werd. Een van de bouwvakkers herkende Robert en sprak hem aan over Gantoise, wat meteen ons ingangsticket voor het kasteel betekende. We bezichtigden eerst de feestzaal, waar ik het verhaal van oudejaarsavond nog eens moest overdoen. Ik kreeg een krop in de keel toen ik naar de tafel wees waar Laetitia in het geniep naar mij gelachen had tijdens het applaus. Tante Lolo begreep mijn ontroering en legde haar hand op mijn arm.

De bouwvakker bracht ons vervolgens naar de reusachtige paraboloïden, die ongetwijfeld het orgelpunt van dit mysterieuze kasteel waren. Toen we binnenkwamen, zagen we de bovenste helft van de paraboloïden boven onze hoofden, en de onderste helft diep onder onze voeten. We stonden op een grote zwevende kern, die de vorm had van de onderste helft van een gevuld paaseitje, en die strekte van het brandpunt van de ene paraboloïde naar het brandpunt van de andere, ongeveer veertig meter verder.

De binnenkant van beide paraboloïden was volledig bekleed met mozaïeken: de noordelijke paraboloïde toonde de zeeslag van Trafalgar, met alle vierenzeventig schepen heel precies weergegeven in volle actie. De zuidelijke paraboloïde van haar kant toonde het verhaal van Icarus en Daedalus. De tegeltjes van de mozaïeken waren zó klein dat de taferelen er uitzagen als een pointillistisch schilderij, waarbij het pointillistische effect versterkt werd door de felheid van de kleuren. Robert merkte onmiddellijk op dat je vanuit de brandpunten geen enkel raam zag, en dat de mozaïeken indirect verlicht werden via een groot complex van spiegels. Bovendien merkte hij op dat beide taferelen met een trompe-l'oeil dieptezicht bedacht waren. Wanneer je in het brandpunt van het respectievelijke tafereel stond, klopte het perspectief helemaal. Het leek dan alsof je niet naar een wand aan het kijken was, maar integendeel naar een kilometers diep driedimensionaal tafereel. Je kon recht naar boven kijken en vervolgens langzaam naar voren, terwijl je de hele tijd het driedimensionale gevoel had dat je echt in het midden van het tafereel stond. De punt van de degen van admiraal Nelson leek zich op drie meter van de waarnemer te bevinden. Toen Robert de voorwerpen in de taferelen nauwkeuriger bestudeerde, zag hij dat ze bedoeld waren om te schitteren in het licht. In elk detail van de taferelen zaten weerspiegelende mozaïeksteentjes; daar was hij zeker van. Als die allemaal tezelfdertijd het zonlicht zouden weerkaatsen, dan zou hij nu zonder twijfel voor het meest grandioze beeld ter wereld staan. Maar ze schitterden niet. Dat gaf hem weer iets om over na te denken.

In elk brandpunt lag een constructie van warmwaterbaden, in een asymmetrische vorm die op een oor geleek. "Hoe weelderig moet dit niet zijn," zei Robert, "om vanuit een zalig warmwaterbad te kunnen kijken naar de slag van Trafalgar, alsof je in de zee ligt tussen de schepen, of te kunnen kijken vanuit de zee naar de vliegende Icarus en Daedalus." Dit moet het duurste geweest zijn wat prins de Vissermans ooit gebouwd had; het moet ooit werk gegeven hebben aan wel honderd Gentse kunstenaars en ambachtslieden. En het was helemaal afgewerkt!

Zondagnamiddag 5 januari 1958

Robert en ik waren in de voortuin van tante Lolo een balletje aan het trappen, toen Anthony en Kikki toekwamen. Met een houterige beweging, veroorzaakt door haar stramme schouder, stapte ze uit. Anthony wist meteen te vertellen dat de trainingen woensdag hernamen en dat er het volgende weekend weer gevoetbald werd. Maar vooraleer hij verdere plannen kon maken, nam Kikki Robert en mezelf mee naar het atelier.

Gedurende twee uur onderzocht ze onze tekeningen zorgvuldig. Af en toe fronste ze de wenkbrauwen of greep ze terug naar een eerder bekeken tekening. Ik keek naar Robert met een blik die duidelijk maakte dat het toch wel heel gênant was om als ingenieurs zo gecontroleerd te worden door een juriste, maar voor Robert was de spanning te groot om te reageren; hij keek ademloos toe. Kikki knikte echter goedkeurend na het bekijken van elke tekening. We ontspanden wat. Uiteindelijk maakte ze geen enkele aantekening en zei ze:

-"Jullie zien nu dat jullie het kunnen!"

-'Dank u, juffrouw', had ik zin om te zeggen.

-"Ok, dan neem ik die allemaal mee," zei ze langs de neus weg, terwijl ze ons werk in een metalen koffer met een slot stak.

-"Excuseer," zei Robert, "hoe gaan wij die componenten vervaardigen als jij alles meeneemt?"

-"Ok, welke componenten zou jij willen maken?" vroeg Kikki zoals een moeder die haar dochter ook wel een paar krieken wou laten ontpitten.

-"Euh, hm, pff..." Robert klonk als een stoomlocomotief die tot stilstand kwam. Kikki toonde een glimlach van medeleven terwijl ze haar koffer op slot draaide. Nu stonden we pas volledig voor aap! Ik keek streng naar Robert, draaide even mijn handen open, trok mijn schouders op en knikte naar hem om aan te geven: 'Dat komt ervan als je haar vragen stelt!' Hij keek naar mij met een grauwe, zenuwachtige blik.

-"Jullie maken tegen volgend weekend de tekeningen van de buffers?" vroeg Kikki retorisch.

-"Die buffers zitten volledig bij mij," antwoordde ik. "Dat komt in orde!"

-"Heel goed, Didier. Dan heb jij deze week tijd voor andere dingen," zei ze tegen Robert. Hij knikte blij, zich voorstellend dat hij een hele week op het voetbal zou kunnen – mogen! – doorbrengen.

-"Zoals een massage?" vroeg ze diep in zijn ogen kijkend. Ze wachtte het antwoord niet af, nam hem bij de hand mee naar boven, kleedde zich uit en nam een douche. Toen ze op bed kwam liggen, zei Robert:

-"Je ziet nu wat er gebeurt wanneer je zo competitief bent. Van die schouder heb je nog maanden last. Gelukkig is het ijs gesmolten en kan jij niet meer schaatsen."

-"Dat je me klopt in het schaatsen is eigenlijk niet zo erg ..." zei Kikki, kreunend onder de massage.

-"Je ging anders behoorlijk te keer voor iemand die het niet erg vindt geklopt te worden!" Hij concentreerde zich; zijn vingers moesten met kracht klauwen tussen haar spieren, die voelden als staalkoorden.

-"Hoe kom jij aan die spieren?" vroeg hij. Maar in plaats van te antwoorden, vervolgde ze:

-"... zolang het maar geen schaken is." Robert vermeed het onderwerp liever, maar voelde zich verplicht de conversatie verder te zetten.

-"Schaken," zei hij, "je fameuze zwakke kant." Ze gromde enkel onder het intense kneden van haar schouder. "Neem jij deel aan het jaarlijkse schaaktornooi in Gent?" vroeg hij. Hij was zeker dat hij haar daar door een venster gezien had. Hij had zijn partij opgegeven om haar te zoeken, maar had ze niet gevonden.

-"Zelden; ik neem aan weinig tornooien deel. Ik kom gewoonlijk eens kijken voor de sfeer. Maar ik wou dat ik deze keer deelgenomen had." Robert fantaseerde nu dat ze tegen elkaar zouden gespeeld hebben in de beslissende ronde.

-"Waarom?" vroeg hij.

-"Er deed een fenomenaal goede schaker mee, heeft men mij gezegd. Veel beter dan ik. Hoe durven ze!"

-"Wie?"

-"Niemand kende hem, en zijn naam komt in geen enkele publicatie voor. Hij speelde een paar partijen en verdween toen."

-"Waarschijnlijk is hij gevlucht voor u!" grapte Robert. Kikki moest eens weten!

-"Ik denk het niet. Als hij in Gent woont, zal ik hem vinden en verslaan. Ik heb een detective ingeschakeld om hem op te sporen."

-"Jij doet geen half werk!" zei Robert verschrikt.

-"De schaker speelde onder een schuilnaam; zoveel is zeker. Maar de partijen zijn gereconstrueerd. Het bleek dat hij een paar openingsnieuwtjes speelde, dat zijn..." Robert luisterde niet naar het vervolg van de uitleg. Ze zou nu uitzoeken of de fameuze schaker de secundant geweest was van een kandidaat-wereldkampioen. Maar ze zou eraan zijn voor haar speurwerk, want hij had niets gespeeld dat aan Samuel Reshevsky, de Pools-Amerikaanse grootmeester, en dus aan hem, gelinkt kon worden. Hij beschouwde het eigenlijk als een affront beticht te worden van het rondstrooien van geheime varianten; stel je voor! Terwijl hij hierover nog aan het nadenken was, gaf ze hem een kus en dankte ze hem voor de massage. Ze plooide haar nek in alle richtingen terwijl ze de kamer verliet.

Na het diner namen wij afscheid van tante Lolo tot vrijdagavond.

Zondagavond 5 januari 1958

Het zware afbraak- en constructiewerk op de school was achter de rug; de hele koer was opgeruimd en de gebinten van het nieuwe dak waren zichtbaar in het maanlicht. Voor de rest kon ik weinig ontwaren, behalve de geur van cement. En er stond een witte Mercedes!

Mevrouw Forel was in alle staten toen ik binnenkwam:

-"Waar was jij? Wat is er gebeurd?"

-"Hoezo, wat is er gebeurd? Van wie is die auto trouwens?" vroeg ik.

-"Dat is de nieuwe auto van jouw vader. Maar kijk eens hier..." Ik stak het buitenlicht aan en stormde de koer op.

-"Robert, kom kijken, Forel heeft een nieuwe auto; een Mercedes!"

Robert kwam uit het atelier en haastte zich naar de auto. De grote vierdeurs wagen had een prachtige imposante radiator en stond op magnifieke 'white wall' banden.

-"Net zoals de sleeën in Amerika," opperde Robert in bewondering. Ik liep toertjes rond de wagen, om vanuit alle hoeken de contouren te zien glimmen in de schemering. Wat een fabelachtige wagen! Daarna opende ik de deur en keek ik betoverd naar het grote stuur en de imposante wijzerborden. Ik liet mijn hand over de zware lederen textuur van de zetels glijden, en genoot van de sterke geur van leder en lijm die nog in de splinternieuwe wagen hing. Voor het eerst in mijn leven voelde ik me geen grijze muis meer; we hadden een wagen die hoofden zou doen draaien!

Ik kreeg geen tijd om lang te genieten; mevrouw Forel was me gevolgd.

-"Kijk eens hier: vijfentwintig aanvragen om te gaan werken als chef-kok, als chef-kok! Besef je dat? Niet als húlpkok! Vijfentwintig! En ze bleven maar terugbellen. Ik antwoordde hen dat je elders als kok aan het werken was. Hoe komt dat in hemelsnaam?"

De grap van Laetitia was uit de hand gelopen; ik was nu plots dé chef-kok van Gent die iedereen in de keuken moest gehad hebben. Maar ik wou niet met mevrouw Forel over Laetitia praten; die doos van Pandora hield ik netjes gesloten.

-"Ik zou het echt niet weten," loog ik. "Misschien vonden ze mijn vis lekker."

-"Precies, ze vroegen allemaal om visgerechten. En nu?" vroeg mevrouw Forel. Dat was inderdaad de hele moeilijke vraag. Ik had niet de organisatie om met personeel of als chef-kok te werken.

-"Ik weet het niet," zei ik.

-"Je weet het niet?? Je kan die mensen niet afwijzen!" riep mevrouw Forel. "Weet je wel wie die mensen zijn?!" Ik kon me wel voorstellen dat de hele zaal in het Fleur-de-Lys vol gezeten had met financiers van Anthony's verkiezingscampagne, en dat die waarschijnlijk niet van de minsten waren. Maar ik wist niet hoe ze noemden.

-"Geen flauw idee," antwoordde ik. "Ik zal er morgen eens over nadenken." Mevrouw Forel ging misnoegd en hoofdschuddend naar binnen.

-"Morgen moeten we opnieuw een probleem oplossen," vertelde ik aan Robert.

-"Probleem? Wie heeft er nu in hemelsnaam nog een probleem? Kijk naar die wagen!" Met Robert viel die avond niet te praten. Ik ging slapen. Opnieuw zat ik in een pijnlijk parket: Laetitia had me gelanceerd als chef-kok, maar ik struikelde nog vóór de startlijn over mijn eigen voeten.

Eindelijk kon ik aan Robert vragen of hij enig idee had van hoe ik de catering-aanvragen zou aanpakken, maar ook hij had geen flauw idee van wat daar bij kwam kijken. Gedurende een half uur liep ik door de kamer, ijsberend, onzin verkopend en mezelf beklagend, maar een zinvol idee had ik niet. Tenminste, ik had er wel één, maar durfde niet toe te geven dat ik mijn heil andermaal in díe richting zocht. Maar ten langen leste zei ik dan toch:

-"We moeten naar hen met ons probleem."

-"'Hen', dat is dan ..."

-"Een van de vier dus, maar wie? Weer eens Anthony of Kikki, na alles wat ze al voor ons gedaan hebben?" Robert schudde het hoofd:

-"Aan Hélène hebben we nog niets gevraagd," zei hij.

-"Hélène. Gelukkig schiet er nog ééntje van de vier over! Wil jij met haar gaan spreken. Ik..." Robert glimlachte:

-"Je wilt niet op Laetitia botsen met je probleem; ze heeft je de voorzet gegeven, en nu wil je niet dat ze weet dat je de bal niet kan binnentrappen." Hij had het goed begrepen: dat zou pas de afgang in het kwadraat zijn! "Ik ga al," vervolgde hij.

-"Dank u. Hier is het lijstje van de opdrachtgevers." Hij borg het op en vertrok. Ik was gespannen. Ik ging het atelier binnen en zette het getouw aan om grijpers te verslijten.

~

Robert werd ontvangen door Hélène. Gelukkig was Laetitia niet thuis.

-"Robert! Dat is weer een tijdje geleden!"

-"Vijf dagen," zei Robert. Hij was beschaamd; nog geen week was voorbij of we moesten weer om hulp vragen.

-"Vijf dagen is lang genoeg. Kom binnen. Hoe gaat het met jou?" Omdat hij niet wist hoe hij mijn probleem het beste aankaartte, besloot hij met de deur in huis te vallen. Hij haalde het opgeplooide lijstje met vijfentwintig aanvragen uit zijn zak.

-"Met mij gaat alles goed, maar ik heb hier een lijstje..."

-"Een lijstje? Laat eens zien." Ze griste het papier uit zijn hand.

-"Oh, dit. Ik zou Didier nog bellen vandaag. Alles is geregeld." Robert slikte even:

-"Alles is geregeld?"

-"Ja, alle aanvragen zijn hier toegekomen. Alles is gepland."

-"Hoezo, alle aanvragen zijn hier toegekomen?"

-"Laetitia heeft de dankbrieven voor de sponsoring geschreven in mijn plaats. Ze heeft er bijgeschreven dat alle aanvragen voor Didier als chef-kok aan mij gericht mochten worden." Ze keek vervolgens naar het lijstje en besloot:

-"En de mensen op dit lijstje hebben mij nadien gecontacteerd met dezelfde vraag. Plus nog een hele hoop andere."

-"Nog een hele hoop andere?"

Robert was voor een keer alleen met Hélène, zodat hij de kans had te observeren hoe zij eigenlijk de meest onweerstaanbare van de drie meisjes was. Haar haren hingen halvelings over haar kaken en haar volle lippen. Het was een meisje aan wie je geen kus zou kunnen weigeren. Gelukkig had ze nu andere plannen. Robert kreeg een kop thee aangeboden terwijl ze een agenda bovenhaalde.

-"We hebben voorlopig slechts een handvol aanvragen aanvaard. De datums zijn besproken met Kikki," zei ze, "maar met de concrete organisatie houdt ze zich niet bezig. Ze kent niets van koken en is nog minder geïnteresseerd in het organiseren van feesten. Ik ben degene die alles regelt voor Laetitia en Didier."

-"Laetitia?" vroeg Robert.

-"Ja, zij wil meewerken in de keuken, weliswaar anoniem; ze zal zich onherkenbaar maken." Robert floot even zachtjes: wat een circus zou dát worden!

-"En jij zorgt voor alles?" vroeg hij.

-"Personeel, etenswaren, transport, meubilair, prijsafspraken, betalingen, alles," antwoordde ze. Ik organiseer al jaren alle events van Nieuw Gent. Robert was onder de indruk:

-"Heb jij het feest in het Fleur-de-Lys georganiseerd op oudejaarsavond?"

-"Inderdaad," zei Hélène trots, "en daarnaast heb ik het geld voor de campagne binnengehaald."

-"Ongelooflijk! En je wist dus dat Didier in de keuken stond?"

-"Neen, althans niet vóór het feest. De chef-kok kiest zijn hulpkoks zelf."

-"En Laetitia dus ook niet?" vroeg Robert.

-"Aanvankelijk niet. Maar toen ze Didiers signatuursmaakje ontdekte, heeft ze de hele zaal gemanipuleerd. Ik kan nu niet anders meer dan in haar plan mee te gaan. Het is voor haar de enige manier om in een keuken te werken zonder dat mama dat te weten komt."

-"Die grote feesten worden wel een plotselinge grote hap voor Didier," zei Robert voorzichtig.

-"Helemaal niet: hij moet enkel het menu samenstellen, me voorzien van de ingrediëntenlijst, en klaarstaan om opgehaald te worden. Hier is het lijstje van datums en het aantal personen voor elke diner. Vraag hem dat hij me voor elk feest de menugegevens een week op voorhand bezorgt." Robert was onder de indruk:

-"Ik dank je alvast in zijn plaats," zei hij.

-"Geen dank," lachte ze, "mijn vergoeding is in de prijs verrekend." Toen hij na nog een korte babbel afscheid wou nemen, onderbrak Hélène hem:

-"En nog iets: om het mannelijke keukenpersoneel op afstand te houden van Laetitia, moet Didier doen alsof hij haar verloofde is." Robert kon zijn oren niet geloven. Hij bulderde het uit maar gaf wijselijk geen commentaar. Hij dankte Hélène nogmaals en keerde terug naar de school met het lijstje in de hand.

~

-"Je hebt er een chef bij," zei Robert tegen mij, "Hélène!" Hij legde me alles uit en gaf me het lijstje. Ik was er ondersteboven van. Laetitia had dit allemaal bewust gedaan om in de keuken te werken... of om bij mij te zijn, hoopte ik stilletjes. Robert dacht al verder:

-"Als jij de succesvolste kok van Gent wordt, word je misschien aanvaard door de ouders van Laetitia." Ik voelde me van het ene moment op het andere de gelukkigste man op aarde; het pad naar de hemel leek plots reëel. En misschien was dat zelfs de ultieme bedoeling van Laetitia geweest. Robert lachte toen hij me zag dromen:

-"Kijk maar eens goed naar het lijstje, en zie dat je het bolwerkt. En vergeet niet dat mevrouw Forel Laetitia nooit zal goedkeuren."

-"Waarom niet?" vroeg ik verwonderd.

-"Je gaat Laetitia het internaat toch niet laten poetsen!" Hij had een punt; er waren nog meer obstakels dan ik dacht.

Onze conversatie werd onderbroken door de deurbel. Omdat mijnheer en Mevrouw Forel afwezig waren, hadden ze mij de taak gegeven om de 'Drie Koningen' te verzorgen. Dat hield in dat om de tien minuten drie verklede kinderen aan de deur een liedje kwamen zingen, in ruil voor wat snoep. Dat ving aan van zodra de schooltijd voorbij was, en duurde ongeveer een uur of drie. De avond werd daardoor zó hectisch dat Robert me jammerlijk genoeg vergat te vertellen dat ik Laetitia's verloofde moest spelen op de catering-avonden...

Intussen, maandagnamiddag 6 januari 1958

Forel was uitgenodigd bij Bombardon in de indrukwekkende kantoren van Looms International. Een bezoeker aan dit paleis voelde zich nietig bij het binnenwandelen van de art-nouveau trapzaal, die wel twintig meter hoog was. Twee brede trappen die naar dezelfde verdiepingen leidden, accentueerden de monumentaliteit van het geheel. De wanden waren opgeluisterd met gigantische expressionistische mozaïeken over de glorie van de Gentse textielindustrie. Het gebouw was het voormalige hoofdkwartier van de prinsen de Vissermans, en gekocht door Looms na het faillissement van 1923.

Forel had geen goed gevoel bij de uitnodiging; het gesprek zou waarschijnlijk te maken hebben met de twee miljoen die Looms geïnvesteerd had, of beter gezegd kwijt was, door toedoen van de klungelige Grandgenre en de gewiekste jongedame die hem een maand eerder vergezeld had. Forel had onderweg nog eens over het bijzondere voorval nagedacht.

Buiten het feit dat de jongedame de verloofde of toekomstige verloofde van baron Grandgenre was, wist hij eigenlijk niets over haar. Hij vermoedde evenwel dat ze ook een goede vriendin van baron Anthony moest zijn. Die laatste had in dit verkiezingsjaar blijkbaar een school willen redden, toevallig en gelukkig de school van Forel.

Veertig minuten na het afgesproken tijdstip kwam een secretaris Forel halen. Hij werd ontvangen in de 'boardroom', de fonkelende vergaderzaal van het bestuur van Looms. Zware kristallen luchters hingen boven het reusachtige, blinkende mahonie tafelblad. Op de met roodgroene stoffen beklede wanden vol gulden barokornamenten hingen portretten van belangrijke heren, die nu op Forel en Bombardon neerkeken.

-"Neem plaats," gebood Bombardon. Aan de ellipsvormige tafel bleek echter geen enkele van de tientallen stoelen de juiste voor een vergadering met twee; ofwel zat je te dicht naast elkaar, ofwel zat je te ver tegenover elkaar. Forel koos na veel aarzelen een stoel. Hij leek nu zo onbeduidend aan de tafel als de vlieg die rond zijn hand liep. Bombardon van zijn kant bleef rechtstaan. Hij sprak Forel toe: "Hoe stelt de school het?"

-"Heel goed. Nog nooit zo goed als nu eigenlijk," zei Forel verlegen.

-"Ik heb het gehoord. Alles wordt vernieuwd: ramen, deuren, wandbekleding, stukwerk, verwarming, elektriciteit, ..."

-"Alles, behalve de muren en de trap," vatte Forel samen.

-"Alles, behalve de muren en de trap," zei Bombardon met diepe stem. Hij wachtte even. Forel was zenuwachtig. "Het lijkt erop dat Looms en de school elkaar gevonden hebben in een langdurig samenwerkingsverband," besloot Bombardon. Voor Forel waren de twee woorden 'langdurig' en 'samenwerking' heel belangrijk: het eerste duidde op een mogelijkheid dat de school in de volgende jaren de steun bleef ontvangen van Looms, het tweede gaf aan dat Bombardon iets in de plaats verwachtte.

-"Zeer zeker," beaamde Forel.

-"En u weet wat een bedrijf als Looms International van een samenwerking verwacht, neem ik aan?" Forel wist dat maar al te goed, maar formuleerde het vaag:

-"Dat Looms inzage krijgt in de technologische ontwikkelingen op de school." Bombardon wond er echter geen doekjes om:

-"Juist, en wat hebt u ons vandaag te bieden?" Omdat Forel niet 'niets' durfde te zeggen, liet hij zijn hersenen nu alle broodkruimels aan diverse technologische vondsten op de school bijeenvegen. Hij presenteerde die vervolgens goed verpakt aan Bombardon. Maar dat was niet waar die laatste naar op zoek was.

-"Ik zal u helpen," zei Bombardon. "Een ingenieur van onze grote concurrent Gandaweave is pas overgekomen naar ons, naar Looms dus. Hij wist te vertellen dat uw goede vriend Pennycent hem een paar maanden eerder vreemde schetsen had laten zien. Volgens Pennycents dochter waren ze van de fameuze Robert Fischer." Pennycents dochter! Forel beet even op zijn lip van teleurstelling in haar; als hij zelfs op haar discretie niet meer kon rekenen!

Bombardon bleef nu zwijgend kijken naar de radeloze Forel, tot die, tegen beter weten in, besloot om toe te geven dat hij het was die de schetsen gestolen en aan Pennycent gegeven had..., en dat hij de schetsen nadien teruggegeven had aan Robert, die ze 'kladpapier' genoemd had..., en dat dat 'kladpapier' nadien spoorloos verdwenen was. Bombardons gelaat liet openlijk blijken wat hij dacht van het klungelige verhaal. Hij vervolgde:

-"Bij Gandaweave werd men niet wijzer van die tekeningen." Hij hoopte nu dat Forel iets meer kon over vertellen over de schetsen, maar die antwoordde laconiek:

-"En u wel?"

-"Neen, maar ik heb op de werkstek van Robert ooit een boek over pneumatiek zien liggen," zei Bombardon. "Begrijpt u wat dat betekent?"

-"Dat Robert met iets bezig is?" was het enige wat Forel kon verzinnen.

-"Dat Robert met iets belángrijks bezig is! Pneumatiek wil zeggen lucht, en lucht wil zeggen compressor, en compressor wil zeggen een extra energiebron in het weefgetouw. Een extra energiebron! Dat doe je niet zomaar; energie is de meest kritische kost van het

weven. Dit gaat dus ofwel om een volledige flop, ofwel om een revolutie!" Forel probeerde
nu druk van de ketel te laten:

-"Hij is maar een student; zo dramatisch zal het wel niet zijn."

-"U, meer dan gelijk wie in de stad, weet dat studenten levensgevaarlijk zijn: ze
experimenteren zonder vooringenomenheid, en proberen ongecontroleerd de gekste
dingen. U weet beter dan gelijk wie hoe zoiets in 1923 is afgelopen!"

-"Het zou moeten lukken dat het weer zo'n vaart loopt," probeerde Forel de zaak te
minimaliseren. Hij gaf zich rekenschap van het feit dat hij eigenlijk volledig de controle
over Robert kwijt was: Robert was voortdurend weg uit de school, wat uiteraard verdacht
was. Maar wat wellicht nog meer vragen deed rijzen, was het feit dat wanneer Robert
binnen de schoolmuren was, hij zo goed als niets deed.

-"Dat risico willen wij bij Looms niet lopen!"

-"Ok, wat wilt u dan precies van mij?" Onder de indruk van de omstandigheden waarin
hij zich nu bevond, zette Forel zijn samenwerkingsverbond met Pennycent even opzij, om
zich een plan te laten dicteren door Bombardon. En dat was een plan om Roberts geheimen
binnen de kortste termijn te ontfutselen.

Dinsdag 7 januari 1958

Om te werken zetten Robert en ik een paar tafeltjes in een leegstaande kamer van het
internaat, dat net opnieuw geschilderd en behangen was. Het was er rustiger dan in het
lawaaierige atelier; we werden enkel gestoord door voorbijlopende stielmannen. Ik
ontwierp de buffer voor het inslaggaren, terwijl Robert de technische tekeningen maakte
op basis van mijn schetsen. Voor het geval Forel plots mocht binnenkomen, waren wij
steeds voorbereid om het spoor B-werk snel te overdekken met spoor A-documenten. En
op de momenten dat we niet werkten, was alles in mijn kluis opgeborgen. We hadden dus
een waterdichte verdediging tegen nieuwsgierige ogen. Dachten we.

Net voor de middag hoorden we plots twee doffe bonken, gevolgd door een luide
schreeuw van Forel om hulp. Robert en ik renden de kamer uit. We stelden vast dat Forel
op de trap gekneld zat tussen een zware kast en de muur. Hoe hij gehoopt had de kast alleen
van de zolder te kunnen brengen, was een raadsel. Na wat klimwerk rond de trapleuning en
zwaar tilwerk, konden we hem met veel moeite uit zijn benarde positie bevrijden.

Robert kreeg echter een plotse ingeving en spurtte naar onze werkkamer. Hij zag nog
net hoe Bombardon de kamer uitliep met documenten in de hand.

-"Stop!" riep hij, maar Bombardon zette het op een lopen. Robert haalde hem in, sleurde
de oude man op de grond en verhinderde dat hij rechtkwam.

Forel kwam aangelopen en bezwoer Robert dat hij hem van de school zou gooien als hij
Bombardon niet onmiddellijk losliet.

-"Niet vooraleer je er de politie bijgehaald hebt!" antwoordde Robert. Forel liep
bloedrood aan en greep naar zijn borst; ik dacht even dat hij een hartaanval kreeg. Hij
stamelde:

-"Dat kan niet; de schepen staat boven de wet."

Terwijl Forel en Robert discussieerden, belde ik de politie. Omdat ik schrik had dat we
tijdens dit voorval zonder politiek tegengewicht tegenover de machtige Bombardon zouden
komen te staan, belde ik onmiddellijk daarna ook naar Anthony.

De politie was snel ter plaatse en maakte een proces-verbaal op. Maar omdat ze niet wist
hoe het nu verder moest, werd er gewacht op de burgemeester. Intussen kwam Anthony
toe, vergezeld van de pers. Politiek was hard, en Anthony kende geen genade voor zijn
directe politieke rivaal: voor de ogen van de camera's deed hij Forel getuigen dat
Bombardon de documenten gestolen had.

Omdat de burgemeester niet kwam opdagen, werd Bombardon uiteindelijk door twee
agenten uit de school weggeleid. Voor de ogen van een groepje nieuwsgierigen bleef
Robert de aanhouding eisen voor diefstal. Toen Bombardon daarop Robert verbande van
het voetbalstadion, kreeg die eerste een rake klap vanwege een dronken toeschouwer. De

politie ontzette Bombardon en nam hem voor zijn eigen veiligheid mee in hun combi. Met luide sirenes reden ze weg van de plek.

Aan de schoolpoort overstelpten de journalisten Robert nu met vragen. Hij zei dat Bombardon documenten gestolen had, maar wou niets kwijt over hun inhoud. Er volgden nog een aantal vragen over de komende match op Anderlecht, waardoor het gebeuren aan de schoolpoort uiteindelijk in een ontspannen sfeer werd afgesloten. Om zich ervan te vergewissen dat er geen verdere problemen waren, bleef Anthony middageten bij ons. Hij was daarbij extra innemend met mevrouw Forel, tot die haar fobie voor de adel een beetje opzijzette en ook een woordje durfde mee te praten.

~

Omdat Roberts hoofd na het voorval niet meer naar werken stond, ging hij na de middag Dieudonné Butu bezoeken. Die had gedurende de hele kerstvakantie de versleten grijpers onder een microscoop bestudeerd.

-"De resultaten zijn vooral interessant voor míjn eindwerk," zei de Congolees, "maar ik vrees dat er voor het jouwe niet veel spannends inzit, tenzij je van je eindwerk een studie metallurgie wil maken." Robert piekerde even over de mogelijke gevolgen: geen diploma, geen verblijfsvergunning meer, … Hij was het spoor bijster. Gelukkig dicteerde Kikki hem wat hij dag na dag moest doen, want hoewel haar plannen hem geen stap dichter bij een diploma brachten, had hij tenminste het gevoel dat hij met iets zinvols bezig was. Tenminste, als hij op een of andere manier aan de componenten kon geraken die hij een week eerder getekend had. Nu begon hij daarover te piekeren. Dieudonné wachtte echter op een reactie.

-"We zien wel," zei Robert, "maar ik zal je blijven helpen met het verzamelen van gegevens; ik moet het getouw sowieso laten draaien om Forel te paaien." De Congolees was opgelucht en dankte Robert hartelijk.

-"Hier zijn de volgende testen die je voor mij zou kunnen doen," zei Dieudonné. Hij gaf Robert een nieuw lijstje.

Om zich te ontspannen gingen Robert en Dieudonné 's avonds op zwier van het ene café naar het andere. Overal werd Robert aangeklampt over de wedstrijd van zondag. Hij beloofde aan iedereen, een beetje te snel, dat Gantoise zeker zou winnen.

Woensdag 8 januari 1958

Uiteindelijk had niemand er belang bij gehad te vertellen dat Bombardon een gedeelte van een mogelijke patentaanvraag proberen stelen had. Na de patentenkwestie van 1923, waarin Forel een zeer nefaste rol gespeeld had, en na de zelfmoord van een student in het voorbije schooljaar omwille van een gestolen patent, was Forel de laatste om te zeggen dat hij weer eens bij een patentenkwestie betrokken was. Robert van zijn kant wilde uiteraard de aard van zijn werk niet in het nieuws, terwijl Bombardon reden genoeg had om geen bijkomende details van zijn misdrijf te geven.

Maar aangezien er drie bekende personen bij het gebeuren betrokken waren, en de pers zoveel mogelijk sensatie uit het voorval wou puren, stond onder de foto van de gearresteerde Bombardon de absurde conclusie: 'Bombardon, bestuurder van Gantoise, wou de geheime voetbaltactieken van Robert stelen.' De kranten leidden daaruit af dat er grote spanningen waren in het clubbestuur. Meteen haalden ze alle andere capriolen uit de clubs recente geschiedenis nog eens van onder het stof, zoals dubieuze transfers, corruptie, ruzie en fiscale fraude. Het was geen fraai plaatje. De rol van Bombardon werd in elk dossier onderstreept. Gestuwd door de publieke opinie, kozen de media, die normaal aanleunden bij Bombardon, voor een uitzonderlijke keer de kant van Anthony.

Looms International had in deze kwestie duidelijk de controle over de pers verloren. Het probeerde te redden wat er te redden viel: het deed er alles aan om Bombardon op de schepenbank van de stad en in het clubbestuur van Gantoise te houden; voor het grootste bedrijf van de stad bleef hij immers een belangrijke politieke pion.

~

Anthony en Hélène kwamen Robert aan de school ophalen. Die laatste stortte onderweg zijn hart uit:

-"Het voorval met Bombardon was geen goed nieuws voor mij; het komt overal nog eens bovenop."

-"Hoezo?" vroeg Anthony, in de achteruitkijkspiegel naar Robert kijkend.

-"Ik vrees dat ik niet aan mijn diploma kom. Daarnaast heb ik, door het incident met Bombardon, mijn kansen om na mijn studies bij Looms te mogen werken, volledig verknoeid, terwijl ik bij Gandaweave na mijn slecht eindwerk niet voorbij Pennycent zal geraken."

-"Maak je geen zorgen, Robert," zei Hélène. "We zijn er om elkaar te helpen." Robert pinkte een traan weg. Hij zag hoe Anthony op het punt stond hem iets te vertellen, maar ook hoe Hélène's hoofd zachtjes "neen" schudde. Uiteindelijk draaide ze zich lief glimlachend om: "Maak je echt geen zorgen, Robert!"

~

Conform met wat Robert na de vorige training gevraagd had, werden het publiek en de pers zorgvuldig weggehouden van het oefenveld. Robert vermande zich, hield op met piekeren, stapte zelfverzekerd het veld op en schudde de hand van de spelers. Omdat ze reeds volledig opgewarmd waren, kon hij onmiddellijk starten met het testen van hun fysieke conditie. Hij had vóór de vakantie aan elke speler de objectieven meegegeven die ze absoluut moesten halen, sneeuw of geen sneeuw. Een aantal spelers waren halsoverkop naar het zuiden van Frankrijk vertrokken. Eén had dagenlang gefietst in het donkere Kuipke, onder het licht van slechts twee lampen. Een paar anderen hadden buiten de werkuren door de fabrieken van Gandaweave of Looms gelopen. Ten slotte hadden vijf spelers op natuurijs geschaatst, dankzij supporters die het ijs voor hen klaargemaakt hadden. Robert had ook gevraagd om tijdens het sporten mentale oefeningen te doen. Gedurende de hele periode mochten ze geen bal aanraken; ze moesten zich integendeel mentaal inleven in de verschillende spelpatronen. Die gingen voornamelijk over de korte passes waarmee de bal in het middenveld rondgespeeld moest worden, tot een medespeler in een 'gat' kon spurten.

Nu moesten ze bewijzen dat ze de objectieven gehaald hadden. Het voltallige technische personeel van de club werd ingeschakeld om de spelers zorgvuldig de testen te laten afleggen en de resultaten te meten. En die waren schitterend. De hoofdtrainer was onder de indruk dat Robert de nodige inspanning van de spelers gedaan gekregen had. "Na een dertien-nul doen ze dat gewoonlijk wel," lachte Robert. Vervolgens kregen de spelers een individuele technische training met de bal, vooral gericht op hele snelle balcontrole en korte passing. Een aantal spelers voldeden niet en zouden daar drie volle dagen moeten aan werken. Ten slotte werden de passeerpatronen ingeoefend, volgens een systeem dat Robert over de jaren zelf bedacht had. Kikki had hem ooit voorgesteld dat systeem te patenteren. "Niet nog eens een patent; je geeft me al werk genoeg!" had hij geantwoord. Hij moest met een glimlach terugdenken aan hoe sip ze gekeken had toen hij dat gezegd had; hij had ze geleerd dat ze toch niet álles van hem gedaan kreeg. Nu ja…

Toen Robert na de training bij Anthony en Hélène in de wagen stapte, werd hij aangeklampt en gebombardeerd met vragen. Hij antwoordde dat hij op de training van vrijdag aanwezig zou zijn, maar niet op de wedstrijd van zondag op Anderlecht, de wedstrijd die een paar weken eerder uitgesteld was door de sneeuw. De journalisten zetten vervolgens druk op Anthony, die jammer genoeg enkel kon bevestigen wat Robert gezegd had.

Donderdag 9 januari 1958

Tijdens deze lange stille dag, waarop we gedurende liefst zestien uren aan de tekeningen voor de buffers werkten, overdachten we regelmatig onze huidige situatie en onze toekomstperspectieven. Voor mij was alles koek en ei: dankzij de twee miljoen 'van Laetitia', eigenlijk van Looms International, stond de school er weer helemaal goed voor. Mijn eindwerk was intussen volledig klaar. In september zou ik mijn vader opvolgen als directeur van de school, helemaal volgens het plan dat mijn ouders me van in de wieg meegegeven hadden. Tussen nu en september wachtte me een mooie tijd: Robert helpen met het patent, en chef-kok spelen met Laetitia aan mijn zijde. Ze was de ultieme prinses, zo dichtbij, maar tezelfdertijd zo onbereikbaar voor een gewone jongen zoals ik. Het enige wat me dus nog ontbrak tegen september, was een echtgenote. Ik hoopte dat, eens ik in het pak van directeur aan de schoolpoort zou staan, een leuke vrouw vanzelf zou binnenwandelen voor mij.

Robert daarentegen had reden tot piekeren. Zijn diploma behalen zou moeilijk worden zoals spoor A nu ging, terwijl spoor B volgens hem pas een patent kon opleveren als hij erin zou slagen de componenten te vervaardigen. De reden daarvoor was eenvoudig: het luchtsysteem moest voor een groot stuk proefondervindelijk ontworpen worden. Maar voor het maken van componenten had hij geen tijd, geen geld, en, onder de ogen van Forel, geen mogelijkheid. Met de moed der wanhoop tekende hij verder.

Vrijdag 10 januari 1958

De training op vrijdag verliep steeds in een gespannen sfeer, en zeker nu. Het was de laatste training vóór de eerste wedstrijd na de winterstop. Na de wonderlijke 13-0 van de vorige wedstrijd was iedereen benieuwd of de ploeg nu kans maakte om na een paar decennia nog eens op Anderlecht te winnen. Bombardon liep ongegeneerd op het trainingsveld rond, en schudde Robert de hand alsof er niets gebeurd was. Die laatste was te druk bezig om daar stil bij te staan. Terwijl Bombardon zijn imago probeerde te herstellen, voerde Anthony het woord met de pers over de wedstrijd van zondag.

Anthony was in zijn nopjes toen Robert en hij naar tante Lolo reden, want zijn populariteit steeg met de dag. Terwijl hij enthousiast vertelde over de verkiezingscampagne, keek hij echter regelmatig in de achteruitkijkspiegel. Op een bepaald moment sloeg hij een verkeerde straat in en reed hij vervolgens kilometers ver over een slechte, bolle kasseiweg. Hij moest verschillende keren met zijn rechterwielen over de berm rijden om te vermijden dat de kasseien tegen de onderkant van zijn wagen zouden schuren.

-"Waarom kies je deze weg?" vroeg Robert, die de escapade nauwelijks kon waarderen.

-"We worden gevolgd." Robert kreeg onmiddellijk een beklemmend gevoel.

-"Gevolgd??"

-"Geen nood. Ze willen enkel weten waar we naartoe gaan."

-"Ze willen enkel weten waar we naartoe gaan?? In hemelsnaam! Wie? Waarom?"

-"Patentenjagers; iemand vermoedt iets. Waarschijnlijk naar aanleiding van de artikels van deze week: 'laatstejaarsstudent, documenten, textiel'; vele mensen hebben niet veel meer aanwijzingen nodig dan dat. Het is trouwens vervelend dat we zo voorspelbaar zijn; dat we vlak na elke vrijdagtraining naar tante Lolo gaan, maakt het voor de achtervolgers gemakkelijk."

-"Maar de kranten dachten dat het om voetbalgeheimen ging!"

-"Niet iedereen dacht dat blijkbaar."

-"En nu?"

-"We zijn dat gewoon. Kikki en ik letten altijd enorm op."

-"Hoezo, jullie zijn dat gewoon??" vroeg een ontstelde Robert.

-"Ik heb al te veel gezegd. Ten gepaste tijde kom je wel alle details te weten. Maak je maar geen zorgen." Voor de zoveelste keer zag Robert de weg naar meer informatie over Kikki afgesloten. Ze bleek nu routinematig deel uit te maken van patentenjachten!

-"A propos, Kikki komt pas morgenavond," voegde Anthony daar nog aan toe.

-"En Didier komt binnen een uur met de tram," wist Robert te vertellen.

-"Goed dat je me dat zegt. We gaan controleren of hij niet gevolgd werd." Van zodra Anthony zijn achtervolger kwijtgespeeld was, reed hij naar de tramhalte van het Fleur-de-Lys. Ik was vereerd dat ze me daar stonden op te wachten en kroop achteraan in de wagen. Terwijl we de resterende kilometer naar tante Lolo aflegden, gaf Anthony mij en Robert een snelcursus in het afschudden van achtervolgers.

-"Hoe langer we ze bij tante Lolo kunnen weghouden, hoe beter," voegde hij daaraan toe.

-"Wat bedoel je met 'hoe langer'? Kunnen we ze niet voor altijd weghouden?" vroeg Robert.

-"Neen, ik vrees van niet," antwoordde Anthony.

~

Er wachtte ons een grote verrassing bij tante Lolo: naast de deur van het gesloten atelier vonden we tien kisten. Aan elke kist was een lijst met stuknummers bevestigd. Het waren de nummers van onze tekeningen! Terwijl ik naar de nummers wees, hield Robert een hand voor de mond van emotie. Zijn knieën plooiden tot ze de grond raakten. Hij liet zijn bovenlichaam op de kisten zakken en bleef erop liggen, ze omhelzend. Uit zijn ogen rolden bolle tranen. Hij had een grote krop in de keel, en ik hoorde hem meermaals slikken en zuchten. Ik nam zijn sleutel en ging het atelier binnen. Onze tekeningen lagen netjes op de tafel, zonder uitleg. Er lag enkel een kaartje bij: "Gelukkige verjaardag, Robert!" Robert bleef liggen. In deze kisten zat honderdmaal meer dan wat Kikki tot nu toe voor hem gedaan had. Hier lagen meer dan driehonderd componenten, die hij zelfs in de meest ideale omstandigheden in geen drie maand had kunnen vervaardigen, laat staan onder de neus van Forel. Hoe had ze dat in hemelsnaam klaargespeeld? In elk geval was het een gigantische stap naar het succes dat hij zo hard nodig had. Hoe kon hij haar ooit danken? En Anthony danken? Hij had nog nooit bij iemand zoveel in het krijt gestaan. Ik hurkte naast Robert, legde mijn arm over hem en zei:

-"Als je wilt dat het luchtgetouw werkt voordat Kikki hier is, moeten we er onmiddellijk aan beginnen!" Dat maakte hem meteen nuchter:

-"Een volledige assemblage tegen morgenavond?!" Hij keek bezorgd.

-"We zijn met twee," zei ik hem. "Het moet ons lukken!"

Anthony nam afscheid: "Tot morgenavond!"

Zaterdag 11 januari 1958

De dag van zaterdag begon eigenlijk onmiddellijk na het avondmaal van vrijdag. Als twee kleine jongens zonder toezicht assembleerden we tot we erbij neervielen. We moesten creatief zijn, want we hadden bijvoorbeeld warm-koud assemblagetechnieken voorzien voor de naalden, waarbij de naald moest afgekoeld worden en de houder opgewarmd vooraleer ze in elkaar pasten. De bedoeling was dat de naalden muurvast zaten nadat alles weer op kamertemperatuur gekomen was. Hiervoor verlieten we uitzonderlijk het atelier om de haard te gebruiken, waarbij we in het holst van de nacht assistentie kregen van het verwonderde personeel. Kikki, of wie die componenten ook gemaakt had, had bijzonder degelijk werk geleverd en was mooi binnen de toleranties gebleven; alles paste als gegoten.

-"Niet slecht voor een juridisch adviseur," lachte ik.

-"En zeker voor één die nog niet afgestudeerd is!"

We verloren in de kelder elk uur uit het oog; we waren te gespannen om moe te worden. Telkens we de kelder verlieten, vroeg de butler ons wat we nodig hadden. Hij bracht het ons onmiddellijk: warm eten, koud eten, ijsblokjes voor onze warm-koud assemblage, alles.

Toen het getouw eindelijk geassembleerd was en de eerste grote spanning weggeëbd, overviel ons een oneindige vermoeidheid. Omdat onze hersenen categoriek dienst weigerden, moesten we het testen uitstellen tot 's anderendaags. We stapten als dronkenmannen naar de deur. "De sleutel!" zei Robert nog. Met mijn laatste beetje energie groef ik de sleutel vanonder de bergen papier en sloot ik de deur achter ons. Toen we de trap opgingen, sprak iemand ons aan: "Goedenavond!"

Zaterdagavond 11 januari 1958

Robert en ik waren zó moe dat we het plotse verschijnen van Kikki niet konden plaatsen. Nadat wij een aantal onvolledige zinnen hadden uitgestotterd, alsof we stomdronken waren, wees ze ons op het feit dat het zaterdagavond was, en niet vrijdagnacht of zaterdagmorgen.

-"Wat hebben jullie in hemelsnaam gedaan?" vroeg ze.

-"Geassembleerd," zei Robert.

-"Geassembleerd?" zei Kikki betuttelend. "Had ik die kisten dan moeten verbergen zoals sinterklaascadeautjes? Jullie hebben niet geslapen sinds vrijdagochtend! Wat moet ik nu met jullie aanvangen?" Onze ogen smeekten om te mogen gaan slapen.

-"Ok," zei ze, "ga maar slapen, maar morgen maak ik jullie vroeg wakker!"

-"Dank u, Kikki," zeiden we als uit één mond. We gingen naar boven.

Zondag 12 januari 1958

Na een hele lange nachtrust werd Robert wakker met Kikki licht slapend naast hem. Deze keer was ook haar haar in een handdoek gewikkeld. Hij kon vanop twintig centimeter de lijnen van haar gelaat bestuderen: de zacht glooiende hoge jukbeenderen, de strakke kaakbeenderen, de kleine rechte neus en de volumineuze lippen. 'Twintig centimeter', dacht hij, 'zo dichtbij en toch zo veraf'. Hij nam de massageolie die ze naast hem op een tafeltje gezet had en begon zachtjes haar schouder en nek te masseren. Ze werd wakker maar hield de ogen gesloten. Hij probeerde de zachte massage niet te laten verworden tot een liefkozend strelen, wat niet makkelijk was; zijn handen leken met zichzelf te vechten. Uiteindelijk besloot hij het op veilig te spelen door over te gaan tot een diepe, harde massage. Ze kermde lichtjes.

~

Toen Robert en Kikki aan de ontbijttafel verschenen, was Anthony reeds vertrokken naar Gantoise, vanwaar hij en Hélène in de spelersbus naar Anderlecht reisden. Hélène had nooit gepland om het succes van de verkiezingen te laten afhangen van de resultaten van een voetbalploeg, maar politiek was een grillig beestje. Nu moest ze hopen dat Gantoise goed bleef spelen. Dat de tweede wedstrijd sinds de betrokkenheid van Anthony en Robert meteen de moeilijke verplaatsing op Anderlecht was, stemde haar niet gerust. En dat Robert vandaag moest werken in plaats van de ploeg te coachen, nog minder.

~

-"Ik ben echt verrast dat je meer dan driehonderd componenten op vijf werkdagen klaar gekregen hebt," zei een goedgeluimde Robert aan Kikki tijdens het ontbijt. "Het was het mooiste en meest onverwachte verjaardagsgeschenk dat ik ooit gekregen heb."

-"Heel graag gedaan", antwoordde Kikki.

-"Robert vindt het zelfs helemaal niet erg dat je zijn verjaardag met een dag gemist hebt," voegde ik daaraan toe.

-"Hoezo met een dag gemist?" vroeg Kikki versteld.

-"Zijn verjaardag was donderdag, niet vrijdag," antwoordde ik.

-"Maar trek het je niet aan; ik vind het helemáál niet erg!" lachte Robert.

-"Die kisten stonden hier donderdagmiddag al!" protesteerde tante Lolo.

-"Driehonderd componenten, donderdagmiddag al?!" vroeg Robert. "Hoe kan dat nu in hemelsnaam?"

-"Wel," antwoordde Kikki, "ik moet toegeven dat ik geluk had: er was voor geen enkele component meer dan drie dagen nodig om hem te vervaardigen of te kopen. De tekeningen ben ik donderdagochtend persoonlijk in het atelier komen leggen, want niemand mocht die zien. De componenten werden donderdagnamiddag bezorgd."

-"Akkoord dat er voor geen enkele component meer dan drie dagen nodig was," protesteerde Robert, "maar driehonderd componenten maken duurt wel véél langer dan één component!"

-"Dat begrijp ik niet. Waarom dan wel?" vroeg Kikki geïntrigeerd.

-"Je kan toch maar één component tegelijk maken!" zei Robert alsof dat de evidentie zelf was.

-"Doe jij dat zo, Robert: één tegelijk?" Ze schudde haar hoofd en keek geamuseerd. En zo stond hij weer voor aap, en zat hij tezelfdertijd met een bijkomend mysterie: hoe kon zij dit allemaal voor elkaar krijgen? Vroeg of laat zou hij moeten ophouden met zich vragen over Kikki te stellen of hij zou gek worden. En hoe was zij trouwens te weten gekomen wanneer hij jarig was?!

Kikki liet zich het geassembleerde luchtgetouw tonen. Robert en ik wilden het die ochtend nog uitproberen, maar dat was niet volgens de planning. Toen ze ons vroeg hoeveel werk we nog hadden met de tekeningen van de buffers, beseften we plots dat we vrijdagavond onze eigenlijke opdracht uit het oog verloren waren toen we de kisten gevonden hadden. "Ik denk dat we daar de hele dag zullen moeten aan werken," besloot Robert in haar plaats. Kikki knikte met een erkentelijke glimlach.

Ze hield ons gezelschap. Terwijl wij als gekken tekenden, controleerde ze de tekeningen naarmate ze afgewerkt waren. Ze keurde die tot onze opluchting allemaal van de eerste keer goed; we hadden wat dat betrof gelukkig onze draai gevonden. Omdat het controleren van ons werk haar slechts een vijftiental minuten per uur kostte, haalde ze een boek uit. Robert wou dat hij dat boek niet gezien had, want het was de laatste editie van de "Informator," een doorlopende reeks boeken met alle belangrijke schaakpartijen van de laatste zes maanden. Gedurende jaren was dat zijn bijbel geweest, tot hij dit jaar even afstand genomen had van het schaken. Nu voelde hij echter de drang om dat boek door te nemen en de laatste vondsten te zien in de schaakopeningen. Maar hij had om te beginnen geen tijd en hij mocht bovenal aan Kikki niet laten merken dat hij notaties van schaakpartijen kon lezen, laat staan dat hij partijen in zijn hoofd kon naspelen. Men had hem voldoende gewaarschuwd: Kikki zou niet rusten vooraleer ze hem zou verslaan, en zou tot dat moment enkel nog met schaken bezig zijn. Robert probeerde de Informator te vergeten en zich verder op het tekenen te concentreren.

~

Toen Anthony ons 's avonds kwam halen, wist hij te vertellen dat de wedstrijd op vier-drie voor Anderlecht geëindigd was. Vijf minuten voor het einde van de wedstrijd was het nog twee-drie voor Gantoise. Anderlecht had echter in de resterende minuten nog twee felbetwiste doelpunten gescoord, tot groot ongenoegen van de Gentse supporters.

-"Gelukkig dat Hélène en ik met de spelersbus konden meekomen, want de chaos rond het stadion was groot," zei Anthony.

-"De scheidsrechter heeft altijd gelijk," zei Robert gelaten. "Ik praat morgen wel met de spelers."

-"Zolang onze kiezers de nederlaag maar begrijpen!" zei een ongeruste Hélène.

~

Alle tekeningen voor de buffer waren klaar. Volgend weekend zouden we eindelijk het getouw mogen testen. De komende week zouden we op de school moeten werken aan methodes om het energieverbruik te meten en te reduceren. In elk geval maakten Robert en ik ons vanaf nu geen zorgen meer over het maken van componenten; op een of andere manier zou onze juridisch adviseur, of wie Kikki ook was, daar voortaan voor zorgen.

Maandag 13 januari 1958

Terwijl ik 's ochtends werkte aan het energieverbruik van ons luchtgetouw, bedacht Robert een manier om het luchtmechanisme over te zetten naar een moderner getouw, mocht het ooit zover komen.

In de namiddag vertrok hij onder veel persbelangstelling naar het voetbal. Hij vroeg lachend aan de journalisten hoe de ploeg daags voordien gespeeld had. Toen ze hem vertelden dat ze verloren had, beweerde hij dat dat onmogelijk was. Zijn enthousiasme werkte aanstekelijk; ondanks de nederlaag twijfelde niemand aan het toekomstige succes van de ploeg.

Dinsdag 14 januari 1958

Aan de ontbijttafel was ik rustig Roberts interview in de krant aan het lezen, toen mevrouw Forel me vroeg hoever ik stond met het vinden van een vrouw. Om te vermijden dat ze weer met de dochter van de bakker zou komen aandraven, antwoordde ik:

-"Wel, dat meisje met wie ik op kerstdag gaan koken ben, bevalt me."

-"Ha, eindelijk, fantastisch! Wanneer kom je haar eens voorstellen?"

112

-"Van zodra ze er klaar voor is," loog ik. "Ze is nogal schuchter."

-"Schuchter? Ik hou van schuchtere meisjes!" zei mevrouw Forel, duidelijk in haar nopjes. "Neem jouw tijd maar." En zo had ik mevrouw Forel opnieuw met een kluitje in het riet gestuurd. Voor een poosje.

De krant bracht ook een politieke peiling. Het bleek dat Anthony intussen de populairste politicus van Gent geworden was, maar ook dat de kiezers trouw voor hun zuilen zouden blijven stemmen: socialisten voor de socialisten, liberalen voor de liberalen, en katholieken voor de katholieken.

Woensdag 15 januari 1958

Ik werd afgehaald voor mijn eerste opdracht als chef-kok. Naast mij in de wagen zat mijn stagiaire Laetitia. Ze was zodanig professioneel als gewoon keukenhulpje vermomd, dat het niet echt meer leek; het was alsof ze in een operette wou meespelen. Maar ze zag er oneindig schattig uit. Ik gaf haar een hele dikke kus op de wang bij het instappen. "Niet vergeten: straks op de mond!" zei ze alsof ze het over het weer had. "Je bent vanaf nu mijn verloofde." Ik zakte in elkaar van verbazing, euforie en ongeloof, want Robert was vergeten aan mij te vertellen dat ik haar verloofde moest spelen op onze cateringopdrachten! Daar ik onmogelijk een verklaring kon vinden voor wat ze net gezegd had, catalogeerde ik de aankondiging van onze verloving als een van de grote bloopers die iedereen weleens uitkraamt. Ze leek trouwens gewoon met het feest bezig; haar ogen glinsterden.

Alle koks hadden groot plezier met haar in de keuken. Iedereen mocht haar naar hartenlust taakjes geven, die ze volbracht met een aanstekelijk enthousiasme. Zelfs organisatrice Hélène schoot regelmatig in een lach bij het aanschouwen van de fratsen van haar zus. Maar toen Laetitia voor de eerste keer ieders aandacht had, omhelsde ze me met beide handen en kuste ze me stevig op de mond. Ik zakte door de touwen; ik deinsde achteruit en verbrandde mijn zitvlak op het fornuis. Ik schreeuwde het uit van de pijn en veerde recht. Terwijl ik pijnlijke grimassen trok, verspreidde de geur van verbrand textiel zich door de keuken.

Laetitia schrok: "Oh neen, je hebt je toch niet verbrand?!" Ze draaide me om, zodat iedereen nu mijn verbrande broek zag. "Sorry, Didier, dat was niet mijn bedoeling. Kom snel mee!" Als een ware EHBO'ster trok ze me naar de badkamer, ontblootte ze mijn achterwerk, en begon ze dat stevig te overgieten met koud water.

-"Sorry dat ik je zo deed schrikken," zei ze lachend, "maar ze zullen nu wel geloven dat ik jouw verloofde ben!" Ik kreeg geen enkele greep op de werkelijkheid, tot Hélène binnenkwam. Laetitia legde haar uit wat er gebeurd was. Terwijl ik daar als een sukkel met een natte broek en een nat achterwerk over de wastafel leunde, vroeg Hélène me:

-"Robert had je toch ingelicht?"

-"Van wat?" vroeg ik.

-"Dat je Laetitia's verloofde zou zijn telkens jullie kok zouden spelen."

Ze zag mijn verbaasd gezicht en schoot in een verpletterende lach. Na een minuut dacht ik dat ze erin zou blijven. Laetitia hield beide handen heel beschaamd voor het gelaat en wendde het af.

-"Hier gaan we nog jaren om lachen!" gierde Hélène, terwijl ze in de plaats van Laetitia water over mijn achterwerk goot.

Toen de dame des huizes de deur van de badkamer opentrok om te zien wat er aan de hand was, zag ze Laetitia en Hélène koud water over mij gieten terwijl ik voorovergebogen stond. Ik heb grotere momenten van glorie gekend! De dame dacht er gelukkig het hare van en sloot de deur.

~

Vlak voor ik indommelde, gooide ik nog even een snelle blik op mijn wekker. Er lag de geplooide omslag naast die Hélène me nog vlug in de handen gestopt had. Ik werd nieuwsgierig, stak het licht aan, knipperde met de ogen tot ze klaar konden kijken, en opende de omslag. Hij bevatte de cheque met mijn verloning: drieduizend frank, wat een bedrag! Ik viel achterover op mijn kussen. Ik twijfelde even of ik niet chef-kok in plaats van textielingenieur wou worden, maar bande het idee snel uit mijn hoofd; de avonden met Laetitia en Hélène, hoe leuk ook, konden niet meer dan een tijdelijk sprookje zijn. In september zou ik als een serieuze directeur aan de schoolpoort staan, zonder koksmuts.

Donderdag 16 januari 1958

Op de zoete dromen volgde een dag van frustrerend rekenwerk. Ik zette me nogmaals aan de moeilijke Laplacetransformaties, maar kreeg er nauwelijks grip op. Het leek alsof ze niet konden toegepast worden op holle naalden. Tegen het einde van de dag voelde ik me rot.

Vrijdag 17 januari 1958

Toen Robert en ik na de voetbaltraining de tram naar tante Lolo namen, kozen we bewust een verkeerde tram, om via een paar omwegen aan het Fleur-de-Lys uit te komen. Mochten we alsnog gevolgd geweest zijn, was het Fleur-de-Lys een ideale plaats om de patentenjager in kwestie af te schudden.

We waren andermaal sprakeloos toen de kisten met componenten voor het buffersysteem gewoon op ons te stonden te wachten bij tante Lolo; het was onmogelijk te wennen aan Kikki's magie. We openden de kisten en lieten de stukken door onze vingers glijden als waren het gouden halssnoeren. Hoe kreeg onze mysterieuze vriendin dit toch keer op keer voor elkaar? Bij de kisten zat een papiertje: "Veel liefs, Kikki. P.S. op tijd in bed!"

Om middernacht waren we volop de buffer aan het assembleren, toen er op de deur geklopt werd. De butler meldde dat hij van Kikki orders gekregen had om binnen vijf minuten het licht uit te doen. We konden deze keer niet anders dan op tijd te gaan slapen.

Zaterdagavond 18 januari 1958

Toen we het geassembleerde luchtsysteem, compleet met buffer voor het inslaggaren, nog eens aan het inspecteren waren, klopte Kikki op de deur. Zoals steeds was Robert dolblij haar weer te zien en nodigde hij haar meteen uit om getuige te zijn van 'de eerste run van een luchtgetouw in de geschiedenis.' Kikki vroeg of we niet eerst Anthony goedendag wilden zeggen, wat we natuurlijk deden.

Maar toen was het grote moment aangebroken. We begonnen met het eerste deel van een "dry run," die bestond uit het laten functioneren van het pneumatisch gedeelte zonder het inslaggaren, en zonder het getouw zelf te laten draaien. Eerst haalden we benzine aan de pomp in het koetshuis, vulden we Anthony's generator en zetten we die aan. Tante Lolo dekte even de oren af met haar handen, maar het lawaai bleek uiteindelijk mee te vallen. Vervolgens startten we ook de compressor, die met veel herrie de lucht door de naalden blies. Met onze vingers controleerden we of er wel degelijk lucht kwam uit alle naalden. Die stonden opgesteld in twee rijen, namelijk langs elke kant van het pad dat het inslaggaren door de sprong nam. Elke rij liep over de hele breedte van het getouw. Dat de lucht netjes uit elke naald kwam, zonder dat ze onderweg ergens lekte, of zonder dat de naalden in de zoldering knalden, was alvast een eerste succesje. Kikki keek blij.

Het tweede deel van de dry run was echter veel minder succesvol: toen we het inslaggaren aan het luchtsysteem voedden, werd het garen door de lucht die uit de naalden kwam, op een onstuimige manier door de sprong gestuwd. We knipten het garen door en lieten de lucht een volgend stuk door de sprong blazen. Maar het bleef teleurstellend; het inslaggaren leek een eigen leven te leiden en alle kanten te willen uitgaan. Kikki keek geïntrigeerd maar niet verontrust, in tegenstelling tot Robert en ik.

Vervolgens testten we het buffersysteem, dat het inslaggaren automatisch zou moeten voeden aan het getouw, voorlopig evenwel zonder het inslaggaren. Bovenop het lawaai van de generator en de compressor kwam nu het kabaal van het oud weefgetouw. Maar die test liep prima. We zagen de wieltjes waar het garen over zou lopen, netjes van en naar elkaar toe bewegen. Op het moment dat de sprong sloot, gingen de wieltjes uit elkaar, waarbij er inslaggaren gebufferd zou worden tussen de wieltjes. Op het moment dat de sprong weer openging, kwamen de wieltjes naar elkaar toe, waarbij de buffer het inslaggaren zou voeden aan de sprong. We dreven de snelheid op tot vijfenzeventig inslagen per minuut, de snelheid waarop het getouw normaal draaide. Mechanisch leek alles in orde, zoals we berekend en verwacht hadden. Kikki glimlachte en knikte naar ons.

Nu we zeker waren van het pneumatisch systeem en de buffer, probeerden we het volledige systeem. We leidden het inslaggaren over de wielen van de buffer naar de sprong. Met spanning startten we het getouw aan één cyclus per tien seconden. Het geheel had de mechanische cadans van een heel trage stoomlocomotief, en net zo lawaaierig. De sprong ging open en de wielen van de buffer kwamen naar elkaar toe, terwijl de bobijn met het inslaggaren aan een constante rotatiesnelheid werd afgerold. Het inslaggaren verscheen aan de sprong en werd er op een grillige manier doorheen geblazen. Het bleef onderweg niet haperen; dat was het goede nieuws. Van zodra de juiste lengte door de sprong was gevoed, werd het inslaggaren door het rooster hard in de schering aangedrukt. Tezelfdertijd bewogen de wielen van de buffer zich uit elkaar, waardoor even geen nieuw inslaggaren aan de ingang van de sprong kwam. Terwijl de schering de even en oneven draden omwisselde van boven naar beneden, werd het aangedrukte inslaggaren aan beide kanten automatisch afgeknipt. De eerste draad was geweven! Het systeem begon aan de volgende cyclus. Met argusogen observeerden we de dolle manier waarop het inslaggaren door de sprong ging, maar de kwaliteit van de textuur viel al bij al mee. We zetten een merkteken op het weefsel, om vervolgens stelselmatig de snelheid te verhogen. Maar aan tien inslagen per minuut vertoonde het weefsel de eerste 'knopen'. Vanaf dat moment ging de kwaliteit van de textuur zo snel bergafwaarts, dat het er na een poos uitzag als het kleuterwerkje van een toekomstige havenarbeider. We stopten het getouw aan vijftig inslagen per minuut. Robert en ik waren zwaar ontgoocheld, in tegenstelling tot Kikki.

-"Fantastisch!", zei ze. We keken haar onwezenlijk aan.

-"De luchtstroom trekt op niets. Die goed krijgen, wordt een heksenwerk," zei ik. "En luchtstromen zijn heel moeilijk uit te rekenen; ik ben het al een lange tijd tevergeefs aan het proberen."

-"Dan doe je het proefondervindelijk," zei Kikki. Robert was tevreden, want zo zag hij het ook.

-"We weten niet waar we moeten beginnen," opperde ik nog.

-"Wat dachten jullie dat jullie de volgende weken zouden doen?" vroeg ze lachend. "Morgenvoormiddag maken jullie een specificatie van de eerste vijftig naalden die jullie willen uitproberen."

~

Toen Robert uit zijn badkamer kwam 's avonds, lag Kikki zoals gewoonlijk in een handdoek gewikkeld op zijn bed. Tijdens de massage leek ze even in slaap te zullen vallen, maar ze zette zich alsnog recht. "Ik mag hier niet in slaap vallen," zei ze met een raadselachtige glimlach, "echt niet; want ik vertrouw mezelf niet." Ze gaf de perplexe Robert nog een avondkus en verliet de kamer. Arme Robert lag na dat korte zinnetje van haar een halve nacht klaarwakker, zwetend te dromen en te twijfelen over wat hij nu eigenlijk zou willen en wat niet.

Zondagochtend 19 januari 1958

Na zijn slechte nacht verscheen Robert pas om tien uur aan de ontbijttafel. Iedereen had al gegeten.

-"Weet je," zei Robert tegen Kikki zonder na te denken, "die schouder van jou moet eens bekeken worden door een arts; hij had al lang beter moeten zijn."

-"Wil je hem niet meer masseren?" vroeg Kikki beteuterd, half gespeeld, half gemeend.

-"Ik vraag niet liever!" antwoordde Robert, en zich vervolgens herpakkend: "enfin, je weet wat ik bedoel."

Robert en ik werkten ons te pletter om op een paar uur tijd de specificaties voor vijftig holle naalden vast te leggen. We begonnen met het bepalen van alle parameters die een invloed hadden op de effectiviteit: de laterale afstand tussen de naalden, de afstand van de naalden tot het inslaggaren, de hoek schuin omhoog waarmee de lucht uit de naalden kwam, de horizontale hoek waarmee de lucht op het inslaggaren geblazen werd, het debiet van de lucht die uit de naald kwam, de grootte van de opening van de naald, de effectieve kracht die de lucht op het garen uitoefende, en tot slot de dispersie van de luchtbundel. Een aantal van die parameters waren inherent aan het ontwerp van de naalden, een aantal andere hadden te maken met de opstelling van de naalden en met de druk van de compressor.

Terwijl we aan het einde van de voormiddag een tabel aan het maken waren met de vijftig soorten naalden, was Kikki weer aan het schaken. Ze zei dat ze ervan droomde ooit Oost-Vlaamse schaakkampioene te worden.

-"Wist je dat een naamgenoot van jou momenteel furore maakt in Amerika?" vroeg ze aan Robert. "Robert James Fischer, alias Bobby Fischer. Ze zeggen dat hij ooit wereldkampioen wordt. Robert Fischer lijkt trouwens een populaire naam in het schaken. Hier is er een andere, die drie jaar geleden kampioen van de staat New York was." Ik keek even naar Robert.

-"We proberen ons te concentreren, Kikki," probeerde Robert zo vriendelijk mogelijk te zeggen.

-"Ok, ik zwijg al".

Omwille van de slechte resultaten de vorige dag was onze stemming niet te best. Het liefst wilden we de hele zondag doorwerken om te proberen een iets beter weefsel met ons luchtgetouw te bekomen. Maar Kikki bekeek het heel nuchter: we zaten perfect op schema en dus was alles goed; we konden gewoon mee naar het voetbal. Hoe kon ze er zo gerust in zijn?

~

In de vroege namiddag zaten Robert en ik dus achteraan in de wagen met Kikki en Anthony, op weg naar het voetbal. Robert en ik bespraken echter met een bedrukt gezicht enkel het mislukte experiment van zaterdag.

-"Zo ga je geen ploeg motiveren, Robert!" zei Kikki op het moment dat we toekwamen aan het stadion. "Kom, dat ik je een Russische gelukskus geef!" Vanuit de passagierszetel draaide ze zich helemaal naar achteren, en kuste ze Robert voluit op de mond. Daarbij schoot er echter een dergelijk hevige pijnscheut door haar schouder, dat ze het even uitschreeuwde met een traan in de ogen.

-"Die gelukskus heeft voor jou in elk geval geen geluk gebracht!" zei Anthony.

-"Oh, ben je jaloers? Hier is er één voor jou!" en net op het moment dat Anthony de wagen tot stilstand bracht, en nog vooraleer Robert de kus die hij net gekregen had, had kunnen verwerken, gaf ze Anthony even onstuimig een dubbel zo lange kus op de mond. Anthony keek op dat moment recht in de lenzen van drie fototoestellen, die de kus vereeuwigden. Maar weer had Kikki zich pijn gedaan; als een wrak stapte ze uit de auto. Robert en Anthony begeleidden haar naar de medische staf in de kleedkamers, met de vraag haar tijdens de wedstrijd te behandelen. Terwijl ik vanuit de tribunes van de wedstrijd genoot, bleven Anthony en Robert bij haar en de dokters. Na de diagnose, een spuitje en het voorschrift om elke dag een kinesist te bezoeken, kwam het drietal naar de wedstrijd kijken. Robert zette zich in de dug-out. De gelukskus en wat er daarna gebeurd was, hadden het gelukkige effect gehad dat Robert voorlopig het mislukte experiment vergeten was.

-"Hoe lang zijn we bezig en wat is de score?" vroeg Robert aan een reservespeler.

-"Twintig minuten en drie-nul." Robert ontspande en lachte luid; het zou een leuke wedstrijd worden. Kikki, die opgelapt was met een pijnstiller, juichte en applaudisseerde mee vanuit de tribunes. Ik probeerde haar tevergeefs in te tomen.

Een persoon die zich regelmatig omdraaide om ons op een raadselachtige manier te bekijken, was Bombardon. Hoewel hij bestuurder van Gantoise was, en hoewel 'Looms' in het groot op de truitjes van de spelers stond, was hij helemaal niet zeker meer of het huidige succes van Gantoise een goede zaak voor hem was. Anthony had eigenlijk geen politieke bedreiging voor hem mogen vormen, omdat diens politieke partij zo onbeduidend was. Maar door Roberts successen met de club riskeerde Anthony's populariteit nu uit de hand te lopen.

Toen Kikki op een bepaald moment even naar Bombardon zwaaide, schrok die buiten alle proporties. Vervolgens herpakte hij zich en nam hij zijn hoed af, alvorens minzaam te knikken. Hoe vreemd.

-"Bombardon en jij kennen elkaar blijkbaar?" probeerde ik.

-"Ach, het is een kleine wereld," wimpelde Kikki de vraag af. 'Welke zou die kleine wereld kunnen zijn?' vroeg ik me af. 'Wat hebben die twee gemeenschappelijk? Politiek? Voetbal? Patentenjachten...?' Ik huiverde bij het idee, maar besloot niets aan Robert te vertellen; hij had immers al meer dan voldoende beslommeringen om het hoofd.

Halfweg de tweede helft hield de tegenstander het voor bekeken, en ook Gantoise tikte enkel de bal nog rond. Robert had daardoor tijd om te piekeren over Kikki's twee kussen: die aan hem en die aan Anthony. Hij voelde zich euforisch en melancholisch tezelfdertijd. En daarnaast was hij nog eens ongerust omwille van het niet geslaagde experiment met het luchtsysteem. Hij stond recht en begon ijsberend langs de zijlijn te lopen. De spelers dachten dat hij niet tevreden was met het langzame spel en deden nog een extra inspanning. Robert werd tweemaal uit zijn gepeins opgeschrikt door luid gejuich. Daarna was het groot feest rond het stadion.

Maandag 20 januari 1958

In de krant stond de foto van Anthony en Kikki die elkaar op de mond kusten in de auto. De krant speculeerde dat de schepen van Sport en Onderwijs zich binnenkort zou verloven. Ik verborg de krant voor Robert.

Dinsdag 21 januari 1958

's Avonds was ik weer chef-kok op een feest. Hélène had alles piekfijn georganiseerd en Laetitia was net zoals vorige keer een plezier om in de keuken te hebben. We speelden keurig onze rol van verloofden, zodat de andere mannen in de keuken snel begrepen dat ze de bloedmooie Laetitia met rust moesten laten.

Mevrouw Forel had me zien thuiskomen:

-"Dat keukenhulpje ziet er wel een lief meisje uit."

-"Dat is ze zeker."

-"Ze kan alvast koken."

-"Heel graag zelfs!"

-"Kan ze wassen en poetsen?"

-"Ik zal het haar eens vragen," beloofde ik mevrouw Forel, maar uiteraard zou ik zoiets nooit in mijn leven aan Laetitia vragen!

-"Ze lijkt wel een leuke vrouw voor jou."

-"Ja, ze lijkt me wel wat," antwoordde ik, mijn enthousiasme onderdrukkend.

-"Toch niet te veel beneden onze stand?" Op die tragikomische vraag gaf ik geen antwoord. Ik glimlachte enkel. Maar mevrouw Forels veren stonden nu recht:

-"Weet je, als directeur moet je een jongedame kiezen die op zijn minst degelijk opgevoed is!"

-"Slaapwel, mama." Ik ging hoofdschuddend naar boven.

Woensdag 22 januari 1958

De wiskundige berekeningen voor spoor B vlotten niet. Ik begon de moed op te geven. Alles zou nu afhangen van de experimenten die we zouden doen met de naalden, maar dat werk kon enkel gebeuren bij tante Lolo. Terwijl Robert veel tijd aan het voetbal besteedde, liep ik lastig en verveeld rond. Ik had niets anders omhanden dan het vervangen van de grijpers voor Dieudonné Butu's spoor A. Gelukkig kwam de Congolees eens langs om de resultaten te bespreken en een pint te gaan drinken. Om een voor mij onbekende reden bekeek Forel Dieudonné en mij met een nadenkende blik, alsof hij ons van iets verdacht.

Donderdag 23 januari 1958

Voor het eerst keek Laetitia langer dan gewoonlijk in mijn ogen op een feestje waar we kookten. Ik wist niet meer of onze kussen gespeeld waren of echt. Als ze zo keek, sloeg ik mijn oogleden naar beneden op een manier die als treurig of gegeneerd geïnterpreteerd zou kunnen worden. Ik nam me voor absoluut geen initiatief te nemen; ik had schrik dat het firmament zou instorten, dat ik de hele aristocratie over me heen zou krijgen als ik iets met haar zou beginnen. Ik verpinkte regelmatig een traan na een van onze kussen. Ik hoopte heel hard dat ze me begreep.

Vrijdagavond 24 januari 1958

Na de voetbaltraining bracht Anthony Robert naar tante Lolo. Hij nam dezelfde verkeerde weg als de voorgaande keer, tot hij opnieuw gevolgd werd.

-"We worden gevolgd door een andere wagen dan vorige keer," zei Anthony. Voor Robert bleef dit een akelig gegeven:

-"Waarom stond hij je hier op te wachten?"

-"Zo doen ze dat: ze wachten op de plaats waar ze je vorige keer kwijtgespeeld zijn."

-"Is het dezelfde bestuurder?"

-"De bestuurder is telkens vermomd en steeds op een andere manier."

Anthony koos een ander vervolgtraject dan vorige keer, een omweg op een omweg als het ware. Alles was zorgvuldig gepland: hij koos een weg die hem via een nog grotere omweg bij tante Lolo bracht. Opnieuw ging dat over heel hobbelige baantjes en veel kruispunten, zodat hij zijn achtervolger snel kwijt was. Het systeem was heel effectief als je erover nadacht: zelfs al probeerde de achtervolger dit honderd weken na elkaar, Anthony bracht hem geen stap dichter bij tante Lolo. Je moest er enkel voor zorgen dat je in de ogen van de achtervolger geen omwegen maakte, want dan wist hij dat je je bestemming absoluut wou verbergen. En je moest uiteraard bereid zijn steeds later bij tante Lolo aan te komen!

Ikzelf deed eenzelfde ellendige omweg, maar niet in een comfortabele sportwagen en niet op een manier dat ik achtervolgers gemakkelijk kon afschudden. Ik moest permanent in de gaten houden of ik op de tram niet door een auto gevolgd werd. Het betekende het eindeloos schoonvegen van een bedampte ruit en het turen door slecht verlichte straten. Ik stapte af aan een halte, wandelde twee haltes verder en nam daar opnieuw de tram. Iemand die mij op de tram probeerde te schaduwen, zou me niet onopgemerkt van de ene halte naar de andere kunnen volgen.

Onze beloning wachtte bij tante Lolo: we vonden een kistje met de vijftig naalden, elke naald perfect gedocumenteerd. Kikki was straffer dan Sinterklaas, want die laatste bracht nooit álles wat je vroeg!

-"Wat als we haar eens om een Ferrari vroegen?" grapte ik.

-"Wat ga je doen als die hier vervolgens staat?" antwoórdde Robert nuchter.

We assembleerden de proefopstelling zoals we die een paar weken eerder bedacht hadden. Die bestond uit een constructie waarbij elke naald individueel getest kon worden op de uitgaande luchtstromen in elke richting, en op de grip die de lucht op elke soort garen had. Om het effect van alle parameters te begrijpen, zouden we de volgende dagen voor elke naald massa's metingen doen: metingen met een verschillende luchtdruk, metingen in het horizontale vlak, metingen in het verticale vlak, en metingen met verschillende invalshoeken op de garens.

Toen wij 's avonds naar boven gingen, wachtte Robert een onaangename verrassing: tante Lolo had de krantenfoto uitgeknipt en ingekaderd waarop Anthony en Kikki elkaar kusten. Het kadertje hing in de eerste draai van de traphal. De titel onder de foto was leesbaar: 'Nakende verloving voor baron Anthony de Hoedemaecker?' Had tante Lolo dit als een onzachte suggestie bedoeld voor Anthony en Kikki? In elk geval was Robert niet akkoord met wat iedereen in die foto zag, want Kikki's kus was volgens hem niet meer dan een speelse gelukskus. Hijzelf had immers twee seconden voordien óók een gelukskus van Kikki gekregen, zij het wel een kortere. Anderzijds was hij blij dat hij het niet was die, Kikki kussend, op de foto stond. Hoe zou hij dát uitgelegd hebben aan tante Lolo?! Maar de woorden 'nakende verloving' bleven in Roberts hoofd rondspoken; hij lag er nog een poosje wakker van.

Zaterdag 25 januari 1958

Zaterdag testten wij de individuele naalden met onze proefopstelling. Robert manipuleerde de naalden en de sensoren, terwijl ik de gemeten waarden opschreef.

's Avonds kwamen Kikki en Anthony. Toen ze hun foto in de traphal zagen, lachten ze even, maar vroegen ze vervolgens aan tante Lolo om hem daar weg te halen. Voor Robert was de geslotenheid van Anthony en Kikki over hun aankomende verloving een zoveelste mysterie. Het koppel had nog geen enkele datum laten vallen, ook al ging iedereen ervan uit dat het nog vóór de zomer zou gebeuren.

~

Hoewel ze gezegd had dat haar schouder en nek dankzij de kinesist intussen fel verbeterd waren, kwam Kikki zaterdagavond weer naast Robert in bed liggen voor een extra massage. Robert had een hele week uitgekeken naar dit moment, waarvan hij onzeker was of het ooit nog eens zou komen. Het was dan ook met de grootste toewijding dat de toppen van zijn vingers de gehavende spiertjes opzochten in haar dikke spierbundels. Hierbij sloot hij zoals gewoonlijk de ogen. Deze keer echter verloor hij ook volledig de tijd uit het oog; het was alsof hij de hele nacht kon doorgaan. Hij was dan ook onthutst toen hij plots merkte dat Kikki in slaap gevallen was!

Eerst wou hij haar wekken, maar hij vond het zonde iemand wakker te maken als het niet echt nodig was. Anderzijds kon hij niet naast haar slapen, zeker niet na wat ze een week eerder gezegd had: 'Ik vertrouw mezelf niet'. Hij stapte zijn kamer uit en liep door de gang. Er was geen extra kamer met een bed. En nu? Ze toch wakker maken? Hij besloot uiteindelijk in haar kamer te gaan slapen, op de verdieping die nota bene door tante Lolo gechaperonneerd was; hij voelde zich niets op zijn gemak. Maar eerst moest hij Kikki op een goede manier zien te dekken, wat niet evident was, want ze lag bovenop lakens en dekens. Hij zocht tevergeefs in de kast naar iets om over haar te leggen. Ten einde raad plooide hij het beddengoed van zijn kant van het bed over haar, zodat zij in een taco van dekens en lakens lag, met de dekens aan de binnenkant wel te verstaan. Het zag er niet heel fraai uit, en het moet voor Kikki ook niet zo comfortabel geweest zijn. Niet al te fier van zijn werk sloop hij daarna op de tippen van zijn tenen naar haar kamer.

Zondag 26 januari 1958

Hij werd zondagochtend gewekt door tante Lolo, die langs de kamers liep. Ze was verrast Robert in Kikki's bed aan te treffen en vroeg waar ze was. Robert had lang nodig om voldoende wakker te worden en te beseffen waar hij was en waarom. Van zodra hij echter helemaal bij zijn positieven was, was hij vreselijk gegeneerd en begon hij te stotteren. Het leek alsof hij met Kikki geslapen had! Tante Lolo fronste de wenkbrauwen terwijl ze probeerde te verstaan wat hij vertelde. Maar vooraleer ze daarin slaagde, was Kikki naar boven gekomen met haar bus massageolie. Ze wenste tante Lolo goedemorgen, ging de kamer binnen en sloot de deur achter zich.

Aan de ontbijttafel lachte tante Lolo hen uit: "Ze hebben van bedje gewisseld deze nacht, net zoals zij en Anthony dat deden toen ze klein waren." Robert was blij dat hij voor één keer niet alleen voor schut stond.

~

Terwijl Robert en ik geconcentreerd met de naalden experimenteerden, waren Anthony, Kikki en Hélène getuigen van een nieuwe prachtige overwinning van Gantoise. Om de haverklap werden we opgeschrikt door wild gebonk op onze deur en iemand die aan de andere kant "GOOOAL!!!" riep. Robert nam bij elk doelpunt de tijd voor een kort babbeltje met de man aan de andere kant van de deur. Hij hoopte dat het personeel in ruil discreet zou blijven over zijn verblijf bij tante Lolo. Of op zijn minst zo lang mogelijk.

Maandag 27 januari 1958

De school heropende voor alle studenten. Zij en hun ouders konden hun ogen niet geloven toen ze de metamorfose aanschouwden van een aftands tweederangs schooltje naar iets dat voor een super-elitaire academie kon doorgaan. Al het hout van balken, klasmeubilair, deuren, trapleuningen en plinten had een donkere glans, die kwaliteit zonder compromissen uitstraalde. Iedereen mocht voor de gelegenheid binnenlopen in de klaslokalen, ateliers, kelders, zolders en keuken. Overal stonden de modernste toestellen. Er was geen tegel met een stukje uit of geen glas met een barstje in. De schoolborden waren niet meer zwart maar magisch groen. Het krijt maakte een fluisterend geluid in plaats van een schurend. In de klassen en gangen hing zwaar behangpapier met portretten van grote uitvinders. De eenvoudige lampenkapjes waren vervangen door zware rails aan de plafonds, waaraan naar willekeur indrukwekkende spots konden gehangen worden. Op het internaat waren de nieuwe bedden nu voorzien van moderne lattenbodems. De bezoekers vielen van de ene verbazing in de andere.

Terwijl er een feestsfeer in de rest van de school hing, keken Robert en ik op tegen een berg werk: de gegevens over de luchtstromen uit de naalden moesten zorgvuldig geanalyseerd worden. We hadden als doel zo snel mogelijk de dispersie van de lucht te begrijpen en samenhangend daarmee de ideale horizontale hoek van de naaldopening ten opzichte van het inslaggaren.

De leerlingen en bezoekende ouders werden met een dreun uit hun betovering gehaald, toen een grollende sportwagen in de poortopening verscheen en zich opdringerig een weg baande door de mensenmassa. Nieuwsgierig keken Robert en ik uit het raam. Het was Grandgenre! Misschien was Laetitia meegekomen! Mijn hart klopte sneller. Ik rende snel naar mijn kamer om een pak en een das aan te doen.

Voor de hoofdingang van de klaslokalen stond een kramakkelig spreekgestoelte, dat Forel voor de gelegenheid uit de kelder gehaald had. Ironisch genoeg werden de speeches over de vernieuwing van de school nu gevoerd vanop het enige aftandse meubel dat de school nog rijk was. Ik wou me naar voren wurmen, maar Forel was al op het spreekgestoelte geklauterd en aan zijn toespraak begonnen. Ik besloot nog even achter alle ruggen te blijven staan.

Forel hield, zoals enkel hij dat kon, een perfect gestructureerde speech, op geen enkel punt te kort of te lang. Hij benadrukte de grote ambities van de school en haar sponsors, en stelde een open politiek voor, waarbij iedereen de kans zou krijgen om in de school te investeren. Dat was geen slechte strategie; na de toevalstreffer van twee miljoen stond hij qua nieuwe te verwachten inkomsten even ver als een jaar geleden, in de veronderstelling dan nog dat Pennycent van Gandaweave zou blijven sponsoren. Maar als Forel alle potentiële sponsors kon laten geloven dat iedereen stond te springen om te investeren, werd dat hopelijk een selffulfilling prophecy. Die strategie kon echter enkel werken indien Grandgenre meespeelde; die mocht nu dus niet de indruk geven dat zijn reusachtige steun namens Looms eenmalig geweest was.

Sinds zijn eerdere, gulle schenking aan de school, was er met Grandgenre van alles en niets gebeurd: omdat hij de zoon van de hoofdaandeelhouder van Looms was, een Brusselaar die het gebeuren in Gent vanop afstand bekeek, had de algemeen directeur van Looms het uiteindelijk niet aangedurfd om Grandgenre tot de orde te roepen. Maar die beslissing, of die afwezigheid van een beslissing, verergerde enkel de situatie: als de patroonheilige van de fils-à-papas had Grandgenre zijn onaantastbaarheid verkeerdelijk geïnterpreteerd als had men respect voor zijn intelligentie. Daardoor was hij een explosieve cocktail van macht, onkunde en arrogantie geworden, die de directie van Looms om de haverklap voor onaangename verrassingen stelde. Ten einde raad hadden de 'wijzen' van Looms een rolbeurt georganiseerd, waarbij elk directielid om beurt Grandgenre moest onderhouden met een onschuldig onderwerp waarover hij zijn zegje mocht doen. Dat ging dan bijvoorbeeld over de locatie van het volgende feest voor het personeel, de indeling van de parking, of de kleur waarin de binnenmuren geschilderd moesten worden.

Dat Grandgenre opnieuw de school kwam bezoeken, had het directiecomité van Looms liefst vermeden. Maar Forel had de uitnodiging specifiek aan hem gericht, waardoor het voor Looms diplomatiek niet meer mogelijk geweest was om Grandgenre te stoppen.

Baron Grandgenre stapte nu de twee trapjes van het spreekgestoelte op, om een menigte toe te spreken die in haar geheel geen fractie van het fortuin van zijn vader bezat. Aangezien hij rijker en dus intelligenter was dan hen, nam hij zonder enige voorbereiding of scrupule het woord. Maar nog voor hij zijn mond opende, zag ik een dameshand in witte handschoen hem een aantal velletjes papier aanreiken. Dat bracht Grandgenre niet van streek; hij nam ze aan en legde ze voor hem. Ze bevatten een toespraak. Hij moest nu kiezen tussen ofwel zijn tiental standaard boertige, arrogante zinnen, die voornamelijk zijn rijkdom en macht in de verf zetten, ofwel een klassieke speech zoals netjes neergeschreven op het papier voor hem.

Aanvankelijk was hij dat eerste van plan. Maar toen het mooie, professioneel ogende document hem heel even deed twijfelen aan zijn eigen kunnen, was hij gedurende twee seconden zijn inspiratie kwijt. In die fatale seconden besloot hij het zekere voor het onzekere te kiezen, en begon hij het document af te lezen. Het snoeven stelde hij noodgedwongen uit tot de aansluitende receptie.

Hij was verheugd dat hij voor het document gekozen had, want het oogstte verschillende keren spontaan gelach of enthousiast applaus. Hij keek voldaan naar het publiek, dat zo te zien ook ruime belangstelling voor zijn auto had; regelmatig bukten mensen zich om de binnenkant van de Ferrari te bewonderen. Daardoor was hij afgeleid, en besefte hij op een bepaald moment niet meer wat hij aan het voorlezen was. Toen de mensen plots veel luider applaudisseerden dan anders, en zelfs juichten, hield hij even halt om te herlezen hij wat hij net gezegd had. Hij werd lijkbleek. Toen de mensen bleven applaudisseren, keek hij opnieuw naar hen, enkel om vast te stellen wie de getuigen waren van wat hij net beloofd had: prominenten en notabelen allerhande, die hij tijdens zijn vele public relations events ontmoet had. In stilte herlas hij nog eens de tekst: 'Eenzelfde bedrag elk jaar, tot de school de speerpunt van de Europese textieltechnologie zal zijn.' Hij had twee miljoen per jaar beloofd tot het einde der tijden!

Hij had geen tijd om na te denken. Radeloos las hij verder, maar het verbeterde niet. Door de tekst bracht hij nu ongewild hulde aan schepen baron Anthony de Hoedemaecker, de grote politieke concurrent van 'zijn' Bombardon! Bovendien feliciteerde hij de toekomstige directeur. De toekomstige directeur? Dat was ik! Ik verijsde voor de aandacht van de menigte die me plots zocht. Maar nog voor ik me kenbaar kon maken, klemde zich een hand met witte handschoen hard rond mijn pols, en trok die me door de menigte naar voor. Het was Laetitia! Ze zwaaide en moedigde iedereen aan nog luider te juichen en te applaudisseren. Voor de ogen van iedereen, en van Grandgenre, gaf ze me drie kussen en een groot boeket bloemen, waar ik snel mijn tranende ogen achter verstopte; ze had het eens te meer allemaal voor elkaar gekregen.

Hoewel mevrouw Forel zich zoals gewoonlijk verstopt had voor het sjieke volk, had ze toch opgemerkt dat de verloofde, of de toekomstige verloofde, van Grandgenre op mijn keukenhulpje trok. Ze sprak er met mij over na de feestelijkheden. Ik antwoordde cynisch:

-"En zou je de verloofde van Grandgenre een geschiktere vrouw voor mij vinden dan het keukenhulpje? Ze is beter opgevoed!"

-"Je bent met mij aan het spotten."

-"Omdat je doodsbang bent van adel?"

-"Luister: onafgezien van het feit dat jij geen enkele kans maakt met zo'n adellijke jongedame, en onafgezien van het feit dat zij waarschijnlijk niet zal willen koken, wassen of poetsen, zou er niets dommer zijn dan de verloofde van onze hoofdsponsor in te pikken."

Ik had even met mevrouw Forel de spot gedreven, maar haar laatste argument was raak: Laetitia was de toekomstige van onze hoofdsponsor!

Vrijdag 31 januari 1958

Wanneer wij 's avonds de tram naar tante Lolo namen, verstopte Robert zijn bekend gezicht achter een zware bril en een sjaal. We waren echter te vroeg vertrokken; het was nog volop spitsuur, waardoor het onmogelijk was om alle passagiers in de gaten te houden. Daarom besloten we af te stappen en een stukje van de stad te voet te doorkruisen. We wandelden het eerste het beste steegje in. Maar bij nader inzien was er nu geen andere mogelijkheid meer dan het blokje om te wandelen, waardoor een eventuele patentenjager ons gewoon aan de andere kant kon staan opwachten! En als dat het geval was, hadden we met onze omweg perfect te kennen gegeven dat we achtervolgers wilden afschudden. Daarom zochten we snel een drogreden voor onze omweg: een etablissement waar we een bord soep en een boterham konden eten. Aangezien er in Gent gemiddeld één café per honderdveertig inwoners was, hadden we daarvoor niet eens geluk nodig.

Ons plannetje werd echter een ellendige ervaring: het etablissement dat we vonden, rook naar de hond, terwijl de bazin stonk zoals iemand die zich in geen vijf weken gewassen had, de soep smaakte alsof ze voor de vijftiende maal opgewarmd was, en Robert aangeklampt werd door twee zatte tooghangers, die het zo te zien al uren met elkaar oneens waren over het voetbal.

Tot overmaat van ramp kwam er een keurig geklede heer in het café, die zich in de discussie moeide en ons terloops vroeg waar we naartoe gingen. We stonden met onze mond vol tanden. We hadden gemeend dat we slim genoeg waren om achtervolgers af te schudden, maar hadden ons niet eens op de meest elementaire vraag voorbereid!

-"Waarom misschien?" vroeg Robert met zijn innemende lach.

-"Ik kan jullie voeren," antwoordde de man. We zaten nu helemaal klem. Ik keek angstig naar Robert, die niets beter kon verzinnen dan de mans vriendelijk aanbod af te wimpelen, zonder een reden te geven. Wat een ellende!

Terwijl de man rustig zijn krant las bij een pint, probeerden we onze maaltijd zo lang mogelijk te rekken. Daardoor werd de slechte soep ook nog eens koud. Bovendien kwamen de luidruchtige dronkenmannen naast ons zitten, om hun gelijk te halen bij Robert. Op het moment dat iedereen getrakteerd had en we vier pinten verder waren, zat de keurige heer pas aan bladzijde vijf van zijn krant.

Pas toen mijn ogen begonnen te jeuken en een lelijke hond zijn opwachting maakte, drong het tot ons door dat we iets moesten ondernemen. Heel voorspelbaar betekende dat 'iets ondernemen' een telefoontje naar Anthony, die, vergezeld van Kikki, ons onmiddellijk kwam ophalen. Ze dreef de spot met ons:

-"Wat een plaats om af te spreken, Robert: een vuil en vies café! Ik dacht dat jullie eerder voor mooie tavernes waren!" Dat wij destijds een mooie taverne binnengestapt waren enkel om haar tegen het lijf te lopen, wou Robert uiteraard niet verklappen. Dus hield hij het maar bij:

-"We probeerden achtervolgers af te schudden." Nu pas proestte Kikki het uit:

-"Dat verhaal wil ik helemaal horen!" Robert en ik vertelden met stukken en flarden het verhaal van de vele gezichten, de vele auto's, de lus van de nauwe straatjes, de zatlappen, de slechte soep en de moeilijke vraag.

-"En toen zaten jullie vast en hebben jullie de hulplijn gebeld!" schaterde Kikki, terwijl ze een paar keer met de handen op de billen kletste van de pret. We keken beteuterd. We zaten als twee hulpeloze kinderen op de achterbank.

Anthony werd van bij het oppikken achtervolgd, maar schudde de achtervolger op dezelfde manier af als de vorige keren.

-"Enig idee wie ze zijn?" vroeg Robert.

-"Enkel indien we dat echt willen weten; we noteren de nummerplaten," zei Anthony.

-"Door wie jullie achtervolgd worden, interesseert jullie niet?!"

-"Het beste is om niets te doen, ze in de waan te laten dat je niets beseft," antwoordde Kikki.

-"Jullie kennen er wel veel van!" probeerde Robert.

-"Heel Gent is hiermee bezig. Patentenjacht is de Gentse goudkoorts," ontweek Kikki de opmerking.

Zaterdag 1 februari 1958

We zetten het testwerk van het vorige weekend verder. Gedurende een hele dag gaf Robert met een monotone stem letters en cijfers door als waren het militaire codes. Elke communicatie duurde tien seconden, en werd afgewisseld met een kleine beweging van Robert, waarbij hij telkens een ander punt in de ruimte koos waarop de luchtstroom gemeten werd. Om het half uur verwisselde hij de naald door een van de andere naalden die Kikki de week voordien geleverd had. Soms gebruikten we een reeds eerder geteste naald opnieuw, om te verifiëren dat de eerder gemeten resultaten herhaalbaar waren. Naast het noteerwerk was het mijn taak om de compressordruk in de gaten te houden, alsook de verbruikte energie. Het hele proces voelde aan als een bedevaart te voet naar Sint-Jacob van Compostella: het was een afslovende bezigheid, we waren niet zeker van het resultaat, maar de cadans van de activiteit deed ons verdergaan.

Zondag 2 februari 1958

Na een lange dag werken werden wij beloond met een stapel wafels ter gelegenheid van Maria Lichtmis. Terwijl we onze tanden in de dikke krokante wafels met boter en poedersuiker zetten, deden Anthony, Kikki en Hélène ons het volledige relaas van een alweer schitterend gewonnen wedstrijd.

Dinsdag 4 februari 1958

Carnaval! We hadden ons opgesteld aan de overkant van het gemeentehuis om de stoet te zien passeren. We stonden reeds tussen een massa volk achter de dranghekkens, toen de tribunes vóór het gemeentehuis nog leeg waren en de stoet nog moest beginnen. Robert en ik wisten niet of we bekende gezichten op de tribunes tegenover ons zouden zien, maar we hadden ons wel voorgenomen dat, mochten we 'onze' meisjes zien, we ons niet kenbaar zouden maken; we zouden hen eens een namiddag vanop afstand observeren. Verschillende mensen hadden intussen de eerste regendruppels gevoeld en hun paraplu bovengehaald.

Om de vijf minuten galoppeerde een volbloed voorbij, bereden door een middeleeuwse ridder. De tijdsspanne tussen de opeenvolgende ruiters verminderde gestaag, terwijl het publiek zich in een feeststemming wentelde. Plots gingen stemmen op en wees iedereen naar de tribunes vóór ons. Heren in smoking en dames in avondkledij kwamen uit het stadhuis en namen plaats op de beklede stoelen in de overdekte tribune. Mijn stemming werd zo grauw als de wolken boven ons hoofd, toen ik Laetitia aan de arm van Grandgenre zag lopen. Robert sloeg zijn arm om mijn schouder:

-"Je weet dat dit de realiteit is," zei hij. De tranen sprongen in mijn ogen. "Zetten we ons ergens anders?" vroeg hij.

-"Laat maar," antwoordde ik.

In het voorlaatste viertal zagen we Hélène, aan de arm van een aristocratische jongeheer die we nog nooit eerder gezien hadden, gevolgd door Anthony en Kikki. Anthony werd door de mensen rondom ons toegejuicht, en te horen aan de gescandeerde leuzen was dat vanwege het succes van Gantoise. Hij dankte het publiek met een grote glimlach en een zwaai. Tot slot verschenen de burgemeester en zijn vrouw, samen met de koning en de koningin! Er ging een "Ooooh!" door het publiek, dat spontaan applaudisseerde. De koning dankte met een vriendelijke knik.

De stoet werd plechtig ingeleid door Prins Carnaval, gezeten op een paard. Alle genodigden in de tribune stonden recht wanneer de eerste fanfare de Brabançonne aanhief. Het was meteen het begin van een regenbui met zware druppels. Iedereen keek omhoog naar de onheilspellende donkere wolken. Hoewel 'onze' jongedames goed beschut zaten, beleefden ze duidelijk geen plezier aan het sinistere schouwspel.

De eerste carnavalwagens passeerden in een striemende regen en een rukwind. Plots schreeuwde het publiek van ontzetting, toen het kartonnen kasteel van de vijfde praalwagen zich losrukte en tegen de dranghekkens geblazen werd. Anthony draaide zich om naar de burgemeester en maakte met beide handen een dwingend kruisgebaar: de stoet moest onmiddellijk stopgezet worden! Maar omwille van de aanwezigheid van de koning twijfelde de burgemeester.

Tussen de vijfde en de zesde praalwagen reed een span van een paard en een klein koetsje, waarin de volwassen menner zat. In het zadel zat een jong meisje, dat een aantal acrobatische kunstjes deed voor de eretribune. Toen ze op haar handen bovenop het natte zadel stond, gleed plots haar linkerhand weg. Het publiek slaakte een verschrikte kreet. Het was enkel haar lenigheid die haar op de voeten deed belanden naast het paard.

Toen het meisje behendig terug in het zadel sprong, leek de stoet zich te zullen herpakken. Net op dat moment echter kraakte een verpulverende donderslag. Het paard steigerde en gleed uit, waarbij het het wagentje deed kantelen. Terwijl het dier tevergeefs probeerde recht te kruipen, klampte het meisje zich vast aan het zadel. De menner was intussen met zijn hoofd op de kasseien gevallen en lag bewusteloos naast het omgevallen koetsje. Nog voor ik het besefte, had Robert zich een weg tussen de andere omstaanders gewurmd en had hij in geen seconde het paard losgemaakt van het koetsje.

~

Ik was bij hem toen hij wakker werd in het ziekenhuis; hij had een trap van het paard gekregen. In het kort vertelde ik wat er gebeurd was. Ik liet het tot hem doordringen. Hij leek na te denken, duidelijk tureluurs van de pijnstillers. De dokter zei dat het vijf minuten kon duren vooraleer hij zou antwoorden. Hij sloot de ogen en viel weer in slaap. Na nog eens vier uur tussen wakker zijn en slapen, vroeg hij moeizaam en met pijn hoe het meisje het stelde.

-"Ze is in shock; de politie heeft haar paard doodgeschoten terwijl ze er nog op zat," zei ik.

- "Tjonge, tjonge…"

- "De meisjes hebben het paard zolang vastgehouden."

- "Welke meisjes?" vroeg Robert.

-"De 'onze': Laetitia, Kikki en Hélène," antwoordde ik. Robert keek naar mij met grote ogen:

- "Onmogelijk," zei hij, "ze zaten hoog in de tribune." Ik wou er nu niet met hem over discussiëren:

- "Je bent er niet te erg aan toe, Robert. Je wordt morgenochtend naar tante Lolo gebracht. Maandag kan je weer naar school. Ik doe het werk wel. We blijven op schema."

- "Dank je. Zo wil ik dit alle dagen meemaken!" Hij lachte, maar dat deed hem duidelijk pijn.

Er werd op de deur geklopt terwijl ze opengemaakt werd. Het waren Kikki, Anthony, Hélène en… Laetitia, zonder Grandgenre! Ze hadden een grote tuil bloemen bij.

-"Heeft onze held goed geslapen?" vroeg Kikki. Robert glimlachte:

-"Didier beweert dat jullie het paard tegengehouden hebben."

-"Hoe zouden we dat gedaan hebben?" zei Kikki. "We zaten vier meter hoog in de tribune in avondkledij!" Robert keek naar Anthony. Die laatste gaf met een knik te kennen dat ze wel degelijk naar beneden gesprongen waren.

Waren ze werkelijk zo sterk en lenig als Robert me ooit gezegd had? Ik wou er het fijne van weten. Laetitia zat recht tegenover mij aan het tafeltje. Ik nam haar hand. Ze keek geschrokken maar liet begaan. Ik tilde onze handen op en gaf te kennen dat ik even wou armworstelen. Ze glimlachte. Aanvankelijk duwde ik met tachtig procent van mijn kracht. Hoewel Laetitia's gelaat geen krimp gaf, had ik het gevoel dat ik tegen een betonnen muur drukte. Vanuit de hoek van mijn oog merkte ik dat Kikki en Hélène haar vermanend aankeken. Ik had geen flauw idee waarom. Toen ik vervolgens iets harder duwde, plooide haar arm plots heel gemakkelijk. Onder de wakende ogen van de twee andere meisjes duwde ik haar hand langzaam tot tegen de tafel.

-"Je bent sterk," zei ik.

-"Dank je," zei ze lief. Ik keek naar Robert en haalde mijn schouders op. Hij schudde het hoofd maar dat bekwam hem slecht; hij zwijmelde weer in slaap. Toen hij kort daarna weer wakker werd, namen Anthony en Kikki hem mee uit het ziekenhuis. Gelukkig voor Robert werden we niet gevolgd, zodat hij voor één keertje zonder duizend bochten en omwegen naar tante Lolo kon.

Woensdag 5 februari 1958

Omwille van Roberts toestand werkten we – alleen ik eigenlijk – in het salon van tante Lolo. Hij lag comfortabel in een zetel en sliep vooral. De sfeer in het mooie salon, de regelmatige kleine hapjes en het gezelschap van de bloedmooie Kikki, waar hij zo verliefd op was, deden hem merkelijk deugd, want hij werd snel beter. Ik analyseerde de resultaten van onze testen. Werken buiten het atelier was tegen alle principes, maar de codes en cijfers van onze metingen waren zo abstract dat zelfs het grootste genie niet zou kunnen raden waar ze voor stonden.

Terwijl ik werkte en Robert rustte, bestudeerde Kikki de openingstheorie voor haar volgende partij in het Oost-Vlaamse kampioenschap, dat ze zo graag wou winnen. Ze deed dit vlak onder de neus van Robert, die gedurende de vele uren dat ze daarmee bezig was, niet kon vermijden dat hij volgde. Tot zijn grote ergernis was ze een fout aan het instuderen. Ze had het boek bij waar op die fout gewezen werd, maar ofwel was ze nog niet aan de juiste passage gekomen, ofwel had ze er eenvoudigweg overgelezen. Robert sprak er met mij over in haar afwezigheid. We bekeken de passage die ze zou moeten lezen.

-"Jij weet zomaar welke variant in welk boek besproken wordt?!" vroeg ik in bewondering.

-"Niet alles uiteraard; schaken is immers het tweede meest beschreven onderwerp in de gehele literatuur. Maar deze stelling ken ik; Kikki zal hier in een openingsval lopen. Ik kan het niet aanzien." Maar hoe moesten we haar dat duidelijk maken zonder dat zij iets van Roberts schaakcapaciteiten zou vermoeden? We zagen geen enkele manier. Uiteindelijk zetten we de kritische stelling op het bord. Wanneer ze weer binnenkwam, excuseerde ik me dat ik tegen haar bord gelopen had en niet alle stukken correct teruggezet had.

-"Dat is niets," zei ze, maar ze keek vervolgens zo lang naar de stelling, naar mij en naar Robert, dat we schrik hadden dat ze iets vermoedde. In een mum van tijd had ze alle boeken doorgepluisd om het antwoord op de stelling te vinden. Ze glimlachte toen ze de belangrijke passage gevonden had, maar keek vervolgens verbijsterd naar wat het boek te vertellen had. Ze was door een groot toeval gered geweest! Of was het geen toeval? Ze keek met veel achterdocht naar mij en Robert. Wij gebaarden ons met succes van krommen haas; ze stelde ons uiteindelijk geen vragen. Dit konden we duidelijk maar één keer doen!

~

Robert had pijn en blauwe plekken over de hele lengte van zijn lichaam. "Wie zal je verzorgen?" vroeg tante Lolo. Hij keek onbewust naar Kikki, die glimlachend veronderstelde dat hij zijn keuze gemaakt had.

Ze zat op zijn bed te wachten, toen hij gewikkeld in een handdoek de badkamer uitkwam. Voor hij zich op het bed legde, zei Kikki:

-"Maak eerst je handdoek los." Terwijl hij op zijn buik ging liggen, maakte hij onwennig de handdoek los en liet die zedig op zijn achterwerk liggen. Kikki gooide de met bloed besmeurde handdoek evenwel onmiddellijk op een hoopje. Ze ging vervolgens naast Robert zitten en verzorgde zorgvuldig alle kleine wondjes. Om het idee te verdrijven dat 'zijn' Kikki nu over zijn naakte lichaam gebogen was, probeerde hij zich in te beelden dat hij in de infirmerie van een ijshockeyclub lag. Tevergeefs; Robert bestudeerde haar elke beweging en aanraking. Toen ze klaar was, doofde ze het belangrijkste licht in de kamer en gaf ze hem een massage, maar ook hier kon Robert nergens een streling of een liefkozend gebaar voelen. Tot slot hielp ze hem zijn pyjama aan te doen, dekte ze hem, gaf ze hem een kus en verliet ze de kamer.

Donderdag 6 februari 1958

Elke ochtend en elke avond mocht Robert van Kikki's verzorgingsritueel genieten, terwijl ik des te vroeger ontwaakte en des te later ging slapen om te werken voor twee. Het werk was een duizendvoudige herhaling van steeds dezelfde berekeningen, die telkens moesten uitgevoerd worden op een andere groep gegevens. Wat voor een rotte periode was dat! Ik moest mezelf in een soort trance brengen om het vol te houden. Robert bekeek mijn resultaten en besprak wat hij zag met Kikki. Ze spoorden me aan om vol te houden, omdat er wel degelijk tendensen in de resultaten te zien waren.

Kikki ging 's avonds naar Gent en won haar schaakpartij met brio. De passage in het boek was doorslaggevend geweest. Toen ze terug was, was ze goed gehumeurd en lachte ze om het toeval.

Vrijdag 7 februari tot vrijdag 14 februari 1958

Buiten een paar stramme ledematen was Robert voldoende hersteld om maandag weer naar de school te kunnen gaan. Alles herviel in de routine: grijpers verslijten voor Diedonné Butu en data analyseren op de kamer van het internaat. Dat de tijd op deze manier vooruitging, was tezelfdertijd bemoedigend en zenuwslopend. Enerzijds waren we perfect op schema, maar anderzijds hadden we geen enkel idee van de bruikbaarheid van de resultaten. De luchtstromen waren bijzonder grillig. Ze waren te vergelijken met het water in een wildwaterrivier: het water ging gemiddeld snel naar beneden, maar op vele plaatsen waren er draaikolken en plaatsen waar het water zelfs stroomopwaarts ging. Die lokale sterke afwijkingen van het gemiddelde gaven vreemde meetresultaten, die de analyses op een verkeerd spoor konden zetten. We hielden ons hart vast tegen de dag dat we een lijn zouden moeten trekken doorheen alle resultaten.

Dieudonné kwam ook af en toe langs en was tevreden met de vooruitgang van wat intussen 'zijn' spoor A was. Zijn regelmatige aanwezigheid gaf echter voedsel aan het gerucht dat hij met een geheim project voor ons bezig was. Zowel Robert als ikzelf werden subtiel over de Congolees ondervraagd door de medestudenten, die wilden scoren bij de spionnes wanneer zij op een etentje getrakteerd werden. We antwoordden steeds op een dubbelzinnige manier, omdat we enerzijds maar al te graag de bliksem van ons weg naar Dieudonné wilden afleiden, maar anderzijds niet wilden dat hij lastiggevallen werd.

Alhoewel ik het heel druk had, had Hélène in die korte periode maar liefst vier feesten voor mij en Laetitia ingepland. We hadden aan een groot aantal vragen van belangrijke mensen te voldoen, die zelfs Kikki niet kon weigeren. Met tegenzin had ze toestemming gegeven.

Op een van die avonden kreeg Laetitia ononderbroken ongewenste aandacht van een potige assistent in de keuken. Die had blijkbaar geen boodschap aan haar subtiele en minder subtiele vermaningen, en al evenmin aan het feit dat zij en ik elkaar regelmatig op de mond zoenden. Ik hield de situatie in het oog, en wachtte met afgrijzen op het moment dat ik zou moeten ingrijpen.

Wat toen echter gebeurde, was me een raadsel: op een bepaald moment hoorde ik een gekraak dat door merg en been ging, gepaard met een luide schreeuw. De assistent in kwestie zat op de knieën en hield zijn linkerarm vast met zijn rechterhand. Hij huilde van de pijn. Ik vroeg wat er gebeurd was, maar hij wilde niets zeggen. Hoewel ieder lid van het keukenpersoneel beweerde niets gezien te hebben, waren ze allen lijkbleek. Laetitia zelf was niet in de buurt. Ze kwam pas terug nadat de kerel naar het ziekenhuis afgevoerd was. Hij was voor twee maanden werkonbekwaam. Gelukkig waren we goed gedekt door de verzekering die Hélène voor elk feest afsloot.

Toen ik het verhaal aan Robert vertelde, zei hij dat het voor hem duidelijk was wat er gebeurd was.

-"Wat dan?" vroeg ik hem.

-"Je wilt het toch niet geloven," antwoordde hij enkel.

RAADSELS

Ik had al verschillende wonderlijke momenten meegemaakt in mijn relatie met Laetitia, en Valentijnsdag was daar geen uitzondering op. Dat zij en Hélène die vrijdagavond naar tante Lolo gekomen waren met Kikki en Anthony, was een mooie verrassing. Sinds carnaval had ik me er immers bij neergelegd dat Laetitia Valentijnsdag zou doorbrengen aan de arm van Grandgenre, maar hier was ze, zo speels, goedlachs en lief als altijd. Het deed mijn droom weer leven. Niettemin zag ik daarbuiten geen enkel teken dat ze mij met haar aanwezigheid iets duidelijk wou maken. Dat haar zus was meegekomen, maakte van het hele gebeuren een wederuitgave van kerstavond zeg maar. Maar dat was het niet, althans voor Robert niet. We waren nog geen uur bij tante Lolo, toen Anthony en Kikki vertrokken voor een intiem etentje in een restaurant. Dat hadden ze nog nooit eerder gedaan!

Na ons avondeten speelden we voor de tweede maal Monopoly, deze keer zonder Anthony en Kikki dus, maar mét tante Lolo. Elkeen speelde afzonderlijk.

Robert speelde als een vod. Hoewel hij duidelijk geluk had met de dobbelstenen, werkte hij elke beurt zonder emoties af. Hij ging minzaam in op de voorstellen van de anderen, bouwde huizen op voorspelbare momenten, maar besefte nauwelijks dat hij aan het winnen was. Terwijl Laetitia's oogjes met spanning elke tuimeling van de dobbelstenen volgden, Hélène onderhandelde als een Spaanse furie, en tante Lolo gewoon plezier beleefde aan het spel zelf, speelde Robert alsof hij de notaris van het spel was. Zijn gedachten waren bij Kikki en Anthony. Hij hield het uur in de gaten en probeerde te raden wat er op elk moment in het restaurant gebeurde. In zijn verbeelding zag hij kaarsen, handen die op elkaar lagen, en… een verlovingsring! De ring die Robert zélf van plan was ooit aan Kikki te geven, had hij zo duidelijk voor ogen, dat het voor hem vaststond dat het moment ooit zou komen waarop hij die ring zou kopen en aan haar vinger steken. Het drong nu tot hem door dat er na vanavond op haar rechter ringvinger waarschijnlijk geen plaats meer zou zijn voor zijn ring. De anderen gingen te veel in het spel op om te zien dat Roberts gelaat verbleekte met het uur.

's Nachts kon hij de slaap niet vatten. Hij hoorde Anthony's auto aankomen in het midden van de nacht, deuren opengaan en sluiten, en Anthony in zijn kamer gaan. Daarna was het heel stil.

Robert viel in een lichte slaap, maar werd weer wakker door een gerucht: de snelle stappen van iemand die de trap afdaalde en door onze gang liep, gevolgd door het zacht open- en toegaan van een deur. Roberts hart bonsde in zijn keel. Het kon niet anders dan dat een van de meisjes in de kamer van Anthony of van mij was binnengegaan! Hij sloot onmiddellijk drie mogelijkheden uit: het kon niet dat Hélène of Kikki mijn kamer was binnengegaan, of dat Laetitia in Anthony's kamer was binnengegaan. Robert luisterde aandachtig maar hoorde niets. Hoe langer het duurde, hoe belangrijker de gevolgen! Na twintig lange minuten hoorde hij de deur zachtjes opengaan en sluiten, en het meisje weer de trap opgaan. Daarna was het opnieuw stil. Robert berekende zijn kansen. De kans dat het Laetitia was geweest, was reëel maar klein. De kans dat Hélène in het midden van de nacht de aanstaande verloofde van haar beste vriendin was gaan bezoeken, was nog kleiner, tenzij ze precies om die reden met ons was meegekomen op Valentijn. 'Maar wat maak ik me wijs', dacht hij. 'Het kan enkel Kikki geweest zijn. Misschien had ze een uur naar haar ring gekeken, en moest ze onverwijld Anthony weerzien.' Het piekeren putte Robert uit tot hij in slaap viel.

Hij werd wakker en hoorde opnieuw iemand de trap afkomen. Deze keer zou hij op zijn minst te weten komen in welke kamer het mysterieuze meisje binnenging. Toen hij zijn oor tegen de deur legde, hoorde hij haar voetstappen in de gang. Ze leek Anthony's kamer voorbij te gaan. Was het toch Laetitia? Nog voor hij bij die gedachte kon stilstaan, bonkte zijn deur met kracht tegen zijn hoofd, waardoor hij in het midden van de kamer geslingerd werd. Kikki, verrast, opende de deur langzaam verder en keek met grote verbazing naar Robert, die in het midden van de kamer op zijn buik lag.

-"Zo helpt het niet veel dat ik je verzorg!" zei ze. Ze hielp hem op zijn bed, trok zijn kleren uit en gaf hem een volledige massage.

-"Wat ga ik nog allemaal met jou meemaken?" zuchtte ze. Met zijn neus diep in de kussens besefte arme Robert dat hij in haar ogen voor de duizendste keer de onhandige kluns geweest was. Ze masseerde hem diep en vakkundig. Hij schreeuwde in de kussens telkens ze weerbarstige spieren lostrok. Hij dacht niet meer na omdat er te veel was om te verwerken: Kikki's diner met Anthony op Valentijn, haar nachtelijk bezoek aan die laatste, het gênante gebeuren van toen hij stond te luistervinken en de deur op zijn hoofd kreeg, zijn blote achterwerk waar Kikki inmiddels twintig minuten op keek, en de pijnlijke massage. Op het moment dat de behandeling ten einde liep en Robert andermaal besloten had Kikki definitief op te geven, voelde hij echter hoe ze met de vlakke hand langs zijn kaak en over zijn armen gleed. Ze kamde even met haar vingertoppen door zijn haar. Ten slotte gaf ze hem een kus en verliet ze de kamer.

Hij wist het weer niet meer. Voor het ontbijt kwam hij even met mij praten, waardoor hij meteen Laetitia als nachtelijke bezoekster kon uitsluiten. Maar statistisch vergrootte dat enkel de kans dat het Kikki was die Anthony in het midden van de nacht bezocht had! We berekenden dat Kikki's kans nu mathematisch gestegen was van vijfentachtig naar vierennegentig procent, terwijl de kans dat het Hélène was, van vijf naar zes. 'Vierennegentig procent!' dacht Robert. 'Maar zelfs als het Hélène geweest was, wat zou dat eigenlijk veranderen?'

Kikki kwam de trap af in haar gewone lichte, soepele tred, alsof ze gleed. De lange avond had geen enkele invloed gehad op haar sierlijkheid, haar stralend gelaat, of… haar hand! Ze droeg geen ring! Voor de anderen was dat normaal, maar voor Robert, die daar een hele nacht over gepiekerd had, was dat een mirakel. Onbeweeglijk als een standbeeld stond hij dat besef te verwerken. "Wakker worden!" zei Kikki terwijl ze haar vinger in zijn buik stak. Hij plooide in twee en slaakte een kreet van pijn bij de plotse beweging. Ze verontschuldigde zich en kuste hem lief op de wang. Met een zucht zette hij zich aan de ontbijttafel.

Tijdens het ontbijt legde Hélène uit hoever de verkiezingscampagne stond. Hoewel haar partij Nieuw Gent volgens de peilingen nu in de buurt kwam van de andere partijen, was dat tot haar ontsteltenis enkel het gevolg van de goede prestaties van Gantoise. Dat had, buiten de nederlaag op Anderlecht, alles gewonnen sinds eind december.

-"Wat als ze beginnen te verliezen?" vroeg Hélène.

-"Verliezen?!" zei Robert verontwaardigd. "In geen miljoen jaar!"

-"En als Robert dat zegt, dan is dat zo!" voegde Anthony daar verzekerd aan toe, terwijl hij met een groot gebaar de immense kaasplank bij zich nam.

-"En als ze verliezen, mag hij nog eens naar de training," zei Kikki grootmoedig.

-"Als we alsnog kampioen willen spelen, is dat eigenlijk wel nodig," probeerde Robert.

-"Kampioen spelen met Gantoise?!" stamelde ik. Iedereen werd stil. Zover had niemand ooit durven dromen. Wat er dan met de stad zou gebeuren…

Enkel Kikki was nauwelijks bewogen:

-"Jij dacht toch niet dat je naar veel trainingen zou mogen gaan?! Dan zou Didier het werk hier alleen moeten doen, en die moet ook nog tijd hebben voor zijn opdrachten als kok!" kwam ze sluw uit de hoek.

-"Dank je; eindelijk iemand die aan ons denkt!" lachte Laetitia. Ze sloeg haar arm om me heen.

-"Maar volgende keer grijp je wat zachter in!" zei Hélène. "De verzekeringsmaatschappij heeft me al tien keer om de dader gevraagd." Dus toch! Robert keek me aan met een vergelijkte blik.

-"Kampioen spelen zou eigenlijk een wonder doen voor onze campagne," droomde Anthony luidop.

-"Dat kan allemaal wel zijn," zei Hélène, "maar waarom worden we niet beloond voor wat wíj gedaan hebben? Wij hebben de helft van de bibliotheken die sinds de Vissermans verdwenen zijn, weer heropend. Wij hebben een kunstacademie heropend. Gent heeft nu een filmfestival!"

-"In de ogen van het publiek blijft het een mager beestje," zei Anthony. "Sinds prins de Vissermans weg is, wordt iedere politicus met hem vergeleken. We doen uiterst ondankbaar werk. Maar met Gantoise heeft de Vissermans nooit kampioen gespeeld; daar ligt onze enige kans om eens met hem te wedijveren."

-"Geen sprake van dat Robert naar al die trainingen gaat," zei Kikki. "Het werk gaat voor." En Kikki's woord was zoals altijd het laatste.

Ik had gehoopt dat het gênante voorval waarbij ik mijn achterwerk op het fornuis verbrand had, intussen vergeten zou zijn. Hélène vond dit echter het ideale moment om het hele verhaal nog eens van naaldje tot draadje te vertellen. Volgens Hélène heeft ze wel twintig kannen koud water over mijn achterwerk gegoten, en lag de natte broek op de tippen van mijn schoenen. Ze vertelde ook dat terwijl mijn broek gedroogd werd, ik zonder broek in mijn keukenschort had verdergewerkt op mijn zwarte kousen en schoenen. Tante Lolo, Anthony, Kikki en Robert bestierven van de pret, hoewel die laatste eigenlijk de schuldige was van het verhaal, want hij was degene die me vergat te vertellen dat ik Laetitia's verloofde moest spelen op de cateringopdrachten! Laetitia lachte regelmatig mee, maar haar lach werd regelmatig onderbroken door schaamte, waarbij ze haar gezicht in haar handen verborg.

Na het einde van het verhaal klaagde Laetitia over het feit dat zij het steeds was die het initiatief moest nemen bij het spelen van mijn verloofde. Zij moest de hele avond de aanhankelijke verloofde spelen, terwijl ik de koele kikker uithing. Ik wou eerst protesteren omdat dat niet juist was, maar in de plaats daarvan beloofde ik gewoon dat ik haar in het vervolg ook spontaan zou kussen. Ze was blij. We lachten allemaal, waarbij Robert in ongeloof het hoofd schudde. Hij vond dat ik veel meer geluk had dan hij. 'Maar als puntje bij paaltje komt, hoeveel meer?' dacht ik.

Na het ontbijt was het onverbiddelijk weer tijd om te werken. Anthony, Laetitia en Hélène namen afscheid.

~

We waren intussen ver gevorderd met onze conclusies voor Kikki. Die hield ons gezelschap met haar schaakboeken en schaakbord. Robert kon deze keer het hoofd afgewend houden, tot Kikki ons echter vroeg om haar te helpen.

-"Daarvoor kunnen we niet goed genoeg schaken," haastten we ons alle twee om te zeggen.

-"Maar jullie kunnen toch reglementair stukken verzetten?!" drong Kikki aan.

-"Ja, dat net wel," zei ik. Daarmee had ik niets verkeerd gezegd. Dacht ik.

-"Mooi," zei Kikki enthousiast. "Het gaat hier om een onderbroken partij, die ik binnenkort moet voortzetten. Ik ben in een situatie gekomen waarbij ik mat moet zetten met een koning, paard en loper tegen enkel een koning." Robert keek geamuseerd; een dergelijke situatie kwam slechts zelden voor, en vereiste veel technische kennis.

-"Hoe kunnen wij je helpen?" vroeg hij, zonder dat hij van plan was veel te helpen.

-"Jullie moeten de tegenstrever spelen die ik probeer mat te zetten. Jullie hoeven enkel reglementaire zetten uit te voeren met de koning, waarbij jullie proberen de koning naar het centrum van het bord te laten ontsnappen. Ik kan hem immers enkel mat zetten in de hoek."

-"Ok," zei ik, "dat zie ik wel zitten." Ik zette me aan het bord en probeerde de koning als een gek te laten rondlopen, om aan de greep van loper en paard te ontsnappen. Kikki sakkerde, bestudeerde de uitleg in haar boek, en deed me keer op keer opnieuw beginnen. Terwijl ik schaakte, werkte Robert verder.

-"Ben je zeker dat we hier tijd voor hebben?" vroeg ik aan Kikki. Ze keek onvriendelijk naar mij; als het over schaken ging, mocht je dergelijke vragen niet stellen. Na drie ellendige uren meende ze me te kunnen mat zetten ongeacht mijn verdediging. Toen riep ze Robert, zodat ik eindelijk verder kon werken. Robert, die zich voorgenomen had nooit tegen haar te schaken, zat nu in een situatie waarin hij niet anders kon. Aangezien hij sowieso gedurende een aantal uren zijn koning zou moeten verschuiven, kon hij er evengoed voor zorgen dat ze de techniek ook leerde bij de moeilijkste tegenstand. Hij stelde vast dat haar loper de zwarte velden bestreek. In tegenstelling tot mij deed hij er nu alles aan om met zijn koning uit de twee hoeken te blijven waarvan het veld zwart was; in de 'witte' hoeken kon ze hem immers niet mat zetten. Ze had zijn finesse meteen door en stopte met schaken. Ze bekeek hem lang en wantrouwig. Hij besefte dat ze iets door begon te hebben. Van zodra ze het spel hernam, begon hij daarom onreglementaire zetten te spelen; hij zette zijn koning om de haverklap op velden waar hij schaak stond, waardoor ze die zetten elke keer eerst ongedaan moest maken. Daarmee gaf hij de indruk een beginner te zijn, die nauwelijks wist wat hij aan het doen was. Maar toch dwong ze hem de hele nacht door te spelen, tot zij de techniek helemaal onder de knie had. Kikki of geen Kikki, dit was Roberts gruwelijkste nacht uit zijn leven.

Zondag 16 februari 1958

De twee waren wrakken na het nachtelijke schaken.

-"Wat is tegen beginners spelen vermoeiend!" zei ze. Robert was gerustgesteld met die uitspraak. Het was hem gelukt haar de techniek aan te leren zonder wantrouwen te wekken.

Ik was echter niet tevreden:

-"Door dat schaken zitten we minstens één dag achter op schema. Bovendien is het niet duidelijk wat wij volgende week op de school moeten doen." Kikki verontschuldigde zich, maar op een manier die meer klonk als een kettingrookster die zich verontschuldigde dat zij gerookt had.

-"Schaken?" vroeg tante Lolo streng.

-"Ja, we hebben Kikki geholpen om iets aan te leren."

-"Jullie zijn toch geen schakers?" vroeg ze.

-"Helemaal niet; we moesten enkel de koning willekeurig verschuiven."

-"Jullie hadden gewoon moeten weigeren," zei ze. "Als Kikki geobsedeerd raakt in een of ander schaakprobleem, vallen alle plannen in duigen!" We keken sip; het was niet alsof men ons niet gewaarschuwd had. Anderzijds hadden wij de gewoonte alles te doen waar Kikki om vroeg. Tante Lolo zag hoe we daar als twee kinderen zaten die niet wisten of ze naar hun moeder of hun vader moesten luisteren. Ze glimlachte:

-"Wees gewoon heel voorzichtig volgende keer, en zeg op tijd stop."

-"Dat zullen we zeker doen," zei Robert terwijl hij voorzichtig naar Kikki keek. Ze knikte inschikkelijk maar met een verbeten lip.

Tegen het einde van de dag hadden we evenwel een prachtig resultaat geboekt: we hadden de formule gevonden die ons vertelde wat de luchtstromen rond de opening van de naald waren, en hoe die afhingen van de luchtdruk van de compressor en de grootte van de naaldopening. Onze grootste vijand was de dispersie van de lucht, omdat alle lucht die niet op de inslagdraad viel, zuiver energieverlies was. We hadden verwacht dat we een ingewikkelde formule zouden bekomen, maar de conclusies waren zó eenvoudig dat we ons voor het hoofd sloegen; we hadden ze immers zonder al dat werk kunnen vinden: hoe hoger de luchtdruk en hoe kleiner de naaldopening, hoe kleiner de dispersie. Aan een zeer hoge druk en met een heel kleine opening van de naald gedroeg de lucht zich als een fijn waterstraaltje, fijn genoeg om volledig op het garen te vallen. In dat geval verloren we zo goed als geen energie!

Anthony's compressor leverde vier bar, wat volgens onze formule ruimschoots volstond. We zouden het initieel met de helft proberen, omdat het totale energieverbruik dan het laagste was. Nu we de naalden en het energieverbruik begrepen, konden we aan het moeilijkste stuk beginnen: ervoor zorgen dat het inslaggaren niet slingerde tijdens de inslag. Kikki zou tegen de volgende werksessie een groot aantal holle naalden meebrengen, waarvan de specificaties zouden overeenkomen met de door ons geselecteerde naald.

Maandag 17 februari tot donderdag 20 maart 1958

Tot het begin van de paasvakantie werkten wij aan de precieze plaatsing van de holle naalden tussen de scheringdraden van het getouw. Ik had een brief naar mijnheer en mevrouw Forel gestuurd, met de boodschap dat Robert ziek was en dat ik bij hem bleef, uiteraard zonder het adres van tante Lolo te vermelden. Ik zou wel onder mijn voeten krijgen wanneer ik weer thuiskwam, maar dat was een zorg voor later. Ik schreef ook een brief naar Dieudonné Butu met onze excuses; hij zou het een aantal weken zonder extra gegevens moeten stellen. Ook hij kreeg geen adres om ons terug te schrijven. We konden enkel hopen dat zijn eindwerk zo ver gevorderd was als hij gezegd had.

Garen voortgestuwd door lucht een perfect rechte lijn laten volgen, vergde meer dan geduld en hard werk: tot schreiens toe werden wij gefrustreerd door de wispelturigheid van het garen, dat een totaal ander pad volgde bij de minste wijziging in onze configuratie. Alles was eindeloos moeilijk berekenbaar en meetbaar. Op advies van Kikki ontwierpen we daarom een testbank om het gedrag van het garen te meten. Wat die testbank aan Kikki gekost moest hebben, durfden we al niet meer te becijferen. We schudden het hoofd telkens we haar met een doos heel duur 'speelgoed' zagen binnenkomen. Wat had dit weer gekost? Waar had ze dát weer vandaan gehaald? En telkens zo snel, alsof die dure spullen op een winkelrek lagen! Kikki keek niet eens triomfantelijk wanneer ze ermee opdaagde; ze deponeerde de precieuze spullen als waren het koppen koffie. Telkens ze onze verwonderde blikken zag, zei ze enkel met een glimlach: "Voortwerken; er is geen tijd om te dromen!"

Om te begrijpen wat er gebeurde met de lucht en het garen, namen we ook veel foto's. Robert zou uren in de donkere kamer besteed hebben om die foto's te ontwikkelen, had Kikki dat geen leuke bezigheid gevonden en het niet in zijn plaats gedaan. Af en toe trok ze Robert mee in de donkere kamer om samen de foto's te ontwikkelen. Ik kon hun gestuntel en gelach duidelijk horen. Bij die gelegenheden duurde het ontwikkelen van de foto's dubbel zo lang, maar het ontspande hem en gaf hem weer zin om verder te proberen. Robert kende nu de unieke ervaring verliefd te zijn op een onoveroverbaar meisje zonder zich afgewezen te voelen: hij kon haar hand vasthouden als hij haar iets wou tonen en ook zij legde regelmatig haar hand op zijn voorarm.

~

Mijn ontspanning kwam in de vorm van koken op feesten met Laetitia. Robert waarschuwde me niet te veel op haar verliefd te worden. "Niet meer dan jij op Kikki!" antwoordde ik dan, waarop we beiden lachten met onze eigen miserie.

Op die feesten werd ik gevangen in de wervelwind van de ronddollende Laetitia, die alles wilde weten en alles wilde doen, en die al even enthousiast mijn verloofde speelde. Een paar keer per avond omhelsde ze me en kuste ze me voluit op de lippen. En ze verwachtte dat ik wat dat betrof, ook initiatief nam. 'Breng me een mirakel,' smeekte ik elke avond in mijn bed.

~

We konden de naalden in onze testopstelling in alle richtingen verplaatsen, de horizontale en verticale hoeken wijzigen, en de druk wijzigen. Een kleine wijziging vergde na veel oefenen slechts enkele seconden, en de test uitvoeren nauwelijks een minuut. Dat maakte dat we in een modus kwamen waarin we duizend kleine manipulaties deden per dag. Dat deed iets eigenaardigs met onze hersenen, omdat de complexe netwerken van neuronen toegespitst waren op het herkennen van patronen. Ze registreerden wanneer we gelukkig of ongelukkig waren met een gemeten resultaat. Na een tijdje begonnen ze zich spontaan te programmeren om mee te voelen met het luchtsysteem. Met andere woorden gezegd, ontwikkelden we intuïtie. We deden manipulaties die niet meer gedicteerd werden door de tabellen die we voordien opgesteld hadden, maar door wat ons zesde zintuig dicteerde. We geraakten regelmatig in een lange trance, waar Kikki ons uit moest halen om te gaan eten of te gaan slapen. Maar het was enkel in die trances, die pas kwamen na een aantal uren werken, dat we belangrijke vooruitgang boekten. Een andere eigenaardigheid was dat we uit het oog verloren waar we vandaan kwamen en hoever we van ons doel waren.

Tijdens de laatste drie weken voor de paasvakantie hield Kikki een zeer regelmatig ritme aan, waarbij we zelfs niet meer wisten welke dag van de week het was. De zaterdag en de zondag passeerden we zonder de minste afwijking op dat schema. We hadden voldoende slaap, maar die was gespreid over meerdere periodes van twee uur over elk etmaal. Elke wakkere cyclus zag er identiek uit qua maaltijden. Net zoals dat het geval was bij de monniken, die God beter begrepen door een dergelijk monotoon levensritme, kwamen onze trances steeds vroeger in onze wakkere cyclus.

Vrijdagochtend 21 maart 1958

We waren onze tachtigste opeenvolgende shift aan het beëindigen. Onze hersenen waren al die tijd enkel gefocust geweest op het steeds beter bijstellen van de naalden en van de compressordruk. Het voelde daarom alsof we brutaal uit een slaap wakker geschud werden, toen Kikki aankondigde dat onze testen op de testbank afgelopen waren. We keken verdwaasd naar haar. Hoe konden de testen afgelopen zijn? Ze waren een verslaving geworden, waarbij de kick van elke kleine verbetering ons volledig in zijn greep had. We wisten dat we nog beter konden en dat we eigenlijk nooit gedaan zouden hebben. Hoe kon Kikki zeggen dat dit werk afgelopen was?!

-"Welke dag is het, en hoe laat is het?" vroeg Robert uiteindelijk.

-"Het is vrijdagochtend, 21 maart, half zes," antwoordde Kikki. Ze was geamuseerd met onze desoriëntatie.

Robert schrok zoals nooit tevoren. "Zonnewende!" schreeuwde hij uit alsof hij gek geworden was. Hij nam Kikki bij de hand; ze moest hem volgen. Hij liep met haar tante Lolo's huis uit zo hard hij kon. Kikki had geen enkel idee wat er plotseling met Robert scheelde, maar kreeg geen kans om hem dat te vragen. Aan een heel strak tempo dat het net geen spurt maakte, liep hij de oprit af en de straat op richting Fleur-de-Lys. Kikki slaagde erin naast hem te komen en keek hem onbegrijpend aan. Hij rende echter verder zo hard hij kon. Aan het Fleur-de-Lys gekomen, stormde hij naar de eerste de beste deur. Toen hij ze gesloten vond, bonkte hij heftig.

-"Robert, in hemelsnaam! Wat scheelt er?" vroeg Kikki. Robert antwoordde niet. Hij bonkte verder op de deur en schreeuwde voor alles wat hij waard was.

Na anderhalve minuut deed iemand verwonderd open. Robert gebood de man om hem naar de badzaal te brengen. De man herkende Robert, knikte en liep voor.

-"Haast u!" drong Robert aan. Via een trap klommen ze omhoog van de bodem van de twee paraboloïden naar het midden van het centrale platform.

-"Haast je," zei Robert dwingend tegen Kikki. "Ga aan dat uiteinde staan en bekijk de mozaïeken gedurende een half uur." Kikki begreep er niets van, maar protesteerde niet; ze ging in het brandpunt staan vóór de mozaïeken met het verhaal van Icarus en Daedalus. Robert van zijn kant ging in het brandpunt staan tegenover de mozaïeken met de slag van Trafalgar.

Terwijl Kikki zich afvroeg of zij Robert niet in de waanzin geduwd had met het gruwelijke ritme van de laatste drie weken, wachtte Robert geduldig af. Hij was zeker van zijn stuk. Prins de Vissermans kon enkel de zonnewende gekozen hebben als het moment waarop het spektakel te zien zou zijn. De zonnewende waar Stonehenge om draaide, had evengoed haar plaats in dit eclectisch kasteel als in vele andere hoogtepunten van de architectuur. Robert vermoedde dat prins de Vissermans destijds van plan geweest was om tweemaal per jaar speciale gasten uit te nodigen, om op deze plaats het mooiste schouwspel ter wereld te bewonderen. Nu zouden echter hij en Kikki de eersten zijn om het te zien, ironisch genoeg twee mensen die prins de Vissermans nooit gekend had. Voor één keer had Robert spijt dat zijn mooi uurwerk in de kluis stak met het mijne; hij wist niet precies hoelang hij nog moest wachten. De man die hen had binnengelaten, begon daar al spijt van te krijgen, maar joeg hen niet weg. Hij daalde de trappen af terug naar zijn werkstek. En miste het wonder.

Kikki zag het strand glinsteren van het eiland waarop Icarus en Daedalus verbannen waren. Honderden piepkleine spiegelende mozaïeksteentjes in het strand, samen met een aantal onzichtbare spiegels die voor de indirecte verlichting zorgden, waren precies zó gepositioneerd dat net op die seconden het licht van de zon weerkaatst werd, van het strand naar Kikki's positie. Ze keek op maar kon niets zien van de ramen en spiegels die het zonlicht reflecteerden. Even dacht ze dat het mozaïek ontvlamde. Terwijl de zon seconde per seconde haar positie veranderde, lichtten andere dingen om beurt op. Het strand van het eiland werd weer donker, maar nu zag Kikki het landschap, de dieren en een grote toren. De minuscule spiegeltjes in elke afbeelding waren zo geplaatst dat ze in golvende bewegingen 'aan' en 'uit' gingen, waardoor de afgebeelde dieren en planten leken te bewegen. Kikki keek toe met ingehouden adem; zo gefascineerd was ze door de 'levende' afbeeldingen die een na een haar aandacht trokken. Op het eiland lichtte Daedalus nu op. Hij keek met heimwee naar de overkant van de zee, naar het land dat eveneens oplichtte. Als in een beeldverhaal vertelden de zon, de spiegels en de spiegelende mozaïektegels beeld na beeld het volledige verhaal. Seconde na seconde moest Kikki haar aandacht op ander details richten. Geen schilderij, boek of film greep ooit zo haar aandacht als het weerspiegelde zonlicht, dat krachtiger was dan wat haar ziel kon weerstaan.

Intussen zag Robert in de andere paraboloïde hoe de Engelse, Franse en Spaanse schepen op elkaar afstevenden. De zon en de spiegels gingen stap voor stap door het verhaal van Trafalgar: kanonnen vuurden met een helse flits. Seconden later zag je het kruitvat in een ander schip ontploffen. De intensiteit van het schouwspel werd steeds machtiger. Door de trompe-l'oeil stond Robert midden tussen de schepen. Overkomen door emotie fluisterde hij:

-"Ik hou van jou." Quasi onmiddellijk daarop hoorde hij een fluisterende stem:

-"Ik hou van jou." Hij draaide zich om, maar niemand stond vlak achter hem. Kikki stond veertig meter verder met haar rug naar hem toegekeerd. Gracieus stond ze de scène te bekijken waarin de zon insloeg op de vleugels van Icarus. Was het een echo geweest?

-"Ik hou van jou, Kikki," fluisterde Robert zo stil als hij kon.

-"Ik hou van jou, Robert," hoorde hij onmiddellijk nadien.

Hij schrok zich te pletter. Gedurende een paar seconden was hij versteend. Was dit toch Kikki? Hij kreeg het benauwd en voelde zich dolgelukkig tezelfdertijd. Maar was zij het wel? Hij draaide zich opnieuw om. Maar opnieuw stond er niemand vlak achter hem. Hoe kon dat nu? Hij durfde in elk geval niets meer te fluisteren; het was duidelijk geen echo. Maar wat was het dan wel?

Kikki en Robert keken naar het spektakel tot het verhaal verteld was. Icarus was dood en admiraal Nelson was dood, maar wat bleef hangen in dit grote verhaal was 'ik hou van jou'. Was hij gek geworden na al die weken in de kelder? Of had het schouwspel gewoon het effect dat je je van alles begon in te beelden? Of had prins de Vissermans' badplaats geheimen die Robert niet kon doorgronden...

-"Dank je," zei Kikki, "dit is het mooiste wat ik ooit beleefd heb." Het was Robert niet ontgaan dat Kikki het woord 'beleefd' in plaats van 'gezien' gebruikt had, maar wat moest hij daaruit afleiden? Had zij soortgelijke visioenen beleefd of stemmen gehoord? Het onderwerp was te intiem; hij durfde het er niet met haar over te hebben. Hoeveel ze elkaar ook vertrouwden en hoeveel ze met elkaar ook deelden, ze hadden geheimen voor elkaar. Terwijl ze hand in hand teruggingen, maakte Robert de som. Hij was versteld van hoe weinig hij eigenlijk wist over haar, over haar familie, over haar dagdagelijkse activiteiten en over haar relatie met Anthony. Daartegenover zou hij nooit met haar over schaken kunnen praten. Maar één raadsel was nu tenminste opgelost: hij had ontdekt dat het grote spektakel in de badzaal tijdens de zonnewende plaatsvond. Maar een groter mysterie was in de plaats gekomen: de stemmen van het Fleur-de-Lys.

We voelden ons ziek, we waren duizelig, we sliepen slecht en we waren nooit echt wakker; de drie dagen van Goede Vrijdag tot Pasen waren zowel voor Robbert, Kikki als mezelf een ontwenningsperiode. We moesten het monastieke ritme van de laatste drie weken uit ons lichaam programmeren, en terug leren leven volgens een normale dagindeling.

Wat wij niet deden tijdens die dagen, was werken. Robert en ik hadden eigenlijk geen idee waar we zaten en wat ons werk van de voorbije weken waard geweest was; we hadden tussen de bomen het bos niet gezien. We fietsten, wandelden en snuisterden in de vele boekenrekjes die het huis rijk was. Tante Lolo liet ons voor het eerst het bureau van haar overleden man zien. Sinds die overleden was tijdens de beruchte inbraak, piepte ze regelmatig in de kamer en beeldde ze zich in dat hij er nog was. De kamer lag er nog bij zoals haar man ze achtergelaten had. Roberts aandacht ging naar de vele boeken en mappen die met textiel te maken hadden.

-"Hij was een hobbyist zoals zovelen in Gent," zei ze, "ook op zoek naar een grote uitvinding. Kijk maar gerust door de documenten." Robert snuisterde door de documenten en zag tot zijn verrassing dat de man van tante Lolo bezig geweest was met het zoeken naar een betere kwaliteit van grijpers.

-"Hij was bezig met dezelfde problematiek als die van mijn officieel eindwerk!" riep Robert. Ik kon het niet geloven en stortte me eveneens op de mappen met honderden vellen testresultaten.

-"Ongelooflijk," zei ik. "Alle gegevens die je voor je eindwerk nodig hebt, staan hier in!"

-"Die boot is vertrokken," zei Kikki streng. "Wat we hier doen, is veel belangrijker dan jouw eindwerk." Robert twijfelde; zijn diploma lag door dit mirakel alsnog binnen bereik, maar dan moest hij nu alles op alles zetten om het te halen. Het was een vogel in de hand. Voor hem was dat waardevoller dan het patent, de tien vogels in de lucht.

-"Dit is het belangrijkste moment in mijn leven!" argumenteerde hij. "Ik ben uit Brazilië gekomen met twee koffers. Het diploma is mijn enige kans. Ik heb het laten schieten omdat mijn eindwerk hopeloos was. Maar hier is als bij wonder mijn tweede kans. Ik moet ze grijpen!"

-"Je vindt wel werk; ik heb connecties," beloofde Kikki.

-"Ik heb een hekel aan connecties; ik wil mijn job waard zijn!"

Kikki ging recht voor hem staan, nam zijn beide handen en keek hem recht in de ogen:

-"Het enige wat ik je vraag, Robert, is van me honderd procent te vertrouwen." Hij stond bewegingsloos. Hij probeerde voor het eerst in vijf maanden een beslissing te nemen zonder haar.

-"En zonder diploma mag ik als Amerikaan niet in België blijven…" Ze hoorde hem twijfelen en snikte.

Robert kraakte onmiddellijk; tegen Kikki's tranen was hij niet opgewassen. Hij nam ze instinctief in zijn armen en omhelsde haar.

-"Ok, ik vertrouw je," zei hij. "We gaan ervoor."

-"Voor het patent?" vroeg ze om zeker te zijn.

-"Voor het patent," zei hij. Toen hij plots besefte dat hij zijn toekomst in de handen van dit geheimzinnige meisje gelegd had, voelde hij zich heel angstig. Hij klemde haar nog harder vast. 'Ik vertrouw je, ik vertrouw je, ik vertrouw je, wie je ook bent', zei hij in zichzelf.

-"Je zal er geen spijt van krijgen," beloofde ze. Ook zijn ogen waren nu aan het tranen.

-"Wel," vroeg tante Lolo, "je hebt die documenten dan niet nodig?" Robert schudde van neen.

-"En jouw vriend Dieudonné dan?" vroeg Kikki. "Je mag ze wel aan hem geven."

-"Mag ik dat?" vroeg Robert plagend.

-"Doe nu niet alsof je onder de pantoffel ligt!"

-"Ik zou niet durven," zei Robert. Ze gaf hem een veeg over het hoofd.

Al lachend stopten ze de documenten in een koffer. Kikki en Robert droogden hun tranen met een zakdoek.

-"Eén ding is zeker," zei Robert, "die inbreker was geen patentenjager."

-"En geen geld- of juwelendief," voegde tante Lolo daaraan toe. "Het blijft een raadsel."

~

We voelden ons nog steeds als zombies, maar daar kwam heel plotseling een einde aan; niets bracht me sneller in het juiste dagritme dan de komst 's avonds van Anthony, Hélène, en, uiteraard, Laetitia!

Paaszondag 23 maart 1958

Ik maakte een lange wandeling met haar. Wat een prachtige manier om een zonovergoten zondagochtend in de vroege lente door te brengen. Voor het eerst sprak ze volop over haar studies in de rechten. Ze had nog een jaar te gaan en wou advocaat worden.

-"Wat zijn eigenlijk wetten?" vroeg ik haar. Ze gaf me een voorbeeld:

-"Per arbeidscontract mag je slechts 45 uur per week werken."

-"En als je twee arbeidscontracten hebt?" vroeg ik.

-"90 uur dus."

-"Waarom maken ze die wet dan? Je kan beter meteen twee arbeidscontracten tekenen als je langer dan 45 uur wilt werken."

-"Ja, maar als dat bij dezelfde werkgever is, wordt dat doorprikt."

-"En anders niet?"

-"Neen."

-"Nochtans lijkt het me minder vermoeiend om bij dezelfde werkgever twee contracten te vervullen."

-"Ingenieurs verstaan niets van rechten."

-"Helemaal niets," bevestigde ik. Sindsdien hebben we het nooit meer over haar vakgebied gehad, of over het mijne; onze twee professionele werelden waren antipoden.

-"Het is wat laat," zei ik, "maar ik wil je oneindig danken voor jouw tussenkomst op de koer bij de officiële heropening van de school."

-"Mijn tussenkomst?"

-"Die speech van Grandgenre, waarin hij beloofde dat Looms ons twee miljoen per jaar zou blijven geven."

-"Dank me niet; het gaat slecht aflopen, denk ik." Ik schrok.

-"Hoezo?"

-"Grandgenre is door zijn vader naar Brussel teruggeroepen; hij zal daar een nieuwe functie krijgen."

-"Omwille van wat hij aan onze school beloofd heeft?"

-"Ja. Al zijn tussenkomsten in Gent waren stuk voor stuk een ramp. Ofwel was hij uitermate snoeverig en arrogant, ofwel liet hij zich manipuleren als een klein kind."

-"Komt hij nog vaak naar Gent?"

-"Neen."

-"Ook niet voor jou?" vroeg ik hoopvol.

-"Ook niet voor mij." Ik voelde me een halve meter boven de grond zweven van euforie.

-"Heb je spijt?"

-"Mijn moeder heeft heel veel spijt," lachte ze. "Ze was heel trots dat ze Grandgenre voor mij gevonden had."

-"Heb jij spijt?" vroeg ik opnieuw.

-"Een heel klein beetje," zei ze met een ondeugend snoetje, terwijl ze met haar vingers aangaf dat het wel maar een héél klein beetje was. "Neen, eigenlijk ben ik heel blij; ik werd overal met Grandgenre aan tafel gezet, zodat geen enkele andere jongen nog zijn kans met mij waagde. Ik zat in een gouden kooi."

-"En nu?"

-"Mijn moeder is al op zoek naar een andere rijke nobele. Het klinkt archaïsch, maar Hélène en ik hebben geen broers. Mijn ouders hebben veel schrik dat het fortuin dat wij zullen erven, zal verkwanseld worden door onze toekomstigen. Ze willen dat we met groot geld trouwen, en zeker met adel." Ik hoorde het mismoedig aan.

-"En wat wil jij?" vroeg ik.

-"Mijn ouders verdienen een kans om voor mij de juiste echtgenoot te vinden," zei ze enigmatisch. Ik kon niet afleiden of ze daarop hoopte. Ik sloot het onderwerp af om niet wanhopig te klinken. Ik had trouwens een meer dringende zorg:
-"En Looms..."
-"De kans is groot dat ze niet doen wat Grandgenre beloofd heeft."
Wat een schok! Ik piekerde. Forel was volop aan het investeren. Hij wou dit jaar een grote internationale beurs voor textielinnovatie organiseren in het kader van Expo 58, de wereldtentoonstelling in Brussel. Hij had daarvoor de Gentse Leopoldskazerne afgehuurd en een modern getouw gekocht. Hoeveel van de twee miljoen bleef er nog over? Laetitia zag mijn bedrukte blik:
-"Hey, maak je geen zorgen; ik heb nog niet al mijn troeven uitgespeeld!" Ze omhelsde me in haar sterke armen, en liet me pas los nadat ik beloofd had niet meer te piekeren.

~

Robert beleefde een zorgeloze dag op het voetbal. De wedstrijd in Brugge kon nauwelijks een uitwedstrijd genoemd worden; ongezien in het Belgische voetbal zaten er meer Gentenaren dan Bruggelingen in de tribunes. Gantoise was al die weken blijven winnen en was aan een onwaarschijnlijke achtervolging op Antwerp bezig. De eerste helft was evenwel ondermaats: Gantoise hield stand, maar het was duidelijk dat het prachtige samenspel van twee maanden eerder intussen flink verwaterd was.
Tijdens de rust wees Robert op de slordigheid in de combinatiepatronen en op het gebrek aan fysieke inspanning. Hij tekende een dozijn spelfases van de eerste helft op het bord en vergeleek ze met wat hij hen aangeleerd had. De ploeg verliet met een gezond schuldgevoel de kleedkamers en speelde een geestdriftige tweede helft. Robert kwam van de bank om de supporters op te jutten. Voortgestuwd door gejuich, door zwaaiende vlaggen en door het "You never walk alone" belegerde Gantoise het Brugse doel, tot de winning goal viel. Het stadion ontplofte.

Paasmaandag 24 maart 1958
Kikki had het onderwerp van de testresultaten nog niet aangesneden. We werden nieuwsgierig: hoever stonden we?
-"Het inslaggaren wordt nu voldoende stabiel door de sprong geblazen. Ik vermoed dat dit het geval is voor snelheden die hoger zijn dan wat de getouwen vandaag aankunnen. Daarentegen is het energieverbruik nog te hoog."
-"Aan dat energieverbruik kunnen we nu moeilijk iets doen," zei Robert. "De minste wijziging van de parameters vergt het opnieuw opstarten van wekenlange testen."
-"Tenzij...," begon ik.
-"'Tenzij,' zei de ingenieur..." lachte Kikki.
-"Heb je nog niet gezien dat de verste naalden vijfennegentig procent van de tijd lucht voor niets blazen? Het inslaggaren is daar nauwelijks vijf procent van de tijd," ging ik verder. Kikki keek als door de bliksem getroffen; een revolutie binnen een revolutie!
-"Vijfennegentig procent op de verste naalden, dus gemiddeld vijftig procent over álle naalden," besloot ze.
-"Nu doe je het rooskleurig uitschijnen," zei ik. "Ik denk niet dat we de druk op die naalden zomaar mogen aan- en uitzetten volgens de aanwezigheid van het garen; de turbulentie zou enorm zijn!"
-"Hoeveel procent kunnen we dan wél besparen?" vroeg ze.
-"Niet het minste idee," zei ik.
-"En hoe ga je die luchtstromen aan- en afzetten?" vroeg ze.
-"Ik had gedacht aan elektromechanisch gestuurde ventielen," maar honderdvijftig cycli per minuut haal ik niet.
-"Hoeveel dan wel?" vroeg ze.
-"Dat wil je niet horen," zei ik ontmoedigd.
-"Ik weet hoe we het gaan doen," zei Robert. "We gebruiken een constructie geïnspireerd door de Wankelmotor." Noch Kikki, noch ikzelf hadden ooit van de Wankelmotor gehoord.

Robert begon nu aan een lange uitleg. Het kwam erop neer dat een vol wiel met uitsparingen zou draaien binnen een hol wiel dat een opening had voor elk ventiel. Het binnenste, volle wiel zou draaien aan de frequentie van het getouw. Volgens de grootte van de uitsparing in het binnenste wiel zou het ventiel in kwestie, en dus de naald, gedurende een bepaalde tijd lucht krijgen.

-”Eén wiel per naald?” vroeg Kikki onthutst.

-”We kunnen suboptimaal werken en één wiel per twintig naalden gebruiken,” gaf Robert toe.

-”Dat klinkt redelijker,” zei Kikki.

-”Ok, maar als die binnenste wielen zo snel draaien, heb ik niet het minste vertrouwen in de stabiliteit van de geproduceerde lucht,” opperde ik.

-”We kunnen ze veel trager laten draaien en meer uitsparingen per wiel voorzien,” stelde Robert voor.

-”En we kunnen gewoon één wiel maken met parallelle sporen, in plaats van meerdere wielen,” zei Kikki.

-”Niet slecht voor een juriste,” lachte Robert. “En zeg nu niet meer…”

-“…’sommige juridisch adviseurs zijn beter dan andere’,” vervolledigde ik.

-”Zolang jullie het maar beseffen!” zei Kikki.

-”En ten slotte,” zei ik, “wil ik geen olie tussen het binnenste en buitenste wiel. We laten net genoeg ruimte opdat ze elkaar niet raken.”

-”Oei, wéér een sub-optimalisatie,” zei Robert. “Er zal een beetje lucht ontsnappen door de verkeerde ventielen.”

-”Geen probleem,” zei Kikki. “Liever dat dan verstopte ventielen. Optimaliseren kunnen we later nog.”

-”Kunnen we het hele wielensysteem ook bij jou ‘bestellen’, Kikki?” vroeg Robert retorisch.

-”Ik geef jullie een vinger en jullie vragen om een hand!” zei ze plagend.

-”Ik heb al een hand gekregen,” zei Robert, haar inspanningen voor ons waarderend. “Ik bedoel niet dat ik jouw hand gekregen heb…, gevraagd heb…” Hij geraakte verstrikt in zijn eigen woordspeling en liep bloedrood aan.

-”Moet ik je een handje geven?” plaagde Kikki hem terwijl ze door zijn haren streek. Robert hield beschaamd de handen voor het gelaat.

-”Die wielen vragen wel veel werk,” zuchtte ik.

-”Maar toch krijgen jullie eerst een week vakantie!” zei Kikki. Robert keek verheugd:

-”Eindelijk eens een hele week op het voetbal!”

-”Eventjes vrij en al onmiddellijk weg?!” vroeg Kikki beteuterd. Robert wist niet wat hij zeggen moest; hij twijfelde of hij nu wel zou gaan. Kikki keek geamuseerd naar zijn reactie. ”Ga maar naar het voetbal,” zei ze geruststellend.

-”Ben je zeker?”

-”Zeker.”

-”Het is voor Anthony ook goed als we winnen,” argumenteerde Robert nog.

-”Zo, je doet het voor Anthony?!”

-”Wel, ook voor mezelf,” gaf hij toe.

-”Vertrek nu; Didier houdt me wel gezelschap.”

-”Ik voel me schuldig,” zei Robert.

-”Jij bent te manipuleerbaar, Robert,” antwoordde ze. “Vertrek nu gewoon!”

~

Bij het horen van het goede nieuws, gaf Anthony Kikki een dank- en afscheidskus, en vertrok hij met Robert naar het voetbal.

-”Dat is wel de laatste keer dat ík het gevraagd heb!” zei de moegeplaagde Robert aan Anthony.

-”Geloof me, voor mij is het nog moeilijker.”

-”Omdat ze jouw toekomstige verloofde is?” polste Robert. Hij wachtte verschrikkelijk benieuwd maar ook doodsbenauwd op het antwoord van Anthony. Maar dat kwam er niet. Anthony glimlachte enkel.

Omdat er een onwennige stilte viel, zocht Robert snel naar een ander onderwerp:

-"Ik ga iets nieuws doen met de ploeg deze week."

-"Is dat nodig? Alles loopt toch goed?!"

-"Voorlopig gaan we het nog niet toepassen; het moet eerst gedurende twee maand intensief ingestudeerd worden. Het is eigenlijk vrij riskant, enkel voor noodsituaties."

-"Wat is het?"

-"Iets dat niemand ooit gezien heeft: mijn geheim wapen. Ik heb meegewerkt aan de ontwikkeling ervan bij Santos."

-"Ik hou mijn hart vast."

-"Zoals ik al zei: enkel voor noodsituaties."

-"Twee maand is lang; tegen dan is het seizoen afgelopen."

-"We zien wel."

De trainers en spelers van Gent trokken grote ogen toen Robert zijn systeem uitlegde. Verschillende onder hen schudden lachend het hoofd; dit was pure science fiction! Het was het recept om de zwaarste nederlaag in de geschiedenis te lijden, de nachtmerrie van elke verdediging. Maar omdat Robert intussen veel krediet opgebouwd had, zouden ze hem een paar trainingen geven om het uit te proberen.

~

Als een wildeman liep Robert over het veld, instructies schreeuwend bij elke fase. Hij was doodop na de training, die een regelrechte flop was. Maar de kapitein kwam hem opzoeken: "Namens het team dank ik je voor wat je voor ons doet, Robert. We proberen het morgen opnieuw. Misschien lukt het dan beter." Toen Robert reeds een uur vertrokken was, waren de spelers nog aan het nakaarten. Omdat hij hun god was, konden ze moeilijk aannemen dat hij fout was. Want als zijn nieuw systeem fout zat, zouden ze moeten twijfelen aan zijn vorig systeem. De verdedigers praatten eerst onderling over hun ervaringen, en daarna in groep. Ze zochten naar oplossingen voor Roberts alles-of-niets systeem, dat iets had van een casino waarin je niet kon winnen. Maar al overleggende vonden ze geleidelijk manieren waarop het misschien toch kon lukken. Ze besloten het 's anderendaags in elk geval met meer inzet proberen, gewoon voor Robert.

~

Voor Laetitia was het blijkbaar niet voldoende dat we elke avond van de week na Pasen op een of ander feest kookten; samen met tante Lolo, voor wie de keuken een ontdekking was waar ze maar niet genoeg van kreeg, probeerde ze ook tijdens de dag allerlei receptjes uit. Terwijl de twee dames experimenteerden, keek het personeel vanop korte afstand toe. Tante Lolo en Laetitia vonden het vanzelfsprekend dat telkens ze een ingrediënt of gebruiksvoorwerp nodig hadden, hen dat onmiddellijk aangereikt werd, dat telkens ze in de problemen zaten, ze onmiddellijk gered werden, en dat telkens ze iets morsten of braken, dat onmiddellijk opgekuist werd. En uiteraard ruimde het personeel nadien ook nog eens de hele keuken op. Het was de super-de-luxe uitvoering van 'zelf koken'!

Dinsdag 25 maart 1958

Hoewel Kikki vlot meepraatte met ons 's avonds, had ze zoals gewoonlijk een schaakboekje in de hand en probeerde ze zetten uit op een schaakbord. Robert spiekte regelmatig naar de stellingen. Hij had medelijden met de moeite waarmee ze eindspeltechnieken aanleerde: ze deed zetten waarvan ze pas een kwartier later inzag dat ze fout waren. 'Ik zou je zoveel kunnen helpen', dacht hij, 'maar zolang je niet kan accepteren dat iemand sterker is dan jou, ...'

Kikki merkte zijn aandacht en zei:

-"Je kijkt zo geïnteresseerd. Heb je zin om te spelen?"

-"Het verschil in niveau is te groot," zei Robert. Hij had plezier in het vernuft van zijn antwoord.

-"Kan je mat zetten met koning en toren tegen koning? Ik wil het je anders leren."

-"Ik kan enkel mat zetten met koning en dame tegen koning," loog Robert, "en ook met koning, paard en loper tegen koning." Dat had hij schitterend bedacht, vond hij. Hij kon perfect zijn kennis van dat laatste verantwoorden door de lange nachtelijke sessie die ze samen recent beleefd hadden, waarbij hij eindeloos zijn koning had moeten verschuiven terwijl zij hem mat probeerde te zetten.

-"Meen je dat? Heb je de techniek onthouden van onze studie?" vroeg Kikki met ongeloof.

-"Na een hele nacht oefenen, zou dat toch wel mogen," antwoordde Robert.

-"Dat vind ik verre van evident; het is aartsmoeilijk. Ik wil het je zien doen!"

Ze zette een beginstelling op bord waarbij haar koning in het midden van het bord stond, terwijl Roberts drie stukken in drie verschillende hoeken.

-"Probeer maar!"

Anthony zag wat er aan het gebeuren was en kwam tussenbeide:

-"Hoe goed kan jij schaken, Robert."

-"Ik ben een beginneling," loog Robert.

-"Je bent zeker? Ik wil geen drama's. Er mag geen enkele kans zijn dat je wint."

-"Ik ben zeker."

Anthony zette zich ongemakkelijk in de zetel en bekeek het gebeuren met argusogen. Robert begon met het zetten van zijn paard op een veld waar het gedekt kon worden door de loper. Kikki zag daarom af van een jacht op het paard en wandelde met haar koning naar die van Robert.

-"Ik begin met jouw koning uit het centrum te houden," zei ze.

Omdat Robert een goed excuus had voor zijn kunde, speelde hij elke zet zonder er twee seconden over na te denken. 'Zelfs topschakers vinden dit leuk', bedacht hij. 'Eindelijk kan ik nog eens genieten van het schaakspel!' De techniek had een oogstrelende elegantie: Robert liet op een bepaald moment Kikki's koning even ontsnappen van de rand van het bord, zoals de theorie het voorschreef, joeg de koning vervolgens in de 'goede' hoek, en zette hem daar ongenadig mat met de loper.

-"Schaakmat! Ben ik geen goede leerling?" vroeg hij laconiek. Kikki schudde het hoofd in ongeloof, en bekeek hem vervolgens heel argwanend:

-"Jij hebt dit op één nacht geleerd?"

-"Wel, hoeveel uur hebben we daar niet gezeten?!" antwoordde hij alsof hij het probleem niet begreep.

-"En onthouden?" vroeg ze hem niet gelovend verder.

-"Niet helemaal; waarschijnlijker kon dit efficiënter," loog hij.

-"Ik weet het niet," zei Kikki. "Volgens de theorie zou mat zetten vanuit de gegeven stelling moeten kunnen binnen de vierendertig zetten." Robert had er tweeëndertig nodig gehad, omdat Kikki zich niet optimaal verdedigd had.

-"Ik weet niet hoeveel zetten we gespeeld hebben," loog Robert.

-"Laat ons dit opnieuw doen en tellen," stelde Kikki voor.

-"Geen sprake van," zei Robert. "Jij wilt er een wedstrijd van maken!"

Toen Anthony die hint van Robert hoorde, ruimde hij kordaat alle stukken van het bord, stopte hij ze in de doos en hield hij die laatste bij zich. Kikki zweeg lange tijd, nadenkend over wat ze nu zou doen. Haar ogen gingen snel heen en weer tussen Robert en Anthony. Ze wou dit absoluut proberen, maar Anthony besefte het. "Geen sprake van," herhaalde die laatste.

Kikki moest gedurende een uur afkicken van het idee. Ze liep ijsberend rond.

-"Jij bent echt een beginner?" vroeg ze nog eens aan Robert.

-"Een beginner die iets geleerd heeft van jou, en laat het nu zo!" antwoordde Anthony in Roberts plaats.

Woensdag 26 maart 1958

Robert en ik noteerden 's ochtends met de grootst mogelijke precisie de succesvolle configuratie van de naalden. Kikki had daarvoor geavanceerde meetinstrumenten laten aanrukken, wat aanleiding gaf tot een van onze typische conversaties:

-"Geen vragen over de dure apparatuur stellen," zei ik tegen Robert.

-"Ik weet het," antwoordde hij. "Ze zou enkel vragen: 'En waar zou jij dat dan mee meten, Robert?'"

-"Nooit vragen stellen."

-"Gewoon doen wat ze zegt."

's Avonds kreeg Kikki haar schaakstukken terug. Voor de goede orde nam Anthony plaats tussen haar en Robert.

Donderdag 27 maart 1958

Hoewel we de specificaties pas zes dagen eerder opgesteld hadden, was Kikki er reeds in geslaagd om de geselecteerde naald in veelvoud te laten kopiëren. Een kistje stond klaar aan de ontbijttafel.

-"Jullie krijgen meer geschenken van Kikki dan ik!" protesteerde Anthony.

-"Waar gaat dat eindigen?" voegde Laetitia daar ondeugend aan toe.

Nadat de proefopstelling werd nagebouwd met de pas gemaakte kopieën van de naalden, en volgens de configuratie die we de dag voordien genoteerd hadden, werden de laatste testen herhaald; we wilden immers zeker zijn dat de specificaties het goede resultaat garandeerden. Het geluid van de compressor werkte hypnotiserend; ik voelde me afglijden naar de trance van de voorbije weken. Gelukkig waren de testen positief, zodat ons werk voor die ochtend snel achter de rug was.

Vrijdag 28 maart 1958

Robert maakte op de dagelijkse voetbaltraining vooruitgang met zijn nieuw systeem; het werd op zijn minst eindelijk ernstig genomen. Hoewel het systeem nog niet uitgeprobeerd zou worden in een wedstrijd, was het besluit aan het einde van de week dat het deel zou uitmaken van de dagelijkse trainingssessies.

~

Nu we zeker waren van de herhaalbaarheid van ons eerdere succes, monteerden we de naalden in het getouw. Hun kopjes staken netjes boven de draden van de schering uit, klaar om het inslaggaren door de sprong te blazen. We hielden onze adem in. Op een meter van ons lag het mislukte weefsel dat we een maand eerder gemaakt hadden. Het resultaat zou deze keer dramatisch beter moeten zijn.

We zetten de generator en de compressor aan. Het sissend geluid van de lucht die uit de naalden ontsnapte, werd gedempt door de schering. We startten het getouw aan twintig cycli per minuut. Het inslaggaren liep netjes over de buffer en werd mooi door de sprong geblazen. Robert versnelde het getouw: dertig… veertig… vijftig… zestig… zeventig cycli per minuut.

-"Wacht even," zei Kikki.

-"Wat is er aan de hand?" vroeg ik ongerust.

-"Niets, maar ik heb schrik voor het getouw," antwoordde ze.

-"Ik heb het nagekeken tot honderdtwintig," zei Robert.

-"Laat ons eerst het weefsel onderzoeken aan zeventig," zei Kikki.

We zetten de machines stil en haalden vergrootglazen boven om nauwkeurig het weefsel te inspecteren. Gedurende een uur namen we de tijd om een 'slappe draad' te vinden, een plaats waar het inslaggaren aangedrukt werd toen het een slingerbeweging maakte. Maar we vonden er geen. Het was perfect! Het was helemaal perfect! Robert en ik dansten een kleine vreugdedans. We waren in euforie.

-"Ok, op naar honderdtwintig," zei Kikki. Dat waren we haast vergeten: aan zeventig slagen per minuut hadden we de grijpers nog niet verslagen. Robert versnelde het getouw geleidelijk naar honderdtwintig.

-"Het gaat goed, het gaat goed!" riep ik. Het getouw klonk als een locomotief die te snel van een berg denderde.

-"Stoppen!" zei Kikki. "Ik wil niet het getouw breekt; we hebben het nog nodig."

We hadden nu de snelheid bereikt van een competitief getouw met grijpers, en waren benieuwd naar hoe het weefsel zich gedragen had. Terwijl we het onderzochten, werden we betoverd door zijn regelmaat. We mompelden goedkeurend, sloegen kleine vreugdekreten en keken uiteindelijk met grote verwachting naar Kikki. Ze glimlachte. Het weefsel was perfect! We konden het nauwelijks geloven. Een mijlpaal in de geschiedenis van de textielindustrie! Robert en ik vlogen in elkaars armen en zongen een dronkemansliedje. Aan een dergelijke vaudeville meedoen, lag niet in Kikki's aard, maar ze schaterde het uit toen ze ons bezig zag.

-"Dat was het voor vandaag," zei ze ten slotte, weer helemaal ernstig. "We hebben geschiedenis geschreven, maar ik wil geen enkele emotie op jullie gezichten zien wanneer we het atelier verlaten, en uiteraard geen woord tegen niemand! Tegen volgende week zondag wil ik de specificaties van de luchtregeling met de wielen, van wat Robert het 'Wankelsysteem' noemt. En nog iets, Didier:"

-"Wat?" vroeg ik

-"Uw vader heeft een modern getouw gekocht bij Looms, en dat laten plaatsen in de Leopoldskazerne."

-"Jij bent ook op de hoogte van alles, zie ik!"

-"Sommige juridisch adviseurs zijn beter dan andere," antwoordde Robert in Kikki's plaats.

-"Zo is dat," zei ze laconiek. Ze vervolgde:

-"Hij wil op de expo tonen welke toestellen de school gebruikt. Ik wil dat je het getouw in de Leopoldskazerne volledig opmeet, zodat we op dat getouw het luchtsysteem kunnen installeren."

-"Jij denkt toch echt niet dat Forel ons dat getouw zal laten gebruiken?!" protesteerde ik. "Hij wil dat het er nieuw uitziet op de expo!"

-"Jullie gaan het juist gebruiken op de expo!" zei Kikki. "Luister: alle belangrijke industriëlen uit Europa komen naar Expo '58 in Brussel. Forel zal de wevers van daar naar Gent uitnodigen. Die kans moeten we grijpen om ons systeem op lucht te tonen. Jullie gaan jullie uitvinding dus tijdens de tentoonstelling demonstreren." Ik sloeg mijn hand op het hoofd en schudde neen:

-"Lukt ons nooit, nooit, nooit; niemand gaat Forel overtuigen. Die wordt combatief als hij daar nog maar één woord over hoort. Roberts geheimdoenerij is hem een steen des aanstoots sinds het begin van het schooljaar. Hij wil de volledige controle over alles wat zijn studenten proberen," zei ik resoluut.

-"Wie spreekt er van overtuigen?" zei Kikki enigmatisch. We keken met open mond naar haar.

-"Wat ben je van plan?" probeerde Robert.

-"Ik weet het nog niet." Maar haar glinsterende ogen verrieden het tegendeel.

De verjaardag van Hélène en Laetitia viel op een stralende lentedag. Tante Lolo stelde me voor om samen de feestmaaltijd te bereiden, terwijl de vijf andere in het Fleur-de-Lys gingen paardrijden, iets wat ik niet kon.

~

De vijf waren aan een afspanning gekomen waar ze hun paarden in bewaring gaven. Tijdens de lunch vroeg Robert zich af hoe prins de Vissermans ooit aan zo'n groot domein gekomen was.

-"België is sinds 1813 een protectoraat van Engeland," vertelde Hélène. "De Engelse invloed was overal zichtbaar in de vorige eeuw. We waren dankzij de Engelsen het tweede geïndustrialiseerde land ter wereld, en eveneens het tweede land dat grootschalige aandacht besteedde aan sport en gezonde lucht. Precies om die laatste reden liet prins de Vissermans dit kasteel bouwen buiten de stad. Het ontwerp van het Fleur-de-Lys werd beïnvloed door de Engelse architectuur, waarbij een volledig landschap rondom het kasteel ontworpen werd. Dat is precies wat men hier gedaan heeft; het domein is van dezelfde grootte als een typisch Engels project uit die tijd.

-"Het moet een fortuin gekost hebben!" zei Robert.

-"Meer dan een fortuin," antwoordde Hélène. "De aanleg van het park en de bouw van het kasteel vroegen zo veel vakmensen, dat verschillende scholen in Gent opgericht zijn enkel omwille van het Fleur-de-Lys. Het domein symboliseert het hoogtepunt van de Gentse welvaart en het heeft een magie die nauwelijks haar geheimen prijsgeeft." Robert dacht onmiddellijk aan het mysterieuze moment in de badzaal - 'Ik hou van jou, Robert' - en keek bij die gedachte automatisch naar Kikki, die tegenover hem naast Anthony zat. Hij keek daarbij ongewild recht in haar ogen. Terwijl hij knalrood werd en de ogen naar beneden wou slaan, bleef zij hem zelfzeker aankijken en leunde ze haar hoofd een paar centimeter zijwaarts, als leek zij te vragen: 'Heb jij hetzelfde gehoord, Robert?' Robert wendde het hoofd af en liet een traan. Hij kon niet met zekerheid opmaken of Kikki probeerde om hem iets duidelijk te maken, en nog minder wat. Kikki zelf bleef voor een zeldzame keer met raadsels zitten: ze had in de badzaal iemand horen fluisteren 'Ik hou van jou, Kikki,' maar Robert had veertig meter verder gestaan. En ze had geantwoord.

Hélène vertelde verder:

-"Het imperium van prins de Vissermans is gegroeid door huwelijkspolitiek. De meeste textielbedrijven, waarvan vele met Engels kapitaal begonnen zijn, zijn tijdens de vorige eeuw gefusioneerd."

-"Huwelijkspolitiek?" vroeg Robert

-"Het was vergelijkbaar met de politieke huwelijkspolitiek uit de feodale tijd, maar het gebeurde veel subtieler: wanneer de ouders vonden dat hun zoon Jan best zou trouwen met een bepaald meisje Ann, kaartten ze dat bij Anns ouders een eerste keer subtiel aan, laat op een avond bijvoorbeeld, wanneer iedereen voldoende gedronken had. Op zo'n moment kon je vrijblijvend een gek idee uitkramen dat, indien nodig, tegen de volgende dag zonder problemen vergeten kon zijn. Wanneer het idee echter goed onthaald werd, werden Jan en Ann op feestelijkheden meer en meer naast elkaar aan tafel gezet, eerst binnen de eigen familie en vervolgens in grotere kring. Robert kende de rest van het verhaal.

-"Liep iedereen zo braaf in het gelid?" vroeg hij.

-"Kinderen uit de aristocratie kregen van kleins af aan een heel concreet toekomstbeeld mee, inclusief eigendommen en functies in bedrijven of in de overheid. Ze hadden het gevoel dat hun ouders zoals goden alles onder controle hadden. Ze leerden ook dat alles bekomen werd door connecties en diplomatie. Telkens er iets moest opgelost worden, begonnen de ouders hun uitleg met: 'mijnheer x zal ervoor zorgen dat, bisschop y kan regelen dat, enzoverder.' Niemand voor het hoofd stoten, werd met de paplepel ingegeven."

-"Niemand roeide tegen de stroom in?"

-"Elke jonge persoon droomde ervan en sommigen probeerden het wel eens - men leefde immers in de tijd van de romantiek! - maar het liefdesbootje raakte meestal niet ver op de rivier. De ouders waren de eersten om zoon of dochter het idee uit het hoofd te praten. Ze maakten onmiddellijk duidelijk hoe alles in elkaar zat, en welke gevolgen een roekeloze beslissing kon hebben. In het slechtste geval werd de jongen of het meisje naar een ver internaat gestuurd."

-"Ik dacht dat zoiets alleen gebeurde bij verliefdheid op iemand buiten de eigen sociale klasse," zei Robert.

-"In dat geval onmiddellijk en zeker!"

-"En via huwelijken is het prins de Vissermans dus gelukt om bedrijven samen te smelten?"

-"Inderdaad. Hoe machtiger hij was, hoe inschikkelijker iedereen werd. Het regelen van huwelijken was even belangrijk als zakendoen. Voor de dame des huizes was het regelen van huwelijken zelfs de belangrijkste bezigheid. Die taak vervulde zij met feesten, roddels, intriges en machtsspelen. Indien nodig kon zij zich wenden tot bisschoppen, generaals en diplomaten; de dwarsligger in kwestie kon op een buitenlandse zending gestuurd worden, opgeroepen worden door het leger of gedwongen worden om in een kloosterorde te treden."

-"Dat ging al heel ver!"

-"Het was dramatisch. In vele dynastieën ging het gros van het fortuin naar de oudste zoon. De andere kinderen moesten een onopvallend leven leiden en door de geschiedenis vergeten worden. Velen onder hen gingen in het klooster. Er bestaat helaas geen logboek

142

van de woede en de tranen van de ongelukkigen die in rijkdom opgegroeid waren en zich plots quasi verloochend voelden door hun eigen ouders. Het was nog erger wanneer zij machteloos moesten toekijken op hoe de oudste zoon het familiefortuin verkwanselde omdat hij onbekwaam was."

-"De industriële revolutie probeerde haar eigen feodaal systeem te creëren," besloot Robert.

-"Zo was dat. De machtigen probeerden op dezelfde manier hun dynastieën te bestendigen, en net zoals de monarchen van weleer roem te verwerven, weliswaar niet door het winnen van oorlogen, gelukkig maar, maar door filantropie, mecenaat, sport en andere. Maar in tegenstelling tot de grondadel van de voorafgaande acht eeuwen, waren ze nooit echt zeker van hun rijkdom. Ze werden permanent bedreigd door concurrenten en door de evolutie van de technologie. Concurrenten waren de duivels die ze kenden. Die hielden ze getemd door hun huwelijkspolitiek, prijsafspraken en territoriumafspraken. Maar nieuwe technologieën waren de duivels die ze niet kenden: ze doken als onvoorspelbare monstertjes op in fabrieken, in scholen en bij knutselaars thuis. De industriëlen probeerden de monstertjes te temmen door spionage. Maar het strategisch meest doeltreffende wapen was de grootste te worden in de industrie en alle technologische patenten eenvoudigweg te kopen."

-"Wat de prinsen de Vissermans dus deden, veronderstel ik?" vroeg Robert.

-"Inderdaad, en ze wisten hoe ze het moesten aanpakken: de prinsen waren zo slim om alle betrokken partijen in het succes te laten delen. Elke uitvinder stapte met een gerust hart met zijn patent naar de Vissermans. Toen de laatste telg uit de dynastie, Jan, aan de macht kwam, werkte de aanpak aanvankelijk nog perfect. Maar op een bizarre manier heeft Jan in 1923 naast het patent van de grijpertechnologie gegrepen. Niemand begrijpt hoe dat kunnen gebeuren is. Zijn weefgetouwen met spoelen werden te traag. Hij ging failliet en verdween met de noorderzon. Zijn fabrieken werden overgenomen, maar zijn mecenaat en filantropie niet. Het sociaal, cultureel en sportief leven verwaterde in Gent. De stad werd een schim van zichzelf."

-"En om die reden hebben jullie de partij Nieuw Gent opgericht."

-"Inderdaad; wij proberen alles zoveel mogelijk te herstellen, maar wij hebben niet het geld van de Vissermans."

-"Nog één vraagje," zei Robert. "Is die huwelijkspolitiek nog steeds aan de orde vandaag?"

Niemand van de vier antwoordde initieel. Ze staarden naar hun bord.

-"Ja, Robert," antwoordde Kikki uiteindelijk.

Niemand had zin om daar nog iets aan toe te voegen.

~

Na de lunch lieten ze de paarden staan en wandelden ze door de bloemen naar een van de vele meertjes van het Fleur-de-Lys. Robert observeerde Anthony en Kikki, die voor hem uitliepen. Wellicht was het omwille van hun aristocratische terughoudendheid dat ze elkaar zelfs in deze prachtige Engelse tuin niet omarmden of zoenden. Maar dat maakte dat Robert nog steeds niet de finale zekerheid kreeg die hij zocht. Zolang er een greintje hoop bleef bestaan dat de twee nog niet aan een verloving toe waren, zou hij zich daar sowieso in koesteren. Hij zwalpte tussen het vasthouden en loslaten van de laatste strohalm die hun platonische gedrag hem bood.

Hoe wonderlijk was ook het protocol van de kleine vriendschappelijke aanrakingen tussen Anthony en de drie meisjes: een kus op de wang en het hand in hand lopen hadden enkel een vriendschappelijke betekenis. Arm in arm lopen of knuffelen betekende eveneens enkel vriendschap, zolang je dat met twee personen tegelijk deed. Een kus op de mond kon ook, als het enigszins humoristisch was en in gezelschap van andere vrienden. Robert wist precies naar welk gebaar van het koppel hij moest uitkijken. Eén zou voldoende zijn.

Naast het meer lag een donkergroen, kort gemaaid, dik gazon zonder een steeltje onkruid. De vijf vlijden zich neer en genoten van de drukdoende diertjes op het water, van het zicht op een roeibootje waarin een oude man zijn kleinzoon leerde vissen, en van de herten die hen vanop een twintigtal meter in het oog hielden. Robert was net melancholisch aan het worden bij het observeren van hoe Kikki en Anthony elkaar spelenderwijs aan het kietelen waren, toen plots Hélène en Laetitia hetzelfde bij hem deden. Omdat hij overgevoelig was voor kriebels, weerde hij zich als een duivel in een wijwatervat. Uiteraard had hij geen enkele kans tegen de twee sterke zusjes, en moest hij protesterend en luid lachend zijn lot ondergaan. Gelukkig lieten de twee zich temmen: toen hij ze alle twee stevig in zijn greep kreeg, probeerden ze niet verder meer. Beiden legden ze hun hoofden in zijn nek, legden ze hun armen over hem heen, en dommelden ze in. Hij trok ze alle twee dichter tegen zich aan en voelde zich gelukzalig als nooit tevoren. Genietend van Hélène's haar dat los over zijn wang waaide, keek hij nog even naar een leeuwerik boven hem alvorens in slaap te vallen, met de twee wondermooie meisjes als een deken over hem.

Zijn onderbewustzijn maakte hem echter snel weer wakker. Hij gaf er zich rekenschap van dat Anthony en Kikki nu geen enkele aristocratische scrupule meer zouden hebben om in elkaars armen te liggen, en dat dát het teken zou zijn dat hem de lang gezochte zekerheid over hun relatie zou geven. Maar liggend op zijn rug kon hij hen niet zien; hij zou kortstondig zijn borstkas moeten oplichten om Anthony en Kikki te zien liggen. Vooraleer dat te doen echter, besloot hij nog even te filosoferen. Wat zou hij doen en hoe zou hij zich voelen als hij met de onvermijdelijke waarheid geconfronteerd zou worden? Hij maakte zich de bedenking dat dit de minst erge omstandigheden waren om een liefde te verliezen. Er lagen twee jongedames op hem die even mooi waren als Kikki, en die de beste vriendinnen voor hem zouden zijn. Hij zou hen alvast eens dichter tegen zich aantrekken op het moment van de pijnlijke vaststelling. Zou hij ooit zo verliefd kunnen worden op een van hen als op Kikki? Hélène had vergelijkbare kwaliteiten en was even mooi, maar verliefdheid vergde niet enkel een rationele maar ook een mysterieuze component, en die was er bij Hélène niet. Of nog niet. Een zachte wind liet haar losse haren over zijn aangezicht strelen. Was dat hoe hij wakker geworden was? Het was in elk geval als ontwaken in de hemel geweest.

Uiteindelijk sloot hij even de ogen om geconcentreerd alle kracht van zijn buikspieren te kunnen aanwenden; hij moest immers het gewicht van de twee meisjes overwinnen. 'Daar ga ik', dacht hij. Hij spande zijn spieren op zo hard hij kon. Het lukte hem zijn borstkas en hoofd even van de grond te laten komen. Op het moment dat hij het hoogst haalbare punt bereikt had, knikte hij snel zijn hoofd naar beneden. Van zodra zijn kin zijn borstkas raakte, opende hij de ogen in de hoop dat hij nu over Laetitia en Hélène heen kon kijken. Hij zag echter nog te weinig: enkel een stuk van het hoofd van Anthony. Hij ontspande zijn buikspieren, liet zijn hoofd weer vallen en keek in de lucht… recht in de ogen van Kikki! Voor hij kon reageren, had ze een dikke druif tussen zijn tanden geduwd.

-"Ze zijn lekker," zei ze. "Wil je een stukje cake ook?" Hij probeerde daar zinnig op te antwoorden, maar de dikke druif zat in de weg. Toen hij ze snel doorbeet en inslikte om te kunnen antwoorden, verslikte hij zich zo hevig dat iedereen meteen klaarwakker was. Hij hoestte en proestte gedurende een halve minuut. Een stuk druif vloog in het meer en maakte kringetjes. De eendjes zwommen er naartoe. Hélène en Laetitia klopten op zijn rug.

-"Waarom moet mij dit steeds overkomen?" sakkerde hij in zichzelf. Kikki excuseerde zich en zei dat het haar fout was. Toen het voorbij was, wou Laetitia zichtbaar verder sluimeren, maar toen ze haar zus zag rechtstaan, ging ze netjes naast Robert zitten. 'Ze knuffelen enkel wanneer ze met twee zijn. Mijn theorie klopt!' dacht Robert. Hij was fier dat hij toch één protocollair raadseltje ontcijferd had bij zijn vreemde nieuwe vrienden.

Kikki had echter gezien dat Laetitia verder wou snoezen en nam de plaats van Hélène in naast Robert. Zo lag die laatste weer waar hij vóór de druif lag. 'Dit ging allemaal rap. Waar was ik weer met mijn gedachten gebleven?', dacht hij. 'Of Kikki in de armen van Anthony lag. Het is absurd om daar op dit moment over te piekeren; ze ligt nu in míjn armen!' Hij wou Kikki en Laetitia tegen zich trekken zoals hij dat daarnet bij de twee zusjes gedaan had, maar dat leek hem te gewaagd. 'Waarom eigenlijk?', vroeg hij zich af. Omdat hij vermoedde dat Kikki iets vermoedde. Maar was er een reden om dat te vermoeden? Robert lag in een knoop met zijn gedachten en herinneringen. Waar hij wél zeker van was, was dat zijn lichaam enkel Kikki voelde. Elke kleine beweging en elke kleine druk van haar lichaam op het zijne werd zoals in steen in zijn geheugen gebeiteld.

Toen ik vroeg in de ochtend het prettige geluid hoorde van een tafel die gedekt werd buiten, was ik meteen klaarwakker en had ik zin om op te staan. Ik maakte van de rust gebruik om eens heel grondig de kruidentuin van tante Lolo te bestuderen. Dat was evenwel buiten de waard gerekend: plots hoorde ik vanop de eerste verdieping een 'Joehoe!'. Ik had me nauwelijks omgedraaid toen Laetitia één voet op de vensterbank van haar kamer zette, en in één beweging naar beneden sprong. Ik had geen tijd om te schrikken. Het enige dat me bij bleef, was het beeld van de gouden haren die langs haar witte katoenen trui waaiden tegen de blauwe achtergrond van de hemel. Ze landde op beide voeten, maakte een voorwaartse buiteling, en stond recht alsof er niets gebeurd was.

-"Je bent een engel die uit de hemel komt vallen," observeerde ik. Het was de eerste flirtende opmerking uit mijn leven.

-"Neen, engelen kussen niet." Ze nam mijn hoofd in haar handen en kuste me voluit op de lippen. Mijn benen werden slap van de onverwachte kus. Ik kon geen woord uitbrengen. Ze lachte geamuseerd, nam me bij de hand en vroeg me alles over kruiden te vertellen. De hele voormiddag, enkel onderbroken door het ontbijt, moest ik haar plantje per plantje de volledige uitleg geven en haar laten proeven.

-"Heb je thuis geen kruidentuin?" vroeg ik.

-"Ja, een grote, maar ik heb er mij nooit vragen bij gesteld."

-"Je wist niet dat dit in jouw eten terechtkwam?"

-"Onbewust wel, of niet. Ik heb het me nooit afgevraagd."

-"En nu wil je er ineens alles over weten?!"

-"Ja, alles!" antwoordde ze onomwonden.

Hoe nieuwsgierig ik ook was om de serres te inspecteren, ik kon me niet losmaken van Laetitia. Keer op keer stond ze met vragende ogen met een nieuw takje voor mijn neus. Ik liet haar proeven en raden waar ze het ooit gegeten had, en bij welk vlees of welke groente het zou passen. Soms liet ik haar een van de kruiden zoeken waarvan ik wist dat ze het ooit al gebruikt had in de keuken. Zonder versagen dartelde ze rond in de kruidentuin tot ze het gevonden had.

Na de week waarin wij de componenten tekenden voor wat wij het 'Wankel-systeem' noemden, keerden we terug naar de school. Forel gaf me meteen een overzicht van zijn grootse plannen voor Expo '58: hij had de zalen van de Gentse Leopoldskazerne afgehuurd, om daar op zes juni een expositie te openen over innovaties in de textielindustrie. Op de uitnodigingen die hij reeds verstuurd had, was een respons gekomen die zijn wildste verwachtingen overtroffen had: hij had al honderdvijfenzeventig ingangstickets verkocht!

-"Honderdvijfenzeventig?!" riep ik. "Dat is surreëel! Hoe kan dat nu? Er is nog twee maand te gaan!"

-"Honderdvijfenzeventig," bevestigde Forel. "Ik begrijp het ook niet. Ik had trouwens verwacht dat de eerste reacties niet van bezoekers maar van geïnteresseerde exposanten zouden komen."

-"Die heb je toch, hoop ik?!"

-"Die komen druppelsgewijs binnen, zeker nu ik kan uitpakken met mijn bezoekersaantal!"

-"En de bezoekers weten nog niet wat ze te zien gaan krijgen?" vroeg ik in ongeloof.

-"Neen, hoe gek het ook mag klinken: die weten nog niet wat ze te zien gaan krijgen."

-"De omgekeerde wereld!"

-"Het wordt in elk geval een succes," besloot Forel.

Het was fantastisch nieuws, want op Forels expositie wilden Robert en ik, op aanbevelen van Kikki, het luchtsysteem demonstreren. Ik trok alvast met Robert op verkenning naar de Leopoldskazerne. Die had de vorm en dimensies van een grote middeleeuwse burcht, waarbij de versterkingsmuren ingevuld waren door hoge neogotische gebouwen. Omdat ze bedoeld was als hospitaal ten tijde van oorlog, had ze massa's grote lege zalen in vredestijd.

Hoewel je geen mooiere en idealere locatie voor een expositie kon vinden, was dit de eerste keer dat de kazerne daarvoor gebruikt zou worden.

-"Hoe heeft Forel dát van het leger gedaan gekregen?" vroeg Robert.

-"Het antwoord daarop wil je niet weten," zei ik laconiek.

-"Je bedoelt dat…"

-"Inderdaad. Hij heeft gewoon naar de schepen van Onderwijs en Sport gebeld, Anthony dus."

-"En uiteraard had hij onmiddellijk de meest schitterende locatie voor zijn expo!"

-"Uiteraard. Dit is nog maar eens iets dat we aan Anthony te danken hebben. Het lijstje wordt stilaan wel heel erg lang."

-"Te lang. Hopelijk kunnen wij ooit eens iets voor hem doen." Robert wist toen nog niet dat Anthony hem twee maand later het quasi onmogelijke zou vragen.

Van de grote zalen zou er één enkele dienen om reclame te maken voor de school: naast het schitterende nieuwe weefgetouw stonden daar hoofdzakelijk foto's van, en infogrammen over, onze instelling. We hoopten dat Forel er in de twee resterende maanden nog iets boeienders kon van maken, want momenteel was dit een zaal die elke bezoeker straal voorbij zou lopen. En dat zou dan weer niet goed zou zijn voor de demonstratie van ons luchtsysteem, tenminste als we het zover brachten. Er waren immers nog een aantal obstakels: om te beginnen moest het luchtsysteem nog aangepast worden aan het nieuwe getouw, dat eigenlijk voor grijpers bedoeld was. Daarna moesten we de generator en de compressor ergens zien onder te brengen. Tot slot moesten we de garens van de schering en de inslag klaarzetten. En dat allemaal onder de neus van Forel!

Gedurende een week mat ik het getouw op. Aangezien alles zo nauwkeurig mogelijk moest zijn, maakte ik ook plaasteren afgietsels. Het werd een smerige bedoening: het leek alsof er een miljoen duiven op het splinternieuwe getouw gepoept hadden. Ik zat in flagrante delicto toen Forel binnenwandelde.

-"Ik kuis het allemaal wel op," beloofde ik hem.

-"Wat ben jij aan het doen?" vroeg hij mij, alsof hij het nog niet geraden had.

-"Ik ga afgietsels maken, om op de beurs te tonen hoe wij te werk gaan in de school," loog ik.

-"Dat is complete nonsens! Onthoud één ding: hier wordt níets gedemonstreerd zonder mijn toestemming!" Hij liep boos weg. Door dit voorval had Forel twee maand voor de demo al geraden wat we van plan waren. En had hij besloten ons plan manu militari te dwarsbomen.

~

Robert passeerde zijn week op het voetbal. Hoewel Gantoise was blijven winnen met Roberts gewoon systeem, bleef hij zijn 'geheime wapen' verder inoefenen. De vooruitgang was echter zo traag, dat het er niet naar uitzag dat het in dit kampioenschap nog bruikbaar zou zijn. Maar dat leek niemand te deren. Althans, voorlopig niet.

Zaterdag 12 april 1958

Op het jaarlijkse schoolfeest zaten Robert en ik van het lentezonnetje te genieten aan een tafeltje op de koer. Terwijl we een pint dronken, vroegen we ons af of de schepen van Onderwijs en Sport de tijd zou vinden om de school te vereren met een bezoekje. Het was echter Pennycent die, roerend in zijn koffie, plots aan onze tafel kwam zitten.

-"En hoe gaat het met onze Amerikaan?" begon hij.

-"Als de zon schijnt, altijd goed!" antwoordde Robert kort.

-"En wat mag Gandaweave verwachten van haar gesponsorde student?" vroeg Pennycent, die geen zin had om rond de pot te draaien.

-"In het atelier kan je zien hoeveel grijpers ik voor Gandaweave versleten heb," antwoordde Robert laconiek. Dat was echter niet het antwoord dat Pennycent zocht.

-"Vertel me liever waar je de laatste maanden mee bezig geweest bent!"

-"Dat stond alle dagen in de kranten," schoot ik Robert te hulp. De vraag of Pennycent wou geloven dat Robert enkel op Gantoise geweest was, was echter snel beantwoord; hij stak immers van wal met een lange monoloog, die me bezwoer dat als ik Forel en hem bleef tegenwerken, ik als nieuwe directeur van de school nooit een cent zou zien vanwege Gandaweave. Dat maakte behoorlijk indruk op mij; nu het twijfelachtig was of Looms zijn belofte van twee miljoen per jaar zou nakomen, was het immers broodnodig dat Gandaweave haar steun bleef voortzetten. Maar net toen ik de gemoederen probeerde te bedaren, werd Pennycent lijkbleek. Hij liet zijn volle kop koffie staan om zich als een bange muis de school uit te spoeden. Onze ogen volgden hem verwonderd. Toen hij buiten was, lachte Robert geamuseerd:

-"Die heeft een spook gezien, denk ik." We hadden echter geen tijd om het hele gebeuren te laten bezinken; Anthony en Kikki stonden plots aan onze tafel! We nodigden hen uit om plaats te nemen, en vertelden hen over de vreemde Pennycent.

-"Robert heeft al eens over Pennycent verteld," herinnerde Kikki zich. "Was hij niet de vader van een spionne, die Robert op diners in het Italiaanse restaurant uitnodigde?" Anthony keek even heel verwonderd naar Kikki. Ze gooide hem echter een strenge blik, waarop hij zich herpakte. Het koppel had duidelijk nog vele geheimen voor ons, nu zowaar betreffende Pennycent!

Zondag 13 april tot vrijdag 18 april 1958

In het atelier van tante Lolo reconstrueerden Robert en ik de belangrijkste vormen van Forels getouw, door de plaasteren afgietsels als mal te gebruiken. Voor de tweede week op rij zaten mijn haar, oren en neusgaten vol met plaaster.

Zaterdag 19 april tot vrijdag 25 april 1958

Kikki bleef een week bij tante Lolo om samen met Robert de patentaanvraag te finaliseren. Ze had besloten het Wankelsysteem niet mee op te nemen in het patent omdat het nog getest moest worden. Ondanks Roberts protest leek het haar niet te deren dat ze daardoor een patentaanvraag aan het opstellen was voor een systeem dat te veel energie verbruikte om rendabel te zijn.

-"Misschien was dit toch allemaal gewoon voor haar eindwerk," zei ik aan Robert van zodra we alleen waren.

-"Misschien. Ik weet het niet. Ik begrijp er steeds minder van," antwoordde hij.

Zaterdag 26 april tot zondag 25 mei 1958

Van zodra Kikki de door ons gespecifieerde onderdelen voor het Wankelsysteem geleverd had – wat waren we intussen veel gewoon! –, assembleerden we die en probeerden we de Wankel aan de praat te krijgen. De compressor leverde nu lucht aan de Wankel, terwijl er vanuit de Wankel tientallen buisjes naar de naalden vertrokken. Het geheel zag eruit als een machine uit de hel.

We probeerden de Wankel eerst manueel uit: we lieten het getouw en de Wankel heel traag doorheen de hele cyclus gaan, waarbij we testten of de lucht daadwerkelijk enkel uit de eerste naald kwam bij het begin van de cyclus, en uit alle naalden wanneer het inslaggaren aan de overkant van de sprong was.

-"We zijn iets vergeten," zei Robert, zich voor het hoofd slaand.

-"Wat?" vroeg ik ongerust.

-"De Wankel is niet uitgebalanceerd; hij zal daveren tot hij zich van het getouw losscheurt!"

-"Hij is uitgebalanceerd," zei Kikki terwijl ze notities nam. En daar gingen we weer:

-"Ben je zeker?" vroeg ik.

-"Zou ik jullie ooit een niet-uitgebalanceerd systeem bezorgen?"

Kikki kon niet blijven voor de integrale test. Toen ze vertrokken was, testte Robert de Wankel uit in een werkend getouw. Alles ging prima tot een frequentie van vijftig inslagen per minuut. Dankzij de Wankel verbruikte de compressor vijfentwintig procent minder lucht, maar moest hij wel aan een hogere druk werken. Evenwel was de energiebezuiniging uiteindelijk twintig procent. We hadden niet beter durven dromen!

Maar toen ging het fout. Van zodra we hoger gingen dan vijftig inslagen per minuut, begon het getouw te schudden door de mechanische verbinding van het getouw met de Wankel enerzijds, en de niet op elkaar afgestemde inerties van beide systemen anderzijds; ze leken elkaar op de verkeerde momenten te willen afremmen en versnellen.

We hadden te weinig tijd om tijdens die laatste maand vóór de demo de Wankel te verbeteren; het probleem was immers niet oplosbaar met oppervlakkige ingrepen. Bovendien werd bij gebruik van de Wankel de luchttoevoer naar de naalden onstabiel aan hogere inslagsnelheden. Daarentegen was de Wankel noodzakelijk: zonder de Wankel verbruikten we te veel energie om rendabel te zijn met ons luchtsysteem. Robert en ik zaten in zak en as.

Op zondag 25 mei keerde ik terug naar de school om Forel te helpen met de voorbereiding van de expositie. Robert zou 's anderendaags het slechte nieuws aan Kikki moeten brengen. Met minder dan tien dagen te gaan tot de expositie, kon zelfs zij dat niet oplossen.

Zondagavond 25 mei 1958

's Avonds luchtte Robert zijn hart bij tante Lolo.

-"Je bent ongerust?" glimlachte ze.

-"We hebben geen tijd meer," zuchtte hij.

-"Kikki is een schaakspeelster; ze denkt heel ver vooruit. Vergeet dat niet!"

-"Ik ben ook een schaakspeler," verraadde Robert zich. Het was eruit voor hij er erg in had.

Tante Lolo trok grote ogen:

-"Een schaakspeler, zeg dat het niet waar is! Hoe goed?" Robert boog het hoofd:

-"Ik durf het niet toe te geven."

-"Luister Robert, je mag er nooit met haar over spreken. Nooit, begrijp je dat?"

-"Zoals ik al wist," zei Robert, "nooit."

-"Zelfs al ben je dronken, zelfs al is zij dronken, zelfs al palmt ze je in om je de volledige waarheid te doen vertellen: nooit, Robert, beloof het mij. Ze zou haar hele leven opofferen om je te kunnen verslaan."

-"Ik beloof het, mevrouw."

-"Zelfs al trouw je ermee. Nooit, Robert." Robert glimlachte melancholisch:

-"Ze trouwt met Anthony." Daarmee was het onderwerp meteen veranderd.

-"Ja, maar die twee houden ons wel in erg grote spanning! Ze gaan overal samen naartoe, ze zijn de beste vrienden voor elkaar, maar ik zie zo weinig affectie tussen hen beiden." Robert had hetzelfde geobserveerd; ook hij wist niet meer wat hij precies moest denken en mocht verhopen.

-"Didier zei dat het lijkt alsof ze al vijfentwintig jaar getrouwd zijn," merkte hij schamper op.

-"Waarschijnlijk is dat de reden. Laat ons hopen," zei tante Lolo. "Volgende week is er een heel belangrijk feest, het soort feesten waar verlovingen bekend gemaakt worden. Ze hebben die kans al een aantal keer voorbij laten gaan, maar nu zullen ze de oudsten van de koppels zijn, en zullen ze zeker de langste relatie van alle koppels hebben. Deze keer zal het onvermijdelijk aan hen zijn om de grote aankondiging te doen. Als het dán niet gebeurt, zal er geroddeld worden over de eerbaarheid van hun intenties." Robert wist niet wat tante Lolo bedoelde met de eerbaarheid van hun intenties, maar de boodschap was duidelijk: volgende week zouden Anthony en Kikki hun verloving aankondigen.

-"Ik kan het niet beter raden dan u," zei Robert. "Er is nog zo veel dat ik niet weet over Kikki. Om de haverklap zegt of doet ze raadselachtige dingen, of zie ik een raadselachtige blik in de ogen van de mensen rondom haar." Nu hoopte hij dat tante Lolo een tip van de sluier zou oplichten. Quod non.

-"Bij Kikki heeft alles zijn goede reden, Robert."

-"Ik probeer mezelf daaraan te herinneren," zuchtte Robert teleurgesteld, "dag na dag."

-"Wat je alvast mag weten is dat zij en Anthony de twee beste vrienden zijn die je in je leven kan hebben. Zelfs ik heb van hen geleerd. De manier waarop ze twee burgerjongens zoals jullie alle kansen geven, wel, ik moet eerlijk zijn, ik zou het niet gedaan hebben vóór die twee mij het voorbeeld gegeven hadden." Robert voelde zich wat gegeneerd:

-"U vindt het dan niet zo erg van met mij opgezadeld te zitten," glimlachte hij.

-"Integendeel! Maar jij hebt blijkbaar een heel goede opvoeding genoten."

-"Wel, mijn ouders hebben voor diverse ngo's de hele wereld rondgereisd op zoek naar steun. De helft van de gasten waarmee we aan tafel zaten al die jaren, was van adel. Vóór elke maaltijd vertelde mijn moeder me altijd hoe ik de verschillende gasten hoorde aan te spreken en hoe ik me moest gedragen."

-"Je bent een ware protocolmeester, als ik het zo hoor!"

-"Ik zou ervoor door kunnen gaan, maar zeg dat niet aan Hélène, of ze schakelt me in op al die feesten!"

-"Zoals Didier?"

-"Maar die geniet ervan!" zei Robert.

-"Ik weet intussen waarom: omwille van Laetitia!" zei tante Lolo onverwacht. Robert schrok; het was niet de bedoeling dat iemand dat wist. "Jammer dat Didier en Laetitia nooit kunnen trouwen," vervolgde tante Lolo. "Voor haar ouders zou een huwelijk met een burgerjongen een eeuwigdurende blaam voor de familie betekenen."

-"Denk je dat Laetitia van Didier houdt?" probeerde Robert.

-"Dat is onbelangrijk." En daar hield die discussie op. Robert durfde tante Lolo niet te vragen of Hélène, Kikki en Anthony daar ook zo over dachten. Die vraag zou te confronterend geweest zijn. Tante Lolo veranderde trouwens van onderwerp:

-"Wat vond jouw Congolese vriend van het werk van mijn overleden man?"

-"Dieudonné was bijzonder onder de indruk; het was baanbrekend werk, zelfs vandaag!" Robert had tante Lolo nog nooit zo zien stralen als wanneer hij dat zei.

-"Gaat hij het onderzoek van mijn man gebruiken in zijn eindwerk?" vroeg ze hoopvol.

-"Wel, ik moet toegeven dat hij dat al gedaan heeft zonder het u eerst te vragen; maar hij zal er een grote eervolle vermelding van uw echtgenoot aan toevoegen."

-"Ik zou niets mooier kunnen vragen hebben!" zei tante Lolo met tranen in de ogen.

-"Zou het kunnen dat de inbreker naar dat werk op zoek was?" vroeg Robert.

-"Het zou kunnen," zei tante Lolo. "Mijn man kreeg een hartaanval tijdens de inbraak, en heeft niet de kans gehad mij iets te vertellen. De vader van Anthony heeft de inbraak altijd in verband gebracht met de dood van Anthony's grootvader en de daaropvolgende ruzie tussen Kikki's vader en mijn man. Maar niemand heeft ooit geweten waar die ruzie precies over ging."

-"Kikki's vader wil niets zeggen?"

-"Neen, behalve dat het over een staatsgeheim gaat."

-"Kon het zijn dat de grootvaders van respectievelijk Kikki en Anthony een staatsgeheim deelden? Zijn zij in contact geweest met een koning of met een eerste minister?"

-"Tijdens de Eerste Wereldoorlog was de grootvader van Kikki adviseur van de koning."

-"Dat lijkt me te lang geleden voor een staatsgeheim," zei Robert.

-"Dat denk ik ook, maar daardoor blijft de inbraak helaas een mysterie," besloot ze.

Maandag 26 mei 1958

Kikki kwam nooit met lege handen: ze had alle componenten mee die Robert nodig had voor de expositie. En ze had warempel het patent mee!

-"Ik wist niet dat een patentaanvraag zó snel goedgekeurd werd," zei Robert spontaan. Kikki hield haar hoofd schuin, glimlachend, als om hem te vragen: 'Je weet toch beter dan van me die opmerking te maken?' Robert lachte:

-"Sommige juridisch adviseurs…"

-"Juist," zei Kikki. "Noteer trouwens dat je nog een extra bevestiging van het patent via de post krijgt."

-"En ik veronderstel dat jouw eindwerk voor jouw diploma in de rechten nu afgewerkt is?" vroeg Robert laconiek. Kikki voelde zich betrapt. Zou Robert doorhebben dat daar niets van aan was? Ze legde haar vinger op zijn mond, glimlachte, en schudde het hoofd als wou ze zeggen: 'Stel daar geen vragen over.' Robert liet het daarbij; een mysterie meer of minder maakte voor hem het verschil niet meer.

-"Je blijft me helpen?" vroeg Robert voor de zekerheid. Ze knikte enkel 'ja', terwijl ze hem in de ogen keek.

-"Ik heb echter slecht nieuws," vervolgde hij.

-"Slecht nieuws, elf dagen voor de demo?" vroeg ze bezorgd.

-"De Wankel is niet bruikbaar."

-"Dan gebruiken we hem niet," zei ze alsof het over een paraplu ging.

-"En het teveel aan energie dat we verbruiken? We halen de 5 kilowatt per...." Ze onderbrak hem:

-"Het betekent dat het systeem zonder de Wankel tweehonderd inslagen per minuut zal moeten halen. De hogere energiekost wordt dan ruimschoots gecompenseerd door de besparing op arbeidskosten."

-"Waar heb je die wijsheid nu weer vandaan?"

-"Herken je dit magazine?" Robert zag voor het eerst het magazine terug dat Kikki destijds op zijn bibliotheekkaart uitgeleend had.

-"Je hebt het niet teruggebracht!"

-"En nu heb je duizend frank boete!" lachte ze. Robert schrok, maar ze stelde hem onmiddellijk gerust: "Grapje, ik heb het gewoon nog eens opnieuw uitgeleend." Robert nam het magazine door en vond warempel een artikel over de verhouding van de snelheid van een getouw tot de personeelskosten. Het klopte wat ze zei: tweehonderd inslagen per minuut moest hij halen.

-"Wat doet een juriste eigenlijk met een dergelijk economisch tijdschrift?" vroeg Robert.

-"Wel, je ziet toch dat ik het nodig heb nu?!" Robert stond weer voor aap. 'Geen vragen stellen aan Kikki,' nam hij zich eens te meer voor.

-"Ok, wat doen we nog deze avond?" zuchtte hij. "Heb je zin om het luchtsysteem nog eens te proberen?"

-"Waarom niet?"

-"Ik heb het naakte getouw getest tot slechts honderdvijftig inslagen per minuut, niet de tweehonderd die we dus nodig hebben."

-"Laten we het gewoon proberen."

Voor het eerst in een maand werd het luchtsysteem, of 'spoor B' zoals we het soms nog noemden, getest zonder de Wankel. Robert dreef zonder problemen de snelheid op tot 120, de maximale snelheid waarop we het luchtsysteem ooit getest hadden.

-"Zin om een record te breken vandaag?" vroeg Robert. Kikki knikte geestdriftig en met een grote glimlach. Ze keek gespannen naar Roberts hand. "Hier gaan we dan," zei hij, terwijl hij de knop van de potentiometer verder naar rechts draaide. Ze maten de snelheid: 127 inslagen per minuut! Kikki schudde het hoofd in ongeloof. Net zoals dat bij de meeste andere technologische innovaties het geval geweest was, werd een nieuw wereldrecord behaald in een obscure ruimte, zonder feest.

Het bleef verder goed gaan tot 150, de maximale snelheid waarop tante Lolo's getouw ooit getest was zonder garen. Daarmee was het al 30 inslagen per minuut sneller dan het snelste weefgetouw ter wereld met grijpers. En dat terwijl het weefsel oogstrelend perfect bleef! Robert en Kikki waren er zich nauwelijks van bewust; ze wilden immers absoluut de 200 halen, die dus nodig was om van een economisch waardevolle uitvinding te kunnen spreken.

Het getouw begon op 150 vreemde geluiden te maken. Robert keek vragend naar Kikki. Ze knikte. "Daar gaan we dan," zuchtte hij terwijl hij de snelheid verder opkrikte: 155 ... 156 ... 157... Het getouw klonk als een op hol geslagen locomotief, maar het weefsel was nog steeds perfect. 158... 159... 160... 161... 162. Een eerste bewegend onderdeel had de limiet van zijn flexibiliteit bereikt, en maakte nu een inslaand geluid. Robert zou hier gestopt zijn, maar Kikki bleef onbewogen. 163... 164... 165...

Roberts oren gaven een kleine krimp. In een flits sprong hij op Kikki. Ze viel met haar rug op de grond met Robert bovenop haar, net op het moment dat het getouw uit elkaar spatte. Metalen rails met naalden werden gegrepen door aandrijfriemen en slingerden rond. Stukken braken af en vlogen Robert om de oren. Met een sprong gooide hij zich op de elektriciteitsstekker en trok hij die uit de verlengdraad. De drieste machine stopte met een laatste vervaarlijke kreun. Een aantal stukken vielen nog op de grond. Daarna was enkel het sissend geluid te horen van perslucht die ongecontroleerd ontsnapte.

Robert draaide zich angstig om naar Kikki. Ze was ongedeerd en lag met verwonderde, wijd open ogen naar de zoldering te staren.

-"Alles ok?" vroeg Robert bang.

-"Met mij wel; met jou?"

-"Wat een opluchting! Met mij ook... behalve dat we tante Lolo's getouw stuk gemaakt hebben." Ze gingen al pratend naar buiten om de generator stil te leggen.

-"We bespreken dat wel met haar."

-"Ik kan geen nieuw getouw kopen."

-"Misschien wel tegen dat ze het ooit weer nodig heeft," grinnikte Kikki.

-"Nooit dus," glimlachte Robert zuur. Maar het getouw was niet zijn enige probleem:

-"We hebben de 200 niet gehaald."

-"De 200 halen we wel op het getouw van de expositie," suste Kikki.

-"Ja, maar we weten niet zeker of het luchtsysteem goed functioneert tot 200."

-"Je bent aan het zeuren, Robert." Ze ging achter hem staan en masseerde zijn schouders terwijl hij verder zanikte.

-"Ik weet wat je goed zal doen," zei ze.

-"Wat?" antwoordde hij zonder enthousiasme.

-"Kom mee!"

Ze nam hem mee bij de hand naar een zijvleugel van de schuur. Het gebouw was hoog maar had geen verdiepingen; vanop de vloer keek je zes meter hoog in de nok van het dak. De grote ruimte werd nauwelijks verlicht door één lamp en voelde aan als een opgedoekte fabriek. De noordelijke muur werd gedomineerd door hoge, verticale vensters, die wat kil maanlicht binnenlieten. Maar bovenal was het er warm; tegen de oostelijke muur stond een indrukwekkende verwarmingsinstallatie met een mastodont van een warmwatertank.

-"Waar heeft tante Lolo die in hemelsnaam voor nodig?" vroeg Robert.

-"Het was een obsessie van mijn nonkel: ongeacht het aantal gasten dat een stortbad nam en hoelang, moest er steeds voldoende warm water zijn."

-"Jouw nonkel was een heel wijze man," zei Robert goedkeurend. "Niets is zo erg als koud water wanneer je warm verwacht."

-"Maar er was een even belangrijke reden."

-"Welke?"

-"Kleed je uit."

-"Me uitkleden?"

-"Helemaal, terwijl ik het water laat lopen." Robert zag Kikki naar de zuidelijke muur lopen. Een moment nadien hoorde hij een donderende plof, alsof een waterval plots een steengroeve vulde.

-"Haast je," zei Kikki, "en draai de kranen dicht!" Ze verdween in het schemerdonker. Robert had geen tijd om na te denken. Hij kleedde zich helemaal uit, liep over de ruwe vloer naar het bassin en gooide de kranen dicht. Het onstuimige water sloeg tegen de wanden en erover. Robert kroop over de rand van de kuip en werd door de turbulentie nog even van hot naar her geslingerd, ondersteboven gedraaid, naar beneden gezogen en vervolgens weer naar boven geduwd. Hij wist zich vast te klampen aan de rand tot het water bedaarde. Terwijl zijn voeten nog heen en weer slingerden, probeerde hij te raden wat hij zag in het doffe licht: aan de westelijke muur zag hij het silhouet van Kikki, die neerzat achter... een vleugelpiano! Ze was de enige van de meisjes die hij nog niet horen spelen had. Het moest een concertpiano geweest zijn, want de Maanlichtsonate vulde met overschot de volledige ruimte. Het trage stuk, met heel veel gevoel gespeeld, kreeg Robert in zijn greep. Die lag nu naakt in een reuzegroot heet bad, genietend van de muziek, en zuchtend onder het genot van de zich openzettende poriën. Hij legde zijn beide ellebogen over de rand, legde zijn kin op de armen en staarde verliefd naar Kikki's silhouet.

-"Sluit jouw ogen, Robert," zei Kikki terwijl ze van de bank opstond en haar gesp losmaakte. Hij sloot de ogen. Dit was immers geen professioneel massagemoment; dit was zijn liefste vriendin die helemaal naakt bij hem in dit bad kwam liggen. Hij was opgewonden, luisterde, maar hoorde niets gedurende een lange halve minuut, tot haar voeten het wateroppervlak braken.

-"Je mag ze weer openen," zei ze. Het was nog donkerder, want het lampje in de nok van het dak had ze uitgedaan. Zijn ogen tuurden doorheen het flauwe licht dat door de vensters viel. Ze keek naar hem vanaf de andere kant van het bad. Twee meter water scheidde hun lichamen.

-"We komen hier dikwijls," zei ze.

-"Jij en Anthony?"

-"En Laetitia en Hélène. Je bent nu lid van de warmwaterclub!" lachte ze.

-"Een hele eer!" zei Robert geamuseerd.

-"Meer dan je denkt: er kunnen er niet veel meer bij." Hélène en Laetitia er nog bij; hoeveel zwoeler konden ze het nog maken! Tezelfdertijd bedacht hij dat dit de manier was, en mogelijks zelfs de enige manier was, waarop Kikki en Anthony elkaar regelmatig naakt zagen.

-"En als we voltallig zijn, brengen we wijn mee," vervolgde ze. "Nu heb ik enkel druiven." Nog zwoeler dus. Ze waadde naar hem toe tot hun tenen elkaar raakten. Ze plukte een druif van de tros en stopte die in zijn mond. Zijn bloeddruk steeg van de spanning; hij had het gevoel dat hij zou barsten. Hij was niet in staat de druif te proeven; zijn hersenen waren met iets heel anders bezig. Eerder mechanisch kauwde hij en slikte hij ze door. Kikki stopte met een kleine glimlach een tweede en een derde druif tussen zijn tanden.

-"Jij hebt iets met druiven," fluisterde Robert in een poging de spanning te laten wegebben.

-"Sst," fluisterde ze zacht terug, "voorzichtig nu!" Ze stak een dikke druif tussen haar tanden. Ze zoog erop om ze vast te knellen tussen haar volumineuze lippen, terwijl ze naar Robert toeboog. In het schemerdonker zocht haar mond de zijne. Zijn lippen vormden een kleine ronde opening. Van zodra die de druif voelden, zoog hij zachtjes, zodat de druif nu gekneld was tussen hun beider lippen. Het duurde een eeuwigheid, alsof geen van beiden wou loslaten. Neuzen streelden langs elkaar en lippen raakten. Hun handen waren langs weerskanten van hun lichamen in elkaar verstrengeld en leken te trekken en te duwen tezelfdertijd. Uiteindelijk duwden Kikki's lippen de druif in zijn mond. Hun lippen raakten een laatste maal. Was dit het bijbelse moment voor Robert? Was dit zijn laatste avondmaal voor ze zich zou verloven met Anthony? Hij beet op de grote druif, die barstte als een bom sap, maar minder dan de tranen uit zijn ogen.

-"Volgende week verloof je je," zei Robert spontaan terwijl ze weer uit elkaar dreven.

-"Dan weet jij meer dan ik. Heeft Anthony je iets verteld?"

-"Neen, maar tante Lolo alludeerde op een belangrijk feest waar het aan jullie is om 'iets' bekend te maken."

-"Als Anthony het mij vraagt, stem ik toe. Maar verklap het hem niet!"

-"Alsof hij het niet zeker weet," zei Robert zo neutraal mogelijk.

-"Natuurlijk weet hij het zeker. Het allerlaatste wat Anthony of ik zouden doen, is elkaar kwetsen." Hij kon niet precies duiden waarom, maar Robert vond dit een rare opmerking, en zij blijkbaar ook; ze maakte zelf een einde aan het onderwerp. Ze vroeg plots:

-"Wat is voor jou de belangrijkste waarde, Robert?"

-"Integriteit, denk ik. Ik weet niet of ik dat als eerste moet noemen maar het is waar ik het meeste aan denk."

-"Dat heb ik nog nooit iemand zo horen zeggen. Wat bedoel je daar precies mee?"

-"De dingen doen en zeggen waarvan je zelf gelooft dat ze goed en eerlijk zijn, niet naar de mond praten van mensen met veel macht, geen nutteloos werk doen omdat je ervoor betaald wordt, ..." Kikki glimlachte:

-"Je zou durven rebelleren tegen de grote baas?"

-"Ik ben het tegenovergestelde van een slippendrager. En jij, wat is voor jou de belangrijkste waarde?"

-"Vriendschap."

-"Vriendschap?" vroeg Robert verbaasd. "Is dat niet iets vanzelfsprekends?"

-"Helemaal niet. Vriendschap is zo onvanzelfsprekend dat het duizend keer zeldzamer is dan liefde. Een echte vriend is iemand die jou liefheeft op dezelfde manier als waarop je papa en mama je liefhebben, die je niet enkel beschermt of helpt wanneer je het moeilijk hebt, maar je proactief naar boven stuwt. Een echte vriend ligt wakker tót je succes hebt, terwijl een gewone kameraad wakker ligt omdát je succes hebt." Robert dacht nu heel lang na.

-"Weet je," zei hij, "ik zou jouw definitie van vriendschap als het naïef idealisme van een puber beschouwd hebben, had ik jou, Didier, Anthony, Hélène of Laetitia nooit ontmoet."

-"Dank je, Robert," zei Kikki, "maar jij bent minstens evenveel een vriend voor ons."

-"'Minstens'?" vroeg Robert onbegrijpend.

-"Je zal vroeg of laat zelf wel te weten komen wat ik bedoel," zei ze, hem opzadelend met alweer een nieuw raadsel. Hij probeerde tevergeefs te raden wat ze precies bedoelde.

Hij mijmerde nog even en zei toen:

-"En ik heb nóg een vriend, denk ik."

-"Wie?"

-"En als ík nu eens iets geheim hield?!" probeerde hij.

-"Ik ontfutsel al je geheimen," zei ze terwijl ze naar hem toe waadde, hem vastnam bij de schouders en aanstalten maakte om hem te kussen.

-"Ok, ok," lachte Robert, "ik had een vriend in Brazilië: Edson. Hij was een jeugdspeler van Santos. Ik coachte hem. We werkten veel samen aan trainingsmethoden en tactieken. Sinds ik uit Brazilië vertrokken ben, schrijft hij me nog regelmatig, in het begin meer dan nu."

-"Er is misschien een goede reden waarom hij minder schrijft."

-"Hij wil meespelen met de nationale ploeg van Brazilië in de wereldbeker volgende maand. Dat houdt hem nu bezig."

-"Lijkt me een goede reden. Jij hebt het ook druk."

-"Ik hoop hem te zien. De wereldbeker is in Zweden. Maar het wordt moeilijk om daar te geraken."

-"Waar een wil is, is een weg," zei Kikki glimlachend.

Ze werden beiden stil. Het zwakke maanlicht scheen door de hoge vensters. De hele ruimte was als een zwart-wit expressionistisch schilderij; je kon genieten van het geheel van koude, ruwe meubelen in het kille, zwakke licht zolang je zelf heel comfortabel was. En dat was Robert zeker in het hete water, dat hem deed zweten, en in de nabijheid van zijn dierbaarste vriendin. Dat zou ze blijven, ook als ze met Anthony getrouwd zou zijn. Hij dacht verder na over vriendschap en trouwen, tot hij spontaan een vraag stelde waar hij meteen spijt van had:

-"Zou je trouwen uit vriendschap?" Kikki dacht lang na zonder een woord te zeggen. "Oh, sorry," zei Robert, "ik bedoelde het zo niet."

-"Goede vraag," antwoordde ze. Ze bleef onbewogen nadenken. "Trouwen uit vriendschap zou een fout zijn," zei ze ten slotte.

Dinsdag 27 mei tot zaterdag 31 mei 1958

Gantoise was sinds de samenwerking met Robert opgeklommen naar de eerste plaats. Er resteerden slechts twee wedstrijden. Als het de eerste won, had de ploeg voldoende aan een gelijkspel tegen rechtstreekse rivaal Antwerp om voor de eerste maal in haar geschiedenis landskampioen te worden. Nooit eerder was Gent zo begeesterd; hoewel het bedolven was onder miljoenen kleine gekleurde strooiblaadjes, waar niet veel meer op stond dan de naam van een politieke partij en het lijstnummer voor de nakende verkiezingen, domineerden tientallen duizenden blauwwitte vlaggen haar kleurbeeld. De politiek was volledig naar de achtergrond verhuisd, zowel in de kranten, als in het straatbeeld, als in de gesprekken tussen de Gentenaren, die in andere tijden politiek nochtans zeer uitgesproken waren.

-"Uw 'geheim wapen' staat nog steeds niet op punt, Robert," zei de hoofdtrainer na de zoveelste poging om het systeem werkbaar te maken.

-"Ik besef het. Ik had gehoopt het dit seizoen nog te gebruiken in een belangrijke wedstrijd, maar niet dus." Hij had geen schrik voor de eerste van de twee resterende wedstrijden, maar in de tweede, tegen rechtstreekse titelconcurrent Antwerp, zou het nipt worden.

Robert weigerde alle interviews, want nog spannender voor hem was het intijds klaar krijgen van het getouw voor de demo. Ik kon hem ten allen tijde binnenlaten in 'zijn' zaal van de Leopoldskazerne, waar ook ik regelmatig moest zijn om de informatiestands van de school op te zetten.

Aangezien het weefgetouw niet kon draaien op de gewone elektriciteitsvoorziening, zouden we naast de compressor ook Anthony's stroomgroep nodig hebben voor de demo. Maar hoe we dat allemaal zouden binnensmokkelen en gebruiken zonder dat Forel het in de mot had, was voorlopig een compleet raadsel. Roberts werk beperkte zich derhalve tot het klaarzetten van het schering- en inslaggaren, en tot het grondig bestuderen van de handleiding van het weefgetouw dat Forel recentelijk bij Looms gekocht had.

Zondag 1 juni 1958

Er vond een ramp plaats: Gantoise won zoals verwacht de eerste van de twee resterende wedstrijden, maar zijn twee belangrijkste middenvelders vielen uit met zware blessures. Met nog één speeldag voor de boeg stond de club nog steeds aan de leiding, maar zou hij woensdag niet mogen verliezen tegen het heel sterke Antwerp.

-"Anthony, ik moet eerlijk zijn: dit redden we nooit," zei een aangeslagen Robert na de wedstrijd.

-"Morgen denk je er beslist anders over," zei Anthony. Ze verlieten het stadion, de duimen opstekend.

-"Ik hoop dat we met onze opgestoken duimen niets beloofd hebben," zei Robert bezorgd.

-"Eigenlijk wel, Robert; we hebben aan al die mensen zonet de hemel beloofd."

Dinsdagavond 3 juni 1958

We hadden de deur van onze zaal in de kazerne niet gesloten. Forel was niet in Gent en het leek ons dat niemand geïnteresseerd kon zijn in een getouw waar voorlopig niets bijzonders op gebeurde. Plots kwam echter Bombardon binnen. Toen hij Robert aan het getouw zag werken, werd hij nieuwsgierig.

-"Dag mijnheer Fischer, ik zie dat u het getouw aan het voorbereiden bent voor de expositie."

-"Inderdaad," zei Robert met zijn ontwapenende lach, "het getouw mag gezien worden, vindt u niet? Het is het modernste weefgetouw op de markt."

-"En aan wie u het zegt," zei Bombardon. "Het is namelijk mijn job om die getouwen voor Looms te verkopen."

-"Wel, proficiat!" zei Robert gemeend.

-"Wat bent u van plan op dit getouw?" vroeg Bombardon.

-"Wel, ik monteer de garens zoals u ziet."

-"En daarna?"

-"Daarna is het klaar," antwoordde Robert geamuseerd.

-"Luister mijnheer Fischer, ik weet dat u iets laten patenteren hebt en dat u daarvoor de hoogste contacten ingeschakeld hebt. Ik weet niet wat het patent behelst, maar onthoud één ding goed: ik en enkel ík ben de eerste waarmee u zal onderhandelen! Looms kan sowieso meer betalen dan gelijk wie."

-"Welk patent? Onderhandelen over wat?" probeerde Robert zich dom te houden.

-"U hebt me gehoord en u hebt er alle belang bij om aan mijn vraag tegemoet te komen. En uw vrienden zeker!" dreigde Bombardon terwijl hij de zaal verliet.

-"Wat was dat?" vroeg ik onthutst.

-"Hij dreigde."

-"Moeten we ons zorgen maken?"

-"Ik vermoed van wel, maar ik weet bij God niet waarover."

-"'De hoogste contacten', heeft Bombardon gezegd. Dat verklaart in elk geval de snelheid waarmee je het patent verworven hebt. Hoe is Kikki bij die hoogste contacten geraakt?" vroeg ik.

-"Ik kan het haar vragen," zei Robert.

-"Je weet wat ze zal antwoorden," waarschuwde ik.

-"'Sommige juridisch adviseurs...'"

-"Of nog erger: 'En hoe zou jij een patent ingediend hebben, Robert?'" lachte ik.

-"Beter niet vragen," besloot Robert.

-"Nooit vragen stellen aan Kikki," bevestigde ik.

OPSCHUDDING

Woensdagochtend 4 juni 1958

Forel wandelde binnen met de post. Terwijl hij routinematig de brieven doornam, schrok hij zich plots te pletter:

-"Van het patentenbureau! Voor Robert!" riep hij terwijl hij de omslag opende. "Patent aanvaard!!" Hij ademde heel kort en snel. "Wat gebeurt hier? Enkel de school mag..." Hij probeerde zijn zin af te maken terwijl hij verder las, maar ver geraakte hij niet; ik graaide namelijk de brief uit zijn handen.

-"Geef dat terug, onmiddellijk! Ik zweer het je, ik zal ongeziene acties nemen! Geef die brief terug, onmiddellijk!" Hij liep me achterna, maar een minuut later was de brief in handen van de rechtmatige eigenaar. Forel keek vanop afstand toe, ziedend van woede.

-"Wat heb je gepatenteerd, Robert?" vroeg hij. "Wat zijn je plannen? Je kan niets doen zonder mij; als ik je vervolg voor de rechtbank, kan je in geen tien jaar verder, zelfs als je wint!" riep hij.

Het was een dreigement om 'u' tegen te zeggen, maar Robert antwoordde niet en las het document door, voor zover hij dat kon. De woorden waren afwisselend juridisch en technisch, maar het technische jargon leek van tweehonderd jaar geleden.

-"En dit heeft de patentencommissie zo snel goedgekeurd? Wie heeft dit zelfs op die korte tijd kunnen lezen en begrijpen?" vroeg hij aan mij.

-"Ik veronderstel dat Kikki weet hoe het in zijn werk gaat."

-"Kan je geloven dat zij dit geschreven heeft? Je zou denken dat dit door een advocaat geschreven is die gemaakt is van pulp en speeksel."

-"Blijkbaar is dat wat ze willen lezen op het patentenbureau," besloot ik.

Forel was intussen weer naar binnen gelopen en hing aan de telefoon:

-"Gepatenteerd?!" riep Pennycent. "Hoe kon je het in hemelsnaam zover laten komen?"

-"Wie had gedacht dat Robert de weg naar het patentenbureau kende?! En zo snel?!"

-"Heeft hij hulp gekregen van iemand?"

-"Geen flauw idee."

-"Waar heeft hij al die tijd gezeten?"

-"Op Gantoise."

-"Forel, denk in hemelsnaam na; toch geen weken aan één stuk!"

-"Bij die Congolees waarschijnlijk, die burgerlijk ingenieur."

-"Burgerlijk ingenieur, natuurlijk! Díe moeten we te pakken krijgen. Hoe noemt die Congolees, en waar woont hij?"

-"Dieudonné Butu. Maar ik weet niet waar hij woont."

-"Forel, was jij aan het slapen terwijl Robert een patent verwierf dat aan óns toekwam?!"

-"Ik was met de expositie bezig."

-"Expositie! Verdorie, Forel, Robert gaat zijn uitvinding daar toch niet demonstreren?! Dan zijn we ineens álle controle kwijt!"

-"Onmogelijk dat hij iets demonstreert daar; er is geen stand voor hem, er is geen plaats voor hem, en bovendien zal ik hem als een pitbull in de gaten houden."

-"Wat heeft hij trouwens gepatenteerd? Heeft het iets met die rare schetsen te maken die je in het begin van het schooljaar gevonden hebt?"

-"Ik weet het niet."

-"Je weet het niet! Forel, wat heb ik aan een slapende pitbull?"

-"De pitbull zal wakker zijn tijdens de expositie. Ik beloof het. Hij komt zelfs niet in de buurt van de Leopoldskazerne!"

-"Zoals de zaken nu staan, krijgt de school geen centiem van Gandaweave volgend jaar!" riep Pennycent. "Hoor je dat? Geen centiem!!" Hij gooide de hoorn op de haak.

Forel legde bevend van angst de telefoon op de haak. Als Gandaweave de school niet meer zou steunen, hing haar lot af van Looms, waar de door Laetitia gemanipuleerde Grandgenre ons evenmin nog kon helpen. Zou Looms de belofte van Grandgenre honoreren om ons jaarlijks te steunen? Die vraag was snel beantwoord; de arme, nog sidderende Forel vond een brief van Looms tussen de rest van de post. Toen hij die openmaakte, ging hij zitten zonder een woord te zeggen. Looms liet weten dat het ons niet meer zou sponsoren. Forel stak het hoofd in de handen en bewoog niet meer.

Ook ik besefte nu de ernst van de situatie en ging recht tegenover hem aan tafel zitten.

-"Sorry," was het enige wat ik kon zeggen. Het was een sorry voor hem, voor mevrouw Forel en voor mijzelf. Geen geld, geen school; de toekomst werd volledig door elkaar geschud. Forel barstte in woede uit:

-"Zie je nu, slimmerik, wat ervan komt?!"

-"Hoe ging je het oplossen?" protesteerde ik. "Weer een patent stelen? Weer een student tot zelfmoord drijven?"

-"De patenten zijn onze eigendom!" snauwde hij. "Het staat zo in de contracten met de studenten. Het spel is eerlijk. En als die student dat niet aankan, is dat zíjn probleem!"

-"Dan moet je niet verrast zijn als een student vroeg of laat het 'spel' even hard speelt als jij!"

-"Ze zullen altijd aan het kortste eind trekken, ook Robert; de contracten zijn waterdicht!" Ze waren waterdicht, maar tezelfdertijd ongeldig voor de eenvoudige reden dat ze niet ondertekend waren door Forel en niet aan de student bezorgd. Maar daarover zweeg ik. En waar ik zeker over zweeg, was over het feit dat Roberts contract intussen herschreven was door Kikki. Ik troostte Forel met de woorden:

-"Anthony verzint wel iets."

-"Als Anthony de verkiezingen wint misschien, maar dat is verre van zeker! En waarover gaat dat patent trouwens?"

-"Over voetbal," loog ik droog. Forel wist beter:

-"Luister, hij geeft geen demonstratie, en hij spreekt met geen bedrijven tot hij en ik een overeenkomst hebben!"

Woensdagmiddag 4 juni 1958

Robert kreeg het onaangekondigde bezoek van Dieudonné Butu. Hij was blij hem te zien. Maar voor hij Dieudonné's hand kon schudden, zei die laatste in volle paniek:

-"Robert, ze hebben mijn eindwerk gestolen!"

-"Gestolen??"

-"Ze hebben ingebroken bij mij thuis; ze hebben alles meegenomen!"

-"Alles?"

-"Alles! Mijn eindwerk en alle documenten van tante Lolo's overleden man."

-"Hoe kan dat nu in hemelsnaam?"

-"Ik weet het niet." Dieudonné's stem beefde. Zonder zijn eindwerk kreeg hij geen diploma, en zonder diploma had hij geen toekomst in Congo.

-"Hebben ze iets anders gestolen?"

-"Neen. Niets! Zelfs mijn gouden uurwerk hebben ze niet meegenomen!"

-"Spionage dus. Maar wie is in hemelsnaam geïnteresseerd in de slijtage van grijpers?!"

-"Of in de vreemde documenten die tussen het werk van de man van tante Lolo zaten."

-"Vreemde documenten?" vroeg Robert verbaasd.

-"Een verzameling van een vijftigtal brieven en met de hand geschreven proza."

-"Oh, juist. Ik heb dat destijds gezien. Zaten die daar nog steeds tussen toen ik je de doos met documenten gaf?"

-"Ja, maar ik denk niet dat het dat was dat ze zochten. Het zat gewoon tussen al de rest."

-"Verdomd, Dieudonné, laat ons nadenken. Wie kan er in hemelsnaam geïnteresseerd zijn in de slijtage van grijpers?"

-"Of in die brieven."

-"Is de politie geweest?"

-"Ze heeft vingerafdrukken genomen."

Ze dronken een pint in een café in de buurt, terwijl Dieudonné zijn verdriet uithuilde.

Woensdagavond 4 juni 1958

Toen in de late namiddag mevrouw Forel Anthony over de koer zag stappen, verstopte ze zich als een grijze muis, zoals ze dat altijd deed wanneer belangrijke mensen langskwamen. Het was uiteindelijk mijnheer Forel die met een verbeten lip Anthony begeleidde naar het atelier. Hij had zin om Anthony uit te horen over de vele en lange afwezigheden van Robert 'op Gantoise', maar aangezien Anthony, als schepen van de stad Gent, Forels enige resterende belangrijke sponsor was, vond hij het beter om over centen te praten:

-"Wij vrezen volgend schooljaar zowel onze sponsors Gandaweave als Looms International te verliezen," zei Forel.

-"Dat vind ik jammer om te horen," zei Anthony, "maar ik ga op zoek naar een oplossing. Je kan op mij rekenen." Forel vond het merkwaardig dat hij zich meteen een stuk geruster voelde; de ervaring had hem immers geleerd dat beloftes in deze stad en in deze tijd weinig waard waren, en zeker vanwege politici. Anthony daarentegen straalde geloofwaardigheid uit zoals niemand anders.

Forel moest Anthony niet vragen voor wie hij eigenlijk gekomen was en waarom; binnen enkele uren werd immers de laatste wedstrijd van de competitie gespeeld. Net zoals alle andere Gentenaren wist Forel dat een gelijkspel voldoende zou zijn voor de titel, maar evengoed dat door het uitvallen van twee belangrijke spelers een gelijkspel absoluut niet evident zou zijn. Hij zag Robert en Anthony naar buiten stappen. De volgende keer dat hij één van hen zou terugzien, zou Gent hopelijk kampioen zijn. Zelfs voor Forel, in de put van de diepste ongerustheid, was dit een gelukzalige gedachte die alle andere oversteeg.

~

-"Je bent zo stil?" vroeg Anthony op weg naar de Antwerpse voetbalclub.

-"Je weet wel waarom," antwoordde Robert. "We gaan verliezen. Wat gebeurt er als we verliezen?"

-"Een heel goede vraag," zei Anthony. "Niemand lijkt het met zekerheid te weten."

-"Hoe bedoel je? Niemand weet wat er gaat gebeuren als we tweede eindigen?"

-"Dat is het hem juist, Robert: niemand weet of we dan tóch kampioen zijn of niet."

-"Hoe kan dat nu?"

-"Wel, er is een Gentenaar die voor de voetbalbond werkt. Hij zat in de commissie die de regels moest aanpassen om conform te zijn met de nieuwe Europese richtlijnen, van de UEFA dus. Volgens de UEFA telt het hoogst aantal gewonnen wedstrijden, terwijl in België nog steeds het minst aantal verloren wedstrijden primeert. Volgens de man is er tijdens de aanpassing een procedurefout gebeurd. Volgens hem is Gent daardoor tóch kampioen, zelfs als het verliest. Maar voorlopig volgt niemand zijn stelling."

-"Maar goed ook," zei Robert nors. "Dit is geen zaak van leven of dood."

-"In Gent is dit inderdaad geen kwestie van leven of dood, Robert. In Gent is dit veel belangrijker dan dat."

-"Ik heb een probleem dat veel belangrijker is dan een voetbalwedstrijd, Anthony."

-"Hoezo? Welk probleem?"

-"Er is ingebroken bij Dieudonné. Ze hebben zijn eindwerk gestolen." Robert deed de hele uitleg.

-"Hebben ze vingerafdrukken genomen?" Robert knikte.

-"Ik zal er mij persoonlijk mee bezig houden," beloofde Anthony.

~

De omgeving van Belgiës oudste club kolkte reeds twee uur op voorhand van de luidruchtige en elkaar uitdagende supporters, de dampende hotdogkraampjes, de duizenden vlaggen, de politie te paard en het toeterende stilstaande verkeer.

Aan de ingang van de tribunes schoven een papa en zijn zoontje, beiden met een blauwwitte sjaal, aan om het belangrijkste moment van hun leven mee te maken. Hun toegangstickets werden gescheurd en ze klommen dertig treden. Toen ze bovenkwamen, kregen ze vanuit de trapopening plots zicht op de binnenkant van het olympische stadion, waar de tribunes omgetoverd waren tot een stormende zee van roodwitte en blauwwitte vlaggen. Ze bleven even staan om het spektakel te overschouwen, tot andere mensen hen in de rug duwden en ze op zoek gingen naar hun plaatsen.

Een uur voor de wedstrijd begon, laaiden de rivaliserende spreekkoren reeds in alle hevigheid op. Kort nadien kwam de scheidsrechter in zijn eentje het veld opgewandeld om de netten van de doelen te inspecteren. Hij kreeg meteen intimiderende scheldtirades over zich heen: "Antwerp, penalty! Antwerp penalty!" riepen de Gentse supporters, die duidden op een volgens hen onterechte strafschop die hij in de vorige wedstrijd tussen beide clubs gefloten had.

Op dat moment was Robert de plannen aan het doornemen met de spelers. Het was duidelijk dat door het uitvallen van de twee cruciale middenvelders, Gent geen overwicht in het middenveld kon afdwingen. De vraag was hoe je in dat geval kon vermijden dat Antwerp zijn snelle voorspelers veelvuldig zou bedienen. Robert vond geen ander antwoord dan het succesvolle spel van Gent van de voorbije maanden op te geven. Hij liet de hoofdtrainer een klassiek verdedigend concept uittekenen.

Hoewel Robert in deze cruciale wedstrijd geen rol van betekenis zou spelen, kwam hij onder groot gejuich van de dertigduizend Gentse supporters toch als eerste het veld op. Hij stak zijn hand slechts heel even op, omdat hij besefte dat hij met dat gebaar de supporters eigenlijk een judaskus gaf. Vervolgens ging hij op de bank zitten.

Beide ploegen kwamen vlak na hem het veld op onder oorverdovend geschreeuw en getoeter vanuit de tribunes. Anthony kwam links van Robert zitten, de hoofdtrainer rechts.

Na nog een klein tafereeltje met de pas verkozen miss Antwerpen, floot de scheidsrechter de wedstrijd op gang. Gantoise begon in balbezit maar werd onmiddellijk onder druk gezet. Na drie passes beslechtte Antwerp een duel in haar voordeel. Het werd nu naar het Gentse doel gebruld door tienduizenden roodwitte aanhangers. Toen Gent de bal uiteindelijk weer kon bemachtigen, probeerde het niet eens een aanval op te bouwen. In plaats daarvan keilde het de bal met een grote boog over de middellijn naar de aanvallers. Het was hetzelfde hopeloze spel als van het begin van de competitie.

En even onsuccesvol. De vader en zijn zoontje keken verbouwereerd naar het zielige tafereel. De Antwerpse vleugelspelers stormden slag om slinger langs de zijlijn naar voren en werden op hun wenken bediend. Gantoise deed er alles aan opdat Antwerp niet met korte passes door de verdediging zou combineren, maar kon niet verhinderen dat om de twee minuten een hoge bal voorlangs het eigen doel vloog. Hoelang kon het nog duren vooraleer zo'n voorzet een Antwerps hoofd vond? Kon het spel keren? Wanneer zou Gantoise weer het leuke spel van de korte passes beginnen spelen? Hoe lang kon Antwerp dit tempo volhouden?

Hoewel de Gentse supporters gebeden prevelden bij elke snedige Antwerpse aanval, kwam na tien minuten het onvermijdelijke moment: de vingertoppen van de keeper konden de voorzet onvoldoende wegwerken, waarop de bal voor de voeten viel van een Antwerpspeler, die hem kort, hard en droog door het hart van het doel joeg. Als een bom barstte een gejuich los dat het stadion van Antwerp in haar grondvesten deed daveren. De vader sloeg zijn arm rond zijn zoontje: "Het komt op een of andere manier wel goed, jongen."

Antwerp liet na de eerste treffer even betijen, om vlak vóór en vlak na de rust nog tweemaal toe te slaan. Met een droge drie-nul op het scorebord verlieten Gentse supporters voortijdig de tribunes. Maar niet het stadion; ze discussieerden over de UEFA regels en de procedurefout van de Belgische voetbalbond bij het adopteren van die regels. Terwijl binnen het stadion de landstitel voor Antwerp gevierd werd, werd buiten het stadion de titel voor Gent gevierd. Wanneer de supporters van Antwerp uiteindelijk het stadion verlieten, kwam het snel tot bitsige discussies, gevolgd door een grote vechtpartij.

De vader en zijn zoontje hadden maar één doel: veilig weggeraken van het stadion. Ze hadden hun sjaals verborgen en zochten spurtend hun weg door de vechtende supporters. Op een bepaald moment draaide de vader zich om en zag hij zijn zoontje op de grond liggen, bloedend aan het hoofd en bewusteloos. Hij spurtte er onmiddellijk naartoe en smeekte om kalmte. Het aanzicht van een bloedende kleine jongen op de grond kalmeerde de heethoofden, zodat hij nu omgeven lag door een aantal bezorgde gezichten. Er werd om een ziekenwagen geroepen, terwijl de vader de hand van zijn zoontje vasthield en het uitschreeuwde van de angst.

Door de vele gebeurtenissen rond het stadion was het bijna middernacht toen Robert in Anthony's wagen stapte om naar tante Lolo te rijden. 's Anderendaags zou hij daar de verhuis van het luchtsysteem voorbereiden.

-"Ik heb echt spijt dat Gent geen kampioen werd," zei Robert. "Ik besef dat het belangrijk was voor jouw verkiezingscampagne."

-"Dat was het zeker, maar het laatste woord is nog niet gezegd."

-"Over de verkiezingen?"

-"Neen, over wie er kampioen is."

-"Jij ook al, Anthony! Heb je gezien wat er met die jongen gebeurd is? Is dát het waard?"

-"Natuurlijk niet. Maar het ís gebeurd, die jongen lígt in het hospitaal, en iedereen in het land ís geschokt omdat zich voor het eerst in 's lands voetbalgeschiedenis een dergelijke vechtpartij heeft voorgedaan. Maar het hek is van de dam. Morgen komt er voor het eerst in de geschiedenis een kleurenfoto in de kranten, van die bloedende bewusteloze jongen. Ik heb net gesproken met de voorzitters van de twee clubs én met de voorzitter van de voetbalbond. Iedereen wil nu álles doen om de gemoederen te bedaren." Anthony aarzelde even voor hij daar nog aan toevoegde: "Mogelijks zelfs een testmatch."

-"Een testmatch?! Is dat wat je wilt? Onze twee middenvelders hebben nog minstens twee maanden revalidatie nodig!" protesteerde Robert.

-"Wat indien die match in Gent gespeeld wordt?" probeerde Anthony. "Het veld in het stadion van Antwerp wordt morgen volledig omgeploegd, omdat ze afwateringsbuizen gaan leggen. Op dat terrein kan niet meer gespeeld worden tot de start van het volgende seizoen."

-"Luister, Anthony: zelfs indien er een testmatch mocht komen, zal Antwerp nooit akkoord gaan dat die in Gent plaatsvindt; het zal een neutraal veld eisen."

-"Tenzij geen enkele burgemeester van het land een testmatch tussen Gent en Antwerp in zijn gemeente laat plaatsvinden, uit vrees voor een gelijkaardig incident. Met uitzondering van de burgemeester van Gent uiteraard!"

-"Dat is een kramakkelige redenering," protesteerde Robert, "wishful thinking van het bovenste schap. Antwerp zal je uitlachen. Je krijgt dit nóóit onderhandeld. Neem dat nu maar eens van mij aan. Ze zouden volslagen gek moeten zijn. Nooit!"

-"Jij weet nog niet wie mijn onderhandelaars zullen zijn," grinnikte Anthony.

-"Toch niet…?!". Anthony bleef voor zich uitkijken met een grote glimlach. Robert trok grote ogen; hij had meteen begrepen wie Anthony bedoelde. De discussie was beslecht en de toekomstige onderhandeling meer dan waarschijnlijk ook. Hij moest nu piekeren over de testmatch in Gent. In Gent of niet in Gent, met deze samenstelling van de ploeg was hij kansloos. Tenzij...

Roberts gedachten werden afgeleid door het feit dat hij Anthony kort na elkaar een aantal keer in de achteruitkijkspiegel zag kijken.

-"Worden we gevolgd?" vroeg Robert.

-"Er zijn minstens vijf auto's die inhaalmaneuvers doen om zo dicht mogelijk achter ons te blijven."

-"Minstens vijf? Om één uur 's nachts??"

-"Ik weet niet wat jij de laatste tijd allemaal gedaan hebt, maar ik denk dat jouw groot geheim stilaan een publiek geheim is."

-"Kikki heeft iets voor mij gepatenteerd."

-"Zoiets kan je moeilijk geheim houden; je hebt er niet eens spionnen voor nodig. De ambtenaren van het patentenbureau mogen vrijelijk alle informatie verstrekken."

-"Waarom achtervolgen ze ons dan nog?"

-"Je bent nog groen achter de oren, Robert. Denk je dat Kikki een volledig correct recept van jouw uitvinding heeft ingediend? Om nadien gedurende jaren te mogen procederen tegen fabrikanten die het recept precies gevolgd hebben?" Robert moest even glimlachen bij het idee dat de 'student-juriste' als een ervaren rot gegevens vervalst had, maar begreep waarom. Vervolgens dacht hij na over welke gegevens Kikki vervalst kon hebben: de dikte van de naalden, de druk van de compressor, de opstelling van de naalden, … Het was meteen duidelijk dat iemand die het systeem wou nabouwen, minstens zou moeten doen wat Robert en ik gedaan hadden: gedurende weken op het ritme van monniken leven en werken, verzorgd worden zoals in het beste hotel, en een coach hebben zoals Kikki. Tenzij ze een manier vonden om die gegevens te stelen. En die lagen bij tante Lolo in het atelier…

-"Die mensen achter ons zijn goudzoekers, Robert; ze willen naar de plaats waar het eerste goud gevonden is, in de hoop nog meer goud te vinden."

-"Enig idee wie ze zijn?"

-"Neen. Er zijn vele mogelijkheden: het kunnen spionnen uit de industrie zijn, zoals de beruchte Pennycent van Gandaweave, het kunnen georganiseerde bendes zijn, en het kunnen eenzame avonturiers zijn."

-"Tegen morgenochtend is alles verhuisd. Ze zijn te laat."

-"Hopelijk wel, maar we willen tante Lolo in elk geval de impertinentie van die mensen besparen. Als ze weten waar je zit, zullen ze alles doen om binnen te geraken."

-"Inbreken?"

-"Neen, een beetje subtieler dan dat. Ze veroorzaken bijvoorbeeld een elektriciteitspanne en komen binnen als elektriciens. Zelfs al schudden we ze nu af, je zal morgen moeten opletten!"

-"Een elektriciteitspanne zou me slecht uitkomen," gromde Robert. "Maar ik heb een groter probleem: Forel zal me nooit een demonstratie laten geven, tenzij ik eerst een overeenkomst met hem maak. Hij wil zijn deel van het patent."

Terwijl Robert de hele situatie met Anthony besprak, was die laatste eindeloze omwegen aan het maken. Achter hem was een gek tafereel bezig: de dichtste auto die hem volgde, kwam niet dichter dan nodig om het spoor niet bijster te raken. Dat maakte dat elke chauffeur daarachter Anthony's wagen nauwelijks te zien kreeg. De verste achtervolgers moesten hopen dat de voorliggers eveneens op zoek waren naar Roberts schuilplaats en hem bovendien nog niet kwijtgespeeld waren. Ze waren zenuwachtig en deden roekeloze inhaalmaneuvers. Als aan een kruispunt de eerste achtervolger aarzelde, wisten de andere achtervolgers dat de eerste het spoor kwijt was, waarop iedereen voor zichzelf lukraak een richting begon te kiezen. Daarna stoof elke achtervolger zo snel mogelijk weg in de door hem gekozen richting, in de hoop Anthony's wagen alsnog terug te vinden en bij te halen.

Robert werd draaierig en autoziek van de vele maneuvers, en stak regelmatig het hoofd uit het venster.

-"Nu al ziek?" lachte Anthony. "Ik rij toch rustig?"

-"Noem jij dat rustig?" mopperde Robert.

-"Wacht tot je dit ooit met Kikki doet. Die wacht niet met geduld tot de achtervolgers door een onoplettendheid het spoor bijster zijn; zij racet er gewoon van weg en pakt haar meters in de bochten."

-"Ik mag er niet aan denken," zei Robert met een groen gezicht. Hij hield zijn hoofd achterover en legde zijn hand vol op het aangezicht, alsof hij zichzelf wou troosten. Hij dacht aan het gewonde jongentje, Dieudonné's gestolen eindwerk, de testmatch, het diploma dat hij niet zou halen, zijn verblijfsvergunning die hij daardoor zou verliezen, en ten slotte Forels weigering om de demonstratie te laten doorgaan. En uiteraard dacht hij aan het feit dat Kikki zich morgen met Anthony zou verloven. Het gebeuren kwam hem weer voor de ogen van Kikki die in de nacht van Valentijn Anthony's kamer was binnengegaan. Of zo had hij tenminste de voetstappen in het midden van de nacht geïnterpreteerd.

Anthony's auto hield halt ergens in de stad, of liever in een stad, want Robert herkende Gent niet, of toch niet de straten die hij tijdens zijn nachtelijke kroegentochten ooit had doorkruist.

-"Welkom in Brugge," zei Anthony.

-"Brugge? Anthony, het is twee uur 's nachts; wat doen wij in hemelsnaam in Brugge?! Weet jij wel hoeveel werk ik morgen heb?!"

-"We hebben onze laatste achtervolger afgeschud. Nu nemen we een andere auto en rijden we terug richting Gent."

-"Andere auto?!" vroeg Robert terwijl ze te voet door de binnenstad liepen.

-"Ja, we kunnen moeilijk met de gele auto terugrijden; alle achtervolgers krioelen ergens tussen Gent en Brugge op zoek naar ons." Robert had ondertussen ook zoveel door. Wat hij echter niet begreep, was het begrip 'andere auto'. Auto's waren immers heel duur; het was normaal één auto of géén auto.

-"Kikki en ik zijn georganiseerd," vervolgde Anthony. 'Georganiseerde patentenjagers,' dacht Robert, 'met meerdere auto's.' Anthony liep een portiek binnen, een koer over, en opende een garagepoort. Roberts hart warmde op bij het zien van de grote chromen bumpers en radiator van een groene Buick. Toen Anthony de wagen buitenreed, kon Robert de white wall banden en de vleugels boven de achterlichten bewonderen. Wat een machtige Amerikaanse slee!

-"Heel goed georganiseerd zelfs!" lachte Robert, die plots alle zorgen vergeten was.

De reis naar tante Lolo begon luchtig. Ondanks het late uur voelden ze zich beiden prima in deze fabelachtig mooie wagen, waarvan Robert alle gadgets wou uitproberen. Maar net toen hij de automatische buitenantenne aan het in- en uitschuiven was, dropte Anthony een bom:

-"Robert, jij bent verliefd op Kikki." Robert kreeg de schok van zijn leven.

-"W...waarom denk je dat?" stamelde hij. Paniekerig trachtte hij te achterhalen hoe Anthony dit had kunnen raden. Robert was toch voorzichtig geweest? Hij had toch nooit een woord te veel gezegd, een gebaar te veel gesteld?

-"Niet moeilijk," lachte Anthony, "omdat iedereen verliefd is op Kikki!"

-"Wat wil je dat ik daar op antwoord?" zuchtte Robert. "Ik heb geprobeerd alles netjes te houden."

-"Dat heb je zeker," antwoordde Anthony. Zijn stem werd plotseling ernstig: "Misschien wel té hard geprobeerd." Robert begreep er niets meer van. Morgenavond – eigenlijk de avond van dezelfde dag nog, want het was al voorbij middernacht – verwachtte iedereen de aankondiging van de verloving tussen Kikki en Anthony. Maar nu begon die laatste rare dingen te zeggen. Anthony's stoppen waren blijkbaar aan het doorslaan, van de vermoeidheid, het gebeuren rond het stadion, de verkiezingsstress of bindingsangst, wie kon het zeggen? Robert had geen kans te repliceren, want Anthony stortte zijn hart uit:

-"Kikki en ik hebben leren stappen aan de handen van tante Lolo. We werden samen in bad gestopt tot we twaalf waren, en genoten samen van het warmwaterbad nadien.

-"De warmwaterclub," zei Robert.

-"Inderdaad. Ze heeft me verteld dat jij ook al lid bent!" Robert bloosde. Anthony vertelde verder: "Kikki en ik waren de beste vrienden en dat zal altijd zo blijven. Daarom, en omdat het onze ouders de mogelijkheid gaf om een ruzie bij te leggen, werd er automatisch verondersteld dat wij ooit zouden trouwen. Kikki en ik vonden het leuk om overal samen aan tafel gezet te worden. Maar nu dringt het tot mij door dat ik ga trouwen met iemand waar ik nooit verliefd op was, die ik nooit heb moeten veroveren, die me nooit heeft laten raden of ze me graag zag of niet, of waarvoor ik nooit mijn uiterste best heb moeten doen."

-"Maar je zou wel gelukkig zijn met haar?!"

-"Natuurlijk; ik ben altijd gelukkig met haar! Maar dat is het hem net," probeerde Anthony uit te leggen.

-"Ik begrijp er niets van," zei Robert. "Hoe denkt Kikki erover?"

-"Ik wil er met haar niet over praten; ze mag er geen seconde aan twijfelen dat ik graag met haar zou trouwen. Nooit heb ik haar verdriet aangedaan en nooit zal ik haar verdriet aandoen. Nooit!"

-"Hebben jullie elkaar ooit echt gekust?"

-"Echt gekust?"

-"Zoals geliefden, bedoel ik."

-"Neen, en zelfs nooit verlangd om te kussen," zei Anthony met een geforceerde glimlach.

-"Vreemd ook hoe jullie beiden eensgezind vroegen om die foto waarop jullie kusten, uit de gang van tante Lolo te laten weghalen."

-"Inderdaad, en zo gingen wij altijd en overal met elkaar om. Terwijl Laetitia en Hélène in jouw armen lagen aan het meer van het Fleur-de-Lys, zaten Kikki en ik gewoon naast elkaar, te praten."

-"Misschien denkt zij net zoals jij," zei Robert, "en zegt zij ook niets."

-"Als zij voelt zoals ik en ook niets zegt, dan weze het zo," besloot Anthony. "Dan trouwen we als beste vrienden."

-"'Trouwen uit vriendschap zou een fout zijn', zei Kikki me in het warmwaterbad."

-"Had ze het over ons?" vroeg Anthony hoopvol.

-"Neen, maar ze zei het wel met een zware stem," probeerde Robert.

-"Daar kan ik geen huis op bouwen, Robert; de verloving gaat gewoon door." Zowel Robert als Anthony waren stil, met een bedrukt gezicht. De lange, slingerende kasseiweg van Brugge naar Gent werd in meer en meer dorpjes de Gentse Steenweg genoemd.

-"Tenzij...," zei Anthony.

-"Tenzij?" vroeg Robert.

-"Tenzij jij haar alsnog zegt dat je haar graag ziet," vervolgde Anthony.

-"Ik weet niet waar, wanneer of hoe ik dat zou zeggen aan haar, en vooral: zou dúrven zeggen aan haar," protesteerde Robert. "Ze zal een heel lage dunk van mij hebben als ik haar van jou probeer weg te stelen."

-"Waar, wanneer en hoe is eenvoudig," zei Anthony kordaat. "Ik zal haar zeggen dat ze bij jou, bij tante Lolo dus, moet langs komen vóór het feest van morgenavond."

-"Om welke reden?"

-"Ik ga haar een reden geven dat haar tot nadenken zal stemmen," antwoordde Anthony pijnzend. "Ik zal haar zeggen dat je absoluut haar feestkleed wil zien."

-"Maar ze weet dat ik niet geïnteresseerd ben in kleding!" zei Robert hoofdschuddend.

-"Dat weten we allemaal!" lachte Anthony, terwijl hij Robert een schouderklop gaf. "Maar juist daarom moet ik haar dat zeggen; ze zal immers beseffen dat je haar eigenlijk om een andere reden wil zien, een reden die met het feest te maken heeft. Als ze daar op doordenkt, kan het zijn dat ze je een opening geeft om jouw liefde te verklaren."

-"Maar zolang ze jouw intenties niet kent..." opperde Robert.

-"...zal ze me niet laten vallen op het moment dat jij haar de liefde verklaart," vervolledigde Anthony. "Wat echter telt, is haar eerste reactie. Kijk in haar ogen en zie hoe ze reageert. Als ze je graag ziet, zal ze heel even onzeker zijn..."

-"...om me na die eerste seconden uiteindelijk tóch af te wijzen! Hoe schieten we daarmee op? Kikki en ik, vooral ik, komen dan enkel in een uiterst gênante situatie terecht!"

-"Dat is heel relatief in dit geval, Robert. Weet je dat zij je destijds gaan zoeken is in de sneeuw, je naar binnen gedragen heeft, je verzorgd heeft en je een hele nacht warm gehouden heeft door naakt tegen je rug te liggen? Ze is bekommerd om jou, ook in gênante situaties." Robert moest slikken. Zijn hart bonsde in zijn keel. Kikki had een hele nacht naakt tegen hem gelegen! Dát was dus de reden waarom hij over haar gedroomd had die nacht, en zich zo goed gevoeld had toen hij wakker geworden was. "Ze was de voorafgaande dag bij tante Lolo langsgekomen om jouw atelier op orde te zetten," legde Anthony uit. "Ze is vertrokken toen jij 's morgens een eerste teken van leven gaf." Robert durfde niet te vragen wat het eerste teken van leven geweest was.

-"Was je niet jaloers?" vroeg hij aan Anthony.

-"Neen, integendeel; ik hoopte dat er stilletjes iets tussen jullie zou bloeien."

-"Wel, ik denk dat er stilletjes iets tussen ons bloeide..."

-"Maar in elk geval te traag," zei Anthony. "Luister: jij en ik zien elkaar nog vóór het feest deze avond, wanneer we alles naar de Leopoldskazerne verhuizen. Als je me dan weet te vertellen hoe Kikki gereageerd heeft, weet ik wat ik moet doen op het feest. Als ze vertwijfeld reageert op jouw liefdesverkondiging, is dat voor mij voldoende reden om de verloving niet aan te kondigen vanavond en om eens met haar te praten."

Het klonk allemaal veel te theoretisch voor Robert. Dit zou nooit werken. Hij bleef met grote ogen naar Anthony kijken. Op de avond van dezelfde dag nog zouden Anthony en Kikki zich openlijk met elkaar verbinden, maar Anthony zelve gaf Robert een opening om toch nog Kikki voor zich te winnen. De grootste hindernis evenwel was niet zozeer wat

Kikki al dan niet voor Robert voelde, maar dat noch Kikki noch Anthony in hun kaarten wilden laten kijken, uit schrik de andere te kwetsen.

-"Een Griekse tragedie," dacht Robert luidop. "Iedereen weet dat ze plaatsvindt, iedereen kan ze stoppen, maar niemand doet iets."

-"Maar jij bent onze deus ex machina, Robert. Je móet het zijn!" Robert droomde nu over de kans, weliswaar de kleine kans, dat hij Kikki op de valreep nog kon veroveren, maar werd abrupt in zijn dromen onderbroken. "Als Kikki voor jou kiest, ben je echter nog niet thuis, Robert, want Kikki's moeder zal alle duivels ontbinden; ze was immers heel trots op mij als toekomstige schoonzoon."

-"Omdat je schepen bent?"

-"Vooral omdat ik baron ben. Een adellijke titel is van cruciaal belang voor haar moeder."

-"Eén hindernis tegelijk," zuchtte Robert.

Diep in de nacht kwamen ze toe bij tante Lolo. Iemand van het personeel kwam onmiddellijk naar buiten om eventuele koffers naar binnen te brengen, maar Robert had slechts een klein tasje met spullen bij.

-"Dank je, maar laat maar," zei hij.

-"En?! Zijn we kampioen of niet?" wou de man absoluut weten.

-"Er komt een testmatch," zei Anthony.

De vriendelijke man was blij verrast. Fier dat hij het nieuwtje als eerste wist, verdween hij snel weer naar binnen.

-"Kikki komt in de namiddag dus haar kleed tonen," herhaalde Anthony. "Je móet haar de liefde verklaren."

-"Beloofd," zei Robert met een onzekere stem.

-"Zeker?" vroeg Anthony.

-"Zeker!" zei Robert resoluut.

-"Het móet trouwens lukken, want één ding heb ik je nog niet verteld," zei Anthony nog.

-"Wat?" vroeg Robert, die wankelde op zijn voeten van emoties en vermoeidheid.

-"In de nacht van Valentijn," zei Anthony heel bewogen, "is Hélène in mijn kamer geweest. We hebben elkaar gekust." Zonder Roberts reactie af te wachten, verdween hij met de Buick in de nacht.

Donderdagochtend 5 juni 1958 08:00

Alles voor de TextielExpo '58 was reeds perfect voorbereid één dag voor de opening. De twee grootste zalen van de Leopoldskazerne werden bezet door respectievelijk Looms International en Gandaweave, voor wie professionele standenbouwers aan de slag geweest waren met het plaatsen van tapijten, meubelen, wanddecoratie en, uiteraard, de modernste weefgetouwen ter wereld. De kleinere zalen werden betrokken door kleine technologiebedrijfjes, die allerhande nieuwe, uiteraard gepatenteerde, uitvindingen kwamen aanprijzen.

In een apart gebouw aan de andere kant van de Leopoldskazerne was een mooie zaal voorzien, wellicht de mooiste, om het belang en de kwaliteit van de school onder de aandacht te brengen. Naast de geplogen infostandjes stond er een typische werktafel van een student opgesteld, uiteraard met de modernste apparatuur, en verder hét pronkstuk: het splinternieuwe weefgetouw. Forel hoopte dat dit zaaltje de mogelijke sponsors zou doen watertanden om te investeren in de school. Ik daarentegen vroeg me af of de afgelegen zaal wel bezoekers zou trekken. Die kwamen immers niet van ver om hun tijd te verliezen in een zaaltje over een school. Mijn bezorgdheid was des te groter voor Robert, die op het splinternieuwe weefgetouw het luchtsysteem wou demonstreren: zelfs indien hij van Forel zou bekomen dat de demo mocht doorgaan, zou hij weinig of geen toeschouwers hebben.

Forel was in zijn nopjes. Hij had intussen een onwaarschijnlijk groot aantal buitenlandse inschrijvingen voor zijn TextielExpo '58 ontvangen, zoveel zelfs dat hij besloot geen ingangstickets meer aan de balie te verkopen. Hij kwam binnen met een grote stapel post, die hij op de ontbijttafel kieperde.

-"Moet je eens kijken: nog meer nieuwe inschrijvingen dan gisteren!" riep hij. "Dit is niet normaal meer. Ik moet haast toegeven dat mijn expo dit aantal bezoekers niet waard is!" Voor een zeldzame keer was hij grappig en lachte hij.

-"Wie weet kunnen ze niet allemaal binnen," zei ik op mijn beurt. 'Ze zullen naar de informatiezaal over de school moeten vluchten uit plaatsgebrek,' wou ik daaraan toevoegen, maar ik zweeg wijselijk.

-"Hier is een brief van de organisatie van de officiële Expo '58 in Brussel, die lucht gekregen heeft van ons succes. Een maand geleden verboden ze ons nog te refereren naar Expo '58, maar nu vragen ze ons om reclame voor hen te maken. Die durven nogal!" Forels ego was groter dan ooit.

Intussen had ik de krant van onder de brieven gehaald. De voorpagina was voor het eerst in kleur. Een grote foto van een bloedende, bewusteloze jongen schokte mij. In de bijhorende tekst stonden de gevechten tussen Antwerp- en Gantoisesupporters beschreven, met de duidelijke eis dat er op zijn minst een testwedstrijd zou komen.

Ik was nog aan het nadenken over de grimmige onderhandelingen die nu zouden plaatsvinden tussen beide clubs en de voetbalbond, toen Forel plotseling razend boos werd:

-"Wat?? De gemeente weigert de school te steunen volgend jaar..." Forels ogen lazen snel door de brief die hij van Anthony gekregen had. "...tenzij ik alle boekhoudkundige stukken, alle aanwezigheidsregisters, alle arbeidscontracten en alle inspectierapporten van de laatste vijftien jaar kom toelichten op het stadhuis. Anthony is zeker gek geworden! Mooie bedoening is dat. Baron Anthony De Hoedemaecker en zijn partij Nieuw Gent staan voor het Walhalla van de bureaucratie!" Forel was zó furieus dat ik op een bepaald moment dacht dat hij een hartaanval zou krijgen. Waarom deed Anthony dit in hemelsnaam? Zou hij met mij hetzelfde doen volgend jaar, wanneer ik directeur zou zijn? Toen ging me echter een licht op...

~

Robert inspecteerde alle componenten nog een keer vooraleer hij ze inpakte in kisten. Er waren om te beginnen de componenten die hij getest had op het weefgetouw van tante Lolo. Daar waren de holle naalden bij. Verschillende daarvan waren stuk gegaan tijdens de laatste test, toen het weefgetouw van tante Lolo uit elkaar spatte, maar Kikki had ze allemaal vervangen door nieuwe. De volgende verzameling betrof de componenten die nodig waren om het luchtsysteem te installeren op het getouw in de Leopoldskazerne. Die waren gemaakt op basis van tekeningen en plaasteren afgietsels, maar waren nooit getest geweest. Vervolgens vulde hij een kist met meetapparatuur, waarmee hij onder meer het energieverbruik kon zichtbaar maken voor de bezoekers.

Hij was net de compressor en de stroomgroep aan het afkoppelen, toen hij op de straat het geluid van schurende banden hoorde, gevolgd door een luide knal waarbij hoorbaar veel metaal geplooid werd. Toen hij haastig naar buiten liep, kwamen vier mannen hem tegemoet, waarvan twee erg bloedden. Ze werden ondersteund door de andere twee. Robert bracht de slachtoffers onmiddellijk naar binnen en liet ze neerliggen op de zetels in het salon. Nog voor ze goed en wel neerlagen, waren ze omringd door verschillende mensen van het personeel, die alle nodige EHBO materiaal bij zich hadden en onmiddellijk op zoek gingen naar de wonden.

Terwijl tante Lolo telefoneerde naar de hulpdiensten, inspecteerde Robert de wagens. Tot zijn verbazing waren ze weinig beschadigd. Wat hem echter nog meer verwonderde, was de aanwezigheid van een hevig vernielde, grote metalen ton tussen de wagens, gevuld met schroot. Dat was vreemd! Hoe kwam die hier? Hij vermoedde dat ze van het dak van één van de auto's gevallen was tijdens het ongeval. Maar waarom was die ton zo zwaar beschadigd en de auto's niet?

Toen ging het allemaal snel. De twee ongewonde heren maakten hun opwachting bij de gewonden, zeiden dat ze gehaast waren en namen de gewonden mee naar buiten. Tot grote verbazing van het personeel, stapten de vier mannen in hun wagens en reden ze weg. Naar de ton keken ze niet meer om.

Robert vroeg aan een bediende wat er gebeurd was. Het bleek dat niemand de kans gehad had om de wonden te vinden. "Voor zover er wonden waren!" zei plots iemand. Geen wonden, geen kapotte auto's, geen echt ongeval... Robert sloeg de hand op het hoofd en rende naar het atelier. 'Altijd gesloten houden,' had Kikki gezegd. Dat had hij altijd zorgvuldig gedaan, behalve deze ene keer, omdat hij naar de plaats van het ongeval gelopen was. De twee niet bloedende heren hadden van het tumult gebruik gemaakt om het atelier binnen te dringen. De gesloten kisten hadden ze links laten liggen, maar het dossier hadden ze meegenomen! Robert was in paniek. Hij begon na te denken. Had hij die papieren nog nodig? Neen, want Kikki had alle ontwerpen gekregen. Hij had ze ook niet nodig voor de demo. Maar de dossiers bevatten alle resultaten van de eindeloze testen die ze gedurende weken op de naalden gedaan hadden! Die gestolen gegevens waren waardevol, omdat het hoogstwaarschijnlijk díe gegevens waren die Kikki vervalst had in het patent. Als de dieven het patent zouden opvragen bij het patentenbureau, konden ze de vervalste gegevens corrigeren met de documenten die ze net gestolen hadden, en vervolgens het luchtsysteem perfect nabouwen. Robert werd angstig.

Donderdag 5 juni 1958 15:00

Hij zat aan een tafel in het salon met de handen in het haar, toen hij een auto de oprit zag oprijden. Betoverd door de pracht van de wagen, liet hij de handen zakken. Hij kende de wagen enkel van foto's en had nooit gehoopt hem op een dag in het echt te zien. Maar nu stond warempel een witte Ferrari 250 op de oprit van tante Lolo! Terwijl hij gehypnotiseerd naar buiten stapte, excuseerde hij zich binnensmonds tegenover de wagen voor zijn impertinentie. De butler hield de deur van de wagen open en hielp de chauffeur uit de wagen. Het was Kikki! In een trouwkleed! Ze keek om zich heen. Toen ze Robert zag, glimlachte ze. Sierlijk als een zwaan kwam ze zachtjes met de heupen wiegend het pad afgewandeld naar hem. De egale tint van haar gelaat had een diepte zoals nooit tevoren, het vlechtwerk in haar haar leek door duizend elfjes gemaakt. Robert had het gevoel dat hij door een venster in de hemel keek, dat hij geen deel uitmaakte van het tafereel vóór hem. Maar ze hield haar hoofd lichtjes schuin en zei zoet:

-"Dag Robert." Hij vond haar te mooi om te zoenen, maar ze nam hem bij de bovenarm en gaf hem een grote kus op de wang, waar de rode tekening van twee lippen op achterbleef. Hij was meteen de mooie auto vergeten.

-"Wel, wat vind je van mijn kleed?" vroeg ze. Hij was sprakeloos. Zijn lippen zeiden 'Ik hou van je', maar zijn stem weigerde dienst. Een trouwkleed! Wat een lef om dat aan te doen op het feest van die avond! Maar zoals altijd kon het mooiste meisje op het feest zich alles permitteren. Het was immers typisch voor het mooiste meisje dat ze op blote voeten danste, een witte herenhoed droeg, of ironisch genoeg soms het meest verhullend gekleed was. Maar een trouwkleed? Om dat te durven moest je zo mooi als Kikki zijn. Maar dat betekende... dat ze duidelijk te kennen wou geven aan Anthony dat ze met hem wou trouwen, hem wou aanmoedigen om de verloving aan te kondigen op het feest die avond! Een traan liep over Roberts wang bij die gedachte.

-"Uw kleed is mooier dan het mooiste kleed waar ik ooit van gedroomd heb," zei Robert.

-"Dat is lief," zei ze. "Heb je al zoveel van een kleed gedroomd?" Roberts ogen smeekten echter om de verbale marteling te stoppen. Ze drong niet verder meer aan.

-"De kisten staan klaar," zei Robert stil. "Straks verhuis ik ze met Anthony. Daarna komt hij ook naar het feest." Hij snikte even. Kikki vermoedde waarom maar zei niets.

-"Prachtig!" zei Kikki.

-"Dat was echter het goede nieuws." Vervolgens vertelde Robert over de diefstal. Kikki's reactie verraste hem:

-"Twee geblutste Citroëns, een kakikleurige en een beige?" vroeg ze. "Ik ben ze tegengekomen."

-"Euh... ja," stamelde Robert. Hij bedacht dat hij de nummerplaten had moeten noteren; hopelijk vroeg Kikki er nu niet naar.

-"Die documenten móeten we absoluut terug hebben, Robert!" zei ze. Robert panikeerde. "Maar maak je maar geen zorgen. En maak je trouwens ook geen zorgen om het gestolen eindwerk van Dieudonné," vervolgde ze. Robert keek haar aan met grote ogen, maar voor hij haar vragen kon stellen, veranderde ze van onderwerp: "Robert, luister, je moet me beloven dat wat er ook gebeurt, je nergens je handtekening onder zet."

-"Ik beloof het," zei Robert glimlachend maar met een verdrietige stem. "Waar zou ik trouwens mijn handtekening onder zetten?" Bolle tranen liepen nu vrijelijk over zijn wangen.

-"Dat is niet genoeg. Ik moet het zeker weten. Herhaal het driemaal: 'Kikki, ik beloof dat ik nergens mijn handtekening onder zet.'"

-"Kikki, ik beloof dat ik nergens mijn handtekening onder zet. Kikki…" hij snikte even. Wat kon het patent hem nog schelen; hij was Kikki kwijt! "… ik beloof dat ik nergens mijn handtekening onder zet." En nog een derde maal, met een heel zwak stemmetje: "Kikki, ik beloof dat ik nergens mijn handtekening onder zet."

-"Goed. Dan kan ik nu met een gerust gemoed vertrekken." Maar nu was zij diegene wier ogen traanden. Ze snikte. Ze nam Roberts hoofd in haar hand en drukte haar kaak tegen de zijne. Hij voelde haar tranen over zijn wangen stromen. Zonder aan elkaar toe te geven waarom ze verdrietig waren, namen ze afscheid. Ze stapte in de wagen en reed heel traag de oprit af, alsof ze nog op iets wachtte. Ten slotte reed ze de baan op en verdween ze uit het zicht. Robert spurtte haar plots nog achterna, maar het was te laat; ze zag hem niet meer. In het midden van de weg hield hij halt, stopte het aangezicht in de handen en huilde luid gedurende wel tien minuten.

Donderdag 5 juni 1958 18:00

Hij zat als een geslagen hond bij de kisten toen Anthony hem aantrof. Nog vooraleer die laatste de kans gekregen had om iets te vragen, zei Robert:

-"Een trouwkleed, Anthony. Ze komt in een trouwkleed."

-"Kikki? Neen, niemand heeft het lef om in een trouwkleed…"

-"En ik heb haar niet gezegd dat ik van haar hield," onderbrak Robert hem.

-"Tja, dat was dan misschien het beste. Als ze in een trouwkleed naar het feest komt, is het duidelijk dat ze wil dat ik onze verloving aankondig. Het zij zo…" Anthony mijmerde even maar wou geen seconde toegeven aan de teleurstelling; als Kikki zo duidelijk voor hem gekozen had, dan was dat op zijn minst een goede start van hun leven samen. Ze maakte gewoonlijk betere keuzes dan hij. Kikki in plaats van Hélène…, het weze zo.

- "Maar het blijft wel sterk," vervolgde Anthony, "een trouwkleed; dat had ik zelfs van Kikki niet verwacht."

-"Iedereen was hier verrast, maar tezelfdertijd blij verrast, en tante Lolo het meeste van iedereen. Ze suggereerde wel even aan Kikki dat ze misschien een beetje overdreef."

-"Ja, ze wordt hét gespreksonderwerp van de avond, wees daar maar zeker van. Ik zal zeker maken dat ik niet te laat kom op het feest, zoniet staat ze daar wel écht voor schut in haar trouwkleed! Hoe staat het trouwens met de voorbereiding van de verhuis?"

-"Alles staat klaar," antwoordde Robert. Geholpen door vele handen werden alle kisten, de stroomgroep en de compressor op vijf minuten tijd in Anthony's vrachtwagen geladen. Tante Lolo wenste Robert nog snel veel geluk toe met de grote demonstratie. Van zodra Robert naast Anthony in de vrachtwagen gekropen was, reden ze aan een gezapig tempo naar de Leopoldskazerne.

-"Binnen een kwartier stopt dit hele demonstratieverhaal," zei Robert. "Forel…"

-"Nu je het over Forel hebt …" zei Anthony. "Oh, sorry dat ik je onderbroken heb…"

-"Ah nee, laat maar," zei Robert. "Je merkt het straks zelf wel. Vertel maar verder."

-"Wel, nu je het over Forel hebt dus, wist je dat die man ongelooflijk goed georganiseerd is?" Robert had echter niet de minste zin om over de goede organisatie van Forel te praten.

-"Hm," mompelde hij enkel.

-"Welnu, Forel is erin geslaagd om op één dag de volledige boekhouding, alle aanwezigheidsregisters, alle arbeidscontracten en alle inspectierapporten van de laatste 15 jaar bijeen te vinden." Robert keek met vreemde ogen naar Anthony. Waarom kwam die nú met dít verhaal voor de dag? "Net voor ik naar jou toe kwam," vervolgde Anthony, "heb ik hem met zijn stapels papier op het stadhuis ontvangen. Zijn Mercedes zat hélemaal vol! Elk velletje wordt momenteel afzonderlijk met hem doorgenomen."

-"Elk velletje, nú?" vroeg Robert. "Maar dan..." Anthony glimlachte. Tranen sprongen in de ogen van Robert; 'ze' hadden het weer eens opgelost! Forel was niet in de Leopoldskazerne maar op het stadhuis, en zou daar blijven zitten tot alles voorbij was!

Intussen had ook ik het complot door en stond ik met een grote glimlach de vrachtwagen op te wachten aan de Leopoldskazerne. Die kwam waggelend de binnenkoer opgereden met een paar lachende gezichten achter de voorruit. Anthony was zichtbaar gehaast, maar met drie paar handen slaagden we erin om alles snel uit te laden. Hij kon nu pro forma nog even langs het stadhuis gaan, om aan zijn medewerkers te tonen dat het grondig onderzoek van de school hem zeer nauw aan het hart lag.

-"Nog één ding, Robert: niets ondertekenen!" was het laatste wat Anthony zei voor hij van de koer naar buiten reed.

Donderdag 5 juni 1958 20:00

Op twee uur tijd had Anthony dus een verhuis geklaard, had hij een bezoek aan het stadhuis gebracht, en was hij zich thuis gaan omkleden. Uiteindelijk was hij net op tijd, weliswaar als laatste, op het feest. Om geen honderd mensen te moeten begroeten op de receptie, en daardoor uiteindelijk als laatste aan tafel te komen, terwijl Kikki daar al minutenlang zou zitten in haar trouwkleed, had hij de receptie overgeslagen. Daardoor was hij ironisch genoeg de eerste in de eetzaal. Hij en Kikki waren aan de hoofdtafel gezet als belangrijkste gasten van de gastheer. Het was de meest ideale plaats om een belangrijke speech te geven, de belangrijkste in zijn leven zelfs, en tezelfdertijd één die hij eigenlijk niet wou geven. Hélène, met wie hij zich liever wou verloven dan met Kikki, was recht tegenover hem aan de tafel geplaatst. Voor haar zou de speech even hard aankomen als voor hemzelf, maar ook zij zou beseffen dat Anthony Kikki nooit pijn zou doen. Hij glimlachte bij de idee dat hij feitelijk al sinds de wieg met Kikki getrouwd was.

Met mondjesmaat dwarrelden de mensen binnen vanuit de receptiezaal. Ze zagen Anthony en gingen hem onmiddellijk groeten. De meesten feliciteerden hem reeds op voorhand, met een knipoog verwijzend naar zijn nakende aankondiging van de verloving met Kikki. Na vele jaren van uitstel zouden ze hem die avond niet laten ontsnappen! Hij glimlachte inschikkelijk. Hij had liever gehad dat ze zoals gewoonlijk met hem over het voetbal zouden spreken, over de crisis of over de verkiezingen. Aan de gastheer vroeg hij of hij later op de avond even alle gasten mocht toespreken. Die stemde in met zichtbare opluchting, tot groot jolijt van de toevallige toehoorders.

Vanuit de receptiezaal kwam er nu een continue stroom van mensen binnen, die hem allemaal van ver opgemerkt hadden en naar hem toekwamen. Het gezichtsveld van Anthony was daardoor volledig gevuld met vriendelijke, lachende gezichten en uitgestoken handen. Maar zoals kan gebeuren in een bewegende massa van mensen, ving hij plots een glimp op van de inkom van de zaal, voldoende om de drie mooiste meisjes ter wereld samen te zien binnenkomen. Maar er was iets mis met dat beeld. Het was te vertrouwd, te gewoon, alsof hij iets anders verwacht had. Anthony gaf even een verwarde indruk. Een volgend vriendelijk gezicht gaf hem een schouderklopje, en vroeg meteen of alles in orde met hem was. Hij herpakte zich en feliciteerde de eerstvolgende dame met haar kleed. Toen besefte hij wat er scheelde: Kikki had geen trouwkleed aan! Hoe kon dat nu?! Hij keek nog eens over al die vriendelijke mensen heen maar zag ze niet meer. Met automatisme – alhoewel hij zich als politicus voorgenomen had nooit de mensen met automatisme te begroeten – schudde hij de resterende handen en deelde hij complimentjes uit.

En daar was ze uiteindelijk, tegen haar gewoonte in in een feestkleed dat ze al eens eerder had gedragen. Zoals altijd was ze blij hem te zien, maar ze kwam onmiddellijk ter zake:

-"Hoe is de verhuis verlopen? Is Forel op het stadhuis? Heb je nog eens aan Robert gezegd dat hij niets mocht ondertekenen?" Terwijl hij kort bevestigde, sloegen zijn hersenen op hol. Hij kalmeerde zichzelf met de bedenking dat hij nog minstens een paar uur had om uit te zoeken wat er aan de hand was.

Een veelvoud van gangen werd opgediend, maar Anthony at onbewust. Trouwkleed? Zou Robert zich vergist hebben? Onmogelijk. Zou ze er een vlek op gemaakt hebben? Misschien. Zou ze beseft hebben dat een trouwkleed op dit feest te gewaagd was? Dat leek nog het meest aannemelijke van allemaal. Dat verklaarde in elk geval waarom ze geen nieuw kleed droeg. Of zou ze deze verkleedpartij bewust gedaan hebben om hem iets duidelijk te maken: een gewoon kleed voor Anthony, een trouwkleed voor Robert! Het zou geen zin hebben haar dat te vragen uiteraard; ze zou antwoorden dat ze dolgraag met hem, Anthony, wou trouwen. En ze zou 'bevestigen' dat er iets misgegaan was met het trouwkleed tussen haar verschijning bij tante Lolo en dit feest. Hij moest dit raadsel dus zonder de hulp van Kikki oplossen, en wel vóór het einde van het hoofdgerecht.

Kikki's stemming was evenmin een hulp. Tijdens de hele maaltijd was ze zo gelukkig als altijd, maar ook niet meer dan dat. Als ze al iets had willen duidelijk maken zonder hem te kwetsen, was dat met het trouwkleed geweest. Ze leek niet van plan hem een tweede hint te geven. Het was nu aan hem om ook een boodschap te sturen of iets anders te doen. Hij was radeloos. Aan welke gang zaten ze ondertussen trouwens? Het hoofdgerecht!

Het was zover: een eerste genodigde nam het woord om zijn verloving aan te kondigen. Het feest waarop zij nu aanwezig waren, was een jaarlijks gebeuren dat voor dit soort aankondigingen een heuse reputatie opgebouwd had. Het koppel in kwestie werd uitgebreid gefeliciteerd met kussen en muziek. Het paar was gelukkig. Ze kenden elkaar al twee jaar en hadden besloten te trouwen. Dat was zoveel korter dan Anthony en Kikki. Die eerste voelde de druk op zich stijgen.

De blikken van de genodigden waarden nu rond in de zaal, tot een tweede koppel zijn verloving aankondigde. Die twee kenden elkaar een jaar langer dan de eerste twee. En zo ging het verder, tot uiteindelijk alle blikken in één richting keken: naar Anthony!

Automatisch zette hij zich recht. Toespraken houden was dagelijkse kost voor hem. Hij kon de mensen boeien zolang hij wilde door pertinente wijsheden te verpakken in de leukste anekdotes. Daar viel hij nu op terug. Hij sprak over het voetbal en de waarschijnlijke testmatch. Maar zelfs dat onderwerp mocht hij niet eindeloos rekken. Hij rondde het hoofdstuk af en keek naar Kikki. Even meende hij een melancholische blik gezien te hebben. Maar hij was niet zeker. De gasten begonnen te scanderen en te applaudisseren.

Toen hij het onderwerp van de verkiezingen aansneed, zag hij dat het geduld van de gasten in het rood ging. Nu moest het gebeuren; er was geen ontkomen meer aan. In een laatste wanhopig ogenblik bukte hij zich even en fluisterde hij heel stil in Kikki's oor: "Robert houdt zielsveel van jou en zou alles doen om met jou te trouwen." De genodigden werden stil en observeerden het moment. Kikki antwoordde niet, maar de eerste reactie op haar aangezicht sprak boekdelen. Anthony zette zich recht, nam even de tijd, en gaf toen de belangrijkste toespraak van zijn leven.

Vrijdagnacht 6 juni 1958

Bijna de volledige nacht werkten Robert en ik om het luchtsysteem op het getouw in de Leopoldskazerne te installeren. Dit duur getouw op grijpers, dat Forel gekocht had bij Looms, was het snelste op de markt, en had de voorbije weken al ruimschoots onze aandacht gekregen. Ik had om te beginnen de tekeningen gemaakt voor de componenten die nodig waren om het luchtsysteem op dit getouw te installeren. Daarnaast had ik het getouw afgegoten met plaaster, om zijn vormen te kunnen reconstrueren en de tekeningen makkelijker te kunnen begrijpen. Robert had intussen de werking van het getouw grondig bestudeerd en de schering- en inslagdraden klaargezet.

We demonteerden eerst de grijpers; die hadden we er tot die nacht laten opzitten om geen argwaan te wekken bij Forel. Op het getouw monteerden we vervolgens de nieuwe, door Kikki geleverde componenten. Zoals we van haar gewoon waren, paste alles als gegoten. Op de nieuwe componenten monteerden we ten slotte het luchtsysteem. Het grootste verschil met het getouw van tante Lolo was dat het getouw van de school breder was. Daardoor zou het luchtsysteem meer tijd nodig hebben om de inslag naar de andere kant van het getouw te blazen, wat op zijn beurt een negatieve impact zou hebben op de maximale snelheid van het systeem.

We hadden de stroomgroep en de compressor graag opgesteld in een tuintje of op een andere plaats waar niemand kwam, maar aangezien de vijfhoekige Leopoldskazerne volledig door straten omringd was, konden we niet anders dan de lawaaierige machines op de binnenkoer te plaatsen. We beseften natuurlijk dat het geen al te beste indruk op de bezoekers zou maken, en God beware ons van zodra Forel die toestellen te zien zou krijgen!

Precies volgens Kikki's planning waren we klaar met de assemblage om vier uur 's nachts. De planning dicteerde verder dat Robert, na slechts drie uurtjes slapen, de hopelijk kalme ochtendshift van de demonstratie voor zijn rekening zou nemen, terwijl ik pas tegen de middag zou opstaan om het werk van hem over te nemen. Op dat moment zou een doodvermoeide Robert weer in zijn bed mogen kruipen. En zou ik waarschijnlijk alles mogen uitleggen aan Forel.

Bij het naderen van de school zagen we Anthony's wagen de binnenkoer oprijden om Forel af te zetten. Die laatste was zo vermoeid van de nachtelijke vergadering in het stadhuis, dat hij zijn Mercedes ter plekke had laten staan om zich naar huis te laten voeren. Om geen argwaan te wekken bij Forel, zorgden we ervoor dat hij ons niet zag binnenkomen.

'De verloofde van Kikki nu', mompelde Robert bij het zien wegrijden van Anthony. Het idee bezorgde hem een woelige slaap, terwijl ook ik onrustig sliep; 's ochtends zouden we een systeem moeten demonstreren dat we nog niet in zijn nieuwe hoedanigheid getest hadden. Dat hadden we niet gedaan omdat de stroomgroep en de compressor onvermijdelijk alle soldaten van de kazerne zouden wakker gemaakt hebben, en boze soldaten waren het laatste wat we op dit moment nodig hadden. Dat Forel terug was, was ook een levensgroot probleem. Hoelang zou het duren vooraleer die zijn opwachting zou maken op de TextielExpo?

Op het moment dat ik de slaap gevonden had, rinkelde Roberts wekker. Hij had de wekker de 'hele' nacht gadegeslagen, zich afvragend of hij de slaap nog zou kunnen vatten vóór zeven uur. Hij was moe, maar hoopte dat hij het na een stortbad zou uithouden tot 's middags, wanneer ik hem zou aflossen.

Hij hoorde op de koer van de school een deur dichtslaan en keek even naar buiten. Forel! Nu al! Als die nu naar de kazerne vertrok, moest Robert zich haasten. Zonder zich te douchen trok hij snel zijn kleren aan, tot hij plots een ander geluid op de koer hoorde. Hij keek door het venster. De auto van Anthony! Wat deed die hier op dit vroege uur? Die moest helemáál niet geslapen hebben! Forel nam plaats in de gele sportwagen; van hem was Robert dus nog voor een paar uur verlost. 'Dankjewel, Anthony,' mompelde hij binnensmonds. Anthony sloot het portier achter Forel, liep rond de wagen en maakte aanstalten om zelf in te stappen. Toen hij echter gewoontegetrouw eens rondkeek om er zeker van te zijn dat niemand hem nog wou spreken, zag hij Robert achter het venster staan. Hij glimlachte breed naar Robert en stak zijn duim op: 'Alles in orde!' Vervolgens wees hij naar Robert, maakte hij met zijn hand een kribbelend gebaar en maakte hij met zijn wijsvinger een zijdelings wuivende beweging: 'Onderteken niets!' Robert knikte en stak met een glimlach zijn duim op. Anthony stapte vervolgens in de wagen en vertrok met Forel naar het stadhuis.

Robert keek hoofdschuddend Anthony achterna: 'Gisterenavond verloofd met Kikki, vanmorgen reeds vroeg uit de veren om me te helpen. Hoeveel ironischer kan het nog worden?' mompelde hij. Hij was blij dat hij alsnog een douche kon nemen. Daarna trok hij één van zijn ouderwetse pakken aan en haalde hij een das uit het kleine kastje van zijn kamer. De timing was in orde: hij kon nog ontbijten en tien minuten vóór aanvang van de expo aan de Leopoldskazerne zijn. Dat zou hem voldoende tijd geven om de stroomgroep en de compressor aan te zwengelen.

Maar wat was er in hemelsnaam aan de hand in de kazerne?! Een horde mensen in dure maatpakken stond te drummen om binnen te mogen. Ze maakten Robert in letterlijk alle talen diets dat hij achteraan in de rij moest gaan staan. Gelukkig kénde Robert alle talen en maakte hij aan de Duitsers, Amerikanen, Britten, Spanjaarden, Italianen en Zwitsers duidelijk dat hij een exposant was. Een verbouwereerde leraar van de school, die nooit eerder een groep drummende volwassenen had moeten tegenhouden, liet Robert binnen.

Intussen keken de exposanten van Gandaweave en Looms, die gehoopt hadden hun dag te beginnen met het lepelen in een koffie, verschrikt naar de grote massa voor de poort. Dat er veel bezoekers waren, was normaal goed nieuws op een beurs, maar zóveel?! Ze keken bezorgd naar hun beperkt aantal dozen met catalogi, en naar de infostands, waarvan verschillende nog onbemand waren omdat ze niet veel volk verwacht hadden om acht uur 's morgens. Nu moesten ze inderhaast extra mensen optrommelen om te komen helpen. In de kleinere zalen was de situatie nog erger; de helft van de stands was nog niet eens afgewerkt. Overal werd er nog druk gestofzuigd en gepoetst. Alle standhouders praatten geëxciteerd met elkaar over hoe ze de nakende tsunami van mensen zouden aanpakken. De commandant van de kazerne van zijn kant blikte rond met militaire ongerustheid, alsof hij vreesde dat zijn burcht elk moment ingenomen kon worden.

Robert had zijn lawaaierige stroomgroep en compressor pas gestart, toen de menigte werd binnengelaten. Wat een overrompeling! Forel had niet alleen veel te veel inschrijvingen aanvaard, maar ze waren bovendien allemaal tegelijk gekomen! Robert haastte zich naar binnen en nam plaats achter het getouw. Geheel volgens de ingestudeerde procedure startte hij het getouw stap voor stap op. Het sissende geluid van de lucht die uit de holle naalden kwam, klonk vertrouwd. Het splinternieuwe weefgetouw draaide enthousiast de eerste cycli uit zijn bestaan. Robert liet vervolgens het inslaggaren los, zodat het eerste weefsel gemaakt werd aan het heel gezapige tempo van 30 inslagen per minuut. Hij inspecteerde het weefsel; het was perfect! Opdat zijn garen niet voortijdig zou opraken, zou hij de snelheid pas opdrijven van zodra er belangstellenden waren. Net zoals iedereen die een beursstand bemande die dag, hoopte hij niet te lang te moeten wachten op een eerste bezoeker.

Maar geïnteresseerden had hij voorlopig niet. Op de gesloten deur van zijn zaaltje stond het weinig aantrekkelijke "Textielschool Gent," en de bezoekers gingen daarom enkel op onderzoek in de andere zalen van de expositie. Daar stelden ze luidkeels en in alle talen een aantal niet te begrijpen vragen aan de exposanten, die niet wisten waarover die mensen het in hemelsnaam hadden. De bezoekers die reeds in de zalen waren, wilden onmiddellijk weer naar buiten, maar konden niet omdat andere bezoekers drumden om naar binnen te kunnen. Verschillende onder hen werden samengeperst en hapten naar adem. Omdat de situatie te gevaarlijk werd, grepen de soldaten uiteindelijk in. Met militaire assertiviteit versperden ze de toegang tot de kazerne, hielden ze iedereen verwijderd van de deuren, en organiseerden ze een degelijk beurtsysteem.

Intussen had Robert de deur naar de koer opengezet; dat was al een stuk meer uitnodigend. Plots stak een eerste ronddolende bezoeker zijn neus in het deurgat. De man liet zich eerst even innemen door het prachtige stukwerk op de zolderingen, de kleurrijke wandschilderingen en de glasramen. Vervolgens keek hij in de diepte van de zaal, waar hij achter een werktafel met toestellen en achter enkele brochurehouders Robert zag zitten aan een werkend weefgetouw. Het geoefende oor van de bezoeker herkende meteen het oubollige tempo van 30 inslagen per minuut. 'Even museumtijd', dacht de man cynisch. Hij wandelde met geveinsde interesse naar Robert toe.

Die was verheugd zijn eerste bezoeker te ontmoeten. Hij stapte op de man toe, schudde hem de hand en polste meteen naar de taal die hij sprak. Maar de bezoeker was afgeleid door Roberts weefgetouw, waarvan het sissende geluid, hoewel nauwelijks hoorbaar boven het tumult van de compressor buiten, hem nieuwsgierig maakte. Hij naderde het getouw en veranderde helemaal van kleur. Geen schietspoel, geen grijpers, en toch weefde het! Zijn haren kwamen overeind. Hiervoor was hij van Parijs gekomen! Met fascinatie keek hij ook naar het buffersysteem, dat aan deze snelheid totaal overbodig en zelfs komisch was. Hij stelde een aantal vragen aan Robert, die hem in vlot Frans antwoordde. "Alors, c'est vrai!" besloot de man. Hij keek betoverd toe terwijl Robert langzaam de snelheid opdreef. "Jusqu'où...." Robert antwoordde naïef en met een beschaamde lach dat hij niet wist welke snelheid het luchtsysteem aankon. En zoals altijd zette hij dat lachje zich door tot een bulderende lach. De snelheid had intussen 45 inslagen per minuut bereikt.

Het duurde vijf minuten vooraleer een tweede bezoeker de zaal aandeed, en nogmaals vijf minuten vooraleer een groepje van drie de eersten vervoegde. Iedereen die binnen was, bleef binnen. Er ontstond trouwens een soort taakverdeling: één bezoeker controleerde het weefsel, een andere het energieverbruik, terwijl Robert af en toe de snelheid verhoogde en op vragen antwoordde.

Hij was tevreden; dit was het vriendschappelijk onderonsje zoals hij zich dat die ochtend had voorgesteld. Op de middag zou hij kunnen gaan slapen, terwijl ik de waarschijnlijk drukkere namiddag voor mijn rekening zou nemen. Het liep echter anders.

Er ontstond rumoer op de overdrukke binnenkoer: de bezoekers hadden plotseling iets aan elkaar te vertellen. Vele vingers wezen in de richting van het zaaltje van de school. Tot consternatie van de militairen verplaatsten alle bezoekers zich eensklaps als een kolonie bijen van het ene gebouw naar het andere. De zalen van Looms, Gandaweave en de kleinere exposanten liepen volledig leeg en de wachtrijen verdwenen. Men had plots dezelfde chaotische en gevaarlijke situatie van om acht uur, maar nu aan een zaal voor dewelke er om acht uur nog helemaal geen belangstelling was. De commandant van de kazerne, die voor het eerst in de Belgische geschiedenis een commerciële activiteit op een legerdomein had toegestaan, kreeg spijt van zijn beslissing. Hij zei tegen één van zijn ondergeschikten:

-"En jij hebt me verteld dat zakenmensen zich behoorlijk zouden gedragen. Welnu, ze gedragen zich als een bende gekken die niet weten wat ze willen!"

De soldaten organiseerden nu wachtrijen en een beurtsysteem aan het zaaltje van de school, maar het grootste verschil met voordien was dat nu niemand meer naar buiten wou. Dat maakte dat de wachtenden op de koer geen enkele kans maakten om in het zaaltje van de school te geraken, en aangewezen waren op wat hen vanuit de zaal door de vensters toegeroepen werd. De mensen die zelfs niet tot op de koer geraakt waren en buiten de kazerne hadden moeten blijven staan, wisten niet of nauwelijks wat er gebeurde; ze waren enkel getuigen van grote opwinding onder de bezoekers op de binnenkoer.

Na veel heen- en weergetrek in ons zaaltje, waarbij een vermoeide Robert alle moeite moest doen om de bezoekers weg te houden van zijn weefgetouw, werd het teveel aan toeschouwers naar buiten gehaald door de soldaten. In het tumult waren alle brochurehoudertjes van Forel op de grond terechtgekomen en vertrappeld. De aanwezigen in de zaal gebruikten nu de lege tafels van die stands als tribunes.

Eens iedereen zijn stek gevonden had, kreeg Robert de aandacht om in alle talen uit te leggen dat hij een getouw aan het demonstreren was waarvan de inslagdraad door de sprong geblazen werd. Hij deed dat heel beknopt, traag en met veel geduld, zodat zijn zinnen roepend herhaald konden worden naar de binnenkoer en verder. Alle toehoorders binnen en buiten waren intussen zeker van hun plaatsje en gedroegen zich ontspannen en geïnteresseerd, zoals ze dat gewoonlijk deden wanneer ze naar een belangrijke toespraak over de toekomst van hun industrie luisterden.

Robert had het getouw een tijdje aan 60 cycli per minuut laten draaien. Hij werd stilaan bezorgd of er voldoende garen was om het einde van de dag te halen. Indien niet, zou hij in de namiddag nieuw garen moeten installeren in plaats van te gaan slapen.

Eindelijk kon hij verder gaan. Hij versnelde tot 65 cycli per minuut. Het resulterende weefsel werd gemeten en geïnspecteerd door een paar van de toeschouwers, die uit beroepsgewoonte steeds meetlatjes, vergrootglazen en potloden bij zich hadden. De snelheid en het energieverbruik van het getouw werden luidkeels door verschillende personen gecommuniceerd, maar die resultaten moesten zo dikwijls herhaald worden omwille van de taalverwarring, dat iemand besloot om ze op één van Forels borden te schrijven. Het bord werd vervolgens halvelings door een venster gestoken, zodat de mensen buiten konden meelezen.

Dat maneuver had weer eens een pak tijd gekost; Robert was blij toen hij eindelijk de snelheid kon optrekken tot 70 cycli per minuut. De resultaten werden prompt op het bord geschreven. Het energieverbruik was ongeveer hetzelfde als op het getouw van tante Lolo, maar het getouw en het weefsel waren veel breder. Robert wou uit zijn hoofd een gecorrigeerde vergelijking berekenen, maar moest dat denkwerk tot een andere keer uitstellen; hij was te moe nu.

Hij draaide de snelheid verder op: 75, 80, 90. Er was een beetje rumoer bij dat laatste cijfer. Toehoorders begonnen het ritme van een actueel weefgetouw te horen; het cijfer 90 was blijkbaar een mijlpaal in de recente geschiedenis van het weven geweest. Toen Robert aan de aanwezigen vroeg of hij verder mocht gaan, werd het weer stil. Iedereen keek gespannen. 95, 100, 105, 110… Het magische getal 120 naderde.

Robert stelde vast dat hij iets vergeten was en legde plots het getouw stil. Er was ophef alom. Wat gebeurde er? Had het systeem de limiet bereikt? Het was een ophefmakend resultaat, maar gezien het hoge energieverbruik nog niet verontrustend. Robert vroeg stilte, maar het geroezemoes viel pas stil na twee lange minuten. Sommigen dachten dat ze het beste gezien en gehoord hadden, en overwogen om weg te gaan. Maar ze wilden eerst weten welke snelheden Robert beloofde te halen op korte en middellange termijn.

-"Voor we verder gaan," zei Robert, eerst in het Frans, "moet ik de veiligheid uit het getouw halen; zoniet gaat het niet boven de 120. Terloops verklap ik u graag dat er een buffersysteem aan de ingang van de inslag is. Dat zorgt ervoor dat de draad niet breekt door de versnelling." Hij herhaalde dit enkel nog in het Engels en trok vervolgens de motorkap van het getouw open. Er was grote ontzetting en rumoer alom:

-"Hij haalt de veiligheid eraf! Een buffersysteem! Dat is niet nodig, tenzij…." Niemand durfde het te zeggen maar iedereen dacht het: "…tenzij de snelheid een ongekende hoogte inging. Dit kon toch niet aan het gebeuren zijn?!"

Robert kende het getouw intussen tot in de details en overbrugde in een mum van tijd de ingebouwde veiligheid. Hij deed dit op zijn typische, vermakelijke manier, alsof hij iemands auto aan het herstellen was. Maar de spanning was te snijden bij de toehoorders, die weverijen uit de hele wereld vertegenwoordigden. Een nieuw snelheidsrecord was een opportuniteit of een bedreiging. In de vele hoofden begon men moeilijke afwegingen te maken. Veel zou afhangen van hoever dit getouw kon gaan en van hoe snel dit prototype kon gekopieerd worden.

Robert excuseerde zich voor het oponthoud en herstartte het getouw. Rustig dreef hij de snelheid op tot 110. De man aan het bord deed teken dat Robert weer aan de snelheid gekomen was waar hij voor het oponthoud gebleven was. 115, 120, 125… een "ooh!" ging door het publiek. Het geluid van de huidige cadans was nieuw voor iedereen in de weefindustrie, want het snelheidsrecord was gebroken. 130, 135, 140, … Robert was te moe om nog op de stilte van het publiek te wachten. 'Het mag vandaag breken waar het wilt', dacht hij gelaten. 'Hoe vroeger het breekt, hoe vroeger ik kan gaan slapen'. Maar terwijl hij dacht aan zijn bed, benaderde hij het record van het luchtsysteem op tante Lolo's getouw. Aan 170 zei hij: 'Dit is mijn persoonlijk record!' Het publiek begreep verkeerdelijk dat hij het record op dit getouw bedoelde en ging ervan uit dat de maximale snelheid vandaag beneden de 200 zou blijven. Enkelen hadden al beslist dat ze het thuisfront moesten contacteren en wendden zich tot één der officieren. 'Of ze geen telegram konden verzenden? Internationaal?' De officier verwees hen door naar de marconist van de kazerne.

De marconist was verheugd dat hij eens een belangrijk telegram kon verzenden. Fier toonde hij zijn grote, quasi ongebruikte installatie, die altijd klaar stond voor een grote oorlog. Hij wist te vertellen dat de kazerne in tijden van oorlog gewonden moest kunnen opvangen vanuit het hele front, en dat het daarom over de beste communicatieapparatuur van het leger beschikte.

175, 180, 185… intussen hadden velen besloten dat ze dringend hun directeurs moesten contacteren, waardoor er nu een lange wachtrij bij de marconist ontstond. Omdat de wachtenden heel opdringerig waren, schreeuwden de soldaten op hen in dat ze zich moesten gedragen. De commandant had intussen al besloten: "Nooit meer! Nooit meer gekken in mijn kazerne!"

190, 195, 200, 205, 210... Robert was zó moe dat het hem ontging dat hij de 200 overschreden had. Kikki had gezegd dat 200 de doorslag zou geven. Dat was nu te zien aan het publiek; de helft ging immers binnen of buiten de kazerne op zoek naar een telefoon waarmee naar het buitenland kon gebeld worden, of naar een telex in een of ander bedrijf. De andere helft keek gelaten toe naar de demonstratie van Robert; ze beseften dat het gebeuren belangrijke gevolgen had, maar hadden niettemin besloten de feiten passief te absorberen.

Het getouw van Looms, waarop het luchtsysteem gemonteerd was, was niet gebouwd voor deze snelheid. Maar het gaf vooralsnog geen krimp. 215, 220, 225... De man van het bordje was verdwenen om bij de marconist aan te schuiven. Een nieuwe vrijwilliger had gelukkig het bordje overgenomen. In de zaal en op de binnenkoer wist niemand nog wat te denken; deze resultaten hadden alle klassieke investeringsmodellen teniet gedaan. 230, 235, 240... Robert schudde even het hoofd wanneer hij dit cijfer zag. Geen enkel tijdschriftartikel had ooit gewag gemaakt van een mogelijke toekomstige snelheid boven de 180 cycli per minuut, en het artikel dat die 180 ooit had durven voorspellen, had een vernietigende kritiek over zich heen gekregen. Maar Robert kon nu niet nadenken over wat deze getallen betekenden. 245, 250, 255, 260, 265... Forels nieuwe machine zoemde als een vervaarlijk tuig in een science fiction film, maar deed met veel zin verder, en het daarop gemonteerde luchtsysteem evenzeer.

Het was pas aan een snelheid van 320 dat Robert zich zorgen begon te maken over het getouw. Met zoveel volk in de buurt en aan deze snelheid wou hij absoluut niet dat het uit elkaar spatte en het de naalden in alle richtingen schoot. Hij legde het getouw stil nadat het 335 cycli per minuut gehaald had. Hij excuseerde zich dat het getouw niet verder kon: "... maar het weefsel is nog steeds perfect. Misschien vindt mijn collega Didier Forel een expert in de expositiezaal van Looms die het getouw wil uitbalanceren, zodat we deze namiddag nog sneller kunnen gaan," zei hij gegeneerd lachend.

De toehoorders hadden het gevoel dat ze naar de halve finale gekeken hadden; Robert had zich ingehouden en het systeem kon dus nóg sneller. Ook tot hen die nog geen besluit getrokken hadden uit de demonstratie, drong het nu door dat ze getuigen waren geweest van een revolutie in de textielsector.

~

Voor Robert telde slechts één ding nu: slapen. Hij wou van de chaos na zijn demonstratie gebruik maken om terug te sluipen naar de school en in zijn bed in te kruipen. Toen hij bijna van de binnenkoer van de kazerne was, werd hij echter brutaal tegengehouden door Bombardon, die hem een kleine kamer binnentrok. Bombardon duwde Robert op een stoel terwijl hijzelf recht bleef staan.

-"Mijnheer Fischer, beseft u wat u net gedaan hebt?" Robert keek verwonderd naar Bombardon.

-"Ik ben moe. Ik wil slapen. Wat wilt u van mij?"

-"U hebt met uw uitvinding de ganse textielsector ontwricht. Beseft u dat?" Robert was geen economist en had geen enkel idee van wat Bombardon bedoelde met een ontwrichte sector.

-"Neen," zei hij eerlijk.

-"Wist u dat in 1923 een uitvinding de hele stad Gent ontwricht heeft?!" Wat Bombardon bedoelde met een ontwrichte stad, begreep Robert evenmin. Maar het klonk slecht en Robert luisterde aandachtig. "Uw uitvinding gaat alles nog erger maken: sportclubs die ten onder gaan, scholen die verdwijnen, zorgcentra die mensen moeten weigeren, ..." Bombardon ging zo nog een tijdje verder, zodat Robert zich heel schuldig begon te voelen.

-"Oei, dat besefte ik niet."

-"En je wilt dat absoluut vermijden?" vroeg Bombardon. Robert moest niet lang nadenken. Hij had gedurende een heel jaar onze school zien vechten tegen de sluiting en wou het voor Forel en vooral voor mij niet erger maken, laat staan voor de hele stad, die hem intussen dierbaar was.

-"Neen, uiteraard niet," zei een coöperatieve Robert.

-"En hoe hoop je dat te vermijden?" vroeg Bombardon.

-"Ik weet het niet. Door niets te doen voorlopig zeker?" vroeg de naïeve Robert.

-"Dan heb je niets aan je uitvinding!" zei Bombardon. "En dat hoeft nu ook weer niet." Robert keek hoopvol naar Bombardon; de imposante dikke man met zijn perfect gestreken prachtige pak, waarop een paar belangrijke insignes gespeld zaten, en met zijn grote witte snor, leek immers alle wijsheid in pacht te hebben. Robert wist niet wat hij moest zeggen. Bombardon vervolgde: "Welnu, als je je patent aan de grootste getouwenproducent, aan Looms dus, verkoopt, dan blijft alles in Gent hetzelfde. Beter nog, ik beloof u, in de naam van Looms, dat wij grote contributies zullen leveren aan het welzijn van de stad." Dat klonk goed! Robert glimlachte weer. Bombardon lachte vriendschappelijk en gaf Robert een schouderklop.

-"En nu het goede nieuws," vervolgde Bombardon. "Jij krijgt hier en nu een cheque van tien miljoen," en hij haalde die meteen boven. Robert was nu helemaal van zijn melk. Tien miljoen! Hij was rijk!

Vrijdagmorgen, 6 juni, 1958 10:00

Terwijl dat allemaal plaatsvond, was ik opgestaan. Na een stevig stortbad deed ik mijn beste pak aan. Ik was van plan om Robert zo snel mogelijk te verlossen van zijn beurt bij het getouw. Toen ik beneden kwam, had mevrouw Forel echter 'goed' nieuws voor mij:

-"Ik heb een vraag gekregen voor jou, voor een dringende cateringopdracht in de namiddag bij heel belangrijke mensen. Ze betalen extra voor de urgentie!"

-"Sorry, moeder, maar dat zal niet gaan. Ik moet Robert aflossen op de TextielExpo. Is vader trouwens nog steeds op het stadhuis?"

-"Hoe dat zal niet gaan?! Weet je wel wie die mensen zijn?! En ja, jouw vader is op het stadhuis. Schandalig gewoon! Dat baron Anthony jouw vader dít aandoet, vandaag dan nog wel, en hem slechts een paar uur slaap gegund heeft!"

-"Geef me het adres en telefoonnummer van de cateringklant," zei ik. "Ik moet nu dringend naar de kazerne. Ik zal vandaar een paar telefoontjes doen. Ik regel alles." Mevrouw Forel gaf me een papiertje.

-"En je moet ook een hulpje voor de keuken zoeken!" riep mevrouw Forel me nog na. "Ikzelf heb nog niemand gevonden die kon komen vandaag."

Toen ik in de buurt van de kazerne kwam echter, zag ik een onwezenlijk spektakel. Terwijl ik me eerder verwacht had aan een poort waar één of twee groepjes heren hun weg naar binnen baanden, zag ik een zee van mensen naar buiten vluchten. Ik werd aangeklampt met vragen in alle talen. Het waren vragen die enkel het woordje "telefoon" gemeenschappelijk hadden. Ik kon niet antwoorden. En ik kon hen evenmin vragen of de kazerne in brand stond of zo.

~

Nadat Bombardon zijn cheque van tien miljoen aan Robert overhandigd had, stelde hij op een geïmproviseerde manier een contract op.

-"Ik teken vandaag nog niets," zei Robert nuchter.

-"Hoezo, jij tekent vandaag nog niets?!" vroeg Bombardon.

-"Niet zonder mijn juridisch adviseur."

-"Ok, en wie is jouw juridisch adviseur?" vroeg Bombardon.

-"Kikki," antwoordde Robert blozend.

-"Kikki en hoe nog?" vroeg Bombardon.

-"Dat weet ik niet."

-"Waar woont ze?"

-"Dat weet ik niet."

-"Heb je haar telefoonnummer?"

-"Neen." Robert was beschaamd.

-"Typisch voor ingenieurs," lachte Bombardon met een schouderklop. "Machines kennen ze zoveel je wilt, maar mensen…" Robert was weer even op zijn gemak gesteld.

-"Het is toch toevallig niet de verloofde, of de toekomstige verloofde van Anthony?" vroeg Bombardon. Hoe wist hij dat?!

-"De verloofde van Anthony sinds gisteravond," zei Robert.

-"Zíj is jouw juridisch adviseur?!" riep Bombardon. Robert knikte. Hij was versteld van Bombardons reactie.

-"Maar, Robert, jongen, dat is de meest notoire, de meest beruchte spionne van Gent!"

-"Hoe kan u zoiets zeggen?!" protesteerde Robert.

-"Zij heeft de hand in de zelfmoord van die student vorig jaar!" Robert was geschokt. Wat als Bombardon gelijk had? Kikki had blijkbaar veel ervaring met patenten. En met patentenjachten: die achtervolgingen, die veiligheidsmaatregelen... Robert kreeg kippenvel. Hij wist het niet meer. Zijn vermoeide lichaam besteedde zijn laatste energie aan het dringende denkwerk, maar dat was onvoldoende.

-"Ik zie u denken, Robert. Je bent van niets of niemand meer zeker. Maar zie je deze cheque? Die is echt." Robert had het strookje in zijn hand en bekeek het goed. Het was het meest tastbare waarover hij beschikte.

-"Robert, teken dit, neem de cheque mee, en ga slapen." Het woord 'slapen' bleek het meest doorslaggevende argument te zijn dat Bombardon had kunnen gebruiken; Robert nam de pen op.

~

Intussen had ik de ronde van de hele benedenverdieping van de kazerne gemaakt. Chaos alom: woedende standhouders in alle zalen, een razende commandant van de kazerne, en tientallen mensen die dringend bij de marconist wilden. Maar het ergst getroffen was het zaaltje van de school. Als Forel dit zou zien! Alle infostands waren tot gruis vertrappeld. Het luchtsysteem was in stukken en brokken van het getouw getrokken. Forels hele verhaal was afgelopen, en dat van Robert en mij ook.

Ik vond Robert in het kamertje met Bombardon. Robert had een pen in de hand en was klaar om iets te ondertekenen.

-"Robert, in hemelsnaam, wat is hier gebeurd?"

-"Kan dat straks?" vroeg een gespannen Bombardon.

-"Wat ben je aan het doen, Robert?" vroeg ik. Hij zette zich recht.

-"We hebben 10 miljoen gekregen! Ik ben het contract aan het ondertekenen."

-"Tien miljoen?!" zei ik in ongeloof. Bombardon werd ongeduldig:

-"Heren, Robert, Didier, proficiat, maar jullie vergeten nog iets." Robert verontschuldigde zich en ging weer zitten.

-"Wacht even, Robert, ga jij een contract tekenen zonder Kikki?" protesteerde ik.

-"Ze is een spionne, Didier, waarschijnlijk toch." Ik werd boos. Ik sleurde Robert uit zijn stoel en nam hem bij zijn kraag:

-"Hoe durf je zoiets te zeggen?" schreeuwde ik "Ben je gek? Wie ga je geloven, Bombardon of Kikki? Na alles wat ze voor jou gedaan heeft!" Robert was uitgeput; tegen nog een verbale aanval was hij niet opgewassen. Hij liet zijn hoofd op mijn schouder vallen en begon te schreien. Ik verscheurde voor alle zekerheid de cheque en het contract, en zei:

-"Robert gaat eerst slapen; we zien daarna wel!" We lieten een verbouwereerde Bombardon achter.

Vrijdagmorgen, 6 juni 1958 11:00

Aangezien ik dus geen namiddagsessie op het getouw meer moest verzorgen, en vooral omdat ik Forel niet tegen het lijf wou lopen, besloot ik de cateringopdracht te aanvaarden die een uur eerder per telefoon was toegekomen. Van zodra Robert in bed zat, belde ik naar het huis van Laetitia. Ik hoopte dat haar moeder niet opnam, want ik kon haar toch niet vertellen dat ik Laetitia als keukenhulpje nodig had; voor mensen van haar stand was dat ondenkbaar. Maar gelukkig kreeg ik de butler aan de lijn. Die wist me te vertellen dat Laetitia aanstonds thuiskwam. Ik gaf hem mijn naam samen met de boodschap dat ik Laetitia verwachtte op een bepaald adres en uur, zonder erbij te vertellen wat we daar zouden doen. Hopelijk zou Laetitia het kunnen raden. Vervolgens vertrok ik per taxi. Ik wist niet welke hapjes of gerechten ik voor mijn opdrachtgevers zou bereiden. Eerst zou ik moeten vragen wat ze in huis hadden.

Vrijdagmiddag, 6 juni 1958 13:00

Robert had er hooguit twee uurtjes slaap opzitten toen hij wakker gemaakt werd door een razende Forel. "Alles kapot!" en "jij gaat alles vergoeden!" waren de flarden van de monoloog die tot hem doordrongen. Robert excuseerde zich vluchtig en strompelde naar de douche. Toen hij gewassen en aangekleed naar beneden kwam, bleek ook Pennycent op hem te wachten. Maar waar Forel de 'bad guy' speelde, speelde Pennycent de 'good guy.' Die laatste kalmeerde Forel en zei tegen Robert dat alles in orde kwam. Ze zouden alles rustig bespreken met de hertog. Robert was moe, maar besloot dat hij na de catastrofe in de kazerne beter zijn goede wil liet zien en meekwam. Toen hij zei dat hij honger had, vertelden ze hem dat hij bij de hertog te eten zou krijgen.

In de wagen kreeg hij voor het eerst te horen dat ze verlangden dat hij een contract zou tekenen met Gandaweave. Robert had niet anders verwacht. Hij nam zich echter voor niets te ondertekenen zonder Kikki, of het nu over 10 miljoen frank zou gaan of over 100 miljoen. Hij besloot dat, hoe het ook mocht aflopen, hij zichzelf later niet zou kunnen verwijten dat hij zijn beste vriendin niet vertrouwd had. Forel speelde intussen verder zijn rol door de schade voor de school op tweehonderdduizend frank te ramen. Pennycent suste Forel echter en probeerde Robert gerust te stellen.

Intussen waren ze op het kasteel van de hertog aangekomen. Het domein was, uiteraard met uitzondering van het door de Vissermans gebouwde Fleur-de-Lys, het grootste en mooiste van Gent. Maar in tegenstelling tot het Fleur-de-Lys, waarvan het park door Looms was opengesteld voor bezoekers, hadden weinig mensen het kasteel van hertog Bernard Martin ooit gezien. Je moest een kilometer via een kronkelende asfaltweg door het jachtdomein rijden, vooraleer een grote vlakte voor je opdoemde en het imposante witte barokkasteel zich liet bewonderen. Het had meer dan een dozijn torentjes, terwijl verschillende sierlijke bruggen de brede omwallingen overspanden.

De pracht en de praal vergrootten enkel naarmate Robert dieper in het bolwerk doordrong. Het salon waar ze uiteindelijk in belandden, was zo wijds, zo klaar, zo eclatant met zolder- en wandschilderingen gedecoreerd, en zo rijkelijk voorzien van massieve kristallen lusters en luchtige laat achttiende-eeuwse antiek, dat die ruimte dichter de hemel benaderde dan eender welke ervaring uit zijn leven, behalve uiteraard het spektakel in de badzaal van het Fleur-de-Lys. Nadat hij een bordje met hapjes gekregen had, wandelde hij al etende rond van het ene schilderij naar het andere, zichtbaar genietend van de prachtige ruimte, en bleef hij even staan voor elk venster.

Toen pas schoot het hem te binnen dat hij beter Kikki contacteerde. Hij vroeg aan Pennycent het adres van waar ze waren en of hij eens mocht telefoneren. Maar naar wie? Het enige telefoonnummer dat hij had, was van de compressorenwinkel van Anthony. Hij kreeg Anthony's secretaresse aan de lijn en vroeg naar Anthony. Die was er niet; die was natuurlijk gaan slapen na de lange sessies op het stadhuis met Forel. Hij vroeg vervolgens of de secretaresse een dringend bericht kon achterlaten bij de verloofde van Anthony. "Heeft hij zich verloofd?!" vroeg ze verrast en geboeid. Ze kon het nog niet geweten hebben; ze had Anthony nog niet gezien sinds het feest van de voorgaande dag. Maar vervolgens zei ze flirtend: "Ja, ik zal een bericht achterlaten bij Kikki, omdat jij het bent!" Robert bedacht dat bekend zijn op een moment als dit, voordelig was om snel iets gedaan te krijgen.

De gedelegeerde bestuurder van Gandaweave, hertog Bernard Martin, kwam na een half uurtje binnen. Het eerste wat Robert constateerde, was dat die helemaal leek op de mannelijke edellieden die bij zijn ouders op diplomatiek bezoek kwamen; ondanks het fonkelende interieur voelde de hertog geen enkele behoefte om met enige glitter op zijn lichaam te pronken. Zijn kleren, hoewel van de allerbeste kwaliteit, leken vierde generatie erfenisstukken. Enkel zijn schoenen waren gloednieuw en blonken alsof ze door een heel regiment paracommando's gepoetst waren.

Robert zette zijn glas cola neer omdat de hertog zelf nog niets te drinken had. De man was de minzaamheid zelf. Terwijl hij uitvoerig met Robert sprak over diens achtergrond en over het voetbal, kreeg hij zijn drankje. En enkel zoals een hertog zich dat schaamteloos kon permitteren, goot hij een half glas spuitwater bij zijn kwart glas wijn, en deed hij daar vervolgens nog een paar ijsblokjes bij.

-"Ik ben blij dat ik niet de enige ben die wine coolers lust!" lachte Robert.

-"Oh, en waarom hebt u er dan niet om gevraagd?" vroeg de hertog.

-"Ik durfde niet," gaf Robert ruiterlijk toe. "Maar laat maar, geen alcohol nu. Ik ben enorm moe."

-"Wel, we gaan u niet te lang bezig houden," zei de hertog. "Tenslotte is alles heel duidelijk: u hebt een fantastische uitvinding gedaan, waarvoor proficiat, …"

-"Dank u," zei Robert.

-"… en u wilt uw patent verkopen aan diegene die u daar het meeste voor biedt. En dat is Gandaweave of Looms."

-"Looms heeft me intussen al tien miljoen geboden," zei Robert eerlijk.

-"En hoeveel zou u willen?" vroeg de hertog.

-"Ik heb geen enkel idee," zei Robert. "Ik heb een juridisch adviseur, die voor mij zal onderhandelen. Ik verwacht dat ze naar hier komt straks."

-"Ze? Een vrouw? En wie is uw juridisch adviseur, als ik vragen mag?"

-"Ik moet toegeven dat ik nooit haar volledige naam gevraagd heb," antwoordde Robert beschaamd.

-"Wel, dat is niet erg," zei de hertog. "Ik ben ook slecht in namen. Dat overkomt mij ook." Robert voelde zich meteen beter. "Maar het zou wel het beste voor iedereen zijn dat uw juridisch adviseur haar opwachting maakt vooraleer de hertogin toekomt," voegde de hertog daaraan toe. Robert knikte; op basis van het beetje dat hij over de hertogin gehoord had, was dat inderdaad zeer wenselijk.

-"Het is eigenlijk een beetje gênant voor mij," zei de hertog eufemistisch, "maar de familie heeft verschillende van mijn verantwoordelijkheden binnen Gandaweave overgedragen aan de hertogin, zoals verkoop, aankoop, engineering en productie, om er maar enkele te noemen. Als u ooit voor Gandaweave zou willen werken...."

Forel onderbrak de hertog:

-"Het is helemaal nog niet gezegd dat Robert zijn diploma haalt!"

-"Wel," zei de hertog verzoenend, "ik zie niet in waarom wij Robert niet zouden laten werken aan de exploitatie van zijn patent. Aangezien er zestigduizend mensen werken voor Gandaweave wereldwijd, heeft hij hier trouwens mooie loopbaanperspectieven: als 'junior onderzoeker' kan hij promoveren naar 'werkleider mechanisch onderzoek weefgetouwen', vandaar naar 'diensthoofd studiebureau mechanica weefgetouwen', vandaar naar 'hoofd studiebureau weefgetouwen', vandaar naar 'directeur engineering weefgetouwen', en ten slotte naar 'directeur engineering'. En als je daar aangekomen bent, rapporteer je rechtstreeks aan de hertogin. Met een talent als dat van jou kunnen de promoties elkaar snel opvolgen. Uiteraard is het de hertogin die beslist of je eventueel zonder diploma voor Gandaweave mag beginnen werken, maar wees gerust: ik doe een goed woordje voor je." De hertog deed duidelijk zijn best Robert te motiveren om met hem een contract te tekenen voor het patent.

Robert wist weinig over de werking van grote bedrijven, en vroeg zich af wat er naast de verantwoordelijkheden van de hertogin nog overbleef voor de hertog. Maar op die vraag gaf die laatste zelf spontaan een antwoord:

-"Ik ben verantwoordelijk voor public relations en voor technologische marktinformatie, spioneren zeg maar," zei de hertog lachend. 'Wel, de hertog is tenminste zo open en eerlijk als ik van een hertog verwacht had,' dacht Robert, 'maar waarschijnlijk even onbekwaam en wereldvreemd als dat bij de meeste van die hogere edelen het geval is.'

-"Het zou zowel voor jou als voor mij een goede zaak zijn, mochten wij tot een goed akkoord komen zonder de hertogin," vervolgde de hertog. "Met het kopen van een belangrijk patent zou ik respect verwerven bij de andere familieleden; eindelijk zouden ze vaststellen dat ik al die jaren wist waarmee ik bezig was. Bovendien zal u, of uw juridisch

adviseur, het veel gemakkelijker onderhandelen vinden met mij dan met de hertogin."
Robert vond dat de hertog daar eigenlijk niet fier mocht op zijn, maar hij sympathiseerde met de oprechte man, die een honorabele missie voor zichzelf had geformuleerd.

-"En dat respect verdient u zeker en vast, hooggeboren heer," zei Robert, wiens verleden als diplomatenkind hem heel goed van pas kwam vandaag, "maar als ik vragen mag ..."

-"Ga gerust uw gang," zei de hertog.

-"Wat zou u ervan denken als ik een dutje zou doen tot mijn juridisch adviseur aankomt?" Forel protesteerde maar Pennycent suste.

-"Natuurlijk," zei de hertog, "wat een uitstekend idee!"

Robert kreeg een kleine maar comfortabele gastenkamer. Na vijf minuten lag hij als een roosje te slapen.

OPENBARING

Robert wist niet hoe lang hij geslapen had. Buiten was het nog heel klaar, maar in deze tijd van het jaar zei dat niet veel over het uur van de dag. Hij was in elk geval uitgerust. Omdat het toeslaan van een deur buiten hem gewekt had, keek hij vanuit de hoge eerste verdieping naar beneden. Op de zee van witte kiezelsteentjes was er één auto bijgekomen: de paarse Rolls-Royce van de hertog. Nauwelijks had hij zich herinnerd hoe hij in het begin van het schooljaar die wagen hersteld had, toen een heel sjiek geklede dame naar de wagen stapte, er een tas uithaalde, die zij blijkbaar vergeten was, en vervolgens terug naar het kasteel stapte. Nu zag hij haar aangezicht. Het was de dame die hij bij de herstelling van de Rolls-Royce ontmoet had, en die hem gevraagd had een fooi te komen ophalen. Zij was dus de befaamde hertogin. Had hij dát destijds maar geweten! Hij zou uitvoerig met haar gepraat hebben over zijn studies en ambities, hij zou langs gekomen zijn voor de fooi en nog eens een babbeltje met haar geslagen hebben. Daardoor zou alles nu misschien gemakkelijker geweest zijn. Want nu de hertogin hier was, zou zij, en niet de hertog, straks onderhandelen over het patent en een eventuele job voor Robert bij Gandaweave.

'Kikki', dacht hij, 'waar blijft Kikki in hemelsnaam?!' Ze zouden hem wakker maken bij haar aankomst. Wat niet gebeurd was. Ze was er dus nog niet. En de hertogin wél! Zou hij het aandurven om ook de hertogin te laten wachten op Kikki? Hoe kon hij trouwens te weten komen wanneer Kikki kwam? En zelfs óf ze kwam? Op geen enkele manier. Hoe ellendig! Zou hij dan toch maar onderhandelen zonder haar? Het was gewaagd, maar hij had Bombardon van Looms al aan het lijntje gehouden en wou nu niet hetzelfde doen met Gandaweave; hij vreesde immers tussen twee stoelen te vallen.

Hij verfriste zich even in de aanpalende badkamer. Daar lag een nieuw scheermesje en scheerschuim klaar voor de gast. Hij maakte er gretig gebruik van, want hij had zich 's ochtends niet geschoren na de veel te korte nacht.

Toen hij monter en fris klaar was om naar beneden te gaan, hoorde hij dat daar ergens fiks ruzie gemaakt werd; een dame hield een lange scheldtirade. Hij hoopte dat zíj niet de hertogin was, want dan zou hij ze straks in een slechte bui aantreffen. In elk geval wou hij het aan de gang zijnde dispuut niet verstoren met zijn plotse verschijnen. Gelukkig vond hij een gang die hem verwijderde van de herrie. Die mondde uit op een smal trapje voor het personeel. Toen hij beneden kwam, stond hij in een smalle, weinig verlichte hal van het personeelskwartier. Hij opende voorzichtig de eerste de beste deur. Het bleek een keuken te zijn waarin druk gewerkt werd.

-"Hallo Robert, wat een verrassing! Wat doe jij hier in hemelsnaam?" vroeg ik hem. Hij schrok even maar herstelde zich snel:

-"Didier, wat een toeval!" riep hij lachend.

-"Zeg wel!" zei ik. "Ik dacht dat jij op de school jouw slaap aan het inhalen was, maar mijnheer maakt het mooie weer in een kasteel!" Robert vertelde me dat hij op het kasteel was om te onderhandelen, en dat hij nu aan het wachten was op Kikki, of tot ze hem zouden komen halen. Dat kon in elk geval niet lang meer duren.

-"Ik ben ook aan het wachten, op Laetitia!" zei ik terwijl ik even door een venstertje tuurde, "maar ik heb meer geluk dan jij. Ze komt net toe!" Samen observeerden we hoe Laetitia, verkleed als keukenhulpje, veel te gracieus voor een keukenhulpje uit een taxi stapte. Die taxirit was trouwens veel duurder dan wat ze die namiddag zou verdienen. Als dat geen weggever was! Maar dat leek de stoute Laetitia helemaal niet te deren.

-"Prachtig kasteel trouwens," zei Robert.

-"Geloof het of niet: het is voor mij ook de eerste maal dat ik het zie," antwoordde ik. Terwijl we druk aan het praten waren, liep een duidelijk aangedane hertogin langs de keuken naar de vestiaire, terwijl ze een vermanende blik naar ons wierp.

-"Ze was daarnet al verwikkeld in een hevige discussie," zei Robert. "Je doet beter verder met je werk vooraleer ze op jou komt schelden." Ik beaamde en wees hem de richting van het salon.

Robert stapte voorzichtig het salon binnen, waar Pennycent, Forel en de hertog tegenover elkaar in zetels zaten. Van zodra de hertog Robert zag binnenkomen, stond hij recht om hem te verwelkomen, maar nog voor het zover kwam, kwam de hertogin door de deur gelopen, liep ze Robert voorbij alsof hij lucht was, ging ze voor de hertog staan, en stak ze een zeer geëmotioneerde tirade af:

-"Wil je nu weten: uw dochter heeft haar relatie verbroken. Wat een schande voor de familie! En wat nog erger is: iedereen fluistert dat ze met een burgerjongen wil trouwen! Stel je voor!!" Robert had dergelijke verhalen al vaker gehoord. Op de diplomatieke diners van zijn ouders waren de verhalen van eigenzinnige dochters gemeengoed. Het ging dan telkens over wat ze met die dochter zouden doen: ze bedreigen, ze naar een internaat sturen, of zelfs de jongeman in kwestie omkopen om een einde aan de relatie te maken. De verhalen hadden dikwijls een pikant tintje, zoals de jongen die de dochter in kwestie verstopte en er bij de ouders mee dreigde ze zwanger te maken. Diezelfde verhalen had hij ook gehoord, en des te frequenter, uit de mond van de roddeltantes, die stilletjes plezier beleefden aan de miserie van andere families.

Hoewel de hertogin geërgerd was door de aanwezigheid van Pennycent en Forel, hield haar dat niet tegen om voluit de intieme familieproblemen aan te kaarten met haar man. Daarentegen was Robert voor haar een persoon te veel:

-"Wat is dat met het personeel tegenwoordig?" vroeg ze aan Robert. "Wat sta je daar te niksen? Keer onmiddellijk terug naar de keuken!" Robert was onthutst; het gesprek met de hertogin had niet slechter kunnen beginnen. De hertog had dit misverstand meteen moeten rechtzetten, maar hij was er duidelijk de man niet naar om de hertogin terug te fluiten. Zodoende moest Roberts redding verrassend genoeg van de chauffeur komen, die de hertogin tot in het salon gevolgd was om zijn sleutels terug te krijgen.

-"Maar dat is Robert Fischer, de voetbalcoach!" riep die.

-"Oh excuseer," zei de hertogin, "en waaraan mogen wij het bezoek van de heer Fischer danken?" Vooraleer de hertog de kans gekregen had de juiste toedracht te schetsen, vervolgde de chauffeur:

-"Die heeft destijds onze wagen hersteld! Weet u nog, hooggeboren vrouwe, hoe ik over dat paaltje gereden was vorig jaar in september? Dankzij Robert konden we weer verder."

-"Juist, hoe kon ik dat vergeten zijn! Excuseert u mij," zei de hertogin. "U had trouwens nog een fooi tegoed, niet?" Normaal was Robert blij als hij een fooi kreeg, maar in de huidige situatie was dit uiterst gênant. Hoe kon hij straks zakelijk overkomen als hij nu een aalmoes ontving? En waar bleef Kikki in hemelsnaam?!

-"Die wagen hebt u trouwens mooi hersteld!" zei de hertog. Hij haalde zijn portefeuille uit zijn vestzak en gaf Robert duizend frank. Duizend frank! Dat was ongelooflijk veel voor een fooi! Robert sprong een gat in de lucht en ondermijnde daarmee onbewust zijn onderhandelingspositie.

-"Dus, voor alle duidelijkheid," zei de hertogin, "u kwam hier voor een fooi en niet om in de keuken te werken. Want de kok verwachtte nog een keukenhulpje."

-"Eu, pff, …," Robert wou het eigenlijk aan de hertog overlaten om te zeggen waarvoor hij hier was, maar die reageerde te traag.

-"Als u ons dan even wil excuseren," zei de hertogin tegen Robert. "De hertog en ik hebben een belangrijke bespreking. En straks ontvangt de hertog een belangrijke gast. We hebben daarvoor de beste kok van de stad uitgenodigd: Didier Forel." Ze keek even naar vader Forel, die glunderde. Terwijl ze de hertog overviel met het vervolg van haar betoog, verliet Robert het salon. Wat een afknapper! Ze verwachtten blijkbaar een belangrijke gast! Was de hertogin überhaupt geïnteresseerd in zijn patent?! En waar bleef Kikki toch! Enfin, hij won tenminste wat tijd. Hij besloot me gezelschap te houden in de keuken.

Daar was Laetitia intussen aan de slag, beeldiger dan ooit verkleed als keukenhulpje. Zij en ik hadden dringend iets te vertellen aan Robert, maar we kregen de tijd niet, want zowaar Kikki kwam op dat moment binnen! Robert dankte en loofde de Heer dat ze hier net op tijd geraakt was, nam haar bij de hand, en nog vóór zij de kans kreeg om mij of Laetitia te groeten, trok hij haar mee naar het salon. Kikki keek naar hem met de grootste ogen, waarin Robert tranen opmerkte. Maar hij had nu geen tijd om haar daarover vragen te stellen.

-"De onderhandelingen over het patent gaan beginnen," zei Robert kort en zakelijk tegen haar. "Ze hebben me met de rug tegen de muur gezet; ik kan de boot niet langer afhouden. Goddank dat jíj hier bent! Oh, en proficiat met je verloving." Hij gaf haar spontaan een heel snelle kus. "De hertogin is hier al. Looms heeft tien miljoen frank geboden. Probeer meer te krijgen van Gandaweave. Jij kan dat!"

-"Kalm, Robert, kalm! Heb je iets ondertekend?"

-"Neen, gelukkig niet, veronderstel ik tenminste." Ze waren intussen in het salon aangekomen. De hertogin was er niet meer, of was tenminste even weg.

-"Excuseer, ik hoop dat ik jullie niet onderbreek," zei Robert tegen de hertog, Forel en Pennycent, "maar mijn juridisch adviseur is aangekomen. Mag ik u voorstellen…"

-"Wij hoeven niet aan elkaar voorgesteld te worden," zei de hertog met een glimlach.

-"Wel, de wereld is blijkbaar kleiner dan ik dacht," herpakte Robert zich. "Ah, nu weet ik het weer: Kikki stelt kredietbrieven op voor Gandaweave. Ik heb ze vertaald in het Portugees!"

-"Wel," kwam Pennycent tussen, "je moet toegeven: Robert heeft de referenties van zijn juridisch adviseur goed nagetrokken!" Robert feliciteerde zichzelf door met een duimgebaar zichzelf een medaille op de borst te spelden. Iedereen lachte, behalve Kikki, die, nog steeds geëmotioneerd, het gebeuren in zich opnam. Toen de hertogin weer binnenkwam, vroeg Kikki haar:

-"Mag ik u aan Robert voorstellen?"

-"U wilt me voorstellen aan de keukenhulp, of neen, aan de reparateur van mijn wagen, of was het beide?" vroeg ze. En zich naar Robert richtend: "Wat doe jij eigenlijk? En wat doe jij hier nóg?"

-"Kikki is mijn juridisch adviseur, en…" Maar nog voor hij aan de hertogin duidelijk kon maken waarvoor hij hier was, onderbrak ze hem:

-"Juridisch adviseur? Maar wat gebéurt hier allemaal in hemelsnaam?!" De hertog probeerde het eindelijk allemaal recht te zetten:

-"Robert is hier voor een belangrijke bespreking…" Maar weer werd hij onderbroken door de hertogin:

-"Een belangrijke bespreking, met hem?! Over wat? Over voetbal? Over het herstellen van auto's? Wat kan er in hemelsnaam belangrijker zijn dan een gesprek over uw dochter?" 'Oh neen, daar gaan we weer!', dacht Robert, 'Kikki is hier nu, de hertogin is hier, maar de patentbespreking moet nu wachten tot na een discussie over de eigenzinnige dochter!' Hij was duidelijk gespannen. Hij liep naar de keuken.

-"Daar is de belangrijke gast van deze namiddag!" zei Laetitia, hem nogmaals verwelkomend.

-"Hoezo?" vroeg Robert.

-"Wij moeten vandaag cateren voor een belangrijke gast," zei ik. "Dat ben jij toch?"

-"Alles wat ik weet," antwoordde Robert, is dat Forel me uit de school, uit mijn bed, naar hier gesleurd heeft en dat de hertogin daarnet over een nog te verwachten belangrijke gast sprak."

-"Nog te verwachten?" zei ik verwonderd. "Volgens de personeelschef is die belangrijke gast hier na de middag toegekomen."

-"Wat een heksenketel is dit hier!" besloot Robert. Maar vooraleer hij verder kon gaan, vertelde Laetitia over het feest van de voorgaande dag:

-"Anthony heeft bekendgemaakt dat hij en Kikki nooit méér waren dan vrienden." Robert was geschokt; hij had nooit verwacht dat Anthony Kikki zou laten vallen op een feest, en dan nog wel tijdens een speech!

-"Oh nee, zoiets zou Anthony Kikki toch nooit aandoen! Het is dáárom dat ze tranen in de ogen heeft!"

-"Ik weet niet waarom ze tranen in de ogen heeft," zei Laetitia, "maar ze leek heel blij en ontspannen toen Anthony dat bekendmaakte. Iedereen heeft hen, ondanks de niet-

aankondiging van een verloving, een applausje gegeven, en ze heeft spontaan mee geapplaudisseerd!"
   -"In haar trouwkleed?! Ze moet daar..." Laetitia onderbrak hem:
   -"Wat zei je daar, Robert?"
   -"Ze moet toch voor schut gestaan hebben in haar trouwkleed."
   -"Trouwkleed, hahahahaha!" Laetitia gierde het uit van het lachen, "Kikki, hahahaha! Waar heb je dát vandaan, Robert?! Hahahaha." Ze wendde zich tot mij: "Wat heeft Robert?! Trouwkleed?! Kikki op dat feest in een trouwkleed! Hahahaha!" Robert stond voor aap. Kikki had dus alsnog een ander kleed aangetrokken vóór het feest. Hij snapte er niets meer van. Laetitia herstelde zich langzaam van haar lach en vertelde verder:
   -"Na Anthony's aankondiging liep Hélène weg van de tafel naar de hal en begon ze te schreien. Kikki en ik gingen haar meteen opzoeken. Hélène dacht dat het haar schuld was dat Anthony de relatie met Kikki verbroken had. Ze vertelde dat ze in het midden van de nacht van Valentijn Anthony's kamer bezocht had. Kikki heeft haar eindeloos moeten troosten: ze zei dat Anthony en zij helemaal niet bestemd waren voor elkaar, en dat het zelfs een goede zaak was dat Hélène tussen hen beiden gekomen was. Maar Hélène wou het maar niet geloven."
   -"Anthony heeft me intussen verteld over die nacht van Valentijn," zei Robert. "Ik heb trouwens Hélène van de trappen horen komen die nacht, maar ik wist niet dat zij het was. Ik dacht dat het Kikki was, maar hield twee andere mogelijkheden open." Ik keek streng naar Robert, die nu begreep dat hij zich versproken had. Maar het was te laat:
   -"Welke twee andere mogelijkheden?" vroeg Laetitia. Ze ging vlak voor Robert staan. Hij moest op de vraag antwoorden.
   -"Wel, Hélène die Anthony bezocht, en.... wel maar één andere mogelijkheid, bedoelde ik." Maar er was geen ontsnappen aan.
   -"Welke was de andere mogelijkheid?" vroeg Laetitia met een grote stoute glimlach. Ze hield Robert zo stevig vast bij zijn bovenarmen, dat die pijn deden. Robert kon niet anders:
   -"Dat jij ...," hij twijfelde. Moest hij 'Anthony' of 'Didier' zeggen? Maar ze had al geraden wie hij bedoelde. "... Didier bezocht," vervolgde Robert beschaamd.
   -"Hahahaha," lachte Laetitia, "hoor je dat Didier? Robert denkt al dat wij een stel zijn! We zullen wat voorzichtiger moeten worden!" zei ze, terwijl ze me vastnam en ostentatief en speels stevig op de lippen kuste. Wat maakte dat meisje me toch keer op keer stapelgek!
   Robert werd van de Laetitia-storm bevrijd door de butler, die hem naar het salon wenkte. Blijkbaar was de discussie over de eigenzinnige dochter voorbij. Net zoals Forel en Pennycent was Kikki aanwezig gebleven tijdens de hele discussie tussen de hertog en de hertogin. Ze was nog steeds stil en geëmotioneerd. Robert begreep er niets van. Kikki had als een kapitein het schip door de woeligste stormen geloodst, ervoor gezorgd dat hij aan alle componenten was geraakt, dat hij een plaats had om het luchtsysteem te bouwen, en dat de spionnen op afstand gehouden werden. Maar nu de haven in zicht was, was ze beduusd en had ze tranen in de ogen. Wat scheelde er in hemelsnaam met haar? Was ook zij zó onder de indruk van de omstandigheden waarin ze zich nu bevond: het kasteel, de machtige hertogin...? Of was ze tóch verdrietig omwille van Anthony? Robert hoopte hoe dan ook dat ze zich snel herstelde, en zich ontpopte tot de zakenvrouw die hij in haar gezien had.
   De hertog voerde het woord:
   -"Ik heb intussen aan iedereen uitgelegd dat het verwerven van het patent voor Gandaweave van cruciaal belang is voor haar voortbestaan." Dat klonk al veel beter uiteraard, maar tegelijkertijd was Robert compleet verrast. Negen maand geleden had hij voor de grap een stukje garen over een tafel geblazen, maar als dit nu zó belangrijk was voor de tweede-grootste fabrikant van getouwen dat haar voortbestaan ervan afhing, dan was die grap uit de hand gelopen. In elk geval was de hertog een slechte onderhandelaar, want na wat die zonet gezegd had, kon Robert nu eender wat vragen voor zijn patent. 'Geen wonder dat de hertog op een zijspoor gezet is door zijn familie', dacht Robert, 'maar waarom voert híj het gesprek nog, en niet de hertogin, nu zij hier is?'

-"Wel," repliceerde Robert naar Kikki kijkend, "aangezien mijn juridisch adviseur hier is," en zich vervolgens naar de hertogin richtend, "en de hertogin hier is, veronderstel ik dat we voltallig zijn voor de onderhandeling."

-"Excuseer, jongeman," zei de hertogin, zich tot Robert richtend, "ik zou er wel graag bij zijn, maar ik heb andere plannen voor de rest van de namiddag." Robert was van slag; opnieuw vreesde hij dat zijn patent uiteindelijk tóch niet zo belangrijk was, althans niet voor de hertogin. Robert werd in zijn gepeins onderbroken door de hertog:

-"Nogal veel mensen hebben de laatste tijd dezelfde fout als u gemaakt," lachte de hertog, "het is namelijk niet mijn vrouw die algemeen directeur is van Gandaweave."

-"Is er nog een hertogin? Uw moeder, uw zuster?" vroeg Robert.

-"Mijn moeder is helaas overleden vorig jaar…," zei de hertog met tranende ogen. Robert vloekte binnensmonds op zichzelf. "…en mijn zuster is geestelijk gehandicapt. Zij werkt in de plantsoendienst van Gandaweave; ze onderhoudt vogelnestkastjes."

-"Och, ik wist dat niet. Ik hoop dat u me excuseert," zei Robert. Hoe gênant! Hij besloot geen woord meer te zeggen. Maar wanneer nam Kikki in hemelsnaam de onderhandeling van hem over?! Hij keek streng naar haar, maar ze stond daar nog steeds, stil en met de tranen in de ogen. De hertog vervolgde:

-"De hertogin die de algemeen directeur van Gandaweave is, is mijn dochter. Sinds haar prille jeugd is ze specifiek opgeleid geweest door vele privéleraren, heel dure privéleraren kan ik wel stellen, om mijn functie van algemeen directeur over te nemen. En dat heeft ze, veel vroeger dan verwacht, veel vroeger dan ik gehoopt had om eerlijk te zijn, gedaan vorig jaar."

-"En met succes!" zei de hertogin trots. "Het gaat nu veel beter met Gandaweave." Wat een kaakslag voor de hertog! Die laatste slikte even.

-"Dat is dan een andere dochter dan die waarvan zonet sprake, de eigenzinnige?" vroeg Robert. Hij had zich voorgenomen om niets meer te zeggen, maar zwijgen lag niet in zijn aard. Hopelijk had hij niet opnieuw iets gênants gezegd!

-"Wel, we hebben maar één dochter," zei de hertogin. Het was dus tóch de rebelse dochter die algemeen directeur was van het machtige Gandaweave. Robert kon zich zoiets niet voorstellen.

-"Ok, dan wachten we nog even op de hertogin-dochter," zei Robert met een zucht die hij niet kon onderdukken. Hij was gefrustreerd; hij had gehoopt dat de onderhandelingen eindelijk konden beginnen, maar opnieuw moest hij wachten op iemand.

Maar met een verwoestende knal als van een waterstofbom werd hij uit zijn gepieker gehaald:

-"Ik ben de dochter," hoorde hij iemand zeggen. In Roberts hoofd stormde het; niets was nog zoals hij het ooit gedacht had. Geen enkele hersencel leek op dezelfde plaats te willen blijven. Hij keerde zich naar zijn juridisch adviseur; ze had voor het eerst in deze discussie ook iets gezegd. Hij keek naar haar in ongeloof. Dit kon toch niet waar zijn?! Was ze gek geworden?!

-"Wij waren verrast toen u haar voorstelde als uw juridisch adviseur," grinnikte de hertog, "maar uw juridisch adviseur is in werkelijkheid de hertogin Kathrin Martin, algemeen directeur van Gandaweave." Kikki keek verontrust naar Robert en legde haar hand op zijn voorarm. Robert zwalpte op zijn benen en verloor haast zijn evenwicht.

-"Excuseert u mij," zei hij. Hij ging naast een stoel staan en hield de leuning vast. Kikki volgde hem. "Excuseert u me," zei hij nogmaals, "mag ik even?" Hij hield één hand voor zijn aangezicht. Het werd zwart voor zijn ogen.

-"Zeker," zei de hertog met een gelaten glimlach. De hertog voelde zich weer eens geklopt door zijn eigen dochter, deze keer dus in de race voor Roberts patent. Ze had hem al een jaar aan een stuk geklopt. Hij probeerde zich neer te leggen bij de superieure capaciteiten van zijn dochter, maar het bleef keer op keer vernederend. Pennycent van zijn kant keek toe met gemengde gevoelens; enerzijds had de hertogin duidelijk het patent weggekaapt voor zijn neus. Al die maanden had ze nauw met Robert samengewerkt tot het patent klaar was. Daar zou Pennycent geen speld meer tussen krijgen. Anderzijds was het patent nu van Gandaweave en zou hij zijn aandeel hopelijk wel krijgen. Forel ten slotte hoopte dat de hertogin er zich rekenschap van zou geven dat Robert uit zíjn school kwam, en dat zij daarom als grote volwaardige sponsor zou optreden. Ze kon het zich nu wel permitteren!

Daarentegen wist Robert helemaal niet meer waar hij stond. Hertogin Kathrin Martin, dat was plots helemaal iets anders dan Kikki. Hij had weliswaar heel sterk vermoed dat ze van adel was, maar hertogin?! Dat was de hoogste adellijke stand onder keizerin, koningin en prinses. Waarom had ze hem dat nooit verteld, en de mensen rondom haar ook niet? Nu stond hij hier grandioos voor schut, en wist hij helemaal niet meer aan welke kant zij stond, en dat op het belangrijkste moment van zijn leven!

Terwijl Kikki Robert de tijd gaf om na te denken, keek ze hem recht in de ogen, terwijl haar hand op zijn voorarm lag. Maar Robert zag of voelde haar gebaar niet. Hij probeerde nu het voorbije schooljaar in een andere context te zien. Vele raadsels waren in één klap opgehelderd: hij wist nu waar haar kennis van textiel vandaan kwam, waarom ze met kredietbrieven bezig was, waar zij alle componenten en apparaten vandaan haalde – en zo snel! –, waarom Anthony zo dwaas keek toen Robert over Pennycent vertelde, waarom Pennycent als een bange muis wegvluchtte op het schoolfeest, waarom 'de hertogin' aan Forel een grote cheque gaf voor de verwarming nadat ze van Pennycent vernomen had dat de schetsen van Robert Fischer waren, waarom de dochter van Pennycent het verbod kreeg Robert nog te 'coachen', waarom Kikki zoveel ervaring had met patenten en patentenjachten, waarom het patent in de kortst mogelijke termijn werd goedgekeurd, waarom er zoveel bezoekers op de TextielExpo waren en waarom die specifiek voor zijn luchtsysteem gekomen waren. Waarschijnlijk had ze via Pennycent ook zijn curriculum vitae gezien, kende ze daardoor zijn verjaardag en wist ze op voorhand dat hij Spaans en Portugees kende. Maar hoe kon het dat Kikki, als algemeen directeur van het gigantische Gandaweave, zoveel tijd voor hem had kunnen vrijmaken? Zij moest het toch heel druk gehad hebben? Zou het luchtsysteem zó belangrijk geweest zijn voor haar? En wat betekende dit nu allemaal voor hém? Was zij toch een spionne, of niet? Het patent had ze wel degelijk op zijn naam gezet; dat was een grote geruststelling, maar nu moest hij tégen haar onderhandelen in plaats van mét haar! Dat was onbegonnen werk! En daarna? Daarna kon hij hopen dat ze hem liet werken bij Gandaweave, waar zij de bazin van de baas van de baas van de baas van de baas van de baas van zijn baas zou zijn. Hij zou blij mogen zijn als hij af en toe nog eens een glimp van haar zou opvangen, wanneer ze, omringd door belangrijke mensen, langs zijn werkplaats zou passeren.

Terwijl hij daarover nadacht, verwijderde hij zich automatisch van haar. Ze greep hem stevig bij de arm en trok hem naar zich toe.

-"Zie je nu waarom je niet mocht weten wie ik was?!" fluisterde ze. "Je zou nooit met mij kunnen samenwerken hebben!"

-"Ik vrees dat u de verkeerde juridisch adviseur gekozen hebt!" grinnikte Pennycent, die Robert zag wegkwijnen.

-"Ik dacht dat jij rechten studeerde!" zei Robert tegen Kikki.

-"Enkel een korte cursus erfenisrecht, tweemaal twee uur per week," antwoordde ze met een zich verontschuldigende stem.

-"Mijn patent is jouw eindwerk voor een cursus erfenisrecht?!" vroeg Robert, die sowieso al niets van rechten begreep.

-"Ik leg het later wel uit," antwoordde ze.

-"Ok," zei hij, "leg het me later maar uit." Hij kwam weer een beetje bij zijn positieven, hoewel hij weinig hoop had dat de dag nog goed kon aflopen. Hij focuste zich nu op iets tastbaars: haar tranen. "Maar vertel eens, wat is er mis, waarom heb je geweend? Anthony?" Ze schudde haar hoofd ontkennend en wou antwoorden, maar de hertogin-moeder onderbrak haar:

-"Zeg dat het niet waar is! Als een gewone jongen als mijnheer Fischer al weet van Kathrin's folie, dan weet heel de stad het al! We worden nog de spot van heel België!" Robert dacht intussen verder na. Waarom waren Kikki's ogen betraand als ze geen spijt had over de niet-verloving met Anthony? Omdat de discussie over de wispelturige dochter daarnet over háár ging natuurlijk! Omdat de hertogin boos was dat ze zich niet verloofd

185

had met Anthony, en …. omdat Kikki haar oog had laten vallen op een burgerjongen! Kikki was verliefd op iemand anders!! Dat maakte het enkel des te ondraaglijker voor Robert.

-”Jij bent verliefd op een burgerjongen?” vroeg Robert met een krop in zijn keel. Kikki knikte. De hertogin-moeder slaakte een kreet bij het zien van Kikki’s bevestiging. “Ken ik hem?” vroeg hij. Ze leek tezelfdertijd ja en neen te knikken. “Wie?” vroeg hij ongeduldig.

-”Ik toon je hem,” antwoordde ze en ze verliet even het salon.

-”Wat?! Is hij hier?!” vroeg Robert vol ongeloof. ‘Hij is hier!’ dacht hij. ‘Is dát de belangrijke gast die ze deze namiddag verwachten?!’ Hij wachtte met grote anticipatie om dit duiveltje uit een doosje te zien binnenkomen.

Kikki kwam terug binnen, maar werd niet gevolgd. Ze was blijkbaar enkel haar handtas gaan halen.

-”Ik toon je een foto van hem,” zei ze.

-”Een foto?!” vroeg Robert stomverbaasd. Ze haalde iets uit haar tas en toonde het hem.

-”Dit is geen foto maar een spiegel,” zei Robert langs zijn neus weg. Hij wou haar de spiegel teruggeven. Maar ze nam hem niet aan. De hertogin-moeder had het onmiddellijk begrepen en krijste van afschuw. Kikki bleef Robert aankijken tot hij het begreep. Plots gingen zijn wenkbrauwen omhoog en trok hij grote ogen.

-”Ik?!” vroeg hij in ongeloof maar dolgelukkig. Ze knikte. Hij zweefde een meter boven de grond. Hij dacht even dat hij droomde. Dit kon toch niet waar zijn? Een uur geleden waande hij haar nog verloofd met Anthony! Hij wou haar in zijn armen nemen, maar een ander deel van zijn hersenen zei hem dat ze ‘de hertogin’ was, de baas van de baas van de baas… Terwijl zijn lichaam vocht met zichzelf, werd hij echter met een dreun uit zijn roes gehaald:

-”Nooit!” zei de hertogin-moeder. “Nooit! Hoort u me, mijnheer Fischer? Nooit! Wie denkt u wel dat u bent! Wij zijn geen familie die met de burgerij trouwt, niet voor de liefde en niet voor het geld. Nooit!”

-”U weet dat ik de laatste ben om Kathrin te laten trouwen met iemand uit de burgerij,” probeerde de hertog, “maar het patent van de heer Fischer is absoluut cruciaal. Als hij ons zijn patent niet wil verkopen, zal Gandaweave ten onder gaan en overgenomen worden. Wij moeten hier en nu met Robert onderhandelen tot hij bereid is het patent te verkopen.” Dit nieuw gegeven trof de hertogin-moeder als een mokerslag. Ze zweeg. Met een vervloekend gelaat keek ze naar Robert.

Kikki wou met hem trouwen! Hij wou haar omhelzen of kussen, maar zij stonden hier te midden van vier mensen die hem vijandig bekeken. Hij moest eerst met hen verder. Hopelijk nam Kikki de onderhandeling snel in handen. Hij stond nogmaals versteld van hoe zwaar de hertog de onderhandelingspositie van Gandaweave ondermijnd had nog vóór de onderhandelingen moesten beginnen. Robert besefte dat hij nu om het even hoeveel kon vragen. ‘Maar wacht eens even’, dacht Robert, ‘wíe onderhandelt er straks met wíe precies?’ Die vraag werd snel beantwoord toen Kikki voor de tweede maal kort het woord nam:

-”Er wordt niet onderhandeld,” zei ze langs haar neus weg, alsof ze iemand de weg naar buiten wees. “Ik regel alles namens Gandaweave en Robert.” In Roberts oren klonk er iets onlogisch in die zin, maar hij had intussen geleerd dat hij Kikki beter geen vragen kon stellen.

En ook de hertog zei niets. Die werd op een heel pijnlijke en gênante manier geconfronteerd met het feit dat hij binnen Gandaweave volledig uitgerangeerd was. Maar hij kreeg plots nieuwe perspectieven door een tussenkomst van Pennycent:

-”Ik protesteer! Roberts juridisch adviseur is namelijk dezelfde persoon als diegene aan wie hij het patent wil verkopen. Bovendien gaat hij er nog eens mee trouwen ook. Dat is het archetype van belangenvermenging!” Kikki gunde Pennycent nauwelijks een blik, maar diens tussenkomst had de hertog een mogelijkheid gegeven om de zaak naar zich toe te trekken:

-”Wel, inderdaad, dat is belangenvermenging,” zei de hertog gewichtig, “en als voorzitter van de raad van bestuur van Gandaweave, moet ik hier tussenkomen.” Kikki keek naar hem met vuur in haar ogen. Zíj was het die bij alle tantes en nonkels gaan pleiten was opdat de hertog de functie van voorzitter van de raad van bestuur mocht uitoefenen! En die familieleden waren uiteindelijk en met veel moeite akkoord gegaan, mits de hertog die rol enkel opnam als een ere-functie, en enkel om zijn eer te redden. Nu wou de hertog warempel die rol uitspelen, tégen haar!

Terwijl Robert zich afvroeg wat het verschil was tussen een "voorzitter van de raad van bestuur" en een "algemeen directeur," kwam de hertog met een verrassend voorstel:

-"U weet dat Kathrin enkel met Robert kan trouwen als ik daar de toestemming toe geef. Welnu, ik doe een schappelijk voorstel: Robert krijgt Kathrin voor het patent."

-"Direct akkoord!" zei Robert. Hij liep naar de hertog, schudde hem de hand en omhelsde hem. Hij was dolgelukkig.

-"Ik protesteer!" zei Kikki onmiddellijk.

-"Ze komt eindelijk bij haar zinnen!" riep de hertogin-moeder.

-"Ah," zei Pennycent tegen Kikki, "u bent te laat, hooggeboren vrouwe, want de rol van de juridisch adviseur is uitgespeeld van zodra er een overeenkomst is."

-"Niet wanneer de juridisch adviseur zelf het voorwerp van de overeenkomst is!" corrigeerde Kikki boos.

Door zijn tussenkomst had Pennycent een risico genomen: Kikki kon hem op elk moment ontslaan. Maar omdat het luchtsysteem ongeveer alle weefgetouwen in het Westen zou vervangen, wou hij absoluut zijn aandeel in dit patent. Klanten hadden zelfs niet op het einde van de demo gewacht om de verkoopafdelingen van Gandaweave en Looms te overstelpen met de vraag waar ze het luchtsysteem konden kopen. Overal ter wereld werd momenteel bij aandeelhouders aangeklopt om geld voor luchtgetouwen te vragen. Kortom, dit was het patent waar Pennycent dertig jaar op gewacht had. Mocht hij vandaag mislukken om een deel van de buit binnen te halen, zou hij illegale kopieën van het luchtgetouw in Japan laten maken. Daarop had hij zich reeds voorbereid.

-"Ja, maar ik wil wel met je trouwen!" mopperde de ongeduldige Robert. Vooraleer Kikki daar een antwoord kon op geven, kwam er protest uit nog een andere hoek. Pennycent en Forel hadden immers nog een heel grote pijl op hun boog, een doorslaggevende, althans volgens hen. Ze hadden vóór de discussie gepland om dit ultieme wapen als laatste troef uit te spelen, om Robert aan het einde van een slopende onderhandeling finaal op de knieën te dwingen.

-"Ik protesteer!" zei Forel. "Volgens het contract dat Robert met de school getekend heeft, is het patent namelijk van de school!" De hertog keek verrast. Hij wist niets van dat contract af, en vroeg zich nu af of dat de zaak niet verslechterde voor Gandaweave; als Forel immers eigenaar werd van het patent, en Pennycent onrechtstreeks ook, want die twee werkten altijd samen, was het gegarandeerd dat die twee het nog harder zouden spelen dan Robert, zo hard misschien als in 1923, toen beide heren Prins Jan de Vissermans failliet hadden laten gaan. De hertog was een van de weinigen in Gent die geprofiteerd hadden van wat er toen gebeurd was; hij en Looms hadden immers de 'buit', het patrimonium van de Vissermans, onder hen verdeeld, en niet enkel de fabrieken, maar ook de kastelen. Dit kasteel was naar Gandaweave gegaan, terwijl het onafgewerkte, maar nog veel imposantere Fleur-de-Lys naar Looms gegaan was.

-"U zou beter met ons samenwerken, mijnheer Fischer, want een rechtszaak zou tien jaar duren," voegde Pennycent daaraan toe.

-"Robert heeft me niets verteld van een contract," loog Kikki. "Weet u zeker dat hij er een ondertekend heeft?" Ze keek streng naar Robert, die op het punt gestaan had haar te corrigeren.

-"Ik heb het bij!" riep Forel triomfantelijk.

-"Heel goed," zei Kikki. Ze nam doodnuchter het contract over van Forel en legde het in het midden van een imposante lege tafel. "Maar aangezien dit contract van doorslaggevend belang zou kunnen zijn, haal ik er meteen een deurwaarder bij. Ik gebied dat intussen niemand het document nog aanraakt." Ze verliet het salon en pleegde een telefoontje.

Forel, die zich een minuut eerder winnaar gevoeld had, liep hoogrood aan en sidderde als een rietje. Zo had niemand het ooit gespeeld! Hij had in het verleden steeds de kans gehad om het contract uit te spelen wanneer en zoals hij dat wou. Zelden had hij het uit zijn handen moeten geven. Maar hier lag het nu in het midden van een tafel. Hij kon er niet meer bij. Het was een aantal jaar geleden als een standaard contract opgesteld geweest door Kikki, die toen nog de 'dochter in opleiding' geweest was bij Gandaweave. Dat maakte echter dat zij het contract dus beter kende dan hijzelf. Vóór het begin van het huidige schooljaar had ze, naar aanleiding van de zelfmoord van de student, echter gevraagd het standaard contract niet meer te gebruiken. Ze had Forel geboden een ander contract te gebruiken, één dat de student meer rechten gaf. Maar Forel had die vraag genegeerd en Robert een contract van het oude type doen tekenen. Zou Kikki denken dat hij tóch het nieuwe contract gebruikt had, waarin Robert tóch rechten had? Dat was nu zijn enige hoop: dat het dát maar was waarmee Kikki nu speelde! Straks zou ze teleurgesteld worden en zou Forel het patent naar zich toe trekken. Pennycent keek hem intussen vragend aan: 'Het is toch goed?' Forel trok een zelfverzekerde blik.

Kikki kwam na een minuut weer binnen en nodigde iedereen uit om een kop thee te drinken en enkele van mijn hapjes te verorberen. Forel was verontrust door Kikki's ontspannen houding. Hoe kon ze er zomaar op vertrouwen dat hij het nieuwe contract gebruikt had? Zo naïef was zij toch niet? Zeker hertogin Kathrin Martin niet! Forel sidderde opnieuw. Hij wou dat hij het contract opnieuw kon bekijken, maar het lag in het midden van die lege tafel, eindeloos ver uit zijn bereik.

In de keuken had Laetitia intussen ruimschoots de kans gehad om mij te vertellen dat we bij Kikki thuis waren en dat Kikki eigenlijk 'de hertogin van Gandaweave' was. Ik was even verrast en geschokt als Robert.

-"Kikki de hertogin van Gandaweave? Waarom hebben jullie dat niet eerder verteld?"

-"Kikki heeft dat met aandrang gevraagd aan ons en aan tante Lolo. Ze kent weinig mensen die op een normale manier met haar omgaan eens ze weten dat ze de machtigste persoon van Gent is."

-"Behalve Anthony, Hélène en jij uiteraard!"

-"Al van kinds af doen Kikki, Hélène en ik aan sport en muziek samen. Onze ouders zijn heel goed bevriend. Anthony van zijn kant is grotendeels samen met Kikki opgevoed bij tante Lolo."

-"Wat ik vreemd vind, is dat in tegenstelling tot jouw ouders, Kikki's moeder het blijkbaar wél goed vindt dat je in de keuken meehelpt."

-"Helemaal niet! Ik mag er niet aan denken dat ze me herkent! Kikki's moeder is net zoals mijn moeder verschrikkelijk hautain. Elke vriendschappelijke omgang met niet-adel vindt ze volstrekt uit den boze, en het doen van enig soort werk dat door personeel kan gedaan worden, zielig en onverantwoordelijk. De adel moet volgens haar de problemen van de wereld oplossen en zichzelf in stand houden door spitsvondige huwelijkspolitiek. De mannelijke edellieden moeten vooral bezig zijn met dat eerste en de vrouwelijke vooral met dat laatste."

-"In de keuken werken zit daar niet bij, veronderstel ik?" vroeg ik retorisch.

-"Uiteraard niet! Al die dames gaan er prat op dat ze nog nooit een voet in hun eigen keuken gezet hebben. Het zou een schande voor hen betekenen mocht één van hun dochters ooit in de keuken betrapt worden."

-"Tante Lolo is dan wel de grote uitzondering."

-"Tante Lolo is veel minzamer geworden sinds de dood van haar man. Ze is veel meer dan vroeger op zoek naar het positieve in elke mens die ze ontmoet, en staat ook veel meer open voor een nieuwe ervaring."

-"Maar ze blijft er weemoedig uitzien."

-"Het zou haar goed doen mocht de mysterieuze inbraak opgehelderd worden tijdens dewelke haar man gestorven is. Het niet weten wat die inbreker zocht, is al even ondraaglijk als het niet weten wie die inbreker was." Laetitia wijdde nog even uit over de inbraak, waarvan het politieonderzoek nooit een resultaat opgeleverde.

-"Als ik het goed begrepen heb, mag jij hier niet herkend worden vandaag. Waarom ben jij zelfs naar hier gekomen vandaag?" vroeg ik.

-"Omdat ik héél plichtbewust ben!" zei ze, terwijl ze me een kleine lieve kus op de lippen gaf. Het drong definitief tot me door dat Laetitia me graag zag. Dat was het goede nieuws. Maar vijf minuten eerder had ze me duidelijk gemaakt dat haar moeder zelfs nooit een vriendschappelijke relatie, laat staan een huwelijk, tussen ons zou toestaan. We waren gescheiden door een glazen wand. "En omdat ik durf!" voegde ze daaraan toe. Wat durfde ze precies? Tegen haar moeder ingaan als het op trouwen aankwam? Of enkel stiekem in de keuken werken? Ik wist niet wat ik mocht verhopen.

-"Wat komt Robert hier doen?" vroeg Laetitia. "Waarom is Robert een belangrijke gast vandaag?"

-"Hij werd uitgenodigd om te onderhandelen over zijn patent," zei ik.

-"Door Kikki?" vroeg ze. "Ze had hem een formele onderhandeling met haar wel kunnen besparen! Arme Robert!"

-"Neen, Kikki wist niet eens dat hij naar hier kwam. Robert werd uitgenodigd door haar vader. Heb je niet gezien hoe verrast ze was Robert hier aan te treffen?"

-"Eigenaardig," zei Laetitia. "De hertog heeft niet eens de bevoegdheid om te onderhandelen over een patent namens Gandaweave. Dat zal Kikki hem intussen wel duidelijk gemaakt hebben! En wat echt eigenaardig is: als juridisch adviseur van Robert moet ze nu onderhandelen met zichzelf!"

-"Robert zal het gewoon laten gebeuren," zei ik. "Hij kent niets van financiën, evenmin als ik, en hij vertrouwt Kikki met zijn ogen toe. Liefde maakt blind."

-"Dus tóch!" zei Laetitia. "We hebben daar in elk geval over geroddeld, moet ik toegeven. In elk geval, ik denk dat Kikki hem ook graag ziet. Ze heeft op vragen daarover steeds dubbelzinnig geantwoord. Het heeft meegespeeld in Hélènes beslissing om Anthony op te zoeken in zijn kamer in de nacht van Valentijn."

-"Maar nu?" vroeg ik met heel veel belangstelling, want als Laetitia nu zou vertellen dat er een oplossing voor Kikki en Robert was om langs dwarsliggende ouders te geraken, dan was die oplossing er misschien ook voor Laetitia en mij!

-"Voor Kikki wordt het heel moeilijk om met Robert te trouwen. Als zij dat toch doet, zal de rest van de familie haar niet langer meer algemeen directeur bij Gandaweave laten zijn, ondanks het feit dat ze het schitterend gedaan heeft in haar eerste jaar. Gandaweave heeft het zelfs nog nooit zo goed gedaan!" En daarmee wist ik waar ík stond; voor Laetitia en mij zou het nog moeilijker worden.

-"Wie is trouwens jouw juridisch adviseur in deze patentenkwestie?" vroeg Laetitia.

-"Ik heb niets met dat patent te maken," zei ik. "Ik heb enkel Robert wat geholpen. We hadden een fantastische tijd." Laetitia's ogen fonkelden; ze had een licht zien branden.

-"Laat mij jouw juridisch adviseur zijn. Ik ben juriste!" zei ze met aandrang.

-"Aangenomen," zei ik lachend. "Je doet maar wat je wilt!" Die patentenkwestie was al gek genoeg zónder Laetitia. Erger kon het niet meer worden.

-"Je zal er geen spijt van krijgen," zei ze, mij andermaal kussend. Wel, ik had er al meteen geen spijt meer van! Maar anderzijds heb ik sindsdien nooit meer teruggedacht aan het feit dat zij mijn juridisch adviseur was.

Ze was in haar nopjes. Ze borstelde snel haar uniformpje af en nam een plateau hapjes om op te dienen in het salon.

-"Ben je gek? Ze zullen je herkennen!" waarschuwde ik.

-"Nee, nee," zei ze met stoute ogen, en weg was ze.

~

Ze speelde haar rol van onderdanige serveuse schitterend. Ze liet haar aangezicht totaal expressieloos hangen. Haar ogen bewogen zo weinig mogelijk en keken liefst in het oneindige. Als iemand in haar buurt kwam, maakte ze veel meer plaats dan nodig was.

Het werkte. De hertog en Forel, die nochtans de 'echte' Laetitia kenden, merkten niets. Geen hersencelletje maakte hen attent op de mogelijkheid dat deze brave serveuse eigenlijk de gewiekste Laetitia was. Met de domst mogelijke uitdrukking op haar gelaat stapte zij eerst recht op Kikki af. Terwijl zij diep voorover boog om de schaal met hapjes te presenteren, keken haar ogen los door Kikki heen. Die laatste was compleet overrompeld door het plotse, hoogst komische plaatje en proestte het ongecontroleerd uit. Ze vond niet beter dan van haar aangezicht te verbergen in haar handen, waardoor ze er niet in slaagde zich te bedienen. Laetitia bleef echter als een standbeeld in de lastige houding staan.

Intussen probeerden de hertog, Forel en Pennycent tevergeefs te begrijpen wat de grap was. Uiteindelijk vermande Kikki zich heel even, net voldoende om toch iets van de schaal te nemen. Maar nauwelijks had ze het hapje in de mond of ze draaide het hoofd weer snel weg. Laetitia stapte vervolgens op Robert af, die halsoverkop van zijn zetel wegvluchtte en met tranende ogen wegliep. Ook hij verborg zijn lachbui achter zijn handen. Ze ging hem kordaat met de schaal achterna terwijl haar gelaat geen krimp gaf.

Opnieuw maakte paranoia zich meester van Forel: lachten ze om zijn contract? Pennycent merkte dat er iets niet in orde was met Forel, waardoor ook hij nu ongerust werd.

Forel en Pennycent hadden pas echt reden tot angst toen twee wagens zich vlak voor het venster parkeerden. De eerste was Anthony's wagen, waaruit, naast hijzelf en Hélène, ook een onbekende heer in een pak en zowaar Dieudonné Butu stapten! Uit de tweede wagen kwamen de politiecommissaris en zijn adjudant tevoorschijn. 'Wat gebeurt hier allemaal?' vroeg iedereen zich af. Robert keek met vragende ogen naar Kikki, die persoonlijk de voordeur openmaakte en de bezoekers binnenliet.

Pennycent zocht een vluchtweg. Hij probeerde zich een weg naar buiten te banen, maar werd door de adjudant aangemaand naar zijn plaats weer te keren. Forel besefte wat er aan de hand was en werd lijkbleek. Omdat Laetitia inzag dat nu niet het moment was om haar acteerprestatie nog eens bij haar zus en Anthony over te doen, keerde ze weer naar de keuken. Toen ze me vertelde wat er aan het gebeuren was, werd ik ongerust. Wat had Forel nu weer uitgespookt? Hoe erg dat Laetitia hiervan getuige was! Ze zag echter mijn bezorgdheid en legde haar arm rond mijn middel: "Hey, het komt wel in orde, Didier!"

De commissaris stapte naar Pennycent toe en vroeg hem om zich te identificeren. Pennycent stamelde zijn naam.

-"Mijnheer Pennycent, u wordt verdacht van diefstal. Kan u die koffer openmaken?" Er was geen ontkomen aan. Pennycent opende met bevende handen de koffer die hij steeds bij zich had. Bovenaan lagen Roberts documenten die gestolen waren bij tante Lolo door de nep-slachtoffers van het ongeval.

-"Zijn ze volledig?" vroeg Kikki.

-"Lijkt me van wel, en wat ben ik blij dat ik ze terugheb!" antwoordde Robert. "Ik vermoed…." Kikki legde Robert het zwijgen op; dit was niet het moment om te zeggen dat Kikki valse gegevens in het patent gezet had, en dat de juiste in deze teruggegeven documenten stonden.

-"Wat was u ermee van plan?" vroeg de commissaris aan Pennycent.

-"Ik wou de inhoud van het patent verifiëren of vervolledigen," antwoordde die. Hij vertelde er uiteraard niet bij dat hij illegale kopieën van het luchtsysteem in Japan wou laten maken.

Forel, getuige van de ondergang van zijn kompaan Pennycent, was zo angstig dat hij op het punt stond te hyperventileren.

Nu Roberts documenten teruggegeven waren, lag een heel vreemde verzameling van oude documenten en brieven als bovenste in de koffer. De hertog leek iets te herkennen en graaide het hele pakket uit de koffer. Terwijl hij vervolgens gedurende twee minuten door de stukken ging, werd hij lijkbleek. De met de hand geschreven documenten kwamen van de hand van de overleden man van tante Lolo. Die had alle bewijzen verzameld… 'Als Pennycent dit maar niet gelezen heeft!' dacht de hertog. Maar Pennycent had het gelezen; dat was te zien op zijn gelaat. Wat moest de hertog nu doen? Pennycent beschuldigen van de inbraak waarbij tante Lolo's man overleed? Dan zou dit document als bewijsmateriaal voor de recherche dienen, en dat moest hij ten allen prijzen vermijden!

-"Ik verkies geen klacht neer te leggen betreffende dit tweede document. Het behoort toe aan mijn schoonzuster. De heer Pennycent heeft het toevallig meegenomen toen hij Roberts documenten stal." Iedereen in het salon vond dit een vreemde uitleg, maar aanvaardbaar.

-"Ik eis dat dit document bewaard wordt door de recherche!" riep Pennycent.

-"U wilt bewijzen verzamelen tegen uzelf?" vroeg de commissaris verbaasd.

-"Neen, bewijzen van iets anders, iets héél belangrijks, véél belangrijker dan de diefstal waarvan ik beschuldigd word."

-"Iets illegaals?" vroeg de agent.

-"Niet illegaal, maar wel crimineel!" zei Pennycent, zonder te willen bekend maken waarover het ging. Iedereen vermoedde nu dat het een document betrof waarmee Pennycent iemand kon chanteren.

-"Het spijt me," zei de commissaris, "maar zo werkt het helemaal niet." De adjudant kon het niet laten om glimlachend het hoofd te schudden in ongeloof. De hertog mocht over het document beschikken. Pennycent protesteerde nog een beetje, maar broedde intussen al andere plannen.

Nu ook dat document uit de koffer verwijderd was, kwam Dieudonné's eindwerk naar boven. Die slaakte een zucht van verlichting: hij had zijn eindwerk weer! Hij keek naar Kikki:

-"Hoe, in hemelsnaam, wist jij dit allemaal?"

-"De hooggeboren vrouwe, de hertogin Kathrin Martin,..." begon de commissaris. Dieudonné onderbrak hem:

-"Oh, excuseer, hooggeboren vrouwe, dat ik u niet correct aansprak."

-"Laat maar zo," lachte Kikki. "De uitleg is eenvoudig: toen ik naar tante Lolo reed, heb ik de Citroëns gezien die het nep-ongeval veroorzaakt hadden."

-"Ah, in jouw trouwkleed?" zei Robert. Kikki keek vermanend naar hem. Hij besefte dat hij had moeten zwijgen. Niemand lette op wat Robert gezegd had. Trouwkleed? Dat zal hij wel als grap bedoeld hebben. Niemand dus, behalve Anthony, die geamuseerd terugdacht aan Roberts wonderlijk verhaal over het trouwkleed.

-"Die wagens behoren toe aan Gandaweave," vervolgde Kikki. "Het spoor bracht me bij de heer Pennycent en enkele kompanen. Die hebben het ongeval gesimuleerd door langs weerskanten op een ton te rijden met los metaal erin. Het was een afleidingsmaneuver, een gekende methode. Ik heb iets soortgelijks gedaan om te weten te komen wat Pennycent in zijn koffer bijhield. En daar zat jouw eindwerk bij."

-"Waarom?" vroeg een verwonderde Dieudonné. Kikki legde minzaam uit:

-"De heren Pennycent en Forel dachten verkeerdelijk dat Robert bij jou aan zijn uitvinding werkte. Ze wisten niet dat jij enkel geïnteresseerd was in de slijtage van de grijpers."

-"Wel, in elk geval dank ik u heel hartelijk, hooggeboren vrouwe," zei Dieudonné. Hij was niet van plan de aanspreektitel te laten vallen.

De adjudant maakte een uitgebreid verslag. Alhoewel de hertog uitdrukkelijk vroeg om met geen woord over het geheimzinnige tweede document te spreken, werd het toch in het proces-verbaal opgenomen, weliswaar zonder enige vermelding van de inhoud. Daarna vertrokken de politiemannen. Ze namen Pennycent mee. Anthony dankte hen voor de snelle interventie.

~

De man die in de wagen van Anthony en Hélène was meegekomen, was de deurwaarder. Hij had het gebeuren tussen Pennycent en de politie rustig gadegeslagen. Hij begreep dat het nu zijn beurt was.

-"Waarmee kan ik jullie van dienst zijn?" vroeg hij.

-"Wel," zei Kikki, "we zouden graag hebben dat u als getuige optreedt bij de discussie over een document dat de heer Forel met ons wil bespreken."

-"Dat is een ongewone opdracht, hooggeboren vrouwe," zei de deurwaarder, "maar perfect binnen mijn bevoegdheid. Waarover gaat het?"

-"Dat zal de heer Forel u zelf uitleggen." Forel had intussen nog weinig zin om het contract hier en nu te bespreken. Elk woord kon nu gevolgen hebben. Hij ging het contract halen dat in het midden van de tafel lag.

-"Mijnheer de deurwaarder," zei Forel, "dit is het contract dat gesloten is tussen de heer Fischer enerzijds en de school anderzijds op de eerste dag van het schooljaar. Het betreft de intellectuele eigendom van het werk van de student." Voor Robert was het telkens vreemd de woorden 'intellectueel' en 'eigendom' in dezelfde zin te horen, maar hij probeerde te volgen.

-"Goed," zei de deurwaarder, het contract inspecterend, "ik zie dat het contract gedateerd is op maandag 2 september en dat het ondertekend is door beide partijen. Ik neem aan dat de heer Fischer ook een kopie gekregen heeft destijds?" Robert probeerde te antwoorden maar Forel was hem voor:

-"Wel, ik heb Roberts kopie van het contract voor hem bijgehouden, voor zijn eigen goed. U begrijpt natuurlijk, mijnheer de deurwaarder, dat scholieren nogal slordig zijn met papier." Hij haalde 'Roberts kopie' uit zijn tas en overhandigde die ostentatief aan Robert. De deurwaarder trok zijn wenkbrauwen op bij het aanschouwen van Forels merkwaardige procedure om een kopie aan de tegenpartij te bezorgen. Nog vooraleer Kikki daar moest om vragen, maakte hij daar uitgebreid een aantekening van. Forel beet op zijn lip. Dit was slecht begonnen!

-"Kunnen beide partijen bevestigen dat dit hun handtekening is?" vroeg de deurwaarder. Forel keek nog eens pro forma naar beide kopieën van het document en bevestigde meteen. Robert keek vragend naar Kikki en ze knikte. Ook Robert bevestigde de authenticiteit van zijn handtekening. De deurwaarder noteerde de bevestigingen.

-"Goed," zei de deurwaarder, "ik stel voor dat ik het contract voorlees. Ik ben namelijk de enige die hier voor zijn tijd betaald word!" Hij lachte met zijn eigen grap. Hij las het contract voor. Zoals in de meeste contracten stond er in het eerste drie kwart niets spannends.

Dat wist Forel ook. Hij bestudeerde het gelaat van Kikki, maar zij keek even verveeld als de anderen. 'Had ze nu nog niet gemerkt dat dit het oúde contracttype was, zoals dat vorig jaar gebruikt werd,' vroeg Forel zich af, 'en niet het nieuwe, dat hij verondersteld was te gebruiken sinds de zelfmoord van de student? Of begonnen beide contracten op dezelfde manier?' Forel wist het niet meer. Hoe zou ze reageren op de belangrijke paragrafen? Hij verborg zijn bezorgd gelaat achter een kop koffie.

Aan die belangrijke paragrafen was de deurwaarder intussen gekomen:

-"De school bezit het intellectuele eigendomsrecht van het werk dat de student verricht binnen de omschrijving van het officiële eindwerk. ...." Forel verslikte zich in zijn koffie:

-"Laat mij dat zien!" De deurwaarder overhandigde hem het document. Forel las het na: "De school bezit het intellectuele eigendomsrecht van het werk dat de student verricht binnen de omschrijving van het officiële eindwerk..."

-"Dat kan niet!" riep Forel uit. "Dit is niet het originele contract. Het werd verwisseld!"

-"Wanneer?" vroeg de deurwaarder.

-"Ergens in het schooljaar," zei Forel.

-"Dus zijn ze verwisseld nadat u ze ondertekend hebt?"

-"Juist," zei Forel.

-"Hoe komt het dan dat uw handtekening op het volgens u valse contract staat?" Forel moest nu heel snel nadenken. De waarheid was dat er nooit een handtekening op het originele contract gestaan had, en dat hij deze middag pas een handtekening op dit contract gezet had, waarvan hij niet beseft had dat het een ander, lichtjes gewijzigd contract was. Maar hij zag een uitweg:

-"Wel, toen ik het contract, en de kopie van Robert, deze middag uit mijn bureau haalde, zag ik tot mijn verbazing dat mijn handtekening ontbrak. Ik heb het vlug ondertekend." De deurwaarder noteerde deze verklaring.

-"Dus Robert heeft nooit het contract dat u hier komt tonen, gezien mét uw handtekening?" vroeg de deurwaarder.

-"Jammer genoeg niet," zei Forel. En weer noteerde de deurwaarder de verklaring van Forel.

-"En u hebt bij uw handtekening de datum van 2 september gezet?" vroeg de deurwaarder. Forel besefte dat hij betrapt werd op valsheid in geschrifte. Hij knikte enkel. De deurwaarder noteerde de bevestiging.

-"Tot slot, mijnheer Forel," zei de deurwaarder, "hebt u deze middag een contract ondertekend, waarvan u nu zegt dat u niet akkoord bent met de inhoud." Forel reageerde driest:

-"Vraag liever aan Robert wat er gebeurd is!" Robert wist niet wat hij moest zeggen. Maar eindelijk speelde Kikki haar rol:

-"Mijn cliënt heeft volgend document ontvangen in september." Ze overhandigde het oorspronkelijke contract aan de deurwaarder.

-"Dit document is niet ondertekend door de heer Forel," stelde hij vast. "Daar kan ik niets mee." Hij gaf het document aan Kikki terug en noteerde weer zijn bevinding. Het werd stil. Niemand zei nog iets. Kikki keek vragend naar Forel, maar die wist niet wat hij nu moest zeggen. Er waren twee contracten in het spel. Het eerste was ongeldig omdat Forel het nooit ondertekend had, terwijl diezelfde Forel het niet eens was met de inhoud van het tweede, dat hij wel ondertekend had.

-"Kan ik u verder nog van dienst zijn?" vroeg de deurwaarder.

-"Wenst u nog iets te zeggen, mijnheer Forel?" vroeg Kikki. Forel fulmineerde maar schudde uiteindelijk het hoofd.

-"Dank voor uw tijd, mijnheer de deurwaarder," zei Kikki. "Anthony, breng jij mijnheer weer naar huis?"

-"En Dieudonné, veronderstel ik?" zei Anthony. Dieudonné knikte en maakte aanstalten om mee te gaan.

-"Wel, Dieudonné," zei Kikki, zich tot hem richtend, "ik zou graag een aantal zaken met jou bespreken aan tafel. Wil je onze gast zijn?" Dieudonné was net zo verrast als iedereen maar antwoordde met een grote glimlach:

-"Het zou een grote eer zijn, hooggeboren vrouwe!"

Toen Anthony, Hélène en de deurwaarder naar de wagen stapten, liep Kikki's moeder Anthony achterna:

-"Anthony, hoe vreselijk dat Kathrin je heeft laten vallen. Het moet wel heel erg voor je zijn. Maar maak je maar geen zorgen. Ik los het wel op!"

-"Alles is nog nooit zo goed met mij gegaan als nu, mevrouw," verzekerde Anthony. Hij en Hélène namen afscheid. Terwijl Anthony en Hélène arm in arm wegwandelden naar de auto, zag de hertogin-moeder hoe ze elkaar innig omhelsden en een lange kus op de mond gaven. Ze was nu vollédig van streek! Hélène had Anthony afgesnoept! Kikki's beste vriendin! Machteloos keek ze toe naar de wegrijdende wagen.

~

Forel werd door de chauffeur naar de school teruggebracht in de paarse Rolls-Royce. Het was een eerste klas begrafenis van Forels hoop om enige greep te krijgen op het patent. Hij staarde met een lege blik naar buiten. Hij had geen enkel idee waar de budgetten vandaan zouden komen voor het volgende schooljaar.

~

De butler nodigde iedereen uit om naar de eetplaats te komen. Twee van de oorspronkelijke gasten waren geschrapt, namelijk Forel en Pennycent, en één, Dieudonné Butu, was erbij gekomen.

-"Is de onderhandeling nu afgelopen?" vroeg een verwarde Robert aan Kikki. "Hoe zit dat nu met dat patent? En moet ik jouw vader niet om jouw hand vragen?"

-"Jij hebt al genoeg onderhandeld voor één dag," grinnikte Kikki. Ze gaf hem een snelle kus op de lippen zonder dat iemand het zag. Robert voelde zijn hart kloppen. De eerste kus! Neen, niet echt de eerste kus, maar wel de eerste die echt telde. Hij wou haar omhelzen maar ze waren intussen in de eetkamer aangekomen.

Als belangrijkste genodigde kreeg Robert de plaats toegewezen aan de rechterhand van de dame des huizes, zijn schoonmoeder in spe. Die was gewoon van een belangrijke zakenrelatie naast zich aan tafel zitten te hebben, of een bevriende edelman, maar zeker niet deze omhooggevallen burgerjongen, die dacht dat hij in ruil voor een patent eender wat aan de hertog kon vragen, inclusief diens dochter. Dat laatste zou niet gebeuren; daar zou ze alles aan doen!

Aan de andere kant van Robert nam Kikki plaats, die altijd naast de zakenrelatie geplaatst werd. De hertog zat aan de rechterhand van Kikki, en Dieudonné aan de rechterhand van de hertog.

Kikki wou niet dat er nog over het patent gepraat werd, tot ontgoocheling van Robert. Die hield de tien miljoen in gedachten die hij van Looms kon krijgen. Hij had gehoopt vandaag al een heel concreet getal te horen dat op zijn minst even groot was. Maar goed, hij had ondertussen geleerd van aan Kikki geen vragen te stellen, en daar zou hij zou zelfs in deze omstandigheden geen uitzondering op maken.

De hertogin-moeder hengelde heel even naar de afkomst van de overgewaaide Amerikaan, maar dat zijn ouders diplomaten waren voor grote liefdadigheidsorganisaties, maakte helemaal geen indruk op haar, integendeel. Diplomatie was het moderne klooster; het was de plaats waar verarmde adel naartoe trok, of, zoals in het geval van Roberts ouders, wereldburgers die overal en nergens thuis hoorden, en die hun leven aan elkaar breiden met klusjes. Zijn afkomst stelde helemaal niets voor. Typisch voor zo iemand om naar boven te vallen en te hengelen naar een hertogin. 'Maar zo diep zijn we nog niet gevallen,' dacht ze, 'helemáál nog niet!'

Met de minzame hertog klikte het meteen beter. De hertog was net zoals elke Gentenaar een grote fan van Gantoise, en, moest hij toegeven, ook van Robert.

-"En komt er een testwedstrijd?" vroeg de hertog.

-"Volgens Anthony wel, maar we weten nog niet waar en wanneer."

-"En wanneer ga je dat dan weten?" vroeg de hertog.

-"Morgen, heb ik gehoord," zei een voorzichtig stemmetje. Iedereen keek verbaasd naar het keukenhulpje, dat, terwijl ze de soep aan het uitschenken was, zich had durven mengen in een discussie tussen gastheer en gast. De hertogin-moeder keek met een boze blik naar de butler, die op zijn beurt onmiddellijk naar de keuken ging om zijn beklag te maken over het ongepaste gedrag van Laetitia.

Intussen waren Robert en Kikki in een eindeloze lach geschoten. Laetitia zelf gaf echter geen krimp; Robert en Kikki mochten het uitgieren zoveel ze wilden, zijzelf zou met hetzelfde dromerige snoetje de soep blijven opdienen. Zo bediende ze Robert terwijl die haar geïntrigeerd aankeek. Ze keek met een dwaze blik recht in zijn ogen, maar op een manier dat ze los door hem heen leek te kijken. Robert bestierf het van de pret. De hertogin-moeder keek afkeurend naar het puberale gedrag van Kikki en Robert. Waarmee waren ze aan het lachen? Met haar, de hertogin-moeder? Het was toch de normaalste zaak van de wereld dat ze de tussenkomst van het keukenhulpje afkeurde; zoiets had ze in haar hele leven nog niet meegemaakt. Zelfs in de burgerhuizen zou het personeel zoiets nooit doen!

Intussen was het keukenhulpje tot bij de hertogin-moeder gekomen met de soepkom, waar ze verraden werd door ... haar parfum! De hertogin-moeder had ooit peperduur parfum gekocht, dat ze nu meteen herkende; ze had dat vorige kerstdag cadeau gedaan aan ... Laetitia! Ze zette zich recht en ging vlak voor Laetitia staan. Ze zag de gelijkenis.

-"Laetitia?" vroeg ze. Laetitia ontweek de vraag:

-"Tot uw dienst, hooggeboren vrouwe." Robert en Kikki keken gespannen toe. Maar de hertogin-moeder zag het nog niet:

-"Mag ik vragen: waar haalt u dat parfum vandaan?"

-"Ah nee!" schaterde Kikki. Dat maakte de hertogin-moeder opnieuw onzeker. Ze bleef voor Laetitia staan, elk detail van haar gelaat bestuderend. Ze vroeg zich af hoe het mogelijk was dat ze kon twijfelen of het meisje vóór haar een gewoon keukenhulpje was, of dat zij integendeel behoorde tot de hoogste aristocratie van de stad. Ze wou echter geen gok wagen; als ze verkeerd zou gokken, zou dat een fenomenaal compliment voor het keukenhulpje betekenen. Ze liet Laetitia verder de soep uitschenken en bestudeerde elke beweging: hoe stapte ze, hoe hield ze haar schouders, hoe fluïde waren haar bewegingen?

-"Dank u, Laetitia," zei de hertog toen zij hem bediende. Hij dacht immers dat het een uitgemaakte zaak was dat zij Laetitia was. De hertogin-moeder twijfelde nu of de hertog Laetitia herkend had.

-"Alstublieft, mijnheer," antwoordde Laetitia op dezelfde manier als zij sinds kinds af de hertog aangesproken had. Maar dát herkende de hertogin-moeder. Nu was ze zeker!

-"Laetitia!" riep ze. Ze ging opnieuw voor Laetitia staan. "Laetitia, hoe durf je zoiets te doen?! In een keuken werken, en in de mijne dan nog wel! Wat als mensen dit te weten komen?!"

-"Het was als grap bedoeld, mevrouw," probeerde Laetitia, maar de hertogin-moeder kon de grap niet smaken.

-"Ik praat hier met je moeder over! Je kan het aan haar uitleggen. Doe nu die schort uit, zet die muts af en kom mee aan tafel zitten!" Toen Laetitia zich ontdeed van haar muts, vielen haar lange, dikke goudgele haren over haar schouders. Op één seconde was Assepoester in prinses veranderd. Nu zou iedereen ze meteen herkend hebben. Ze zette zich tussen Dieudonné en de hertogin-moeder, en gaf Robert en Kikki haar stout lachje; ze viel niet snel van haar paard! Inderhaast werd de tafel voor haar gedekt.

Toen hij terug in de eetkamer kwam, zag de butler tot zijn ontsteltenis dat het opdringerige keukenhulpje haar schort en keukenmuts uitgedaan had, en zich gewoon aan tafel gezet had. Hij wou haar hardhandig van de tafel verwijderen, maar de hertogin-moeder wuifde hem weg met de hand. De butler was verbijsterd: een keukenhulpje dat zomaar aan tafel mocht gaan zitten bij de familie! Daar bovenop, wegens het wegvallen van het meisje in de keuken, werd hijzelf nu gedegradeerd tot keukenhulp! Maar ook hij herkende ten slotte Laetitia en moest glimlachen; zoiets mocht je nu eenmaal van haar verwachten!

-"Hoe jij dáár in geslaagd bent om zo iemand als keukenhulpje aan te werven!" zei hij tegen mij in de keuken.

-"Hou het stil," vroeg ik hem. "Ze helpt me immers op andere feesten ook. Niemand moet dit weten."

-"Natuurlijk," zei de butler. "Discretie is mijn job!"

De hertog trok zich weinig van het hele gebeuren aan. Toen zijn vrouw uitgeraasd was, zette hij de conversatie gewoon verder met Laetitia, die ondanks de omstandigheden niet aangedaan was:

-"Morgen?" zei je.

-"Ja, morgen komt dit voor op een sportieve vergadering van de voetbalbond," zei Laetitia.

-"Anthony heeft me laten verstaan dat ...," begon Robert, maar Laetitia vervolledigde opgewonden:

-"Hélène en ik onderhandelen!" zei ze. Kikki kneep haar ogen tot kleine spleetjes. Dat zou wat worden! Robert van zijn kant zuchtte: dit betekende een testmatch in Gent, voor een joelende massa supporters die het volste vertrouwen in hem hadden. En hij had geen schijn van een kans om de wedstrijd te winnen...

-"En, Robert, gaan we winnen?" vroeg de hertog.

-"We gaan winnen omdat me móeten winnen!" zei Kikki. "De dag na de wedstrijd zijn het verkiezingen. We móeten winnen!"

-"Klopt dat, Robert?" Robert werd grauw in het aangezicht. Naast hem zat Kikki, die hem vandaag gezegd had dat zij met hem wou trouwen en die daardoor het volste vertrouwen in hem had uitgesproken. Hij knikte enkel. De hertog glimlachte tevreden.

Iedereen at nu stil zijn soep op. Ook Dieudonné Butu was stil gebleven sinds hij zijn eindwerk teruggekregen had. Hij had een tijdje nodig gehad om de diefstal en de teruggave van zijn eindwerk te verwerken. Aan tafel had hij gewoon genoten van de prachtige ruimte waarin hij zich nu bevond, van het lekker eten, en van de bedoening rond Laetitia.

-"Zo, Dieudonné," zei Kikki plotseling, "jij bent ingenieur?"

-"Jawel, hooggeboren vrouwe," zei Dieudonné, "ik studeer voor burgerlijk ingenieur metallurgie. Daarna ga ik in de mijnen van Congo werken."

-"Ik heb een interessant voorstel voor jou," zei Kikki. "Binnenkort komen er in Europa veel getouwen met grijpers ter beschikking. Wat zou je ervan denken als die allemaal naar Congo kwamen? Jij zet die in fabrieken en weeft in Congo de stoffen voor heel Afrika. Wat denk je?" Dieudonné liet zijn lepel in zijn soep vallen. Wat een voorstel!

-"Geen flauw benul hoe ik daar zou aan beginnen!" zei Dieudonné.

-"Je hebt connecties in Congo?" Hij knikte. Zijn familie kende iedereen die er te kennen was in Leopoldstad.

-"Dat is alles wat je nodig hebt. Dat en jouw ingenieursdiploma wel te verstaan. Wat denk je?" Dieudonné gaf het antwoord dat Robert en ik ook zouden gegeven hebben:
-"Als u erin gelooft, geloof ik er ook in, hooggeboren vrouwe." Kikki glimlachte en zei:
-"Dat is dan afgesproken."
Na deze korte, droge conversatie zag Dieudonné's leven er van het ene moment op het andere helemaal anders uit. Hij zei niets meer gedurende de rest van de maaltijd. Duizenden problemen hielden zijn gedachten bezig, de ene nog onoverkomelijker dan de andere: gebouwen, elektriciteit, personeel, vrachtwagens, garen, klanten, ...
Wie ook niets zei, was de hertog. Eens te meer had zijn dochter een belangrijke beslissing voor Gandaweave genomen zonder hem te raadplegen. Een jaar eerder was híj nog de algemeen directeur. Toen zou hij een studie laten uitvoeren hebben door een groot adviesbureau, dat gepaard gegaan zou zijn met seminaries in leuke hotels en heerlijke diners in de beste restaurants. Kikki daarentegen had zonet de beslissing om in Congo te investeren, helemaal in haar eentje genomen, en waarschijnlijk op minder dan een kwartier. Op dezelfde recht toe, recht aan manier nam ze al een heel jaar beslissingen. Met succes dan nog wel. Moest hij afgunstig of fier op zijn dochter zijn? Was ze zoveel intelligenter dan hem of enkel zoveel beter opgeleid? Hij speelde plots met het idee om met pensioen te gaan. Hij zou het eens aan Kikki vragen. Hij glimlachte uit medelijden met zichzelf.
Zoals steeds mocht ik op het einde van het diner aan de tafel verschijnen om hulde te krijgen van de gastvrouw. Ik gaf een kleine toelichting over wat we allemaal gegeten hadden. Laetitia wou aan mijn uitleg iets toevoegen, maar werd onmiddellijk het zwijgen opgelegd door de hertogin-moeder.
-"En nog iets, mijnheer Forel," zei de gastvrouw, "ik reken erop dat niemand ooit te weten komt dat Laetitia in de keuken gewerkt heeft!"
-"U mag erop rekenen, hooggeboren vrouwe." De hertogin-moeder knikte naar mij en wierp nog eens een boze blik naar Laetitia.

~

De spierwitte kiezelsteentjes knarsten heerlijk onder onze schoenen toen we bij zonsondergang langs het prachtige kasteel naar de Rolls-Royce stapten, die klaar stond om ons allen naar huis te voeren. Dieudonné en Laetitia waren reeds ingestapt. Ikzelf had geen haast; ik nam nog even de tijd om het prachtige domein te bewonderen.
Achter mij liepen Robert en Kikki arm in arm. Robert wist niet wat gezegd, of eerder, hóe hij het moest zeggen. Was Kikki nu zijn meisje na alles wat daarbinnen gezegd was? En hoe zat het met het patent? Kikki zelf genoot gewoon van het moment. Ze liet zich afleiden door een bambi, die uit een weide ontsnapt was en haar kwam opzoeken. Plots ging ze echter vóór Robert staan, legde ze haar handen op zijn schouders, en keek ze hem diep in de ogen.
-"Ik ben voor een tijdje in het buitenland," zei ze. "Je hoort wel van mij." Robert was onthutst:
-"In het buiten…?" maar nog voor hij kon vragen waarom, kuste ze hem heel sensueel op de mond. Het was geen speelse of vriendschappelijke kus deze keer, maar een lange kus die zei: 'Ik ben van jou.' Ze was bijna zo groot als hij, zodat hij zijn hoofd slechts licht naar beneden moest buigen om haar zachte lippen op de zijne te voelen. Gedurende enkele seconden was hij in de hemel, niet een beetje, maar helemaal. Hij had het gevoel dat er helemaal geen universum was, dat hij helemaal geen lichaam had, en dat het enige wat bestond Kikki's liefde voor hem was, en zijn bewustzijn daarvan.
-"Wat wou je nog vragen?" vroeg ze. Maar die ene kus had al zijn vragen beantwoord. Hij zocht naar woorden terwijl hij haar in de armen hield en in de ogen keek.
Ik verstoorde onbewust het mooiste moment uit zijn leven:
-"Robert, moet je eens zien wat dáár staat!" riep ik plots.
-"Ik heb hem al gezien," riep Robert terug. Maar ik kon niet geloven dat hij onverschillig was.
-"Besef je welk model dat is?" vroeg ik met aandrang. "Dat is een 250!!" Ik liep ernaartoe zonder op Robert te wachten. De wagen was de keizer van de sportwagens, een absoluut juweel. Ik bewonderde de witte auto eerst vanop een vijftal meter. Met ontzag

verplaatste ik mij zachtjes rond de wagen. Hij zag er sowieso al als de meest blitse sportwagen in het universum uit, maar toen ik het steigerende paardje op het radiatorrooster in de avondzon zag glimmen, kreeg ik pas echt rubberen benen.

-"Jouw favoriete wagen, Didier?" vroeg Kikki.

-"Mijn favoriete wagen, Roberts favoriete wagen," antwoordde ik enthousiast, "de favoriete wagen van alle mannen die van auto's houden! Dit is gewoon..." Maar Kikki luisterde niet naar het vervolg van mijn betoog.

-"Ik zie je binnen een paar weken, Robert," zei ze, terwijl ze hem nogmaals kuste, even innig als de vorige keer.

-"Ik zie je..," zei Robert, die niet méér over zijn lippen kreeg.

-"Ik heb nog iets voor jou," zei ze, "opdat je me niet vergeet. Ik hoop dat je er veel naar kijkt."

-"Ik zal het op mijn nachtkastje zetten," grapte Robert. Maar het lachen verging hem toen ze een blinkend voorwerp uit haar handtas haalde en het hem overhandigde. Ze gaf hem nog een snelle kus en liet Robert vervolgens met wijdopen mond achter.

We stapten aarzelend naar de Rolls-Royce. Robert had moeite om zich van Kikki te verwijderen en ik van de Ferrari. Laetitia liep ons plots tegemoet. Dieudonné volgde haar met een rustige stap.

-"Proficiat, Robert, ik ben zo blij voor jou en Kikki!" Ze gaf Robert een zoen en omhelsde hem. "Niet jaloers zijn, jij!" zei ze onmiddellijk daarop, terwijl ze me oppikte en in haar armen naar de Rolls droeg.

-"Wat heb je van Kikki gekregen, Robert?" vroeg Laetitia.

-"De... sleutel... van... haar... auto," antwoordde Robert, nog steeds onthutst.

-"Je gaat die sleutel toch niet op je nachtkastje leggen!" lachte Laetitia. Robert stond verlegen met de sleutel in zijn hand. Eigenlijk had hij wel die intentie gehad.

-"Ik heb enkel een Amerikaans rijbewijs," probeerde hij.

-"Wel, dan heb jij meer dan ik," zei Laetitia geamuseerd. "In België heb je namelijk geen rijbewijs nodig." Ze zette me weer op mijn voeten. "Jullie mogen niet meerijden!" besloot ze schaterlachend. Zij en Dieudonné namen vlug afscheid van ons en vertrokken met de Rolls-Royce. Ze zaten beiden achteraan en wuifden uit het venster toen ze wegreden. We stonden nu alleen op de zee van witte kiezelsteentjes met een sleutel in de hand, kijkend naar de formidabele wagen waarmee we naar huis moesten.

Zonder dat we het merkten, sloeg Kikki ons vanop de eerste verdieping gade. Ze zag ons gedurende tien minuten discussiëren, gesticuleren en herhaaldelijk naar de wagen kijken. Uiteindelijk zag ze ons naar de wagen stappen en vertrekken. Ze glimlachte en sloot de gordijnen.

~

Robert had nog nooit een auto bestuurd in Europa. Nu mocht hij dat proberen in het donker en met de peperdure wagen van iemand anders. Hij was gespannen en hypervoorzichtig. Wat een hemelse rit in een absolute droomwagen had moeten worden, werd voor mij een teleurstelling.

-"Dit is dus de wagen waarmee Kikki achtervolgers afschudt," merkte ik op, maar de ironie drong niet tot Robert door.

-"Nog niet; hij is nagelnieuw. Volgens mij is ze er enkel eens mee naar tante Lolo gereden, gisteren."

-"Je hebt haar daar gezien in deze wagen?"

-"Ja, in een trouwkleed; en lach jij mij nu ook maar uit!"

-"Waarom ben je zo nors?" vroeg ik.

-"Ik had het je nog zo gezegd: vraag Kikki niet om een Ferrari of je hebt er één. Nu moeten wij dit ding gedurende weken ongeschonden proberen te houden!"

-"Ik heb niet om een Ferrari gevraagd!" protesteerde ik.

-"Behalve de manier waarop je naar die wagen stond te kijken!" riposteerde Robert.

-"Ga je nu echt aan die snelheid naar huis kruipen? Die tram steekt ons voorbij!"

Mensen kwamen uit de cafés afgezakt, aangetrokken door onze wagen. Toen ze merkten dat Robert aan het stuur zat, was het hek pas helemaal van de dam:

-"Awel Robert, waar heb je die vandaan?"

-"Van een vriendin," antwoordde Robert met een geforceerde lach.

-"Van een vriendin!" lachten de omstaanders. "Robert, jij kan jouw vriendinnen wel uitkiezen! Is ze zo mooi als die auto?" En zo ging het een tijdje verder, waarbij Robert angstvallig probeerde de mensen weg van de auto te houden. Onvermijdelijk werd hij vervolgens overstelpt met vragen over het voetbal, waar hij geen antwoord op wist:

-"Komt er een testwedstrijd? Waar? Wanneer? We gaan toch winnen?!" Omdat ze hem niet gerust zouden laten voor ze een antwoord kregen, zei hij met gespeelde overtuiging:

-"Komt in orde, jongens!" Enkel na die belofte maakten de omstaanders ruimte om hem te laten passeren.

Na een slopende rit door de stad, tijdens dewelke hij dus aan iedereen beloofde dat de testwedstrijd er zou komen en dat Gantoise die zou winnen, waren we blij dat de wagen ongeschonden op de school toekwam. Ik reed Forels Mercedes uit de garage en zette die op de binnenkoer, terwijl Kikki's Ferrari de plaats in de garage innam.

-"En die garage gaat niet meer open tot Kikki terug is!" zei Robert. Ik moest hard nadenken hoe ik dát aan Forel zou uitleggen 's anderendaags!

Zaterdag 7 juni 1958

Robert en ik zaten gespannen aan de ontbijttafel, want Forel moest intussen al vastgesteld hebben dat wij zijn garage ingepikt hadden. Ikzelf had geen goede uitleg klaar. Na zijn afgang van de vorige dag kon Forel nu gemakkelijk wraak nemen door Robert te verplichten de Ferrari een paar weken in de straat te parkeren. Daar was uiteraard geen sprake van; er waren te veel arme dronkaards in de stad die hun persoonlijke frustraties op de wagen zouden durven uitwerken. We bedachten een aantal noodscenario's. Misschien moesten we de wagen bij tante Lolo zetten of hem terug naar het kasteel van de hertog brengen. Maar dat vermeden we liever; Kikki wou duidelijk dat we plezier aan de wagen beleefden, en we wilden haar niet teleurstellen.

-"Je kan hem trouwens sowieso geen weken in de garage laten staan, Robert," zei ik.

-"Waarom niet?"

-"We moeten minstens twintig kilometer per dag op de teller zetten, zodat Kikki vaststelt dat we er plezier aan beleefd hebben."

-"Verdorie, het wordt nog ingewikkelder dan ik dacht!" zei hij.

-"We kunnen er eens mee naar de wereldtentoonstelling in Brussel rijden," stelde ik voor.

-"Naar Brussel?"

-"Dat is meteen 120 kilometer," argumenteerde ik.

-"Laat mij erover nadenken," zei hij.

~

Forel had tijdens een slapeloze nacht alles op een rijtje gezet. Het patent was hij helemaal kwijt en de financiële steun van Pennycent aan de school ook, zoveel was zeker. Maar was hij daarom de steun van Gandaweave kwijt? Wél als hijzelf rechtstreeks met de hertogin moest onderhandelen; dat zou hij niet eens proberen. Maar nu had hij mogelijks een andere tussenpersoon, iemand die een veel beter contact met haar had dan Pennycent.

Hij was verbaasd zijn witte Mercedes op de koer te zien staan. Hij inspecteerde de wagen vlug en merkte niets abnormaals. Enkel ik kon hem daar gezet hebben, maar waarom? Om plaats te maken in de garage waarschijnlijk. Forel vroeg zich af wat we nu weer aan het uitsteken waren. Nieuwsgierig opende hij de poort en zag hij tot zijn grote verwondering de meest fabelachtige sportwagen staan. Die had Robert dus meegebracht gisteravond. Forel was niet misnoegd, want het paste in zijn plan. Hij sloot de poort; hoe minder mensen wisten dat dit duur ding hier stond, hoe beter.

We zagen Forel de ontbijtruimte binnenwandelen. Hij leek niet kwaad, integendeel. Hij kwam ons vriendelijk goedendag zeggen, nam een stoel, en zette zich aan de kop van de tafel.

-"Wel, jongens, goed geslapen?" vroeg hij. We keken eerst even verwonderd, maar Robert was snel zijn gewone zelf:

-"Ik weet niet of ik heel de nacht slapend gedroomd heb of wakker liggend gedroomd. Mijn droom was in elk geval een sprookje."

-"Misschien moet je eens in de garage gaan kijken of het sprookje echt is of niet," zei Forel goedlachs. We waren wat gegeneerd maar Robert viel niet van zijn paard:

-"We zijn daarnet nog eens gaan kijken, geloof me!"

-"De hertogin-dochter, dé hertogin, is blijkbaar een goede vriendin van jou," stelde Forel vast.

-"Meer dan een goede vriendin!" zei ik.

-"Wel, we moeten dit natuurlijk een beetje relativeren," zei Forel.

-"Hoezo?" vroeg Robert.

-"Je beseft toch dat, wanneer puntje bij paaltje komt, ze niet zal trouwen met een burgerjongen," zei Forel.

-"Waarom niet?"

-"Wel," zei Forel, "zelfs na de successen die ze in het voorbije jaar met Gandaweave geboekt heeft, kan ze zich dat tegenover de familie Martin niet permitteren. Ze zou gewoon geen plaats meer krijgen in de directie van Gandaweave, laat staan dat ze algemeen directeur zou mogen blijven. Misschien zou ze zelfs de titel van hertogin verliezen!" Dat deed Robert nadenken. Wat als Kikki niet doorzette om met hem te trouwen? Wat zou dat voor het patent betekenen? Wat zou dat voor zijn toekomstige carrièrekansen betekenen? Forel zag hem nadenken en glimlachte:

-"Kennen jullie het spreekwoord: 'Liever één vogel in de hand dan tien in de lucht'?"

-"Hm?" zei Robert.

-"Zou je niet beter het zekere voor het onzekere nemen en ervoor zorgen dat minstens de school gered wordt?"

-"Is dat niet de job van Didier vanaf volgend schooljaar?" vroeg Robert.

-"Van sponsors vinden heeft Didier nog geen kaas gegeten, vrees ik," zei Forel, en zich naar mij richtend: "Nietwaar, Didier?" Ik knikte.

-"Hoe kan ik de school redden?" vroeg Robert.

-"Door de hertogin te vragen de school te sponsoren. Als jij het nú vraagt, zal ze dat wel willen doen. Van zodra de school gered is, kan Didier je helpen via de school."

-"Vanzelfsprekend," zei ik. Robert keek naar mij en Forel, vertwijfeld.

-"Kikki, euh... de hertogin is in het buitenland momenteel."

-"Wel, van zodra je ze aan de telefoon hebt...," zei Forel. Robert droomde even van het eerste telefoongesprek dat hij met haar zou hebben. "...vraag je haar om de school te steunen," ging Forel verder. Robert was geschokt door de suggestie. Hoe konden ze zich zelfs maar inbeelden dat hij zijn liefste Kikki...

-"Geen sprake van! Ik ga níet Kikki manipuleren!" riep hij.

-"Dan kan jij meteen je wagen verplaatsen!" riep Forel. Nu moest ik wel tussenkomen:

-"Rustig, vader, rustig. Geef Robert even de tijd om te zien hoe het loopt."

-"Ok," zei Forel tegen mij, "maar vergeet niet dat je in je eigen vingers snijdt!" Hij liep kwaad weg.

~

In het Universitair Ziekenhuis van Gent lag een jongetje met een hersenschudding en een sleutelbeenbreuk. Hij was een lokale beroemdheid geworden, die in de laatste twee dagen het bezoek gekregen had van het hele politieke bestel van de stad, telkens vergezeld van de pers. Nochtans mocht niemand hem 'zien', tenzij in het stikdonker, en mocht niemand hem spreken, tenzij fluisterend. Zijn kamer was een opslagplaats geworden van de geschenken die hij gekregen had vanuit de hele stad. Het waren allemaal souvenirs, vlaggen, sjaals en voetbaluitrustingen in blauw en wit. Zijn vader bleef zoveel mogelijk in zijn buurt en fluisterde hem het laatste nieuws in: "Vanavond onderhandelen ze over een testwedstrijd!" Voor het jongetje met het draaierige hoofd betekende dat bericht de start van een eindeloos mooie dagdroom: hoe zijn ploeg die testwedstrijd won en landskampioen werd!

Maar de droom werd onderbroken door alweer nieuwe heisa aan de deur. Een grote, gracieuze, bloedstollend mooie jongedame kwam binnen. Voorzichtig stapte ze tussen de rommel op de grond naar het bed. Ze kreeg de stoel aangeboden van de papa, ging zitten en sprak het jongetje stil toe:
-"Hoe gaat het met je?"
-"Goed! Ik duizel nog wel een beetje."
-"Wil jij dat er een testwedstrijd komt?"
-"Ja!"
-"En wil je dat die in Gent gespeeld wordt?" Het jongetje wou recht kruipen.
-"Rustig aan. Wil je dat de testmatch in Gent gespeeld wordt?" Daar moest hij geen seconde over nadenken. Een testwedstrijd met thuisvoordeel!
-"Ja!" zei hij weer.
-"Wil je me helpen om dat te bereiken? Ik heb je nodig," vroeg de dame. Het jongetje moest nu even slikken. Hoe kon hij deze mysterieuze dame in hemelsnaam helpen? Hoe dan ook, hij zou toch niet mogen van de dokter.
-"Wel," zei de dame, "wil je me helpen?"
-"Ja!" zei het jongetje voor de derde maal.

~

Anthony ging zijn toekomstige verloofde Hélène bij haar thuis ophalen. Ze was helemaal voorbereid op de lastige vergadering. Ze had een streng, strak aansluitend grijs pak aan, over een witte bloes. Haar lange blonde haren waren opgespeld. Ze namen de tijd om elkaar een intieme kus te geven; hun relatie was amper anderhalve dag oud.
-"Heb je het gehoord van Robert en Kikki?" vroeg Hélène.
-"Wat?" veinsde Anthony.
-"Ze zijn een stel! Laetitia heeft het me verteld!"
-"Je meent het niet!" zei Anthony.
-"Echt! Is het niet fantastisch? Ik voel me plots helemaal niet meer schuldig!" Ze was heel blij. Voorlopig bespaarde Anthony haar van het knullige verhaal van het trouwkleed.
Onderweg naar het hoofdkwartier van de voetbalbond was er een vreemd bericht op de radio. Anthony verhoogde onmiddellijk het volume: 'In juni vorig jaar zijn in het Gentse kippen gevoederd met vetten afkomstig van oude motorolie. Het Ministerie van Volksgezondheid onderzoekt momenteel wat er met die kippen gebeurd is.' Anthony zuchtte:
-"De grote verkiezingsoorlog is begonnen. Ik vraag me af hoe we dit gaan overleven."

~

Maar eerst was er de discussie over de testwedstrijd. De Belgische voetbalbond was een bastion van oude mannen, gehuisvest in lokalen waar een permanente geur van zweet en tabak hing. Om te beslissen wat er zou gebeuren met het ex aequo tussen Gantoise en Antwerp, waren een groot aantal mensen uitgenodigd: vertegenwoordigers van de Antwerpse voetbalclub, de burgemeester van Antwerpen, de aannemer die het veld van Antwerp onder handen nam, de vertegenwoordigers van Gantoise, waaronder Bombardon, vertegenwoordigers van het stadsbestuur van Gent, waaronder Anthony, de minister van Binnenlandse Zaken, en ten slotte de vertegenwoordigers van de voetbalbond zelf.
Anthony had bekomen dat de onderhandeling namens zowel Gantoise als het Gentse stadsbestuur door Hélène geleid zou worden. Bombardon was direct akkoord gegaan; de kans dat een vrouw hier met succes een onderhandeling kon voeren, was immers klein. En áls de onderhandeling mislukte en Antwerp kampioen werd, dan had Bombardon niets verloren, integendeel; dat Gantoise kampioen zou worden, was immers een groot politiek risico voor hem, omdat het succes van de ploeg met Robert vereenzelvigd werd, en ipso facto met Anthony. En die laatste was momenteel Bombardons grootste rivaal voor de burgemeesterssjerp. Binnen een paar dagen zou de motorolie-kippenbom moeten barsten en zou Anthony ten onder moeten gaan. Maar Gantoise mocht dan geen kampioen spelen.
De discussie begon met de vraag of er nu eigenlijk al een kampioen was of niet. Volgens de nieuwe richtlijn was de ploeg met het hoogst aantal gewonnen wedstrijden kampioen, Antwerp dus. Volgens de oude richtlijn was de ploeg met het minst aantal nederlagen

kampioen, Gantoise in dat geval. Europa had de nieuwe richtlijn verplicht gemaakt, maar door omstandigheden werd de wijziging door de Belgische voetbalbond pas goedgekeurd na de start van het seizoen. Niemand was daar toen over gevallen; stilzwijgend werd het nieuwe reglement door iedereen aanvaard. In de aanloop naar de laatste wedstrijd had echter een overijverige journalist de beslissing opgevraagd bij de voetbalbond, en had hij een artikel geschreven: 'Gantoise reeds kampioen!' Zijn verhaal had initieel niet zoveel mensen bewogen, maar na de zware nederlaag van Gantoise in Antwerpen was die te late goedkeuring de laatste strohalm geworden.

De vertegenwoordigers van Belgiës oudste club wilden niet ingaan op de grond van de zaak. Zij lachten de kwestie gewoon weg en oogstten aanvankelijk sympathie bij de leden van de voetbalbond. Die laatsten hoopten van met een lach en een grol uit de put te geraken die ze door hun geklungel zelf gegraven hadden. Ze luisterden ongeïnteresseerd naar Hélène, die alle relevante artikels citeerde uit de wetteksten van de nationale en de Europese voetbalbond. Toen ze vervolgens koninklijke besluiten citeerde, werden de heren rond de tafel echter stil, omdat Hélène daarmee impliceerde dat ze de zaak voor de burgerlijke rechtbank zou brengen. Tijdens haar betoog liet ze alles zorgvuldig noteren door de griffier. Tot slot eiste ze dat Gantoise erkend zou worden als legitiem landskampioen.

De heren kwamen nu pas écht voorover zitten. Ze hadden verwacht dat Hélène een testwedstrijd zou eisen, niet de titel voor Gantoise! Gedurende de minuten die volgden, werd er gehoond, gelachen en luid geprotesteerd, waarbij Hélène enkel de schouders ophaalde. Toen het stil werd, vroeg ze aan de griffier welke argumentatie hij intussen genoteerd had vanwege de tegenpartij:

-"Nog niets," zei hij.

-"Dan kan u noteren dat de tegenpartij onze eis niet aanvecht," zei Hélène.

-"We vechten de eis wél aan!" zei de voorzitter van de Antwerpse delegatie inderhaast. Maar hij moest van ver komen, en zijn argumentatie werd gemakkelijk weerlegd door een veel beter voorbereide Hélène. Toen hun hoofden rood aanliepen, speelde Anthony zijn geplande rol van minzame compromis-zoekende Gentenaar. Hij zei plots:

-"Waarom spelen we niet gewoon een testwedstrijd?" De delegatie van Antwerp reageerde verward en begon haastig te overleggen, maar nog voor ze zich kon hergroeperen, zei Hélène:

-"Het heeft geen zin; ze durven niet. Ze willen in deze zitting de titel winnen, niet op het veld." Daarmee had ze de situatie volledig omgedraaid, want eigenlijk was het Gantoise dat begonnen was met de juridische muggenzifterij. Maar Hélènes zin lag uiterst gevoelig bij de reeds zeer geagiteerde en boze Antwerpenaren, waarvan er nu verschillende vóór hun beurt spraken:

-"Niet durven?! Na die laatste wedstrijd?! Natuurlijk durven wij!" De voorzitter van de delegatie maande zijn mensen aan om te zwijgen, maar het hek was van de dam.

-"Tot het erop aankomt," daagde Hélène hen uit.

-"Griffier," riep iemand van hen, "noteer: Antwerp is akkoord met een testwedstrijd!"

-"Is dit het officiële standpunt van Antwerp?" vroeg de griffier, die niet meer wist wat telde en wat niet. Hélène haalde de speld uit haar haar, dat nu in zijn volle omvang op haar schouders viel. Ze was als de zon in een kleurloze ruimte. Alle ogen waren onbewust op haar gevestigd. Ze produceerde een ostentatieve glimlach die zei: 'En nu krabbelen ze terug.' En zo had ze de toon van het moment gezet. Iedereen vroeg zich nu enkel af of Antwerp zou terugkrabbelen. Niemand van de delegatieleden van Antwerp durfde iets te zeggen. Hélène zette haar duivelse glimlach door.

-"Wel?" vroeg de griffier. De voorzitter van de delegatie moest nu iets zeggen. Hij keek nog even naar de perplexe gezichten van de andere delegatieleden, en prevelde ten slotte:

-"Dat is het officiële standpunt van Antwerp." De griffier keek naar de voorzitter van de voetbalbond. Die knikte enkel.

-"Ik noteer dat de voetbalbond beslist dat er een testwedstrijd komt," zei de griffier.

~

Een eerste overwinning was binnen voor de Gentse delegatie, maar het was ook de gemakkelijkste. Er volgde een koffiepauze in een gespannen sfeer. Antwerp had niet verwacht dat het hier de titel uit handen zou geven. De Antwerpse pers had in de voorafgaande week de discussie afgedaan als een onsportieve wanhoopspoging van Gantoise, die geen enkele kans maakte op de voetbalbond. Maar met hangende pootjes zouden de delegatieleden nu aan de Antwerpenaren moeten melden dat het anders gelopen was dan ze zich voorgesteld hadden.

Anthony had intussen door dat Bombardon hem ontweek, maar helemaal ontsnappen kon hij niet.

-"Wel, mijnheer Bombardon, motorolie-kippen?" vroeg Anthony, hem de hand schuddend.

-"U weet goed genoeg wat er gebeurd is!" zei Bombardon.

-"Ik weet in elk geval wat er níet gebeurd is," zei Anthony boos, "niemand is ziek geworden!"

-"Dan hebt u niets te vrezen, veronderstel ik," zei Bombardon. Anthony antwoordde niet meer en keerde terug naar Hélène.

-"Bombardon, inderdaad. Het komt van hem."

~

-"Wel," zei de voorzitter van de voetbalbond toen de vergadering heropende, "dan kunnen wij nu overgaan tot de keuze van een datum en een terrein voor de testwedstrijd. De minister van Binnenlandse Zaken heeft mij gevraagd of hij als eerste het woord mocht nemen in deze discussie." De minister stond recht, groette, dankte en feliciteerde zoveel mogelijk de aanwezigen, zoals een minister dat altijd doet, en deed in het Frans zijn betoog:

-"Beste aanwezigen, uiteraard weet ik dat de gebeurtenissen na de voetbalwedstrijd op Antwerp uitzonderlijk en eenmalig waren. Ik heb de clubs van Gent en Antwerpen steeds een warm hart toegedragen en besef dat ze de beste en meest respectvolle supporters van het land hebben. Niettemin hebben de rellen na de voetbalwedstrijd in Antwerpen op weinig begrip kunnen rekenen in de rest van het land, en in het bijzonder bij de ordediensten. Heel concreet betekent dit dat alle burgemeesters, met uitzondering van de burgemeesters van Gent en Antwerpen, gesteld hebben dat een eventuele testwedstrijd niet in hun gemeente mag plaatsvinden." Hij ging weer zitten. Dit nieuws maakte de delegatie van Antwerp ongerust omdat de opties nu heel beperkt waren. De voorzitter van de Antwerpdelegatie stelde een heen- en terugwedstrijd voor in de laatste week van augustus. Hélène stelde zich inschikkelijk op:

-"Voor ons is dat prima, want tegen dan zijn onze middenvelders hersteld." Het was blufpoker, omdat het lot van de middenvelders absoluut niet duidelijk was. Maar de delegatieleden van Antwerp geloofden haar en keken verschrikt, want ze wilden niet tegen de Gentse formatie voetballen die de hele tegenstand sinds december opgerold had. Ze keken nu wanhopig naar de voorzitter van de voetbalbond, die, tot hun opluchting, meteen het voorstel kelderde:

-"Het is uitgesloten dat de testwedstrijd zo laat plaatsvindt. Ten laatste begin augustus moet de kampioen bekend zijn, op tijd voor de loting van de Europese competities."

-"Heel goed wat ons betreft," zei Hélène droog. "Voor ons kan het ook deze maand en de volgende." Maar Antwerp had een probleem, en Hélène wist het. De Antwerpdelegatie onderhandelde nu druk met de aannemer die de drainage onder het veld aan het leggen was. Er bleek een mogelijkheid te bestaan om het terrein vroeger klaar te krijgen, maar dan moest de aannemer de vakantieplanning herbekijken. Na een kwartier keek Hélène met een groot gebaar op haar uurwerk. De overige aanwezigen begonnen hetzelfde te doen.

-"Ik vrees dat we nu geen tijd hebben voor het herschikken van een vakantieplanning," zei de voorzitter van de voetbalbond uiteindelijk. De delegatievoorzitter van Antwerp was verbouwereerd:

-"Onthoud één ding: Antwerp gaat nooit akkoord met een enkelvoudige testwedstrijd in Gent!"

-"Dan moeten jullie wel een ander veld vinden," zei Hélène, "want het is niet Gantoise dat zijn veld omgespit heeft." De voorzitter van de voetbalbond beaamde.

-"Ok," zei de delegatievoorzitter van Antwerp, "wij stellen een enkelvoudige wedstrijd in Breda voor. We spelen daar sowieso een oefenwedstrijd binnen een paar weken."

-"Geen sprake van," zei Hélène. "Breda ligt net over de grens van Antwerpen. Dat betekent veel meer supporters van Antwerp dan van Gantoise" Dat was flink bij het haar getrokken, maar vooraleer iemand kon protesteren, stelde Anthony Rijsel voor. Waarop de Antwerpdelegatie, uit weerwraak, onmiddellijk stelde dat Rijsel te dicht bij Gent lag.

Op die manier werd de locatie van de testwedstrijd steeds verder gelegd, tot men zowaar bij Keulen uitkwam. Tijdens de discussie had echter niemand aandacht besteed aan Anthony, die rondwandelde alsof hij even de benen wou strekken, maar terloops zijn duim opstak naar iemand die buiten stond te wachten. Beide onderhandelende partijen waren bijna akkoord over datum en plaats, toen plots de receptioniste de zaal binnenkwam en de vergadering stoorde met een dringende vraag aan de voorzitter van de voetbalbond. Die laatste was heel verbaasd, dacht even na en knikte gelaten. Toen volgde de storm.

De deur vloog open en een rolstoel werd binnengeduwd, met daarin een jongetje in grote verbanden en met een pikzwarte bril. Zijn hoofd lag scheef. Hij toonde weinig teken van leven. Hij werd gevolgd door Laetitia, die de stoel duwde, en een persdelegatie. Iedereen had meteen door dat dit het jongetje was van het gemediatiseerde ongeval dat plaatsgevonden had na de laatste wedstrijd.

De voetballiefhebbers rond de tafel herkenden in het jongetje het voetbalsupportertje dat zijzelf ooit geweest waren: hij had een sjaal aan met de kleuren van zijn club en ging met zijn vader naar alle wedstrijden. Ze voelden allemaal met het jongetje mee. Er werden een paar foto's genomen onder hels flitslicht.

Laetitia zwaaide even met haar hoofd, zodat ze met haar lange slingerende haren meteen alle aandacht had.

-"Wel, beste mensen allemaal," zei ze, "Pietje hier kon niet langer wachten om het nieuws te horen, nietwaar Pietje?" Pietje knikte zacht.

-"Wel, laten wij Pietje niet langer in spanning houden," zei Laetitia. "Heren, wat is het nieuws?"

-"Er komt een testwedstrijd!" zei de voorzitter van de voetbalbond met blije stem. Net zoals iedereen in de zaal was hij verheugd dat er goed nieuws was voor het jongetje. Pietje rechtte het hoofd en produceerde een glimlach. De persmensen wilden meteen honderd vragen stellen over de geplande testwedstrijd, maar Laetitia maande hen aan stil te zijn, omdat Pietje geen geluid kon verdragen.

-"Wel, Pietje," fluisterde Laetitia, "ben je blij?" Flauwtjes antwoordde hij:

-"Ja."

-"En ga je naar de wedstrijd?" Zijn glimlach werd nu groter:

-"Ja!" zei hij veel luider. Dat bracht iedereen aan het lachen.

-"Maar wat heeft de dokter gezegd?"

-"Twee weken wachten," zei Pietje stil.

-"Twee weken wachten," herhaalde Laetitia iets luider. "Wanneer wordt de wedstrijd gespeeld?"

-"Op 28 juni," zei de voorzitter. De pers noteerde de datum geestdriftig.

-"Hoor je dat, Pietje? Dat is perfect!" Pietje zette zich weer even rechtop en glimlachte. Iedereen was blij voor hem.

-"Maar wat heeft de dokter nog gezegd?" vroeg Laetitia.

-"Niet lang in de auto," prevelde Pietje.

-"Hebben jullie dat gehoord?" zei Laetitia, "Pietje mag niet te lang in de auto zitten; zijn hoofd verdraagt de schokken niet. We zijn met een speciale ambulance naar hier moeten komen, gelukkig langs de enige autosnelweg die ons land rijk is." Verschillende mensen rond de tafel grepen nu zenuwachtig naar hun kraag. Anderen kuchten. "Maar de dokter heeft gezegd dat Antwerpen, Brussel, Brugge of Gent geen probleem zijn," voegde Laetitia daar nog aan toe. "Nietwaar Pietje?" Pietje knikte weer.

Toen zei Laetitia niets meer. En zoals altijd was zwijgen op het juiste moment het belangrijkste onderhandelingswapen.

-"Waar wordt de wedstrijd gespeeld?" vroeg iemand van de pers. Iedereen keek naar de voorzitter van de voetbalbond. Die had de tranen in de ogen. Hij wees enkel met zijn hand naar de Antwerpse delegatie: 'Zeggen jullie het maar'. Aan die kant van de tafel keek iedereen naar elkaar maar niemand durfde te zeggen dat de wedstrijd in Keulen gespeeld zou worden. De stilte werd pijnlijk. De voorzitter van de Antwerpse delegatie had duidelijk de krop in de keel en maakte uiteindelijk een handgebaar naar Hélène.

Hélène knikte bevestigend maar wachtte geduldig tot de stemming het absolute nulpunt bereikt had. Uiteindelijk stond ze op, wandelde ze rustig naar het jongetje en knielde ze vlak voor zijn rolstoel. Ze nam hem bij de hand en fluisterde net luid genoeg opdat iedereen het zou horen:

-"Wel, Pietje, geloof het of niet, maar de wedstrijd wordt in Gent gespeeld, weliswaar zonder onze twee belangrijke middenvelders." Pietjes handen grepen naar zijn ogen. Iedereen zag grote bolletranen van onder zijn bril rollen.

Niemand protesteerde. Niemand durfde nog over Keulen te spreken. De beslissing was gevallen en de onderhandeling afgelopen.

Zondag, 8 juni 1958

Robert leek ontwaakt te zijn uit een droom. Vrijdag had hij de meest uitzinnige dag uit zijn leven meegemaakt, met 's morgens de demonstratie van het luchtsysteem en na de middag de grote verrassingen van Kikki. Maar sindsdien was hij gewoon weer op de school alsof er helemaal niets gebeurd was. Hij zou zich nu moeten voorbereiden op de verdediging van zijn eindwerk, spoor A dus, waar hij, buiten het blindelings vervangen van grijpers voor Dieudonné Butu, in geen maanden meer naar omgekeken had. Maar zijn eindwerk was feitelijk dood en begraven. Ijsberend liep hij over de koer, als een vagebond zonder idee van hoe hij de rest van zijn dagen zou vullen. Hij voelde de kloof tussen zijn banaal bestaan en het fabelachtige verhaal dat hij twee dagen eerder meegemaakt had, steeds groter worden. Had hij het wel meegemaakt? Hij begon zelfs te twijfelen. Maar er was een snelle manier om achter de waarheid te komen:

-"Didier, mag ik de sleutels van de garagepoort nog eens?" vroeg hij mij.

-"Dat is al de zesde keer vandaag, Robert! Wat scheelt er? Zal ik de sleutel meteen aan jouw sleutelbos hangen?" Hij glimlachte gegeneerd. Ik zag hem vertrekken naar de garagepoort, ze openmaken, en gedurende twee volle minuten vanop afstand naar Kikki's wagen kijken. Daarna sloot hij de garagepoort weer. Deze keer bracht hij me de sleutel niet terug; hij klemde die in tegendeel in zijn hand gedurende de rest van de dag.

Maandag, 9 juni 1958

Ik was al een paar uur aan de slag met het opzetten van de demonstratie van mijn eindwerk, toen een versufte, ongeschoren Robert zijn opwachting maakte. "Kan ik je met iets helpen?" bedelde hij. Ik was nog aan het zoeken naar iets wat hij kon doen, toen Anthony de koer kwam opgereden. Roberts gelaat klaarde meteen op.

Voor één keer was de rustige Anthony zenuwachtig. Ik zag het al aan de manier waarop hij zijn wagen eender waar op de koer neerzette en zelfs het portier niet sloot. Hij stapte in een snelle pas naar het atelier.

-"Ha, dáár zijn jullie!" zei hij alsof hij al een kwartier naar ons aan het zoeken was. "Goed dat ik jullie gevonden heb. Hoe gaat het?" Maar hij wou geen antwoord op die vraag. "De spelers staan klaar op de training, Robert. Ze staan op jou te wachten."

-"Ik weet van niets," zei een verbaasde Robert.

-"Neen, natuurlijk niet, mijn fout," excuseerde Anthony zich. "Op 28 juni wordt de testwedstrijd gespeeld. We móeten winnen!" Hij legde uit wat er op de voetbalbond gebeurd was.

-"Móeten winnen?" vroeg Robert.

-"Moeten winnen," zei Anthony. Robert haalde een paar spullen en stapte in de gele sportwagen. Anthony legde uit hoe Bombardon een obscuur kippenverhaal in de campagne gegooid had, dat Nieuw Gent naar de bodem zou torpederen.

-"Kippenverhaal?" vroeg Robert.

-"Ah, je leest het wel in de kranten de volgende dagen," zuchtte Anthony. Het was even stil, tot Robert plots riep:

-"Bombardon, die bandiet! Hij heeft daarmee gedreigd!"

-"Hoezo?"

-"Hij had gedreigd dat het in het belang van mijn vrienden was dat hij niet naast het patent zou grijpen," zei Robert. "Vrijdag heeft hij me tien miljoen geboden, maar ik heb geweigerd." Hij voelde zich rot, want nu bleek hij betrokken te zijn in de oorzaak van Anthony's ellende.

-"Het is jouw schuld niet, Robert; Bombardons beslissing heeft niets met het patent te maken. En je mócht trouwens niet tekenen van Kikki." Roberts hart sloeg een slag over bij het horen van haar naam.

-"Kikki! Hoe is het met haar?" vroeg hij met aandrang.

-"Dat zou ik aan jou moeten vragen," glimlachte Anthony, "want vanaf nu ben jij diegene die het dichtste bij haar staat!" Een blij gevoel overdekte Robert als een warm deken.

-"Dan ben ik wel slecht begonnen. Ik weet niet waar ze is en hoelang ik ze niet meer zal zien."

-"Troost je, Robert, het was voor mij ook niet altijd mogelijk te weten waar ze was. Tussen het tijdstip dat ik ze 's ochtends op kantoor afzette en het tijdstip dat ik ze 's avonds ging ophalen, kon het goed zijn dat ze naar Parijs gevlogen was en terug."

-"Ik ga in elk geval niet naar haar vader bellen om te vragen waar ze is. En nog minder naar haar moeder!"

-"Moet ik in jouw plaats eens bellen?" vroeg Anthony. De bedelende blik van Robert sprak boekdelen.

-"Maar wat heeft dat kippenverhaal met het voetbal te maken?" vroeg Robert om op de kwestie terug te komen.

-"Omdat enkel als we kampioen worden, Robert, enkel als we kampioen worden, we het kippenverhaal kunnen counteren."

Robert zei niet dat de testmatch winnen onmogelijk was omdat de twee belangrijkste middenvelders buiten strijd waren. Hij vroeg ook niet aan Anthony om nog eens terug te denken aan de verschrikkelijke wedstrijd op Antwerp, waar Gantoise geen enkele deftige aanval had kunnen opbouwen. Hij moest gewoonweg een mirakel bewerkstelligen omdat zijn grote vriend Anthony, aan wie hij oneindig veel verschuldigd was, het nodig had. Het kon niet maar het moest. En daarom kon het wel.

-"Komt in orde, Anthony, maak je geen zorgen," zei Robert. 'Was dat lichtzinnige antwoord het antwoord van een ware vriend?', vroeg Robert zich af. Anthony keek naar hem met hoopvolle ogen. Er was geen weg terug.

Zoals gewoonlijk was er belangstelling van de pers wanneer Anthony en Robert uit de wagen stapten. Dat er een testwedstrijd gespeeld zou worden, was op zich al groot nieuws in Gent, en dat die bovendien in Gent zou gespeeld worden, betekende voor de meeste Gentenaren een grote optie op de titel. Anthony zwaaide naar iedereen alsof alles onder controle was. Robert van zijn kant probeerde niet te bedrukt te kijken en zo snel mogelijk weg te geraken van bij de fototoestellen.

In de kleedkamer werd hij opgewacht door de coach en de spelers. Ze waren al een tijdje aan het nadenken geweest in zijn afwezigheid, en waren tot dezelfde conclusies gekomen:

-"Offensief lukt het met deze ploeg niet," zei de coach.

-"We moeten hopen," zei de kapitein, "dat we gedurende de negentig minuten van de reguliere speeltijd, en daarna gedurende de dertig minuten van de verlenging, geen doelpunt tegen krijgen, en dat we vervolgens geluk hebben met de strafschoppen. Een huzarenstukje!"

-"Het grootste probleem is dat de aanvallers van Antwerp te snel zijn," zei de coach. "We kunnen niet verhinderen dat er bij elke aanval een aanvaller langs de zijlijn de diepte ingestuurd wordt en dat die vervolgens de bal voor doel trapt."

-"En we weten hoe dat in Antwerpen afgelopen is," zei Robert. "Maar laat ons eens kijken waarom ze te snel zijn."

-"Er is weinig aan te doen; we hebben het tijdens de vorige wedstrijd al geprobeerd," zei de coach. "Het probleem is dat ze perfect weten wanneer hun spelverdeler een bal in de diepte stuurt. Ze kloppen ons keer op keer in de timing; op het moment dat onze flankverdediger zich omgedraaid heeft, staat hij een stap achter." Het bracht Robert op een idee, maar hij zweeg. Hij vreesde de ellende enkel nog groter te maken.

Maar blijkbaar was hij niet de enige met het idee.

-"Robert," zei de kapitein, "wat als we jouw geheime wapen eens uitprobeerden?" Robert wou daar niet op antwoorden. Althans nu nog niet. Hij keek in het rond naar de andere spelers. Die reageerden verschillend. Sommigen keken angstig, anderen keken naar de grond omdat ze hun gevoelens niet kenbaar wilden maken, nog anderen keken geïntrigeerd naar de kapitein en vervolgens naar Robert. De stilte zei veel. Iedereen besefte dat er eigenlijk geen andere mogelijkheid was dan dat geheime wapen in te zetten, maar de keuze was verschrikkelijk: ofwel probeerden ze het niet en verloren ze zeker, ofwel probeerden ze het wel en riskeerden ze met historisch zware cijfers te verliezen. Niemand kon inschatten wat de gevolgen daarvan zouden zijn. Alle Gentse spelers waren opgegroeid in de verschillende buurten in en rond Gent. Zij waren geen dure huurlingen die van ver kwamen, maar integendeel trouwe soldaten, die elke week de clubkleuren verdedigd hadden sinds ze de eerste maal voetbalschoenen gedragen hadden. De komende testwedstrijd was het hoogste wat de club in haar lange geschiedenis bereikt had. Als die helemaal fout ging, konden ze de stad uitvluchten.

Maar het geheime wapen was precies uitgedacht voor een situatie zoals deze.

-"Ik heb het uitgetest gezien bij Santos," zei Robert, "en geloof me, het werkt. En het kan ook voor ons werken. Als de beste voetballers, zoals Edson, erin geloven, dan zit er iets in."

-"Wel," zei één van de spelers, "we hebben Edson gezien in de nationale ploeg van Brazilië, in de eerste wedstrijd van het wereldkampioenschap... maar hij zat op de bank!"

-"Ok," zei Robert, "hier is mijn voorstel: we oefenen het systeem verder in, en als Edson uiteindelijk zo goed blijkt te zijn als ik gezegd heb, passen we het geheime wapen toe tegen Antwerp." De verschillende spelers van Gantoise knikten met een gereserveerd lachje. De kapitein besefte dat dít het moment was waarop hij als een ware kapitein zijn troepen moest verenigen:

-"Mannen, gaan we ervoor? Drie weken oefenen op het nieuwe systeem? Het is onze enige kans. We moeten op het laatste moment pas beslissen of we het gebruiken in de wedstrijd." Uiteindelijk maakte elke speler de mentale stap.

Zoals bij de vorige keren dat het systeem ingeoefend werd, waren de frustraties tijdens de eerste training enorm. De spelers keken vertwijfeld naar Robert, maar die straalde overtuiging uit. Daarom bleven ze proberen. De pers werd weggehouden van de training, zodat de Gentenaren niets te weten kwamen over het enorme waagstuk.

Robert was mentaal uitgeput wanneer Anthony hem terug naar de school voerde. Een hele training had hij zich zelfzeker moeten tonen, terwijl zijn hartje wellicht nog kleiner was dan dat van de spelers.

-"Wel," vroeg Anthony, "hoe ging het?"

-"Komt in orde, Anthony, komt in orde," zei Robert. Gelukkig zag Anthony niet dat de tranen uit Roberts ogen bolden.

Dinsdag 10 juni 1958

-"Moet je nu eens zien," zei ik bij het lezen van de krant, "afgedankte motorolie in het kippenvoer!" Het bericht besloeg ongeveer de hele voorpagina. "Zes maand geleden heeft het Ministerie van Volksgezondheid blijkbaar vastgesteld dat afgedankte motorolie verkocht werd als vetten. Het goedje zou uiteindelijk in kippenvoer terecht gekomen zijn. Momenteel onderzoekt men nog wie de kippen opgegeten heeft." Robert reageerde plots:

-"Kippen! Herinner je je het dreigement van Bombardon? Wel, dit is het begin van wat hij in petto had. En hij heeft waarschijnlijk de hele pers op zijn hand." Het was voor Robert niet duidelijk hoe Anthony iets met dit voorval te maken had, maar dit eerste nieuwsbericht voorspelde niets goeds. Alle kranten hadden de wereldbeker voetbal naar de achtergrond geduwd ten bate van het kippenschandaal. "Anthony heeft door zijn charisma en de

successen van Gantoise de pers uit elkaar kunnen spelen de voorbije maanden, maar nu is
ze weer helemaal verenigd tegen hem."

-"Zijn naam wordt toch niet genoemd?" protesteerde ik.

-"Neen, maar zo doen ze dat," antwoordde Robert. "Ze proberen eerst iedereen, inclusief
de aanhangers van Anthony, te overtuigen dat er een groot schandaal is. Daarna pas noemen
ze man en paard."

-"Bang afwachten dus," zei ik.

-"Een langgerekte executie van drie weken wordt het!" Tenzij Robert met Gantoise
kampioen kon worden. Hij rilde bij het besef van zijn verantwoordelijkheid.

~

In de namiddag gingen we naar de faculteit van de burgerlijk ingenieurs, waar
Dieudonné zijn eindwerk presenteerde. Hij liet ons een telefoonboek aan statistieken zien
over versleten grijpers.

-"Kijk eens wat jullie allemaal voor mij verzameld hebben!" zei hij dankbaar.

-"Is dat allemaal van ons?" lachte Robert. "En ben je daar slimmer van geworden?"

-"Eigenlijk zijn er geen nieuwe dingen uitgekomen," gaf Dieudonné toe, "maar als ik
het werk grondig gedaan heb en er een goede draai aan geef, is de jury al tevreden."

-"Die profs zullen in hun jonge jaren wel hetzelfde gedaan hebben!" lachte ik.

We waren aanwezig toen de charmante Dieudonné de grote uitleg deed aan de
professoren. Hij had weliswaar niets bijzonders te vertellen, maar hij toonde dat hij een
vernieuwer was: hij had diapositieven gemaakt van alle grafieken en tabellen die hij wou
tonen, en projecteerde die op de muur nadat hij de zaal verduisterd had. Het moet een bom
geld gekost hebben, maar de jury was er volledig door ingenomen. Na zijn uitleg
antwoordde hij vlot op alle vragen. De laatste vraag was:

-"En, mijnheer Butu, u bent nu burgerlijk ingenieur metallurgie. Wat gaat u doen
volgend jaar?"

-"Ik keer terug naar Leopoldstad. Ik ga weven." De professoren keken met verbaasde
blikken naar elkaar en naar hem.

's Avonds waren we eveneens aanwezig op de grote plechtigheid waarop Dieudonné
zijn diploma ontving. Hij was afgestudeerd met grootste onderscheiding. Voor hem was
het alvast een perfect jaar geweest!

Woensdag 11 juni 1958

Robert had een goede reden om mistroostig aan de ontbijttafel te zitten. Vandaag moest
hij zijn eindwerk verdedigen, maar hij had er geen. Hij kon zich zelfs nauwelijks herinneren
wanneer hij spoor A begraven had. Dat moest vóór het einde van het eerste semester
geweest zijn, ongeveer op het moment dat Kikki zijn planning gemaakt had voor de rest
van het jaar, een planning waarin ze met geen woord over spoor A gerept had. Hij had haar
planning tot op de minuut gevolgd en zijn eindwerk voor zich uitgeschoven. Dat hij
regelmatig nachtmerries gehad had over het niet behalen van zijn diploma, en over de
confrontatie met zijn ouders nadien, had daar niets aan veranderd. 'Kikki weet wat best
voor je is', of zoiets toch had tante Lolo hem ooit verteld.

~

Maar nu hij voor de jury stond en het moest uitleggen, was Kikki er niet. In de jury had
de hertog de plaats ingenomen van Pennycent, die in de gevangenis zat. De hertog zat hier
namens Gandaweave, de officiële sponsor van Roberts eindwerk, en had een belangrijke
stem in de jury. Wat ging er om in het hoofd van de hertog? Hij was in elk geval misnoegd
omdat hij naast het patent gegrepen had. Bovendien had de hertogin-moeder hem
waarschijnlijk kunnen overtuigen dat hun dochter niet met Robert mocht trouwen. In elk
geval bleek snel dat de hertog Robert niet zou steunen, want hij zweeg. En van Forel moest
Robert uiteraard nog minder genade verwachten.

In zijn betoog kon Robert niet anders dan spoor A te discrediteren als een hopeloos
eindwerk, en zich te beroepen op het feit dat hij het luchtsysteem uitgevonden had. Maar
hoewel het patent op zijn naam stond, beschikte hij niet over de inhoud van het patent;

Kikki had dat. Robert tekende een paar weinig zeggende schetsen op het bord, en zei op het einde dat het luchtsysteem al 335 inslagen per minuut gehaald had, en waarschijnlijk nog sneller kon.

Niemand van de juryleden echter was vijf dagen eerder op de demonstratie geweest. Het nieuws van Roberts exploot was weliswaar als een vuurtje rondgegaan, maar moesten ze nu dat verhaal accepteren als eindwerk? Ze wisten zo weinig van het luchtsysteem dat ze zelfs niet wisten met welke vragen ze Roberts kennis en vaardigheden konden toetsen. Ze keken radeloos naar Forel, die zijn verdict al klaar had:

-"Mijnheer Fischer, u begrijpt dat deze school een reputatie hoog te houden heeft. Ze is, sinds haar stichting door prins Johannes de Vissermans, de meest gerenommeerde school in de textielindustrie. Wij geven onze laatstejaarsstudenten de kans om hun kennis en vaardigheden aan te scherpen, door ze een eindwerk te geven dat een grote uitdaging vormt. Ook u hebt die kans gekregen. Vandaag kan u echter niet demonstreren wat het voorbije jaar u bijgebracht heeft. Uiteraard sympathiseren wij met u en uw lot; wij zijn immers allen fiere Gentenaars en wij zijn u dankbaar voor het werk dat u gedaan hebt voor de voetbalploeg. Misschien ligt daar uw toekomst. Maar op dit moment hebt u nog niet bewezen dat uw toekomst in de textiel ligt. Tenzij u ons alsnog op een of andere manier kan overtuigen deze maand, kunnen wij u derhalve het diploma van textielingenieur niet geven."

En dat was het dan. Niemand van de juryleden protesteerde. De hertog zat in een boekje te lezen en probeerde te doen geloven dat hij Forels woorden niet gehoord had. Dat zou alvast de uitleg zijn die hij aan zijn dochter zou geven. Robert werd lijkbleek. Hij keek wanhopig naar mij. Ik voelde me vreselijk beschaamd om mijn vader. Ik legde mijn hand op Roberts schouder en probeerde hem te troosten. Dat ikzelf mijn diploma met grote onderscheiding behaald had, had een hoogtepunt in mijn leven moeten zijn. Maar zo beleefde ik het amper; ik ging niet naar de plechtigheden 's avonds, tot grote misnoegdheid van mijnheer en mevrouw Forel. In plaats daarvan gingen Robert en ikzelf een pint drinken met Dieudonné, die eveneens getuige geweest was van Roberts mislukking.

Aan het einde van de avond nodigde Dieudonné ons uit om 's anderendaags in de namiddag het Congolese paviljoen op Expo '58 te bezoeken in Brussel. We aanvaardden met groot enthousiasme zijn aanbod.

Donderdag 12 juni 1958

Hoewel Forels beslissing dat Robert niet geslaagd was als textielingenieur, nog niet definitief was, had Robert slecht geslapen. Maar niet enkel om die reden; vandaag zouden wij immers met Kikki's Ferrari naar Expo '58 rijden. Hij was doodsbenauwd dat er iets met de wagen zou gebeuren. Uit voorzorg stopte hij de koffer vol met alle mogelijke herstelmateriaal. Ik vond het grappig:

-"Wel Robert, gaan we nu de Ferrari gebruiken in plaats van de bakfiets?"

-"Geef toe dat ons bedrijfje vooruitgang geboekt heeft!" antwoordde hij droog.

De andere weggebruikers vonden het helemaal niet erg dat we aan een slakkengang door Gent reden; ze waren blij dat ze de wagen konden voorbijsteken om op die manier ook de voorkant te kunnen bewonderen. We werden om dezelfde reden trouwens ook door fietsers voorbijgestoken.

Hoewel we gebruik konden maken van Belgiës enige autosnelweg, was Robert aanvankelijk niet van plan om zijn slakkengang noemenswaardig op te krikken, vooral niet toen vele andere autobestuurders rond de wagen kwamen hangen om hem te bewonderen. Zijn nervositeit steeg met de minuut. Paradoxaal genoeg werd de situatie gevaarlijker naarmate hij langzamer reed. Toen hij een tweede bruusk maneuver moest doen om een aanrijding te voorkomen, sloegen zijn stoppen door; hij besloot plots zo snel te rijden dat niemand hem nog kon bijhouden.

-"Is er een maximale snelheid in België?" vroeg hij.

-"Hier worden limieten enkel door ons gezond verstand bepaald, Robert. Ga je gang!" moedigde ik hem aan. We werden diep in de zetels gedrukt toen hij de wagen versnelde tot

180 km/h. Het gegrom van de V12 motor klonk als een daverende, machtige symfonie. Terwijl we alle wagens voorbij vlogen, voelde ik mij voor het eerst in mijn leven op de top van de wereld. Dankjewel, Kikki!!

Na een minder zalige rit van de autosnelweg naar Expo'58, kwamen we aan de ingang van de tentoonstelling. Een ticket was zo duur als een gewoon maandsalaris; dat konden we dus niet betalen. We haalden de documenten boven die Dieudonné ons gegeven had en overhandigden die met veel hoop. De heel charmante hostess wierp er enkel een vluchtige blik op en liet ons door, alsof ze ervan uitging dat alles in orde was omdat we met een Ferrari reden. We parkeerden ons op een parking, zo groot – zo klein! – als vijf voetbalvelden.

Expo '58 gaf het meest overweldigende gevoel dat ik ooit in mijn leven ervoer. In een groot park stonden de prachtige, zeer futuristische paviljoenen van meer dan veertig landen. Het was de eerste wereldtentoonstelling van de eerste rang sinds de Tweede Wereldoorlog, en zelfs wereldburger Robert was verstomd. In het paviljoen van de Sovjet-Unie maakten we zowaar kennis met de ruimtevaart! In het centrum van Expo '58 stond een gigantische constructie van negen reusachtige bollen, die de kristalstructuur van ijzer voorstelde. Met een automatische roltrap kon je van de ene bol naar de andere. Je kon ook met de snelste lift ter wereld meteen naar het restaurant in de bovenste bol.

Wat deze fabelachtige tentoonstelling van het summum van het menselijk kunnen extra zalig maakte, was de exclusiviteit. Het was als wandelen in een groot park of museum in het midden van de week: je moest nergens drummen of aanschuiven, en in elk paviljoen werd je als een belangrijke persoon verwelkomd. En dat was zeker het geval toen we in de koloniale zone aankwamen, waar we ontvangen werden door Dieudonné Butu. Hij begon met zich te verontschuldigen dat hij ons de inkomtickets vergeten geven was.

-"We zijn nochtans zonder te betalen binnengeraakt," zei ik.

-"Hoezo?" vroeg hij verwonderd.

-"Wel, we hebben jouw documenten getoond..."

-"Het plannetje van de tentoonstelling?" zei hij in ongeloof. "Wel, jullie moeten wel heel veel charme gehad hebben om daarmee weg te komen!"

-"Zoiets ja," grinnikte Robert.

Voor het eerst in mijn leven zag ik Congo in geuren en kleuren. We kregen om te beginnen een uitgebreid beeld van de lokale culturen, met vooral veel maskers en speren. We zagen voorbeelden van klaslokalen, ziekenhuiszalen, visvijvers, en tal van andere initiatieven die duizenden missionarissen uit België met succes genomen hadden. Ik was onder de indruk van de erge tropische ziektes en van de resolute manier waarop ze bestreden werden. "Stilstaand water is één van de grootste vijanden van Congo," wist Robert mij te vertellen. "Elke plas wordt verwijderd of zorgvuldig behandeld."

In de volgende zaal zagen we reusachtige kleurenfoto's van Leopoldstad, dat op een heel harmonieuze manier gebouwd was in koloniale stijl. Maar we waren pas echt ondersteboven toen we bij het hoogtepunt van de koloniale tentoonstelling kwamen: een echt Congolees dorp, met echte Congolezen die er hun dagelijks leven leidden! Dieudonné was fier:

-"We hebben letterlijk een heel dorp verhuisd." Maar Robert keek er anders tegen aan:

-"En vinden die mensen dat niet erg om als dieren in een dierentuin bekeken te worden?"

-"Helemaal niet," zei Dieudonné. "Hoe kom je daar nu bij? Die mensen zijn heel erg trots!"

Robert glimlachte hoofdschuddend. Hij had al een en ander in Afrika gezien, maar dit scheerde alle toppen.

-"Ik kan me niet voorstellen dat zoiets in Amerika zou plaatsvinden," zei hij.

-"Ah," zei Dieudonné, "de Amerikanen begrijpen er niets van. Ze denken zelfs dat de onafhankelijkheid van Congo een goed idee zou zijn."

-"En jij vindt dat duidelijk niet!" stelde Robert vast.

-"Natuurlijk willen we onafhankelijk zijn," zei Dieudonné, "maar niet nu; dat zou veel te vroeg zijn. Met een handvol intellectuelen met goede bedoelingen kan je geen stabiel politiek systeem opzetten in Congo."

-"Wanneer dan wel?" vroeg ik.

-"We hebben de laatste vijftig jaar enorme vooruitgang geboekt op vlak van gezondheidszorg, onderwijs en economie. Tegen het begin van de 21ste eeuw moeten we de kloof met België gedicht hebben. Daarna is de toekomst van ons; we hebben de meest waardevolle bodemschatten ter wereld."

-"Maar tegen dan ben je oud, Dieudonné!" protesteerde Robert.

-"Is er een mooier geschenk om aan de volgende generatie na te laten?!" riposteerde Dieudonné.

-"Robert heeft me verteld dat jij alvast voorsprong neemt met Kikki's weefgetouwen," zei ik tegen Dieudonné. Ik zag heel even de melancholie in Roberts ogen toen hij haar naam hoorde; hij had ze in hun prille relatie al zes dagen niet meer gezien.

-"Dat zijn de plannen," zei Dieudonné. "Maar van de hertogin gesproken, wanneer krijg ik haar nog eens te zien, Robert?" Arme Robert moest het antwoord schuldig blijven.

Op het eind van de dag werden we door Dieudonné uitgenodigd in het restaurant van het Atomium, vanwaar we niet enkel zicht hadden op de hele expo, maar ook op het nabijgelegen koninklijk paleis. Het was de meest opwindende dag van mijn leven.

Vrijdag 13 juni 1958

Het had ons wat moeite gekost, maar uiteindelijk hadden we een café gevonden met een televisie. Samen met vijftig andere voetballiefhebbers stonden we met een lauwe pint in de hand te kijken naar de kwartfinale van de wereldbeker. Het scherm was klein en onscherp, maar daar leed de ambiance niet onder.

-"Zie je die nummer tien?" vroeg Robert aan mij. "Dat is de beste voetballer ter wereld. Dat is Edson." Een aantal omstaanders hadden hem gehoord en waren niet akkoord:

-"Hij heeft de eerste twee wedstrijden op de bank gezeten, en in de derde hebben we niet veel van hem gezien. Hij is nog een beetje te jong, Edson!" Robert was even van streek. Hij had zijn reputatie als voetbalcoach verbonden aan het feit dat Edson zou schitteren op de wereldbeker.

De eerste wedstrijdhelft eindigde op 0-0.

-"Je zal wel zien," blufte Robert tegen de omstaanders, "de tweede helft scoort hij zeker!"

-"Zie jij maar dat Gantoise de testwedstrijd wint binnen twee weken," antwoordde iemand venijnig. "Het was niet vet op Antwerp!" Robert gromde iets terug, maar het had hem duidelijk geraakt; ik zag hem nerveus een schouder vertrekken.

Midden de tweede helft scoorde Edson zowaar het enige doelpunt van de wedstrijd. Hij was daarmee de jongste doelpuntenmaker ooit op een wereldbeker. Brazilië ging naar de halve finale. Robert verliet met opgeheven hoofd het café.

-"Wel, Robert," zei ik, "iedereen heeft nu gezien dat jouw Edson een goede voetballer is. Ze kunnen je alvast niet meer uitlachen."

-"En dit is nog maar het begin!" bezwoer hij mij. "Ik heb het gezien. Edson heeft zijn weg gevonden!"

-"Ok, Robert, kalm, ik geloof je."

~

Robert nam 's avonds uitgebreid de tijd om een lange brief te schrijven naar Edson. Hij wenste hem in de eerste plaats proficiat met zijn selectie in de nationale ploeg, en uiteraard met zijn eerste doelpunt, en wenste Brazilië van harte de wereldtitel toe. Hij verontschuldigde zich ook dat hij niet naar Zweden gekomen was om hem aan te moedigen.

Vervolgens legde hij aan Edson uit hoe hij stoemelings hulpcoach van Gantoise geworden was, dat zijn twee belangrijkste middenvelders gekwetst waren, en dat hij de testwedstrijd absoluut moest winnen: "Edson, herinner je je nog het 'geheime wapen' dat we lang ingeoefend en uiteindelijk een paar keer toegepast hebben met de junioren? Wel, ik ga alles daarop zetten. De spelers en de hoofdtrainer zijn mild enthousiast. Ik gebruik jouw naam als referentie. Toon maar wat je kan in Zweden! Zoals je wel zal beseffen, wordt het 'geheim systeem' een aartsmoeilijke klus met een heel groot risico. Bid voor ons,

Edson." Robert stapte daarna twee kilometer naar het postkantoor van het station, omdat dat elke avond laat open was. Daar liet hij de brief per luchtpost verzenden naar het hotel van de Braziliaanse nationale ploeg in Zweden.

Zaterdag 14 juni 1958

Het fameuze motorolie-kippenverhaal kreeg de venijnige wending die Anthony aangekondigd had. Op de voorpagina van alle kranten werd in het lang en het breed het schandaal uitgesmeerd: die motorolie-kippen bleken verkocht geweest te zijn aan de traiteurs die de maaltijden bereidden voor de Gentse scholen. "Gelukkig was onze school daar niet bij," mompelde Forel. "Na alle tegenslagen van het voorbije jaar kunnen we een voedselvergiftiging missen als kiespijn."

Toen het voedselagentschap de wanpraktijk ontdekte een jaar eerder, waren de meer dan honderdduizend kippen die de motorolie te eten gekregen hadden, jammerlijk genoeg reeds opgepeuzeld door Gentse scholieren. De verantwoordelijke vetsmelter werd correctioneel vervolgd, in de scholen werd discreet de gezondheid van de leerlingen gedurende een aantal maanden regelmatiger opgevolgd dan voordien, en het verhaal stopte daar. Of had daar tenminste moeten stoppen.

Want met de verkiezingen in het vooruitzicht beschuldigden alle kranten nu baron Anthony De Hoedemaecker, schepen van Sport en Onderwijs, ervan het schandaal toegedekt te hebben. Ze stelden dat de ouders van tienduizenden kinderen nooit te weten kwamen dat hun kinderen motorolie-kippen verorberd hadden. De reactie van Anthony werd pas op de tweede bladzijde gepubliceerd: 'De kippen waren reeds opgegeten toen het schandaal aan het licht kwam. Geen enkel kind is ziek geworden. Ik vond het niet nodig de ouders nodeloos te verontrusten. Bovendien was de kans reëel dat, indien ik de bevolking van het voorval op de hoogte gesteld had, vele studenten zich ingebeeld zouden hebben dat zij ziek waren.'

Maar het mocht niet baten. De commentaren waren vernietigend voor Nieuw Gent, de partij die proclameerde dat zij veel eerlijker was dan de traditionele partijen. Ze nam voor het eerst deel aan het bestuur in Gent en bleek nu even onbetrouwbaar. Lezersbrieven werden gestuurd vanwege ouders die zich een ziekte van hun kind meenden te herinneren die enkel aan die motorolie-kippen kon te wijten geweest zijn. De 'slachtoffers' in kwestie genoten de volgende dagen van ruime media-aandacht.

Zondag 15 juni - dinsdag 17 juni 1958

De motorolie-kippen waren niet enkel Anthony's probleem. Telkens hij Robert kwam halen voor de training, en dat was ongeveer elke dag nu, maakte Anthony hem opnieuw duidelijk dat de testwedstrijd absoluut móest gewonnen worden. En zo werden die motorolie-kippen even goed het probleem van Robert.

Robert zou in normale omstandigheden geprotesteerd hebben. Een sportwedstrijd was immers iets dat je nooit móest winnen. Je deed aan sport om je grenzen te verleggen, om van het gevoel te genieten dat je je uiterste best deed, en om de kick van de overwinning. Maar als het zover gekomen was dat je móest winnen, dan had iemand er onderweg een compleet zootje van gemaakt. Nu zat hij te midden een eerste klas zootje; om een onbegrijpelijke reden moest Gent winnen opdat Anthony verkozen zou worden. "Komt in orde Anthony," was intussen Roberts automatische antwoord.

~

-"Hebben jullie Edson zien spelen?" was het eerste wat Robert aan de spelers vroeg. Het was een beetje de verkeerde vraag, want niet iedereen had een televisie in Gent. De meesten hadden het verslag van de kwartfinale in de krant moeten lezen. Maar de commentaren waren lovend. De spelers moesten toegeven dat er 'misschien wel iets bijzonders aan die Edson was'.

-"In elk geval zijn we gemotiveerd om verder te trainen op het geheime wapen," zei de kapitein.

Zaterdag werd de zoveelste training afgewerkt die zo futuristisch aandeed dat ze nauwelijks geloofwaardig was. Er werd gerekend in fracties van een seconde en in centimeters, begrippen die totaal vreemd waren aan het voetbal. Maar het was vooral een moeilijk systeem. De spelers voelden zich als pianisten die snel-snel viool moesten leren spelen. Ze lieten regelmatig de schouders hangen. Enkel de herinnering aan hoe de Antwerp-spelers met gemak over de Gentse verdediging gestormd hadden, deed hen verder oefenen.

Anthony was één van de weinige buitenstaanders die op de training toegelaten waren. Hij was angstiger dan gelijk wie.

-"Heb je echt geen andere oplossing dan dit, Robert?" vroeg hij op de terugweg.

-"Neen," antwoordde Robert, "maar ik kan de slaagkans vergroten door ons thuisvoordeel uit te buiten."

-"Thuisvoordeel... dat bestaat toch enkel uit publiek dat luider roept voor de thuisploeg dan voor de tegenpartij?!" opperde Anthony kritisch.

-"Je hebt gelijk wat dat roepen betreft," repliceerde Robert, "maar voor één keer zal ik het zijn die beslis wat ze zullen roepen en wanneer."

-"Wat hoop je daar in hemelsnaam mee te bereiken, Robert?!" protesteerde Anthony. "De spelers van Antwerp zijn echt wel wat geroep gewend!"

-"Zij wel," antwoordde Robert enigmatisch. "Luister Anthony, je moet de verantwoordelijken van alle supportersclubs van Gent contacteren."

-"Je meent het nog ook, Robert! Met die motorolie-kippen durf ik mijn gezicht niet meer laten zien. Laat staan dat ik honderden cafés ga binnenstappen nu!"

-"Zoek het uit, Anthony, maar in de voormiddag vóór de wedstrijd moeten álle leden van de supportersclubs in de tribunes zitten, en wel op de plaatsen die ík zeg."

Anthony moest nu een moeilijke beslissing nemen. De gemakkelijkste was van geen beslissing te nemen, en de evidentste was van Robert gek te verklaren en een andere oplossing te zoeken. Maar zowel de ploeg als zijn verkiezingscampagne hadden een mirakel nodig, en hij kon niet anders meer dan geloven dat Robert een door God gezonden tovenaar was.

-"Goed, Robert, ik praat erover met Hélène."

-"Dát is het begin van alle oplossingen!" lachte Robert. Anthony glimlachte.

Robert begon eindelijk te ontspannen na de moeilijke training en dommelde in.

-"Wat Kikki betreft..," zei Anthony. Robert was plots klaarwakker. Kikki!

-"Wat?"

-"Ik heb met de hertogin-moeder gebeld." Bij de vermelding van de hertogin-moeder kreeg Robert een wrang gevoel.

-"Wat vertelde ze?"

-"Wel, ze hoopt dat ik Kikki 'terugwil'. Ik heb haar laten uitrazen. Jouw schoonmoeder wordt nog een vreselijke klip, Robert." Robert keek bedrukt en zei met een flauwe stem:

-"Een schoonmoeder uit de boekjes."

-"Helemaal," bevestigde Anthony.

-"Waar is Kikki nu?" vroeg Robert met aandrang.

-"In Amerika."

-"In Amerika?! Wat doet ze dáár in hemelsnaam?"

-"Misschien is ze bij jouw ouders om jouw hand gaan vragen!" Anthony bulderde het uit van het lachen. Robert schrok. "Neen, Robert, ik denk dat ze reclame aan het maken is voor jouw luchtsysteem."

-"Wanneer komt ze terug?" vroeg Robert.

-"De 28ste, op tijd voor de testwedstrijd," antwoordde Anthony. Robert voelde zich rot; als die testwedstrijd faliekant afliep, was dat ook nog eens voor de ogen van Kikki.

-"Ziet ze me nog graag?!" vroeg Robert plots.

-"Had je nu echt gehoopt dat de hertogin-moeder me dát verklapt zou hebben?!" lachte Anthony. "Maar even ernstig nu. Weet één ding zeker, Robert: Kikki houdt zielsveel van jou."

Edson scoorde in de halve finale van de wereldbeker zowaar een loepzuivere hattrick, drie opeenvolgende doelpunten in de tweede helft, tot grote vreugde van Robert; het was net wat hij nodig had.

~

Ik daarentegen had een rotavond. Ik was chef-kok op een feest in een prachtig kasteel, maar... zonder Laetitia. Nadat haar moeder te weten gekomen was dat zij keukenhulpje gespeeld had, wat de grootste schande in de recente geschiedenis van haar familie bleek geweest te zijn, had zij drastische maatregelen genomen: Laetitia zou volgend jaar haar studies in Leuven moeten afwerken. En uiteraard mocht zij mij niet meer komen helpen.

Hélène kwam me troosten:

-"Geloof me, Didier, ze is minstens zo verdrietig als jij."

-"Krijg ik ze nog te zien?" vroeg ik hoopvol.

-"Natuurlijk; ze is immers nog steeds jouw juridisch adviseur! Er is niets dat haar ouders daar kunnen aan doen!"

Het was absurd. Ik wist niet meer dat Laetitia mijn juridisch adviseur was, en nog minder in welke kwestie.

Donderdag 19 juni 1958

Forel had het weliswaar niet aangedurfd om Kikki's auto uit zijn garage te bannen, maar kwam eens te meer dreigen bij Robert dat hij zijn diploma niet zou krijgen als de school niets in de plaats kreeg. Robert was intussen zelf tot het besluit gekomen dat hij beter met Forel onderhandelde.

-"Ik zal er met Kikki over spreken," beloofde Robert.

-"Wanneer?"

-"Van zodra ik ze terugzie. Ze is in het buitenland. Op 28 juni komt ze terug."

-"Dat is te laat. Ik krijg de procedure voor uw diploma dan niet meer rond vóór 1 juli; op 1 juli moet mijn beslissing op het ministerie liggen. Telefoneer ze of zo."

-"Op uw kosten?" vroeg Robert.

-"Op mijn kosten," zei Forel. Robert droomde er al van Kikki aan de lijn te hebben. Maar één ding had hij nog niet verteld:

-"Ze zit wel in Amerika. Een half uurtje...." Forel onderbrak hem:

-"Geen sprake van! Weet je wat dat kost?!"

Vrijdag 20 juni 1958

De kwestie van de motorolie-kippen werd op de spits gedreven met een parlementaire hoorzitting, waarin Anthony de spitsroeden moest lopen. Er werd hem gevraagd volgens welke methode hij zeker gesteld had dat er geen kinderen ziek geworden waren, en welke maatregelen hij getroffen had opdat zoiets nooit meer zou gebeuren. Hij had zich goed voorbereid, maar de antwoorden deden er niet toe; perceptie was realiteit: de foto's van het bezorgde aangezicht van Anthony verklaarden hem schuldig.

Zondag 22 juni 1958

Voor de finale van de wereldbeker had elke Gentenaar de grootste inspanning gedaan om een televisiescherm te vinden. Hoewel Anthony beschikte over de beste televisie, was hij ingegaan op Roberts voorstel om de wedstrijd te volgen in het café waar Robert de eerdere wedstrijden gezien had.

De omstaanders zagen Robert en Anthony broederlijk naast elkaar de wedstrijd volgen en bespreken. De stemming was anders dan de vorige keren. Iedereen was nu overtuigd van de kwaliteiten van Edson en van Roberts relatie met hem. De commentator meldde dat Brazilië uitzonderlijk in de blauwwitte kleuren speelde, omdat hun tegenstander Zweden reeds geel en blauw droeg. Niemand zei het met zoveel woorden, maar het was duidelijk dat men de prestaties van Edson en de Brazilianen als een voorbode beschouwde van de prestaties van Gantoise de volgende zaterdagavond.

Het was stil in het café toen Zweden na vier minuten scoorde, maar de kijkers juichten des te harder toen Brazilië vijf minuten later gelijkmaakte. Het werd pas echt een feest toen Brazilië nog in de eerste helft aan de leiding kwam. Nu was het enkel nog wachten op een briljante actie van Edson.

Hij ontgoochelde niet: in het begin van de tweede helft scoorde hij een eerste maal, en in de laatste minuut scoorde hij met een lob, gevolgd door een volley, het mooiste doelpunt van het tornooi. Het café ontplofte alsof Gantoise op dat moment landskampioen geworden was. Men wenste Robert proficiat alsof hij er iets mee te maken had, en ook Anthony, die er nog minder mee te maken had. Iedereen was plots overtuigd dat Gantoise de testwedstrijd zou winnen. Iedereen, behalve Robert, Anthony en alle anderen dus die dagelijks met de ploeg bezig waren.

Diezelfde avond nog stuurde Robert zijn felicitaties naar Edson.

Maandag 23 juni 1958

De wereldtitel van Brazilië en de exploten van Edson duwden de motorolie-kippen heel even weg van de voorpagina's van de kranten. Roberts verleden als coach van de jonge Edson stond nu in het middelpunt van de belangstelling in Gent. Forel kreeg het ene telefoontje na het andere, met de vraag of men Robert eens mocht spreken:

-"Robert, wéér telefoon voor u," zei de norse Forel. "Ik ga u mijn kosten beginnen doorrekenen!" Robert nam de telefoon over en begon zoals steeds te gekscheren met de man aan de andere kant van de lijn.

-"Wij hadden graag een persoonlijk interview met u gehad," zei de journalist uiteindelijk, "over uw relatie met Edson en over de perspectieven voor de wedstrijd van zaterdag." Robert had zijn antwoord klaar:

-"Deze namiddag vanaf één uur geef ik interviews in het kantoor van schepen Anthony De Hoedemaecker op het stadhuis." Dat vond de journalist minder prettig:

-"Zal de baron erbij zijn?"

-"Die zal er zeker bij zijn, en mijn eis is dat hij samen met mij op de foto staat." Voor de journalist was het een moeilijke beslissing: ofwel geen interview, ofwel moest de man van het motorolie-kippenschandaal mee op de foto.

-"Ik zal er met de hoofdredacteur over spreken."

Uiteindelijk kwamen in de namiddag slechts twee journalisten van een paar kleine reclamekrantjes opdagen voor een interview, tijdens hetwelke Robert vooral het imago van Anthony probeerde te herstellen.

~

Met het succes van Edson en Brazilië was de beslissing betreffende het gebruik van het geheime wapen definitief genomen. De spelers van Gent hadden beloofd dat als die Edson zo goed kon voetballen als Robert gezegd had, ze 'Edsons systeem', zoals ze het stilaan noemden, zouden adopteren. Het werd de week van de laatste loodjes, en die wogen zwaar. Want de sleutel tot succes was perfectie, ook al een vreemd begrip in het voetbal.

Dinsdag 24 juni 1958

Hélène was er intussen in geslaagd, zoals enkel zij dat kon, om alle supportersclubs te mobiliseren. Alle leden wisten nu dat ze zaterdagochtend om halftien aanwezig moesten zijn in het stadion. Omdat zoiets nog nooit eerder gebeurd was, deden de wildste speculaties de ronde over wat de bedoeling kon zijn. De consensus was dat Robert concertmeester wou spelen voor het publiek. Hoewel weinigen geïnteresseerd waren om een nieuw deuntje aan te leren, moedigde elke cafébaas alle supporters aan om zeker naar het stadion te gaan zaterdagochtend; het betekende immers gegarandeerd veel volk in zijn café ervoor en erna.

Woensdag 25 juni 1958

-"En, wat staat er vandaag in de krant?" vroeg Robert met een zucht. Hij had het meer dan ooit gehad had met de eindeloze politieke manipulaties.

-"Wel, jouw initiatief van toekomende zaterdagochtend staat wijd uitgesmeerd. De kranten roepen iedereen op om eraan deel te nemen. 'Ambiance op zijn minst verzekerd!', beweren ze."

-"Wat??" riep Robert geschrokken en boos. "Geen sprake van!" Zonder verdere uitleg te geven, rende hij naar de telefoon van Forel en belde hij naar alle kranten. Toen Forel protesteerde, grabbelde Robert wat klein geld uit zijn broekzak en gooide hij dat op diens bureau.

Intussen las ik in de krant dat de opiniepeilingen een verpletterende nederlaag voor Anthony voorspelden. Verder domineerden de motorolie-kippen de verslaggeving en de opiniekolommen. Elk kind met een of ander raar medisch verhaal in de voorbije maanden, stond met zijn foto in de krant.

Donderdag 26 juni 1958

Voor het geval Anthony politiek nog niet platgewalst mocht zijn onder het gewicht van de motorolie-kippen, deden allerlei artiesten nu hun duit in het zakje. Ze koppelden een concert aan een protestmars, zodat die laatste automatisch meer volk trok.

-"Ik begrijp niet hoe artiesten zich daartoe kunnen lenen," zuchtte ik.

-"Denk eens heel goed na," zei Robert. "Artiesten hebben het meest kwetsbare beroep van iedereen; hun succes hangt immers af van hoe vaak hun liedjes gedraaid worden. In essentie kunnen ze kiezen: ofwel worden ze een regime-artiest, en krijgen ze de steun van de radio en de kranten, ofwel moeten ze heel hard scharrelen om financieel rond te komen."

Het goede nieuws was dat de kranten hun eerdere oproep gemilderd hadden; ze hadden duidelijk gemaakt dat enkel leden van supportersclubs zouden toegelaten worden zaterdagochtend. Er stond ook te lezen dat in Antwerpen gesneerd werd met 'de wanhoopspoging van Gantoise om met liedjes te compenseren voor wat ze op het veld niet kunnen waarmaken.' Maar dat bericht trof Robert niet, integendeel; hij was eerder gerustgesteld.

Vrijdag 27 juni 1958

-"Hoe zit het, mijnheer Fischer?" vroeg Forel aan de ontbijttafel.

-"Hoe zit het met wat, mijnheer Forel?" vroeg Robert, die zonder Forel al genoeg stof had om over te piekeren.

-"Ik moet nu weten of je je diploma nog wil."

-"Mijnheer Forel bedoelt of je iets in ruil wilt doen," verduidelijkte ik.

-"Niet vooraleer Kikki hier is, en die zie ik pas morgen," antwoordde Robert.

-"Dan vrees ik dat uw diploma niet voor dit jaar zal zijn," zei Forel. Robert legde zijn hand op het aangezicht, in een soort poging de vreselijke realiteit niet tot zich door te laten dringen.

~

Hij had immers andere katjes te geselen nu. Anthony bracht hem naar de laatste training vóór de testmatch. Het Edson-effect was zichtbaar. De spelers hadden de laatste week op het geheime wapen getraind alsof ze erin geloofden. Dat had een groot verschil gemaakt: halve meters waren geslonken tot centimeters, en een anderhalve seconde tot minder dan een halve seconde. Het resterende probleem was de intuïtie, het inschatten van de precieze intentie van de tegenstander. Dat was een kunde die je had of niet had; je kon wat dat betrof, slechts in beperkte mate vooruitgang boeken op training. Die intuïtie was nu de Achillespees waarmee ze 's anderendaags naar de wedstrijd zouden trekken.

Pas nadat de lastige training achter de rug was, kwam Anthony met belangrijk nieuws:

-"Kikki is thuis."

-"Kikki is thuis?!" Robert was in alle staten. "Laten we er onmiddellijk naartoe gaan!"

-"Ze slaapt. Wil je ze echt wekken?" Die vervelende jetlag!

-"Vanwaar komt ze?"

-"Van de westkust, van San Francisco." Robert wist uit ervaring dat wanneer iemand van de westkust naar Europa kwam, hij zich om vier uur in de namiddag voelde alsof hij een hele nacht opgebleven was, en als een baksteen in slaap viel. Kikki zou waarschijnlijk spontaan wakker worden om vier uur 's nachts.

-"Laat maar," zuchtte Robert. "Ik wil ze uiteraard niet wekken. Voer mij maar gewoon terug naar de school." Kikki was vlak in de buurt, maar hij kon haar niet zien. Hoe hemeltergend!

-"Morgen komen zij en ik jou en Didier halen vlak na de middag. We rijden met twee wagens naar het hoofdkantoor van Looms International. Ik voer Didier, en jij Kikki."

-"In haar ..."

-"Ferrari. Rij voorzichtig!" plaagde Anthony. Robert piekerde over de rit in Kikki's wagen, maar vroeg plots:

-"Looms? Waarom Looms en niet Gandaweave? Wat heeft Kikki plots met Looms te maken?"

-"Kikki heeft Looms overgenomen. Looms heeft de handdoek in de ring gegooid omdat het naast het patent gegrepen heeft."

-"Patent?"

-"Jouw luchtsysteem."

-"Je meent het niet!"

-"Toch wel. De twee onderdelen van het vroegere de Vissermans zijn weer herenigd. Kikki gaat het nieuwe bedrijf trouwens gewoon weer 'de Vissermans' noemen."

-"Opnieuw een superbedrijf de Vissermans in Gent! Ongelooflijk! Door mijn patent?!"

-"Het is het mooiste geschenk dat je Kikki kon geven, Robert. Want als er één ding was dat haar obsedeerde, dan was dat het feit dat Looms groter was dan Gandaweave. Nu is Gandaweave niet enkel groter dan Looms; het heeft Looms overgenomen, dankzij jou!" Robert was nog nooit zo gelukkig, gewoon omdat hij Kikki gelukkig gemaakt had.

-"Dat obsedeerde haar nog meer dan het schaken, veronderstel ik," zei Robert glimlachend.

-"Hoe raar dat ook mag klinken, Robert, ik denk het niet. Hou haar weg van het schaakbord zoveel je kan." Robert zuchtte; hij had eigenlijk al moeite genoeg zichzelf van het schaakbord weg te houden.

-"Waarom noemt ze het nieuwe bedrijf "de Vissermans"?" vroeg Robert.

-"Omdat dat beter geaccepteerd wordt bij de tachtigduizend voormalige werknemers van Looms. Niemand vindt het leuk om overgenomen te worden."

-"Tachtigduizend?!"

-"Ik kan er twintigduizend naast zijn," lachte Anthony.

~

-"Weet je het al?" vroeg een geëxciteerde Robert aan mij, "Gandaweave neemt Looms over!"

-"Dat bestaat niet!" zei ik.

-"Toch wel, en dankzij ons patent!" Dat was de eerste keer dat Robert zijn patent 'ons' patent noemde.

-"Hoe zit het trouwens met dat patent?" vroeg ik.

-"Dat hoor ik morgen van Kikki."

-"...aan wie je het patent verkocht hebt," vulde ik aan. "Heb je het eigenlijk al verkocht?" Robert keek hulpeloos. Hij wist helemaal niet of hij het nu eigenlijk al verkocht had of niet. En nog minder voor hoeveel.

-"Kikki is trouwens al thuis," zei Robert om het niet meer over het patent te moeten hebben.

-"Fantastisch, Robert, dan kan ze je helpen om je diploma te halen! We hebben nog tot middernacht, heeft Forel gezegd." Dat was Robert rats vergeten. Maar Kikki wekken na een vlucht uit San Francisco...?

-"Ze slaapt, Didier."

-"En dan? Robert, in hemelsnaam, dit gaat over jouw diploma! Daarvoor kan je ze toch wakker maken?!" Maar Robert bleef onbeweegbaar. Ik kon het echter niet laten gebeuren:

-"Ok, Robert, dit is mijn voorstel: we rijden naar Kikki thuis en nemen een kijkje. Misschien zien we ze rondlopen. Je weet nooit."

-"En wat als iemand ons daar ziet?" vroeg Robert.

-"Dan zeg je enkel dat je Kikki's auto kwam terugbrengen. Dat moet je sowieso doen nu ze thuis is."

-"En dan keren wij met de tram terug?" vroeg Robert. Ik had ook niet veel zin om een uur in de tram te zitten, maar wat moest, moest.

-"Inderdaad." Robert had niet veel overtuiging nodig. Als iemand zin had om het kasteel van Kikki te bespieden nu zij er was, dan was hij het wel.

~

Het was een prachtige rit. Hoewel het al tien uur was, begon het op dat moment pas te schemeren. De witte Ferrari met de lichten aan baande oogstrelend zijn weg door de vele bochten van het landschap.

-"Ik zal de wagen missen," zei Robert.

-"Je meent het nog!" zei ik. "Ik dacht dat je blij zou zijn hem weer kwijt te zijn."

-"Wel, het went snel!" gaf Robert toe.

Het vervelende was dat we een lang eind door het bos van het kasteel moesten rijden, vooraleer we het kasteel zelf zagen liggen. Maar we kwamen niemand tegen. We parkeerden de wagen onder de laatste bomen van de toegangsweg en stapten uit.

-"Hier staan we weer," lachte ik, "net zoals we destijds met onze bakfiets Kikki bespiedden."

-"Ergens achter een venstertje slaapt ze nu," zei Robert.

-"En als ze niet slaapt, is de kans dat ze ons zag toekomen, veel groter dan dat wij haar zullen zien."

-"Ik zou ze echt willen zien," zei Robert.

-"Ik ook eigenlijk," zei ik. We mijmerden over de vele vragen die we voor Kikki hadden: wat deed ze in het buitenland zo lang, mocht ze trouwen met Robert, hoe graag zag ze hem nog, zou ze de school sponsoren volgend jaar, kon ze iets doen voor Laetitia en mij, hoe zat het met het patent, en wat moest Robert nu doen zonder diploma?

-"Morgen wordt het een belangrijke dag," besloot Robert. "Laat ons op tijd gaan slapen."

-"Je maakt ze echt niet wakker voor het diploma?"

-"Geen sprake van," zei Robert. "Ze heeft haar slaap verdiend." En dat was het dan. Robert had de laatste kans op zijn diploma weggegooid, enkel om Kikki te laten slapen. Hoe zou hij dat aan zijn ouders uitleggen?

Bij het verlaten van het domein troffen we een bewaker aan. Robert draaide het venster naar beneden.

-"Goedenavond mijnheer Fischer, goedenavond mijnheer Forel, waaraan hebben wij uw bezoek te danken?" vroeg de man vriendelijk.

-"Wel, wij kwamen Kikki's, euh… hertogin Kathrin's wagen terugbrengen."

-"En toen vroegen jullie zich af hoe jullie weer thuis zouden geraken!" lachte de man.

-"Inderdaad," zei Robert. Hij vond niet direct een beter antwoord.

-"Dat was niet slim!" De bewaker lachte luid. "Zie dat we winnen morgenavond!" zei hij nog. Hoofdschuddend keek hij Robert en mij achterna.

-"Dat is dus het eerste dat Kikki over mij zal horen," zei Robert beteuterd.

-"Ach, ze zal enkel vaststellen dat je nog steeds dezelfde kluns bent!"

VRIENDSCHAP

's Ochtends kwamen uiteindelijk een duizendtal supporters opdagen. Hun lidmaatschap bij de supportersclubs werd nauwgezet gecontroleerd, om te vermijden dat spionnen van Antwerp naar het gebeuren zouden komen kijken. De aanwezigen kregen van Robert eerst een uitleg via een megafoon, en werden daarna verdeeld over twee supportersvakken die schuin tegenover elkaar aan weerszijden van het veld lagen. Onder groot jolijt kwamen vervolgens de spelers van Gent op het veld. Die simuleerden een aantal spelfases om het aanwezige publiek aan te leren wat ze moesten roepen op welk ogenblik. Robert ging als een gek tekeer, lopend, wijzend, en door een megafoon brullend. Aan het einde van de repetitie kreeg elke supporter een gratis toegangskaart, een groene of een rode, afhankelijk van het vak waar hij gezeten had. Voor alle aanwezigen was Roberts oefensessie het vreemdste wat ze ooit in een voetbalstadion meegemaakt hadden.

~

Robert en ik hadden ons beste pak aangetrokken – alles was relatief in ons geval – en wachtten met ongeduld op Anthony en Kikki. Zoals gewoonlijk wanneer we adellijke bezoekers ontvingen, was mevrouw Forel in geen mijlen te bespeuren. Ook mijnheer Forel vermeed de confrontatie met de hertogin.

Toen ze aankwamen, opende Kikki de deur nog voor de auto stilstond, sprong ze uit de wagen, spurtte ze naar Robert, vloog ze hem in de armen en kuste ze hem innig en lang. Ze liet er geen enkele twijfel over bestaan dat ze hem nog heel graag zag en hem enorm gemist had. Robert was de gelukkigste man ter wereld.

-"Gaan we trouwen?" vroeg hij onmiddellijk.

-"Komt in orde, Robert!" antwoordde ze. Ze gaf hem een kus op de mond om hem gerust te stellen.

Ik stapte in de wagen bij Anthony, terwijl Robert voor Kikki de passagiersdeur opende van haar eigen wagen. Robert hoefde nu enkel de wagen van Anthony te volgen, die zoals steeds aan een gezapig tempo door de stad reed. Dat was gemakkelijk genoeg... tot Robert een Citroën in panne zag staan. Instinctief zette hij de Ferrari aan de kant, sprong hij eruit, en vroeg hij aan de eigenaar van de kapotte wagen wat er scheelde. Anthony had intussen eveneens de wagen gestopt, zodat ook ik seconden later onder de open motorkap van de Citroën stond te kijken. Kikki bleek de eigenaar van de wagen te kennen. Ze sloeg met hem een praatje terwijl wij zijn wagen herstelden. Ze keek wel heel vreemd toen Robert de koffer van de Ferrari opende en die een arsenaal aan herstelmateriaal bleek te bevatten. Al die spullen had Robert er vergeten uit te halen toen wij teruggekeerd waren van Expo '58, maar bleken nu dus goed van pas te komen. Het was een uitdagende klus, maar na een half uur was de wagen hersteld. Zoals steeds dankte de eigenaar ons met een dikke fooi.

-"En zie dat we winnen vanavond!" riep hij Robert nog na. Trots dat we de wagen hersteld hadden, stapten wij weer in de wagens.

-"Kijk eens wat we verdiend hebben!" zei Robert, het geld aan Kikki tonend.

-"Als ik het goed begrijp, was mijn wagen de voorbije weken een upgrade voor jouw bakfiets," stelde Kikki vast.

-"Neenee, heb geen schrik," zei Robert beduusd, "ik ben vooral op Gantoise geweest."

-"Ik meen zoiets te merken in het straatbeeld; alles is blauw en wit, alsof er morgen geen verkiezingen zijn!" Kikki was de enige persoon in Gent die niet besefte waar de voetbalploeg aan toe was die avond. Robert probeerde het haar uit te leggen, maar ze luisterde met slechts een half oor.

-"Goede zaak dat je die man geholpen hebt daarnet," onderbrak ze hem. "Het is een klant. Ik heb hem vier weefgetouwen op lucht verkocht terwijl jij zijn wagen aan het herstellen was. Hij heeft ze op voorhand betaald!" Kikki toonde de cheque aan Robert, die bijna de controle over het stuur verloor bij het zien van het bedrag.

-"Vier weefgetouwen!" riep hij. "Tegen wanneer moeten we ze leveren?"

-"Tegen kerstdag, geen haast," lachte ze.

-"Vier getouwen tegen kerstdag," zei Robert heel hard nadenkend, "dat moet wel lukken."

-"Wel, Robert, ik hoop dat je geen probleem maakt van vier getouwen, want ik heb er dertigduizend verkocht de laatste weken, waarvan we er twintigduizend tegen kerstdag moeten leveren." Robert was zo geschokt dat Kikki het stuur moest vasthouden.

-"Twintigduizend??"

-"Allemaal op voorhand betaald, dus moeten we ze netjes op tijd leveren! Enkel al op de dag van de demonstratie in de Leopoldskazerne hebben we er vijfduizend verkocht. De telefoon stond roodgloeiend terwijl je nog je uitleg aan het doen was. Tachtig procent van de weefgetouwen in de westerse wereld en Japan zullen ooit vervangen worden door jouw luchtgetouwen. Fantastisch, niet?!"

-"In hemelsnaam, hoe kunnen we..."

-"Kom de fabriek eens bezoeken maandag. We zijn al drie weken getouwen op lucht aan het bouwen."

-"Hoezo?" vroeg Robert.

-"Alles stond tot in de kleinste details in het patent opgetekend. We konden onmiddellijk starten."

-"Je hebt toch..."

-"Natuurlijk heb ik de bewust foute gegevens in het patent eerst gecorrigeerd, Robert!"

Robert had geen tijd om te piekeren over het feit dat het patent reeds gebruikt werd zonder dat hij er iets voor gekregen had, want intussen waren we op het hoofdkantoor van Looms aangekomen. Kikki stapte snel naar de dames van de receptie:

-"Voor we met deze twee heren de vergadering binnengaan, moeten hun handen en kleren schoongemaakt worden. We moesten een herstelling uitvoeren onderweg." Pas nu hadden Robert en ik door dat we helemaal onder het vuil zaten. De dames gingen met grote haast te werk, want we waren reeds drie kwartier te laat voor de vergadering. Ze slaagden erin ons min of meer net te krijgen.

-"Dankjewel," zei Robert. Hij overhandigde de fooi die hij voor het herstellen van de Citroën gekregen had, aan de dames. Ik deed hetzelfde. Het herstelwerk had ons uiteindelijk niets opgeleverd. Kikki keek geamuseerd toe.

We liepen de trappen op van de machtige trappenzaal van Looms. De deur van de reusachtige boardroom werd voor ons opengehouden. Op het ontelbaar aantal stoelen rond de immense ovalen tafel zaten overwegend strenge heren in een duur pak. Ik schrok even toen ik me rekenschap gaf van het feit dat we met onze reparatie al die mensen drie kwartier laten wachten hadden! Voor Kikki was een plaats gereserveerd aan van het midden van de tafel, naast de man, een notaris vermoed ik – hij praatte toch zoals een notaris –, die de hele tijd het woord zou voeren. Anthony en Robert kregen een plaatsje ergens in de diepte van de zaal, terwijl ik, tot mijn grote verrassing, naast Laetitia werd gezet! Wat was ik gelukkig haar terug te zien! We waren drie weken van elkaar verbannen geweest. Ik wou meteen honderduit vertellen en haar vragen stellen, maar ze maande me lief glimlachend aan tot stilte. Mijn 'juridisch adviseur' bleek een heel dossier bij zich te hebben met mijn naam op. Waarover ging dat dossier? Ik kreeg echter geen tijd om dat te vragen, want van zodra Kikki plaatsgenomen had, ving de vergadering aan. Wat stond hier te gebeuren? Waarom was Robert hier? Waarom was ik hier??

Wel, Robert en ik zijn die namiddag niet veel wijzer geworden. De vergadering had te maken met de overname van Looms door Gandaweave, zoals Anthony ons eerder verteld had, maar de terminologie van de notaris was voor Robert en mij Chinees. Sporadisch viel de naam van Robert, en één enkele maal mijn naam. Op een bepaald moment vielen de woorden "patent" en "één miljard Belgische frank" in dezelfde zin, maar die zin werd vervolgens bedorven door niet te begrijpen woorden zoals "activa", "jaarlijkse afschrijvingen" en andere die ik me niet meer kan herinneren. Laetitia knikte tevreden gedurende het hele betoog van de notaris. Ze maakte sporadisch aantekeningen in mijn dossier. Kikki had een volledige kopie van de tekst van de notaris voor zich, en vinkte de voorgelezen passages af. Robert en ik verveelden ons nog honderd keer meer dan in een kledingzaak.

Om de tijd te doden, bestudeerde ik elke aanwezige, en probeerde ik me te herinneren waar ik de man of vrouw in kwestie ooit gezien had. Bombardon was aanwezig als bestuurslid van Looms, of tenminste van het voormalige Looms. Ik herkende ook de hertog, de hertogin-moeder en... tante Lolo! Ik probeerde haar aandacht te trekken en even te zwaaien, maar even geconcentreerd als de anderen werkte zij in haar dossier. De enige die de notaris even weinig leek te begrijpen als Robert en ik, was ... Grandgenre! Zijn blik was grauw van verveling, en werd zo mogelijk nog grauwer toen hij mij naast Laetitia zag zitten. Na mijn observatie van de aanwezige personen bestudeerde ik de grandioze wandschilderijen met de vermeldingen van 'de Vissermans'. De heren in de reusachtige portretten leken te genieten van het wedersamenstellen van hun bedrijf.

Plots zweeg de notaris. Ik keek rond, op zoek naar wie mij als volgende zou vervelen, maar het bleef stil. De mensen rond de tafel haalden pennen boven. Ze begonnen een oneindig aantal handtekeningen te zetten op de documenten die ze reeds bij zich hadden. Ook Robert kreeg een stapel documenten ter ondertekening. "Jij ook!" zei Laetitia tegen mij. Ze gaf me een pen en liet me een waslijst documenten ondertekenen. Ze legde me alles heel snel uit in de bizarre taal van de notaris. En zo, zonder te begrijpen waarom ik hier was, laat staan wat er in die documenten stond, ondertekende ik alles wat Laetitia me overhandigde. Voor de grap had ze er een papieren onderlegger tussen gestoken. Zowaar dat ondertekende ik zonder vragen te stellen! Ze schaterde het uit. Aan het slot werden alle documenten opgehaald door strenge secretarissen in een pak, die vervolgens inventariseerden wat er allemaal ondertekend was door wie, terwijl de vele aanwezigen toekeken. Verschillende onder hen glimlachten, anderen feliciteerden elkaar.

Terwijl Laetitia een stil gesprek voerde met haar andere buurman, bracht één van de deftige heren in de zaal mij een omslag. Ik wou hem net openmaken, toen Anthony plots voor de hele zaal het woord nam:

-"Namens de burgemeester, hier jammer genoeg niet aanwezig, wens ik hertogin Kathrin Martin en Robert Fischer te feliciteren met hun burgerlijk huwelijk!" Kikki stapte spontaan naar Robert toe en kuste hem onder luid applaus.

-"Burgerlijk huwelijk??" vroeg Robert aan Kikki.

-"Ja," zei Kikki, "je hebt het toch net ondertekend?!" Robert zocht naar de documenten, maar ze waren reeds lang opgepikt door de secretarissen. "Geen nood, Robert," lachte ze, "je krijgt straks jouw kopie." Hoe gênant. Hij had zichzelf gehuwd zonder het te beseffen!

-"Juist," probeerde Robert weer op zijn poten te vallen, "ik herinner het me nog: 'één kopie voor elk van de partijen'!" Kikki glimlachte en kuste hem, net op het moment dat ook hij een omslag kreeg.

Er was een korte pauze. Iedereen ging naar de reusachtige trappenzaal om iets te drinken. Robert stond op het punt Kikki uit te vragen over hoe ze de goedkeuring van haar moeder gekregen had om met hem te trouwen, hoe het nu zat met het patent, en nog veel meer. Hij wou haar ook spreken over het feit dat hij Amerikaan was en niet lang meer in België mocht blijven. Maar net op dat moment kwamen Laetitia en ik hen proficiat wensen.

-"En hoe zit het met jullie twee?" vroeg Kikki zonder verpinken aan ons. Ik moest naar adem happen; ik was immers nooit van plan geweest de grote vraag te stellen aan het prachtige maar veel te hoog gegrepen meisje naast mij. Maar nu Laetitia met vragende ogen naar mij keek, kon ik niet anders meer. Ik sidderde even bij het idee, maar raapte toen meer moed bijeen dan ik ooit bijeen geraapt had. Ik sloeg mijn arm rond Laetitia en fluisterde in haar oor:

-"Je betekent de wereld voor mij, Laetitia. Wil je met me trouwen?"

-"Ja," antwoordde ze fluisterend, "alleen al omdat je het durfde te vragen!"

-"Wij gaan trouwen," zei ze vervolgens tegen Kikki, "maar ik moet nog voorbij mijn ouders."

-"Ik praat onmiddellijk met je vader," antwoordde Kikki. Robert trok een grimas die zei: 'probleem dus opgelost!' Want zo ging het altijd bij Kikki. Het werd deze keer geen uitzondering.

Vanop een afstand zag ik hoe Kikki recht voor een man van middelbare leeftijd ging staan. Het enige wat in zijn sobere aristocratische houding veranderde, was de vriendelijke glimlach die op zijn aangezicht verscheen wanneer Kikki hem aansprak. Hij gaf haar zijn volle aandacht. Je kon niet aan de man zien dat Kikki hem net voorgesteld had dat zijn dochter zou trouwen met een doodgewone burgerjongen. En ook niet dat hij instemde. Uiteindelijk glimlachte Kikki van ver naar ons en gaf ze ons een klein knipoogje, waarna ze wegliep naar de vergaderzaal.

Die glimlach en knipoog waren het belangrijkste moment van mijn leven. Ik was plots in een euforie waarbij ik de grond niet meer onder mijn voeten voelde. Ik nam Laetitia in mijn armen en wou haar nooit meer loslaten. Ik sloot mijn tranende ogen. Maar de pauze was gedaan. We werden teruggeroepen naar de saaie vergadering.

Deze keer voerde Kikki het woord en kon ik iets beter volgen. Ze verdeelde de directiefuncties van het nieuwe bedrijf. Eén voor één stonden de nieuwe directeurs op van zodra hun namen en functies genoemd werden. Dit werd telkens gevolgd door een applaus. Tot mijn voldoening viel Grandgenre buiten de prijzen.

-"Zijn vader vindt hem wel iets anders," fluisterde Laetitia. Ik glimlachte bij de gedachte dat mijn – voormalige! – rivaal Grandgenre straks met hangende poten naar Brussel zou afdruipen, en waarschijnlijk nooit meer zou weerkeren.

-"En tot slot," zei Kikki, "zou ik aan de heer Bombardon willen vragen of hij directeur Public Relations zou willen worden voor de Vissermans."

-"Oh, hoe kan ze Anthony dat aandoen?!" fluisterde ik in Laetitia's oor, "Bombardon is de instigator van het motorolie...." Maar Laetitia onderbrak mij:

-"Kijk en leer hoe wij de dingen doen, Didier!"

Bombardon stond recht onder applaus, maar stak onmiddellijk zijn hand op om het enthousiasme te temperen. Hij vroeg het woord. Maar toen het stil werd, wist hij niet wat hij moest zeggen. Hij had namelijk helemaal niet verwacht dat hij van Anthony's goede vriendin nog een directeursfunctie zou krijgen; hij had zelfs de pers al ingelicht dat hij 'zijn directeursfunctie opgeofferd had om de waarheid over de motorolie-kippen aan het licht te brengen'. Evenwel kreeg hij nu toch een directeursfunctie aangeboden. Op zich was dat goed nieuws... had het niet de functie van 'directeur Public Relations' geweest; die positie kon hij immers niet aanvaarden als hij burgemeester wou worden. Een directeur Public Relations was namelijk verondersteld steeds de opinie van zijn werkgever te vertolken, terwijl een burgemeester voor de stad moest spreken. De twee functies waren dus onverzoenbaar. Mocht hij nu, op de vooravond van de verkiezingen, voor de directeursfunctie kiezen, zou hij zijn geloofwaardigheid als kandidaat-burgemeester verliezen. Maar als hij de directeursfunctie afwees, verloor hij zijn baan bij Looms zonder compensatie. In dat geval zou hij, als hij niet tussen twee stoelen wou vallen, absoluut tot burgemeester verkozen móeten worden.

Hij zei nog steeds niets. De andere aanwezigen, die begonnen in te zien dat Bombardon voor een verschrikkelijk dilemma stond, keken gespannen en benieuwd toe. Na een lange, pijnlijke stilte zei hij ten slotte: "Ik dank hertogin Kathrin Martin voor het vertrouwen, maar ik vrees dat ik de functie moet weigeren omwille van een mogelijk belangenconflict." Daarop verliet hij de zaal met neergebogen hoofd. Zijn lange carrière in de textielsector was ten einde gekomen. Op Kikki's gezicht verscheen niet meer dan een heel flauwe glimlach, maar haar ogen fonkelden.

Na de vergadering knoopte Kikki talloze gesprekken aan met de aandeelhouders. Robert wou geduldig wachten tot hij haar eindelijk voor zich alleen zou hebben, maar Anthony wenkte hem:

-"Kom, Robert, we moeten vertrekken."

-"Vertrekken? Naar waar? Waarom?"

-"Naar het voetbal, Robert. Naar de testwedstrijd!"

-"De testwedstrijd, juist, ja, natuurlijk!" Een verlegen, zich excuserende glimlach verscheen op zijn aangezicht. Hij liet Kikki achter. Nu kwam onvermijdelijk zijn grote test: hij moest een quasi onmogelijke klus klaren voor de vrienden die hem een heel jaar geholpen hadden. Zonder hulp. Of zo dacht hij toch.

Na de vergadering wilden Laetitia en ik geen meter van elkaar wijken, maar haar wachtte nog een heel drukke avond: samen met Hélène zou zij tot in de late uurtjes campagne voeren voor Anthony. Ik gaf haar nog een innige kus en liet haar gaan.

Ik bleef achter met Kikki's autosleutels. Als de meest geduldige privéchauffeur ter wereld wachtte ik een tergend lange avond lang tot zij haar vele zakelijke gesprekken afgerond had.

~

-"Burgerlijke trouw?" vroeg Robert nogmaals van zodra hij bij Anthony in de wagen zat.

-"Ja, sorry dat het zo plots en onverwacht was," zei Anthony, "maar deze namiddag zijn er wel duizend akkoorden ondertekend. Jouw burgerlijk huwelijk met Kikki was daar een belangrijk onderdeel van."

-"Het ontgaat me waarom, maar misschien is dat omdat ik van de uitleg van de notaris niets begrepen heb."

-"Oei, dan zal Kikki je dat allemaal eens moeten uitleggen."

-"Ik ben blij dat haar ouders ons huwelijk aanvaarden."

-"En dat is niet het enige, Robert!"

-"Wat nog?"

-"Jullie twee en wij twee, Hélène en ik, trouwen op 30 augustus in de kathedraal." Robert moest even slikken. Hij was sprakeloos. Dat was dus ook al beslist! "En waar jullie nadien gaan wonen, staat ook al vast!" ging Anthony verder. Nu was Robert helemaal van de kaart, want hij had geen diploma en geen job. En geen geldige verblijfsvergunning! Hij hapte naar adem en piekerde.

-"Wanneer zie ik haar opnieuw?" vroeg hij ten slotte.

-"Morgennamiddag, bij haar thuis. Maar de volgende weken zal je ze weinig zien; ze moet het nieuwe bedrijf organiseren. In Gent moet ze twintigduizend mensen vinden om jouw getouwen te bouwen."

-"Wel, er zijn genoeg werklozen op dit moment..." Robert zweeg. Het werd te ironisch; hij was zelf werkloos!

-"Er zal veel veranderen in Gent. Daarom moeten we winnen, Robert, vanavond de testwedstrijd en morgen de verkiezingen!" Roberts gedachten waren meteen weer bij de les. Hij móest winnen. Hij was plots meer gestresseerd dan ooit.

Hij overliep nog eens de voorbereiding: de supporters wisten wat ze moesten doen, de spelers kenden het systeem, maar de achillespees bleef hun fragiele kunde om de tegenstander te 'lezen'. Als dat meeviel, kon de wedstrijd afgehaspeld worden zonder tegendoelpunten. En dat was wat hij wou bereiken. Het was het enige realistische objectief.

Ook voor Anthony werd het plots allemaal heel reëel. Hij had Robert gepusht om zeker te winnen, en die had hem keer op keer gerustgesteld. Maar nu pas zou hij te weten komen of Robert de geniale coach was die een dergelijke moeilijke wedstrijd kon winnen, of eerder iemand die aan de limiet van zijn kunnen gekomen was, en door de omstandigheden over zijn paard getild.

Ze reden door de toegangspoort van het stadion. Robert voelde zich als een student die zich een maand voorbereid had op het allermoeilijkste en meest cruciale examen van zijn leven, en nu de schoolpoort binnenreed om het af te leggen.

Het was nog vroeg. Hij liep even het veld op om te controleren of alles goed zat met de supportersvakken. De controleurs verzekerden hem dat de supporters volgens de kleur van hun kaart in het juiste vak zouden terechtkomen. Dat zat alvast goed. Vervolgens ging hij naar de kleedkamer, waar hij vaststelde dat de spelers de schema's overliepen en zich mentaal voorbereidden. Ook dat liep volgens plan.

Waar Robert minder rekening mee gehouden had, was het feit dat Antwerp de helft van de toegangskaartjes ter beschikking gekregen had. Daardoor stroomde het stadion evenredig vol met bauwwitte en roodwitte vlaggen; van een overwicht van Gentse supporters was geen sprake. Anderhalf uur voor de aanvang van de wedstrijd hieven de supportersclubs van beide kampen hun eerste deuntjes aan. Die werden onderbroken toen de scheidsrechter het veld opkwam om de netten te inspecteren. Het was dezelfde scheidsrechter als die van de wedstrijd op Anderlecht, die Gantoise verloren had. De arme man kreeg nu heel veel verbaal geweld naar het hoofd geslingerd. Toen hij weer in de kleedkamers afdaalde, kreeg hij van Robert oprecht gemeende excuses 'namens de hele club', maar de man leek het zich allemaal niet aan te trekken en antwoordde met een flauwe glimlach.

De spelers waren intussen vertrokken naar het oefenveld om zich op te warmen, waardoor Robert alleen in de kleedkamer achterbleef met niets omhanden. Hij sloot de ogen en beeldde zich de wedstrijd in. 'Geen doelpunt tegen krijgen', prentte hij zichzelf in, 'vooral geen doelpunt tegen krijgen.'

Anthony zat op een centrale plaats in de hoofdtribune, maar voelde zich nu zo alleen als Robert. Hélène en Laetitia voerden immers campagne in de stad, terwijl Kikki en ik nog op het vroegere hoofdkwartier van Looms zaten, sinds die dag het hoofdkwartier van het nieuwe de Vissermans. Voorlopig was Anthony blij dat niemand hem leek op te merken, of op te zoeken – het kippenverhaal leefde nog! – , want hij was als de dood voor een mogelijke catastrofale afloop van Roberts gewaagd systeem. Als dat mocht gebeuren, wou hij onopgemerkt uit het stadion kunnen verdwijnen.

Een paar rijen onder Anthony zat Bombardon tussen de clubvoorzitter en de burgemeester. Anthony was echter benieuwd hoe Bombardon zou reageren tijdens de wedstrijd: Bombardon mocht dan wel supporter en bestuurslid van de Gentse club zijn, politiek had Bombardon er de dag voor de verkiezingen geen belang bij dat Gantoise kampioen werd.

Robert bekeek voor de tweede maal het veld. Het lawaai van zingende en roepende supporters was oorverdovend, en dat was niet goed; hij hoopte dat ze stil zouden worden tijdens de wedstrijd, zodat de door hem opgeleide supporters nog hoorbaar zouden zijn. Hij keerde de rug toe naar de heksenketel en ging terug naar de kleedkamer. De spelers waren intussen teruggekomen van de opwarming. Robert gaf hen de speech die hij ingeoefend had: "Vandaag spelen jullie het geheime wapen van Edson, de beste voetballer ter wereld," was de essentie van zijn betoog. "Jullie starten een nieuw tijdperk in het voetbal; de tegenstander zal volledig verrast zijn." De spelers verlieten met fragiel vertrouwen de kleedkamer en stapten in de richting van het veld. Toen ze daar verschenen, ontplofte het stadion met gejuich en awoertgeroep. Robert nam plaats op de bank naast de hoofdtrainer.

De scheidsrechter gooide het muntstuk op en Gantoise won de toss. Het koos voor balbezit. Antwerp mocht de speelrichting kiezen. Het koos ervoor om gewoon te blijven staan op de helft waar het nu stond. Van zodra Robert daar zeker van was, rende hij naar het juiste van 'zijn' twee supportersvakken. Hij zwaaide even naar de supporters om hun aandacht te krijgen; ze moesten zich klaarhouden.

Gantoise trapte de wedstrijd af maar na enkele passes werd de bal inspiratieloos naar voren getrapt. Vooraleer de Gentse aanvallers de kans kregen bij de bal te komen, trapte de libero, de vrije Antwerpse verdediger die achter de andere verdedigers stond, de bal naar één van de Antwerpse middenvelders.

En toen waren alle toeschouwers verbijsterd. Gantoise had geen libero! Alle ploegen ter wereld hadden met een libero gespeeld voor zolang iedereen zich kon herinneren, maar bij Gantoise was die nu totaal zoek! Alle Gentse verdedigers stonden op één lijn, evenwijdig met de middellijn, en lieten, zo leek het, een heel kwetsbaar vacuüm achter zich. Bovendien bewogen de Gentse verdedigers bij Antwerps balbezit op één lijn naar vóór! Tijdens dat maneuver werd de Antwerpse middenvelder in balbezit onder druk gezet door de Gentse middenvelders, en kon hij niet anders dan een lange pass voorwaarts geven. De bal vloog over de Gentse verdedigers, waardoor vier Antwerpse aanvallers plots oog in oog met de Gentse doelman stonden... maar door de afwezigheid van de libero stonden ze allemaal meters buitenspel. Robert, die had postgevat langs de zijlijn ter hoogte van de Antwerpse aanvallers, stak onmiddellijk een vlag op. Dat was het teken voor het supportersvak achter hem om luidkeels "buitenspel!!" te brullen, opdat de lijnrechter, die dit spelsysteem nooit eerder gezien had, niet zou twijfelen. Heel plichtsbewust vlagde de man in het zwart een eerste keer buitenspel. De scheidsrechter floot. De eerste aanval was afgeslagen.

Dit spelbeeld herhaalde zich een dozijn keer. Antwerp, steeds in het middenveld onder druk gezet door de kleine speelruimte die het nieuwe systeem bood, bleef de ballen over de Gentse verdediging trappen, en als er geen vier Antwerpse aanvallers buitenspel stonden, dan waren het er toch telkens drie of twee. Robert zwaaide als een gek zijn vlag en de supporters brulden. De lijnrechter en de scheidrechter volgden.

Intussen hadden álle Gentse supporters in het stadion door hoe Roberts systeem werkte, en riepen ze nu bij elk buitenspel mee. Bombardon grinnikte en gaf hoofdschuddend afkeurende commentaar aan zijn buren. Anthony van zijn kant had de paniek in de ogen telkens de bal over de Gentse verdediging zeilde, maar voorlopig, hoe onwaarschijnlijk ook, leek Roberts systeem te werken. Het was nog steeds nul-nul.

Maar de marge werd krapper naarmate de tijd vorderde. De Antwerpse aanvallers werden voorzichtiger. Ze probeerden niet meer buitenspel te staan, en pas voorbij de Gentse verdediging te spurten nadat de bal naar voren getrapt was. Dat lukte een eerste keer rond de vijfentwintigste minuut, en een tweede keer vijf minuten later. Telkens kon de Gentse doelman, ver uit zijn doel alsof hij een libero was, de bal hoog in de tribunes trappen.

Maar Robert werd ongerust over de timing van de Gentse verdedigers. Ze bewogen te vroeg naar voren, waardoor ze de Antwerpse aanvallers de kans gaven zich alsnog uit buitenspel te trekken. Een derde en een vierde tussenkomst van de Gentse doelman waren nodig op twee minuten tijd. Vroeg of laat zou hij net te laat zijn. De supporters van Antwerp voelden het verlossende doelpunt in de lucht hangen, en schreeuwden bij elk Antwerps balbezit van het begin tot het einde.

Robert las de twijfel op de gezichten van zijn verdedigers. Hij balde de vuist en probeerde ze op te monteren, tevergeefs. 'Nu gaat het gebeuren', vreesde hij, 'hun lijn is aan het breken...'

Hij werd plots uit zijn concentratie gehaald door een oorverdovend gejuich, dat, onbegrijpbaar, niets met de wedstrijd te maken had. Uit de kleedkamers was een speler in Gantoise-uitrusting gekomen. Robert begreep niet wat er gaande was en ging kijken. Het was Edson!! Zijn vriend Edson was na de wereldbeker in Zweden naar Gent gekomen om hem te helpen! Robert spurtte naar hem toe en omhelsde hem. Bij het zien van dat beeld schreeuwden de Gentse supporters het uit alsof ze wisten dat de ellende definitief voorbij was.

De scheidsrechter legde even de wedstrijd stil en ging informeren. Neen, uiteraard zou Edson niet meespelen. Nadat hij gerustgesteld was, liet de scheidsrechter de wedstrijd verder gaan. Maar Edson ging niet op de bank zitten. Hij ging net zoals Robert langs de zijlijn postvatten ter hoogte van de Gentse verdedigers.

De Antwerpse spelverdeler had de bal, dribbelde zich vrij en stond op het punt om een lange pass te geven.

-"NOW!" schreeuwde Edson. De Gentse verdedigers begrepen dat dit het juiste moment was om allemaal tegelijk naar voren te lopen. Vier Antwerpse aanvallers zaten in de val.

Op die manier organiseerde Edson de verdediging tot aan de rust, stak Robert keer op keer zijn vlag op, en riepen de supporters achter hem consequent "buitenspel!!" Tijdens de tweede helft stonden Robert en Edson ter hoogte van het speciale supportersvak aan de overkant, maar bleef voor de rest alles hetzelfde.

De neutrale toeschouwers, in zover die er waren, zagen een absolute draak van een wedstrijd. Want negentig minuten lang was er niet één doelkans aan beide kanten, en in de dertig minuten extra tijd ook niet. De Gentse supporters daarentegen beleefden een avond van doodsangst telkens de bal over hun verdedigers zeilde, terwijl de Antwerpse supporters tegen het einde van de wedstrijd grauw waren van frustratie; hun aanvallers hadden meer buitenspel gestaan dan in de laatste vijf seizoenen samen.

In tegenstelling tot Anthony, die reeds honderdtwintig minuten in angstzweet gebaad had, begon Bombardon, die tijdens de hele wedstrijd vermakelijk gemompeld had tegen zijn buren, voor het eerst zenuwachtige trekjes te vertonen; het was toch niet mogelijk dat Gantoise kon winnen?!

Het nieuwe systeem had zijn werk gedaan; het had de Gentse ploeg veilig afgeleverd aan het moment waarop strafschoppen uitsluitsel moesten brengen. Maar voor strafschoppen had Robert geen enkele strategie; hij geloofde niet dat er een bestond.

Maar Edson wel: hij liet de Gentse spelers de strafschoppen midden door het doel trappen, terwijl hij achter het doel de keeper van Antwerp zó zenuwachtig maakte door te schreeuwen en hoeken aan te duiden, dat die niet stil kon blijven op zijn lijn, en keer op keer naar een hoek dook. Edson voerde tussendoor een gelijkaardige psychologische oorlogsvoering met de vermoeide Antwerpse strafschopnemers.

Het stond intussen vier-drie voor Gent; elke ploeg had één strafschop gemist. Antwerp moest nu absoluut zijn vijfde strafschop scoren. Edson wees naar links, maar riep "right!!" De vermoeide speler moest een beslissing nemen. 'Wat als ik hem midden door het doel schiet?' Maar dat durfde hij niet op de laatste strafschop. 'De bal zuiver plaatsen', dacht hij, 'dan heb ik mezelf niets te verwijten'. Hij focuste zich op de linkse hoek en liep naar de bal. Op het moment dat hij zijn steunbeen naast de bal zette, zag hij in de hoek van zijn gezichtsveld de Gentse doelman naar de linkse hoek bewegen. In een ongecontroleerde reflex nam zijn rechtervoet een millimeter extra marge. Hij trapte de bal hard naar de hoek. De Gentse keeper dook voor alles wat hij waard was.

Anthony veerde met alle andere toeschouwers recht. De bal miste net de vingertoppen van de keeper, botste tegen de binnenkant van de paal, en vervolgens tegen de schoen van de keeper. Daarna stuiterde de bal evenwijdig met de doellijn, raakte hij nog net de andere doelpaal en bleef hij liggen.

De scheidsrechter ging van dichtbij naar de bal kijken en zwaaide met zijn armen. De bal lag niet over de doellijn.

Anthony stak de armen op.

Het stadion ontplofte. Alle Gentse supporters schreeuwden na de jarenlange frustratie zo hard ze konden hun geluk uit. Gantoise was voor het eerst in haar geschiedenis landskampioen. Jonge supporters vlogen elkaar in de armen, oudere supporters lieten hun tranen de vrije loop, anderen huilden luid van ontroering. Robert spurtte naar Edson toe en omhelsde hem.

-"Je hebt het gedaan!" riep Edson.

-"Nog één dienst," vroeg Robert hem in het Portugees.

-"Wat je maar wilt!" zei Edson. Robert wenkte Anthony naar beneden en gaf hem een ereronde. Anthony, gezeten op de schouders van Edson en Robert, werd het veld rondgedragen, gevolgd door de spelers. Hij zwaaide naar het publiek, dat luid en ingetogen het "You never walk alone" aanhief, het nieuwe officiële supporterslied van Gantoise, een vriendschapslied dat alle supporters van de club voor eeuwig aan elkaar zou klinken. Het was om kippenvel van te krijgen. Voor iedere aanwezige was het beeld duidelijk: Anthony had Gantoise de titel bezorgd!

Vervolgens haalde Anthony persoonlijk Pietje uit de tribune en stapte ermee naar de middencirkel. Het jongetje was intussen volledig hersteld. Via de luidsprekers van het stadion werd Pietje bedankt voor zijn hulp om de testwedstrijd in Gent te laten plaatsvinden. Van de voorzitter kreeg hij een ereteken en een abonnement voor het leven. Tot slot mocht Pietje de bloemen aan de Gentse spelers uitreiken.

~

In de stad hadden Hélène en Laetitia er een laatste uitslovende campagneavond opzitten, toen uit alle cafés de supporters naar buiten stormden: "We zijn kampioen!" Hélène en Laetitia vlogen elkaar in de armen. Voor een zeldzame keer schreiden de twee zusjes van ontroering. "We zijn kampioen!" riepen ze tegen elkaar. "En we hebben de verkiezingen gewonnen!"

~

Terwijl Kikki me terugvoerde naar de school, luisterde ik naar de uitgebreide samenvatting van de wedstrijd op de radio.

-"We zijn kampioen!" riep ik. Kikki glimlachte hoofdschuddend. Ze gaf me een kus bij het afscheid en zei:

-"Morgenmiddag bij mij thuis!"

Ik ging op zoek naar Robert, die nu ergens in de uitgangsbuurten moest zijn. Maar gemakkelijk zou dat niet worden, want ongeveer alle Gentenaren waren op straat en in de cafés; het was de nacht dat Gent niet sliep. Dat gold ook voor zij die in hun bed lagen, want de hele stad klonk als een monumentaal carnavalsfeest: mensen schreeuwden in het wilde rond, dronkelui zongen, luide rock 'n roll lokte iedereen in de cafés.

Maar het geheel leek een centrum te hebben, een plaats in de verte waar alles nog luider en drukker was dan waar ik was. Ik bewoog me er instinctief naartoe. Hoe dichter ik kwam, hoe meer ik moest zigzaggen tussen de mensen. Alles rond mij was blauw en wit. Behalve de zee van gekleurde strooiblaadjes, die onder onze voeten besmeurd en verfrommeld werden, was er van de nakende verkiezingen niets te merken. Toen ik over een brug liep, ving ik vanuit de hoogte een glimp op van wat er zich in de verte afspeelde: een groep van mensen in volledig voetbaluniform was aan het gekscheren. Aangezien dichterbij komen niet mogelijk was, probeerde ik meer te weten te komen door geconcentreerd te kijken vanaf de brug. "Daar! Anthony, Edson en Robert!" hoorde ik iemand roepen. Het trio vormde het centrale spektakel. Anthony probeerde keer op keer recht te staan op de schouders, viel, werd opgevangen, en werd weer omhoog gehesen door de andere spelers. Vervolgens klom Edson op een paar sterke schouders en hield hij de bal in de lucht met het hoofd, terwijl zijn voeten het evenwicht op de schouders bleven zoeken.

Iedereen was plots vriend van iedereen. Socialisten, liberalen en katholieken liepen arm in arm, tracteerden elkaar en dansten in elkaars cafés. Het magische moment waarop Anthony's partij Nieuw Gent gewacht had, was plots daar: mensen keken in elkaars ogen en vertrouwden elkaar. De politieke zuilen waren verdwenen. De magie duurde tot de ochtenduren. Uiteindelijk gingen de Gentenaren pas slapen nadat ze naar de stembus geweest waren.

Het was al diep in de nacht toen ik eindelijk in de buurt van Robert geraakte.

-"Heb je de wedstrijd gezien?" riep Robert naar mij.

-"Neen, ik ben blijven wachten met de sleutels van Kikki…"

-"Kikki! Is ze goed thuis geraakt?"

-"Ze heeft me afgezet en is naar huis gereden. Morgenmiddag…"

-"Ik weet het! Kom mee!" beval hij mij. Hij verwijderde zich van de spelers en liep met mij door een grote winkelstraat. "Hier," zei hij, "hier moeten we zijn." Boven brandde nog licht. Hij belde aan en een man stak zijn hoofd door het venster. Hij herkende Robert, kwam naar beneden en deed de deur open.

-"Mijnheer Fischer," zei hij, "wat een verrassing! Proficiat…"

-"Dank u," zei Robert, "maar ik kom 'het' kopen." Tot mijn verbazing wisten Robert en de man precies waarover het ging, en tekende Robert onmiddellijk een cheque voor een enorm bedrag. Ik nam Robert stevig bij de schouders.

-"Ben je zeker, Robert?" zei ik tegen hem. "Besef je dat je moe bent en gedronken hebt?!"

-"Mijnheer Fischer mag het steeds terugbrengen als hij er spijt van heeft,' zei de man.

-"Geen sprake van dat ik het ooit terugbreng!" zei Robert.

Zondag 29 juni 1958

Ik werd wakker gemaakt door mevrouw Forel:

-"Didier, opstaan! Er staat een wagen op de koer. Is die voor u?"

-"Hoe laat is het?"

-"Twaalf uur."

-"Twaalf uur?! Dan heb ik mij overslapen! Ze komen ons ophalen."

-"Wie?" vroeg ze. Ik probeerde mevrouw Forel echter te besparen van titels zoals 'baron' en zeker 'hertogin', want van die woorden alleen al steeg haar bloeddruk tot gevaarlijke hoogte.

-"Vrienden," zei ik.

-"Vrienden? In een Rolls-Royce?!" vroeg ze kritisch. Ik antwoordde niet, maar verfriste me snel en kleedde me aan.

We moesten nog even wachten op Robert, die heel snel een briefje naar zijn ouders geschreven had. De chauffeur reed met ons langs het postkantoor.

-"Waarom zo dringend, Robert?"

-"Kikki en ik trouwen op 30 augustus! Mijn ouders moeten dat zo snel mogelijk weten."

-"Fantastisch!" Ik feliciteerde hem.

-"Samen met Anthony en Hélène," vervolgde hij. "Maak jij er ook maar werk van met Laetitia!" Ik schrok. Zo reëel was het plots allemaal geworden. Ik zat nu met vele vraagtekens: een huis, een wagen, een inkomen, en wat zou mevrouw Forel van Laetitia vinden?

Terwijl we op de toegangsweg reden van het prachtige kasteel, gaf ik me er voor de eerste keer rekenschap van dat we veel te sjofel gekleed waren vergeleken met onze vrienden.

-"We moeten ons dringend betere kleren kopen, Robert."

-"Dat zal nu wel even moeten wachten; mijn geld is op."

-"Ik had het je nog zo gezegd deze morgen!" protesteerde ik. Maar daar wou hij het niet meer over hebben.

We werden op de parking opgewacht door Kikki en Laetitia, die er beiden geen enkele twijfel lieten over bestaan dat wij nu hun verloofden, of wat dan ook, waren. Hand in hand stapten we onder de stralende zon over de kiezelsteentjes van de grote parking naar de ingangspoort van het kasteel. We gingen door een hele klare rococo inkomhal met heel veel spiegels en Chinese vazen. Laetitia en Kikki waren dit uiteraard allemaal gewoon, maar Robert en ik moesten een tijdje rondkijken om de pracht andermaal in ons op te nemen.

We moesten even slikken toen de hertog en de hertogin-moeder ons verwelkomden, maar die deden alsof we hun beste vrienden waren; er was geen vuiltje aan de lucht. Hoe wonderlijk allemaal! In het salon troffen we vervolgens Anthony en Hélène. Hoe was het mogelijk dat zij er allemaal zo fris uitzagen, terwijl ook zij nauwelijks geslapen hadden. 'Die mensen leven gewoon in een andere wereld, met andere wetten', was de enige uitleg die ik kon bedenken.

-"Het eten is uiteraard niet zo goed als vorige keer," zei de hertogin-moeder, me complimenterend met mijn kookkunst.

-"Uiteraard niet!" zei Laetitia, me kussend. Voor dat laatste zou ze trouwens de hele namiddag geen kans onbenut laten.

-"Maar eerst wil ik iets doen," zei Robert plots. Hij ging op één knie vóór Kikki zitten, opende een doosje waarin een prachtige ring met verschillende steentjes zat, en vroeg haar ten huwelijk. De Amerikaanse aanpak was onverwacht maar charmeerde haar oneindig. Ze stak de fonkelende ring aan haar vinger, knielde vervolgens eveneens en omhelsde hem. Robert wees vervolgens naar de verschillende steentjes op de ring en gaf er een uitleg bij: "Voor deze heb ik 750 banden gewisseld, voor deze heb ik 80 buitenboordmotoren hersteld, …." Kikki liet het hem volledig vertellen. Ze was ontroerd en kreeg zelfs de tranen in de ogen.

We hadden twee uurtjes om lekker te eten tegen dat de verkiezingsresultaten op de televisie zouden komen. Het gesprek aan tafel ging voornamelijk over de voetbalwedstrijd, over de festiviteiten nadien en uiteraard over de verkiezingen. Maar op een bepaald moment zei Anthony ook:

-"Kathrin, je moet Robert eens uitleggen wat er gisterennamiddag gezegd geweest is op de algemene vergadering; hij heeft er namelijk niet veel van begrepen." Robert onthield dat hij in het bijzijn van de hertog en de hertogin-moeder Kikki's echte naam moest gebruiken. Dat was gemakkelijk genoeg.

-"Laat me dat corrigeren:" zei Robert, "ik heb er gisteren eigenlijk helemaal niets van begrepen!" Hij lachte. Kikki blies even en zei:

-"Kan dat wachten tot morgen, Robert? Kom de fabriek eens bezoeken. Ik leg het je dan helemaal uit. Ik ben namelijk een maand met die overeenkomsten bezig geweest, via telefoon dan nog wel, en zou deze namiddag graag eens ontspannen."

-"Dat kan zeker wachten," zei Robert. "Het lijkt me trouwens geen spannende materie."

-"Dat is heel juist," zei de hertogin-moeder. "Nu alles ondertekend is, is de materie inderdaad niet meer spannend." Iedereen lachte, Robert en ik zonder te weten waarom.

Om drie uur zette iedereen zich in een zetel voor de grote televisie.

-"Het beeld is scherp hier," complimenteerde Robert de hertog.

-"Dank je. Er staat een gigantische antenne onder het dak."

-"Nu wil je zeker onmiddellijk gaan kijken?" vroeg Kikki aan Robert.

-"Het kan wel een minuutje wachten," suste Robert met een nerveuze lach. Iedereen zweeg want de uitzending begon. We zagen een man en een vrouw achter een tafeltje zitten. Ze kregen om de haverklap papiertjes toegereikt om voor te lezen. Het nieuws uit de andere steden was weinig spannend: er waren verschuivingen van hooguit een vijftal procent tussen de drie klassieke partijen: de katholieken, de liberalen en de socialisten. De twee mensen achter de tafel gebruikten al hun kennis en radio-ervaring om er toch een boeiend verhaal van te maken.

De man kreeg een nieuw papiertje aangereikt.

-"Ah, een eerste bericht uit Gent," zei de man. "Met één kiesbureau geteld...." Hij bestudeerde het papiertje, draaide het om, keek vragend naar de persoon die het hem was komen brengen maar nu niet meer in beeld was, en toonde het aan zijn vrouwelijke collega, die er een blik op gooide maar voor de rest niet verroerde. "Wel, het eerste kiesbureau geeft een vreemd resultaat, maar het is niet de eerste keer dat één kiesbureau een onbegrijpelijk resultaat geeft. De kleine partij Nieuw Gent behaalde alle stemmen op twaalf na. Voor eerste conclusies wachten we dus tot andere stembureaus geteld zijn."

-"Tenzij het iets met het voetbal te maken heeft," zei de dame, deels vertwijfeld, deels schertsend.

-"Gantoise werd gisteren landskampioen. Wie weet," voegde de man daar zijdelings aan toe zonder nog een seconde aan het papiertje te besteden.

-"Proficiat, Anthony," zei ik. Ik gaf hem een hand. De anderen in het salon volgden mijn voorbeeld. De dames kusten hem.

- "Als dat eerste kiesbureau representatief is, winnen we alle zetels!" zei Anthony hoopvol.

-"Vind je het erg als Robert en ik een wandeling door het park maken?" vroeg Kikki, die duidelijk geen zin had om lang voor de televisie te zitten.

-"Geen enkel probleem," zei Anthony. "We amuseren ons wel!" Kort na het vertrek van Robert en Kikki vertrokken ook Laetitia en ik naar 'het park'; zo noemde men de tuin daar.

Van zodra we buiten waren, kwam Laetitia voor me staan, sloeg ze haar handen rond mijn nek en zei ze:

-"Op 30 augustus trouwen jij en ik, samen met Kikki en Robert, en Hélène en Anthony!" Ik legde mijn hand rond haar middel en bekeek haar in ongeloof. Ze bleef me recht in de ogen kijken met een grote blije glimlach, tot het feit dat ik binnen twee maand met haar zou trouwen, volledig tot me doordrong en ook ik blij keek. Ik trok ze tegen me aan. "Mijn ouders nodigen de jouwe uit om overmorgen iets te gaan eten," vervolgde ze.

-"Overmorgen?!" zei ik verschrikt.

-"Ja, wat scheelt er? Lukt het niet?"

-"Jawel, het is het begin van de grote vakantie; mijn ouders hebben niet veel omhanden. Het zal zeker lukken. Maar... "

-"Maar wat?" vroeg Laetitia.

-"Je zal voorzichtig moeten zijn met mijn moeder. Ze was in haar jeugd dochter van een kamermeisje. Van kinds af heeft ze geleerd zich onzichtbaar te maken voor de heer en dame des huizes, en voor al hun bezoekers. Ze heeft er een oneindige fobie voor de aristocratie aan overgehouden. Vandaag verstopt ze zich nog steeds wanneer mijn vader belangrijke bezoekers ontvangt."

-"En wat zijn belangrijke bezoekers?" vroeg Laetitia.

-"Laat het me kort samenvatten: alle mensen van jouw familie zijn heel belangrijke bezoekers."

-"Goed, ik heb een idee:" zei Laetitia, "bij de eerste ontmoeting vertellen we zo weinig mogelijk over onszelf, althans betreffende de dingen die jouw moeder zenuwachtig zouden kunnen maken."

-"Dat is alvast een goede start, maar het probleem is niet enkel waarover jullie spreken."

-"Wat nog?"

-"Hoe jullie gekleed zijn."

-"Helemaal geen probleem," schertste Laetitia, "ik laat mijn kroontje thuis!" Ik lachte. "Wel," vervolgde ze, "nu dat probleem opgelost is, wil ik je eens alles over mijn familie vertellen." Ze vertelde de hele geschiedenis en besprak daarna de planning van ons huwelijk, wat maakte dat ik er niet toe kwam haar te vragen wat ik gisteren eigenlijk deed in de grote vergadering. Ik moest nu hopen dat alles wat de notaris verteld had, uiteindelijk zichzelf zou verduidelijken, wat trouwens minder gênant was dan te moeten vragen aan Laetitia welke documenten ik ondertekend had. In de verte zagen we Kikki en Robert stoeien en dartelen als kleine kinderen.

Laetitia toonde me een grote schuur in het park van het kasteel.

-"Je mag ons klein geheimpje weten. Dit is waar Kikki, Hélène en ik elke week sporten, reeds van toen we klein waren." Toen ik binnenkwam, zag ik allesbehalve een keurige balletzaal met spiegels en mooi blinkend hout, of een badminton-netje, of basketbalringen. In plaats daarvan stonden er gymtoestellen voor mannen: een rekstok, twee hoge ringen aan touwen, een brug met gelijke leggers, een evenwichtsbalk en een voltigepaard. Geen enkele van die toestellen zag er als een leuk tijdverdrijf uit. Ze waren hard, stil, koud, en, althans voor mij, onmogelijk om op te geraken of langer dan vijf seconden op te blijven. Het lokaal was honderd procent spartaans: er was geen plantje, geen enkele decoratie, geen kleur, kortom niets dat me kon verleiden om nog een seconde langer in dit hels hol te blijven.

-"Hef me op," gebood Laetitia mij. Ik hurkte en sloeg mijn armen rond haar onderbenen. Ze was verrassend zwaarder dan ik gedacht had, maar dat kwam omdat ze haar gespierde benen en bovenlichaam steeds had verhuld. Ternauwernood slaagde ik erin haar zo hoog op te tillen dat ze bij de ringen kon.

-"Dit is mijn specialiteit," zei ze trots. Ik dacht dat ze wou bewijzen dat ze een volle minuut aan die ringen kon blijven hangen zonder te moeten loslaten. Maar alsof ze gewichtsloos was, verrees haar lichaam tot in handstand. Toen zwaaide ze hevig aan de ringen tot ze zich losgooide en na een aantal onontwarbare buitelingen en draaibewegingen landde. Ze maakte daarbij twee voorwaartse tuimelingen op de grond om ten slotte recht te staan vlak voor mij, en me te omhelzen.

-"Fantastisch!" zei ik. Wat ik eigenlijk wou zeggen was: 'intimiderend!'

-"Ik had moeite geheim te houden hoe sterk we waren," zei ze, "maar Kikki verbood ons erover te praten; ze had schrik jullie te intimideren."

-"Hoe durfde ze dát te denken?!" zei ik. Laetitia keek me lachend in de ogen.

-"En dat was niet het enige wat we hier deden." Het leek me al meer dan voldoende, maar er was dus nog meer. "We kregen cursus zelfverdediging. We oefenden verschillende gevechtssporten." Ik moest slikken.

-"Heb je die ooit nodig gehad… behalve die keer dat je die handtastelijke arm gebroken hebt?"

-"Buiten die ene keer niet, nee. Maar je ziet hoe praktisch het is dat ik mijn eigen problemen kan oplossen."

-"Heel praktisch," zei ik, "maar breek alsjeblieft niet meer armen dan nodig!"

-"Ok," zei ze, "jij valt me aan en ik verdedig me zonder jouw arm te breken." 'Oh neen, nu moet ik met haar vechten,' dacht ik; nu zou ik pas afgaan als een gieter! Ik raapte al mijn krachten bijeen, concentreerde me en chargeerde haar. In twee seconden lag ze plat op de grond onder mij.

-"Je hebt gewonnen," zei ze zoet, waarna ze me kuste. Wat een wervelwind van een meisje!

Wanneer we weer in het salon kwamen, zat iedereen nog steeds te kijken naar hoe de man en de vrouw op het grijze televisiescherm papiertjes voorlazen en commentaar gaven. Hélène was druk de resultaten aan het verwerken.

-"Wel, hoe loopt het?" vroeg ik nieuwsgierig.

-"Fantastisch! Het ziet ernaar uit dat we alle zetels winnen!" zei Hélène.

-"Alle zetels!" riep Laetitia juichend. Ze maakte een klein dansje.

-"Wel, proficiat mijnheer de burgemeester," zei ik. Ik schudde Anthony de hand.

-"Feliciteer Hélène ook maar; zij wordt schepen van de haven en van de luchthaven." Ik feliciteerde haar:

-"Proficiat aan de schepen van de haven en aan de vliegtuigen van de luchthaven," zei ik. Onder de omstandigheden was zelfs die flauwe woordspeling goed voor groot jolijt.

Laat op de avond werden we weer naar de school gebracht. Onderweg zei ik aan Robert:

-"Wel, het ziet ernaar uit dat je nog twee maand op de school blijft, tot jouw huwelijk."

-"Hopelijk vindt Forel het goed. Ik zal het hem morgen eens vragen."

Maandag 30 juni 1958

Maar toen Robert aan Forel vroeg of hij tot 30 augustus op de school mocht blijven, zei die laatste dat hij daarvoor moest bijbetalen, en wel onmiddellijk.

-"Dat wordt lastig," antwoordde Robert, "zoveel geld heb ik niet meer."

-"Je had beter je patent aan Bombardon verkocht," zei Forel. "Die had je er tenminste iets voor gegeven!" Robert mompelde dat hij van Kikki ook beslist iets zou krijgen.

Robert was niet de enige met een financieel probleem. Ikzelf had immers systematisch de opbrengsten van de catering-avonden aan mijnheer en mevrouw Forel afgedragen. Weliswaar had ik wat zakgeld over, maar dat was veel te weinig om een mooie ring voor Laetitia te kopen. En aangezien Laetitia en ik 's anderendaags met onze beider ouders op restaurant zouden gaan, zou dat het moment zijn waarop ik die ring wou geven.

Robert en ik stonden dus elk voor een urgent probleem. We liepen rondjes met onze handen in onze zakken en zochten naar oplossingen.

-"We kunnen natuurlijk…," begon ik, maar Robert liet me mijn zin niet afwerken:

-"Neen, dat wil ik in dit geval echt vermijden," zei hij. "We gaan niet nog eens met hangende pootjes naar onze vrienden." We overliepen vervolgens een aantal onrealistische opties, zoals uitstel van betaling vragen of gaan lenen bij de banken. We gaven het op.

-"Ik zal er met Kikki over praten wanneer ik straks de fabriek bezoek," zuchtte Robert ten slotte.

Gelukkig voor hem viel een oplossing al vroeger uit de lucht. Toen hij zijn pak aantrok om naar de fabriek te gaan, en daarbij zijn broekzakken leegmaakte, vond hij een omslag. Hij herinnerde zich niet meer dat die hem twee dagen eerder toegestopt werd door de boekhouder, op het precieze moment dat zijn burgerlijk huwelijk aangekondigd werd. Op de omslag stond het logo van Gandaweave. "Hoelang zullen ze het oud briefpapier van Gandaweave nog moeten opgebruiken," dacht Robert, "vooraleer ze omslagen met 'de Vissermans' …" Hij opende de omslag. Een cheque! Waarvoor zou die in hemelsnaam kunnen zijn, vroeg hij zich af. Tweeënhalf miljoen! Hij kwam onmiddellijk naar me toe.

-"Hoeveel heb je nodig voor die ring?" vroeg hij.

-"Minstens tienduizend frank, zou ik zeggen."

-"Amaai, wat een duur lief!" lachte hij. Ik vond het niet grappig.

-"Hier, ik heb geld voor je ring. En voor Forel!" Ik keek onbegrijpend naar hem terwijl hij een papiertje bovenhaalde. "Kan je weergeven op tweeënhalf miljoen?" Hij toonde me de cheque.

-"Tweeënhalf miljoen!" Ik viel haast achterover van verbazing. "Hoe kom je daar in hemelsnaam aan?"

-"Zaterdag gekregen, vermoed ik. Ik herinner het mij niet meer."

-"Op Gantoise?"

-"Geen slechte gok, maar ik heb geen geld te goed van Gantoise."

-"Looms, ik bedoel Gandaweave, ik bedoel de Vissermans?"

-"Lijkt me waarschijnlijker. Ik denk dat dit voor het patent is."

-"Geen slecht bedrag voor het patent, maar minder dan de tien miljoen die je van Bombardon zou gekregen hebben."

-"Merkwaardig inderdaad. Oh wel, Kikki zal wel haar redenen gehad hebben."

-"Wacht eens even," zei ik plots. "Ik herinner me dat ik ook een omslag gekregen heb!"

-"Wanneer?"

-"Net voordat je burgerlijk huwelijk aangekondigd werd. Daardoor ben ik die omslag vergeten. Ik heb hem waarschijnlijk in een zak gestopt."

-"Dat burgerlijk huwelijk is in elk geval de verklaring waarom ík mijn omslag vergeten ben!" lachte Robert. "Ga rap eens kijken hoeveel jij gewonnen hebt!"

-"Verdorie, hopelijk vind ik die omslag nog!" Ik spurtte naar boven; ik was nog nooit zo nieuwsgierig of gespannen geweest. 'Laat me alsjeblieft die dekselse omslag vinden,' smeekte ik. In één beweging doorzocht ik alle kledingstukken die ik zaterdag aangehad had, en jawel, verfrommeld tussen een zakdoek zat mijn omslag. Met ingehouden adem prutste ik hem open. Tweeënhalf miljoen! Hetzelfde bedrag als Robert! Ik liep naar beneden.

-"Ik heb hem gevonden. Hetzelfde bedrag!"

-"Wel, je moet toegeven: Laetitia is ook geen slechte juridisch adviseur," lachte hij.

-"Laetitia... ring!" was het enige waaraan ik dacht. "Robert, we moeten naar de winkel!"

-"Rustig, rustig, de dag is pas begonnen." Hij slaagde erin me een beetje te kalmeren. Ik maakte plannen voor het geld: ring, huwelijk, huis, auto... Veel zou er voor de school niet meer overblijven, maar ik zou alvast met een hele grote stap mijn tweede leven beginnen. "We hebben samen alvast vijf miljoen voor het patent gekregen," vervolgde Robert.

-"De belastingen zullen er al afgetrokken zijn," raadde ik. "Dat verklaart het verschil met de tien miljoen van Bombardon."

-"Vijftig procent belastingen?? Dan zijn jullie knettergek in België!" Maar na enige discussie hielden we het er toch bij dat het verschil in de belastingen moest zitten.

Robert gaf me zijn cheque mee, zodat ik het geld op zijn rekening kon zetten. Hij schreef meteen een cheque uit voor driehonderdvijftig frank, voor zijn verblijf op de school de volgende twee maanden. Hij vroeg Forel de cheque pas 's anderendaags te innen. Die laatste nam met een streng gezicht de cheque in ontvangst en plaatste hem ostentatief in het midden van zijn bureau. Het was duidelijk dat hij geen seconde te lang zou wachten om hem te innen. Intussen ging ik naar de bank, zette ik de vijf miljoen van de twee verfrommelde cheques op de respectievelijke rekeningen, en vertrok ik met mijn chequeboek naar de juwelier.

De juwelier herkende me; Robert en ik hadden hem zondagochtend uit zijn bed gehaald om een ring te kopen. Hij kende zelfs mijn naam nog:

-"Waarmee kan ik u van dienst zijn, mijnheer Forel?" vroeg hij.

-"Wel," lachte ik ietwat gegeneerd, "ik heb ook een ring nodig, want ik ga me ook verloven."

-"Proficiat!" zei de man, "En had u al iets in gedachten?" Op die moeilijke vraag had ik me grondig voorbereid:

-"Dezelfde ring als die van Robert."

-"En waarom?" vroeg de juwelier verbaasd.

-"Heel eenvoudig: Roberts verloofde en mijn verloofde zijn vriendinnen van elkaar. Daarom mag de ring van mijn verloofde niet mooier, noch minder mooi zijn dan die van Roberts verloofde. Het meest evidente is dus van gewoon dezelfde ring te kopen."

-"Laat mij raden," zei de juwelier, "u bent ingenieur." Ik beschouwde dat als een groot compliment; ik was pas afgestudeerd en men zag al onmiddellijk dat ik ingenieur was!

-"Absoluut!" zei ik met grote trots.

-"Ik kon het gemakkelijk raden," zei de man. "U maakte een redenering die typisch is voor een ingenieur." Ik bleef glimlachen omdat ik nog niet wist waar de man heen ging. "Maar ik vrees dat het bij juwelen helemaal niet zo in elkaar zit."

-"Hoezo?" vroeg ik verwonderd.

-"Wel, om te beginnen mogen Robert en u niet met dezelfde ring komen opdagen; de jongedames zouden denken dat jullie van de prijs afgedongen hebben door er twee in één keer te kopen." Dat was een vreemde notie voor mij. Ik kocht weinig dingen. De mogelijkheid om minder te moeten betalen dan de geafficheerde prijs, was ik nog nooit tegengekomen. Het leek me ook weinig logisch; waarom zou hetzelfde product verschillende prijzen hebben afhankelijk van hoeveel je er kocht? De kosten waren toch dezelfde?! Maar goed.

-"Ik heb het begrepen," zei ik. "Neem gewoon een andere van dezelfde prijs."

-"Welnu," zei de man, "zo gaat het ook niet." Hoe kan dat nu?!

-"Waarom niet?"

-"U bent verondersteld uw ring met liefde te kiezen. Robert is hier de laatste zes maanden verschillende keren uitleg komen vragen over de ring die hij graag aan zijn toekomstige verloofde wou schenken." Dat was sterk; Robert had Kikki pas een maand geleden veroverd, maar had al maanden op voorhand een ring uitgezocht voor haar! Dat zou ik hem vroeg of laat eens inwrijven! Maar nu moest ik me focussen op de dekselse juwelier, die het me niet gemakkelijk wou maken.

-"Wat houdt dat in 'een ring met liefde kiezen'?" vroeg ik.

-"Wel, we bekijken de juwelen één voor één. Ik leg u de eigenschappen van elke steen uit, en het karakter en de ziel die hij daardoor heeft. We praten vervolgens over hoe de stenen zich tot elkaar verhouden, en uiteraard over de naakte ring zelf." Karakter?? Ziel?? "U begrijpt," zei de man, "dat het belangrijk is dat u de heel precieze uitleg voor uw keuze nadien aan uw verloofde kan doen." Ik keek hem verbouwereerd aan; dit betekende dat ik een hele namiddag zou moeten geboeid zijn door steentjes! Maar goed, het was éénmalig, een éénmalige opoffering van een mooie zomernamiddag, om zeker te zijn dat ik op een vraag van Laetitia zou kunnen antwoorden, mocht ze er één stellen dus. De man was echter nog niet aan het einde van zijn betoog: "Laat het mij vergelijken, mijnheer Forel, met bloemen kopen. U gaat elke week toch niet zomaar een bloemenwinkel binnen om een klaarstaand boeket bloemen te kopen?" Elke week?? "U bespreekt toch bloem per bloem hoe het boeket moet samengesteld worden?!" Elke week een discussie over bloemen?? Help!! Zou ik wel trouwen?? Eerst dacht ik aan vluchten, maar onmiddellijk daarna voelde ik me onwel. Ik maakte mijn hemd los en probeerde langzaam mijn ademhaling weer onder controle te brengen.

-"Goed," zei ik ten slotte, "laat ons eraan beginnen. Waar zijn de ringen?"

~

Terwijl ik alles leerde over kleuren, karaten, onzuiverheden, vormen, zielen en karakters van steentjes, had Robert de bus naar de fabriek genomen. Hij had het adres gekregen en aanwijzingen aan de buschauffeur gevraagd, en was er zeker van dat hij aanstonds zou toekomen aan een ontvangstbalie waar Kikki hem zou staan opwachten. Helaas liep het anders.

Toen de bus door het haven- en industriegebied van Gent reed, noemden immers alle gebouwen die hij zag 'Looms' of 'Gandaweave'. Op één plaats was men de naamborden naar beneden aan het halen, om ze te vervangen door 'de Vissermans'. Robert meende dat de buschauffeur hem zou te kennen geven wanneer ze aan het juiste gebouw gekomen waren, maar toen de bus de ene halte na de andere voorbij reed, werd hij ongerust. Hij stapte naar voren in de bus, en vroeg aan de buschauffeur of hij er bijna was.

-"Wel," zei de man, "we zitten er midden in."

-"Hoezo?" vroeg Robert.

-"We zitten in het midden van de Vissermans. Had je het nog niet in de gaten?" Het was een misverstand. De man had begrepen dat Robert naar de algemene omgeving van de Vissermans wou, en dat hij op dat moment wel het gebouw zou herkennen waar hij precies moest zijn. Bij gebrek aan een beter plan stapte hij af aan de eerstvolgende halte. Hij keek rond: 'Looms', Gandaweave', 'Gandaweave', 'Looms', 'Looms', 'Looms'. Welk gebouw moest hij kiezen? Zijn ogen pierden in het rond tot hij een pallet met gele compressoren zag staan. 'Daar zijn ze getouwen op lucht aan het assembleren', besloot hij. Hij stapte naar het gebouw naast de compressoren. Tot zijn opluchting zag hij op de parking nog andere onderdelen waarvan hij ooit de tekeningen gemaakt had. Hier moest het zijn. Hij hield zijn verhaal klaar: 'Ik ben Robert Fischer. De hertogin Kathrin Martin verwacht me.' Dat was eenvoudig genoeg; iedereen wist wie hij was en met wie hij zou trouwen.

Vlak voor de deur stond een toeristenbus. Toen hij binnenkwam, stond hij meteen tussen vijftig West-Vlaamse dokters. Hij stapte door de groep dokters naar de balie, maar daar was niemand. Hij zette zich neer op een bankje en wachtte. Intussen hoorde hij hoe de dokters een merkwaardige versie van zijn eigen recent levensverhaal vertelden in het West-Vlaams. Volgens hen was Robert Fischer een Amerikaanse miljardair die Edson gekocht had voor Gantoise en zwaar geïnvesteerd had in de textielsector. Robert stond recht en probeerde het verhaal te corrigeren, maar de dokters wisten het beter, want zo stond het in hun beleggingskrant. 'Als ik nu zeg dat ik Robert Fischer ben, zullen ze dat ook niet geloven,' dacht hij. Hij zette zich weer neer terwijl hij de balie in het oog hield.

Eindelijk kwam een man in een kiel door de binnendeur.

-"De groep dokters uit Oostende? Volgt u mij." Terwijl de dokters door de deur schuifelden, dacht Robert na over wat er gaande was. 'Misschien is het de bedoeling dat ik me gewoon aansluit bij de rondleiding,' dacht hij verkeerdelijk. Hij volgde hen. De dokters keerden weliswaar hun rug naar hem toe tijdens de rondleiding, maar namen verder geen aanstoot aan de aanwezigheid van de vreemde eend in de bijt.

Robert was nog nooit eerder in een fabriek geweest en het geheel fascineerde hem mateloos. Alles bewoog: mensen, vorkliften, aanvoerbanden, assemblagelijnen, kranen, freesmachines, boormachines, zaagmachines… enfin, heel veel verschillende machines. Hij verwijderde zich regelmatig van de groep van de dokters om een kijkje van dichtbij te nemen, zodat de gids hem enkele malen moest aanmanen om dichter bij de groep te blijven.

Ze hadden al verschillende kleinere en grotere hallen doorlopen, waren al vele trapjes op- en afgegaan, toen Roberts oog op iets viel waaraan hij niet kon weerstaan: de montage van de naalden! Weken hadden Robert en ik erover gedaan om een aanvaardbaar resultaat te bekomen, maar nu was een monteur op een onbezorgde manier, als ware het lukraak, die naalden aan het plaatsen. Robert stapte er snel naar toe en volgde met de meest kritische ogen zijn werk. Hij keek naar de horizontale en de verticale richting van de opening van de naalden. Hij wist dat een fout van een paar graden een enorm energieverlies zou betekenen, en dat als de fout nog groter was, het inslaggaren niet meer mooi door de sprong zou gaan. 'Hoe kan die man zo zeker zijn dat het juist is?' vroeg Robert zich af. 'En ís het überhaupt wel juist?'

Net toen hij vragen wou gaan stellen, hoorde hij achter zijn rug:

-"Mijnheer Fischer?" Robert keek om. Achter zich zag hij een vijftigtal arbeiders onwennig naar hem kijken. De man wiens werk hij inspecteerde, vóór hem, keek zelfs regelrecht angstig. De groep met dokters daarentegen was niet meer te bespeuren.

-"Ja," zei Robert zoals iemand die uit zijn diepste concentratie gehaald was.

-"Mijnheer Fischer, u moet me verontschuldigen," zei een man, "maar ik ben de vertegenwoordiger van het personeel in dit atelier…"

-"Maar daar is toch niets mis mee!" lachte Robert, plots geheel ontspannen.

-"Neen, uiteraard niet, mijnheer Fischer, maar u moet begrijpen dat…" De man durfde niet verder te praten. Robert zag echter dat het personeel wilde dat de man hem iets vertelde.

-"Zeg het maar gerust," zei Robert op een geruststellende toon. "Wat scheelt er?"

-"Wel," zei de man, al zijn moed bijeenrapend, "u moet begrijpen dat wanneer de eigenaar van het bedrijf een fabriek komt binnengelopen en naar één specifieke werkpost stormt, hij de arbeider in kwestie behoorlijk de stuipen op het lijf jaagt."

-"Eigenaar, ik?" lachte Robert. De geruchten die men allemaal over hem verspreidde tegenwoordig! De vertegenwoordiger van het personeel probeerde nu zijn beste diplomatie:

-"Ik bedoel uiteraard niet dat u persoonlijk meer dan de helft van de aandelen bezit, mijnheer Fischer." 'Oh neen,' dacht Robert, 'die man begint zoals de notaris te praten; ik begrijp er niets meer van!' "Ik bedoel dat aangezien u veertig procent van de gewone aandelen bezit, mijnheer Fischer, en samen met hertogin Kathrin Martin, uw toekomstige voor zover ik begrepen heb, meer dan vijftig procent van de stemgerechtigde aandelen…."

'Nu praat hij helemáál zoals de notaris!' beklaagde Robert zichzelf. "...dat als er iemand de eigenaar van het bedrijf genoemd zou kunnen worden, u dat wel bent," besloot de man.

-"Dat is inderdaad een manier om het te bekijken," zei Robert, pretenderende dat hij de uitleg begrepen had. "Ik laat jullie verderwerken." Hij excuseerde zich nog even bij de monteur, die nog steeds in shock was, en ging weg.

Maar toen begon de ellende pas, want hij vond de uitgang niet. Hij kwam wel allerlei poorten tegen die toegang gaven tot een opslagplaats in open lucht, maar die hadden allemaal een omheining. 'Als die man van daarnet gelijk had en ik de eigenaar ben', dacht Robert, 'vind ik nu de weg niet uit mijn eigen fabriek!' Om zich niet belachelijk te maken, vroeg hij aan niemand de weg. Hij zocht verder, steeds haastiger. Hij doorliep warme kamers, lawaaierige machineruimtes, magazijnen, en ateliers waar hij al eerder geweest was. Hij had intussen zoveel trappen op- en afgelopen, dat hij geen idee had van hoever hij boven of onder de grond zat. Hij had het gevoel dat hij zich steeds dieper ingroef en zijn bewegingsruimte steeds kleiner werd.

Uiteindelijk kwam hij een meestergast tegen die hij herkende, wat niet zó verwonderlijk was omdat Robert intussen half Gent kende. De meestergast deed onwennig. Was dit nu zijn kameraad Robert uit het café, of was dit nu de heel grote baas?

-"Dag mijnheer Fischer," zei de man behoedzaam, "waarmee kan ik u helpen?"

-"Herman, ik ben Robert hé!" lachte Robert. Hij nam de man onmiddellijk in vertrouwen en vertelde hem dat hij de hertogin zocht.

-"Bent u hier met haar afgesproken?" vroeg de man met grote ogen. Hij kon niet geloven dat zij en Robert iets te zoeken hadden in deze fabriek, laat staan in het kleine lokaaltje waar naalden geinspecteerd werden.

-"Wel, hier is het precieze adres waar ik moet zijn," zei Robert.

-"Oh, maar dat is minstens drie kilometer verder!" zei de man. Hij wou lachen maar durfde niet.

-"Kan je haar eens telefoneren?" vroeg Robert. "Ze verwacht mij."

-"Ik kan proberen…, maar ik denk niet dat ze me zullen geloven, en nog minder me doorverbinden met haar," zei de man terwijl hij het nummer draaide. Iemand nam op. "Geloof het of geloof het niet," zei de meestergast over de telefoon, "maar ik heb hier mijnheer Robert Fischer voor u." Hij reikte de hoorn over aan Robert, die na wat moeite de receptionist kon overtuigen dat hij Robert Fischer was. De receptionist verbond hem door en Robert mocht zijn uitleg overdoen. Na een half uur steeds opnieuw doorverbonden te worden, te wachten en dezelfde uitleg te herhalen, had hij uiteindelijk Kikki aan de lijn, de eerste die hem meteen herkende:

-"Laat me raden, Robert, je staat aan de verkeerde fabriek!"

-"Het is zelfs erger dan dat," gaf Robert toe. Hij deed de hele uitleg. Kikki schaterde het uit van het lachen.

-"Binnen een kwartier moet ik aan de receptie staan," vertelde Robert aan de meestergast. "Lukt dat?"

-"Natuurlijk," lachte de man, "de receptie bevindt zich gewoon achter díe deur." Hij wees naar een deur op het einde van de gang.

-"Ga je mee met mij voor de zekerheid?" vroeg Robert verlegen.

-"Geen probleem," lachte de man. En achter de deur bevond zich warempel de receptie. Robert dankte de man en sakkerde in zichzelf: "Geklopt vlak voor de eindmeet, verdorie toch!"

~

-"Wel," vroeg Kikki, nog steeds lachend nadat Robert bij haar ingestapt was, "hoe vond je de fabriek? Je hebt ze nu wel helemaal gezien, geloof ik! Geloof je nu dat we op die manier twintigduizend getouwen kunnen maken tegen kerstdag?"

-"Aan dat tempo maak je er geen duizend," zei Robert.

-"Neen, ik bedoelde de manier waaróp we ze maken. We hebben uiteraard nog andere fabrieken zoals deze."

-"Uiteraard," zei Robert, "uiteraard." 'Kikki heeft altijd van alles genoeg,' herinnerde hij zich.

-"Wel, wat denk je?" vroeg Kikki.

-"Ik vond het merkwaardig dat die monteur zo snel de naalden installeerde. Hoe kunnen die in hemelsnaam juist staan?!"

-"Er zitten assemblage-trucjes achter die je niet gezien hebt." Kikki deed de hele uitleg.

-"Goed, ik geloof je," zei Robert en gaf haar een kus op de wang. "Maar ik heb ook veel verkwistingen gezien, veel nutteloos werk."

-"O ja," vroeg Kikki betuttelend, "en welke verkwistingen meen jij dan gezien te hebben?"

-"Wel, om te beginnen controleert de meestergast van Looms de componenten die hij kreeg van Gandaweave. Maar bij Gandaweave worden diezelfde componenten ook al gecontroleerd, vertelde de meestergast mij. Daardoor vindt hij nooit fouten. Dat is dus dubbel werk voor niets."

-"Goed," zei Kikki, "dat zijn overgangsproblemen. Wat nog?"

-"Wel," vroeg Robert, "waar heb je magazijnen voor nodig?"

-"Magazijnen zijn nodig, Robert," lachte Kikki. "Waar ga je anders alles stockeren wat je ontvangen hebt?"

-"Je laat elke dag de componenten komen die je nodig hebt, en legt die direct naast de assemblagelijn." Kikki was plots stil. Af en toe wou ze iets zeggen, maar ze maakte haar zin nooit af omdat ze al een tegenargument zag. Ze voelde zich in het nauw gedreven. Robert kon onmogelijk gelijk hebben, maar ze kon zijn idee niet weerleggen. Intussen was Robert geboeid aan het kijken naar alle gebouwen van Looms en Gandaweave. Hij stelde vast dat er in de laatste twee uur al een tweede gebouw hernoemd was naar 'de Vissermans'.

-"Iedereen doet het al jaren zo," argumenteerde ze ten slotte.

-"Wat doet iedereen al jaren zo?" vroeg Robert.

-"Die magazijnen," zei Kikki.

-"Dan zal het wel in orde zijn," zei Robert. "Weet je, het was ook de eerste keer dat ik een fabriek van de binnenkant zag." Hij keek verder gefascineerd door het venster. Maar door dat laconieke antwoord was het plots niet meer in orde voor Kikki. Robert verweerde zich niet meer. Daarom zocht ze argumenten in zijn plaats. Als Roberts idee klopte, zou het nieuwe 'de Vissermans' minstens tien procent kosten kunnen besparen, en dat betekende vijftig procent meer winst!

-"En ik heb nog dingen gezien," zei Robert. Kikki liet het hem allemaal vertellen. Tot haar grote verbazing had de verloren gelopen Robert een schat aan verbeteringen ontdekt tijdens zijn dooltocht. En hij had nog nooit eerder een fabriek van de binnenkant gezien! Maar misschien was dat juist de reden: hij had volledig onbevooroordeeld naar het productieproces gekeken.

-"Heb je zin om eens door al onze Belgische fabrieken te lopen de volgende twee maanden?" Robert was absoluut niet enthousiast. "Ik geef je een gids mee, zodat je niet verloren loopt!" beloofde ze. Dat haalde hem meteen over de streep.

Dinsdag 1 juli 1958

Robert ontving twee brieven. De eerste was vanwege de Procureur des Konings, die Robert liet weten dat Pennycent gearresteerd was op 6 juni en intussen in staat van beschuldiging gesteld. Het bleek dat hij niet enkel verantwoordelijk was voor de recente diefstallen bij Dieudonné Butu en tante Lolo, maar dat hij ook de vroegere, mysterieuze inbraak had gepleegd die fataal geworden was voor de man van tante Lolo. Pennycents handschrift was herkend op het papiertje dat hij tijdens die eerste inbraak laten liggen had. De motivatie voor zijn recente inbraken was de diefstal van industriële geheimen, terwijl de motivatie voor de eerste inbraak onduidelijk bleef.

-"Ik ben blij voor tante Lolo dat er eindelijk duidelijkheid komt over de inbraak tijdens dewelke haar man stierf," zei ik.

-"Ik hoop vooral dat die Pennycent voorgoed verdwenen is," zei Robert.

Daarentegen bevatte de tweede brief aan Robert heel slecht nieuws: de Minister van Binnenlandse Zaken vroeg hem hoelang hij nog in het land zou blijven, want zijn visum liep af. Oorspronkelijk was het de bedoeling geweest dat Robert na zijn studies terug zou keren naar de Verenigde Staten, of, in het geval hij zijn verblijf in België wou verlengen, dat hij een verblijfsvergunning zou aanvragen op basis van zijn diploma. Uiteraard wou hij blijven nu hij met Kikki wou trouwen, maar… hij had zijn diploma niet behaald!

-"Nu alles eindelijk goed loopt voor mij, word ik het land uitgezet!" riep Robert ontdaan.

-"Rustig, Robert," zei ik, "de soep wordt nooit zo heet gegeten als ze opgediend wordt. Laat gewoon jouw visum verlengen."

Maar Robert piekerde. Een nieuw visum krijgen of een visum laten verlengen, was een langdurig proces. Daarbij riskeerde hij gedurende jaren niet naar België te mogen komen als hij nu te lang bleef. In België was de wet een heel relatief gegeven, dat wist hij, en viel alles te regelen, maar over dit had hij een slecht voorgevoel. Hij belde naar Kikki en was blij dat hij ze meteen aan de lijn kreeg. Maar Kikki, voor wie er normaal geen problemen bestonden, was geschokt door het nieuws. Ze zou een paar telefoontjes plegen en Robert zo snel mogelijk terugbellen.

Doodzenuwachtig bleven Robert en ik rond de telefoon hangen. In de namiddag verwachtten wij Laetitia en haar ouders, waarvoor ik nog een paar aperitiefhapjes zou maken. Maar door de stress kwam ik er niet toe. Uiteindelijk kwam er geen telefoontje, want Kikki kwam Robert het slechte nieuws persoonlijk brengen. Ze stapte uit haar wagen, stortte zich in zijn armen en huilde: "De minister is een Waalse socialist, die absoluut eens een succesvol iemand zoals jij het land wil uitzetten, Robert." De tranen sprongen ook in mijn ogen bij het horen van dit afschuwelijk nieuws. We hadden een prachtig avontuur beleefd en met momenten overleefd, maar nu werd het geluk ons afgenomen. "Maar ik blijf bij jou, Robert," zei Kikki, "hoe dan ook!"

Maar kon dat wel? Kikki was nodig in Gent. Hoe dikwijls en hoe lang kon hij met een toeristenvisum in België zijn, als hij er al een kreeg? Toen Kikki weer vertrok, besloten we advies in te winnen bij wie we maar konden vinden. We trokken eerst naar het stadhuis, waar Anthony tijd voor ons vrijmaakte. Hij was het hart in van het slechte nieuws. Maar hij wou ons geen valse hoop geven:

-"Dit gaat over belangrijke publiciteit voor de Waalse politicus. Die wacht nu op de eerste tegenstand van onze kant om het dossier wijd open te smeren in de kranten, terwijl hijzelf voet bij stuk houdt. Omdat zijn plan enkel kan werken indien alles zorgvuldig op voorhand is afgesproken met alle belangrijke partijen, maakt het waarschijnlijk deel uit van een gigantisch kluwen van compromissen, postjes en chantage. Niemand in het parlement zal een poot naar jou uitsteken, Robert. Reageer dus absoluut niet, want dan geef je hen niet alleen wat ze willen, maar kunnen ze bovendien ook niet meer op hun beslissing terugkomen."

-"Niet reageren en alles gewoon ondergaan, zal bijzonder moeilijk zijn, Anthony," zei ik. "Is er geen andere mogelijkheid?"

-"Kunnen we hen niet met hun eigen wapens verslaan?" vroeg Robert.

-"Met welke gelijke wapens, Robert?" vroeg Anthony. "Met een postje? Kikki zou een zwaar bestuursmandaat kunnen openstellen in de Vissermans, maar of die Waal daar iets mee is, is wat anders. Het zou bovendien als een boemerang in ons gezicht kunnen terugkomen. En chantage? Ik zie niet meteen een mogelijkheid."

~

Mevrouw Forel haalde op dat moment de gordijnen naar beneden die ze tijdens de grote vakantie zou wassen. Toen ze echter een met bravoure gespeeld stukje Rachmaninov hoorde, bleef ze bewegingsloos op haar trapladdertje staan om te luisteren. Was het een langspeelplaat of een radio? Kwam het van bij de buren of vanop de straat? Omdat ze geen noot wou missen, daalde ze traag van het laddertje af en sloop ze dichter naar de bron van het zalige geluid. Toen ze op de koer kwam, klonk de muziek veel luider dan ze verwacht had. Ze keek rond en zag door een openstaand venster een meisje op onze wandpiano spelen. Vreemd. Maar hoe graag mevrouw Forel ook wou weten wie het meisje was, ze wou geen noot missen. Op haar kousenvoeten ging ze naar binnen. Ze stond nu achter het meisje, wiens handen over het klavier zweefden alsof de vingers niet meededen. Het was duidelijk een indringster, want mevrouw Forel kende niemand die als een soliste

Rachmaninov kon spelen. Ze keek van schuin achter het meisje naar haar gezicht. Iets vertelde haar dat het een vriendin van mij was, maar wanneer had ik haar ooit voorgesteld aan zo'n pracht van een jongedame? Het keukenhulpje, dát was een prachtig meisje, maar...., het keukenhulpje, zij was het! 'Dit is Laetitia', realiseerde ze zich, 'het meisje waarmee Didier wil trouwen!'

'Heel mooi pianospel', dacht mevrouw Forel, 'maar het is en blijft een keukenhulpje. Koken, wassen en plassen zal ze wel kunnen, maar is ze wel deftig genoeg om de echtgenote te worden van de toekomstige directeur van deze prachtige school?' Dat wou ze meteen weten:

-"Schrik niet, speel rustig verder," zei ze vriendelijk tegen Laetitia. Laetitia hield echter meteen op met spelen, stond recht en introduceerde zichzelf:

-"Ik ben Laetitia, de vriendin van Didier." Van enige tongval, laat staan van een Gents accent, viel helemaal niets te bespeuren. 'Het meisje doet echt haar best om een goede indruk te maken', dacht mevrouw Forel. Dat was een begin.

-"Zijn keukenhulpje?" polste mevrouw Forel voor de zekerheid.

-"Inderdaad. Ik ben dol op koken!"

-"Dan zullen de internen alvast niet kunnen klagen volgend jaar!" kwam mevrouw Forel haar tegemoet.

-"Als u Didier hebt leren koken," zei Laetitia vleiend zoals enkel zij dat kan, "ben ik zeker dat het eten op het internaat al onovertrefbaar lekker was!"

-"Wel, dat is vriendelijk dat u dat zegt, maar het was Didier die kookte voor de internen dit jaar."

-"Oei, dan gaan ze erop achteruit volgend jaar!" lachte Laetitia. Mevrouw Forel voelde zich nu helemaal op haar gemak met dit inschikkelijk en onwaarschijnlijk goed opgevoed keukenhulpje.

-"Didier is er nog niet. Zal ik je even rondleiden door de school?" vroeg mevrouw Forel. Laetitia kon niet wachten. Mevrouw Forel begon met de keuken, die Laetitia met veel geestdrift volledig inspecteerde. Ze opende daarbij alle kasten en schuiven.

-"Ziezo, nu weet ik waar alles staat," zei ze tot slot.

-"Echt waar?!" vroeg mevrouw Forel.

-"Echt waar. Test me maar!" 'Wat een curieus meisje', dacht mevrouw Forel. 'Maar ik wil weten of ze zich graag aanstelt'.

-"Goed, waar liggen de soeplepels?" Haar woorden waren nog niet koud, of Laetitia had een soeplepel in de hand.

-"Gelatineblaadjes?" Laetitia reageerde even snel.

-"Citroenpers?" Naar die citroenpers had mevrouw Forel vruchteloos gezocht diezelfde ochtend, maar Laetitia toverde hem meteen tevoorschijn.

-"Hoe wist je die meteen liggen?" vroeg mevrouw Forel verwonderd.

-"Didier heeft zo zijn gewoontes," lachte Laetitia. 'Wat een stormwind van een meisje', dacht mevrouw Forel. 'Dat gaat alvast veel animo in huis brengen'. Ze begon al uit te kijken naar de dag dat het koppel zich op de school zou vestigen.

-"Kan je even goed wassen en poetsen?" vroeg mevrouw Forel, die niet kon wachten om Laetitia alle hoekjes en kantjes van het internaat te laten zien, en haar in alle details te tonen hoe ze alles zo efficiënt en zo goedkoop mogelijk waste en poetste. Of Laetitia vandaag reeds goed kon wassen en poetsen, vond mevrouw Forel niet eens zo belangrijk. Een verkeerd antwoord kon Laetitia bijgevolg niet geven, behalve...

-"Daar ken ik helemaal niets van," lachte Laetitia. "Daar zullen Didier en ik personeel voor inhuren." Personeel inhuren?? Het meisje wist duidelijk nog niet hoe de vork hier in de steel zat! Daar zou mevrouw Forel mij onmiddellijk over aanspreken van zodra ze me zag!

-"Goed," zei mevrouw Forel van zodra ze bekomen was van het onverwachte antwoord, "dan ga ik nu jullie slaapkamer tonen..., voor wanneer jullie getrouwd zijn natuurlijk!" voegde ze er met een kleine belerende glimlach aan toe.

-"Oh, maar Didier en ik gaan aan de overkant van de straat wonen," zei Laetitia. Overkant van de straat?? Daar was niets, tenzij het Hof van Busleyden, het renaissancekasteeltje; het meisje dacht dat zij binnenkort eender welk huis kon uitkiezen!

Mevrouw Forel werd uit haar druk gepieker gehaald door mijnheer Forel, die haar terzijde riep.

-"Ik herken dat meisje," zei Forel. "Weet jij wel wie dat is?"

-"Natuurlijk! Dat is Laetitia, het keukenhulpje van Didier, waarmee hij wil trouwen. Maar laat mij wat zeggen…" Forel onderbrak:

-"Dat is helemaal Laetat..Lite.."

-"Laetitia," zei mevrouw Forel.

-"Goed ja, maar dat is helemaal zij niet. Dat meisje is de verloofde van baron Grandgenre!" Enkel het woord 'baron' deed mevrouw Forel drie stappen achteruit zetten.

-"Vertel geen onzin," zei ze. "Het is een keukenhulpje, en wel eentje dat in haar bovenkamer niet helemaal in orde is!"

-"Ik ben honderd procent zeker dat ze Grandgenres verloofde is, of was," zei Forel. Mevrouw Forel was zeker dat hij ongelijk had, maar toch keek ze nu met argusogen naar alles wat Laetitia deed en zei. Het moest maar eens waar zijn dat ze adellijke connecties had! Ze analyseerde vanaf nu elk woord en elk gebaar van Laetitia: waar had ze het nog gehoord of gezien, wat kon het betekenen?

Net op dat moment kwam ik terug op de school. Mevrouw Forel kreeg echter de kans niet om me op de rooster te leggen, want geen halve minuut later werden de ouders van Laetitia afgezet door een eenvoudige taxi, die bleef wachten. Ik rilde even bij het besef dat ik nu een goede indruk moest maken op hen. Kikki had weliswaar alles geregeld met de ouders van Laetitia, tot en met een huwelijksdatum, maar wat had ze precies over mij verteld? Misschien had ze me over mijn paard getild. Ik besefte dat ik nu snel door de mand kon vallen.

Ik introduceerde me formeel aan Laetitia's ouders, maar die wisten al wie ik was:

-"We zijn al naar een tiental feesten van u geweest, Didier," zei de moeder. Mijn toekomstige schoonmoeder klonk alvast vriendelijk.

-"Van mij?" vroeg ik verwonderd.

-"Wel, ze waren georganiseerd door Hélène, maar wij kwamen voor de chef-kok natuurlijk!" verduidelijkte de vader.

-"Dank u wel voor het compliment, maar natuurlijk kwam u ook voor Laetitia als hulpkok," flapte ik uit. 'Domkop!' zei ik onmiddellijk tegen mezelf; 'natuurlijk kwamen ze helemáál niet voor Laetitia als hulpkok; ze mochten niet eens weten dat zij daar was!' Heel merkwaardig echter nam mijn toekomstige schoonmoeder mijn domme woorden sportief op:

-"Foei, foei, foei," zei de moeder, "maar geen potten gebroken; uiteindelijk vond iedereen jullie folie een perfecte studentengrap!" Met 'iedereen' bedoelde ze natuurlijk de gehele Gentse aristocratie. Zo had ze het dus uitgelegd: het was een studentengrap geweest. Maar het was duidelijk dat vanaf nu Laetitia niet meer in een keuken zou mogen werken. Zou ik trouwens nog kok mogen zijn op feesten? Ik had nu geen tijd om daarover te piekeren; mijn ouders verschenen op de koer.

Ik introduceerde Laetitia's en mijn ouders aan elkaar. Mevrouw Forel inspecteerde heel snel en met gespleten ogen hoe Laetitia's ouders gekleed waren. Zoals ik had afgesproken met Laetitia, had haar moeder zich gelukkig heel bescheiden gekleed, terwijl haar vader sowieso van oude pakken hield. Het werkte; toen mevrouw Forel vervolgens de eenvoudige taxi zag, was ze gerustgesteld.

-"Ik stel voor dat de ouders van Laetitia met mij meekomen," stelde mijnheer Forel voor, "en dat de kinderen met de taxi gaan." Hij was trots dat hij bij de ouders van zijn toekomstige schoondochter al direct met zijn Mercedes kon uitpakken.

We reden naar een keurig restaurantje in de buurt, waar een mooie tafel voor ons klaar stond. De wijn vloeide. Mijnheer en mevrouw Forel vertelden over de school en over hoe het leven van Laetitia en mij er zou uitzien. Zij en haar ouders luisterden met veel enthousiasme. Uiteraard zagen zij een aantal dingen anders, maar ze besloten daarover te zwijgen tot het ijs definitief gebroken was.

Toen Forel het had over de steeds complexere wetgeving voor scholen en subsidies, vulde Laetitia zijn uitleg aan met een resem voorbeelden en concrete wetsartikelen. Forel probeerde tevergeefs de indruk te wekken dat hij die wetsartikelen ook allemaal kende. Van zodra Laetitia's vader in de mot had dat Forel de grond van onder zijn voeten kwijt was, sprong hij te hulp:

-"Wel, mijnheer Forel, u moet toegeven dat Laetitia zich al volop in haar nieuwe verantwoordelijkheden inleeft." Forel knikte enkel. Mevrouw Forel van haar kant wees halvelings naar mij, om duidelijk te maken dat het eigenlijk míjn verantwoordelijkheid was om dat allemaal te weten, en niet die van Laetitia! Laetitia merkte dat op en reageerde:

-"Didier is een ingenieur," lachte ze. "Hij redeneert te logisch om wetteksten te begrijpen. Daar heb ik gelukkig minder last van." Iedereen lachte met die humoristische noot, behalve mevrouw Forel, die nu zenuwachtig werd. Haar toekomstige schoondochter was ofwel te intellectueel, ofwel te gek. In elk geval vreesde ze dat ze niets te zeggen zou hebben aan Laetitia, en dat ze vanaf september volledig in de schaduw van het meisje zou komen te staan. Ze besloot iedereen aan de tafel nú onmiddellijk met beide voeten op de grond te plaatsen, en begon alle taken op te sommen die zouden moeten gebeuren vanaf september, door Laetitia wel te verstaan:

-"Zaterdagochtend worden alle bedden afgetrokken. Dat zal je gemakkelijk vinden," zei ze tegen Laetitia. Met ingehouden adem wachtte ik op de reactie van Laetitia en haar ouders. "Daarna wordt alles gewassen. Ik ken intussen de goedkoopste en efficiëntste manier. Ik zal je dat allemaal leren," ging mevrouw Forel verder, "en zondag worden de klaslokalen gedweild."

-"Dat is heel logisch," zei de vader, "want dan zitten er geen leerlingen in de klas."

-"Inderdaad," zei mevrouw Forel. Ze was tevreden dat ze weer de controle had over hoe alles zou gebeuren.

-"Maar personeel op zondag is duurder!" argumenteerde de moeder. Personeel?? De moeder ook al! Mevrouw Forels bloed begon te koken. We stoomden af op een confrontatie.

Gelukkig werd het gesprek onderbroken door een vriend van mijnheer Forel, die die laatste proficiat kwam wensen.

-"Met wat? Met de verloving van Didier?" vroeg Forel.

-"Ha, hij gaat zich nog verloven ook, de sloeber! Met deze jongedame? Wel, laat mij u geluk wensen, juffrouw" zei hij tegen Laetitia. "En mag ik veronderstellen dat dit de ouders zijn van de jongedame? Wel, proficiat, mijnheer en mevrouw. Een betere schoonzoon kan u niet treffen. Een beetje een te serieuze ingenieur, maar op zijn jonge leeftijd is hij reeds de meest gereputeerde kok van Gent, en niet te vergeten: de rijkste burger van Gent!"

-"Hahaha," lachte Laetitia, "niet de rijkste, maar de tweede rijkste!" Iedereen rond de tafel lachte, maar om verschillende redenen: sommigen omdat ze het grappig vonden, sommigen omdat ze het niet geloofden, en de rest uit beleefdheid. Dit onderwerp had dus snel afgesloten kunnen worden, maar ik zei:

-"Tweeënhalf miljoen is weliswaar heel veel geld, maar daarmee ben ik niet de rijkste burger van Gent. En ook niet de tweede rijkste."

-"Tweeënhalf miljoen?" vroeg Forel. "Waar heb je het over?"

-"Ja, Didier, waar heb je het over?" vroeg Laetitia.

-"Als jij het niet weet, weet ik het ook niet," antwoordde ik.

-"Je hebt ze dus niet gekregen," vroeg Laetitia, de wenkbrauwen fronsend.

-"Toch wel," zei ik. "Zaterdag…"

-"Op het hoofdkantoor?" vroeg Laetitia.

-"Ja."

-"Dat moet een vergissing geweest zijn," zei ze vervolgens. "Ik weet daar immers niets van." Ik moest slikken. Ik had die cheque wel nodig gehad om de ring te kopen! Maar dat kon ik hier en nu niet zeggen; een grotere dooddoender voor de romantiek bestond er niet. En na mijn namiddag steentjes bestuderen bij de juwelier, verwachtte ik wel een heel romantisch moment van die ring! Mevrouw Forel begreep in het geheel niet wat er gebeurde: 'Didier heeft om een mysterieuze reden gigantisch veel geld gekregen, althans dat beweert hij, en Laetitia beweert dat het een vergissing was. Die twee praten onder elkaar als gekken; met hen zullen er geen normale conversaties over het dagelijks huishouden mogelijk zijn.'

-"Een vergissing??" riep ik. Laetitia zag dat ik onthutst keek.

-"Maak je geen zorgen, Didier," zei ze met een glimlach, "Het maakt niets uit." Ze startte een ander onderwerp alsof er niets gebeurd was.

-"Een secondje," zei mijnheer Forel. "Hoe kan het in hemelsnaam niets uitmaken? Tweeënhalf miljoen is wel een belangrijk bedrag. We moeten echt weten of Didier dat geld, waarvan hij althans beweert dat hij het om een of andere mysterieuze reden gekregen heeft, mag houden."

-"Geen probleem," lachte Laetitia. "Didier mag het houden. Ik kan trouwens raden waar het vandaan komt."

-"Van het patent?" raadde ik. Laetitia probeerde het zo bondig mogelijk uit te leggen:

-"Kikki, ik bedoel de hertogin Kathrin Martin, moet beslist hebben om aan jou en Robert een maandelijks voorschot op het dividend te geven." Oh nee, dacht ik, daar gaan we weer, diezelfde wartaal. Wanneer zou iemand mij eens op een eenvoudige manier uitleggen wat er gaande is? "Je krijgt gewoon elke maand een cheque in plaats van eenmaal per jaar," vervolgde ze. Aha, ik kreeg blijkbaar nóg geld, waarschijnlijk de rest van die tien miljoen. Dat zou ik zeker aan Robert vertellen; het mysterie van de missende vijf miljoen was opgelost!

-"En hoe wordt de rest van het bedrag betaald, Laetitia?" vroeg ik vreselijk nieuwsgierig. Eigenlijk wou ik niet weten 'hoe', maar vooral 'hoeveel'. Maar 'hoe' klonk minder hebberig.

-"Ik weet niet over welke rest van welk bedrag je het hebt, Didier. Heb je eigenlijk geluisterd zaterdag?" Oei, het was dus toch niet zoals ik gedacht had.

-"Geprobeerd, maar helemaal niets van begrepen," gaf ik toe. Mevrouw Forel geloofde niet meer wat ze hoorde: 'Didier heeft helemaal niets begrepen, en het meisje zal hem dat uitleggen; de omgekeerde wereld!'

-"Wel, om een heel lang verhaal kort te maken," zei Laetitia gewoontjes, "krijg je elke maand een cheque tot het einde der tijden."

-"Elke maand een cheque," vroeg ik, "voor hoeveel?" Nu moest ik het wel vragen.

-"Evenveel als wat je zaterdag gekregen hebt, soms wat meer, soms wat minder, afhankelijk van de winst van de Vissermans." Ze keek met een vragende blik of het nu wél duidelijk genoeg was.

Ogenblikkelijk spatte een bom van euforie uit elkaar in mijn hoofd. Het voelde alsof ik tien meter boven de grond zweefde en geen hersenen meer had. Mijn neuronen hadden het plotselinge nieuws vertaald als 'eindeloos geluk en totale onbezorgdheid tot het einde der tijden'. Gelukkig wisten mijn spieren uit zichzelf hoe ze mijn lichaam zittende konden houden, want van mijn hoofd kregen ze geen instructies meer. Mijn handen lagen als dode klompen vlees op tafel. Mijn mond hing open. Ik wou iets antwoorden maar niets in mijn lichaam wou nog bewegen.

Terwijl ik van de schok en de daaropvolgende verlamming bekwam, vertelde Laetitia over de vergadering van zaterdag, wat de vriend van Forel blijkbaar boeiend vond. Ik herwon langzaam de controle over mijn ademhaling. De euforie ebde langzaam weg. Maar toen werd ik verlamd door een nieuw idee: dat geld kon mijn leven volledig veranderen! Ik besefte plots dat de rest van mijn leven niet meer uitgestippeld was, en dat ik elke dag zou geconfronteerd worden met een zee aan te maken keuzes. Het idee alleen al stresseerde me. Ik was immers als een vogel die in gevangenschap geboren was en de wereld vanachter de veilige tralies van een kooi bekeken had. Maar nu door het geld de tralies plots verdwenen waren, had ik eigenlijk zin om te blijven zitten waar ik altijd gezeten had. En daar voelde ik me schuldig om. Ik moest nu ergens naartoe vliegen, maar waarheen?

Terwijl ik de strijd voerde met mijn eigen beperkingen, praatten de anderen rustig verder. Ze hadden gelukkig niet door dat ik hen nu evenveel gezelschap bood als een zak cement. Het duurde ongeveer een kwartier vooraleer ik opnieuw aan de conversatie kon deelnemen.

-"En wie krijgt nog meer dan ik?" vroeg ik. Ik begon meteen met een dergelijke vraag!

-"Niemand," zei Laetitia. "Alleen heeft Robert gewone aandelen en heb jij winstaandelen. Ik ga je het verschil niet uitleggen, maar het komt erop neer dat Kikki de absolute macht wou over het nieuwe bedrijf de Vissermans. Alle partijen hebben op maat gemaakte financiële constructies gekregen, zoals mijn ouders, die net zoals iedereen een stapel overeenkomsten hebben moeten tekenen zaterdag."

-"Hoe kan dat in hemelsnaam zo ingewikkeld zijn?" vroeg ik.

-"Herinner je je nog hoe Kikki monopoly speelde?"

-"Met opties, die ze daarna begon te verhandelen..."

-"Welnu, stel je een monopoly spel voor met honderd spelers en Kikki die alles onderhandelt."

-"Waanzin, absolute waanzin. Daar raakt niemand wijs uit!"

-"Inderdaad. Sommige overeenkomsten zijn quasi onbegrijpbaar, zoals verkoopopties op koopopties op converteerbare obligaties."

-"Ik geef het op," zei ik.

-"Maar Kikki is er uiteindelijk in geslaagd iedereen te doen tekenen," zei Laetitia, "en dat was een ongelooflijke prestatie, want ze heeft de onderhandelingen volledig telefonisch gevoerd vanuit het buitenland." Ik schudde het hoofd in ongeloof.

-"Je hebt geluk," zei de vader tegen mij, "want Laetitia is één van de weinige personen die kan onderhandelen met Kathrin. Laat alle financiële kwesties in het vervolg aan uw toekomstige over, of je verliest dagen van je tijd en een stuk van je leven. En nog iets: je zal snel weten waarvoor het geld dient!"

-"Hoezo?" vroeg ik.

-"Laetitia houdt van paarden," antwoordde de moeder.

-"Ha, maar een paard kost niets meer," zei ik. "Elke boer vervangt zijn paard door een tractor tegenwoordig. De paarden liggen voor het oprapen!"

-"Polo-paarden," zei Laetitia. "Ik wil polo spelen."

-"En daarvoor heb je vier paarden voor elke wedstrijd nodig," zei haar moeder," en die komen uit Argentinië met het vliegtuig.

-"En die moeten dagelijks getraind worden," zei haar vader, "door een specialist." Ik slikte. Daar ging mijn eerste cheque, schatte ik.

-"En voor elk tornooi moeten ze op het vliegtuig naar het buitenland," zei de moeder. Nu werd ik pas echt zenuwachtig.

-"En daarom koop je haar best een vliegtuig ook," zei de vader, "en een hangaar. En werf je twee piloten en twee mecaniciens aan." Daar ging nog een cheque. Of twee. Ik werd zenuwachtig en begon te rekenen.

-"Grapje," zei Laetitia, "en klaag nu nooit meer dat iets te duur is als ik het je vraag!" Ik dronk mijn glas wijn in één keer leeg.

Mijnheer Forel was stil. Hij had de tranen in de ogen. Zijn zoon was nu rijk geworden met een patent, net zoals hijzelf rijk geworden was met een patent in 1923. Maar in tegenstelling tot Forels patent, dat de Vissermans failliet had laten gaan en in tweeën gedeeld had, had het patent van zijn zoon het bedrijf de Vissermans in zijn oude glorie hersteld. Hij was er zeker van dat ik, met Laetitia aan mijn zijde, mijn rijkdom niet zou verspelen in een beurscrash, in tegenstelling tot wat er met zijn fortuin gebeurd was. Hij kon nu met een gerust gemoed op pensioen gaan.

Mevrouw Forel daarentegen was helemaal niet gelukkig. Ze wou al geruime tijd van de tafel weglopen, want ze voelde zich nu enkel arm en dom. Ze had gedroomd dat ze aan mijn toekomstige alles zou kunnen aanleren over het poetsen van elk hoekje van de school en het internaat, en daarenboven als wijze schoonmoeder haar schoondochter zou kunnen uitleggen hoe alles het beste verliep in een jong gezinnetje. Van die droom bleef nu helemaal niets meer over. Ze stond op; ze wou vertrekken.

Gelukkig stelde ik op dat moment vast dat mijn bord leeg was, de wijn op was... de ring! Vóór het dessert zou ik de ring geven! Ik stond half recht om diep in mijn broekzak een doosje te zoeken.

-"Last van jeuk, Didier?" lachte Laetitia, die van mij betere manieren gewoon was.

-"Neen, ik heb iets voor jou," zei ik. Ik haalde het doosje boven en opende het voor haar ogen. Voor het eerst sinds ik ze kende, was ze van haar stuk gebracht. "Speciaal voor jou gekozen," zei ik, en terwijl ik de ring aan haar vinger stak, deed ik ongevraagd de uitleg over het karakter en de ziel van elk steentje. Plots was alles logisch wat de juwelier me verteld had; Laetitia was zichtbaar ontroerd. Ik werd beloond met een lange kus, die vele namiddagen met steentjes waard was!

De ring was nu hét gespreksonderwerp. Gelukkig wist mevrouw Forel heel veel over ringen en steentjes. Het bleek dat tijdens de korte periode dat mijn ouders ooit rijk geweest waren, ze zich enorm met juwelen ingelaten had. Ze bloeide in dit gesprek helemaal open.

De eerste bezoeker, de vriend van Forel, was intussen weg, maar helaas, driewerf helaas, kwam een volgende bezoeker roet in het eten gooien, hoewel die eigenlijk niet meer deed dan een goedendag wensen: "Mijnheer de markies, mevrouw de markiezin, en mejuffrouw de markiezin...." Mevrouw Forel was volledig in shock. Dit was de badkuip die de emmer deed overlopen: het keukenhulpje was helemaal geen keukenhulpje maar een markiezin! Mevrouw Forel verdween van de tafel en kwam niet meer terug. Het etentje eindigde chaotisch. Voor één keer wist de nochtans sociaal behendige Laetitia niet wat te doen. Forel excuseerde zich uitvoerig. Uiteindelijk keerden Laetitia en haar ouders huiswaarts in een taxi. Hoe vreselijk!

~

Van zodra ik weer op de school kwam, zocht ik onmiddellijk Robert op.

-"Hoever sta je?" vroeg ik.

-"Het zit muurvast, Didier. Ze gaan de wet zo streng mogelijk toepassen, kwestie van mij te provoceren. Want het is pas op het moment dat ik reageer, dat de minister er publiciteit kan uithalen."

-"Je gaat dit lijdzaam ondergaan?"

-"Kikki zoekt toegang tot de koning. Dat is zo ongeveer onze enige hoop nu."

-"Ik wil je niet ontmoedigen, Robert, maar het Belgische koningshuis en de socialisten zijn twee handen op één buik."

-"Hoe kan dát nu in hemelsnaam? Socialisme en monarchie staan toch diametraal tegenover elkaar?!"

-"Niet in België. Die twee zijn objectieve bondgenoten geworden na de Eerste Wereldoorlog. Koning Albert, die ongepland koning werd en voordien een socialist was, en ook met een socialiste getrouwd was, heeft na de oorlog, en tegen het advies van de wijzen van het land, enorm veel macht gegeven aan grote nationale bonden, zoals ziekenkassen en vakbonden. Die hadden voldoende macht, en hadden er ook alle belang bij, om het land samen te houden. Daarnaast verzwakte koning Albert de macht van het parlement door over te gaan naar een proportioneel kiesstelsel, waardoor je telkens een dergelijk gedrocht van een coalitie nodig had om iets wezenlijks te veranderen, dat het in feite niet meer mogelijk was nog iets aan dat systeem met bonden te veranderen. Sindsdien is de kans dat de strubbelingen tussen Vlamingen en Walen het land splitsen, onbestaande. En dat is een belangrijke overlevingsgarantie voor het Belgische koningshuis.

-"Strubbelingen tussen Vlamingen en Walen?"

-"Nu merk je er niets meer van, maar vlak voor de Eerste Wereldoorlog was Leopold II zo moe van de ruzies tussen Vlamingen en Franstaligen, dat hij advies inwon bij een Luikse professor. Die antwoordde dat er eenvoudigweg geen Belgen bestonden, enkel Vlamingen en Walen."

-"En sinds koning Albert is alles dus peis en vree."

-"Zo is dat. Er was maar één uitzondering: de koningskwestie. Toen na de Tweede Wereldoorlog koning Leopold III wou terugkomen naar België, nadat bleek dat hij tijdens de oorlog voor de Duitsers gekozen had, stond heel het land in rep en roer.

-"Met de Duitsers meeheulen, is dus het enige wat niet met de mantel der liefde bedekt kan worden," stelde Robert vast.

-"Inderdaad. De Vlamingen en Walen stonden tijdens de koningskwestie diametraal tegenover elkaar. Maar sindsdien is alles, zoals je zegt, weer peis en vree. En telkens dat niet het geval is, is dat enkel een storm in een glas water."

-"En daarom maken wij weinig kans dat de koning tegen zijn socialistische minister ingaat."

-"Dat is inderdaad wat ik je probeer uit te leggen."

Robert zat in zak en as, nog meer dan vóór mijn uitleg, maar vriendschap win je niet door mensen met een kluitje in het riet te sturen.

Maar ik had ook goed nieuws voor Robert:

-"Heeft Kikki je al uitgelegd waarover de vergadering van zaterdag ging?"

-"Neen. Ik weet dat het over de overname van Looms door Gandaweave ging. De rest interesseert me niet."

-"Wel, het zou je beter wél interesseren, want je bent nu de rijkste man van Gent!"

-"Met die tweeënhalf miljoen?!" Ik deed de korte uitleg zoals ik die van Laetitia gekregen had.

-"Elke maand?? Ben je zeker?"

-"Dat is wat Laetitia me vertelde." Net zoals dat bij mij het geval geweest was, werd Robert totaal euforisch. Maar in tegenstelling tot mij maakte hij meteen grootse plannen. Hij wou om te beginnen de school sponsoren, en een heel systeem van studiebeurzen opzetten zoals hij dat in de Verenigde Staten gezien had. Daarnaast wou hij een prestigieus gebouw kopen om de textielbibliotheek in onder te brengen. En uiteraard wou hij een huis kopen voor Kikki en hemzelf.

Maar hij mocht niet langer in het land blijven.

Woensdag 2 juli 1958

Het moest allemaal snel gaan nu, want Robert wou zo snel mogelijk het land uit, terug naar zijn ouders in Amerika. Dat was de enige manier om geen extra tegenwerking door het ministerie van Binnenlandse Zaken uit te lokken, en om kans te maken een visum te krijgen voor het kerkelijk huwelijk op 30 augustus. Kikki kwam hem halen. Ze omhelsden en troostten elkaar lang. Het was een triest tafereel. "Kom," zei Kikki uiteindelijk, "naar het reisbureau!"

Het reisbureau had voordien quasi exclusief voor het vroegere Gandaweave en Looms gewerkt. De zaakvoerder was tezelfdertijd vereerd en opgelucht toen hij Kikki met Robert zag binnenwandelen. Hij deed meer dan zijn uiterste best om een valse constructie op te zetten, waaruit moest blijken dat Robert op tijd geboekt had, maar zijn plaats op het vliegtuig kwijtgeraakt was aan een 'dringende politieke passagier'. Kikki had het allemaal perfect uitgekiend. Als puntje bij paaltje kwam, zou blijken dat Robert geen fouten gemaakt had.

Niettemin hield de constructie in dat Robert twee dagen later het vliegtuig naar New York zou nemen.

En dat hij niet wist wanneer hij ooit terug zou komen.

~

Het was komkommertijd, een periode in het jaar dat gewone journalisten en politici met vakantie waren, dat bedrijven gesloten waren, en dat de kranten volgeschreven moesten worden met nieuws over de Ronde van Frankrijk, het enige wat begin juli gebeurde. Toen Robert en Kikki langs een krantenwinkeltje passeerden, hadden zij daarom niet verwacht een ophefmakende titel in een der uitgestalde kranten te lezen. Maar er was wel degelijk een krant die iets ophefmakends te vertellen had, zo ophefmakend zelfs dat Robert het niet kon laten er even door te bladeren. Het verhaal bleek te komen uit een interview met niemand minder dan Pennycent. "Misschien beleven we hier tenminste nog plezier aan vandaag," zei Robert, en hij kocht de krant.

Een kat in het nauw maakt rare sprongen. In het geval van Pennycent, beschuldigd van drie inbraken en twee diefstallen, was dat een heel rare sprong. Zijn advocaat had namelijk geëist dat de geheimzinnige documenten, die Pennycent per toeval had meegenomen toen hij de "spoor A" gegevens bij Dieudonné Butu gestolen had, deel zouden uitmaken van het dossier van de verdediging. Maar wat die geheimzinnige documenten betrof, was er geen enkele beschuldiging tegen Pennycent geformuleerd. Het gerecht had derhalve niet willen ingaan op de eis van zijn advocaat. De documenten waren daardoor gewoon in het bezit van de hertog gebleven, de vader van Kikki. Hij zou die vroeg of laat terugbezorgen aan tante Lolo.

Pennycent had daarop wraak gekoesterd. Hij had een jonge ambitieuze journalist gevonden die tijdens de komkommertijd van zijn redactie ruimte gekregen had voor een omvangrijk artikel. Pennycents verhaal over het geheimzinnige document, over de dood van zowel de grootvader als van de nonkel van Anthony, en over de oorzaak van de ruzie tussen Kikki's familie en Anthony's familie, werd op die manier heel plotseling, nog vóór alle betrokken partijen zelf de details kenden, nationaal nieuws dat België op zijn grondvesten zou doen daveren.

Het eerste deel van het verhaal van Pennycent kwam overeen met wat tante Lolo op oudejaarsavond aan Robert verteld had: de grootvader van Anthony was destijds bevriend geweest met de grootvader van Kikki, maar de wegen van beide mannen scheidden zich gedurende de Eerste Wereldoorlog: terwijl de grootvader van Kikki koning Albert adviseerde, was de grootvader van Anthony in Duits bezet gebied gebleven, waar hij, samen met de American Commission for Relief in Belgium onder leiding van de latere president Herbert Hoover, en samen met vader en zoon de Vissermans, vijf miljoen ton voedsel onder de Belgische bevolking verdeelde.

Van meet af aan had de grootvader van Kikki aan koning Albert geadviseerd om geen bruggen op te blazen met de Duitsers. Precies om die reden was koning Albert enkel bereid geweest om een minuscuul lapje Belgisch grondgebied te verdedigen, en niet om zijn troepen tot in Frankrijk achteruit te trekken. Wat hij op die manier hoopte te bekomen, was dat de Duitsers, in het geval van een Duitse overwinning, koning Albert weinig te verwijten zouden hebben – hij had immers enkel zijn eigen grondgebied verdedigd, en niet voluit steun geleverd aan de geallieerden – . Het ultieme doel was van, ook in geval van een Duitse overwinning, koning van België te blijven.

Voor de geallieerde legers was de eigenzinnige strategie van koning Albert een uitdaging, maar uiteindelijk waren ze er na een campagne met vele verliezen in geslaagd om in Ieper hun frontlinie te laten aansluiten op de posities van het Belgische leger. Voor de geallieerden was Ieper echter niet de ideale plaats om zich te verdedigen, laat staan om aan te vallen; in tegenstelling tot het Belgische leger, dat zich achter een overgelopen stroom verschuilde en daardoor relatief weinig slachtoffers te betreuren had, vochten geallieerde soldaten in Ieper op een open, zacht oplopend terrein. Ieper werd daardoor het grootste soldatenkerkhof aller tijden.

Na een jaar oorlog was het duidelijk dat Duitsland en Oostenrijk-Hongarije de oorlog aan het winnen waren: zowel op het oostelijke, het westelijke als het zuidelijke front hadden zij een aanzienlijke hoeveelheid grondgebied veroverd, terwijl niets deed vermoeden dat ze ooit een stap achteruit zouden moeten zetten. Kikki's grootvader gaf op dat moment zijn meest omstreden advies aan koning Albert: de koning zou van kamp wisselen in ruil voor het behoud van zijn koningschap. Anthony's grootvader werd daarop vanuit bezet gebied naar de Belgische ambassade in Zwitserland geroepen, waar hem gevraagd werd geheime onderhandelingen met de Duitsers op te starten.

De grootvader van Anthony was meer dan geschokt toen hij de vraag kreeg; België wou verraad plegen aan de geallieerden, die naast hem in Ieper bij de honderdduizenden sneuvelden! Daarom liet Anthony's grootvader de onderhandelingen met de Duitsers mislukken. Koning Albert kon daardoor uiteindelijk niet van kamp wisselen, wat zijn groot geluk was toen het uiteindelijk de geallieerden waren die de oorlog wonnen.

Na de oorlog werd er binnenskamers heel hevig geruzied tussen de twee voormalige vrienden. De grootvader van Anthony verweet de grootvader van Kikki het meest laffe verraad in de geschiedenis, terwijl die laatste aan de grootvader van Anthony verweet dat hij de onderhandelingen met de Duitsers bewust op een sisser had laten uitlopen.

Toen Anthony's grootvader vervolgens in heel verdachte omstandigheden doodgereden werd, laaide de ruzie tussen beide families verder op. Anthony's nonkel, de echtgenoot van tante Lolo, besloot bewijsmateriaal te verzamelen opdat de waarheid niet verloren zou gaan.

De ruzie zou binnenskamers gebleven zijn, had de arglistige Pennycent, werknemer van Gandaweave, ze niet overhoord. Op een bepaald moment besloot hij op zoek te gaan naar het dossier met de bewijzen, om het nadien te gebruiken of te verkopen als chantagemateriaal. Hij brak in bij tante Lolo, zocht maar vond niets, en stuitte uiteindelijk op haar echtgenoot, die tijdens het gebeuren stierf aan een hartaanval.

Pennycent had besloten het daar bij te laten, maar toen hij inbrak bij Dieudonné Butu, was hij verrast het bewuste dossier daar te vinden. De verklaring was echter eenvoudig: toen de echtgenoot van tante Lolo destijds de slijtage van grijpers analyseerde, moet zijn dossier met bewijsmateriaal over wat er tijdens de oorlog gebeurd was, tussen het analysemateriaal terecht gekomen zijn. Toen Robert de analysedocumenten aan Dieudonné Butu overhandigde, had hij onbewust het geheime dossier meegegeven. Dieudonné had het vervolgens gevonden en klaargelegd, om bij gelegenheid aan Robert terug te bezorgen. Maar Pennycent was hem dus voorgeweest. Toen die laatste vervolgens op het kasteel van de hertog door Kikki beschuldigd werd, en toen allerlei gestolen documenten uit zijn koffer gehaald werden, had de hertog het delicate dossier herkend en zich snel toegeëigend. Pennycent, nog steeds hopende dat het materiaal in het dossier hem vrij kon krijgen via chantage, had vervolgens geëist dat het dossier aan de verdediging ter beschikking gesteld zou worden. Toen dit geweigerd werd door Justitie, was Pennycents laatste hoop verloren. Hij zou de gevangenis ingaan en geen perspectieven meer hebben voor de toekomst. Uit wraak ontbond hij daarom nu alle duivels: hij liet alles wat hij wist, optekenen en publiceren door een journalist.

-"Jammer dat jouw vader en grootvader op die manier in het nieuws komen," was Roberts eerste reactie. Kikki antwoordde niet; ze dacht lang na.

-"Ik moet enkele telefoontjes plegen," zei ze ten slotte.

Donderdag 3 juli 1958

Kikki en Robert brachten zoveel mogelijk tijd met elkaar door; het was de laatste volle dag voor zijn vertrek.

Alle kranten hadden intussen het verhaal over koning Albert overgenomen, nadat 'de aantijgingen van Pennycent door de entourage van de hertog bevestigd waren'. De hertog zelf wou geen commentaar kwijt.

-"Entourage van de hertog?" vroeg Robert.

-"Ik dus," zei Kikki gewoontjes.

-"Kikki, waarom in hemelsnaam?" riep Robert. "Wat gaan jouw ouders zeggen?"

-"Het is vervelend voor hen, maar ze wisten dat ik dit zou doen. Ik heb hen als eersten gebeld."

-"Ok, maar waarom?" vroeg Robert.

-"Je merkt het wel," zei ze. Robert trok grote ogen. "Vind je het trouwens niet merkwaardig dat alle kranten veel gedetailleerdere informatie publiceerden dan Pennycent aan die eerste journalist gegeven had?" vroeg ze.

-"Inderdaad, hoe kan dat?" vroeg Robert.

-"Omdat alle kranten het verhaal van koning Albert reeds lang kenden."

-"En er niets over schreven al die jaren?!"

-"Inderdaad; ze worden gevraagd te zwijgen, en dus zwijgen ze."

-"Dat kan niet!"

-"Toch wel," zei Kikki. "In dit land kan het gedurende veertig jaar door alle kranten geweten zijn dat de koning een buitenechtelijk kind heeft, zonder dat één krant erover piept." Robert schudde het hoofd in ongeloof. "Maar één klokkenluider volstaat dus om een zondvloed aan details teweeg te brengen," vervolgde ze.

's Ochtends, enkele uren voor Roberts vertrek, gebeurden er vreemde dingen op de school. Een militair voertuig kwam de koer opgereden en stopte abrupt. De chauffeur stapte uit en sloot haastig de poort. Op het moment dat Forel verbaasd naar het voertuig liep, stapten tien militairen uit. Ze vroegen naar Robert en mij. Forel haastte zich om ons te vinden. Van zodra we opdaagden, geboden de militairen iedereen die op dat moment op de school was, op de school te blijven; verdere uitleg kregen we niet. De militairen stelden zich op diverse plaatsen op.

Benevens het feit dat dit een angstaanjagende gebeurtenis was, was dit ook een grote domper op Roberts plannen voor zijn laatste halve dag in België. Kikki was op de school; hij had gehoopt de resterende tijd op een rustige manier met haar door te brengen.

Een half uur later maakten de militairen de poort open voor de paarse Rolls-Royce van de hertog, met als passagiers de hertog zelf, en... Laetitia! Ik vloog onmiddellijk in de armen van mijn verloofde.

-"Is mevrouw Forel hier?" vroeg ze bezorgd.

-"Waarom?" vroeg ik. "Wat gebeurt er in hemelsnaam? En wat heeft dit alles met mevrouw Forel te maken??"

-"Ze zou zich beter snel uit de voeten maken," zei Laetitia. Ik wou mijn moeder waarschuwen voor een onbekend dreigend gevaar, maar ik werd afgeleid door alweer een auto die toekwam. De poort werd deze maal opengemaakt voor een geblindeerde zwarte limousine en vervolgens weer gesloten. De agenten controleerden snel of alles veilig was alvorens de portieren van de wagen te openen. Uit de wagen kwamen achtereenvolgens een onbekende man in pak, de minister van Binnenlandse Zaken, en ... de koning! Nu begreep ik waarvoor ik mevrouw Forel moest waarschuwen! Ik kreeg echter de tijd niet; we werden een voor een aan de heren voorgesteld. De onbekende man bleek de Amerikaanse ambassadeur te zijn. Ik had geen flauw idee van wat hier gaande was.

Het gezelschap wenste een vergaderlokaal. De perplexe Forel stelde voor dat we naar een splinternieuw klaslokaal op de tweede verdieping gingen, wat iedereen goedvond. De hele groep, voorafgegaan door Forel en twee rijkswachters, stapte zonder dralen naar binnen, de trappen op. 'Mevrouw Forel!', dacht ik, maar ik was te laat.

Omdat Mevrouw Forel met de lawaaierige stofzuiger bezig geweest was, had ze niets gemerkt van wat er op de koer gebeurde. Ze stond op het einde van de gang en kon nergens heen, toen de hele groep op de tweede verdieping aankwam. Ze hoorde gestommel op de houten vloer achter zich en draaide zich om. Van het ene ogenblik op het andere stond ze oog in oog met een koning, een hertog, een hertogin, een markiezin, een minister en twee militairen. Ze herbeleefde het grote trauma van haar jeugd. "Mama, ze komen me halen!" schreeuwde ze.

Ze liep als een gekkin de aanpalende lokalen in en uit. "Mama, ik ben stout geweest; ze komen me halen!" Want dat had haar moeder haar van kleins af ingeprent: "Stop je weg als er belangrijke mensen komen, want als je stout bent, nemen ze je mee!" Voor de moeder van mevrouw Forel was dat immers de voorwaarde geweest om eertijds als kamermeisje te mogen blijven werken: haar kind, mevrouw Forel dus, moest onzichtbaar en onhoorbaar zijn voor de eigenaars van het huis en hun gasten. Haar hele jeugd had mevrouw Forel dus in angst geleefd, en had ze zich onder een bed verstopt bij het minste vermoeden dat belangrijke mensen in het personeelskwartier waren. Het opgekropte trauma had ze haar hele leven als een bom meegedragen: telkens hooggeplaatste mensen in de buurt kwamen, had ze zich uit de voeten gemaakt. Nu echter stond ze plots voor de belangrijkste van allemaal: de koning. En was er geen vluchtweg. Ze stormde nu naar voor, zwaar molenwiekend met haar armen, in de hoop door het pak te geraken. De militairen aanzagen dit als een regelrechte aanslag op de koning, namen haar hardhandig vast, drukten haar op de vloer en sloegen haar in de boeien. "Mama, help me!" schreeuwde ze nog terwijl de militairen haar mee naar beneden namen. "Stop!" riep Forel tevergeefs. Hij ging achter haar aan. Ik wou hem volgen maar werd tegengehouden.

Eén van de rijkswachters op de tweede verdieping riep een lijst van namen af van personen die verwacht waren op de vergadering. Tot mijn verrassing was Forel niet op die vergadering verwacht, maar ik wel. Wat was hier in hemelsnaam gaande?

In zeven haasten schoven de rijkswachters in het klaslokaal een aantal kleine tafeltjes bijeen, tot er voor iedereen plaats was rond de geïmproviseerde grote tafel. De koning zette zich in het midden aan de verste kant van de tafel, tussen de minister van Binnenlandse Zaken aan zijn rechterhand en de Amerikaanse ambassadeur aan zijn linker. De linkerkant van de tafel was voor Laetitia en mezelf, terwijl aan de voorkant van de tafel Kikki tussen haar vader, rechts van haar, en Robert, links van haar, ging zitten.

De koning sprak als eerste:

-"Waarde heer hertog Martin, waarde juffrouw hertogin Martin, waarde juffrouw markiezin Minne, waarde heer Forel en waarde heer Fischer, vooreerst wens ik onze excuses aan te bieden voor dit plotselinge bezoek."

-"Wel, Sire, dat kan ons allemaal overkomen," zei de hertog. Het waren tevens zijn laatste woorden in deze vergadering.

De koning zat heel gespannen op zijn stoel. Hij zat strak rechtop. Zijn twee ellebogen drukten hard tegen zijn lichaam, terwijl zijn polsen nauwelijks de tafel raakten.

-"Welnu," zei hij, "u hebt wellicht vernomen dat er gisteravond en vannacht oproer was in Brussel naar aanleiding van de berichten over koning Albert." Kikki luisterde met een sympathiserende blik, hoewel het net zij was die de radio en de kranten onder druk gezet had om het verhaal te verspreiden. Of omgekocht had door het plaatsen van dure advertenties voor weefgetouwen. België stond nu op de vooravond van een nieuwe koningskwestie. Geen tien jaar nadat de vorige koning had moeten aftreden omdat hij in de Tweede Wereldoorlog de kant van de bezetter gekozen had, kwam het koningshuis omwille van gelijkaardige feiten opnieuw in opspraak. Kikki had een politieke bom gelegd, met als bedoeling: deze vergadering. "Wij kunnen echter een escalatie voorkomen," vervolgde de koning.

-"Vertel ons waarmee wij u kunnen helpen, Sire," zei Kikki met gespeelde, diplomatische vriendelijkheid.

-"Wij zouden het enorm waarderen mocht de hertog het bestaan van de documenten waar de heer Pennycent naar verwees, ontkennen." Niemand antwoordde. De hertog, die van Kikki strikt verbod gekregen had zich in deze discussie te moeien, werd onrustiger naarmate de seconden verstreken. Hij keek tienmaal afwisselend naar de koning en naar Kikki, met een blik van 'vooruit, zeg toch iets!' Ook ik voelde me bijzonder zenuwachtig bij deze stilte. Maar stilte is een onderhandelingswapen. De eerste die spreekt, verliest. Kikki hield haar hoofd schuin, te kennen gevende dat zij gewoon op het vervolg van de konings uitleg wachtte. De koning had echter voldoende peilen op zijn boog:

-"Wel, ik heb van markiezin Minne, de moeder-markiezin zeg ik beter, vernomen dat de heer Forel gaat trouwen met Laetitia." Dat was even minder formeel, maar de koning kende de familie Minne blijkbaar goed. Hij richtte zich vervolgens naar mij: "Ik heb alles over u vernomen, mijnheer Forel, en uiteraard ben ik akkoord dat u de adellijke titel van baron verdient." Nu moest ik wel heel hard slikken. De moeder van Laetitia wou de familie de schande besparen dat haar dochter met een nieuwe rijke zou trouwen, en had daarom bij de koning aangedrongen op een adellijke titel voor mij. Of de koning initieel van plan geweest was om me een titel te geven, weet ik niet, maar in elk geval paste het nu in zijn strategie om Kikki te paaien. Ik wist niet of ik moest antwoorden.

-"Ik dank u, Sire, namens onze ganse familie," zei Laetitia. Ze lachte even naar mij; ze vond het allemaal prima. Ik was baron! Kikki keek naar ons met een geamuseerde glimlach.

De koning deed vervolgens hetzelfde verhaal over de hertogin-moeder en Robert.

-"Maar omdat Robert Amerikaan is, heb ik de Amerikaanse ambassadeur meegebracht, alsook de minister van Binnenlandse Zaken." Kikki keek met een bedenkelijke blik. Die minister had daar niets mee te maken; die was hier duidelijk om een andere reden. Ze kon raden welke. Robert van zijn kant kon de humor van de situatie niet smaken: eerst zetten ze hem het land uit en vervolgens maken ze hem baron. Wat een judaskus! Hij reageerde helemaal niet. Kikki evenmin.

Nu nam de ambassadeur het woord:

-"Mijnheer Fischer, ik kan u niet verbieden dat u de titel van baron aanneemt, zolang u hem niet gebruikt in de Verenigde Staten. Maar laat me toch stellen dat de mensen waarop Amerika het trotst mag zijn, zoals oud-president Hoover, die tijdens de Eerste Wereldoorlog België van de hongerdood gered heeft, zonder adellijke titels door het leven gegaan zijn." Het argument sloeg aan bij Robert. Zonder te wachten op Kikki, zei hij:

-"Heel hartelijk dank, Sire, maar ik wil geen adellijke titel, zeker niet op de dag van de Amerikaanse nationale feestdag." De hertog keek boos naar Robert; hoe kon die in hemelsnaam de titel van baron naast zich neerleggen?! Hij mocht er niet aan denken hoe de hertogin-moeder zou tekeergaan als ze dit vernam. De ambassadeur van zijn kant keek heel vergenoegd. Zijn ogen straalden enorm veel respect uit voor Robert Fischer, waarover hij intussen reeds zoveel lof gehoord had. Wat een fantastische jongeman! Hoe ironisch trouwens dat een dergelijke klasse kerel weigert zich een klasse aan te meten.

Kikki glimlachte even naar Robert. Hij had haar niet enkel positief verrast, maar het kwam haar bovendien goed uit. Het geschenk van de koning was geweigerd. En nu? Weer viel het gesprek helemaal stil, deze maal voor heel lang. Kikki bleef de koning in de ogen staren. Laetitia deed alsof ze alle tijd in de wereld had. Robert en ik kopieerden haar houding. Enkel de hertog verkrampte volledig. Met subtiele handwijzingen maande hij Kikki aan om iets te zeggen. De minister zat voorovergebogen, met zijn ellebogen ver op de tafel, klaar om als een pitbull toe te slaan. Maar Kikki zei niets.

Uiteindelijk werd de koning zenuwachtig; hij wou absoluut een oplossing. Hij keek even naar de minister, maar die negeerde de vragende blik van de koning. Kikki bleef wachten.

-"Wel," zei de koning uiteindelijk, "aangezien Robert de adellijke titel niet wil, vraag ik me af wat we voor hem zouden kunnen doen." Dat was de opening. Maar Kikki zei nog steeds niets. De koning beet op zijn lip gedurende een tiental seconden, alvorens hij vervolgde: "Ik heb vernomen dat Robert een probleem heeft met zijn visum." De minister veerde nu recht:

-"Il n'y a pas de question!!" Nu kwam het moment waarop de koning spijt kreeg dat hij mij in de vergadering had meegevraagd. Want met mij was mijn 'juridisch adviseur' Laetitia meegekomen, en die had hij beter uit de onderhandeling gehouden...

-"Excuseer," zei Laetitia tegen de minister, "ik heb daar niets van begrepen." De hertog en de koning waren geschokt; beide heren wisten immers dat Laetitia wél Frans kende!

-"Het... is... niet.... enfin, vous comprenez tous français!" protesteerde de minister.

-"Ik begrijp nog steeds niet wat u zegt," herhaalde Laetitia. De koning zweette; nadat de Vlamingen er recentelijk op gestaan hadden dat de taalgrens definitief vastgelegd zou worden en dat er een officiële vertaling zou komen van de Belgische grondwet in het Nederlands, kon hij bijkomende taalproblemen missen als de pest.

-"Je ne parle pas néerlandais!" zei de minister.

-"De minister zegt dat hij geen Nederlands praat," zei de Amerikaanse ambassadeur in keurig Nederlands.

-"Goed, dan hebben wij hier een flagrante schending van de grondwet," zei Laetitia tegen de koning. Dat de koning nu nog meer in het nauw gedreven was, leek de ministers koude kleren niet te raken. Er stond weliswaar in de grondwet dat ministers Nederlands moesten kennen, maar de schending van de grondwet kon enkel door het parlement vastgesteld worden, wat het nooit deed. Deze klassieke Belgische kunstgreep stond toe de grondwet om de haverklap met de voeten te treden. De koning besefte weliswaar dat Laetitia dit wist, zo goed kende hij ze wel, maar in haar betoog gaf ze aan dit zinnetje uit de grondwet rechtswaarde, en dat kon enkel betekenen dat... ze deze grondwetsovertreding via de media in het publiek wou gooien! Als dat nog eens bovenop een nieuwe koningskwestie kwam...

-"U moet mij excuseren," zei Robert plots. "Ik moet vertrekken naar de luchthaven."

De koning dacht dat dit zijn deus ex machina was; de tegenpartij zat in tijdnood, wat betekende dat zij snel toegevingen moest doen. Hij keek naar Kikki, want nu zou zij snel met een 'constructief' voorstel moeten komen. Althans, dat was wat de koning gehoopt had. Verkeerdelijk. Want hoewel dit een uiterst emotioneel moment voor haar was, haalde zij koudweg de autosleutel uit haar tas.

-"Neem mijn auto, Robert. Laat hem in Zaventem staan tot je terugkomt." Ik zag haar ogen vochtig worden, maar ze deed haar best om er geen traan te laten uitrollen. Ze keek vervolgens naar de koning alsof er niets gebeurd was, klaar om de onderhandeling verder te zetten.

Ik besefte plots dat als Robert de deur uitging, ik hem voor lange tijd niet meer zou zien.

-"Ik ga mee naar de luchthaven," besloot ik. We namen afscheid van alle aanwezigen in de zaal.

-"Tot ziens, mijnheer de baron," zei de koning vriendelijk tegen mij. Wow, was dat even wennen!

Toen Robert en ik beneden kwamen, vernam ik dat mevrouw Forel opgenomen was in een psychiatrische instelling.

-"Ze gaan haar van dag tot dag beoordelen," zei Forel. "Ze krijgt een behandeling."

Robert stopte een kleine koffer en een tas in de Ferrari. Het contrast kon niet groter zijn tussen hoe weinig hij meenam en hoeveel hij achterliet: een voetbalploeg die landskampioen werd, een verkiezingsoverwinning voor Anthony, en een patent dat het bedrijf van de Vissermans herenigde. Het was een aangrijpend beeld.

-"Het is goed dat je meekomt," zuchtte Robert. "Je kan Kikki's wagen terugbrengen."

-"Neen, Robert, je hebt het niet begrepen. Het was Kikki's bedoeling dat je de sleutel zou bijhouden tot je terug naar België komt. Net zoals vorige keer dat jullie lang van elkaar gescheiden waren, geeft de sleutel je een tastbare zekerheid dat ze op je wacht." Roberts ogen traanden.

-"Ik zal hem altijd bij me hebben!" zei hij met een diep geëmotioneerde stem.

Onderweg zagen we spandoeken aan de bruggen hangen: 'Coburgs terug naar Duitsland!' Op de radio was er sprake van rellen in Brussel. In Luik was het station vernield. De spoorwegen hadden hun diensten opgeschort, uit vrees dat, net zoals tijdens de koningskwestie van tien jaar eerder, de spoorlijnen gesaboteerd zouden worden.

-"Ben je zeker dat je niet met Kikki's wagen terugkeert?" vroeg Robert toen hij het hoorde.

-"Ik neem gewoon de taxi," zei ik.

-"Juist," zuchtte Robert, "juist, mijnheer de baron." Hij lachte even.

De luchthaven van Zaventem was soberder, maar zo mogelijk nog exclusiever dan Expo '58. Op het plein voor de hoge glazen gebouwen stonden slechts een honderdtal, allemaal dure auto's. Mooie en elegante hostessen wachtten ons binnen op. Ze hielpen Robert op een heel persoonlijke manier met zijn bagage en boordpapieren. Alle passagiers hadden hun beste pak aangetrokken om te vliegen. Ik voelde me een indringer op een heel duur feest.

We dronken nog een biertje op de pier in open lucht, terwijl we elkaar vertelden wat we wisten over de verschillende vliegtuigen beneden ons.

-"Mijn laatste Belgische pint," zei Robert melancholisch.

-"Komaan Robert, het is slechts voor even!" probeerde ik hem moed te geven.

Robert en ik namen afscheid van elkaar aan de paspoortcontrole. Deze keer was ik het die me niet kon beheersen. Toen wij elkaar omhelsden, drukte ik mijn hoofd tegen zijn schouder en barstte ik in snikken uit. Hij sloeg me een paar keer troostend op de rug. "Kop op, Didier. Je hebt toch zelf gezegd dat het niet voor lang was!" Uiteindelijk kon ik me gedurende een kleine halve minuut voldoende vermannen om hem recht in de ogen te kijken, hem goede moed toe te wensen, en hem nog eens te bevestigen dat het niet voor lang zou zijn.

Onderweg naar buiten hoorde ik een merkwaardig bericht op de radio. Omdat ik niet kon wachten om Robert het nieuws te vertellen, liep ik opgewonden naar de pier, naar de plaats waar zijn vliegtuig stond. Daar kon ik enkel observeren hoe de drie piloten in de cockpit door de checklist liepen. Het straalvliegtuig, dat normaal het voorwerp van oneindige fascinatie had moeten zijn, interesseerde me in deze omstandigheden minder dan het bagagetreintje dat achter een trekker hing. Ik probeerde Roberts spullen te herkennen tussen de koffers die in het vliegtuig gestouwd werden. God, wat duurde dit allemaal lang! Uiteindelijk verscheen een hostess gevolgd door passagiers. Tussen hen liep een lusteloze Robert. Toen hij vlak beneden mij was, riep ik hem het nieuws toe, maar hij begreep me niet. Ik herhaalde het een paar keer. Op het moment dat hij de trap opgegaan was en op het punt stond in het vliegtuig te verdwijnen, riep ik nog een laatste maal: "Binnen een half uur legt de hertog een verklaring af!" Hij keek verbaasd naar mij, kneep even de ogen en zwaaide nog een laatste maal.

Het vliegtuig reed op een heel voorspelbare manier over de tarmac naar de start van de landingsbaan, waar het even stopte. Ik hoorde de motoren extra gas geven en zag het vliegtuig weer in beweging komen. Voor het eerst in mijn leven zag ik een machtig straalvliegtuig van stilstand tot tweehonderdvijftig kilometer per uur versnellen in minder dan een halve minuut. Van zodra het loskwam van de baan, richtte het zich in een steile hoek naar boven. Het werd door de krachtige motoren en met heel veel gedreun in een mum van tijd duizend meter hoog gestuwd. Het vliegtuig nam nog een zachte bocht. Een korte tijd later was de stip zo klein geworden dat ik niet meer zeker was of ik ze nog zag.

Ik had een kater. Ik ontwaakte in het normale leven na een fantastisch avontuur met deze buitengewone vriend. Ik zette me op de pier met een biertje en mijmerde na. Ik keek vooral naar de plaats in de lucht waarin mijn vriend verdwenen was, en waarvan ik hoopte dat ze hem ooit terug zou brengen. Op de radio hoorde ik opnieuw de aankondiging dat hertog Bernard Martin weldra een belangrijke verklaring zou afleggen. Ik besloot niet te vertrekken vooraleer ik die gehoord had.

Het leger speelde een opmerkelijke rol die dag. Ik zat nog geen tien minuten neer, toen de luchthaven werd ingenomen door een half leger aan jeeps met loeiende sirenes. Ik stond recht, hield de handen op de oren en keek met ongeloof naar het spektakel. Een lange colonne van luidruchtige legerwagens reed in de richting van de start- en landingsbanen, alsof de president van een bananenrepubliek plots afgehaald moest worden.

Ik schrok me te pletter toen een veel te luide megafoon op drie meter van mij plots brulde: "Mijnheer Forel! Is baron Didier Forel hier?" Wat, in hemelsnaam! Ik stond recht met de handen op de oren en draaide me naar de persoon met de megafoon. Het was een militair, die van zodra ik naar hem keek, me bevroeg met een opwaartse knik van zijn hoofd: "Mijnheer Forel?" Ik stak mijn hand op en knikte. Maar toen brak de hel pas echt los: er werd luid geroepen. Een paar seconden later stormden vier tot op de tanden bewapende paracommando's op mij af. Eén had een veldtelefoon bij en schreeuwde naar mij: "Vertel aan de persoon aan de andere kant van de lijn wat je nu ziet!" Verstijfd van angst nam ik de telefoon aan.

-"Hallo?" zei ik met een trillende stem.

-"Met wie spreek ik?" vroeg een stem aan de andere kant van de lijn.

-"Met Didier Forel," zei ik.

-"Didier, dit is Kikki. Vertel me wat je ziet."

-"Kikki!"

-"Vertel me wat je ziet, Didier!"

-"Ik zie een zee van jeeps met loeiende sirenes rond de landingsbaan."

-"En wat nog?"

-"Niets. Gewoon een luchthaven, en paracommando's rond mij."

-"Zeg haar dat je een vliegtuig ziet toekomen!" snauwde één van de para's naar mij.

-"Maar ik zie geen vliegtuig toekomen!" riep ik door de telefoon.

-"Goed," zei Kikki. De para greep me met beide handen bij de kraag:

-"Zeg haar verdomme dat je een vliegtuig ziet!" schreeuwde hij in mijn oor.

-"Waar is het?" vroeg ik. Ik zag de para in de lucht turen. Intussen werd op de radio aangekondigd dat de hertog nú een verklaring zou afleggen.

-"Daar is het!" riep de para. Hij wees naar een stip.

-"Ik zie een stip!" riep ik naar Kikki.

-"Een straalvliegtuig?" vroeg ze.

-"Is het een straalvliegtuig?" riep ik naar de para.

-"Verdomd ja! Zeg het haar! Luister! Je hoort het!" Maar tussen al het trammelant beneden hoorde ik niets. De para schreeuwde een paar instructies door zijn walkietalkie. Tien seconden later waren alle sirenes stil. Toen hoorde ik het kenmerkende geluid van een straalmotor in de verte.

-"Ja, Kikki! Het is een straalvliegtuig!"

-"Blijf aan de telefoon!" zei ze. Op de radio werd nu aangekondigd dat er een technische storing was, maar dat de hertog weldra zijn verklaring zou afleggen. De para sloeg een zucht van opluchting toen hij dat hoorde.

De stip werd groter, tot ik zowaar het vliegtuig van Robert herkende!

-"Het is Roberts vliegtuig!" schreeuwde ik naar Kikki.

-"Ben je heel zeker?" vroeg ze. Ik hoorde emotie in haar stem. De para knikte heftig 'ja'. Hij nodigde me uit door een verrekijker te kijken, die hij stevig op het vliegtuig gericht hield. Ik herkende de 707 Pan-Am.

-"Heel zeker!" antwoordde ik.

-"Goed," zei ze met een ontroerde maar opgeluchte stem, "blijf aan de lijn tot Robert bij jou is."

Het schouwspel was daadwerkelijk alsof de president van een bananenpubliek in België toekwam: van zodra het vliegtuig tot stilstand kwam op de landingsbaan, werd de deur opengegooid en werd Robert uit het vliegtuig gehaald. In geen mum van tijd zat hij in een jeep, die vervolgens aan wel honderdzestig kilometer per uur naar de centrale gebouwen raasde. Ik zag een doodbenauwde Robert achteraan in de jeep zitten, naast een para die hem goed vasthield.

-"Ik zie hem, Kikki!"

-"Zie je Robert, Didier?"

-"Het is hem! Binnen een minuut heb je hem aan de lijn!"

Het duurde geen minuut. Twee para's sleepten Robert letterlijk naar de veldtelefoon. Hij had angst in de ogen.

-"Beantwoord de telefoon!" schreeuwde de para tegen Robert.

-"Hallo," zei Robert inschikkelijk.

-"Robert!" zei Kikki. "Waar ben je nu?"

-"Kikki!! Ik ben terug in Zaventem, Kikki. Ik weet niet hoe het komt, maar ik ben terug, geloof het of geloof het niet!"

De para luisterde nu gespannen naar de radio:

-"Beste luisteraars, excuseer ons voor de storing, maar uiteindelijk hebben wij hertog Bernard Martin aan de lijn. Hij zal nu een verklaring afleggen over de vermeende documenten."

Terwijl Robert de resterende kluts van mijn pint opdronk om te bekomen, luisterden we nieuwsgierig naar wat Kikki's vader over de beweringen van Pennycent te vertellen had. We hoorden een duidelijk zenuwachtige hertog een verklaring voorlezen. Hij vertelde dat zijn vader adviseur geweest was van koning Albert tijdens de Eerste Wereldoorlog, maar dat zijn vader nooit uit de biecht geklapt heeft en nooit documenten heeft opgesteld of laten opstellen over wat er gebeurd is. Derhalve kon de hertog het verhaal van Pennycent niet bevestigen.

De para's sloegen een zucht van opluchting en wisten het zweet van het voorhoofd; de koning was uit de problemen. Ze lieten ons verder met rust.

-"De adel liegt niet," vertelde Robert mij, "zij vertelt halve waarheden."

-"Ik zal het onthouden," antwoordde ik cynisch.

We reden terug naar de school. Daar stond enkel nog een mobiele eenheid van de militaire radio; de koning, de minister en de ambassadeur waren reeds vertrokken. Een aangedane hertog zat op een stoel met een zakdoek op het hoofd. Van zodra Robert Kikki zag staan, zette hij de wagen in neutraal, opende hij de deur, en vloog hij haar in de armen. Eindeloos lang omhelsden ze elkaar. Robert bleef voorgoed in België!

Zaterdag 5 juli 1958

Ik ging mevrouw Forel opzoeken in de psychiatrische instelling. Ze was nog steeds overtuigd dat ze gestraft was omdat ze stout geweest was. Ze sloeg wartaal uit. De dokters konden nog niet inschatten hoelang ze zou moeten blijven.

-"Geef haar de allerbeste zorgen," zei ik. "Spaar kosten noch moeite!"

-"Zeker, mijnheer de baron." 'Ach nee!' dacht ik. 'Eén dag was leuk, maar gaat iedereen me nu echt baron noemen voor de rest van mijn leven?'

~

De gebeurtenissen van de vorige dag waren de media niet ontgaan. Er waren tal van journalisten die het verband gelegd hadden tussen ten eerste het gebeuren op de luchthaven van Zaventem, ten tweede de permanente verblijfsvergunning voor Robert en ten derde de verklaring van de hertog. De verontwaardiging bij de bevolking was nu des te groter. In Brussel werden auto's in brand gestoken en plande men manifestaties. De wijzen van het land hielden hun hart vast; het zou een warme zomer worden.

Niet enkel Robert had geprofiteerd van het hele schandaal rond koning Albert. Pennycent, de aanstoker, was vrijgelaten uit de gevangenis, onder de voorwaarde dat hij zich voor de rest van zijn leven zou ophouden in Congo en zou zwijgen tegenover de pers. Opnieuw hoopte iedereen dat we het laatste van Pennycent gezien of gehoord hadden.

~

Robert en ik brachten de namiddag door op het kasteel van de hertog, in het gezelschap van Kikki en Laetitia. Nu het vaststond dat we op 30 augustus zouden trouwen, hadden we plots veel om over te praten, zoals wat Robert nu zou doen:

-"Zijn jaar opnieuw doen," zei Kikki. "Hij moet zijn diploma halen!" We keken allemaal verbaasd; na wat Robert vorig jaar verwezenlijkt had, was er toch geen discussie over wat hij kon? "Hij en Didier, die laatste als directeur van de school, kunnen weer samen een eindwerk doen," zei Kikki, "het Wankelsysteem." Robert en ik glimlachten tezelfdertijd; weer een jaar in het geheim samenwerken aan een gek idee. Fantastisch!

-"Weer bij tante Lolo?" vroeg Robert.

-"Uiteraard niet," zei Kikki. "Eens jullie met ons getrouwd zijn, laten we jullie niet meer als vrijgezellen leven! In het Hof van Busleyden richten we een atelier in. Daar trekken we voorlopig alle vier in."

-"Het Hof van Busleyden, dat is het prachtige renaissancekasteeltje tegenover de school!" riep ik enthousiast.

-"Het is van Hélène," zei Laetitia. "We mogen het gebruiken tot we verhuizen naar het Fleur-de-Lys."

-"Het Fleur-de-Lys!!" riepen Robert en ik tegelijkertijd. Ik kon het me niet inbeelden: een paleis en een tuin – park! – zo groot als de wereld, hoe leefde je in zoiets? Roberts ogen werden zo groot als het paleis.

-"Wel, het is eigenlijk logisch," – logisch! – zei Kikki. "Het Fleur-de-Lys was oorspronkelijk van de prinsen de Vissermans. Na het faillissement van 1923 werd het eigendom van Looms, en sinds de overname van Looms door Gandaweave is het dus van ons. Het moet alleen nog verder afgewerkt worden."

-"Wat gaan wij in hemelsnaam in zo'n gigantisch kasteel doen?!" riep Robert.

-"Het Fleur-de-Lys," legde Kikki uit, "was bedoeld om met een hele familie in te leven: grootouders, kinderen en kleinkinderen. Het was de droom van de prinsen de Vissermans. In elk van de octopus-armen die van het kasteel weglopen, zit een woning voor een gezin. In het centrale gedeelte zit een feestzaal, een bibliotheek, …"

-"...en de prachtige thermen in de paraboloïden," zei Robert. "Maar het blijft een gigantisch kasteel voor twee gezinnen."

-"Drie, want Anthony en Hélène komen ook!" wist Laetitia te vertellen.

-"Dat betekent dat we zoveel monopoly kunnen spelen als we willen," zei Kikki.

-"Hm, hebben jullie geen andere spelletje?" vroeg Robert.

-"Laat eens kijken," zei Kikki "Geen monopoly dus. Als ik jullie eens leerde schaken?" Het antwoord daarop was ons intussen voldoende ingehamerd:

-"Geen schaken", antwoordden Robert en ik als uit één mond.

-"Ok, geen monopoly, geen schaken, niets ingewikkelds dus." Ze roffelde haar vingers op haar stout glimlachende lippen terwijl ze met opgeslagen ogen nadacht. "Ganzenbord of Mens-Erger-Je-Niet dan?" vroeg ze gespeeld ernstig. Ik zag vuur in Roberts ogen; kreeg hij ooit maar eens de kans om tegen haar te schaken!

Zondag 6 juli 1958

Terwijl Robert een babbeltje sloeg met de eenzame Forel, maakten Kikki en Laetitia plannen voor de nieuwe textielschool. Ik keek met grote ogen naar hoe de twee meisjes, even ongeremd als iemand die tijdens een vervelende vergadering huisjes in de marge tekende, in een mum van tijd een school schetsten op een blanco blad. Omdat ik tenslotte de nieuwe directeur zou worden, deed ik mijn best om verstandige commentaar te geven. Maar telkens ik dat deed, bekeken de meisjes me als twee mama's die onderbroken werden door een kind dat aandacht zocht; Laetitia sloeg haar arm om me heen en drukte mijn hoofd tegen haar boezem, zodat ik niets meer zag van de tekening, en nog veel minder iets gezegd kreeg. Het enige dat ik van het geheel begreep, was dat het een majestatisch instituut zou worden, zowel qua omvang, als qua uitstraling en niveau. Ik stond erbij en ik keek ernaar.

Maandag 7 juli 1958

Die dag ging Forel met pensioen. Hij kreeg op de school een kleine huldiging van het stadsbestuur, vertegenwoordigd door de nieuwe burgemeester, Anthony, alsook door de nieuwe schepen van Sport en Onderwijs, Anthony's vader. Tezelfdertijd werd ik aangesteld als nieuwe directeur. Na afloop hadden we een gezellig onderonsje, waarbij we vooral praatten over de grootse plannen voor de school, voor de stad en voor de Vissermans. Anthony wist te vertellen dat de Belgische overheid plannen gemaakt had om de luchthaven van Gent op te doeken. Zij wou op die manier plaats maken voor een heel grote meubelwinkel. We waren geschokt; een meubelwinkel in de plaats van onze luchthaven!

~

Na de middag namen onze verloofdes ons mee naar een plaats waar Robert en ik tot op onze botten van gruwelden: een kledingwinkel. Toen Robert door de para's van het vliegtuig gehaald was, was het kleine koffertje met al zijn kleren alleen naar Amerika gereisd. De meisjes zagen daarin de uitgelezen reden om voor ons beiden eens deftige kleren te kopen. Robert en ik hadden echter geen flauw idee van wat er verkeerd was met wat we alle dagen aanhadden.

Tot dusver in mijn leven stapte ik enkel een kledingzaak binnen als ik letterlijk kleding tekort kwam, dat wil zeggen: als ik moeite had om niet naakt naar de kledingzaak te gaan. Pas wanneer het zóver gekomen was, kon ik met belangstelling door de rekken zoeken naar een heerlijke trui of een gemakkelijke broek. Maar van zodra ik die dan had, wist ik dat ik weer voor de volgende vijf jaar gekleed was, of langer. Dat iemand mooi gekleed in een kledingzaak binnenstapte om met meer van hetzelfde naar buiten te wandelen, kon ik aan geen enkel logisch denkproces koppelen.

-"Goed," zei Robert, nadat hij besefte dat de meisjes absoluut met ons kleren wilden gaan kopen, "maar laat er ons dan meteen echt voor gaan."

-"Hoe bedoel je?" vroeg Kikki, blij omdat Robert zo enthousiast was.

-"Wel, we gaan niet binnen voor één broek of één trui. Neen, we kopen ineens vijf broeken en vijf truien, zodat we voor de rest van ons leven voldoende hebben." Het leek hem een schappelijk compromis, vooral omwille van zijn offerbereidheid om vijf broeken en vijf truien te passen. De meisjes lachten enkel, omdat ze dachten dat hij het niet meende. Maar hij, en ik, meenden het wèèèl!!

We stapten een grote kledingzaak voor heren binnen, die tot in de nokken gevuld was met dikke pulls en warme broeken. En dat terwijl het buiten dertig graden was! Ik werd warm van het zicht alleen al.

-"Dit is een winkel voor winterkleding," besloot Robert. "Laat ons terugkomen in januari."

-"Maar neen," lachte Laetitia, "in januari verkopen ze hier zomerkleding!"

-"Je kan ons veel wijsmaken," zei ik, "maar dat geloven we niet."

Kikki en Laetitia gierden het uit. Toen Robert terug naar de voordeur stapte, rende de eigenaar van de winkel achter hem aan.

-"Mijnheer Fischer!" Robert draaide zich om. "Mijnheer Fischer, excuseert u mij, maar ik heb de conversatie overhoord. Ik kan enkel bevestigen dat de dames gelijk hebben; in België is het namelijk zo dat wij de kleding een half jaar op voorhand verkopen, winterkleding in de zomer dus, en zomerkleding in de winter." Robert schudde het hoofd.

-"Gewoon uit nieuwsgierigheid," vroeg Robert, "bestaat daar één zinnige reden voor?"

-"Wel, meneer Fischer, de mensen kunnen niet wachten met het kopen van kleding voor het volgende seizoen," verontschuldigde de man zich. Robert lachte naar mij terwijl hij naar de man wees.

-"Heb je dat gehoord, Didier: mensen kunnen niet wachten om kleding te kopen! Hahahaha, die is goed! Dus mensen weten in het putje van de zomer reeds wat ze tekort gaan komen in de winter, en kunnen vervolgens niet wachten om dat een half jaar op voorhand te gaan kopen!"

-"Wel," antwoordde de man, "de meeste mensen kopen in de zomer de winterkleding die ze mooi vinden, ongeacht of ze die nu werkelijk nodig hebben of niet."

-"Dus kopen ze in de zomer winterkleding," vroeg ik in ongeloof, "die ze misschien niet eens nodig hebben?!"

-"Zo is dat, mijnheer de baron," zei de man. Robert en ik hadden het plezier van ons leven, terwijl Kikki en Laetitia zich stilaan begonnen te ergeren.

-"Ik heb een fantastisch idee voor uw zaak," zei Robert lachend maar gemeend: "verkoop uw kleding niet één maar twee halve jaren op voorhand!"

-"Hoezo?" vroeg de eigenaar verbaasd.

-"Wel, dan bent u om te beginnen een extra half jaar vóór op de concurrentie. Bovendien kunnen gewone mensen zoals ik dan altijd zomerkleding in de zomer kopen!" De eigenaar begon nu heel hard na te denken. Er moest iets onlogisch zijn aan Roberts idee, maar hij kon niet direct vinden wat. Maar voor Kikki was het genoeg geweest. Ze nam Robert als een stoute jongen bij zijn oor en trok hem mee diep in de winkel.

-"Wel, mijnheer de baron," zei de man na lang nadenken tegen mij, "we verkopen geen zomerkleding een jaar op voorhand omdat we de mode van binnen een jaar niet kennen."

-"En de mode van binnen een half jaar wél?!" antwoordde ik verbaasd. Wat was dat trouwens, mode? Maar nu had ook Laetitia het gehad. Ze nam me eveneens mee bij mijn oorlel naar de binnenkant van de winkel. De eigenaar volgde. Gelukkig was hij moeilijke mannen vergezeld van hun echtgenotes, of verloofdes in dit geval, gewoon.

Ik besloot me te herpakken:

-"Goed," zei ik, "en welke kleren in deze winkel zullen in de mode zijn volgende winter?"

-"Allemaal, mijnheer de baron," antwoordde de man hartelijk, "u kan zich niet vergissen!"

Robert keek ostentatief met een grote glimlach rond. Deze kleding was dus allemaal in de mode, en wat hij nu aanhad, waarschijnlijk niet. Of misschien toevallig wel. Maar net op het moment dat hij dat wou gaan vragen aan de man, kwamen Kikki en Laetitia al aandraven met de eerste broeken die gepast moesten worden. Broek uit, broek aan, vest uit, vest aan, hemd uit, hemd aan, trui uit, trui aan, een hele namiddag aan één stuk, waarbij ik na elk kledingstuk aangetrokken te hebben, uit het pashokje moest komen om me te tonen. Drie paar handen trokken telkens alles recht wat scheef zat. Desondanks kon ik in de spiegel enkel vaststellen dat ik er meer en meer als een halve gare uitzag naarmate de namiddag verstreek.

Na twee uur passen was het alsof er een windhoos door de winkel gegaan was. Hij was herschapen in een puinhoop van losse kleren, die op en over alles heen lagen. De meisjes deden ons kleren passen aan de lopende band. Voor elk stuk dat we gepast hadden, lagen er twee nieuwe klaar. Terwijl ze nieuwe kleren kozen, hielden ze er een conversatie met de eigenaar op na waar Robert en ik, en waarschijnlijk elke andere normale sterveling, geen woord van begrepen. Hoe kon ooit iemand een dergelijke immense woordenschat verzinnen voor aan elkaar genaaid stof?!

-"Ik wil niet ongeduldig lijken, maar hebben jullie al iets gevonden dat jullie leuk vinden?" vroeg Robert na een drietal uur. Maar niemand, behalve ik, leek hem te horen. Ze deden gewoon verder met kiezen, aanreiken, en observeren. De eigenaar leek intussen niet in het minst gehaast om de gepaste kleren weer op te bergen. De rommelberg kreeg stilaan de proporties van het stort van Manilla.

Omdat ik me vastklampte aan de zekerheid dat ze ons niet meer kleren konden doen passen dan er in de winkel te koop waren, hield ik goed bij welke kleren we al gepast hadden en welke nog niet. Mijn systeem werkte; toen ik na vier uur passen zeker was dat we het nu wel allemaal gehad hadden, was het inderdaad plotseling afgelopen; ik mocht me weer aankleden. Ik vond mijn eigen kleren terug aan de haak in het pashokje, onder wel dertig andere spullen.

-"En wat heb jullie nu gekozen?" vroegen we, benieuwd naar wat onze grote inspanning had opgeleverd. Maar de meisjes hadden enkel aandacht voor het verzamelen en sorteren van de gepaste kleren, een taak waar Robert en ik gelukkig niet moesten bij helpen. Vervolgens moesten we lijdzaam observeren hoe de eigenaar gedurende nog eens drie kwartier zorgvuldig bergen kleren plooide, er de prijsetiketjes afknipte en een lange rekening maakte. Hij moest de optelling tienmaal opnieuw maken omdat hij telkens een andere uitkomst verkreeg. Ik stelde voor om de optelling in zijn plaats te maken, maar Laetitia vond dat onbeleefd; ik moest gewoon even geduld hebben na een dergelijke plezierige namiddag. Zelfs nadat Robert en ik reeds lang de optelling uit ons hoofd gemaakt hadden, bleef de man rekenen en herrekenen met zijn veel te dik potlood. Om uit ons vel van te springen!

-"Nu hebben we kleren voor de rest van ons leven. Dit hoeven we nooit meer te doen!" zei Robert stilletjes tegen mij. Zijn woorden waren nog niet koud toen Kikki zei:

-"En dan gaan we nu langs bij de Italiaanse kleermaker; die heeft spullen die je ook in de zomer kan dragen." Toen ze onze gezichten zag, zei ze: "Troost jullie, daarna zijn jullie ervan af tot januari!" Het begon tot ons door te dringen dat we vanaf die dag tweemaal per jaar naar de kledingwinkel moesten.

-"Tenzij jullie volgende week met ons en Hélène meekomen naar Parijs, waar wij kleren voor onszelf gaan kopen," voegde Laetitia daaraan toe. Ik keek naar Robert met een blik van 'Zeg jij nu iets, alsjeblieft!'

-"Komen we ervan af als we enkel onze chequeboek meegeven?" vroeg Robert.

-"Zeker. Jullie leren snel!" antwoordde Kikki.

Dinsdag 8 juli 1958

Kikki en Laetitia namen het heft in handen door verschillende leegstaande panden rond de school te kopen. De bedoeling was de betreffende gebouwen te slopen, opdat de school kon uitbreiden. Mijn rol beperkte zich tot het verwelkomen van de notaris en de verkopers. Ik maakte ook de aperitiefhapjes.

~

Robert kreeg een brief van zijn ouders. Ze hadden hem regelmatig geschreven gedurende het jaar. Hij verwachtte geen uitzonderlijk nieuws, behalve uiteraard hun bevestiging dat ze naar zijn huwelijk zouden komen op 30 augustus. Maar toen Robert de brief las, werd hij lijkbleek. Hij liet zijn hand met de brief op zijn schoot vallen en leek plots niet meer te leven. Zijn ogen waren wijd opengesperd. Kikki stapte onmiddellijk naar hem toe.

-"Scheelt er iets, Robert? Is er iets met je ouders?" Zijn ogen ontspanden een beetje en keken nu hulpeloos en verdrietig. Zijn hand met de brief bewoog vijf centimeter opwaarts en viel vervolgens weer neer. "Mag ik de brief zien?" vroeg Kikki. Weer was het enkel zijn hand die bewoog. Kikki trok de brief uit zijn hand en las hem snel door. Ze verkrampte. Ook zij was nu zwaar geschokt. Ze zat in de zetel helemaal naar voren gekromd, zoals iemand die over het zwaarste probleem aan het nadenken was.

-"Mag ik weten wat er scheelt?" vroeg ik.

-"Niet voor het opgelost is," zei Kikki. 'Wat opgelost?' vroeg ik mezelf af. Kikki keerde zich vervolgens naar Robert en fluisterde: "Het gaat moeite kosten, Robert, maar we lossen dit op. Hij keek hoopvol naar haar, maar zijn hoofd draaide zachtjes heen en weer, als om te zeggen: 'Sorry, Kikki, en ik besef dat zelfs jij dit niet kan oplossen.' Maar Kikki nam zijn hoofd in de handen en herhaalde: "We lossen dit op, Robert, om dezelfde reden dat jij de testwedstrijd gewonnen hebt: omdat het moet!"

Robert en Kikki spendeerden tot de huwelijksdag heel veel tijd aan het mysterieuze probleem, zonder dat ik enigzins te weten kwam wat er aan de hand was. Geregeld zonderden ze zich af, om met gefronste wenkbrauwen aan een tafel allerlei lijstjes te overlopen. Hun gesprekken waren niet geanimeerd, maar in tegendeel somber en bewogen.

De brief had echter ook iets aan Roberts persoonlijkheid veranderd. Meermaals zag ik hem in een hoekje zitten, nadenkend en af en toe het hoofd schuddend in ongeloof. Wanneer wij samen op café gingen, moest hij moeite doen om zijn gewone losse zelf te zijn, het haantje de voorste en de moppentapper. Het was alsof iets diep binnen hem, iets dat hij niet kon controleren, hem weerhield. Wat nog vreemder was, onrustwekkend eigenlijk, was dat hij elke dag zijn nieuwe Italiaanse kleren zorgvuldig uitkoos en met fierheid droeg.

Woensdag 9 juli 1958

Onze school verdween in een stofwolk wanneer bulldozers de pas gekochte panden sloopten. Wat ging dit allemaal snel! Omwille van het stof namen Laetitia en ik Forel mee voor een bezoek, eerst aan mevrouw Forel en daarna aan Laetitia's ouders. Nu hij niets meer omhanden had, leek hij met de dag te verouderen. Hij zei niet veel meer en leek tevreden wanneer hij, aan een tafel met een kop koffie, gewoon kon meeluisteren.

-"We moeten een bezigheid voor Forel vinden," zei ik aan Laetitia.

-"Je hebt gelijk; zoals hij nu is, leeft hij niet lang meer."

~

Vanaf deze dag tot het einde van de grote vakantie bezocht Robert de fabrieken van de Vissermans. Vooral omdat hij nog nooit eerder in een fabriek geweest was, buiten die ene keer dan, was het merkwaardig hoe hij onmiddellijk inzag waar het fout zat. Of, zoals Kikki geloofde, was het precies omdat hij nooit verkeerde gewoonten aangeleerd had, dat hij de fouten zag.

Telkens hij een arbeider geen nuttig werk zag doen, zocht hij uit hoe dat kwam. Zo zag hij een man alle weefgetouwen inspecteren die half klaar waren.

-"Wat zoek je?" vroeg Robert.

-"Ik heb zonet een paar componenten ontvangen van een leverancier, mijnheer, maar ik weet niet bij welk getouw ze horen."

-"Jullie zijn aan die getouwen begonnen vooraleer alle stukken er waren?" vroeg Robert in ongeloof.

-"Ja, wij doen dat hier al jaren zo; kwestie dat er gewerkt wordt..."

-.".. en gezocht naar welke componenten bij welk getouw horen," vervolgde Robert de zin, "en gezocht naar een getouw dat voldoende componenten heeft om aan verder te werken, en gewandeld in een atelier dat vijftien keer te groot is omdat hij vol staat met onafgewerkte getouwen." De man keek sprakeloos naar Robert; zo had niemand het ooit bekeken.

Robert stelde zich ook vragen bij alle rommel die op de vloer lag, zoals boutjes en moertjes.

-"Hoe komen die daar?" vroeg hij aan een meestergast. "Het is net alsof jullie regelmatig een boutjesgevecht organiseren!"

-"Dat komt, mijnheer, omdat we de bakjes, wanneer ze uit het magazijn komen, boordevol doen; dat is immers efficiënter. Natuurlijk valt er onderweg wel eens een boutje uit zo'n overvol bakje." Robert kon zich niet voorstellen dat hij op die manier met materiaal zou omspringen.

-"En verliezen jullie boutjes en moertjes in het getouw zelf?" vroeg Robert.

-"Ja, dat gebeurt," zei de man, "en dan rammelt het getouw bij de testen, in het beste geval." 'Sjonge, sjonge,' dacht Robert, die niet zou kunnen slapen als hij nog maar vermoedde dat hij een enkel boutje in een getouw kwijtgespeeld was!

Anderzijds was Robert behoorlijk onder de indruk van de assemblage-trucjes die men bedacht had om getouwen van de eerste keer juist in elkaar te steken; het was immers nauwelijks mogelijk om fouten te maken. Toen hij de testafdelingen bezocht, zag hij hoe de afgewerkte getouwen van de eerste keer perfect werkten. Tenzij er losse boutjes of moertjes in kwijtgespeeld waren natuurlijk!

-"Welke snelheden halen jullie?" vroeg Robert aan de directeur van één van de fabrieken.

-"Wij verkopen de getouwen met de garantie dat ze 475 inslagen per minuut aankunnen, mijnheer."

-"475 inslagen per minuut!" riep Robert. "Ik ben slechts tot 335 geraakt met het prototype."

-"Met alle respect, mijnheer Fischer, maar wat u een prototype noemt, noemen wij een concepttest. Toen het patent hier toekwam, hebben onze ingenieurs dag en nacht gewerkt om de snelheid verder op te drijven. En geloof me, mijnheer Fischer, bij Gandaweave, ik bedoel de Vissermans, kunnen we daar iets van! We zijn trouwens te weten gekomen dat sommigen van onze klanten de veiligheid eraf nemen en tot 600 inslagen per minuut gaan."

-"Je meent dat niet! En het spat niet uit elkaar aan die snelheid?!"

-"Wel, ik zou niet in de buurt willen zijn!" zei de directeur.

-'Zeshonderd,' mijmerde Robert, 'geen wonder dat niemand nog een getouw met grijpers wilt!'

Donderdag 10 juli 1958

De tienduizenden getouwen met grijpers die plots te veel waren in de Eerste Wereld, vonden langzaam hun weg naar het Oostblok en andere gebieden met lage arbeidskosten. Een deel vond zijn weg naar Congo. Ze werden in containers bewaard tot Dieudonné Butu rond zou zijn met de organisatie en de financiering. Dankzij zijn netwerk trok hij veel enthousiaste kapitaalschieters aan. Vandaag verscheen voor het eerst een groot artikel in de krant over de perspectieven van Congo als textielproducent voor heel Afrika.

~

Anthony drukte meteen zijn stempel op het nieuwe beleid van Gent. Met de intercommunales kwam hij overeen dat alle politieke bestuursmandaten afgeschaft zouden worden. Ze mochten ook geen geld meer uitgeven aan sponsoring of reclame; gezien hun monopolie was dat immers niet nodig en niet logisch. Sponsoring werd in het verleden gedaan om goodwill te bekomen, maar die goodwill zou in het vervolg moeten komen van consumententarieven die veel lager waren dan voorheen, en zeker niet hoger dan in het buitenland. Hij paste dit principe niet enkel toe voor de klassieke nutsbedrijven zoals gas, water en elektriciteit, maar ook voor parkings, verkoopshallen en andere.

Vrijdag 11 juli 1958

De publieke ontevredenheid met het verhaal over koning Albert manifesteerde zich in verschillende vormen, gaande van gele linten aan de televisieantennes op de daken, tot debatavonden en optochten. Op de Vlaamse nationale feestdag werd het verhaal nu aangegrepen door de Vlaamse Beweging, om haar eisen kracht bij te zetten inzake de officiële vertaling van de Belgische grondwet in het Nederlands, het vastleggen van de taalgrens, en de vernederlandsing van de universiteit van Leuven.

Niettemin begonnen een aantal belangrijke krantencommentatoren moedig in te roeien tegen de stroom van aanhoudend protest. Zij stelden dat na de verklaring van hertog Bernard Martin er grote onduidelijkheid was over wat er precies gebeurd was tijdens de Eerste Wereldoorlog, en over wie wat precies geweten had in de entourage van koning Albert.

Ik werd door Laetitia en Kikki uitgenodigd op een vergadering met architecten, die erin geslaagd waren om op één week tijd alle plannen voor de ruwbouw van de nieuwe school te tekenen. Voor ze mijn goedkeuring vroegen, vertelden Laetitia en Kikki me dat de werken maandag zouden beginnen, waarmee ze me dus de zachte hint gaven dat ik best onmiddellijk met het integrale plan akkoord zou gaan. En dat deed ik ook; voor de tweede maal in twee weken tijd zette ik mijn handtekening onderaan stapels documenten die ik niet gelezen had. Ik kreeg eigenlijk geen andere optie dan te wachten tot de school er zou staan om te weten hoe ze er uit zou komen te zien. Ik kreeg er koude rillingen van.

Zondag 13 juli 1958

Na een bezoek aan mevrouw Forel spendeerden we de rest van de dag bij Kikki thuis. Voor Robert was het de derde keer dat hij zijn toekomstige schoonmoeder zag, maar in tegenstelling tot de vorige ontmoeting, was ze heel nors; ze sprak geen woord tijdens het aperitieven en ook aan tafel zei ze niets. Robert kon niet raden wat de reden was. Hij haalde, zoals enkel hij dat kon, alles uit de kast om iedereen rond de tafel te boeien en te doen lachen.

Hij vertelde onder meer over hoe zijn moeder, wanneer zij diplomatieke diners organiseerde, soms een zware studie moest doen van wie op welke plaats aan tafel gezet moest worden. Aangezien het immers telkens over mensen uit verschillende landen ging, was het niet altijd eenvoudig om de hoogste in rang te bepalen, en om aan die persoon vervolgens de plaats aan de rechterhand van de gastvrouw toe te wijzen. Maar toen Robert details begon te geven over hoe je adellijke titels uit verschillende landen met elkaar moest vergelijken, kon de hertogin-moeder het niet meer dulden:

-"Besef jij, Robert, hoeveel moeite ik gedaan heb om de koning te overtuigen je de titel van baron te geven? Het was kleinerend dat te moeten gaan vragen, geloof je me?" Robert keek perplex. "En wat doe jij?" vroeg ze retorisch. "Jij weigert de titel! En vervolgens ga je de koning voor het hele land voor schut zetten!" Zo was het niet echt gelopen, maar niemand onderbrak haar. "Denk je nu dat de koning je ooit nog die kans zal geven? Nu gaat mijn dochter, de hertogin waar iedereen naar opkijkt, trouwen met een nieuwe rijke, een burgerjongen die zijn jaar moet overdoen op school!"

-"Enfin, chérie!" onderbrak de hertog haar. Maar ze ging verder:

-"Heel mijn leven zal ik dit moeten aanhoren: de hertogin is met het geld getrouwd. Vreselijk! En weet je wat dat betekent voor uw kinderen? Hooguit krijgen ze van de koning een niet-erfelijke wegwerptitel, áls ze al een titel krijgen natuurlijk! En daar twijfel ik aan; volgens mij sta je nu voor altijd in het zwarte boek in Laken." Robert wou reageren, maar Kikki legde haar hand op zijn voorarm. "Nu niet," fluisterde ze.

Robert besefte dat de voorbereiding van het huwelijk geen blije belevenis zou worden, om het eufemistisch te stellen. Daarna zou hij, elke zondag voor de rest van zijn leven, vijf uur aan tafel moeten zitten met een boze schoonmoeder. Wat een droevig vooruitzicht!

Maandag 14 juli 1958

Laetitia zorgde voor de bouw van de school, terwijl Kikki me vertelde wat er in de nieuwe textielschool onderwezen moest worden; ze deed dat in functie van de competenties die ze bij de Vissermans nodig had. Ik stond nu voor de enorme klus dat ik tegen september alle lesplannen moest opstellen, onderwijzend personeel moest vinden, didactisch materiaal moest kopen en publiciteit moest maken voor de nieuwe studierichtingen.

Omdat Forel zich niet betrokken voelde bij de organisatie van de nieuwe school, bracht hij zijn dagen in de luie zetel door. Hij verouderde zienderogen. Ik bracht met hem een dagelijks bezoek aan mevrouw Forel, maar daarbuiten keek hij enkel naar de Ronde van Frankrijk.

Dinsdag 15 juli 1958

-"Moet je nu horen," zei Robert toen hij zijn briefwisseling opende, "ik ontvang een uitnodiging om naar de militaire parade te gaan kijken. Oei, de uitnodiging komt van Kikki's moeder!" Hij las verder. "Ze hoopt dat ik mijn relatie met de koning herstel."

-"Ze blijft proberen om je een titel te bezorgen," zei ik.

-"Duidelijk," zuchtte Robert.

Donderdag 17 juli 1958

De protesten over de al dan niet vermeende doofpotoperatie hielden aan, maar waren evenwel niet meer in de vorm van spectaculaire marsen geïnitieerd door grote organisaties; de optochten waren nu op lokaal initiatief. Bij alle belangrijke bijeenkomsten en evenementen in de grote steden stonden er steeds een honderdtal burgers aan de ingang. Zij manifesteerden hun ongenoegen aan de prominenten. De kranten daarentegen hadden intussen de violen gelijkgestemd: hun collectieve opinie was dat grootvader Martin alleen gehandeld had, en dat koning Albert niets geweten had van de onderhandelingen met de Duitsers.

Ik was optimistisch en hoopte dat de protesten voorbij zouden zijn tegen ons huwelijk op 30 augustus. Te optimistisch.

Vrijdag 18 juli 1958

Nadat Robert een dozijn fabrieken bezocht had, werd hij uitgenodigd op het hoofdkwartier van de Vissermans om zijn bevindingen te presenteren aan de productiemanagers. Aangezien hij echter nog nooit in een bedrijf gewerkt had, was hij onbekend met de begrippen 'vergaderingen', 'vergaderzalen', 'presentaties' en 'rapporten'. Toen hij binnenkwam en de managers zag zitten, maakte hij een rustig rondje rond de enorme ovalen tafel. Hij schudde iedereen de hand, sloeg een klein babbeltje en vroeg wat ze wilden drinken. 'Water' aanvaardde hij niet.

Toen Kikki een kwartier later toekwam, stelde ze vast dat Robert 's lands mooiste vergaderzaal in een gewoon café herschapen had; alle aanwezigen stonden met een pint in de hand rechtopstaand te discussiëren. Kikki hoorde Robert beweren dat de Vissermans zich de hele leveranciersadministratie kon besparen:

-"Laat alle leveranciers zelf hun componenten naar de assemblagelijn brengen. Geef ze daar een beperkte opslagplaats en betaal ze volgens het aantal afgewerkte weefgetouwen."

-"En als ze niet op tijd leveren?" protesteerden zijn toehoorders.

-"Dan komen ze in een fabriek die plat ligt omdat zij niet op tijd geleverd hebben. Wat zou jij doen als leverancier?"

Kikki twijfelde niet meer: geen magazijnen meer, geen vorkliften meer, geen leveranciersadministratie meer... dit was een revolutie op zich!

-"En zo gaan we het doen, heren!" zei ze vanachter hun ruggen.

Zaterdag 19 juli 1958

-"Denk je niet dat ik stilaan een auto nodig heb?" vroeg ik aan Laetitia. Ze glimlachte.

-"Kom en zet je eens naast mij." Van zodra ik naast haar in de zetel zat, legde ze haar arm om mijn hoofd, streelde ze mijn kaak, kuste ze me zacht op de lippen en keek ze me recht in de ogen. Haar andere hand legde ze op mijn schoot. "Eigenlijk kom je me vragen welke auto je best zou kopen," antwoordde ze. Ik lachte nerveus. "Wel, van welke auto droom je?" vroeg ze.

-"Ik wil natuurlijk een deftige wagen kopen...," zei ik, maar ze onderbrak me:

-"Neen, Didier. Van welke auto dróóm je?" vroeg ze met aandrang. Toen ze mijn ogen zag flikkeren, zei ze: "Ga hem kopen, nu!"

Mijn hart klopte onderweg naar de Mercedes-garage. Het idee van naar binnen te stappen en te zeggen 'ik koop díe wagen' maakte mij euforisch. Hoe magnifiek zou het leven niet zijn als ik me in dat juweel door de stad zou verplaatsen, over de toegangsweg van het kasteel van de hertog zou rijden, voor het Hof van Busleyden zou parkeren, of op het Fleur-de-Lys zou toekomen.

Ik parkeerde de Mercedes van Forel vlak voor de ingang.

-"Mijnheer de baron, wat een eer u te mogen verwelkomen," zei de eigenaar van de zaak. "Waarmee kan ik u van dienst zijn vandaag? Tevreden van de wagen toch, hoop ik?"

-"Er gaat niets boven de kwaliteit van een Mercedes. Dat weet u zelf goed genoeg," antwoordde ik meegaand.

-"Natuurlijk, natuurlijk," lachte de man. "Dat ik zelfs de vraag durfde te stellen!"

-"En ik heb goed nieuws voor u: ik wil er zelf ook een," zei ik met een glimlach.

-"Wat een eer voor onze zaak! En aan welke wagen had u gedacht, als ik vragen mag. Eén zoals die van uw vader?"

-"Ik vind de wagen van mijn vader te groot. Ik had iets sportievers gewild," zei ik.

-"Daar kan ik inkomen," zei de man begripvol. "Welke jongeman wil onmiddellijk met zo'n grote wagen rondrijden?! Laat mij u de kleinere, excuseert u mij, ik bedoel de sportievere modellen even tonen."

-"Ik vrees dat het model dat ik op het oog heb, niet in uw garage staat," zei ik. "Althans niet voor zover ik van hier kan zien."

-"Oh, maar wij hebben nog een paar nieuwe auto's in de werkplaats staan, mijnheer de baron. Ik verzeker u dat u uw gading wel zal vinden."

-"Wel, zolang ik maar de Mercedes kan kopen die ik wil."

-"Natuurlijk kan u dat! Tenzij u een vrachtwagen wil kopen, of een autobus, of een legerjeep," lachte de man uitbundig.

-"Helemaal niet," zei ik, "geen autobus, geen vrachtwagen en zeker geen legerjeep." De man lachte geamuseerd tot ik zei: "Ik wil de 300SL Gullwing Coupé, in het zilver." De man klemde zijn handen vast aan de rand van de tafel:

-"Hier in Gent?"

-"Waar anders?" vroeg ik.

-"Ma… ma.. maar mijnheer de baron, dat is geen normale Mercedes! … Hier in Gent?" vroeg de man nogmaals.

-"Hier in Gent."

-"Om heel eerlijk te zijn, mijnheer de baron, ik weet niet of er al een in België verkocht is."

-"Zoveel te beter!"

-"Weet u, mijnheer de baron, ik vraag me zelfs af wat men in Duitsland zal zeggen wanneer wij er een willen bestellen."

-"Wat is het probleem?"

-"Het is splinternieuwe Duitse technologie, mijnheer de baron, de enige wagen met vleugeldeuren, gebouwd op het chassis van een racewagen, de snelste op de markt, en de enige met directe inspuiting."

-"Ik onderhoud hem desnoods zelf," blufte ik.

-"Neen, dat bedoel ik niet, mijnheer de baron," herpakte de man zich. "Ik zal een mecanicien op cursus naar Duitsland sturen."

-"Goed, maak me maar een orderbon," zei ik.

-"Laat me alstublieft even telefoneren, mijnheer de baron."

-"Doet u maar. Ik heb tijd. Maar ik wil de wagen wel onmiddellijk."

-"Onmiddellijk? …maar natuurlijk, mijnheer de baron!" Wat is rijk zijn leuk, stelde ik vast. De man ging zijn kantoortje binnen en pleegde gedurende twee uur telefoontjes. De helft van de tijd probeerde hij verbinding te krijgen. Wanneer hij verbinding kreeg, worstelde hij zich in het Duits door een moeilijke onderhandeling. "Ein Gullwing. Für Belgien. Gent. Aber…" De arme garagist zweette: hij werd van Pontius naar Pilatus gestuurd, de verbinding met Duitsland was slecht, en niemand leek een Gullwing te willen opsturen naar België. Uiteindelijk pakte hij het anders aan. Hij zei dat hij persoonlijk bevriend was met Konrad Adenauer, waar uiteraard niets van klopte, en beval met krachtige en luide stem dat de wagen 'unbedingt und sofort' naar Gent opgestuurd diende te worden. Befehl ist Befehl! Het werkte. Toen de man zijn bureau verliet, droop het zweet van hem af.

-"U hebt uw wagen eind augustus, mijnheer de baron. Hier is de bon." Ik ondertekende de bestelling minzaam, haalde mijn chequeboek uit en schreef voor het volledige bedrag.

Zondag 20 juli 1958

We waren allemaal uitgenodigd bij Kikki thuis, waar Robert opnieuw geroosterd werd door zijn toekomstige schoonmoeder. De hertogin-moeder wees Robert op het feit dat ze haar volledig sociaal gewicht in de schaal gegooid had om een invitatie te bekomen voor de militaire parade van 21 juli. Robert en Kikki zouden in dezelfde tribune als de koning komen te zitten, en de kans krijgen hun relatie met die laatste te verbeteren. Uiteraard was het de bedoeling dat Robert een adellijke titel kreeg nog vóór zijn huwelijk.

~

-"Wat gaan we daarmee doen?" vroeg Robert aan Kikki toen ze door het park wandelden.

-"Toon dat je van goede wil bent, Robert. Het is belangrijk dat je mijn moeder en haar kant van de familie niet méér op stang jaagt dan nodig. Ze zijn aandeelhouders in de Vissermans. Hun stemmen zijn nodig voor een bijzondere meerderheid in de algemene vergadering als de statuten moeten gewijzigd worden. 'Daar gaan we weer', dacht Robert, 'statuten, bijzondere meerderheid, aandeelhouders, algemene vergadering...' Hij begreep er niets van.

-"Ok," zei Robert terwijl hij klungelig over een houten hek klauterde, "laat ons met de koning spreken. Pas op dat je jouw kleren niet scheurt. Laat mij je helpen." Maar nog voor hij zijn hand uitstak, wipte Kikki zuiver op veerkracht over het hek.

-"Zo gaat het natuurlijk ook," mompelde Robert. "Wat bedoel je trouwens met een 'vergadering'?"

-"Een vergadering, dat is wanneer mensen rond een tafel gaan zitten om te luisteren naar iemand die hen van iets probeert te overtuigen."

-"Klinkt vreselijk. Als ik iemand van iets probeer te overtuigen, ga ik er een pint mee drinken."

-"Ik heb het gemerkt," lachte Kikki, "maar je zou verrast zijn van hoe dol mensen op vergaderingen zijn!"

~

's Avonds keken we naar het nieuws. Het ging over het toenemend aantal slachtoffers in het verkeer.

-"Ronde punten hebben jullie in België nodig," zei Robert. Op vraag van Anthony legde Robert het concept helemaal uit.

-"Ah, maar dan hebben wij in Gent iets dat op een rond punt trekt," zei Anthony.

-"Wel, dat is het probleem juist: jullie beginnen met een rond punt, om er vervolgens om één of andere reden toch een baantje dwars doorheen te trekken, of jullie zetten stoptekens op de baan rond het rond punt, of het rond punt is allesbehalve rond."

-"Hoeveel ronde punten zie je in Gent, Robert?"

-"Enkel al op de ring zie ik er een paar dozijn." Anthony trok zijn wenkbrauwen op en vroeg aan Hélène:

-"Kunnen wij dat betalen?"

-"Wel, dankzij de grotere belastingsinkomsten... " antwoordde ze, voorzichtig naar Kikki kijkend.

-"Helaba, op jullie gemak!" protesteerde die laatste.

Na het nieuws was er het weerbericht, of het curieuze gegeven dat een man in maatpak het weer beter kon voorspellen dan de boeren. De man stelde vast dat we een doorgaans koele maar voor het overige droge zomer beleefd hadden. Hij tekende op de kaart van Europa indrukwekkende cirkels met daarin de letters 'H' en 'L', terwijl hij stellig beweerde dat het nog een week goed weer zou blijven.

Maandag 21 juli 1958

Het goede nieuws van de weerman indachtig, trok al wie een auto had naar de kust, of, in het geval van Robert en Kikki, in de tegenovergestelde richting naar Brussel, naar de militaire parade. Tegenover het koninklijk paleis was een tijdelijke tribune geplaatst, waar de koning en zijn genodigden de optocht voorbij konden zien trekken. Kikki had op een bepaald moment een gesprek met de kabinetschef van de koning, waarmee ze afsprak dat zij en Robert de koning een hand mochten geven na de parade.

Helaas hadden de weergoden geen boodschap aan de cirkeltjes met een 'H' of een 'L', want op het moment dat het nationale volkslied aangeheven werd, brachten ze een nieuwe aflevering van de 'drache national', ofte het slechte weer op de nationale feestdag. Gedurende de eerste helft van de parade viel er een miezerige regen en hing er mist. De koning tuurde met half toegeknepen ogen door de wolken, op zoek naar de vliegtuigen die hij hoorde. Daarna staken er hevige rukwinden op, die gepaard gingen met een stortbui. Alles wat niet vastgemaakt was, vloog weg. De toeschouwers op het voetpad deden stappen achteruit, tot ze elkaar verdrukten tegen de muren van het koninklijk paleis. De mensen in de tribune van hun kant bogen zich voorover, met één hand op hun hoofddeksel en met het andere op de spullen op hun schoot. Toen de storm ging liggen, was het alsof alle genodigden in hun kleren gaan zwemmen waren. Iedereen droop ijlings af, waardoor Robert en Kikki er niet in slaagden de hand van de koning te schudden. Robert liet aan Kikki niet merken hoe tevreden hij eigenlijk was; een uur eerder had hij immers nog de hand geschud van de Amerikaanse ambassadeur, aan wie hij op 4 juli beloofd had dat hij geen adellijke titel zou aanvaarden.

-"De drache national, wat een prachtig excuus hebben we voor jouw moeder!" zei Robert in het naar huis rijden.

-"Voorlopig ben je ervan af, Robert, maar de noodzaak van een titel zal je blijven achtervolgen!"

Dinsdag 22 juli 1958

De leukste manier om de Gentse Feesten te bezoeken, was als gewone sterveling. Je kon aan elke stand zo lang blijven kijken als je zin had, zo dikwijls op je stappen terugkeren als je wou, bekenden tegemoet stappen of ontwijken zoals het je beliefde, en eten en drinken alsof het de laatste dag van je leven was. Maar voor Anthony, Hélène, Robert en Kikki waren de dagen van anonimiteit definitief achter de rug; als ze ergens te lang bleven staan, werden ze zelf de attractie.

Het was dus met een stevige tred dat de vier door de stad stapten, alsof ze ergens heen moesten. Ze zwaaiden kort naar iedereen die ze kenden. Robert, geboeid door de vele originele attracties, bleef echter regelmatig plakken, waardoor Kikki telkens op haar stappen moest terugkeren om hem op te vissen. Op een bepaald moment bleef hij staan bij een schaker die het publiek uitdaagde om het tegen hem op te nemen. "Kom, Robert, dat is boven jouw niveau," zei Kikki. Ze sleurde hem mee. Robert gromde. Wat was er immers mooier dan op een marktpleintje, onder de ogen van een groepje toeschouwers, een snelle partij te spelen tegen een hustler die een schaakbord op een omgedraaide doos had gelegd? Maar zo was het nu eenmaal: als Kikki erbij was, geen schaken.

Een beetje verder zag hij hoe een kerel een wel tien centimeter lange nagel in een blok hout kon hameren. Geen sprake van dat Robert deze kans zou laten liggen om te bewijzen hoe handig hij was! Geduldig schoof hij aan. Toen Kikki hem vond, stond hij te midden een pak toeschouwers.

-"Robert Fischer is hier!" riep iemand. "Laat hem eens proberen!" De toeschouwers draaiden zich om en maakten plaats voor de lokale beroemdheid. De geestdriftige Robert haalde meteen twee frank uit zijn vestzak en gaf die aan de uitbater.

-"U hebt drie slagen om de nagel helemaal tot in het blok te hameren," zei de man terwijl hij de nagel een centimeter diep in het hout klopte. Robert snoefde:

-"Twee is meer dan voldoende!" Hij nam de hamer aan, liet die even rusten op de nagel, concentreerde zich en haalde ten slotte uit met een zware slag. De hamer raakte de nagel echter slechts half, waardoor die niet dieper in het hout ging, maar nu wel helemaal scheef stond. Minzaam rechtte de uitbater de nagel met een paar kleine tikjes van de hamer. Omdat Robert besefte dat hij wat achterstand in te halen had, sloeg hij nu met een nog grotere zwaai. Maar deze keer landde de hamer volledig naast de nagel op het hout. Het publiek barstte het uit van de pret; in Gent moest je niet veel doen om van held in carnavalzot te veranderen!

-"Mag ik de derde slag doen?" riep iemand achter Roberts rug. Robert keek om.

-"Mensen, uit de weg," riep een toeschouwer schertsend, "voor mevrouw de Schepen van de Haven!"

-"Welkom, madame la marquise, komt u eens tonen hoe ze dat doen in de haven?" grinnikte de uitbater tot groot vermaak van de toehoorders. Robert was uit zijn lood geslagen. Hij overhandigde mak de hamer aan Hélène. Ze inspecteerde de nagel.

-"Oei, heb je er echt al op geslagen, Robert?" vroeg ze. Het publiek lachte schuddebuikend, terwijl het in een ruime cirkel rond Hélène ging staan. Ze liet de hamer even boven de nagel zweven en hief hem vervolgens op tot ver achter haar schouder. Alsof ze de houtblok doormidden wou slaan, draaide haar hele romp mee tijdens de neerwaartse beweging van haar rechterhand. Op het moment dat de hamer wonderwel pal op de nagel landde, waren haar beide voeten van de grond. De hamer volgde met een dreun de nagel diep in het hout en liet een stevige afdruk achter. Daarbij kwam de hamerkop los van het handvat en viel hij het met een droge klop op de straatstenen. Hélène overhandigde koelweg het handvat aan de uitbater.

-"Zo doen wij dat in de haven," zei ze tot groot jolijt van de toeschouwers, "maar uiteraard met sterkere hamers!" Terwijl de uitbater bezorgd zijn reservehamer zocht, monteerde Robert de hamerkop weer op het handvat.

-"U hebt twee frank gewonnen, mevrouw" prevelde de uitbater. Hij gaf de ingelegde twee frank aan Robert terug en de gewonnen twee frank aan Hélène. Robert was humeurig:

-"En jij zou het natuurlijk ook gekund hebben!" zei hij tegen Kikki.

-"Zou ik je ooit voor schut stellen, Robert?" vroeg ze plagend.

Hij was belust op revanche en voorwaar, zijn oog viel op iets: een fiets! Het was niet zomaar een fiets, want geen enkele toeschouwer kon er vijf meter op rijden. Het stuur werkte immers averechts: er zaten twee tandwieltjes in de stuurkolom, die maakten dat wanneer je links stuurde, de fiets naar rechts draaide, en omgekeerd. De uitvinder, die regelmatig demonstreerde dat de fiets berijdbaar was – waarschijnlijk kon hij niet meer op een gewone fiets rijden! – verdiende er in elk geval een klein fortuin mee, want om de minuut stopte iemand hem twee frank toe om het te proberen. Elke poging eindigde echter na een meter, want op het moment van de eerste kleine correctie liep het onmiddellijk fout, en moest de onfortuinlijke fietser zijn voet op de grond zetten om niet om te vallen.

-"Dit moet je al helemaal niet proberen," zei Kikki. "Daar is nog nooit iemand in geslaagd. Om dat te kunnen, kan je enkel die fiets thuis nabouwen en helemaal opnieuw leren fietsen." Maar Robert had een idee.

-"Kan u de fiets in de kleinste versnelling zetten, en het zadel een stuk lager?" vroeg Robert aan de uitbater.

-"Zeker, mijnheer Fischer," zei de man, die gelukkig was met het hoge volk op zijn stand. Robert gaf hem twee frank en zette zich op de fiets. Net zoals de vorige gegadigden dat gedaan hadden, lijnde hij de fiets mooi op naar de aankomstlijn vijf meter verderop. Hij zette de tip van zijn linkervoet op de grond en zijn rechtervoet op de trapper, op driekwart van de maximale hoogte. Hélène en Kikki durfden nauwelijks te kijken. De omstaanders dreven reeds op voorhand de spot met Robert. In het plat Gents klonk de valpartij die hij op het punt stond te maken, nog duizend keer erger. Maar Robert was niet onder de indruk.

-"Here we go!" riep hij. Terwijl hij zijn handen volledig van het stuur haalde, stampte hij zo hard hij kon op de rechtse pedaal. De eerste twee meter had hij het onwaarschijnlijke geluk dat hij zich met een paar wilde heupbewegingen in evenwicht kon houden, maar daarna had hij voldoende snelheid om comfortabel zonder handen rijden. Dat het stuur averechts werkte, deerde hem niet. Hij stopte niet aan de vijf meter, integendeel; triomfantelijk, de handen hoog in de lucht, bleef hij rijden. De mensenzee maakte voor hem de baan vrij alsof hij Mozes was. Hij maakte een ereronde over het hele plein. Zo gelukkig als een kind ontving hij bij aankomst zijn twee frank winst.

Woensdag 23 juli 1958

Er werd als gek gebouwd aan de uitbreiding van de school. Op de werf liep nu zoveel volk rond en werd er met zoveel materiaal gesleurd, dat het me levensgevaarlijk leek ertussen te lopen om een kijkje te nemen. Ik kon evenwel ontwaren dat er in de kelderverdieping parkeerplaatsen kwamen. Het was meteen de eerste ondergrondse parking die ik ooit zag. Ik vroeg me af waar die goed kon voor zijn. Alsof iedereen ooit met een auto zou rijden! En onder die plannen had ik dus mijn handtekening gezet. Maar goed, hij was er nu. Eén folie van de meisjes, daar kon ik wel mee leven. Toen echter zag ik aparte toiletten voor jongens en meisjes. 'Meisjes?! Leraressen?!' Dat was tegen alle principes! Maar daarover met Laetitia en Kikki discussiëren, was uiteraard onbegonnen werk; dit werd dus een gemengde school. Ik zette me op een stoel en probeerde mij dat gedurende een uur voor te stellen.

Donderdag 24 juli 1958

Er kwam slecht nieuws vanwege Dieudonné: in Congo was er politieke agitatie, veroorzaakt door niemand minder dan de uit België verbannen Pennycent. Die laatste hield zich op in kringen van jonge intellectuele en ambitieuze Congolezen, bij wie hij pochte met zijn Belgische relaties. Hij maakte hen wijs dat onmiddellijke onafhankelijkheid een uitstekende zaak voor Congo zou zijn. De inlichtingendiensten hadden ook in de gaten dat Pennycent regelmatig de ambassade van de Sovjet-Unie bezocht. Omwille van dat alles besloot Dieudonné zijn grote plannen om van Congo de textielfabriek van Afrika te maken, uit te stellen. Hij keerde weer naar België.

Vrijdag 25 juli 1958

Laetitia, Kikki, Robert en ik brachten een bezoek aan het Hof van Busleyden, dat vanaf september onze nieuwe thuis zou worden. Het kasteeltje had de eeuwen goed overleefd, te goed zelfs, in die zin dat er geen modern comfort was. Het was trouwens moeilijk te zeggen of het gebouw de laatste tweehonderd jaar bewoond geweest was. Het werd gekenmerkt door overdekte gaanderijen, een torentje, talloze zuilen en ronde boogjes, massief hout, gekleurd oneffen vensterglas, en ten slotte vele kleine vertrekken, die elk een open haard hadden. Binnenkomen in het Hof van Busleyden was als zich terugtrekken uit het huidige tijdperk. Toen ik vijf trappen van de stenen wenteltrap beklommen had, kon ik me niet inbeelden dat ik me op een boogscheut van de school bevond. Terwijl Kikki en Laetitia grootse plannen maakten voor het gebouw, verkenden Robert en ik ieder hoekje en kantje van het domein. Ik had het gevoel dat ik in een verhaal van de Rode Ridder terecht gekomen was.

Zondag 27 juli 1958

Robert bracht de zoveelste zondag op rij door bij Kikki thuis. Het was de eerste confrontatie met zijn schoonmoeder na de uitgeregende nationale feestdag. Ze was uiteraard niet blij. Robert begon te vrezen dat zolang hij geen adellijke titel had, hij veroordeeld zou zijn tot het wekelijks spitsroeden lopen.

Maandag 28 juli 1958

De inschrijvingen van leerlingen voor het komende schooljaar liepen heel vlot, in elk geval vlotter dan het vinden van geschikte leerkrachten en het samenstellen van het cursusmateriaal. Daarmee was een periode van stress voor mij aangebroken. Laetitia daarentegen leek te genieten van de spanning om het nieuwe gebouw tegen 1 september klaar te hebben. Een hele dag was ze druk in de weer met het geven van instructies, terwijl er aan een razend tempo verdergebouwd werd; elke verdieping werd afgewerkt terwijl het verdiep daarboven nog gemetst werd!

Dinsdag 29 juli 1958

Omwille van de zeldzaamheid van mevrouw Forels aandoening, namelijk haar fobie voor de adel, had de creatieve psychiater een speciale therapie ontworpen. Die bestond uit het speels toekennen van adellijke titels aan zowel de staf als de patiënten van de psychiatrische instelling, waarbij mevrouw Forel de keizerin was en een kroontje droeg. De overige titels, van koning tot schildknaap, werden min of meer volgens de hiërarchie van de instelling uitgedeeld. De directeur was echter slechts ridder, omdat hij "De Ridder" noemde, terwijl de loopjongen, Gustaaf De Koninck, voor één keer echt kon profiteren van zijn naam. Het gegeven was intussen goed ingeburgerd; iedereen vond het zelfs zo leuk dat ook in de afwezigheid van mevrouw Forel de titels vlot gehanteerd werden. Telkens mijnheer Forel en ikzelf mevrouw Forel bezochten, moest mijnheer Forel zich als 'keizer' voorstellen, ik mezelf uiteraard als 'baron', en moesten wij vragen de keizerin te mogen bezoeken. Eens we bij de keizerin waren, moesten wij de dokter aanspreken als 'graaf'. Volgens de graaf werd de toestand van de keizerin merkbaar beter. Het objectief was dat ze naar ons huwelijk zou kunnen komen, waar de verzamelde Gentse adel aanwezig zou zijn.

Woensdag 30 juli 1958

Ik was druk bezig met de sollicitatiebrieven van de kandidaat-leraren – en -leraressen! – door te nemen, toen mijn bloedmooie verloofde binnenstoof met een blanco notaboek, zich pardoes op mijn schoot plofte, en vroeg of ik met haar het menu van het internaat wou doornemen. Ze had de grootste plannen; ik had soms de indruk dat de gastronomie voor haar het belangrijkste doel van de school was. Wat ze wou klaarmaken, zou in elk geval veel te veel werk kosten; waar ik destijds het eten alleen klaarmaakte, zouden nu vier mensen in de keuken nodig zijn. Maar ik besloot voorlopig niet te protesteren; ik was al blij dat ik haar had kunnen overtuigen van het bij slechts vier gangen te houden elke avond!

Donderdag 31 juli 1958

Toen ik bij de bank langsging, bleek de tweeënhalf miljoen even snel van mijn bankrekening verdwenen te zijn als die erop gekomen was; Laetitia had immers aan de lopende band cheques uitgeschreven aan aannemers. De bankdirecteur keek naar mij met een blik die zei: "Jij hebt goed geleefd deze maand!"

Vrijdag 1 augustus 1958

Maar lang moest ik mij geen zorgen maken; de postbode kwam me persoonlijk een nieuwe cheque van tweeënhalf miljoen overhandigen. Net toen ik probeerde te raden of ik daarmee rond zou komen deze maand, want naast het bouwen van de school waren er nu ook de verbouwingen aan het Hof van Busleyden, kwam Laetitia met:
-"Didier, jij zorgt voor de huwelijksreis."
-"Ik? Helemaal alleen?"
-"Natuurlijk. Het moet een verrassing zijn!"
-"En wie doet de school terwijl wij op huwelijksreis zijn?"
-"Je vader. Je ziet toch hoe de man aan het wegkwijnen is zonder werk!"
Ik zocht Forel op. Hij zat lusteloos in zijn zetel. Gedurende zijn hele leven had hij strikt volgens schema's geleefd en had hij slechts één passie gehad: de patentenjacht. Maar nu hij geen directeur meer was en zijn vriend Pennycent verbannen was naar Congo, kon niets hem nog bewegen. Ik besloot zijn ego te flatteren:
-"Ik kan het niet aan zonder u," zei ik. Hij hief nauwelijks het hoofd op.
-"Hoezo niet?"

-"Wel, nu de school volledig verandert, moeten voor alles nieuwe schema's en structuren bedacht worden." Ik zag zijn aangezicht opklaren. Toen hij vervolgens hoorde dat ik in het begin van het schooljaar afwezig zou zijn, zag ik hem plots glunderen. Hij zou iedereen eens laten zien wat hij nog kon!

Zaterdag 2 augustus 1958

Na een bezoekje aan mevrouw Forel, aan 'de keizerin' – we mochten ons niet vergissen! – waren Forel en ik, evenals Robert en Kikki, uitgenodigd bij de ouders van Laetitia en Hélène. Het ging er vrolijk aan toe. Dat kwam volgens Laetitia omdat haar moeder bijzonder in haar nopjes was met het feit dat haar twee toekomstige schoonzonen, Anthony en ik dus, baron waren.

Het intrigeerde me dat Robert en Kikki zich systematisch afzonderden en geheimzinnig doende waren met het overlopen van allerlei lijstjes. Alles wat ik kon raden, was dat het grote probleem dat ze sinds de brief van Roberts ouders hadden, zich intussen omgezet had in een lange lijst van hopelijk kleinere problemen. Niettemin vergden elk van die kleinere problemen blijkbaar nog veel moeite om op te lossen.

Zondag 3 augustus 1958

Er kwam een formeel einde aan de jarenlange vete tussen de families van Anthony en Kikki. De nieuwe vrede tussen beide families werd gevierd met een groot feest bij tante Lolo. Tussen het hoofdgerecht en het dessert zakte iedereen af naar het atelier, waar Robert en ik de kans kregen om het verhaal van ons patent in geuren en kleuren te vertellen.

Maandag 4 augustus tot vrijdag 15 augustus 1958

Met de wederopstanding van het bedrijf de Vissermans en met zijn enorm orderboek voor nieuwe weefgetouwen, had iedereen zich weliswaar aan een economische heropbloei van Gent verwacht, maar die begon veel vroeger en grootschaliger dan verwacht. Om een mysterieuze reden begonnen talloze verarmde Gentse aristocraten aan verbouwingen en inrichtingen van hun grote huizen. Velen onder hen die enkel in de keuken over stromend water beschikt hadden en enkel over een toilet buiten, konden plots geen seconde langer wachten om volledige keuken- en badkamerinrichtingen te laten plaatsen. Overal in de stad verschenen televisieantennes op de daken. De werkloosheid smolt als sneeuw voor de zon.

Het heel vreemde was dat niemand van de begenadigden wou verklappen waar het geld vandaan gekomen was. Toen het Ministerie van Financiën hen daarover bevroeg, ontving het enkel het droge antwoord dat de uitleg in de eerstvolgende belastingsaangifte zou komen te staan. De lippen bleven stijf op elkaar. Kersverse burgemeester Anthony van zijn kant gaf volmondig toe dat de onverklaarde economische hoogconjunctuur in Gent nog niet het gevolg kon zijn van het nieuwe beleid van het stadsbestuur. De stad was dus gehuld in een groot mysterie. De kranten stonden vol met theorieën, de ene al veel onwaarschijnlijker dan de andere.

De nieuwe school deed haar duit in het economische zakje. Meer dan tweehonderd bouwvakkers, installateurs, stukadoors, schrijnwerkers en schilders waren op hetzelfde moment aan de slag. Tijdens die drukte kwamen ook kandidaat-leraren zich aanbieden en werden er vrachtwagens vol schoolmateriaal gelost. Dat laatste moest ik van de ene tijdelijke locatie naar de andere verhuizen.

Forel was op zijn best; terwijl Laetitia de bouw coördineerde, en ikzelf de leerplannen opmaakte en de leraren selecteerde, organiseerde hij alle klasindelingen en lessenroosters. Hij was duidelijk in zijn nopjes met de grote uitdaging.

Dit was ook de periode waarin de Vissermans duizenden nieuwe werknemers aanwierf. Om die alle dagen naar hun werk te brengen, werd inderhaast een bont amalgaam van tientallen schoolbussen uit alle windstreken ingezet. Zij typeerden het stadsbeeld van die ongelooflijke zomer.

Ondanks het feit dat de stad intussen drukker was dan zij ooit geweest was, besloot Anthony de bittere pil meteen door te slikken en nu al te beginnen met de noodzakelijke infrastructuurwerken. De drukte, het lawaai en het stof van die zomer en dat najaar werden daardoor legendarisch.

Zaterdag 16 augustus 1958

Voor de zoveelste keer op korte tijd ontving Robert een brief vanwege zijn ouders.
-"Wel, komen zij nu naar het huwelijk of niet, Robert?" vroeg ik hem. Hij keek voor zich uit, peinzend.
-"Hopelijk…," mijmerde hij ten slotte. "Maar enkel indien Kikki en ik slagen." Maar waarin, dat mocht ik niet weten.

Zondag 17 augustus 1958

De zes trouwers brachten de dag door bij tante Lolo. We maakten een wandeling door het gigantische Fleur-de-Lys domein, dat binnen een klein jaar onze nieuwe thuis zou worden. Wat ooit de droom van de failliet gegane prins Jan de Vissermans was, namelijk te kunnen leven met zijn kinderen in dit fabelachtige kasteel, zou nu aan ons toekomen. Elk van de koppels zou gaan wonen in één der armen van het gebouw, terwijl in het centrale gedeelte zich de plaatsen bevonden waar we elkaar zouden treffen, zoals de bibliotheek, de feesttafel of de spectaculaire badzaal in de paraboloïden.

~

Van dat laatste kreeg ik een voorsmaakje toen ik voor de eerste maal deel uitmaakte van de 'warmwaterclub'. In het schemerdonker gingen we alle zes baden in de grote kuip die in de voor de rest ongebruikte schuur van tante Lolo stond. De tegenover mij zittende Laetitia maakte me volledig gek; terwijl ze me met een stoute blik aankeek, streelde ze met haar voeten langs mijn benen. 'Nog twee weken', dacht ik, 'nog twee weken vooraleer ze dag en nacht bij mij zal zijn…'

Maandag 18 augustus 1958

-"De koning komt naar ons huwelijk!" kondigde Robert aan.
-"Schitterend!" antwoordde ik enthousiast. "Het was een beetje te verwachten natuurlijk; het huwelijk van een hertogin, twee markiezinnen… jouw schoonmoeder is blij zeker?"
-"Neen, helemaal niet zelfs."
-"Hoe kan dat nu?"
-"Ze voelt zich nu des te meer voor schut gezet omdat ik niet van adel ben; ze denkt dat de koning haar komt uitlachen."
-"Lieve hemel, wat maken sommige mensen het leven nodeloos moeilijk!"
-"Vooral mensen die geen échte problemen hebben," voegde Robert daaraan toe.
-"Wel, laat ons hopen dat het overwaait," zei ik.
-"Ik vrees eerlijk gezegd van niet. Haar familie doet er heel moeilijk over, en ziet het zelfs als een goede reden om Kikki stokken in de wielen te steken bij de Vissermans."
-"En dat kunnen ze?"
-"Ja, maar vraag me niet hoe. Het heeft te maken met 'statuten' en 'bijzondere meerderheden' in 'algemene vergaderingen'. Vraag me geen details."
-"Voor mij is het ook Chinees. Laetitia heeft al een paar keer geprobeerd het mij uit te leggen, maar ik verlies telkens mijn aandacht na drie zinnen."
-"Gelukkig hoeven wij enkel professor Gobelijn te spelen, en heeft Kikki beloofd ons nooit meer op vergaderingen uit te nodigen."
-"De hemel zij dank!"

Dinsdag 19 augustus tot woensdag 27 augustus 1958

Ik vond net op tijd alle leraren en leraressen die ik nodig had, waarvoor Forel de kafkaiaanse hoeveelheid formulieren invulde. Tijdens deze periode werden ook de school en het internaat afgewerkt aan recordtempo. De hele wijk werd daarbij beneveld door een haast ondraaglijke walm van verf- en lijmgeur.

Dat de koning naar ons huwelijk kwam, was groot nieuws in Gent. Er werd een traject gepland waarlangs duizenden enthousiastelingen met Belgische vlaggen de koning zouden verwelkomen. Daarentegen werd er in de nasleep van Pennycents verhaal over het mogelijke verraad van koning Albert, een protestactie verwacht aan de ingang van de kathedraal. De politie bereidde zich voor op een woelige dag.

~

Robert bracht me het heuglijke nieuws dat zijn ouders op het laatste moment beslist hadden om naar de huwelijksmis te komen.
-"Omdat je de problemen hebt kunnen oplossen," polste ik, "welke ze ook waren?"
-"Omdat Kikki en ik, vooral Kikki, de problemen hebben kunnen oplossen," zei Robert met een zucht van opluchting, "inderdaad."
-"Mag ik nu weten wat er aan de hand was?"
-"Nog even geduld; er wacht nog een fijne verrassing!"
-"Nu maak je me wel echt nieuwsgierig," protesteerde ik. "Ik kan heus mijn mond wel houden!"
-"Zelfs jíj zou je mond niet kunnen houden," antwoordde Robert met een enigmatische glimlach.

Donderdag 28 augustus 1958

Door de druk om de school op tijd klaar te krijgen, had ik nauwelijks door dat mijn huwelijk slechts twee dagen verwijderd was. Ik was er steeds van uitgegaan dat alles netjes geregeld was, inclusief de huwelijksreis van Laetitia en mij naar Amerika, maar nu moest ik me plots reppen om alle resterende details te regelen, gaande van een verhuis van al mijn spullen naar het Hof van Busleyden, het maken van mijn koffers, het kopen van dollars, de overhandiging van alle informatie aan Forel, en de voorbereiding van de kerkelijke dienst met de ceremoniemeester. Ik was gestresseerd. Ik maakte een lange lijst van alles wat ik niet mocht vergeten. Systematisch ging ik door de dimensies van tijd, mensen, gebouwen en voorwerpen, en hoopte ik dat ze me zouden doen denken aan alles wat ik zeker niet mocht vergeten.

~

De bisschop die de drie huwelijken zou voltrekken, had gevraagd ons nog eens te zien vóór de plechtigheid. Hij wou weten wie van de Belgische adel aanwezig zou zijn, zodat hij ze allemaal persoonlijk kon begroeten bij het begin van de eucharistieviering. Robert was in alle staten. Hij zei dat in de ogen van God iedereen gelijk geboren was, en dat er dus geen sprake kon zijn van het gebruik van adellijke titels tijdens de huwelijksviering. Het werd een heftige discussie, maar uiteindelijk bond de bisschop in omdat 'Robert geen adellijke titel had', wat volgens mij helemaal niet de onderliggende motivatie van Robert geweest was.

Vrijdag 29 augustus 1958

Forel en ik brachten een bezoek aan mevrouw Forel, nog steeds de 'keizerin'. Ze was aan de beterhand. De dokters vertelden ons dat ze, mits het nemen van de nodige kalmeermiddelen, op het huwelijk aanwezig mocht zijn.

~

De ouders van Robert en hun vrienden waren nog niet in het hotel aangekomen. Na een resem telefoontjes kwam Robert te weten dat hun verbindingsvlucht van Londen naar Brussel wegens mist geannuleerd was. 's Anderendaags 's morgens zouden ze met de ferry in België toekomen. Kikki stuurde alvast limousines naar Oostende, in de hoop ze op tijd in de kerk te krijgen.

APOTHEOSE

Zaterdag 30 augustus 1958

De belangrijkste dag van mijn leven had me zo zenuwachtig gemaakt, dat ik een hyper-gedetailleerde planning opgesteld had. Die had zoveel veiligheidsmarge ingebouwd, dat de wekker reeds om zes uur 's morgens met een hels kabaal over de vloer danste. Hoewel ik slecht en vooral te weinig geslapen had, maakte het idee van de start van mijn nieuw leven met Laetitia me meteen klaarwakker. Ik zette de wekker stil en keek naar mijn planning: 'Douchen! Niet vergeten te scheren!'

Ik draaide me een kwartslag uit mijn bed en bekeek mijn kamer zoals ik ze nog nooit eerder bekeken had. Dit was de enige slaapkamer die ik ooit gehad had. Ze was tweemaal zo groot als de kamertjes van het internaat, maar dat zei weinig. Het enige wat ik méér had dan de internen was een tafel, een stoel en een kluis. In deze kamer had ik dus zopas voor de allerlaatste maal geslapen. Ik probeerde nostalgisch te zijn om de dag intenser te beleven, maar dat lukte niet; in mijn kamer had ik immers weinig beleefd, om de eenvoudige reden dat ik ongeveer het meest voorspelbare, zeg maar het saaiste, leven op aarde had gehad, tenminste tot Robert een jaar geleden was toegekomen.

Geheel volgens mijn planning douchte en scheerde ik me. Daarna ging ik in mijn badjas ontbijten met Forel. Hij vertelde me languit over de organisatie van de nieuwe school; hij was duidelijk in zijn nopjes. Die ochtend nog wou hij alle klaslokalen voorzien van bordvegers en krijt.

-"Je hoeft niet alles zelf te doen," zei ik. "Je hebt nu personeel!"

-"Juist, ja, gelukkig," zei Forel. "Het personeel kan alvast alle bedden opmaken van het internaat en de nieuwe gordijnen ophangen."

-"Heb je geld genoeg om iedereen te betalen terwijl Laetitia en ik op huwelijksreis zijn?" vroeg ik hem.

-"Ze heeft ervoor gezorgd; ze heeft me geld overgeschreven."

Met een checklist in de hand deed ik nog een laatste inspectieronde van de school. In elk lokaal controleerde ik of alle toestellen er stonden. Met de uitbreiding van de textielschool hadden we er een pak disciplines bijgenomen, zoals het kleuren en behandelen van stoffen. Het was ook voor mij allemaal nieuw, waardoor het concentratie vergde om elk toestel te identificeren.

Maar me concentreren lukte amper. Ik dacht aan de rest van de dag: de huwelijksviering, het feest en... de huwelijksnacht met Laetitia. Van dat laatste dromen was gemakkelijk genoeg geweest, maar nu het aan de orde was op het einde van de dag, maakte het me zenuwachtig. Ik wist niet hoe ik het het beste zou aanpakken, en zelfs of ik niet beter zou wachten tot de tijd raad gaf. Of moest ik Laetitia het initiatief laten nemen? Maar misschien zou ze, net zoals bij het dansen, mij de leiding laten nemen.

Ik stond intussen al tien minuten in hetzelfde klaslokaal. Ik had nog tijd genoeg om alle klaslokalen te controleren, maar dan moest ik nu mijn gedachten focussen, en dat lukte niet. Toen mijn tijd op was, zei ik 'foert' en keerde ik terug naar de koer. Ik voelde me schuldig; aan de vooravond van mijn eerste schooljaar als directeur had ik het niet kunnen opbrengen om grondig mijn werk te doen.

Op de koer stond intussen het busje van de ceremoniemeester. Robert, geheel zoals ik hem kende, was een babbeltje aan het slaan met de chauffeur. Het busje had de tenues meegebracht voor Robert en mezelf, alsook twee bruidsboeketten, twee paar ringen en wat geld voor de offerande. Forel was intussen reeds afgehaald door een limousine. Die zou langs het psychiatrisch centrum passeren om mevrouw Forel op te halen.

Terwijl ik me op mijn kamer omkleedde, gebeurde er iets onverwachts: mijn Gullwing werd geleverd! Ik zag vanuit het venster hoe Robert en de chauffeur van het busje de grootste ogen trokken. De zilveren wagen werd zachtjes van de vrachtwagen gereden en stond nu in het midden van de koer. Mijn hart klopte; dit was het ultieme speelgoed! Van zodra ik gekleed was, stormde ik naar beneden.

-"Bent u de ringen niet vergeten, mijnheer de baron?" vroeg de chauffeur van het busje. Ik was de controle kwijt; zoveel emoties op hetzelfde moment kon ik niet aan. Ik moest terug naar mijn kamer om de ringen en het geld. Maar toen ik weer beneden kwam, moest Robert me eraan herinneren dat onze twee uurwerken, die we van de meisjes en tante Lolo met kerstdag gekregen hadden, nog in mijn kluis zaten. Het stond in mijn planning, herinnerde ik me, maar ik wist niet meer waar ik die planning gelegd had. Gelukkig was ik vanaf dat moment in de handen van de ceremoniemeester en zijn personeel, want ik kon niet meer nadenken. Ik liep opnieuw naar boven.

-"We gaan met de Gullwing naar de kathedraal," zei Robert vastbesloten toen ik terugkwam met de uurwerken.

-"Luister, Robert," zei ik, "ik heb er nog nooit mee gereden, en ...."

-"Ik rij wel," onderbrak hij mij.

-"Wel, als je er even voorzichtig mee rijdt als met de Ferrari..."

-"Oh nee, deze wagen is niet van Kikki!"

De ceremoniemeester paste snel de planning aan. Hij was blijkbaar wat kuren van trouwers gewend.

Na een paar formaliteiten met de zaakvoerder van de Mercedes-garage, openden we de deuren van de wagen. De scharnier van elke deur zat in het midden van het dak, evenwijdig met de lengte van de wagen. Met open deuren leek de wagen op een meeuw, een 'gull', die met gespreide vleugels over het strand zweefde op zoek naar een prooi. De deuren waren als vleugeldeuren ontworpen omdat de instapdrempel tot boven de heup kwam. Die hoge drempels waren op hun beurt het gevolg van het feit dat de wagen gebouwd was op het chassis van een racewagen, en extra versterkt was langs de zijkanten.

Om in de wagen te stappen, moest ik eerst beide voeten over de hoge drempel in de wagen plaatsen, mij goed vasthoudend aan het dak, alvorens ik me diep in de zetel kon laten zakken. Aan de chauffeurskant zou het onmogelijk geweest zijn om in te stappen, ware het niet dat het grote stuur uit de weg geklapt kon worden. Voor onze bruidsboeketten was er in elk geval geen plaats; die moesten mee in het busje van de ceremoniemeester.

Van zodra we in ons rijkelijk trouwtenue diep in de wagen zaten, startte Robert de motor van de meest performante sportwagen van het moment. Hij wist me te vertellen dat met de Gullwing aan een hoog toerental moest gereden worden; zoniet smeerde hij onvoldoende. In lage versnelling zigzagde de wagen zich met een oorverdovende agressieve grol door de straatjes van Gent. Robert leek even vergeten te zijn dat hij ging trouwen, want hij maakte een grote omweg om voluit te genieten van de machtige acceleraties. Het busje van de ceremoniemeester haakte onmiddellijk af en koos voor de kortste weg naar de kathedraal.

We trokken geen geïnteresseerde blikken omdat we overal te snel voorbij waren, maar dat veranderde toen we tegengehouden werden door een politieagent. De man was even de kluts kwijt toen hij de spectaculaire wagen zag, maar herkende ten slotte Robert:

-"U mag niet verder, mijnheer Fischer; de weg is afgezet voor de koning. Die passeert hier op weg naar de kathedraal." Robert bekeek de man met een vragende blik.

-"En waar denkt u dat wij naartoe moeten?" De agent krabde in zijn haar.

-"Na... natuurlijk, mijnheer Fischer." Robert ontkoppelde de motor en trapte even diep op het gaspedaal. De mensen die op het kruispunt al een tijdje verveeld op de koning staan wachten hadden, draaiden zich verschrikt om. De agent gebood hen om ons te laten passeren, zodat we nu konden rijden langs het tracé voorzien voor de koning. Nu pas hadden we bewonderende blikken! We klapten beide deuren omhoog. Zoals een meeuw met hoog gespreide vleugels begaven we ons aan een gezapig tempo naar de kathedraal. Intussen zwaaide Robert naar de mensen, die "Bobby, Bobby!" scandeerden zoals in het voetbalstadion. Achter ons verlieten de toeschouwers het voetpad om ons te volgen over de weg. Ze dachten dat de show achter de rug was, maar de koning moest nog komen! Wanhopig probeerden de agenten iedereen weer op het voetpad te jagen.

We waren net bij de kathedraal aangekomen, toen ook onze stralende bruiden arriveerden in limousines. Ik was meteen volledig bij de les; mijn polsslag en bloeddruk schoten de hoogte in.

Anthony stond reeds aan de ingang te wachten met zijn bruidsboeket. Maar de sfeer was grimmig. Er stond heel veel politie om een groep van een honderdtal manifestanten uit de buurt te houden, die, nog steeds in de nasleep van Pennycents verhaal over koning Albert, afgezakt waren om hun afkeur voor het koningshuis duidelijk te maken. Met spandoeken en megafoons zorgden ze voor heel wat commotie.

Dit alles maakte Robert en mij nog zenuwachtiger dan we al waren. We probeerden heel snel en elegant uit de Gullwing te stappen, maar dat was buiten de hoge instapdrempels gerekend. Eerst onze benen over de drempels heffen, lukte in elk geval niet. De truc was om eerst op die drempels te gaan zitten, om vervolgens pas de benen erover te hijsen. Maar die truc kenden wij nog niet. In plaats daarvan gingen we over de drempels liggen in een poging onze benen vrij te maken. Het resultaat was dat we, voor een zee van toeschouwers, over onze buik uit de wagen op de grond gleden. Onze bruiden proestten het uit, evenals de enkelingen die ons snel weer op onze voeten hielpen. De ceremoniemeester stopte ons de bruidsboeketten toe en trok snel onze jacquetten recht. Hij was zenuwachtig; hij vroeg zich af waaraan hij zich nog moest verwachten met ons. Deze gebeurtenis mocht immers niet fout lopen; dit was het belangrijkste huwelijk in Gent sinds dat van prins Jan de Vissermans, vele jaren geleden.

Gelukkig werd vanaf dat ogenblik alles een stuk eenvoudiger voor ons. We gaven onze boeketten af aan onze respectievelijke bruiden. Laetitia zag er surreëel mooi uit. Waar ze voordien, in haar gewone doen, er reeds uitzag als een filmster, hadden visagisten en couturiers haar voor deze dag omgetoverd tot... wel, ik kan het niet beschrijven. Ik kan enkel zeggen dat ik me plots weer de gewone Didier Forel voelde van een jaar eerder, die naar dit alles keek als was ik een buitenstaander. Ik had zin om gewoon tussen het publiek te gaan staan, of om weg te vluchten van iets dat te groots was voor mij.

Maar Anthony en Robert namen me mee. Zoals afgesproken stapten we langzaam naast elkaar door het schip van de kathedraal naar het altaar. In de linker dwarsbeuk stond een indrukwekkend orkest, maar het was het orgel boven de portiek dat onze wandeling naar voren begeleidde. We knikten naar de mensen die we kenden. Links zag ik Grandgenre naast een zwangere dame staan. Ik wenkte Anthony.

-"Dat is zijn vrouw," fluisterde Anthony. "Het is een hofdame. Ze is zwanger van een lid van de koninklijke familie. Grandgenre is met haar getrouwd om de schande te vermijden, als vriendendienst."

-"Dat is pas een vriend!" zei ik geamuseerd.

Ik observeerde de norse moeder van Kikki, die verongelijkt naar voren keek zonder ons een blik te gunnen, hopende dat dit allemaal zo snel mogelijk voorbij zou zijn. Haar dochter die met een nieuwe rijke trouwde; hoe diep kon haar familie nog vallen!

Tussen de hoge adel aan onze rechterkant zaten mijnheer en mevrouw Forel, die laatste met een klein kroontje in haar haar. Ik zag en hoorde hoe ze zichzelf opdringerig aan een onbekende dame voorstelde als "de keizerin." Toen de dame in kwestie perplex naar haar keek, deed mijnheer Forel met zijn vinger tegen de slaap teken dat mevrouw Forel gek was. Ik heb hem dat die dag om de haverklap zien doen, wel twintig keer.

In de rechter dwarsbeuk, ter hoogte van het altaar dus, zaten tweehonderd supporters van Gantoise met blauwwitte sjaals en vlaggen. Zowel Anthony als Robert hadden er bij de bisschop op aangedrongen om voor die vrienden plaats te voorzien. Van zodra we zover door het schip gekomen waren dat ze ons konden zien, juichten ze ons en zwaaiden ze hun vlaggen, net zoals ze dat deden wanneer de Gentse voetballers het veld opkwamen. Door met Gent kampioen te spelen, was Robert erin geslaagd de herinnering aan prins Jan de Vissermans naar de achtergrond te schuiven, en Gent voor het eerst sinds 1923 een vleug van zelfvertrouwen te geven. De nieuwe held van de stad stak een erkentelijke hand op, waarna de supporters temperden.

Vooraan heette de bisschop ons welkom zonder onze adellijke titels te gebruiken, net zoals Robert gevraagd had. Ik zag dat de man duidelijk teleurgesteld was dat hij de kathedraal niet kon laten gonzen van de grote woorden 'baron', 'markies', 'hertog' en uiteraard 'koning'. Misschien maar goed ook; hoe zou mevrouw Forel gereageerd hebben mocht hij de 'keizerin' vergeten zijn? Ik nam plaats op de meest linkse van de zes stoelen die voorzien waren voor de trouwers, Robert op de derde stoel van links, en Anthony op de vijfde van links. Onze bruiden zouden pas binnenkomen nadat de koning was aangekomen. Het gros van de congregatie was reeds aanwezig, maar links vooraan, vlak achter mijn rug, waren nog twee rijen volledig vrij.

Door de chaos die we veroorzaakt hadden omdat we over het traject voorzien voor de koning gereden hadden, kwam die laatste met vertraging toe. Van zodra zijn wagen de kathedraal naderde, hoorden we scheldpartijen door de megafoons en het luid scanderen van leuzen door de manifestanten. De situatie aan de ingang was nu zo grimmig dat binnen niemand zich op zijn gemak voelde. Ik was bezorgd om de veiligheid van Laetitia, tot ik me herinnerde hoe ze die opdringerige kerel aangepakt had op een van onze cateringavonden!

Toen de koning en zijn gevolg uiteindelijk binnenkwamen, hief het orkest, dat links van mij opgesteld stond, met heel veel decibels het nationale volkslied aan. Ik schrok me een ongeluk. Robert van zijn kant trok een zuur gezicht; hij was van het principe dat in de kerk iedereen gelijk was, en vond daarom dat het spelen van het volkslied voor de koning misplaatst was. Ik wou hem sussen met een flauwe grap zoals 'heb je schrik dat het nu gaat beginnen regenen, misschien?' maar in dit kabaal kreeg ik niets gezegd. De koning en zijn familie kregen plaats op de eerste rij links, vlak achter mij. De bisschop ging ze een hand schudden en danken voor hun komst.

Geheel volgens plan kwamen onze meisjes nu binnen. Het orgel speelde het klassieke huwelijksdeuntje van Wagner. Kikki liep aan de arm van haar vader, terwijl Laetitia en Hélène elk aan een arm liepen van hun vader. Die laatste huwelijkte zijn beide dochters op dezelfde dag uit en had de tranen in de ogen. Het was indrukwekkend ze te zien plaatsnemen naast ons. Hun gespierde schouders waren ontbloot. Ze leken zo mooi en onverwoestbaar als Griekse godinnen. Maar Laetitia was niet gekomen om me te intimideren; ze keek integendeel heel verliefd naar mij. Ze zou me zeker gekust hebben als dat enigszins volgens de etiquette had geweest. Ik controleerde voor de zoveelste keer of ik de ringen en het geld voor de offerande bij had. Ik zag Robert hetzelfde doen. Anthony daarentegen leek beduidend meer op zijn gemak.

Na de laatste noten van het orgel hoorden we opnieuw het geschreeuw door de megafoons buiten en het scanderen van leuzen tegen het koningshuis, met daarbovenop de sirenes van aanstormende politiewagens. Maar ondanks de interventie van de politie minderde het kabaal geenszins, integendeel; we hoorden nu ook luid uitdagend, ritmisch geroep. De bisschop twijfelde over wat hij nu zou doen: de viering beginnen of toch nog even wachten in de hoop dat alles kalmeerde.

Toevallig zag ik Kikki een geruststellend handgebaar maken naar de bisschop: 'wacht nog even, alles is zo opgelost.' Ik boog vorover en las haar aangezicht: ze keek recht vooruit, heel sereen. Enkel haar zuinig mondje verried dat ze, weeral eens, alles onder controle had. Hoe kon dat nu in hemelsnaam?!

Want buiten was de controle in elk geval volledig zoek. De confrontatie tussen de politie en de manifestanten ging in alle hevigheid verder, toen nog eens vier limousines kwamen aangereden. De agenten probeerden de wagens af te schermen, maar een paar manifestanten sloegen er toch in dichterbij te komen en op de voorruiten te stampen.

De spanning liep ten top. De limousines kropen de laatste meters naar de ingang. Van zodra ze stilstonden, werden de portieren aan de kant van de kathedraal snel geöpend door politiemensen, die de passagiers dringend aanmaanden enkel langs die kant uit te stappen, wat ze allemaal deden… met uitzondering van een oudere man in een blauw pak.

Hij had grijs haar en een fijne grijze baard, en was dus uitgestapt langs de kant van de manifestanten. De man zette twee stappen in hun richting en trok een minzame blik, die leek te vragen wat er aan de hand was. Terwijl de jongere actievoerders een seconde twijfelden over hoe ze daarop zouden reageren, werden ze plots bij de schouders gegrepen door de ouderen. Die laatsten waren lijkbleek geworden bij het zien van de man in het blauwe pak, en fluisterden snel iets in de oren van de jongeren. Iedereen, manifestanten, politiemensen en andere toeschouwers, keken nu stil en versteend naar de man, die met een uitnodigende glimlach in het rond bleef kijken. Uiteindelijk stapte hij af op wie hij vermoedde de aanvoerder van het protest te zijn, en vroeg hij aan die man persoonlijk wat er scheelde. De aanvoerder keek in paniek achterom, hyperventileerde, en moest ondersteund worden. Maar de man met de grijze baard bleef geduldig en vriendelijk wachten. Een andere manifestant mompelde uiteindelijk een paar verontschuldigingen, haalde een witte zakdoek boven, en dopte het zweet van het aangezicht van de aanvoerder. De resterende actievoerders hadden intussen van de gelegenheid gebruik gemaakt om het hazenpad te kiezen.

Binnen hadden we enkel vastgesteld dat het buiten muisstil geworden was, alsof iedereen daar plotseling in rook was opgegaan. Ik hield Kikki in het oog: aan de bisschop gaf ze nu met een subtiel handgebaar te kennen dat het probleem opgelost was.

Zes van de acht mensen die uit de limousines gestapt waren, waren intussen de kathedraal binnengekomen. Ze werden onmiddellijk herkend; een groot 'ooohh!' ging door de aanwezigen. Het waren gasten van de ouders van Robert. De eerste was de ambassadeur van de Verenigde Staten vergezeld van zijn echtgenote, de tweede was de vicepresident van de Verenigde Staten, Richard Nixon, terwijl de derde niet minder was dan Herbert Hoover, ex-president van de Verenigde Staten. Die laatste was ooit de leider geweest van de Commision for Relief in Belgium, die tijdens de Eerste Wereldoorlog letterlijk de Belgische bevolking in leven gehouden had. Ten slotte waren er nog twee andere Amerikanen die voor de Commision for Relief in Belgium hadden gewerkt.

Ondanks het feit dat ze geen adellijke titels droegen, stapten de Amerikanen naar voren met een waardigheid die alle kerkgangers deed verschrompelen. Van zodra de koning hen herkende, verhuisde hij onmiddellijk naar de tweede rij, en gebood hij met een kort, kordaat bevel aan zijn gevolg om hetzelfde te doen. De ceremoniemeester werd gek van radeloosheid. De koning die op een andere plaats ging zitten! Hij zwaaide met zijn armen naar iedereen en niemand, maar zette uiteindelijk twee stappen achteruit om plaats te maken voor de koninklijke familie, die naar de tweede rij verhuisde. De orkestmeester, die vond dat hij ook iets moest doen, gaf de muzikanten de opdracht om het Amerikaanse volkslied te spelen, waarvan de partituur gelukkig in hetzelfde boekje stond als het Belgische. Robert schudde het hoofd. 'Dat komt ervan als je van een kerkelijke plechtigheid een show wil maken', dacht hij. 'De bisschop weet waaraan hij begonnen is, maar niet waar hij zal eindigen!'

Het was buiten nog steeds muisstil toen de laatste noten van de Star-Spangled Banner uitdoofden. Hoewel de invitees van Roberts ouders al toegekomen waren, waren de heer en mevrouw Fischer zelf nog niet in de kathedraal. De bisschop wou de koning echter niet langer laten wachten. Hij begon met: "Beste Kathrin, beste Laetitia, beste Hélène, beste Anthony, beste Didier, beste Robert...." Hij had er conform de afspraak geen adellijke titels bij vernoemd, maar had ons toch volgens adellijke rangorde verwelkomd; dat was zijn idee van een compromis.

De bisschop moest zijn monoloog evenwel onderbreken toen nu ook de man in het blauwe pak binnenkwam. Met een rustige, ingetogen tred stapte die laatste door het midden van het schip, met zijn echtgenote aan de arm. Elke aanwezige die hen herkende, hapte onmiddellijk naar adem maar bleef stil. Ik hoorde enkel het krassende geluid van stoelen die bewogen omdat mensen ongecontroleerde bewegingen maakten, of omdat ze de stoel vastgrepen toen ze zich draaierig voelden, of omdat ze gingen zitten om te bekomen.

Zo goed als alle aanwezige aristocraten hadden tijdens de voorbije anderhalve maand heel veel geld gekregen van de man in het blauwe pak. Maar dat was eigenaardig genoeg niet eens de reden waarom de hele gemeenschap in de kathedraal, en ver daarbuiten dankzij het zich snel verspreidende nieuws, nu ongecontroleerd wentelde in een kolkend vat van ontroering en euforie. Niemand had geweten van zijn komst vandaag. Achter mijn rug hoorde ik gesnik. Er heerste het soort geroezemoes van mensen die stil wilden zijn maar toch een paar woorden lieten ontsnappen.

Heel veel geld had de man betaald. Dat was door de gelukkigen aangewend geweest om onmiddellijk hun huizen te renoveren, wat een al even plotselinge als reusachtige economische heropleving van de stad teweeggebracht had. Maar het was evenzeer een mysterieuze heropleving geweest, want de man had erop aangedrongen niets van de geldstortingen bekend te maken tot hij aan iedereen het geld gegeven had dat hij had willen geven. Maar nu was het zover: alle aanwezigen keken naar elkaar en begrepen nu voor het eerst dat heel vele anderen zo gelukkig als zijzelf geweest waren in de voorbije anderhalve maand.

De man in het blauwe pak werd hij nu ook herkend door de supporters van Gantoise, wat opnieuw een enorme commotie veroorzaakte, bij hen een van ongelooflijke blijdschap. Terwijl het echtpaar verder naar voren stapte, hieven de supporters spontaan het nieuwe clublied aan:

When you walk through a storm
Hold your head up high
And don't be afraid of the dark
At the end of the storm
Is a golden sky
And the sweet silver song of a lark
Walk on through the wind
Walk on through the rain
Though your dreams be tossed and blown

Het echtpaar was nu ter hoogte van de eerste rij gekomen. Het bleef stilstaan vlak achter de trouwers. De voltallige congregatie zong nu ingetogen de climax van het lied mee:

Walk on walk on with hope in your heart
And you'll never walk alone
You'll never walk alone
Walk on walk on with hope in your heart
And you'll never walk alone
You'll never walk alone

Daarna was het heel stil; je kon een speld horen vallen… tot Robert zich omdraaide. Laetitia, Hélène en Anthony hielden geschrokken de hand voor de mond, omdat de betekenis van wat nu onverwacht aan het gebeuren was, te groot was om in te schatten of te verwerken.

Robert keek dolgelukkig naar het echtpaar. Hij omhelsde zeer innig eerst de dame en vervolgens de heer. De kathedraal ontplofte daarop in gegil en in het luid geroezemoes van mensen die het nieuws zonder enige terughoudendheid naar elkaar toeriepen. Het geheim dat Robert en Kikki angstvallig bewaard hadden tot ze namens de man in het blauwe pak iedereen betaald hadden, tot vandaag dus, werd op dit moment geopenbaard. Ook de bisschop was het noorden kwijt; hij zette zich neer en probeerde net zoals Hélène, Laetitia, Anthony en ik te vatten wat hij zojuist gezien had:

Robert Fischer was de zoon van niemand minder dan prins Jan de Vissermans.

Iedereen probeerde het volledige verhaal te achterhalen: nadat prins Jan de Vissermans in 1923 failliet gegaan was, verhuisde hij naar de Verenigde Staten, waar hij een nieuw leven begon onder de naam Fischer. Hij werkte vanaf dat moment als diplomaat voor allerlei liefdadigheidsorganisaties en won het respect van vele prominenten, waaronder de Amerikanen die nu in de huwelijksviering zaten. Omdat textiel zijn passie gebleven was, stuurde hij zijn zoon Robert, die niets wist van de Belgische voorgeschiedenis van zijn ouders, naar de Gentse textielschool. Toen Jan vernam dat zijn zoon met een patent een fortuin vergaard had, had hij hem een brief gestuurd met het volledige verhaal van wie de Fischers eigenlijk waren en wat ze hadden meegemaakt. Het einde van de brief voorzag in een volledige lijst van de schuldeisers van het faillissement en de verschuldigde bedragen.

Dat was de brief geweest die Robert zo aangeslagen had. Kikki had vervolgens voor elk schulddossier constructies gezocht waarmee de schuldeisers gelukkig waren. Die constructies waren dus het onderwerp geweest van de geheimzinnige gesprekken tussen Robert en Kikki de voorbije anderhalve maand. Het was een heel lastige klus geweest, maar ze hadden ze op tijd geklaard, vóór de dag dus dat mijnheer en mevrouw Fischer terugkeerden naar Gent voor het huwelijk van hun zoon. Roberts vader kon nu iedereen recht in de ogen kijken; hij had zijn schulden van 1923 terugbetaald.

Mijnheer en mevrouw Fischer namen plaats op de hoek van de eerste rij links, vlak achter mij dus. Terwijl de bisschop zijn emoties probeerde te overwinnen, werd het geroezemoes in de kathedraal steeds luider. De bisschop zette zich uiteindelijk recht, ging achter zijn altaar staan en spreidde de armen, om stilte vragend. Hij herbegon de viering:

-"Beste baron Didier, beste markiezin Laetitia, ..." Robert keek boos naar hem, maar de bisschop wist van geen ophouden: "...beste baron Anthony, beste markiezin Hélène..." De bisschop aarzelde nu even. Hij keek naar de koning, om toestemming vragend. De koning knikte. "...beste prins Robert..."

De kerk ontplofte. Er was een gigantisch gejuich van de supporters, een gekrijs van de aanwezige dames en een daverend applaus van de mannen. En het stopte niet; de hysterie ging minuten aan een stuk door. Robert zelf bleef aanvankelijk onbewogen, maar toen na vele lange minuten de rust weerkeerde, stond hij recht en stapte hij naar de Amerikaanse ambassadeur op de eerste rij achter mij. Iedereen keek verbouwereerd. Robert excuseerde zich uitvoerig bij de ambassadeur voor de adellijke titel. Het was echter voormalig president Herbert Hoover die antwoordde in de plaats van de ambassadeur:

-"Robert, take it easy. Let Europe be Europe!" De Amerikaanse vicepresident Richard Nixon voegde daaraan toe:

-"Great show, Robert!" Robert keerde aarzelend terug naar zijn plaats. De bisschop herbegon. Voor de derde keer heette hij ons welkom:

-"Beste baron Didier, beste markiezin Laetitia, beste baron Anthony, beste markiezin Hélène, beste prins Robert de Vissermans..." Robert schrok; nu heette hij plots 'de Vissermans'! Bij het horen van die naam verloren menigen hun zinnen; de ongecontroleerde uitbundige vreugde die naam opnieuw te horen dag op dag een jaar na de begrafenis van Johannes de Vissermans, was nauwelijks nog in te dijken. Minuten gingen voorbij vooraleer de bisschop kon vervolgen: "beste..." Opnieuw keek hij even naar de koning, die weer instemde, "beste prinses Kathrin...." Nu ook eindeloos gejuich voor Kikki, die sowieso al een plaats veroverd had in het hart van elke Gentenaar. Maar Robert was gestrest; wat een vaudeville! Kikki stelde hem gerust:

-"Ik vind het fan-tas-tisch, hoor!" fluisterde ze heel zwoel in Roberts oor. Dat ontspande hem. Hij lachte verlegen.

Wie het zeker fantastisch vond, was de hertogin-moeder. Haar dochter trouwde met een prins en was meteen prinses; dat was he-le-maal iets anders! Kathrin had een kikker gekust en die was plots in een prins veranderd, en nog niet eens een 'gewone' prins, maar een de Vissermans! Ze keek triomfantelijk om zich heen. Wie had nu nog iets op te merken?!

Iedereen in de kerk was volop de nieuwe informatie aan het verwerken. Gent was nu helemaal weer wat het vroeger was, inclusief een de Vissermans – een prinses deze keer – aan het hoofd van de Vissermans. Want hoewel Robert zichzelf Robert Fischer zou blijven noemen, was hij voor alle Gentenaren voortaan prins Robert de Vissermans. Ik had dus een jaar in de schaduw van de prins geleefd. Gelukkig was hij een jaar eerder niet in die laatste hoedanigheid naar onze school gekomen, want ik zou me geen seconde op mijn gemak gevoeld hebben!

De bisschop had blijkbaar door dat Roberts en mijn gedachten al een hele poos elders waren, toen de trouwgeloften afgelegd moesten worden. Daarom trouwde hij Anthony en Hélène als eersten, wat ons meteen klaarwakker schudde. Ik kon enkel Hélène's aangezicht zien. Ze was dolgelukkig. Met een grote glimlach en een traan in haar ogen, zei ze "ja!" Opnieuw juichten de Gentse supporters.

De bisschop stapte vervolgens naar mij. Ik voelde rillingen over mijn rug lopen toen ik besefte dat Laetitia binnen enkele seconden mijn vrouw zou zijn. Ze was zo verblindend mooi dat ik niet in haar ogen kon kijken. Laetitia zou Laetitia niet geweest zijn, had ze de ring niet met plagende sensualiteit op mijn vinger geschoven. Net zoals Anthony en Hélène kregen ook wij enthousiaste bijval van de Gentse supporters, die Laetitia's rol waardeerden in het onderhandelen van de testwedstrijd.

Ten slotte wendde de bisschop zich tot Robert en Kikki. Het werd heel stil in de kerk. De bisschop wachtte even. Hij keek rond naar alle aanwezigen om aan te geven dat hier iets heel bijzonders te gebeuren stond. Het huwelijk van Robert en Kikki was de symbolische start van een nieuwe fantastische periode voor Gent. Tranen bolden welig. Zakdoeken werden bovengehaald. Vrouwen snikten. Mannen kregen een krop in de keel toen Robert en Kikki hun huwelijksgeloften uitspraken. Opnieuw keek de bisschop rustig rond, alvorens hij zei:

-"Prins Robert de Vissermans en prinses Kathrin Martin, jullie zijn nu verenigd in het huwelijk."

Iedereen leek versteend van emotie; de bisschop zette zich gewoon neer, de organist speelde niet het alleluja dat hij verondersteld was te spelen, en de aangezichten van de toeschouwers zaten verstopt in hun handen of zakdoeken. De Gentse supporters verwerkten het gegeven dat de man die beter gedaan had dan prins Jan de Vissermans... enkel zijn zoon kon geweest zijn.

Uiteindelijk bleek prins Jan de Vissermans de enige te zijn die in staat was iets te ondernemen. Hij stapte naar de zes trouwers toe en schudde ons allen uitvoerig de hand, mij als eerste. Het was een oneindig grote eer. Prins Jan bleef bij elk van ons tot hij voelde dat we weer bij onze positieven waren. Hij omhelsde Robert en Kikki. Voor een zeldzame keer was ook zij van haar stuk gebracht.

Iedereen herpakte zich. De organist speelde zijn alleluja, en toen dat gedaan was, klonk voor de tweede maal het stemmige "You'll never walk alone" vanuit de dwarsbeuk met supporters. Met mondjesmaat begon iedereen mee te zingen. Omdat het orkest zich niet onbetuigd kon laten, voegde het daar om een onduidelijke reden de Belgische en Amerikaanse volksliederen aan toe.

Robert vroeg zich ondertussen af hoe hij nu eigenlijk heette en welke nationaliteit hij nu eigenlijk had. Hij glimlachte bij die bedenking.

EPILOOG

21 maart 1959

Die dag was het de eerste zonnewende sinds Anthony, Robert en ik met onze echtgenotes naar het Fleur-de-Lys verhuisd waren. Om vijf uur 's ochtends zat ik reeds in een van de baden van de majestatische badzaal, wachtend op het prachtige spektakel dat zich zou manifesteren bij zonsopgang. Ik genoot van een symbolisch moment van rust, want zowel ik als alle andere Gentenaren hadden het meest hectische halve jaar uit onze geschiedenis beleefd. Burgemeester Anthony had namelijk van de euforie in de stad geprofiteerd om alle grote openbare werken tegelijk te starten. Toen de stofwolk na de winter eindelijk opgetrokken was, was Gent de modernste stad van het continent. Rond de stad lagen nu twee dozijn ondertunnelde ronde punten, en hadden we een vliegveld een ambitieuze havenstad waardig.

Zoals ik eerder vertelde, had Robert in de zomer alle fabrieken doorgewandeld. Hij had daar met iedereen gesproken en alles bekeken alsof hij op een kroegentocht was. Telkens hij iemand iets anders had zien doen dan weefgetouwen bouwen, had hij de persoon in kwestie aangesproken en geïnteresseerd geluisterd naar de reden waarom de man of vrouw in kwestie materiaal aan het verhuizen was, iets aan het zoeken was, of een papier aan het invullen was. Zijn bevindingen had hij dagelijks gepresenteerd aan Kikki als de anekdote van de dag, nauwelijks beseffende dat Kikki elk van zijn verhalen vertaalde in dringende reorganisaties. Die maakten dat tegen de winter de Vissermans met hetzelfde aantal fabrieken en met hetzelfde aantal mensen tweemaal zoveel weefgetouwen kon bouwen.

Daardoor verdubbelde de winst van de Vissermans, wat Kikki bereid maakte de kosten voor de grote infrastructuurwerken van de stad Gent te financieren. Tenslotte was het ook in haar belang dat alle werknemers en vrachtwagens vlot rond de stad konden rijden.

De grote metamorfose van de stad was geschied zonder conflicten. Bij elke moeilijke beslissing maakte de aanwezigheid van prins Jan de Vissermans dat iedereen de strijdbijl begroef en zich achter de visie van een moderne, efficiënte stad schaarde. Wie met roffelende trom naar de vergadering gekomen was om kordaat het woord te nemen, verschrompelde op het moment dat de prins hem of haar aankeek. Tijdens het voorbije halve jaar had niemand in aanwezigheid van Jan het woord 'procedure', 'betoging', 'petitie' of 'staking' in de mond durven nemen.

Forel was weer directeur van de school, terwijl Robert, die zijn jaar moest overdoen, en ik onze activiteiten van het voorbije schooljaar herhaalden. Dieudonné Butu, hopeloos wachtend tot Congo zich zou stabiliseren, vormde nu met Robert en mij een triumviraat, het speerpunt van nieuwe technologische ontwikkelingen voor de Vissermans. Opnieuw had Robert zijn officieel eindwerk links laten liggen om iets totaal anders te proberen: omdat synthetisch garen zijn intrede deed in de textielsector, was Robert op het idee gekomen om water te gebruiken in plaats van lucht; synthetisch garen kromp immers niet. Onze experimentele opstelling stond in het Hof van Busleyden, dat we tot ergernis van Laetitia en Kikki een paar keer onder water zetten.

Na onze verhuis naar het Fleur-de-Lys zijn mijnheer en mevrouw Forel naar het Hof van Busleyden verhuisd, wat mevrouw Forels geloof versterkte dat zij nu echt de 'keizerin' was.

Geheel zoals het hun ultieme droom geweest was, waren de ouders van Robert definitief naar België teruggekeerd om in één der armen van het Fleur-de-Lys te komen wonen. Robert had hen uitgevraagd over het functioneel nut van de twee paraboloïden, waarin ik nu zat, maar het enige wat ze zich herinnerden, was dat het de bedoeling geweest was dat de mannen en de vrouwen op hetzelfde moment van de baden zouden kunnen genieten. Elk geslacht kon baden in een ander uiteinde van de constructie, in een ander brandpunt dus, op veertig meter van elkaar.

In het andere brandpunt kwam Kikki nu toe. Ik zag van ver hoe ze haar badjas uitdeed en in het hete water afdaalde. Robert kwam me als volgende vervoegen, tezamen met zijn gast, Kikki's broer. Toen Robert en Kikki's broer elkaar ontmoetten op ons huwelijksfeest zes maand eerder, hadden die twee elkaar herkend uit de schaakwereld. Kikki's broer had de titel van Internationaal Meester; hij was degene die Kikki had leren schaken.

-"Wel, Robert," vroeg hij stil, "heb je het haar eindelijk gezegd?"

-"Neen," zei Robert, "ik durf niet, na alles wat men mij verteld heeft."

-"Je denkt nog steeds dat ze al haar andere verantwoordelijkheden zal laten vallen tot…"

-"Ja."

-"Ik ken haar beter dan dat, Robert. Ze wil absoluut de beste zijn, dat klopt. Maar haar ambitie stopt in Gent. Zolang ze alle clubspelers in Gent kan verslaan, is ze tevreden."

-"Ik vertrouw het toch niet."

-"Luister, Robert, ze zal niet tegen jou willen spelen omdat je veel te goed bent. Zelfs tegen mij wil ze geen partij spelen."

-"Ben je zeker?" vroeg Robert.

-"Heb je haar partijen al gezien?" Dat deed Robert glimlachen:

-"Ze is goed genoeg om Oost-Vlaams kampioene te worden, mits ze een goede begeleiding krijgt."

-"Juist. En jij moet die begeleider zijn!"

-"En je bent zeker dat ze niet zal proberen beter te worden dan ik?"

-"Dan een grootmeester? Nooit! Slaap op jouw twee oren, Robert. Help haar gewoon Oost-Vlaams kampioene te worden. Een groter plezier kan je haar niet doen, geloof me."

-"En toch doe ik het niet," besloot Robert. "Want ik heb het ooit beloofd aan tante Lolo. 'Zelfs al trouw je ermee, Robert,'" had ze gezegd.

Robert en Kikki's broer stopten de conversatie omdat Anthony ons vervoegde. Op hetzelfde moment zagen we Hélène en Laetitia aan de overkant toekomen.

En toen gaven de paraboloïden hun laatste geheim prijs.

Wij hoorden de stemmen van onze echtgenotes alsof ze vlak naast ons zaten.

-"Hoe laat is het?" vroeg Hélène.

-"Binnen vijf minuten begint het," antwoordde Laetitia. Robert keek naar mij met grote ogen en gebood ons te zwijgen. Hij wees naar boven en maakte met zijn handen de vorm van de paraboloïden. Vervolgens toonde hij hoe het geluid van het ene brandpunt naar het andere weerkaatst werd. Natuurlijk! Dat was de bedoeling van grootvader de Vissermans geweest: ervoor te zorgen dat de badende mannen en vrouwen vanop afstand met elkaar konden praten alsof ze naast elkaar zaten. Dat verklaarde waarom Robert en Kikki hier een jaar geleden elkaar 'ik hou van jou' hadden horen zeggen!

Kikki's broer maakte een beweging met zijn hand alsof hij een schaakstuk verzette. Robert schrok. Hij hield zijn hand op de mond van ontzetting. Had Kikki hem en haar broer over schaken horen praten een paar minuten eerder?

Maar weer hoorden wij de meisjes praten:

-"Wanneer vertellen we het hen?" hoorden we Laetitia aan Kikki en Hélène vragen.

-"Wel," zei Hélène, "nu het zeker is dat we alle drie zwanger zijn, kunnen we ze alle drie even gelukkig maken!" Robert, Anthony en ik stopten het hoofd in de handen: 'Zwanger! We worden alle drie papa!'

Het spektakel begon. In de paraboloïde van de meisjes lichtte de zon het strand op van het eiland van Icarus en Daedalus, terwijl aan onze kant de schepen van admiraal Nelson schitterden. We staarden met open mond naar het oneindig mooie schouwspel.

Plots keek Robert achter zich. Ik draaide me om. In de verte zag ik Laetitia en Hélène naar het schouwspel kijken. Kikki echter keek onze richting uit, naar Robert. Haar broer had zich intussen ook omgedraaid. Hij glimlachte en zei:

-"Ze weet het nu, Robert. Maak haar kampioen!"

einde